报告文学卷 I

中国百年工业文学大系

丛书主编　贾玉民　樊洛平

田　丰　主编

中国工人出版社

本卷主编简介

- 田丰，山东大学文学博士，河南师范大学文学院教授，博导，主持两项国家社科基金后期资助项目，在《中国现代文学研究丛刊》《新文学史料》等刊物发表论文近百篇，出版《两弹元勋：邓稼先传》《中国左翼乡土小说的多元化研究》等4部，为《中国工人文学史》（上下卷）（河北人民出版社2023年版）第二作者，对工业报告文学理论与创作有深入见解。

编委会

（按姓氏笔画排序）

顾　问

（按姓氏笔画排序）

何向阳　张　炯　谈　歌

梁晓声　董学文　蒋子龙

出版说明

一、缘起

为庆祝中华全国总工会成立100周年，中国工人出版社特组织编纂《中国百年工业文学大系》丛书。文学作品是社会现实的形象反映。本丛书的编纂，全面整理百年来工业文学作品及相关资料，精选优秀作品，按体裁分类，编成20卷的丛书，生动、形象地呈现百年来中国工业化的历程，呈现中国工人阶级的命运和奋斗历史，呈现中华全国总工会在中国共产党领导下，与工人运动一同发展壮大的图景，有助于讲好中国工人阶级故事、中国工业故事和中国工会故事，为更好继承弘扬革命传统，创造未来提供历史借鉴。

二、编纂团队

本丛书编纂团队由《20世纪中国工业文学史》和《中国工人文学史》的作者为基础，邀请郑州大学、河北师范大学、河北大学、河南师范大学、河南理工大学、中原工学院等院校为合作单位，以研究中国工业文学的专家、学者共同组成编辑团队，分工合作，在中国工人出版社的指导下共同完成编纂工作。

三、选录作品范围

重点选录反映工业生活、描写工业人物、揭示工业领域社会问题的优秀作品，根据中国具体情况，适度收录有关传统手工业、商业、人力车夫、纤夫等生活的作品。兼顾各历史阶段、各阶级、各阶层、各个地域、各种产业、各种体裁作品；兼顾专业作家、工人作家、业余作者。

四、编纂原则

真：选录的作品，基本以初发或初版为准，个别作品使用与初版接近“最佳”版本，使其成为中国工业文学发展史的可靠文献。其中繁体字须改为规范简化字；标点符号改为规范格式；错别字给予纠正，加注说明。原作署名为非通用笔名的，注明其真名或通用笔名。

专：各卷按文学体裁编列，分别为史论卷、报告文学卷、短篇小说卷、中篇小说卷、长篇小说卷、诗歌卷、散文卷、剧本卷、电影文学卷、电视文学卷、资料卷。各卷均有独立性，组合又具统一性、逻辑性。

精：各卷首的“导读”，长篇作品的“提要”、节选作品的“简介”，各篇所加注释，务求内容准确、文字简明。

鸦片战争后，中国近代工业开始萌芽，至今已近200年；从中国工人阶级队伍略具规模，至今也已百年以上。这期间出现的各类工业题材文学创作，虽然赶不上“乡土文学”等传统题材作品数量之多，但也可称数量巨大。我们的编纂工作肯定存在不少缺陷，切望有关作家、专家、学者，广大读者批评。

2025年4月

《中国百年工业文学大系》在编纂过程中，有幸收录了众多作家描绘工业岁月的珍贵作品，这些文字是中国工业发展的重要记忆载体。由于时间跨度长、信息更迭等客观因素，书稿付梓之时仍有部分作者未能取得联系，对此我们深感歉意与遗憾。恳请尚未联系上的作者或家属看到成书后，及时与我们取得联系，以完善作品收录的后续事宜。

总序

深刻反映时代巨变，描绘时代精神图谱
——新时代呼唤工业文学的繁荣

“文化是民族的精神命脉，文艺是时代的号角。”习近平总书记的这一重要论断，深刻揭示了文艺与时代的紧密联系。文艺作为社会生活的镜像与人类精神的诗性表达，始终与时代同频共振、血脉相连。它不仅是时代变迁的见证者，更是时代精神的塑造者和引领者，在为我们展现历史巨变的同时，也将中华民族伟大复兴的壮阔征程熔铸成一幅可触可感的精神图谱。

100 多年前，我国近代工业刚刚产生，就陷入帝国主义列强的围堵和封建专制的压迫之下，在其筚路蓝缕的艰辛跋涉中，20 世纪上半叶就有茅盾、夏衍等作家描写民族资产阶级“工业救国”梦的破产，描写工人阶级的悲惨处境和觉醒斗争，创作了《子夜》《包身工》等优秀作品。新中国成立后，在大规模经济建设中，更多作家长期深入工矿生活，创作了许多新作，如草明的《乘风破浪》、雷加的《潜力》三部曲、艾芜的《百炼成钢》、艾明之的《火种》等长篇小说以及李季赞颂玉门石油基地的诗歌等，出现了工业文学的初次繁荣。而工人

作家胡万春、万国儒等的崛起，则开了工人写工人的先河。到了改革开放大潮中，反映工业战线生活的作品更如雨后春笋，蒋子龙的《乔厂长上任记》等系列，张洁荣获茅盾文学奖的《沉重的翅膀》、程树臻的报告文学《励精图治》，以及众多作家反映工人生活的中短篇小说、诗歌和剧本等，势如乘风破浪，冲上改革文学的前沿。伴随着改革深化和经济转型，在“新写实”和“现实主义回归”文学潮中，又涌现出一批沉甸甸的作品，如张宏森、肖克凡、谈歌等作家真实反映国企工人经历的转型期阵痛的佳作。而“打工文学”在珠江三角洲等沿海经济特区异军突起，更成为新时期工人写工业文学的一道新风景。

从党的十八大开始，中国特色社会主义进入新时代，进一步强化了工人阶级是国家的领导阶级和主人翁地位。在《关于繁荣发展社会主义文艺的意见》指引下，文艺界克服价值扭曲、娱乐至上、唯市场化等倾向，用现实主义精神和浪漫主义情怀观照生活，歌颂光明、抒发理想，鞭挞丑恶、抵制低俗，给人民以信心和力量，在工业文学方面产生了一批讴歌大国重器、“中国制造”的响当当的作品。同时以“知青文学”而闻名的梁晓声，创作了长篇小说《人世间》，描写知青回城前后几个工人家庭两代人的生活变迁，以其动人肺腑的笔力而荣获茅盾文学奖。一向书写矿山工人生活的刘庆邦，以现实主义笔触展示了不同类型的煤矿工人的人生。不少剧作家也创作或改编了描写工业和工人生活的剧本，搬上屏幕，受到广大观众的欢迎。

百余年来，中国工业文学由小到大，由弱到强，形象地记录了中国工人阶级的发展历程。从百年前郁达夫笔下的女工陈二妹，到蒋光慈小说中的工人形象，从《百炼成钢》的秦德贵到报告文学中真实的英雄孟泰、王崇伦、王进喜、赵梦桃等等，构成了中国工业领域的英雄人物画廊，构成了工人阶级光辉的斗争史和成长史。感谢中国工人出版社和主编本丛书的贾玉民、樊洛平诸位教授学者，经过多年努力，辛勤劳作，为广大读者编成此套规模宏大、内容丰富的选本，自是一项盛举！

如今，中国工业文学作家面前仍然任重而道远。

首先，和我国工业迅速崛起的势头相比，工业文学的反映还远远不够。工业文化，尤其是21世纪以来，极速变化，迅速飞腾，节奏之快，前所未有。这就要求我们身在工业战线、对这种伟大变化有深切感受的工业作家，肩负起历史使命，拿出更多新的好作品来。

其次，和经典作品相比，相当一部分工业文学作品对现实的剖析和人物心理世界的开掘还不够深刻，还少有触及这方面深层次的观念冲突、心理变化和复杂的矛盾斗争的新作。随着城市化的加速，新工人、新市民成亿增加，对工业文学的期待必将日益强烈。

中国实现工业化、现代化，是多少代人的理想和立国之本。新时代呼唤工业文学的繁荣。这既是挑战，更是机遇。工业文学作家和工业战线的文学业余作者，自应把握这个历史机遇，全身心地投入这场新的工业革命，投入由农业文明向工业文明的深刻变革之中，在实践中观察，体验，对工业基础以及高端装备等建设成果努力深切了解，对这场变革中的各种人物表现有更生动把握，从而掌握扎实的生活素材，奠定工业文学更生动更深厚的基础。我们深信，广大读者都会殷切期待作家、艺术家的进一步努力，充分认识所承担的历史重任，开出灿烂的文艺之花。希望广大工业战线的文艺工作者不辜负时代召唤、不辜负人民期待，描绘出中华文明古国在21世纪工业腾飞的足迹，绘出民族的精神图谱，奏出时代的最强音。

张　炯

2025年春于苏州

导言

中国工人阶级在五四运动中不仅作为一支独立的政治力量开始登上历史舞台，而且迅即成为运动的主力军。自此之后，中国工人阶级在历次罢工运动和革命斗争中表现出高度自觉的爱国主义精神和极其彻底的反帝反封建精神，为实现民族独立和人民解放贡献卓绝，上演了一幕幕可歌可泣的工人苦难史、斗争史和成长史。早期马克思主义者为了宣传革命思想和启迪工人进行反抗斗争，始而致力于创作兼具新闻性和文学性的工业报告文学。自 1919 年迄今已逾百年之久，这些作品连缀起来描摹出一幅百年来工业战线波澜壮阔的历史画卷，见证了工人阶级从弱到强不断发展壮大的沧桑巨变。百年来的工业报告文学热情赞颂了工人阶级的斗争精神、奉献精神和创新精神，谱写出工人阶级光辉熠熠的历史篇章，能够让读者从中获悉百年来工人阶级在想什么、干什么和怎么干。相对于其他文体而言，百年来的工业报告文学充分发挥了“文学轻骑兵”的特殊作用，既迅速及时、真实生动地记录了中国工人阶级从弱到强的发展壮大历程，同时又以强烈的文学感染力引发了重要的社会效应，不仅留下印迹深刻的难忘时代回声，而且当下人们依然可以从中源源不断地汲取精神力量。

五四时期中国工人阶级在经过五四运动洗礼后走上历史舞台，进而在本阶级的先锋队——中国共产党领导下成为中国现代社会最有觉悟也最具革命性的阶级。这也为工业报告文学的萌生和发展提供了重要的前提条件。

1919 年 3 月 9 日，李大钊化名“明明”在《每周评论》第 12 期上发表报告文学《唐山煤厂的工人生活》，通过列数字和作比较的方法揭示出唐山煤厂工人在如同地狱般的炭坑里辛苦劳动，待遇却连骡马也不如的凄惨状况。唐山煤厂实行包工制，工人们承受着资本家和包工头的双重剥削，“他们终日在炭坑里做工，面目都成漆黑的色，人世间的空气阳光，他们都不能十分享受。这个炭坑，仿佛是一座地狱。这些工人，仿佛是一群饿鬼”。包工头为了赚取更多利润肆意盘剥克扣，以致工人每日工作 8 小时只能领得区区 2 角钱的工银，而同时期当地一匹骡马每天的生活费用还要 5 角钱。同样因劳动过度或者意外事故致死，一匹骡马平均可以获得一百元左右的赔付款，而工人却只有三四十元，李大钊对此大为感慨：“这样看来，工人的生活，尚不如骡马的生活；工人的生命，尚不如骡马的生命了。”李大钊对工人的凄惨境况给予深切同情，对暗无天日的社会发出强烈控诉，同时他也毫不隐讳地指出工人自身存在的诸如缺乏组织、沾染恶习等问题，启示工人阶级不仅要团结起来维护自身的利益，还要提高文化知识水平和道德修养，明确自身所要承担的历史职责和斗争方向。

由于资本家一味追求利益最大化，缺乏必要的安全防护措施和基本的生产条件保障，致使事故频发。1920 年 10 月 14 日 9 时，开滦煤矿发生瓦斯爆炸事故，造成五六百个工人死伤。皆平（朱泰信）《唐山煤矿葬送工人大惨剧》及时地将惨剧真相公之于众，控诉了英帝国主义者疯狂掠夺中国矿产资源“要煤不要命”的血腥罪行。事故发生前，许多工人在挖煤时见到有白烟冲出不愿意继续挖掘，井底监工将这一情况汇报给煤矿工程师德马利，然而为了不影响产煤德马利命令工人将矿灯捻小些继续挖掘，最终导致事故发生。矿难发生后，股本年利高达 8 倍之多的矿局视煤矿工人的性命如草芥，只发给每个死尸一个“四块板盒子”和 60 块钱的赔偿金便算了事。吴桢《湖南煤矿水工惨状》揭示了湖南煤矿水工所承受的非人遭遇，这些水工绝大多数是被强抢或哄骗过来，一入煤窟便永难再见天日，稍有不从便有杀身之祸。海外华工的处境较之国内更为艰难，尤其是那些被卖到海外的华工处境更是凄惨不堪，梁绍文《活入阿鼻地狱的猪仔！》就展现出南洋华侨猪仔如同坠入活地狱般的非人苦痛。赵信天《巴黎和会中之华工——英日法对华的写真》则揭示了飘零海外的华工为了欧战胜利流血牺牲，却因爱国举动遭到残酷虐待的不公平处境。

哪里有压迫哪里就有反抗，工人阶级逐渐觉醒，掀起了声势浩大的罢工风潮。1920 年 3 月 31 日至 4 月 19 日，香港机器工人进行了罢工，《新青年》记者在《香港罢工风潮始末记》中记述了此次罢工风潮的详情，并对其原因及影响进行了剖析。风起云涌的罢工风潮不仅危及资本家的利益，也动摇了反动统治者的统治根基，遂招致疯狂的报复和镇压。1923 年 2 月 7 日爆发了震惊中外的二七惨案，中国劳动组合书记部在《二七大屠杀的经过》中详细记述了此次大屠杀的真实情形，呼吁国人团结起来反对压迫，打倒军阀和帝国主义。

1925 年 5 月 15 日，上海内外棉第七厂日籍职员悍然开枪并用刀猛砍顾正红头部，导致其身负重伤，翌日抢救无效不幸牺牲，由此引发席卷全国的罢工风潮。5 月 30 日下午租界英国巡捕向手无寸铁的示威群众开枪射击，酿成举世震惊的五卅惨案。叶圣陶、郑振铎、胡愈之等进步作家纷纷拿起笔来声援工人阶级，在《五月卅一日急雨中》《街血洗去后》《五卅事件纪实》等报告文学中表达了对帝国主义殖民侵略的强烈仇恨，呈现出五卅惨案爆发之际及嗣后的真实情景。五卅惨案带来的影响是持续性的，陆定一《五卅节的上海》即详尽描绘了上海各界民众隆重纪念五卅运动一周年时的盛大场面，通过典型场景刻画展现出中国人民的觉醒和抗争。

工人阶级并没有被中外反动势力的血腥屠杀吓倒，反而更加明确了斗争方向，在中国共产党领导下展开英勇不屈的斗争。施英（赵世炎）在《上海工人三月暴动纪实》中记述了上海工人阶级为了迎接北伐军发动夺取军阀武装的三月暴动的详细情形。然而令人感到痛心不已的是，工人阶级不畏牺牲取得的胜利果实被以蒋介石为首的国民党新军阀窃取，为数众多的工人惨遭杀戮，作新《蒋介石屠杀上海工人纪实》详细披露了屠杀内幕。

左翼十年间，不仅以夏衍、楼适夷、杨潮等为代表的左联作家致力于创作工业报告文学并取得丰硕成就，而且非左联作家也有着显著成绩。

夏衍此时期创作有《劳勃生路——×× 棉日厂工场壁报第十号号外》《包身工》《〈包身工〉余话》等报告文学。《劳勃生路——×× 棉日厂工场壁报第十号号外》描绘了沪西万余民众因日本兵白昼杀人，自发集合起来举行反日示威活动的宏大场面。嗣后夏衍历经两个多月的深入调查，以铁一般的事实为依据创作了报告文学杰作《包身工》，对此他在时隔四十余年后曾经说过："《包身工》所写到的，则完全是真实。那篇报告文学虽然 1936 年才发表（《光明》创刊号），但对包身工这个罪恶制度的情况的了解，却在八九年前我在沪西做工会工作就已开始了。……这里的人和事都是真实的，没有一点虚构和夸张。那个'芦柴棒'也是确有其人的，只不过因为别人都不知道她的真实姓名，只能那么叫。"《包身工》将新闻报道、社会调查和文学表现手法相结合，具有真实可信而又震撼人心的力量。夏衍灵活运用电影远景、近景及特写镜头交互切换的手法展现出"包身工"的日常生活景象，让人们清醒地认识到半封建半殖民地社会的本质，激发起人们对帝国主义和封建势力的仇恨。他在结尾处对日本殖民主义者发出严正警告："黎明的到来还是没法可推拒的"，"当心呻吟着的那些锭子上的冤鬼"。夏衍还在《〈包身工〉余话》中记述了自己调查"包身工"生活状况的详细情形，并辛辣嘲讽了国民党制定的法律制度。

1932 年，苍剑在《矿工手记》中记述了煤矿工人一年来的经历体验，真实呈现出矿工的凄惨生活，在包工头残酷的剥削压榨下他们

“只能依旧地牛马般给包工头工作着，我们的血干了肉瘦了，包工头腹大腰粗了”。1933 年，楼适夷《纺车的轰声——生产阵虔礼之一》揭示了纺织女工所遭受的非人压迫，她们入厂后的一举一动都被严密监视着，为了避免她们团结起来进行反抗，资本家还大批雇佣容易控制的破产农民来代替她们。1934 年，杨潮在《包饭作》中生动描绘了纺织厂包身女童工被残酷剥削压榨的情形，正值豆蔻年华的女童工备受摧残后面孔“有的尪瘦，额角和颧骨三角式突耸着，两眼和一嘴凹成三个坑，简直是些活骷髅；别的似乎很胖，但仔细一看便知道实是浮肿，青一块黄一块像烂透的黄桃儿”。彭子冈根据在郑州一家尚未被洋人占据的纱厂采访调查时取得的第一手资料创作了报告文学《在机器旁边》，揭示出民族工业举步维艰的发展状况以及女工们恶劣的劳动和生活环境。丁玲也试写了报告文学《八月生活——报告文学试写》，记述了印刷厂学徒工的工作情形。李乔《锡是如何炼成的》以纪实手法描绘出个旧锡矿主野蛮残暴本相的同时，也对工人的反抗斗争有所展现。

中国共产党创建的苏区呈现出与国民党统治区截然不同的崭新气象，工人阶级翻身解放后以主人翁的姿态对待自己的工作。明云《军委印刷所工人生活素描》中的印刷工人有着高度的责任心和荣誉感，他们不仅自觉加紧工作来支援前线作战，而且积极响应工会号召节省材料，甚至有的自愿将全部工资捐作战争经费。

1936 年，茅盾发起“中国的一日”征文活动，以 1936 年 5 月 21 日这一天为限面向全国公开征文，经过筛选后由生活书店出版，其中包含黄微波《纱厂的一日》、华蕊《在香烟制造厂里》、李导《在桥林》、宜介《矿区剪影》、筱出《我的一日》等。虽然这些报告文学的创作手法和文字表述尚显青涩，但在朴质的话语表述中融入真情实感而自有打动人心的力量，同时也有着极强的现场感。

1937 年 7 月 7 日卢沟桥事变后，全国民众同仇敌忾、抵御外侮，为抗战服务、为政治服务成为此一阶段报告文学的创作宗旨。

1939 年，程海洲《印刷厂的生产突击》记述了抗日根据地印刷厂工人响应中共中央号召开展生产竞赛的情形，全厂工人以空前高涨的热情紧张地工作着，取得了惊人的成绩。萧乾《血肉筑成的滇缅路》讲述了国统区 2500 万民工为了修筑有着极其重要战略意义的滇缅公路，铺土、铺石也铺血肉的感人事迹。他们在缺乏筑路机械，也没有巨款支持的艰难条件下，单靠人力硬生生地在崇山峻岭间修筑起长达 973 公里的汽车路。1940 年，康濯《井陉矿工》在讲述位于敌占区的井陉矿工遭受日本侵略者残酷压榨惨况的同时，也展现了不甘心当亡国奴的矿工们誓死反抗的斗争精神。1944 年，丁玲《袁广发——陕甘宁边区特等劳动英雄》赞扬了特等劳动英雄袁广发“一心为党，不怕艰苦，不断学习，始终如一”的高尚情操及其先进事迹。

不惟普通工人如此，民族资本家也为抗日战争贡献卓著，孙恩三《卢作孚和他的长江船队》、徐盈《刘鸿生——中国的天才企业家》等对此有所展现。

抗战胜利并未让广大人民获得翻身解放，他们依旧生活在水深火热之中，在中国共产党领导下为推翻“三座大山”进行了艰苦卓绝的斗争。作家们对此进行深刻描绘的同时，也对日伪时期工人所遭受的苦难做了回顾。

1948 年初，位于国统区的上海申新九厂爆发了震惊全国的罢工运动，1949 年上海刚刚解放，黄钢便立即深入采访，创作了《她们是胜利者——二·二事件（申九纱厂惨案）真相》，为这段在中国工人运动史上有着深刻印迹的工人罢工运动留下了生动翔实的记录。黄钢着重展现了女工们在罢工过程中敢于斗争不怕牺牲的精神。其中罢工领导者之一——共产党员戚怀琼遭到特务暗害，喉咙被掐哑，一个多小时讲不出话来，但她刚一好转便激励工人们团结起来继续斗争。共产党员何宇珍在斗争过程中腿上中了一枪，但她仍不顾疼痛抡着大铁杠与警察进行搏斗，在被抓住后她趁着警察不注意纵身从三层楼顶的木桥上跳下，被军警再度抓住后投入监狱，受尽酷刑折磨。尽管国民党反动派制造了这场“二·二”惨案，但是工人斗志十分坚强，毫不屈服，最终迎来了上海解放。为了支援前线作战，解放区的工人们克难攻坚、加紧生产，涌现出为数众多的劳动模范。1948 年 7 月，《东北日报》副刊上连载了参加工代大会的劳动模范的系列性访问文章，题名分别为《新劳动态度的模范——记工人的旗帜赵占魁》《劳动旗手甄荣典》《战斗和生产的旗帜——记西北特等劳动英雄袁广发》《女工的榜样——记陕甘宁女工劳动英雄李凤莲》等。

1945 年冬，杨朔到宣化龙烟铁矿深入体验生活，次年创作完成《乱人坑》，揭示了铁矿工人在日伪时期遭受的残酷迫害。日寇在侵占龙烟铁矿和庞家堡、烟筒山采矿区的 8 年时间内竟然残害我同胞多达 3 万人，仅庞家堡乱人坑就足有 5 亩地大，埋尸多达 6000 具，这也是日本帝国主义侵华罪行的铁证。八路军到来后工人们获得新生，一个老工人不胜感慨地说：“头些年，工人哪有这个穿？肚子饿得要死，裤子露着屁股，冻得哆哆嗦嗦……想想当时，我真要哭！鬼子可望着你骂：苦力，快快地干活——一石头就劈过来。今年人翻过来，天地翻过来了！好多工人都架上皮袄，吃的也是热腾腾的好饭食……八路军给工人带福来啦！也不知道怎么回事，天也暖和了，人也不死了，连狼也没有了！”张垣（张家口）是抗战以来八路军从日军手中夺取的第一个较大城市，具有重要的战略意义，被誉为“第二延安”。草明在毛泽东《在延安文艺座谈会上的讲话》精神指引下深入解放后的张垣烟草工厂体验生活，于 1946 年发表《记张垣烟草工厂》。该文不仅从宏观上描绘了解放前后张垣烟草工厂的变化，而且从微观上运用对比手法展现出工人们在解放前遭受日本法西斯残酷奴役的凄惨状况和获得翻身解放后的崭新面貌，有着鲜明的时代感和真实的现场感。草明敏锐捕捉并及时呈现张垣烟草工人们从物质到精神的历史性巨变，不但在同时期报告文学中极具代表性意义，也为她后续的一系列工业报告文学创作打下坚实基础。

总之，旧中国时期的工业报告文学不仅立足于真实性，而且有着强烈的文学感染力，详尽描绘了中国工人劳动、生活和斗争的状况，展现出中国工人遭受资本家残酷剥削压迫的惨象，同时呈现出工人的劳动组织以及工人运动和斗争情形，发挥了重要的社会作用。

中华人民共和国成立后，工作重心由乡村转向城市，随着大规模工业化建设的开展，工人群体迅速壮大。作家们纷纷响应文艺为工农兵服务的号召，使得工业报告文学创作迈入新的发展阶段，反映出如火如荼的社会主义工业建设的崭新气象以及取得的突出成就，同时对各条工业战线上涌现出的劳动模范和英雄人物予以热情礼赞。

1954 年，靳以到安徽霍山县佛子岭水库工地体验生活，写出了《到佛子岭去》等报告文学。1956 年，万忆萱《驰骋吧，祖国的汽车》记述了“第一汽车制造厂”生产出第一辆国产汽车的艰辛历程。1957 年，徐迟《天堑变通途——记武汉长江大桥的“合龙”》以雄放的气势和激昂的情感对社会主义新中国的桥梁建设景象予以高度赞扬。方纪《三峡之秋》记述了长江水利枢纽中苏专家鉴定委员会举办的一次重要会议，情景交融地展现出科学家和工程技术人员高超的技术能力和高尚的精神世界。1958 年，刘白羽《从富拉尔基到齐齐哈尔》让人们领略到东北大工业基地热火朝天的建设景象，入夜之后人们依旧在机器旁满怀激情地从事劳动。

石油素有工业的血脉之称，中国石油工人为了打破国外的石油封锁奋战在祖国的大江南北，涌现出以王进喜为代表的众多劳动模范。李若冰《在柴达木盆地》，刘肖无《彭海群——克拉玛依散记》，袁木、范荣康《大庆精神　大庆人》，穆青、高洁《中国工人阶级的先锋战士——铁人王进喜》，刘白羽《石油英雄之歌》，徐迟《石油头》，魏钢焰《忆铁人》等报告文学对此有着浓墨重彩的描绘。其中穆青、高洁在《中国工人阶级的先锋战士——铁人王进喜》中以生动形象的语言呈现出王进喜的责任担当意识，他说：“一个人没有血液，心脏就停止跳动。工业没有石油，天上飞的，地上跑的，海上行的，都要瘫痪。没有石油，国家有压力，我们要自觉地替国家承担这个压力，这是我们工人阶级的责任。”

社会主义新中国是在一穷二白的基础上搞工业建设的，加之受到国外的严密封锁，因此必须发扬自力更生、艰苦奋斗和勤俭节约的优良传统。鞍山是新中国建设的第一个钢铁基地，老工人孟泰带领工人们刨开厚厚的冰雪，将“日伪”时期深埋于地下和混入废铁堆的各类器材收集起来，变废为宝建成赫赫有名的“孟泰仓库”，成为鞍钢人自力更生、艰苦奋斗的一面旗帜。1954 年，国涌《钢都的老英雄——孟泰》对此进行了详细记述。1963 年，魏钢焰《红桃是怎么开的？——记党的忠实女儿赵梦桃》记述了全国劳动模范——纺织女工赵梦桃的感人事迹。1963 年，李峰、余辉音的《“一厘钱”精神》记述了“一厘钱”精神不仅在有关工厂发生了连锁反应，而且还衍生出“一分钟”“一根火柴”等提高劳动效率和降低废次品率的新举措。

描绘先进模范人物的报告文学还有陈登科《一个平凡的人》，杜鹏程《一个平常的女人》，胡万春《一个女炼钢工人》，温俊权、单复《李金芝——记无缝钢管厂的一个女操纵手》，费礼文《我们的竞赛没有结束》，等等。

工业战线自然不是单靠勤俭节约和忘我工作就能取得丰硕成就的，还需要不断进行科技攻关，从而打破西方国家的技术壁垒，让中国工业实现真正意义上的飞跃式发展。陆灏《王崇伦的故事》中的主人公王崇伦就是善于科技攻关的卓越代表，他原本是鞍钢机修厂的一名普通工人，却有着 100 余项技术革新和发明创造。

旧社会资本家只重机器不重人，工人只不过是替他们赚钱的工具，出了工伤事故都无法得到及时治疗。新社会工人阶级成为领导阶级，工人的生命安全也有了切实保障。在工业战线上英勇奋战的工人们满怀着对社会主义新中国的热爱，他们经常为了保护机器设备和挽救国家财产奋不顾身，甚至为此献出宝贵的生命，党和政府也对他们百般关心和爱护。巴金《一场挽救生命的战斗》，巴金、茹志鹃等合写的《手》，房树民、黄际昌《向秀丽》，茹志鹃《离不开你》等，都以无限崇敬的感情，热烈地讴歌了奋不顾身保护国家财产的英雄。医务人员打破迷信，攻克医学难关，挽救英雄生命的举动，也体现了全社会热爱英雄、学习英雄的良好风尚。

1978 年 12 月，党的十一届三中全会宣布中国实施对内改革、对外开放的政策，有力地加快了我国工业现代化进程，取得了举世瞩目的伟大成就。改革开放前我国工业基础较为薄弱，改革开放后工业经济尤其是制造业方面发生了翻天覆地的变化，制造业规模不断扩大，技术创新能力逐渐增强，产业结构持续优化升级，工业产品的国际竞争力显著提升，成为全球制造业的重要力量。自改革开放政策实施以来，一大批工业报告文学应运而生，不仅展现出我国各个领域工业建设日新月异的发展状况，而且重点刻画了一批敢于破旧立新的工业改革家形象。

郑重《天上人间——我国第一颗同步卫星上天记》（1984）记述了 1984 年 4 月 8 日我国成功发射第一颗同步通信卫星的过程及科研人员在幕后默默付出的感人事迹。李玲修《“奥迪”迎面驶来》（1990）详细介绍了一汽“奥迪”得以诞生的来龙去脉，由此开启了汽车制造国产化的新篇章。郑伯权《飞向明天——上海飞机制造厂备忘录》（1990）记述了上海航空工业公司和美国麦道公司合作生产的 MD-82 型客机在上海飞机制造厂的安装过程。李鸣生《飞向太空港——“亚洲一号”卫星发射纪实》（1991）记述了中国航天人用“长征三号”火箭成功地将美国休斯公司制造、香港亚洲卫星公司委托发射的“亚洲一号”卫星送入太空的全过程及其幕后故事。蒋巍

《闪着泪光的事业——和谐号："中国创造"的加速度》(2010)讲述了中国高铁这一"闪着泪光的事业"的发展历程，由中国铁路人自主研发的"和谐号"列车创造了震惊世界的"中国速度"，谱写出中国铁路辉煌壮丽的历史新篇章。

改革开放政策实施后各条工业战线涌现出许多改革家，报告文学对此也给予了热切关注。1980年，程树榛《励精图治》中有着"宫大胆"之称的宫本言临危受命担任位于富拉尔基的第一重型机器厂厂长，他励精图治、敢于革新，经过一年努力终于扭亏为盈，使得全国出名的"老大难"单位一跃成为全国先进单位。此外，李延国《废墟上站起来的年轻人》、理由《希望在人间》等也描绘了敢于突破陈规陋习、锐意进取的改革者形象。《希望在人间》中的黄宗汉对金钱毫不讳言，在发表就职演说时他慷慨直言"办工厂就应该赚钱，这是常识性的问题，就像农民种地要打出粮食一样的天经地义"。他对"埋头苦干"这个口号也不赞同，直言不讳地宣称现在是抬头巧干的时候了。

在从低端制造业向高端制造业转变的过程中，不仅有赖于科技人员的刻苦攻关，还必须大力弘扬"工匠精神"。刘海民、林红梅的《中国工人许振超》记述了许振超凭着数十年如一日的刻苦钻研精神练就的"一钩准""一钩净""无声响操作"等"绝活"，以"振超效率""振超精神"谱写出新的时代强音。

随着市场经济体制的大力推行和人口流动政策的逐步放开，出现了举世瞩目的南下"打工潮"，关注打工者群体的报告文学也随之产生。1986年，罗建琳《在蛇口——一次短暂的"罢工"》是较早关注打工者群体的报告文学。1988年，陈秉安《来自女儿国的报告——深圳二十万女临工掠影》是最早专门反映深圳外来女工状况的报告文学，对涌入深圳的20万"打工妹"(女临工)的生存图景及其她们所面临的困境进行了全景式描绘。21世纪以来，作家们对打工者群体的命运遭际依旧关注不已，其中黄传会《中国新生代农民工》(2011)、丁燕《低天空：珠三角女工的痛与爱》(2013)等堪为代表。

作家们在倾力讴歌改革开放政策实施后引发的工业建设领域新变化的同时，也未回避改革进程中存在的诸多问题，深刻揭示出改革开放继续推进的阻力所在，以期引发人们的重视和思考。1986年，贾鲁生、丁钢合写的《未能走出“磨房”的厂长》中的赵敬在改革浪潮推动下竞选为山东塑料试验厂厂长，一开始也曾有过一番作为，但终因无法走出封建观念的“磨房”而沦为改革的阻碍者，由此表明要想实现工业现代化首先人的意识必须转向现代化。周嘉俊《步鑫生现象的反思》记述了浙江海盐衬衫厂厂长步鑫生从闻名全国的改革英雄沦落到被免职的整个过程，不仅对步鑫生个人的成败得失给予评判，也对步鑫生现象进行了深刻反思。

改革开放政策实施以来中国工业取得举世瞩目的突出成就的同时，也暴露出资源无序开发、矿难频仍和生态恶化等亟待解决的严峻问题。何建明《共和国告急——中国矿产资源开发忧思录》披露了不合理乃至掠夺式的开发导致中国矿产资源流失严重的问题，全民性的抢矿窃宝风造成“矿山大割据”的无序乱采状况。同时他也将触目惊心的矿难公之于世，呼吁人们在进行现代化建设时不要忘了科学平衡的发展。姜孟之《壮哉！红松精神》和吴宝三、曹锋《马永顺传》在揭示出小兴安岭林区过度采伐所带来的一系列问题的同时，也记述了以马永顺为代表的林业工人为了林业能够可持续发展而植树造林的感人事迹。

进入新时代后中国工业凭着独特的发展理念和强大的创新能力，在全球范围内展现出强大的竞争力和发展潜力。各条工业战线取得令人惊叹的巨大成就，尤其是随着先进装备制造业的快速快展，不仅实现了“可上九天揽月，可下五洋捉鳖”的宏伟梦想，也铸就起捍卫国土安全的大国重器。新时代以来随着数字化和智能化浪潮的加速推进，智能制造逐渐成为推动制造业转型升级的重要力量，透过为数众多的报告文学也能够见证出中国工业从“制造”到“智造”的历史性转变。

新时代以来我国航天航空航海事业在科技创新意识引领下不断取得新的突破和成就，展现出强大实力和巨大潜力。兰宁远《中国飞天路——中国载人航天工程发展纪略》呈现出中国航天事业取得的辉煌成就，赞颂了几代航天人凝聚而成的“特别能吃苦、特别能战斗、特别能攻关、特别能奉献”的载人航天精神。崔斌峰《鲲鹏起兮——大型运输机运-20研制纪实》讲述了我国自主研发大型远程战略军用运输机运-20的过程。李青松《智慧之翼》详细介绍了堪称强国利器的中国无人机的发展状况。我国航空航天和核工业的飞速发展为铸就大国重器奠定了坚实基础，徐剑在《大国重器——中国火箭军的前世今生》中以宏大的视角展现了从第二炮兵到中国火箭军的发展演变历程。许晨《第四极——中国“蛟龙”号挑战深海》讲述了中国“蛟龙”号载人潜水器的研制过程，以及中国人对南极、北极和第三极青藏高原之外的深海世界也即第四极的探索状况。舒德骑《大国起航——中国船舶工业战略大转折纪实》记述了中国船舶工业的干部职工坚决贯彻执行“中国的船舶要出口，要打进国际市场”的战略决策，赶超英、美、日、韩，成为世界造船大国的发展历程。

新时代以来我国为了满足国家发展战略的需要，在桥梁工程建设上也加大了投入，推动实施了一系列重大工程项目。长江《天开海岳——走近港珠澳大桥》生动地展现了被誉为“新世界七大奇迹”之一的港珠澳大桥的建造始末。章剑华《大江之上：长江大桥建设三部曲》详细记述了新中国成立后长江大桥的建设史，彰显出我国工业发展取得的伟大成就。

新时代以来面对国内外环境的巨大变化，我国工业发展进入从“制造”到“智造”的转型新阶段，不断探索和推动经济高质量发展的有效途径，为中国式现代化贡献力量。王成章《国家责任》中的张国良带领团队将濒临破产的纺织机械厂转型升级为国家级重点高新技术企业，创造了中国碳纤维的神话。王雄《中国智慧：中国高速铁路创新纪实》在“引进消化吸收再创新”的技术路线指引下前后不过6年，我国便一举跨过发达国家高铁40年的发展道路，创造了后来居上、领跑世界的奇迹。孙学丽《大机车》以时间为序记述了大连机车车辆厂从研修到研制，从替代进口到批量出口，从单一品种转向多元化经营的蜕变式发展历程。王鸿鹏、马娜《中国机器人》记述了以蒋新松、王天然、曲道奎等为代表的几代中国科学家研发机器人的曲折经历，他们胸怀“科技报国”之志，投身于“中国制造”向着“中国智造”转变的伟大事业，经过刻苦攻关运用东方智慧打破国外技术封锁，将中国机器人打造成大国重器。

综上所述，自中华人民共和国成立以来，工业报告文学不仅展现出我国工业建设取得的卓越成就，赞扬了工业领域涌现出的英雄人物，也秉持着对国家、民族和人民高度的责任感与使命感及时揭露了各种丑恶现象，有助于党、政府和人民群众认清事实真相。报告文学在艺术上也越来越成熟，尤其是20世纪90年代以来长篇工业报告文学纷纷推出，体式也不断完善，以宏大的篇幅和开阔的视野全方位、立体化地展现出工业领域取得的成就。

百年来中国工业报告文学取得丰硕成果的同时，也有着深刻的经验教训，尤其是“文化大革命”时期“假大空”的作品严重违背了报告文学的真实性。事实证明，内容真实、思想性强和富于艺术感染力是工业报告文学葆有长久生命力的切实保证。百年芳华正青春，当前中国正在为实现中华民族的伟大复兴而砥砺前行，为工业报告文学开辟了广阔发展空间和远大发展前景。

为了尽可能全方位地展现百年来工业报告文学所取得的成就，在编选《中国百年工业文学大系：报告文学卷Ⅰ》和《中国百年工业文学大系：报告文学卷Ⅱ》时，既对已出版的《中国新文学大系·报告文学集》《中国新文艺大系·报告文学集》《中国解放区文学书系·报告文学编》《二十一世纪中国文学大系·报告文学卷》等有所参阅，同时更注重从文学史论中寻找线索，查阅了大量原始报刊，尽力做到凡是反映我国工业发展历程的优秀报告文学作品都不遗漏。百年来中国工业发展取得了举世瞩目的伟大成就，使得中国从积贫积弱夹缝里求生存转变成为世界第一制造业大国，是迄今全球工业门类最齐全的国家。这些伟大成就的取得既离不开中国共产党的正确领导，也离不开广大工人的辛勤劳动，更离不开工业领域开拓者和管理者的聪明才智。所以我们既重点收录表现工人阶级的历史命运和战斗精神的作品，又扭转了过去的极“左”倾向，选录了记述卢作孚、范旭东、刘鸿生、荣德生等爱国民族资本家的历史贡献的优秀之作；在最大限度地收录名家名作的同时，也尽可能地收录一些不为人们所熟知的作者的优秀作品。当然由于篇幅和视野所限，一方面不得不舍弃许多优秀作品，另一方面又难免有遗珠之恨，但正所谓窥斑见豹，我们自信，“中国百年工业文学大系”中的报告文学卷，从整体上真实反映了百年来我国工业的发展历程，也勾勒出我国工业报告文学的发展脉络和演变状况。

田 丰

目录

唐山煤厂的工人生活
——工人不如骡马

明明（李大钊）

前天遇见一位由唐山煤厂来的朋友，我就向他询问那里工人的生活状况，这位朋友就略略地把他们的状况述说一点。我今将他的话写出来，供关心劳动问题的参考。

唐山煤厂的工人，有八九千人。这样多数工人聚合的地方，竟没有一个工人组织的团体。听说有过一次同盟罢工的事情，原因却为着工厂对于一个工人罚了几角钱，一时动了公愤，才联合起来，以罢工为抵抗的手段。但是他们平日既没有什么团结，这回举动，又靡有正大的要求。罢工的时候，系由工头持刀斧在门前堵守，不许进去做工，像这种没有结合的罢工，无意识的罢工，强迫的罢工，自然是没有效果了。

他们终日在炭坑里做工，面目都成漆黑的色，人世间的空气阳光，他们都不能十分享受。这个炭坑，仿佛是一座地狱。这些工人，仿佛是一群饿鬼。有时炭坑颓塌，他们不幸就活活压死，也是常有的事情。

他们每日工作八小时，工银才有二角，饮膳还要自备。他们有个恶习惯，常常把两星期的工，并在一星期来做。在这一星期中，无昼无夜，不停工作，不睡眠，不休息，不盥漱，不沐浴，把两星期的工在一星期做完，其余一星期，就去胡吃狂饮，乱嫖大赌去了。因为他们太无知识，所以他们除嫖赌酒肉外，不知道有比较的稍为高尚的娱乐方法，可以慰安他们的劳苦，也靡有供他们别样娱乐的设备。因为他们的工银太低，所以他们必须把数日的工夫，无昼无夜地像牛马一般劳动，才能积得一元半元钱，好去嫖赌。

在唐山的地方，骡马的生活费，一日还要五角。万一劳动过度，死了一匹骡马，平均价值在百元上下，故资主的损失，也就是百元之谱。一个工人的工银，一日仅有二角，尚不用供给饮食。若是死了，资主所出的抚恤费，不过三四十元。这样看来，工人的生活，尚不如骡马的生活；工人的生命，尚不如骡马的生命了。

唐山煤厂，是取包工制。资本家对于工人不生直接的关系，那包工的人对于工人，就算立在资本家的地位。也有许多幼年人，在那里做很苦很重不该令他们做的工，那种情景，更是可怜。

原载《每周评论》1919年第12号

香港罢工风潮始末记[①]

记　者

一　罢工风潮的原因

凡是一种风潮，绝不是少数的人由一时感情冲动的作用可以产生出来的。它有许多原因，忽然碰着了相当的机会，于是就一发而不可遏止的了。我们叙述这一次香港罢工的风潮，当然不能不预先研究它的原因。

这个原因，虽然很是复杂，不过就大体上观察，可以说不外以下二种：

（一）生活上的窘迫；

（二）心理上的变动。

什么是生活上的窘迫哩？（一）香港自从欧战开始以后，百物

① 1920年3月31日香港机器工人开始罢工，4月19日结束。

腾贵，尤以米粮为甚。一般工人，不能够维持生活。广州《英文时报》云：

“现有由港到省工人约五十名，谓彼等是被迫而罢工者，因港中生计程度高起所致也。彼等只赖手作口食，目下之工金，实不足以度日；故特请东家增工矣。虽经忍耐及设法，以使各东家知彼等之困难，但所请者，并不理会。彼等之原动，实非排外；且亦无伤害外人在中国之事业；罢工常致双方受害，但只因于不得已而行此法而已。彼等甚愿各事如常，唯须得适当之工值，各人虽现寓省城，而仍无鼓吹别人联同以图达彼等之目的，现甚望各东家知各人之困难，而加增工金。若目下之风潮，不能有所解决，则彼等将转别行而另寻事业也。”

（二）室家的担负太重。《德臣西报》云：

“本港米粮太贵，工人若有家室，而添有一儿女者，则每月之费用，至少需三十九元。但各工人每日所得之工金，平均计之，不满一元；且复有星期日及公众假期之休息，所入实难敷所出。又每遇厂中生意非畅盈时，则工人之退留无定，是以间有工人每月只得三星期之工值者，其难以接济日用，益可想见。故工人皆以为非得工金加四成发给，则无以为养家之费，如不得如其愿，则宁不回港。”

以上的二种关系，都使得工人有不能不要求全体工金增加四成的趋势；但是他们提出这一种要求，那资本家方面总没有一个满意的答复；这就是不想罢工也不能够了。

什么是心理上的变动哩？香港是一个交通极便利的地方，所以一般工人，对于国外同盟罢工的事体久已就明白了的。这些时以来，新思潮的鼓荡，使得工人越发有了自觉的倾向。去年六三运动①，全国罢工罢市的大举，公然使得那个冥顽不灵的北政府，也不能不多少让点

① 1919 年 6 月 3 日，上海各地响应五四运动开展的大规模罢市、罢工、要求释放被捕学生的运动。它是五四运动的继续发展，是反帝反封建的革命运动，自此之后革命运动迅速地扩展到全国范围内的各革命阶层。

步儿，他们知道罢工也是很有用的一个护身符了，到了这个不得已的时候，于是就试用起来了。

以上的二种原因，都是很重要的。没有第一种原因，他们熙熙攘攘地过快活日子，又何必与资本家故意为难哩？没有第二种原因，他们只得作听天由命的想，让资本家摧残罢了。

但是还有一个近因，就是三月三十号的华民政务司的一种很不懂事的谈话，我且把它录下：

“你们要是决意告辞，准可自由；但是港中律例，不准留住闲人，你们好好地预备走吧！”

大家想想，这是什么话？你看工人们听见了，不是火上加油，那还激烈得了得么？于是乎三十一号就全体罢工了。

二　罢工风潮的详情

关于罢工风潮的详情，我可以分项报告如下：

（1）人数

这次罢工的，全是机器工人。至如确实的数目，没有正式的报告，我们也不能知道。现在就我所调查的，用日记体一天一天地写在下面：

一号，工人离港的一千四五百名。

二号，铸造工人一千七百余名，都是在三四五六等日离港的。

七号，牛奶雪厂工人继行罢工。

火车上之机器工人及火[1]车抹油打磨工人均停工。

九号，电话局之工人，又因要求加给工金四成罢工。

该工人约有二百名。

---

① 原文中此处空白。

电车公司之工人已于是晚尽行告退。

电灯局工人罢工。

十三号，后山顶火车头之司机停工。

十四号，九龙电灯局停工。

照上面开列的，大概至多不过七八千名，至少也有四五千名了。

（2）秩序

我们这次最应该注意的，就是工人们的秩序。我看见许多闹风潮的，总不免留下一个虎头蛇尾的笑柄，这都是秩序上欠严肃的缘故。这次工人居然把旧弊洗尽了，实在可喜得很呵！

当风潮发生的时候，他们有两个特点：

A. 全体一致的精神　没有一个贪图工资而不肯放手的，这比许多无聊的成天坐在屋子里高谈牺牲，不强得几万倍么？

B. 忍耐的能力　风潮发生时，最贵重的是在风潮里边滚的人，要神志清醒，不可感情用事。你们看工人们受了许多欺侮，事到临头了，他们忍气吞声，没有半点暴戾的举动，这不是我们操奋斗生涯的应该效法的么？——虽然也有一个，就是“北角电局之工头因欲将停工之事告知执事人员故被罢业工人将伊重殴”，但是这还是工人对于工人施以制裁，和资本家并没有这种举动哩！

至于在罢工时期中，也有二个特点：

A. 他们的宣言和谈话，没有一句是指责资本家的，只是声明自家不得已的情形，拿诚恳的态度，去引起舆论和社会的赞助。

B. 没有一个在相持的时间之内，去屈服于资本家的。他们完全听从华人机器会的规约和几位代表的指令；再不肯做破坏团体行动的罪恶，这很是难能的呵！我录一则新闻于下，请大家看看！

“某日系粮期，各船坞预料各工人必返澳出粮，故约各管工预早齐集一处，借其识认各停工之工人，想截留于补炉厂处，得强制与工人订定加增工价，使各工人即可开工，唯各工人一见该澳如此布置，相约不入厂出粮，互相滋议，谓必坚持到底，方允到厂出粮开工云。”

大家要知道当时“东家集议，决夺谓本港以两船澳公司并水师船澳，为华人机器工匠最大之东家，须待船澳公司订允如何，则各受影响之较小公司，然后仿照办理”的情形，设使当船澳这么布置的时候，有一两个不肖之徒，随风使舵起来，那尚堪设想么？

（3）援助

这次他们很大的援助，就算广州机器公会了。许多离港的工人，都是在那里住着吃着，这一笔费用，概由广州同业由工金内摊派几成出来担负的。而资本家和劳动家磋商，也以广州机器公会为大本营。

其次做他们援助的，就算新闻界了。兹将友人某君来函披露于左，以为佐证。

“当罢工之初，西报尝有惑于资本家之议论，而认此次工人求增四成，为过分之要求者。最后华人机器会将机器工人之个人每月用度支出如何？家庭费用每月支出如何？市上物价增高如何？悉数披露。

“自是真相大明，乃晓然于工人之实出于无可奈何，而悉本诸良心上之主张为一极有力之援助矣。”

（4）损失……恐慌

工人罢工，其损失为当然的一种代价，不必说了。现在我专就资本家的损失谈罢。

被影响之外国工厂，计共牵入旋涡者有廿六间公司。水师工厂、领牌部、水塘、工务部、牛奶公司、香江黄埔船坞、深水埔船坞、太古船坞、卑利公司、英坭厂、佐顿公司、香港酒店、山顶火车、广九车路、电灯公司、华商电力公司、缆厂、屈臣氏铜锣环支厂、煤汽公司、亚细亚火油公司、电车公司、中日电力及电灯公司、香港九龙码头及货仓公司、太古糖房及中国糖房，但是新闻纸上说的损失尤巨的，有——

①英坭公司　罢工以来，现遭损失最巨者，莫如英坭公司，因该处十三个窑，均已停顿，今合厂内全数西人管工，亦仅开得一窑。其花旗砖窑二个，亦均停顿；但英坭公司全年无一日停工，今一旦停

工，则该炉无用，要从新建复。唯日前工人递辞职书时，该厂已有愿意照加，不知后来如何变卦，又未实行，故罹此损失云。

②山顶火车　自机器工人全体罢工后，遂由海陆军兵士暂行代理司机各事，故不致停止往来。唯因此辈对于火车，素未十分谙熟，故昨日上午十点钟，几发生意外事。缘有一火车，正驶至附近坚列地道左右，照例暂停一息，俾便于搭客之上落，但一经复开，司机者开掣逾常度，以致其行如飞，至此急欲收回，遂反退数丈，但其铁缆已收缩不及，致遭屈曲，后几经整理，亦属无法，迫得将铁缆割断，另换以新缆为之。驳续历一点余钟之久，方始复行，而费时已不少。

③电车公司　自电车停摆后，商人来往极感不便，乃政府只袖手旁观乎？

此外更有记载当时社会上那种杯弓蛇影的情形，也可以看看的——

“昨日街上，宣传谓礼拜一晚水喉之工人，亦将一律罢工，至人心惶惶……昨日中环街市有等鱼台，及有小数之居民，咸用琵琶桶或大水缸满贮清水，状极匆忙云。”

照那上边情形，故此社会上的心理，都很愿意资本家能够让步的好。下面二则评论，是由香港报纸上节录下来的。

其一

“罢工风潮，经致电车停止，来往已非常不便；但如各大东家，仍持目下之态度，则不久亦将必受别方面之不便。”

其二

“罢工之事，牵及电车停摆，以致影响于公众，若果各伟大东家接续如此，而无底止，则其他之事业不久亦受感觉。”

（5）调停……结束

工人提出了增加四成的要求，没有达到目的，所以就发生了罢工风潮，这是我已经报告过了的。

最后愈牵愈众，影响极大，我上边记得也很详细，不用说了。因此之故，港政府和华民政务司再三请了华人机器会敦促工人和东家会议，无奈两下的话不投机，不能够成功。

但是华人的资本家方面，已经有许多执拗不过的了，因此资本家团体，起了破裂的表象，港政府与各厂主极为忧虑，才特着本港华人机器会，转达省城机器总会，请各工人举出全权代表数人到港正式谈判，经由省机器总会举出汪敬之、陈耀南、冯次庭、陈耀轮四君为全权代表，于阳历四月十七日上午在渣甸写字楼，与华民政务司及各厂主为长时之讨论。是日各工人代表允减至三成半，因条件的关系，各工人代表，未能满意，仍无结果散会。翌日再会，始行解决，其条件为凡受雇各厂之工人，如在此次罢工之列者，均一律增加三成二五。各管工科文在每月百元以下者亦同样增加。其每月百元以上者，则增加二成。经彼此双方满意签字，并由罗文锦律师在座见证签字。

自从那一天调停了结以后，这一次罢工风潮就算平息了。我照录华人机器会一篇通告于下：

敬启者，昨同人痛惧沉沦，恐遭灭顶，须臾忍痛，用自决心，遂至停工，以求增值，相将罢业，听待维持，幸大众之一心，直前勇往，荷栖留之有院，同气矜怜，事竟全功，天偿人愿，所求以达，不用操心，从此生活改良不至常呼庚癸，自后齐心勠力，同人福利尤多，事已完全，不用迟疑观望，约经签妥，速祈早日返工，兹者四月十九号，乃罢工结束之日，越天二十号，乃同人复业之期，恐未周知，特此布告，九年四月十九晚。

三　罢工风潮的影响到将来的

要想说明这一次罢工的影响到将来怎么样，应该从罢工的根本的意义上着想，才可以找得出一个答案来的。

这一次罢工的原因，我已经说过，就大体上的观察，可以说不外——

生活上的窘迫，和心理上的变动这二种了。既然如此，这一次罢工风潮以后，可以使得

（1）生活上变为优裕的么？

（2）心理上变为满足的么？

没有仔细考虑一下的人，当然答复道："这一次劳动界已经得到了最后的胜利！生活上还有什么不优裕，心理上还有什么不满足的地方么？"但是据我的愚见，实在不敢承认，我敢说：

（1）生活上依然是窘迫的；

（2）心理上依然是摇动的。

自此以后，罢工的举动，多则三五年一次，少则一两月一次，为什么哩？劳动家生活上的窘迫和心理上的变动，都是社会组织上有病的表象。罢工也是一种医治的方法，但不是一种根本上医治的方法。仿佛一个房屋快要倒塌了，我们应该重新建造一个，才是根本上医治的方法。无奈我们只用许多绳子和棒子将房屋支住，绳子是容易朽的，棒子是容易断的，不但时常要改换新的绳子棒子这个很费事，就是我们住在这个绳子和棒子支住的房屋，也成天地担惊受骇哩！所以这个也是医治的方法，无奈它很靠不住的罢了。

为什么见罢工就是和绳子棒子支住的房屋一样哩？这个很浅近的，我们知道物价是没有一定的，是可以由资本家随便操纵的。劳动家今天要求资本家增加工资，资本家就满口地承认了；但是资本家因为花费的成本比从前的来得大些，马上就把劳动家所生产的物品，抬高价格去卖起来，在资本家依然是没有损失的。可是劳动者就不然哪！譬如现在的工资二十元，但是生活费倒要二十五元，因为感受了这五元的苦痛，就罢起工来了，最后资本家增加了十元，那不但没有不足的，反余出五元了，当然就很心满意足的了。可是资本家他不能白白地就担任这十元的损失，因此就把物价抬高了，直接的或间接的影响，那生活费又非三十五元维持不可了。那么陈陈相因，资本家依

然稳重和泰山似的，而劳动家总不免于感受那五元的苦痛。——这并不是我的幻想哩！欧洲社会上的罢工风潮，不简直的是一种家常便饭么？好！好！中国也跟着一个道上走来了！

总而言之，社会上根本的缺憾，就是资本家和劳动家阶级的存在。有了这个阶级的存在，那么劳动家仿佛都是为资本家活着似的，优裕的太优裕，那窘迫的就不能不更加窘迫了；满足的太满足，那摇动的就不能不更加摇动了：这是天然的结果。

根本上医治的方法，唯有用阶级争斗，使劳动家同时兼做资本家，并且除劳动家以外再没有什么资本家。既然如此，那么罢工不罢工，又简直的不成问题了。

原载《新青年》1920 年第 8 卷第 1 号

唐山煤矿葬送工人大惨剧

皆平（朱泰信）

▲几十分钟内死工人五六百

▲比国矿师预知有险，然而只知要煤，不顾工人死活

▲矿局年利八倍于资本，然而工人一命只值六十元

十月十七日北平通信

十月十四日九时，唐山煤矿九道巷[①]“地下第九层”新“煤苗”内，沼气（Marsh gas）爆发，声极大，因以致死者五六百人。这幕惨剧，在当天晚即传到我的耳内。我听见一个同学转述两个外面女人谈话：“大哥被关在里了？”“关在里面的多极了。何止你大哥一人。”前天我又听见同学说：“矿局门前大人小孩哭声震耳。”昨天下午我才能有些闲空，和一个同学到矿局门前看看景象。

① 原文中“九道巷”和“九度巷”混用，现统一为“九道巷”。

我一直从唐山街经过，到底没有听见什么人议论这事。我几乎怀疑这幕惨剧是没有开演也。不然，为什么唐山人这样的冷静呢。我自己心里这么说。等我们要到矿局门前时候，我才觉得那是无疑的了。我看见那许多人，站着的，坐着的，个个都很冷静（悲惨地冷静）！我们钻到人群里看看听听，听不见什么消息。只看见那些可怜的颜面，含泪的眼睛。我们再向外面看看，也不见什么动静，只有那武装的警察雄赳赳地、笑嘻嘻地站在门前和那装死尸的"四块板盒子"陆续搬出矿局门。

后来我们到了两家小铺子，恰好遇见两个人。一个是替人领死尸的，一个是井底监工的亲戚。我回到学校来，又得了外面人的一封信，才知道这惨剧的内幕是这样的。

前后有几天，矿局新雇一个煤师来验查煤苗。因为唐山煤矿，开已多年。好多地方全挖空了。那煤师就在九道巷（地底下的）找着一所好"煤苗"，矿师德马利（比国人）就吩咐那些矿工去挖。挖的时候，他们常觉有白烟冲出来。有一个老煤工说这里有"克拉气"不能挖，许多工人也就不愿挖。井底监工也怕有什么大危险发生，自己担不起这责，就去和德马利说。德马利对他说："我只晓得要煤，不知道什么气不气，煤里总是有危险的，好好叫他们矿工去挖。"但井底监工，总不放心。于是在十四日晨就求着德马利和他一同下去看。他们到了九道巷，德马利说："气是有的，但这还远，不碍事。把你们灯头弄小些，向前挖罢。"话说完了，他随即和井底监工上去了。不到十分钟，那矿师的命令，却成了一道催命符。于是轰然一声（声极大，上面人在夜间，一定可以听得很清楚），于是那种爆发的烟气充满了地下。在上几层的工人可以幸免。自四道巷五道巷以下的人全被窒息而死，这一班工人计十个中要死去八个。至十五日早晨，才有人敢下去捡尸。昨日死尸，已捡出的有四十七个，其余的还待捡寻。现在矿局是每个死尸发给一个"四块板盒子"，赔偿六十块钱。听说那些死者的家属也就和死人一般样和平，任凭矿局支配。

有多少人说这个爆发的原因，是由于工人在那里吃烟惹火的。这实在是瞎说。矿局对于工人带烟火下去检查严极了，那不是惜人命，是怕毁了矿局的骡马。昨天一个工人对我说：“矿局办事人，对于检查工人烟火真严。每人下去时，都得把身体解开通受检查。倘发现火柴烟卷等物，不但扣下，还需受罚，在局里坐几天拘留所。对于下九道巷的工人，检查尤其严密。他们手提着那种安全灯，还得用嘴吹吹。有一点漏气，就只准在上几道巷用。另换一极密的提到九道巷用。”我为这爆发和工人致死的原因，曾翻化学煤矿等书看，带己见想想，觉得那一定是这个道理，原来沼气和空气混合，惹火焰是会爆发的，这不过说只有少量的沼气用安全灯原可以安全无事的。要遇着沼气过多，在新煤矿，总是多多地盛在煤矿孔里，受很高的压力，一遇凿煤，就陡然地迸出。在平常没有动的时候，也可以听着那受压的气从小孔内向外迸出的声响，并看见常有烟气在煤矿表面悬绕。这种迸出的气，不待火焰而爆发，即那种火光已足使之爆发。这种危险，不是那一切设备（像安全灯等）所能防御的。矿师叫工人把灯捻小些再凿，原是知道沼气将要爆发，但把灯光捻小些，光总是有的，所以爆发仍不能免。这种爆发并死不了多人。却是那种爆发后的气，因为爆发时把所有周围的氧气都用尽了，所剩的尽是氮气和碳酸气。这种气阻止了人的呼吸时吸收的氧气，就是那几十分钟内，全矿的人，断绝了吸收氧气，自然致死无疑了。这种气尚比爆发危险许多倍。人纵能免了爆发致死，总不能免窒息而死。这种气矿工常叫它们“煤矿毒气”。

有一个人对我说：“那死尸拖出来时面带笑容。医治时，要能哭就得救了。那真好像死比生好过些。不然，为什么死了还笑。生了反哭呢。”那一方面又有一个人对我说：“且看德马利矿师，好像是做了无量的功德，去把生受罪的矿工送到死乐地。乘着汽车，带着武装警察，在马路上耀武扬威地两头乱跑。”我忽然想起前两天有一位教员对我说："矿局的股本年利是百分之八百。就是一年一千元的资本金，要得八千元的利息。"这大的利息就是如此得的。拿人类生物的性命换得的。唉！

原载《劳动音》1920 年第 1 期

湖南煤矿水工惨状

吴 桢

湖南衡永郴桂一[①]带，矿产丰富，尤多白煤，开采者积资不厚，恒循用土法。予于民国二年，在耒阳县境，地名石嘴，购一矿区，亦用土法开采。大凡煤矿工人，可分煤工与水工二种，煤工论工索资，不受束缚，理尚公允。只桂阳县煤工，拖煤出窿口过秤，秤杆高悬，煤之斤数，由秤手妄报，挂号者坐位甚高，登记之数，矿工不能仰见，迨工人一日工作完了，领取工资，则与原数相差甚远，煤工拖煤出窿——要皆自能估计，明知有意克扣，因各矿一例于此，无可奈何耳。以上不过煤工所受蒙蔽苦情，至于水工所受之痛苦，敢谓全世界中惨无人道之事，未有胜于此者。抽水之法，用中尺八尺或一丈长量竹筒，中空其节，篾片一条，前端穿扎牛皮一片，塞入筒中，篾片后端，接一横木，两手把握，上下抽送，正如儿童汲水玩具相似，以之连续安置窿内，水工一人，坐横架木板，抽上之水，注入身下盛水木箱中，上层水工，再将箱中水抽上，逐节抽出窿口，流入山涧。予一

① 原文中此处为空白。

日进窿察看，窿内不能燃灯，黑暗闭结，呼吸顿促，滴水浸肤，寒如冰雪，耳中唯听铁钳夹击之声，铮铮不息；以干电灯照之，见水工俯首屈腰，用力甚苦，而抽出之水，不盈一斗，其状固极狼狈，且现惶恐之象，意必见矿主入窿，不敢疏忽，惧遭呵责耳。方奖慰之，嘱其毋庸骇怕，工头数辈，遮挽前行。后出窿口，工头谓与彼辈接谈，有失身份，始知遮行之由。水工替代时间，以线香二支燃尽为期，约在二小时以上之久。窿中空气既凝滞，土法以风箱扇风入窿。箱之制法，如农人扇米风车同式，风力甚微，十余丈内，失其功效。所开风窿，又非从窿底分支开出，亦无效用。拖煤工人，时入时出，不甚闷苦。挖煤工人，借人手扇，得以换息。唯水工两脚浸渍水中，足部溃烂者十居八九，气息奄奄，似全失其知觉，而其栗栗危惧之状，乃在所闻铮铮之声，盖持铁钳者，名为管车，专事修理抽筒牛皮，兼负监督水工工作之责，水工两足破烂，大抵均被管车以铁钳夹破所致。若遇初当水工，体力健强，不受管车打辱，起身反抗，管车一人不敌，一声呼啸，窿口管车，约十人以上，闻声齐集，互相攒殴，或竟有殴毙，将窿中衬木，拨开数梗，藏尸于内，无从寻觅。此语亦煤厂工头告予，谅非虚妄。迨线香燃尽，换班之时，水厂工头，派其伙伴，各持刀棍，沿途守卫，预防水工乘机逃窜。此辈曾习武技，皆能力敌数人，性极残酷，接替水工，先由水厂挨次而出，走进窿口，一丝不挂，瘦骨嶙嶙，有一足如故，一足被夹浮肿者；有两足全烂，脓血交流者；一步一颠，气急色变，不忍瞩目。守卫之人，更以竹枝鞭驱。两脚烂者，匍匐蛇行。考其所以充其苦役，有二种原因：（一）犯盗窃案，亡命无所，借此为逋逃薮；（二）水工与矿山立契约，担任招工时，即于矿山附近，搭厂设赌，凡矿兴工，多在冬季，农人闲无所事，偶一不慎，涸迹其间，未有不受欺骗；及至金尽负逋，工头将衫裤尽行褫留，迫使充役，以后纵能做工抵偿，而身已失其自由，非待矿山停办，不能脱其牢笼，别寻他业。二十余年前，矿山兴工，水厂工头，仓促难足人数，遂分派同伙，四伏山谷僻径，见单身过客，或少数行人，猝起击伤，捆绑以归，勒令充数，名为“扎估”，凡不幸被捕者，虑其出后告发，大都难望生还。有欧阳霖者，桂阳士子，下南闱应试，路过耒阳，攒程夜行，被捕充役，体弱不支，悲感涕泣，适值同里某在矿作拖煤工人，半夜将其掩藏煤篓中，上覆煤屑，拖出过秤，倾置煤堆，给以衫裤，得以逃脱。后中举返里，将煤矿种种黑暗不德行为，控诉耒阳县署，复得学差言之巡抚，饬县严办。耒阳县出全班捕差，拿获工头，裹以牛皮，积柴焚化。盖此工头孔武有力，党羽甚众，被捕进城时，党徒百余人，追至县城北门，欲图劫夺，幸捕差由西门押入，县令即置于法。经此一惩，水厂工头，凶焰稍杀，“扎估”之举，遂不复闻。由水厂至窿口，防范水工逃逸之栅栏，亦撤废。以后每一年中，欧阳霖必到邻近数县，所开煤矿，巡阅二次，水工一见，欢呼雷动，罗拜于地，予于三年前犹及见之。水工住厂四围筑以土墙，上盖茅茨，仅辟一门，地铺稻草，无桌椅枕褥，中挖一沟，炙煤御寒，工人各备瓦罐数事，借沟水治餐，厕所在工头住厂之侧。水工如厕，须穿工头厂而过，厂外逻守者，日夜不息，工头所豢之犬，入夜纵放四野，见有人影，应声群吠，欲图夜遁，亦无良机；况脚肿烂，乏药医治，更不能高攀远涉也。工头每日置板数方于地，开赌聚众，从中渔利，工人博负者，由工头扣还赢家，胜者尽其所有，沽酒市肉，以解愁闷；是以矿山停办，依然两手空空，不能回家，流落行乞；待年冬矿山兴工，又复作此苦役，虽年少体壮，辗转三五年，即委身沟壑矣。矿山米肉二项，向归矿主专卖，米多陈糙，肉皆疫死或生病瘦猪，其价照市价昂过半倍，由工头领买，再转卖于工人，譬如肉一斤市价三百文，矿主以四百五十文卖与工头，而工头卖与工人，则涨至七百八百，随意而定。予办矿山，照原价发卖，后有人言，工头剥蚀如故，工人未蒙其惠。若直接卖与工人，工头不负扣还欠账之责，亦非办法，只得付之一叹而已。水工既除赌博，别无消遣，唯有借草横卧，据闻裸体相陈，多有兽行，事虽暧昧，要亦人身不幸，陷此黑暗地狱，人格既伤，知识复无，望其知耻自爱，不亦太不恕乎。煤工对于水工，亦皆心存贱视，不以同类相引，呼之曰“水蛙”，真所谓五十步笑百步也。凡煤矿山均设一花娘娘神位，朝夕供奉，毋敢亵渎，询之老板，据云系狐狸精成神，矿务危险，全仗佑护，乍听似觉可笑，乃其中别有作用，如矿工违犯规条，罚跪神前，由老板手握竹枝鞭戒，神明在上，不敢反抗，若易地而惩，或以掌批颊，即动公愤。至于水工则不然，不论何地，不拘何器，皆得从事挞捶，大有格杀勿论之概。有一日夜天黑无月，予止宿山厂，陡闻水厂有呼救声，极其凄惨，出厂探问，知有受别矿水厂工头之命，来此伪作卖烟，运动水工，逃往别处做工，名为“放排”，遇初当水工，脚未破烂者，予以银圆二枚，旧裤一条，已逃走十余人，为犬吠所警，追赶捕回三人，倒悬梁上，捣以铁杵，水工二人，已不能声，放排者打折一臂，哀号乞命，予使人解放之，即此一端，其他可想而知矣。

原载《新青年》1921 年第 9 卷第 3 号

二七大屠杀的经过

中国劳动组合书记部

全国工人，农人及一切被压迫的同胞们！

二月七日京汉铁路工人的被惨杀，想你们都已知道了。自此次罢工开始以至现在，敌人方面——军阀及其雇用的政府——利用他们的报纸电报及文告，捏造种种诬蔑及诱惑的事实，不断地来欺骗国民，以冀破坏我罢工工友团结及阻断国人对于罢工的同情援助。我们很相信：在被敌人方面造谣的宣传欺骗下的国人，必然有一个很热心的希望，就是希望我们将这次大屠杀的实际经过作较详细的一篇报告。

京汉铁路工人此次罢工的唯一原因，就是为了争集会结社的自由，就是约法上规定我们人民应享的自由。

近两年来，京汉工人陆续组织“工人俱乐部”。至一九二二年春，全路皆就绪，得十六个单位，每站工人过百人者即组织分会，较少者属于附近分会。四月九日在长辛店召集全路代表，决定组织总工会。八月十日复召集全路代表于郑州，决定总会地点设在全路中心——郑州，在成立大会未开以前，由总工会筹备处行使职权，并决定统一名称。然后依“权力集中”“经济集中”两原则，以促成一有实力而统一的组织。整整筹备了四个多月，才于本年一月五日总工会委员长会议，定于二月一号在郑州开京汉铁路总工会成立大会，遍邀各工团各界到郑参与典礼。

因为集会结社是约法上赋予人民的“自由”，一方军阀在相当期间内尚保持其假面，和工人谋妥协。因为这个缘故，京汉工人遂得在军阀高压下发展到这个局势。宣言“保护劳工”咧！赞成“劳动立法”咧！但是工人却始终“谨防扒手”，阶级的战线日益紧切。

当国家铁路为其私产的直隶系军阀看工人的组织愈进步，他们愈恐慌，遂不得不揭开其“保护劳工”的假面具，拿出摧残工人狠辣的手段来，图灭尽工人的势力了。在路局方面，如赵继贤、冯沄，他们原来就是持破坏工会主义的。赵氏在先曾利用一部分工人组织传习所，以图工人的势力破裂，不想恶谋失败，凡示好于彼者工人群弃之，而工人的团结遂益坚实。冯氏先亦联络司电生以上的员司，组织京汉同人通谊会，与工会对抗，乃终亦未成功。自总工会成立会之召集露布以后，于是他们谋摧残的进行益急切了。赵以保系嫡派的资格，冯以京汉南局局长不啻吴大军阀的外账房，而又有两湖巡阅使署副官的资格，遂日夜奔走于曹、吴之门，以制造空气，谋覆工会。而乖巧奸诈的吴佩孚遂利用机会，以赵、冯等报告为根据，下令于靳云鹗，使其严禁开会，必要时得以武力解决。靳又指使郑州警察局长黄殿辰执行一切，于是军阀借刀杀人之计划便决定了。

仇人嫉视工会，工人未尝不知，且身处虎口，固军阀掌中物。但尚不知对方欲摧残若是之急迫，所以大会筹备皆取公开，以为如此或不致酿成巨大误会，岂知至一月二十八日，而意外的消息到了！黄殿辰首先来会声明禁止开会；始而取出赵继贤致吴佩孚的电报，继又取出靳云鹗、张福来给他的命令，猜他的意思，好似讨好于工人，显得此事主动者大有人在，但其心也太险恶，相持者三日夜，工人愤激非常。至三十日，忽得吴佩孚致总工会电，召代表赴洛计议，工人于愤激之余，遂派代表杨德甫、凌楚藩、李震瀛、史文彬、李焕章五位同志即日赴洛阳。

代表既到洛阳，当日（三十日）往西宫，吴辞不见，约以当晚用电话谈。至晚，用电话约定次早八时谈话，次早得见该署副官长徐某及其政务科长白坚武，由他们转述吴意，只是一味敷衍恐吓，代表方面坚持愈烈，最后才由吴佩孚亲见。现在把那时谈话大要，记在下面：吴佩孚说："你们工人的事，我没有不赞成的。你们想，什么事我不帮助你们？不过郑州是个军事区域，岂能开会？你们不开会不行么？你们改期不行么？你们改地方不行么？其实会个餐亦可开会，在屋子里亦可开会。我是宣言保护你们的，岂能和你们为难？这是你们局长来的报告，我已经允许了他，我已经下了命令，要制止开会；我是军官，岂有收回成命的道理？我以后保护你们的日子还多咧。你们说开会没有什么，我亦知道，不过——你们若是非要开会不可，我可没有办法了……"工人代表与他据理力争。吴佩孚总是"顾左右而言他"。明以告之，使其无备，激之使进，而假手爪牙以尽歼之，其手段真辣呀！约接谈三时余，不得要领而散。流血大惨剧，遂伏于吴佩孚微笑中，好危险奸诈呀！

先是，各地及各铁路工团先数日接到京汉铁路总工会在郑州开成立大会的请柬，无不兴高采烈，争欲前往庆祝。至三十一日晚止，计到者有汉冶萍总工会、汉阳钢铁厂工会、汉冶萍轮驳工会、花厂工会、人力车夫工会、香烟厂工会、扬子机器厂工会、武汉轮驳工会、粤汉铁路总工会、徐家棚粤汉铁路分工会、武昌机器工会、机器缝纫工会、郑直豫蛋厂总工会、湖北蛋厂工会、西式皮鞋工会、洗衣工会、武汉电话工会、武汉调剂工会及建筑工会筹备处等，共三十余团体，代表百三十余人，尚有武汉及各地男女学生及新闻界三十余人。

各路代表到者，计有京奉、津浦、道清、正太、京绥、陇海、粤汉等路，共六十余人。本路分会——长辛店、琉璃河、高碑店、保定、正定、顺德、彰德、新乡、黄河、郑州、许州、郾城、驻马店、信阳州、广水、江岸各分会代表到者计六十五人。

赴洛代表于三十一号晚返郑，赶即在会所召集全路代表会议，报告吴佩孚态度后，全体大愤。对于一面高唱“保护劳工”，一面尽力压迫，言不顾行，绝无信义的吴佩孚都说无注意的必要，因为我们乃本于约法而开会，当即决议，无论如何，仍照原议，决于次日仍在郑州普乐园剧场开会。

二月一号清晨，郑州全埠紧急戒严，军警荷枪实弹，沿街排列，商店关门，行人断绝，几若大敌即在目前，郑州京汉工人全体及各处代表，无不笑他们小题大做，又无不恨他们妄以武力干涉人民自由，都说必须开会，不可为武力所屈，各代表当在五洲大旅馆整队出发，以军乐前导，所送礼物如牌匾、对联等次之。各代表手执各团体名义的红旗，顺序而行。一方郑州工友全体由会所出发迎接，至距会场不远处，被军警包围，举枪威吓，阻止前进，全体大愤。先推代表再三理论，终不允；全体鹄立街心约二小时，愤激不已，乃奋勇拼死冲开阵线，拥入会场，首由主席宣布组织宗旨，及此次被强权无理压迫的可愤，遂即郑重宣布京汉路总工会的正式成立，群众大呼“京汉铁路总工会万岁！”“劳动阶级胜利万岁！”是时全场四周，已尽被武装军警包围，群情至此更加激昂，奏乐欢呼，声震屋瓦。既而黄殿辰至，出言百般恐吓，群众照常开会，延至下午四时，始冲出重围，宣布散会。

这天（二月一日）下午，代表所驻各旅馆，便有兵来监守，不许偶语，总工会在万年春菜馆所订的饭菜，亦不准开售。各代表一时完全丧失自由，饮食不得。各团体所赠的匾额礼物等，也尽被毁遗道旁，不许馈送。总工会会所被重兵占驻且禁止工人出入，室内一切文件什物，尽被捣毁。问何以如此强暴，都说“是奉大帅命令……”当晚会所即被封闭。

晚间，各处代表全体集议，以吴佩孚违背约法，摧残集会，并兵困旅馆，不准来宾自由出入及互相谈话，勒令酒店歇业，不准来宾集宴，来宾出街，则以武装军警追随，皆待工人如囚犯。似此情形，唯有迅速引去，以免其他人民同受无端惊怖。于是全体决议从速离郑州。武汉方面代表，当晚仍搭原车南下，其他各路代表概搭次日早车北上。各代表临行时，无不愤恨军阀官僚朋比为奸，此后工人地位危险万分，都说：“京汉铁路总工会能否健全，实全国工人共同问题，我们应讨论帮同京汉总工会争回人格及自由——此乃我们今后的重要使命……”

成立会既遭如斯之摧残了，全路各分会代表会议在十分忍无可忍之下，当即通过一决议，其大要云：“我们为抗争自由起见，谨决于四号午刻宣布京汉路全路总同盟大罢工，同时为事实上的便利起见，总工会决移江岸办公，全路一切进行，于罢工期内，全视总工会命令而定，我们是为争自由作战，争人权作战，只有前进，决无退后的。”并议定要求五项：（一）要求由交通部撤革京汉局长赵继贤及南段处长冯沄，要求吴巡阅使、靳师长及豫省当局撤办黄殿辰；（二）要求路局赔偿开成立大会损失洋六千元；（三）所有当日被军警扣留的一切牌额礼物，要求郑州地方长官用军乐队再送至总工会；占领郑州总会会所的军警应立即撤退，郑州分会匾额重复挂起，一切会中损失，由郑州分会开单索偿，并由郑州地方长官到郑州分会道歉；（四）要求每星期休息，并照发工资；（五）要求阴历放年假一星期，亦照发工资。

总罢工的第二日（二月五日），萧耀南派其参谋长张厚生至江岸，先使该地警官某，以强硬态度，要挟工会交出杨德甫、朱兰田、张濂光、罗海臣、林祥谦五人，工会答以“如有对于曹、吴及交通部正当负责人来，总工会当然有全权代表与之正式接洽，否则，恕不能接待”，延至午刻，忽探报厂内已被大批军队占领，大智门车站已开始卖票，张参谋长在工人家，拘去开车二人，用军警压迫，即行开车。分会委员会闻此，即派纠察团进探，一时集于厂门者约二千人，冲破军警防线，将该二工友抢回，当日上午，军警忽拘去纠察团工友三人，工会特派代表张濂光、项飞龙、罗海臣等四人，请军警释放无故被拘的三人，军警方面百般威吓，谓须枪毙斩首等语，他们毫不为动，军警无法，始将三人释放。这是敌人方面用破坏不成，继之以威吓的失败。

武汉各工团代表自郑州归来后，各以此次所身历的压迫与不自由，当众发表，有痛哭者，有愤詈者，奋发激昂的态度，实可动天地而泣鬼神。全体议决，愿以死力与京汉铁路工人一致进行。遂于大罢工的第三日，由各工团各派代表数十百人，各持旗帜来江岸慰问，即在江岸举行慰问大会，当时合江岸工友到者万余人。首由京汉铁路总工会执行委员长杨德甫同志报告招待慰问代表的盛意，并申述此次大罢工之意义及希望。继由各工团代表及真报馆记者数十人演说，无不激昂慷慨，次由京汉总工会秘书李震瀛同志代表总工会向众致辞，略谓："我们此次大罢工，为我们全劳动阶级运命之一大关键，我们不是争工资争时间，我们是争自由争人权。我们是自由和中国人民利益的保卫者。工友们，要晓得我们京汉工人的责任如何重大，麻木不仁的社会早就需要我们的赤血来渲染了！工友们！在打倒军阀的火线上应该我们去作先锋！只有前进呵！勿退却！……"最末有人高呼："京汉铁路总工会万岁！湖北全省工团联合会万岁！全世界的劳动者联合起来呵！"者凡三，群众和之，声如雷动。群众乘兹愤怒之余，遂举行大规模的游行示威，由江岸经过租界以抵华界，历二小时许，沿途加入三千余人，所过商民多高呼欢迎，巡捕岗警无敢阻拦，此种情形实为仅见。又哪知同时即有督军代表与洋资本家在租界正大开会议，准备做从未经见之大屠杀呢！

二月七日，距罢工开始，已四昼夜。唯萧耀南方面屡次使其参谋长张厚生用罗网捉主要人物计，作种种诱骗，均被工会防绝，并提出调停谈判之先决条件十一条，率以对等负责之会议为标准。同时又闻冯沄渡江哀求萧以武力压迫罢工，萧、吴间的电报日必数起。至七号下午二时，有一警官来会说："奉萧督军命令，特来请求贵总工会派全权代表开会谈判，如得允许，张参谋长顷即可来贵会晤谈，并拟穿便衣来，以示诚意；条件六条，均可完全承认；唯请先将全权代表名单开示。”当时由总工会全权代表李震瀛、张濂光二人接见。在军警包围中，因窥见来人态度猝变缓和，颇有非诚意的破绽，始终未以真姓名见。后彼方又改方法应付，约总工会全权代表于当日五时半在会所相告候，参谋长准亲自来会，遂匆匆别去。至五点二十分顷，代表等正欲赴会中相候，半途枪声大作，于是流血惨剧开幕！盖他们乃用诱敌之计，以为时期已到，重要人物定皆在是，遂由该参谋长戎装指挥，率领全副武装二营疾驰而至，先将会所包围，开枪环击，计放枪在五排以外。当时有工友数百人在工会门前守候消息，躲避不及，又都赤手空拳，无从抵卫，当被乱枪和马刀击死者有曾玉良等三十二人，残伤者二百余人。在工会前枪杀之后，兵士乃分途搜捕，有一家又被杀男女三口，分会长之弟亦被惨杀，总会委员长之侄则被斩去其腿。于乱杀之顷，军队又大肆抢淫，计福建街一夜连洗三次，工人家所有细小都被一扫精光。当时情形之惨暴，恐江水汉河亦为之呜咽不流！

当江岸分会被杀害的时候，有工友六十人被捕去，该分会正执行委员长林祥谦同志亦在内，缚于车站电杆上迫其下上工命令，林君严厉拒绝说：“此事乃全路三万人生死存亡所系，我分会非得总工会命令不能开工。头可断，工不可开！”如是问答者二次，张厚生即呼喝下令，在数十被拘工友面前，将其“枭首示众”，悬首车站。如是至死不屈，从容就义，纲纪谨严，非真为劳动者利益而奋斗者怎能如此！萧耀南通电，谓林取出手枪格斗而死的，这全然是军阀造谣欺骗国人的话，劳动者能有武器，岂能任他们如此杀戮？又何以军队方面无一人死伤？这是不待智者而辩的。戮杀之而又重诬之，军阀之肉，其足食乎？

同日在长辛店亦有大惨杀的事情。自罢工开始，各分会都一律唯总工会命令是听，赵继贤却数次威迫长辛店工友单独交涉，分会工友只以“只知总工会命令，不知其他”答之。于五号有曹锟兵开到三营。六号宛平县知事手执“绅商与军界”旗子前来劝说上工，赵继贤亦布告威吓，要工友上工，工友只以镇静处之。不意当天晚上，曹兵四出捕人，当捕去工会职员史文彬、吴汝明等十一人，都是赤身提赴保定。在七号晨九时曹兵大队又来工会捕人，当时工会门前有工友数百人聚守，军队到时即开枪乱放，计当场被惨杀者五人，受重伤者六十余人，其屠杀之数虽不较江岸为多，然军阀之残暴亦云极矣！当时路局竟甚至于禁止工人家属购买食粮！至捕送保定之十一人，至今生死尚未明了，闻已决定将枪毙二人。

在郑州情形，尤足表现军阀摧残我争自由的人民之种种手段。在罢工的第二日，靳云鹗捕去工会职员王宗培同志等五人，加刑拷打，威迫要彼等开车，他们始终坚持“非得有总工会命令，不能开车”，靳又令押赴街市，持旗招呼开车，亦没结果。靳知威吓无用，乃又改用软化手段，当即与五人大摆饮宴，遂又释放二人，要他们出来劝工人上工，二工友出即外逃。靳又出妙法，即一方面捏用五人名字，打一造谣通电，一方面由黄殿辰在普乐园开一国民大会，制造几个威吓工人的决议，并大打其造谣通电。（载京津各报）不过当时只到了三十余人，大半又系其署内警察，而他们用的名字却是“郑州军商政学路局”，竟假之以断绝工人的饮食和居住，这真是又好笑又可恨的事情。此外，各分会差不多都受过武力的摧残，受伤的人不知确数；信阳州分会执行委员长胡传道，因军警强迫开车不从，竟被斩断一臂，至今生死未卜。

在武力蛮横的压迫之下，未死的工友，他们是手无寸铁，只有是回复工作之一途了！然而他们回复工作时的勉强和眼泪，足以证明他们是终于不甘屈服的呀！现在他们的做工，是和狱囚一般，这些将使他们更需要为自由而奋斗了。

此次罢工，不但表示本路工友团结的一致，亦表示全劳动阶级联合的一致。计自罢工后三日，道清、正太等路及津浦南段都一致罢工援助，其他各路亦都表示参加，惜都为武力压迫，结果不得不步京汉的同一命运。有好多职员被捕，工会被封闭了。在二七惨杀之后，武汉劳动者都义愤填膺，当由湖北全省工团联合会发布总罢工命令，为京汉路工人之后援，计自八日起宣布罢工的工团：有粤汉路工，但不久即被五军士挟一工人，强迫恢复工作；有汉阳钢铁厂工人、汉冶萍轮驳工人，竟亦为军警围迫上工；有丹水池工人，宣布停工一日，以追悼江岸被难工友；有扬子机器厂工人，后该工会被军警封闭，延至最后亦不得已而恢复工作；他如武汉电话、电灯、自来水及其他工人，事前都被军队包围，不许外出，遂不得实行。军阀以武力摧残罢工的劳动者不算，且将湖北工团联合会及《真报》封闭了。施洋同志于七日被捕，于十五日亦被萧耀南惨杀了！

全国的工人同志及被压迫的同胞们呵！

这次他们的罢工，他们的被杀，所代表的重要意义是什么呢？国人知道这次惨剧的经过，当然都完全会了解：

（一）自由是全国被压迫的人民都需要的，所以此次工人罢工的目的，不是为了工人单独的利益，是为了全国人民共同的需要。

（二）军阀是全国被压迫者的共同仇人，他们此次屠杀工人，其意义不仅是屠杀罢工的工人，实是屠杀我争自由的人民，屠杀为全国人民争自由的先锋军。

全国被压迫的国人呵！自由是我们大家都需要的，京汉铁路工人此次的被屠杀是证明军阀已向全国人民很恶劣地进攻了呀！我们农商学各界人民要急速联合起来，起来做：

（一）打倒我们的仇人军阀和帮助他们为恶的国际帝国主义！

（二）同时也勿忘了我们目前还有急迫的责任，就是京汉工人是有死者三十九人，伤者三百人，入狱者二十七人，被开革失业者五百余人。这些被摧残的人及他们的家属，是正需要我们的援救呀！国人要速以财力来援救他们！援助他们恢复工会！

国人起来，起来一致地解除压迫！援救京汉工友！

全国的工人呵！你们是中华民族利益的真正保卫者，唯有你们做前导的努力，中华民族才得着自由与独立！此次京汉工友的被摧残，是证明我们更要努力于阶级的团结呀！

打倒军阀！

工人的自由团结万岁！

中国劳动组合书记部

一九二三年二月二十七日

原载《向导周报》1923 年第 20 期

活入阿鼻地狱的猪仔

梁绍文

“猪仔”既由香港、厦门、汕头、福州等处，被人作为买卖，卖给西人后，即时分运南洋各地。尤以苏门答腊一岛，销纳猪仔最多。因为苏门答腊以产烟著于世界，种烟区域，广阔无比，随处皆是。故需用工人亦特别地较他项工业为多。但是这种工作，辛苦异常，平常人总不肯受雇此等苦事，所以非招“猪仔”到来开垦不可。

因为猪仔都是订了条约的——或订十年、十五年、二十年不等，甚者竟订终身工作条约，最少亦在十年以内——条约未满，无论如何，总不能卸身。猪仔因为有此等条约的缚束，所以各种非人的苦痛，就从这里发生出来。

资本家管理“猪仔”，极其缜密冷酷。最初将他们编为若干队，每队设一长，合数队为一区，每区再设一监督以为总管，荷兰人自己充当。编制一如军队，不过名目变更罢了。又有工头随时管辖，工头极有威权，必须以狠辣恶毒的人才当得起，因为制造活地狱，全靠他们的功劳。

热带地方，太阳自然是厉害，一百零几度[①]的热，烟田里赤地百里，一无所荫，更是晒人如炉上炙肉。猪仔年头到年尾，天光到天黑，都要在这种骄阳底下讨生活。无论如何，每早六点钟食一点冷饭，就要出来工作，到正午十二点钟收工食饭——最粗粝不堪的碎糠饭。一点钟又复到烟田里做工，直至下午六点钟，日已西下，然后再行收工食饭。

烟田的工作分好几种：最初是开垦、挖泥；每个猪仔规定一方地，大小一律，每日每人将这一方地的土挖完了，方能收工休息，倘若日里做不完，夜间亦要开工将它做完；因为第二日亦有同样的工作要做，故此不能耽搁，倘若有病亦须力疾从事，除非真个病到要死，否则禁不得那工头偌大的藤鞭照正身上来抽。所以猪仔到了这个地步不得不大病化小病，小病化成无，为的是两种痛苦比较，宁取其轻，所以只得忍痛来干，此时最大的希望，唯有祈祷上帝庇佑他速速脱离苦海而已！

其次就是种烟苗，收烟叶。因为烟是一种辛辣无比的东西，那些气味是怪难受的，所以种烟的“猪仔”实在是无可奈何。种烟之分工法，亦如开垦一样，每个猪仔分一方地为栽区，每日必须做完，否则又禁不了工头的藤鞭来抽！烟叶长成熟了，就要采择砌叠，交给工厂里制成雪茄香烟。这两种就是烟田里“猪仔”唯一的工作。

猪仔的待遇，一言以蔽之，曰：“非人的生活。”他们住的地方是烟田边，找一所大敞地，盖着薄薄的树叶，找几块蕉叶铺在地上，这就是他们的铁床，机警的就找一根粗大的树枝作枕头，否则就要枕地。木的火油箱，是他们的餐桌。山坑的水，是他们天然的凉茶。

猪仔食的都是碎糠粗饭，睡的不过是地上铺一块芭蕉叶，饮的是山坑流出的冷水，坐的是泥堆或石头，种种的待遇，简直是“非人的生活”。

① 此为华氏温度，华氏100度约等于37.8℃。

但人是有思想考虑的动物，整日受人残酷的待遇——眠迟起早，挨尽烈日骄阳的煎炙，饱餐风雨联床的滋味，食粗饮冷，尚在其次，还要受工头无理的压迫，终日鞭笞凌虐——自然也想抵抗；但是无权无勇的猪仔，怎样对敌那有枪有势的工头和资本家豢养的警察？既不能抗拒，第二步就想脱离这个恶环境，跳出火坑；可是那杀人不眨眼的资本家和那助桀为虐的工头，他有法子使那些猪仔不敢越雷池一步：

一个血气方刚的猪仔，在里面受苦不过，想趁一个机会逃之夭夭。一日，瞒过工头，逃出烟田范围之外，意欲再走一程，跑到城市地方，哀求同乡，送他返国；被工头查知了，一个电话通知出去——某处烟圃私逃了猪仔——不够半日，私逃的猪仔，已经被警察拿回来了。工头诈作不怪他，更赔着笑脸去安慰他，对他说："你嫌这里烟田做工辛苦，何不到我家里做一个帮闲的，功夫岂不清简些吗？"私逃的猪仔见他不以为罪，反有怜恤之意，遂声诺一句，愿随他回家做个帮闲的厮役。

头一日，第二日，第三日，第四日，都没有什么事，见着总是笑靥相迎，私逃的猪仔心里倒也安然，不虞其他。到了第五日，工头拿了一根猎枪，带着一只猎狗，两三个伙家对私逃的猪仔说："我们今日要去打猎，你亦要束扎束扎，随着我们来。"私逃的猪仔，唯唯连声，跟着他们一块，浩浩荡荡，来到林子里。到得一所高坡地方，前面一株合抱的大树，后面是乱葬岗，工头忽然止住了脚，不往前行，一声口号，说："给我缚了！"几个伙家一齐动手，那时血气方刚的猪仔，寡不敌众，又经不起那些手枪短剑，亮晃晃地指着胸脯肚皮，时时刻刻要斩要割的神气，只得低头受缚了。工头此时圆睁怪眼，恶狠狠地再下一度命令："将他吊起来！"可怜此时这个血气方刚的猪仔，未曾向耶稣拜过门，却已缚倒在那株大树上，活像耶稣钉在十字架上一般！那个工头便问他："你为什么要私逃？谁主使你这样做？"众伙家将自己的皮带解下来作皮鞭，工头拿着猎枪作杀威棒，问一句，打一下，问两句，打两下，可怜的猪仔还有什么理由可讲？讲了理由，谁去听他？只恨阿娘多生他这个受苦的人儿，明年今日，恐怕就是他忌辰了！

工头和众伙家，将这可怜的猪仔，打了一大顿，还不算事，仗着那冲冠的怒气，再吩咐伙家在乱葬岗旁边挖一个地窖，将这个眼泪汪汪，周身被打得血肉模糊，喉咙里上气不接下气，满肚子里冤郁无处申诉的这个猪仔，活活地将他种在地窖之中，用泥再填塞起来，要他再受一番生埋活葬的苦楚，然后给他断气。

工头用了这种毒辣险狠的私刑，惩治了那私逃的猪仔，于是其余一大群的猪仔，都俯首帖耳，再不敢动那私逃的妄念，仍然在那地狱似的工场，延长他们的苦生命。

可怜观音菩萨的杨枝水，总洒不到南洋华侨猪仔的活地狱！

原载《时事新报·青光》1923年5月10日、11日

五月卅一日急雨中

圣陶（叶圣陶）

从车上跨下，急雨如恶魔的乱箭，立刻湿了我的长衫。满腔的愤怒，头颅似乎戴着紧紧的铁箍。我走，我奋疾地走。路人少极了，店铺里仿佛也很少见人影。哪里去了？！哪里去了？！怕听昨天那样的排枪声，怕吃昨天那样的急射弹，所以如小鼠如蜗牛般，蜷伏在家里，躲藏在柜台底下么？这有什么用！你蜷伏，你躲藏，枪声会来找你的耳朵，子弹会来找你的肉体，你看有什么用？

猛兽似的张着巨眼的汽车冲驰而过，水泥溅污我的衣服，也溅及我的项颈，我满腔的愤怒。

一口气赶到“老闸捕房”的门前，我想参拜我们的伙伴的血迹，我想用舌头舔尽所有的血迹，咽入肚里。但是，没有了，一点儿没有了！已给仇人的水机冲得光光，已给腐心的人们践得光光，更给恶魔的乱箭似的急雨洗得光光！

不要紧，我想。血总是曾经淌在这地方的，总有渗入这块土的吧。那就行了。这块土是血的土，血是我们的伙伴的血，还不够是一课严重的功课么？血灌溉着，血温润着，行见血的花开在这里，血的果结在这里。

我注视这块土，全神地注视着，其余什么都不见了，仿佛已把整个儿躯体融化在里头。

抬起眼睛，那边站着两个巡捕：手枪在他们的腰间；泛红的脸肉，深深的纹刻在嘴围；黄的睫毛下闪着绿光，似乎在那里狞笑。

手枪，是你么?！似乎在那里狞笑的，是你么?！

是的，是的，什么都是，你便怎样！我仿佛看见无量数的手枪点头，听见无量数的狞笑的开口。

我吻着嘴唇咽下去，把看见的听见的一齐咽下去，如同咽一块糙石，一块热铁。我满腔的愤怒。

雨越来越急，风吹着把我的身体卷住，全身湿透了，伞全然不中用。我回身走才来的路，路上有人了。三四个，六七个，显然可见是青布大褂的队伍，虽然中间也有穿洋服的，也有穿各色衫子的短发的女子。他们有的张着伞，大部分却直任狂雨乱淋。

我开始惊异于他们的脸。从来没有看见过，这么严肃的脸，有如昆仑的耸峙，这么郁怒的脸，有如雷电之将作；青年的柔秀的颜色退隐了，换上了壮士的北地人的苍劲。他们的眼睛冒得出焚烧掉一切的火，吻紧的嘴唇里藏着咬得死生物的牙齿，鼻头不怕闻血腥与死人的尸臭，耳朵不怕听大炮与猛兽的咆哮，而皮肤简直是百炼的铁甲。

佩弦的诗道，“笑将不复在我们唇上！”用以歌咏这许多的脸，正是适合。他们不复笑，永远不复笑！他们有的是严肃与郁怒，永远是严肃与郁怒！

似乎店铺里人脸多起来了，从家里才跑来呢，从柜台底下才探出来呢，我没有工夫想。这些人脸而且露出在店门首了，他们惊讶地望着路上那些严肃的郁怒的脸。

青布大褂的队伍便纷纷投入各家店铺。我也跟着一队跨进一家，记得是布匹庄。我听见他们开口了，差不多掬示整个的心，涌起满腔的血，这样真挚地热烈地讲说着。他们讲及民族的命运，他们讲及群众的力量，他们讲及反抗的必要；他们不惮郑重叮咛的是“咱们一伙儿”！我感动，我心酸，酸得痛快。

店伙的脸比较的严肃了；没有话说，暗暗点头。

我跨出布匹庄，“中国人不会齐心呀！如果齐心，吓，怕什么！”这句带有尖刺的话传来，我回头去看。

是一个三十左右的男子，粗布的短衫露着胸，苍黯的肤色标记他是在露天出卖劳力的，眼睛里放射出英雄的光。

不错呀，我想。露胸的朋友，你喊出这样简要精练的话来，你伟大！你刚强！你是具有解放的优先权者！我虔敬地向他点头。

但是，恍惚有蓝袍玄褂小髭须的影子在我眼前晃过，玩世地微笑，又仿佛鼻子里发出轻轻的一声“嗤”。接着又晃过一个袖手的，漂亮的嘴脸，漂亮的衣着，在那里低吟，依稀是“可怜无补费精神”！袖手的幻灭了，抖抖的，显现一个瘠瘦的中年人，如鼠的觳觫的眼睛，如兔的颤动的嘴，含在喉际，欲吐又不敢吐的是一声“怕”！

我倒霉，我如受奇辱，看见这样等等的魔影！我愤怒地张大眼睛，什么魔影都没有了，只见满街恶魔的乱箭似的急雨。

微笑的魔影，漂亮的魔影，惶恐的魔影，我诅咒你们：你们灭绝！你们消亡！你们是拦路的荆棘！你们是伙伴的牵累！你们灭绝，你们消亡，永远不存一丝痕迹，永远不存一丝痕迹于这块土！

有淌在路上的血，有严肃的郁怒的脸，有露胸朋友那样的意思，“咱们一伙儿”，有救，一定有救——岂但有救而已！

我满腔的愤怒。再有露胸朋友那样的话在路上吧？我向前走去。

依然是满街恶魔的乱箭似的急雨。

原载《文学周报》1925 年第 179 期

街血洗去后

西谛（郑振铎）

什么事也没有如“五卅”大残杀事件发生得出我意外，使我惊怖了！那日的下午五时，我坐车至大庆里，到一家书铺里去看看有什么线装书好买。车子刚到浙江路南京路口，便觉得道路上的情形与往日绝不同。电车是照样地开行着，汽车、人力车也川流似的驶走着，两旁商店照样地开着门欢迎顾客。行人道上拥挤着人群与往日一切相同。然而总觉得有一种绝不相同的气象在！人人都停立在那里，好像被什么大惊骇吓得痴呆了。由眼睛中读得出有的人是带着大恐怖的情绪，有的人是带着疑问而不意的惊恐。我呢，自然也是疑问而惊恐着。车子走在南京路，看见两旁站着许多气概凛然、态度凶横的英捕与不穿制服而带着枪械的英人，有的横立在路中，好像有什么严重的警备。是火灾，是什么大盗警罢，我这样地想着。市政厅与云南路口一带，戒备得尤严。情形更不对了。有好几家店铺是闭上了铁门。驻足而观的人更多。车子停在大庆里口。平素深夜绝不关闭的里门，现在也闭上一扇。我问车夫，什么事发生了？他说，打杀人，打杀人！我也不能细问，便下车进了里门，到那一家熟悉的书铺里去。我见他们的店伙，都拥在靠近西藏路的里门口看什么东西。我也挤出去一看，什么也没有，只是街上的人绝多，多带着惊恐未定或疑问而惊奇的神色。我明白必有什么空前的大事发生。奔进书铺，去问铺主，我的一个朋友。什么事？什么事？我问道。他道："学生闹事，不得了！不得了！巡捕开排枪，打杀了几十个学生。"这如一个震天动地的大霹雷，使我惊吓得好一会不能开口。我如在梦中。这也许是在做梦罢！南京路，开排枪，杀死学生，这几件事怎么会联结在一处的?！我绝不相信，绝不相信！我的朋友接说道："早晨，已有许多学生被捕入巡捕房了。下午一时许，他们在先施公司之前，集合大队讲演。白旗满街飘扬着，车马都不能通行。巡捕捉去了好些学生，路人与其余的学生，都跟了被捕的学生走。有好几万人，好几万人，拥挤在老闸捕房之前。于是巡捕开枪了！"我于是才知道这居然是真实的大事变，不是梦，绝不是梦，我全身似为愤怒的火所烧灼着。我叫道："就是学生讲演，也不至于被杀死呀！！！南京路，南京路，怎样会放起排枪来！"也顾不得我的朋友，只当他是捕头，在严厉地质问着。"我们且出去看看罢。"于是我们走在街上，由西藏路口，走到永安公司。一切情形如我在车上所见的。有一家店铺，正在打扫破玻璃。"这定是被流弹打碎的"，我想着。街道上是依然的灰色，并不见有什么血迹。"血一大堆的，一大堆的，都被冲洗去了。"要不是群众如此地惊骇而拥挤着，我几乎不能相信一点三十分钟之前，在这里正演着一出大残杀的活剧！再走下去，行人渐少，看不出什么紧张的空气，只有几个人靠在店柜上惊奇地偶语着。

夜，我又与一位前辈同到南京路去。灯火闪耀地明亮着，语声、笑声、笙歌声，依然的。店门大张的，顾客陆续进出，依然的。要不是老闸捕房门口戒备森严，要不是巡捕骑在马上，手执着鞭，跑上行人道，在驱打人，我绝不相信下午是有空前大残杀事件发生。转了一弯，看见宁波同乡会前拥挤着许多人。我们一惊，以为又出了什么大事。怀着戒备心走近一看，原来是南方大学平民学校在那里开游艺会！

原载《文学周报》1925 年第 179 期

五卅事件纪实（节选）

胡愈之

作品简介

五卅运动爆发后，为了打破租界当局的封锁，将真相告知广大民众，胡愈之专门组织出版了《东方杂志》“五卅事件临时增刊”，并在其上发表长文《五卅事件纪实》。胡愈之在文中详细报道了五卅事件的起因和发展过程，认为这是中华民族要求独立与生存的伟大抗争的开端。他以沉重的笔调从中国社会性质这一深层角度指出五卅运动的历史意义，认为中国虽然表面上是独立国家，但由于积贫积弱历年外交陷于失败，致使民族独立受到严重威胁。因此，在他看来，五卅惨案不单是一种司法事件或局部事件，更是关乎中华民族全体的事件，是有着国际意义的政治事件。

根据胡愈之《五卅事件纪实》(《东方杂志》1925年第22卷“五卅事件临时增刊”）节选。

正文节选：《五卅事件纪实》第三至六节

三　顾正洪案

五卅事件的近因，起于上海日人所开设的内外纱厂残杀工人一案。而租界当局对于工厂劳动者的待遇，无适当的保障，实为日厂发生工潮的主要的动机。华盛顿国际劳动会议早已订有改善工业幼稚国家劳动待遇的条约，华盛顿会议中亦有同样的规定。而上海租界当局则对于中国劳动者的待遇状况，向来不加注意。外人在上海所办工厂内工人，往往做十余小时的工作，而只得到最低度的赁银，此外待遇的苛刻，又往往出于意想以外。因此近年上海各大工厂时常发生劳资冲突事件，而租界当局则往往偏袒厂主，未能为公平的措置。本年二月间上海日人所开设的内外棉织会社工厂工人因要求改善待遇，全体罢工，风潮逐渐扩大，在上海的日商纱厂工人一体加入罢工，一时失业工人达三万余。当时租界当局，但用高压，逮捕工人，无正当解决办法。延至二月二十七日始由总商会及商会联合会出任调停，双方签订协约，工人即照旧上工。但后来内外棉织会社资本主却又背弃原约，任意开除工会代表。因此沪西内外第三、四厂及第七厂于五月初旬发生第二次罢工风潮，纷扰至十余日。五月十五日，内外棉第七厂工人上工时与厂主争论，发生小冲突，厂内日人于纷乱时，开放手枪，击毙工人顾正洪。此外受枪伤及刀伤者计七人。因此工人方面愤懑不平，内外棉其他各厂同时均起骚扰。而公共租界捕房对于二次纱厂工潮，不但不设法劝告劳资两方，和平解决，反用强力，压迫工人。于肇事后逮捕工人七名（受伤工人于医愈后亦遭逮捕），以聚众扰害租界罪向会审公廨起诉。对于开枪轰击工人的凶手，则不加管束。于是英捕房此种应付工潮的顽强态度，遂为五卅事件的导火线。

我们在这里须再把上海报纸的地位和态度补叙一下，因为上海的报纸，和五卅惨案的激起，实有直接间接的关系。上海的报纸因开设在公共租界内，不受中国官吏的管束，所以对于内政言论较为自由。反之，对于租界当局，却受着无形的压迫，往往不能自由发抒意见。上海各日报偶有攻击捕房的言论，往往被拘捕罚金。日纱厂第一回发生罢工时，就有数家报馆因登载了一篇工会的宣言，被判决罚金。所以二次风潮发生时，上海报纸上只有数段残缺的冷静的记载，对于日厂暴行不敢发表公正的抗议。所以外间对于此事，绝少注意。同时上海各大学学生（学生对工人向来较有同情的态度），因顾正洪被日人非法击毙，中国官厅绝不干涉，颇为不平。又因报纸态度消沉，所以派遣学生沿途讲演顾正洪被杀的真相，使各界引起注意。此时捕房因学生有援助工人的举动，便迁怒于学生。五月二十三日文治大学学生施文定、谢玉树在途为纱厂工人募捐，被捕房拘捕，次日（是日学生工人在租界外举行顾正洪追悼会）又有上海大学学生四人因在租界内演讲被捕。被捕学生不但不准学校保释，而且待遇十分苛刻，甚至拒绝亲友探问，与盗匪同样严密监视。上海学生联合会及工会虽向交涉署呼吁，亦置不理。至内地因上海报纸未曾详细揭载，故对于被捕学生工人，无人起为后援。这是五卅案发生前租界处于高压下的大概情形。

四　五月三十日

因租界捕房的高压，报纸态度的消沉，学生与工人方面愤无可泄，乃有五月三十日租界内学生大讲演的举动。学生联合会为引起各界对被难工人学生的同情起见，预先约定各校学生于五月三十日，分队入租界讲演，以七人为一组，沿途向路人演讲工人被杀，学生被捕，以及租界内中国主权丧失的情形，但是除沿途讲演分发传单外，别无所谓“越轨”的举动。他们赴租界演讲时，虽也抱着牺牲的决心，但他们的意料中，至多不过以为将有大批学生，无抵抗地被捕下狱而已，至于因此引起英捕的武力干涉，因此酿成死伤流血的惨案，却是谁也意想不到的。

五月三十日午后，上海南京路捕房门前的惨剧，因当时捕房开枪后，群众慌乱逃散，事后捕房又不许中国人在捕房门首观望，其他证据也全在工部局和巡捕房的支配下，不容易调查出来，再加英人方面故意隐灭种种事实，所以当时真相不易明白。但经会审公廨审判结果，有许多事实已经确实证明，无从改易。现在我们就依据公廨发表的供词以及华洋文各报记载，把五月三十日下午肇祸的一段事实总述如下。

五月三十日，上海各校学生全体出发在公共租界各马路分组讲演，分发传单。（传单内文字除“援救被捕学生工人”“反对印刷附律，增加码头捐，交易所注册”“反对工部局越界筑路”“反对帝国主义”等标语外，并无激烈言辞。）租界捕房从上午起已逮学生多名，至下午愈捕愈多，分别拘禁各处捕房。下午三时后，一部分学生（约二百余人）忽在南京路、浙江路口会集沿南京路向西行进。至学生向西行进的原因，有的说是赴老闸捕房要求释放被捕学生，有的说因巡捕当场捕去学生数名，故大队学生随同前往，又一说是因学生拟赴新西区交涉署请愿。这三说以第二说与第三说为比较可靠。至捕房方面谓学生预定集中南京路图袭击捕房，则是有意诬陷，并无根据。约在三点五十五分，大队学生及群众已行至南京路老闸捕房门首（老闸捕房距浙江路口只数十步）。据在场的中西人证供词，当时学生均系徒手，只有少许人手执尺许长的旗帜，绝对无扰乱及暴动的情形。群众前面有一西捕（副捕头斯梯温）拘两学生，执其衣领向老闸捕房进行，其后有学生多名尾随。此时老闸捕房门首人数愈聚愈众。学生约有二百余人，观热闹的群众有一千至二千人。唯群众皆甚安静，“手内均无军器或棍棒等物，当时情状，除路为人塞外，无他种扰乱秩序之事发现”。又据证人美国人克兰称“当时人群，系被推向西而行，并非向捕房方面而去，手中无执凶器者，并无抵抗行动，亦无强暴表示”。此时老闸捕房英捕头爱伏孙忽召集通班巡捕（计二十二人），在门口分列呈半月形。当时群众和英捕站立处约隔一丈，英捕头爱伏孙忽命巡捕准备开枪，据爱捕头在会审公廨的供词，他于下令开枪前，曾举起手枪向众示威，但举起手枪时，只有近十码的人可以看见，所以不能认为一种对于群众的警告。爱捕头下令后，副捕头英人枭威尔首先向群众射击，发出一弹，于是全体巡捕连开两排枪，计发四十四响。当时拥塞在南京路中心的学生及群众，绝未料及有受枪击的危险，当场饮弹伤毙的有四五十人，其中大部分为观热闹的群众，小部分为无辜的青年学生。开枪后群众立即惊慌窜散，当场在马路中间倒毙四人，送至医院后因救治无效陆续毙命者七人，此外受重伤者八人，轻伤者十余人。除受伤者不计外，据六月中旬上海学生会法律委员会的调查，以及以后所得的报告，因五月三十日惨剧丧失生命的人名如下：陈虞钦（南洋大学学生）、尹景伊（同济大学学生）、何秉彝（上海大学学生）、唐良生（电话局接电生）、石松盛（商人）、王纪福（裁缝）、邬金华（西崽）、陈兆富（厨役）、朱和尚（西崽）、谈金福（食物店伙）、姚顺庆（漆工）。

以上系就各方面的记录中抽绎而得，情形较为真确，他日当根据新得报告及证据，再加修正。

五　恐怖状态中之上海

上项事件为自上海开埠以来未有的大惨剧，因群众骚扰伤毙多人，虽为事实上所常有，但负有维持治安的责任的警务人员，居然在最繁盛的大街中，向毫无抵抗又无武器的群众肆行枪击，这不能不说是人道上法律上的一大缺憾。这种横暴的惨杀事件，不免引起中国国民的愤慨，必在租界当局的意料中。但领事团和工部局于肇事后不但对于负责警吏，不加处分，对于被难市民，不加优恤，而且还用了武器和军队，向驯服如羊的上海市民示威，有意激动华人的愤恨，这是风潮扩大的第二个主因。

当南京路惨剧发生后，学生会代表立向交涉署请愿严重抗议。交涉员陈世光于当晚访英领事及工部局总办，谈判均未得要领。工部局不但竭力袒护捕房，且又调集万国义勇队及驻沪外舰水兵，宣布戒严。南京路西段——即肇事区域——除汽车外，禁止车辆行人往来。马路交叉口由水兵、义勇队、印捕集合扼守，在浙江路口、老闸捕房、新世界门前架设机关枪、炮车，戒备森严，如临大敌。万国义勇队全体武装排队，在各马路游行示威，遇有形似学生的华人，便肆意盘诘搜检，稍有违抗，即任意殴打逮捕，晚间八时后，租界内一部分区域即禁止华人行走。工部局所发戒严令，甚至禁止华人携带任何印刷物品，禁止在街道驻足观望，禁止三人以上结合行走，其苛刻为从来所未有。

因此，在五卅惨案发生后的数星期间上海公共租界成为恐怖的区域，繁华的街市，变为惨淡的战场，华民的自由，丧失净尽。但这个还不算什么。最不堪的，是租界军警对于华人仍继续屠杀政策。对于平和的无抵抗的群众，任意开枪轰击，绝无顾忌。英领事与工部局不但不承认老闸捕房的措置失当，而且更认定随意开枪轰击，为制服华人的唯一方法。因此华人在戒严时期内，不但失去一切自由，而且更失了生活的权利。可以说，在此时期，无论是谁，在租界内行走，都有被开枪击毙的可能。

在五卅惨剧发生后的一星期中间，公共租界西捕、水兵，及义勇队随意开枪伤毙群众的日有数起。最著的如：（一）六月一日上午九时，有二人在南京路永安公司附近，见商店罢市，鼓掌称快，即被在旁西捕开枪，当场击毙。（二）同日上午十一时，南京路、浙江路口，有群众聚观热闹，中有数人用石掷击西捕，西捕即开排枪，连发二十余响，当场击毙二人，伤十余人。（三）六月二日上午九时，有住居华界的工人十余名，从大丰摆渡口摆渡过河，被对岸的租界日捕阻止登岸，施行搜检殴击。工人正欲分辩，日捕即开枪轰击，当场击毙二人，一人死于渡船内，一人被击落河中，尸沉水底，尚有重伤者三人。（四）六月二日下午六时，西藏路新世界游戏场前，忽有流弹击中驻在该地的万国义勇队队员的乘马（弹从何来，无从证明，据捕房方面说是从新世界饭店内射出，但亦无确据）。驻在附近的西捕及义勇队立即用机关枪、步枪、手枪射击，南京路西段立时成为火线，射击历十余分钟始止，击毙华人一名（因该地为戒备区域，行路华人甚少，故伤毙只一人）。（五）六月三日上午六时，杨树浦恒丰纱厂工人因运动罢工，被日人枪击，死一人，伤二人。（六）六月三日上午九时余，群众在杨树浦沿路阻止电车及汽车行驶，被巡捕开枪击毙过路的学生傅文新，受伤的有数人。

六月五日以后因租界内华人态度镇静，戒备便稍宽松。界内交通渐次恢复原状。但租界当局的高压政策，则仍未放弃，不过变换了一个方式，专从占领商店及学校下手。新世界游戏场于六月二日肇事后，即由捕房下令占领，作为水兵及万国义勇队驻扎所。六月四日上午，英美海军陆战队及万国义勇队，将上海大学包围解散，男女学生及教职员经严密搜检后，一律驱逐出外。校内书籍及印刷物均被没收。学生宿舍内用具则掷出门外，校舍即由海军陆战队占领。六月五日，工部局又将租界内的大夏大学、南方大学、文治大学、同德医校及其附设的同德医院，派兵占领。学生及教职员一律逐驱出外。占领的理由，据捕房说是因为在戒严时期借作驻扎军队之用，而上海大学则因有共产党嫌疑，奉谕封闭，但捕房究竟有否查得共产的证据，却始终不曾发表。

总之，在五卅惨剧发生后的数星期内，上海租界完全陷于恐怖状态。这时期中租界工部局的行动实比战时在敌国占领地内的行动还更严酷得多。

六　全市一致的大罢业

五月三十日空前未有的惨杀事件发生后，上海市民身受暴力的压迫，觉非以全民族的力量，起而抗争，不足以促起对方的觉悟，保持国家的权威。抗争的方法，第一步是运动全市罢课、罢市、罢工；第二步向国内外宣传五卅事件的真相；第三步要求政府严重抗议，要求惩凶赔偿，并乘此时机收回已经丧失的租界权利。从六月一日起上海公共租界全部即实行全体罢业，虽在租界当局的武力迫胁下，市民罢业仍能按照步骤进行，绝无纷扰混乱的状态。上海人向来安分守己，不愿预闻政治，这次却非常激昂，这是中国近年民气发扬的一大征验。

先讲学生方面。五月三十日事变发生后，上海华界及租界内中等以上各学校一律罢课。学生分头讲演请愿，为外交后援。此次事变系因学生讲演而起，所以学生联合会非常活动。该会于肇事后立即召集紧急会议，扩张内部组织，对外为实力的活动。在事变初起的几天，上海的市民运动，几乎全在学生联合会支配之下，因为当时实在没一个团体负责办理对外交涉。但一方面学生却相约不再入租界讲演，因为和租界军警冲突，牺牲过大，无益而有害。上海为教会教育最发达的地方，许多学校都在外人的掌握中。事变后，教会学校学生亦一致运动罢课，有许多学校禁止学生外出。在教会学校中最著名的约翰大学，本为美人所创，因校长禁止学生从事爱国运动，并禁止悬挂国旗，全体学生一律退出，自行创办大学。外埠如武昌的博文大学，天津的新学书院也受五卅事件影响，学生一律退学。近年我国已有许多人主张收回教育权，如果因此次事变，减削外人在华的教育势力，那也未始不是五卅事件的佳果之一。

罢课之后，继起的是罢市。当事变发生后，上海纳税华人会及各商业团体于三十一日下午在总商会内开会，各马路商界联合会多主张即日罢市，为工人学生后援。总商会抱犹豫态度，后经学生工人及五卅被难家属再三吁请，才由副会长方椒伯签字允诺。于是从六月一日上午起，公共租界内各马路商铺一律闭门停业，表示对于五卅事件的愤慨。银行钱庄态度较为审慎，但为各方情势所迫，至六月三日亦宣告停业。与公共租界毗邻的法租界及华界最初亦有人主张罢市，但后来因多数主张专对英、日，所以法界只于六月五日罢市一天，以志哀痛，华界则未正式罢市。

但是罢课是一种悲痛的表示，罢市对于对方的损失较小，而于华商的牺牲较大。只有罢工却是加于对方的有力打击。六月一日租界各商店罢市后，即发生总罢工运动，电车、公共汽车、电灯厂、印刷工人、电话接线生、外人仆役、奶妈、清道夫、电车路工，均于六月一日起局部罢工。杨树浦、小沙渡以及浦东方面英、日人所设工厂几全体罢工。公共租界华捕亦于六月五日起罢工。六月中旬罢工更扩大，码头搬运夫及英、日船海员亦加入罢工。

因上海劳动者无组织工会权，向来团结不甚坚固，所以总罢工的计划，难于实现。但从六月初旬起，罢工继续蔓延，到六月中旬全埠罢工工人已有十五万。现在把各种罢工工人列表如下：

罢工工人人数表（依据六月十三日总工会报告）

厂名	国籍	罢工人数	厂名	国籍	罢工人数
内外棉第三厂	日	一千五百余人	美艺木器厂	英	八百余人
内外棉第四厂	日	三千余人	泰昌木器厂	英	一百人
内外棉第五东厂	日	一千四百余人	福利木器厂	英	一百余人
内外棉第六西厂	日	一千四百余人	汇司木器厂	英	一百余人
内外棉第七厂	日	一千三百余人	崇信纱厂	英	
内外棉第八厂	日	一千三百余人	公共租界电车	英	七百余人
内外棉第九厂	日	三千余人	杨树浦电灯厂	工部局	一千五百余人

续表

厂名	国籍	罢工人数	厂名	国籍	罢工人数
内外棉第十二厂	日	一千三百余人	裴伦路电气厂	工部局	八百三十人
内外棉第十三厂	日	一千五百余人	扬州路电灯厂	工部局	
内外棉第十四厂	日	一千余人	海防路电灯厂	工部局	
内外棉第十五厂	日	一千五百余人	修马路工人	工部局	一百五十余人
日华第三厂	日	三千余人	自来水铜匠间	工部局	一百余人
日华第四厂	日	三千余人	工部局总铁厂	工部局	四百余人
小沙渡同兴纱厂	日	二千一百余人	工部局工程处	工部局	八百余人
丰田纱厂	日		海员	英美日	一千三百余人
上海第一纱厂	日	一千二百余人	洋务职员		四千人
上海第一布厂	日	七百余人	浦东码头工人		一千四百十八人
上海第二纱厂	日	二千余人	杨树浦码头工人		六百余人
上海第二布厂	日	一千余人	太古码头工人		八百余人
上海第三纱厂	日	二千六百余人	其他码头		三千人
上海第三布厂	日	一千余人	金银业		二百二十人
杨树浦同兴纱厂	日	二千六百余人	怡和炭厂		
西华纱厂	日		美最时牛皮厂	德	一自余人
东方纱厂	日	三千余人	西装成衣匠		二百余人
东华纱厂	日	三千余人	陈顺兴水木工厂		四百余人
浦东日华第一厂	日	二千余人	美伦制蛋厂		一千余人
浦东日华第二厂	日	二千余人	宰牛公司		一百余人
裕丰第一厂	日	二千余人	安迪生电气公司		
裕丰第二厂	日	二千余人	大有榨油厂		二千余人
曹家渡绢丝厂	日	二千六百余人	慎昌洋行	美	六十人
上海回丝厂	日	六百余人	罗森法洋行	丹	八十人
公兴铁厂	日	一百〇五人	汉运洋行	德	二十五人
兴发荣铁厂	日	三百余人	西门子洋行	德	八十人
江南制革厂	日	一百十七人	通信洋行	英	十人
成华玻璃厂	日	四十余人	汽车行电匠		三百余人
瑞和毛巾厂	日	八十余人	电气升降机匠		二百二十人
康泰绒布厂	日	二百余人	各电料行工人		五百余人
芦泽印刷所	日	一百余人	栈房工人		五百余人
大康纱厂	日	二千余人	美亚制绸厂		

续表

厂名	国籍	罢工人数	厂名	国籍	罢工人数
老公茂纱厂	英	三千余人	茶居工人		一百十三人
老怡和纱厂	英	七千五百人	洗衣房工人		一千五百余人
新怡和纱厂	英	六千五百人	饭店职工		二千余人
浦东大英烟厂	英	一万余人	西崽		一千余人
祥生造船厂	英	二千余人	奶妈		
瑞熔铁厂	英	一千余人	驳船工人		二千余人
杨树浦大英第三烟厂	英	一百余人	西文排字工人		五百余人
洋琴厂	英	三百余人	日文排字工人		二百余人
马灯厂	英	四十余人	中文排字工人		四百余人
隆茂花衣厂	英	五百余人	恒丰纱厂	中	三千余人
杨子烟捕房	英		厚生纱厂	中	
中英肥皂厂	英	三百八十八人	伟通纱厂	中	
怡和洋行	英	三十人	申新纱厂	中	三千余人
通用洋行	英	四十人	溥益纱厂	中	三千六百余人
万泰洋行	英	八十人	大丰纱厂	中	一千六百余人
葛莱洋行	英	五十人	华丰面粉厂	中	五百余人
祥泰洋行	英	三十人	永安纱厂	中	三千四百余人
通信洋行	英	五人	德大纱厂	中	二千二百余人
久胆洋行	英	五人	振华纱厂	中	一千五百余人
上海华英德律风公司	英	七百余人	三新纱厂	中	三千余人

以上中国厂停工者共十一处，二万六千余人，已上工者九千余人，尚未上工者一万七千余人。总共罢工者一百十五处，十五万六千余人。

罢工的结果，影响极大。工部局虽临时征募志愿劳动者，向各方服务，并在重要工作所（如电灯厂、自来水厂等）武装监视工人，禁止罢工，但因十五万人的罢工，已使租界内外人的生活感受非常困难，西人食品几有断绝的恐慌。而使对方感受最大困难的，则为码头搬运夫与海员的罢工。因搬运夫的拒绝工作，抵埠的外船无法起卸货品，上海的物品运载几于完全停止。海员罢工后，英日船公司船舶均不能开驶，营业大受打击，又几有不能支持之势。

但十余万的罢工工人，须如何接济，使不致因参加爱国运动而挨饿，实为非常困难的问题。幸而上海劳动者虽缺乏组织，秩序却非常良好，并未发生意外祸变。各方面的经济接济，也非常踊跃。上海劳动者除海员工会经济能力较充足外，其余罢工工人都靠外界救济，才能维持生活，而以搬运夫为最困顿。罢工后工人由上海总工会及临时济安会发款救济，每工人发款二角至一元不等（隔数天发一次）。本外埠募得捐款则由总商会、工商学联合会、学生联合会代收转送总工会或济安会。每日收款有数万元，但尚不敷分配。华界未罢工各工厂工人，则多减衣缩食，酌提工资若干成，以接济租界方面罢工工人。全国各地虽穷乡僻县，亦多募捐汇沪，各处学生会更多尽力。总之，这次上海对英日大罢工，能作持久战，实是全国各界经济援助的功效。

全市的大罢业，必须有一个集中的团体加以指挥。于是工商学三界临时组织了一个工商学联合会，工商学三界各推出代表六人，驻会分组办事，指挥市民一切事务。工界代表由总工会推出，学界代表由全国学生联合会推出三人，上海学生联合会推出三人，商界代表由各马路商界联合会（代表小商店）推出。当组织工商学联合会时，曾请求总商会（代表大商店）加入，因总商会最初态度力主审慎，未允加入。但后来终于因为总商会单独行动，于市民的全部运动，发生了好些障碍（如下节提出要求条件的歧异，便是一端），这是这次上海罢业运动中的一个缺憾。

原载《东方杂志》1925年第22卷“五卅事件临时增刊”

巴黎和会中之华工

——英日法对华的写真

赵信天

巴黎和平会议，我们中国人无不手舞足蹈地以为中国在欧战史上，居然也挤得一个地位，放出一线的光荣来，谁知在背影里，还有那海外飘零的苦华工，不知奔走力争，流了多少血，伤了多少命，结果反被那野蛮强盗的英日给送掉了，给愚弄了呢！现在我再把我友葛雷之言录出来，用作华工爱国运动的小史也好，用作英日虐华的小史也好。我们的苦同胞，苦工人，苦……啊！还不触目惊心，联合起来，作“坚持到底”的表示吗？！火已烧到眉睫了！他们的凌辱，已经由欧陆来到亚陆了！由他们的领土来到我们的领土了！还酣睡吗？还不起来力争吗？

“嗽！我们华工作了几年苦工——替他们流血；替他们舍命——怎么没我们的发言权，没我们的出席代表权；日本人要替我们派代表，日本人是什么东西！我们要死力抵抗！……”这是一九一八年冬，巴黎和平会议的前一月，华工在郊外开紧急会议时临时主席的宣言。这时会议条例，已由英法美意日五国代表议决，把中国列入三等国；并且由英日的阴谋，说中国无出席代表的资格，将由日本代表中国，解决中国的问题，山东的问题。华工闻讯，立刻开紧急会议，要誓死力争。咳！不是这回闹，怎么会死了这多的华工呢？——比欧战死的还多。

于是举代表，办通电，游行演讲，几十万华工，像疯狂一般，大演其“华工战胜”之剧，大有非达到目的不止之概，几乎把一幕“巴黎会议的和平剧”，闹成“欧陆再战的全武行”。还好，法政府还讲点人道，以为这次大战争，实在受赐于华工的不少，差不多法国人民，都把华工当作“天之骄子”的一般看待，还容许华工的这种“爱国运动”。但是背地怂恿的英日，哪能任我们自由呢！结果还不是“望影捕捉一场空”吗？

“中国是贵国的邻国，阁下能让他们这样横行吗？将来于贵国政策，不有妨碍吗？再说山东问题……”一天晚上，英国代表乔治，同日本代表母业，在一个饭店里，开秘密会议，乔治向母业这样说。这时正当华工示威的第三日，两人都是谈的心腹话，哪知这饭店的堂官，同我是朋友，所以他们的秘密，才尽行暴露了，但因此暴露所以才造成华工的流血，失败，含冤异国呀！“是的，当然要设法限制呀！要……并且贵国属地遍全球，他们的暴动，也要不利于贵国的政策呀！”母业又向乔治这样说。二人沉默了半天，一齐说道：“好，我们两国要暗中互相帮助，一定设法捕捉他们，并且……”二人谈了半夜，各自散去。咳！明日的华工，可就不像以前的华工了！

五人会，是英法美日意五国为自己国际上利益关系，开的一种秘密会议。第二天上午，英日代表在这个会议席上就提出华工案，痛快陈词，谓此次华工暴动，实有妨碍于平和前途，后经他们议决几项办法，于是这一场恶剧，竟由这少数人的主张，开始唱演了。

在巴黎东门外，有一所破营房，四面都是高墙，前后有两门以通出入，西面距巴黎城五丈余，其墙已破坏不堪，可以自由出入——大概好多年不曾驻兵，所以破屋颓垣，惨淡景象，实难以言语形容，真令人不寒而栗。本地人给它一个名字，叫作“阳世地狱”，可想见这营房，是何等凄惨！听说当十世纪，普法战役，里面曾饿死几万法国兵，法人以为不祥，遂废而不用，这“阳世地狱”的绰号，也就因此而起。这次我们为公理奋斗的华工呢，可是囚禁在里面了！前后门都是法兵把守，亦可叫作“华工地狱”！别说囚禁在里面，就是在门前经过，都要毛骨悚然呀！又是隆冬天气，遍地是雪，破屋颓垣，哪有避风的所在！我们华工再苦也无如这次了！

但是，华工是活的，不是死的，是历久不变的热血，不是五分钟的热气，虽被囚在“阳世地狱”里，他们的热血还是照常涌发，膨胀，所以开会演说，在里边还仍然进行不休，并且还商议出办法来，虽说是失败，但他们的勇气，是终久不可没呀！

这一群工人，在“阳世地狱”里露宿，倒还有人供给饮食——法政府——在表面上看来，好像是优待的礼仪，其实乃别有用意；法国人民，实在感激华工不得了，所以守门的兵士，尚容许华工之个人自由，不过不能游行示威罢了。他们在里面，就分团分组地开起会来：什么直隶有直隶团，山东有山东团，河南、山西、安徽、两广……也各有各的团。——擦拳摩掌，你争我嚷，直闹个天翻地覆，“阳世地狱”又变成人烟稠密的“繁华世界”啦。

“啊！现在拿我们作暴动！那么，打巴克达，攻兴登堡线；守凡尔登，守哥龙……怎么不说我们暴动呢？真是白效劳，白费力，临终还把我们软禁起来，不让我们说一句话。全成你们的啦！不行！我们华工活一日，总要跟他们争一日，除非拿大炮把我们轰死！……”一个华工站在一堆碎瓦上讲演；众人齐声说“好！就这样办！……争！”

“……我们华工跋山涉水，离祖国几千几万里，来替你们欧洲打仗，原不是为我们，是为你们哪；打败了我们没有害，打胜了我们又有什么利呢？不是全为你们争权夺利吗？现在战也胜啦，仇也报啦，割地赔款也全都要回来啦，怎么！把我们都囚起来呢？真是‘念完经打和尚’，一点公理都不讲！也行，摸摸我们脑袋有没有，有就不怕！……不怕死的跟我来！”一个人在雪地上，一面走一面说，一群人在后边跟着，一齐嚷道“我们都不怕死！走！”于是又聚了一群。

“日本他也要算协约战胜国！他有什么功？不过运几船白米，要知道我们一个人，回国去能造出多少白米呀！我们是拿命换的功！我们中国有的是白米，我们也运几船来争功行吗？！”

“青岛是我们中国的，被德国给占了去，现在我们用铁血争回来，日本要替我们收没，日本是什么东西！……”

“诸位，不要急，我们要拿定主意办；我们中国牺牲了几十万生命，来替他们打仗，我们虽没有什么大功，总算做工成绩还不错，并且最后的胜利，还是我们华工舍去生命夺来的，把德国的子弹、粮台焚烧了，才有今日，那么我们纵不要报酬，名义上也要感谢我们一下才对呀！现在这会议是和平会议，也是出力各国的庆祝会，为什么把我们出几十万华工的中国，竟列到英属国的后头呢？出席代表仅二人，莫非一个堂堂的大中国，反不如印度、南非洲；反不如巴亚、比利时——他们出席代表三名——竟与那暹罗、葡萄牙成同等国吗？这不是显系侮辱我们中国吗？我们不参与这个会不要紧，我们要去问问他，究竟是根据什么，把我们列入三等国——或四等国——并且我们是华工助战，他们二等国是拿什么来帮助呢？并且印度、南非……是英国的属国——印度以前还是我们的属国！有没有自成国资格？……”

这一团，那一组，震天动地，真是比六·十的天安门国民大会①还热闹。我也不能尽说他们的演讲词，这已经是太讨厌，不过这几段是他们的目的宗旨，是万不可少的，以外痛哭流涕的言辞，实在还多着哩，只好请读者诸君，替他们作稿子去吧。闲话休提，书归正传。最后还是几位干练人出头调解——“阳世地狱”闹活鬼，所以才出来调解——结果：各团举出代表，向预备会去请愿，请愿无效，再实行

① 指 1925 年 6 月 10 日北京各界的大聚会，声援五卅运动。

那“残酷手段”，这就是唯一的目的了。

在这个时候，还有人提议那不经之谈，说道：“这次我们中国，为和平会议，来了许多什么：‘代表哪，顾问哪，参赞哪，专门委员哪……’何不也向他们去请愿，求他帮助我们争一争呢？……”起初还没有驳他，最后倒叫我——葛君自称——的朋友张老五[①]——拙作《欧战时华工之惨案》上的张老五[②]，因为葛君曾救过他的性命，所以同葛君是朋友，——骂他一顿：“中国老爷们，只会在本国残杀自己的同胞，到了这堂堂的巴黎和会，也不过是那‘磨道的驴——吃喝’的一路角色，还有什么好办法！这是我们华工用血肉争回来的权利，要我们自己去争，何必求老爷告太太呢？你真是无能了！”

这次大请愿，诸君以为大获胜利吧，岂知适得其反！不但不准所请，反倒特别戒严，连个人都不许出入自由了。咳！如此无公理，怎不使人痛哭流血呀！于是乎敢死队，刺客队，就激出来了：张老五第一发起敢死队；敢死队还恐怕不济，王启三又发起了刺客队——王系河南人，精明强干，二十多岁，少时尝为人打抱不平，最爱管事；而且精于拳术，尝想做一种侠客，杀尽人世间可恨可恶的人，才称他的心愿，所以被义愤感动，居然以刺客自许，大有荆轲、聂政之风。当他临行之时，曾对大众宣言，表白他的心志：“现在我们劳而无功，谁不愤恨！但我们身居异国，处在这种有强权无理的暴力之下，祖国微弱，敢怒而不敢言，我们这些许的工人，又何能为力，当此之时，除此一途——行刺——别无良策；成，则远走他国，不成，也就葬于贼手，不愿再与诸兄弟相见了！请各珍重……”许多华工，无不潸然下泪，齐声呼道：“但望早日成功，总预偿了我们的心愿；我们虽死在异国也无愧恨！”众工人于是争先恐后，立时招集数百人，但又恐人多误事，遂选出二十个精干者作随从。

---

① 原文中为“五老五”，赵信天《欧战时华工之惨案——英人虐待华工之果报》（《晨报副刊》1925 年 6 月 23 日、24 日）中为“张老五”。

② 原文中为“张老张”，应为“张老五”。

那边张老五也对众演说，大意略谓："……他们既不讲理，只好拿野蛮对付他，我们的手段就是拼命；拿我们一个工人，去抵他一个代表或宰相，好在我们都是穷工人，休说死一两个，即便都死了也无关紧要，我们中国也不缺少这等穷工人。倘或杀他们一个两个，使他们知道中国政府虽弱，这些穷工人还是不弱，这就是我的宗旨；愿意死的，随我来！"众人听他一片言语，无不气愤填胸，情愿送死，当时也聚了数百人，剔残去弱，招足二百名壮勇，同刺客队各带器具，乘夜从西边破墙处暗暗溜出，实行他们万不得已的手段去了。

却喜法国的政治极守秘密，这"阳世地狱"里的华工，虽闹得天翻地覆，外面人民都丝毫不闻，所以华工在街上除军警外，别无他人盘诘，得自由预备，好像是法政府给一个机会，让我们华工做成这种大事业一般。华工在街上当然是暗中行动，无人知觉，去了二日无甚动静，忽然到了第三日，由和会预备会发出命令：将所有华工，尽数运往马赛去屯驻。华工都莫名其妙，待要不去又受有法兵的监视，于是令下之日，即由多数法国军队，监押着由巴黎通马赛的铁路上，运赴马赛。"现在又是怎地呢？受人家的监视，好像是囚犯，简直是将我们发配到这里，莫非我们那两队人，都被他们拿获！那么……"他们各个人都这样想，并且也交头接耳地这样说，不到一日已是到了马赛。

"好！这些大舰哪，同我们来时坐的一样呀！大船！大船！害我们的大船！救我们的大船！你为什么又在这里停泊着呢？你是阴曹的恶鬼来拘我的灵魂；你是天堂的使者来指示我们的明路？我们可都是被你给害得这样苦呀？你……"到了马赛海边，华工看见海上的大舰，各个人都这样想，并且也大声疾呼这样喊；果真华工都被监押着驱逐上了兵舰，要送回中国来了。

华工都上了兵舰，由英法两国的海军，押送回华。那时苏伊士运河的戒严令还未撤销，无论何国兵舰，都不许从该处经过，并且这些兵船上还有日本的军用器械，必须到日本一行，遂取道大西洋，开赴日本。诸君凡游过外洋、坐过大洋里海船的，都知道那船主的大权，如一国之王——有生杀权，说叫谁死，谁就不能苟活。何况这些船都是兵舰，船主就是舰长，就是英国的军官呢？我们华工死在这兵舰上的，不知有几许了！这碧色澄清的大洋，都是我们华工的安乐之窝，最后之家了！

华工既然是“义愤填胸”，此刻被他们驱到兵舰上，用高压手段，就送回中国，所以他们的不平，就愈激愈大，激烈分子，更要做种种无知的暴动行为；船主既受有命令，完全取高压政策，现在生杀之权在手，这惨忍毒苦之剧，竟以造成。

“诸位：他是流行瘟疫病。——此病传染最快，并且染病即死，大西洋中这病最厉害，业航者最怕这病之传来。一人传染不治，全船均有性命之忧；现在为全船生命计，必要将他扔到海里，才能免其传染。来！扔下去！”三四个兵士一齐下手，扑通地将李二扔下海。众工人见这情形，明知是他们借词杀人，但此时如入死囚，虽欲反抗，亦难为力，只得痛恨饮泣而已，今天扔一个，明天扔一个，哪个最激烈哪个早下海。后来激起公愤，要反抗船主，船主用匪徒名义，三四十人又一齐下海，真是软不行硬不行，多少华工尽作盘中肉矣。

二十余日到了日本，这时华工满腹痛苦无人诉，来到仇国，更引起胸中的毒恨了！船才停泊，就有日本小商，知道华工有钱，都坐着小船来大船旁边，卖他的鲜货果品：“橘子、香蕉、大白梨呀；面包、酥鱼、大虾米、糖！开口味的香糖；……”“不买他的！他是我的仇国；我们拿生命换来的钱，不能送给他们，……”华工都站在船的甲板上，手扶铁栏看日本人叫卖；驾小船往来巡梭，男女老少，三五成群，船前船后，都是日人的小商队，但是一文的东西也没人买。华工在上面越看越有气，一时痛恨没处发作，齐声说：“不叫他们在这里讨厌，浇他！浇他，撒尿来浇他！撒尿！撒尿！”几百人一齐撒尿。“嗷！不是好人嗯，你不够本的，你……”不大时，连嚷带骂地全逃跑。船上的华工都鼓掌大笑。

诸位曾记得为什么这船先到日本吧，为是船上有日本的东西，现在既到日本，第二天就往下起东西，华工又想出一个报复的妙法：先到岸上找到一个高丽人，问明白高丽人同日本人的分别，只在袜子上一道蓝线，高丽人的特别符号；于是就演成这回恶作剧，可见中国人要报复一件仇恨事，是无时无地不记在心里呀！

开起重机卸日本的货物，船上船下都是中国人、高丽人、日本人夹杂着，来来往往华工都穿着大皮鞋，同小船一般大的皮鞋，鞋底满钉着大铁钉，高丽、日本都穿着木屐子，华工看准一个没有蓝线的穿木屐人，照脚面上用铁底鞋，狠心这么一踏，“哎哟！你不是好人，你不够本哪，你坏心眼的人哟！……”船上船下如同起重的哀歌，都是同样的声音，喧哗起来。

英法军官问明原故，众华工都说：“他是我们的仇人，我们不愿意见他面，并且也不愿意登我船；‘我开起重机’；‘我起货’；‘我上岸’；‘我……’我们会把东西给他们扔下去，不用他们，一定不用他们；高丽人是我们的苦弟兄，可以来帮助我们。”于是华工和高丽人，七手八脚不一时全扔到岸上，东一堆，西一堆，乱七八糟堆了一地；但日本人呢，都不敢近前来搬运。这真是可笑的一件事，替人家运东西，不让人家动手，还说是恨他；但也实在可以表示是真心恨，华人的天性大概是如此的。

东西卸完，晚上就开船，这时也有上街游玩的，也有些人要买点日本货回国来送人的。华工又发出一个口号：“不准买日货”“亡国奴才买日货”“买日货的抛下海去”，岸边安置下检查员，凡有拿日货上船的，都夺过来抛下海：什么糖啦，布啦，鲜果啦，鱼啦，肉啦，飞红片绿，满海面都是日本货的装潢纸。最后有一某省人，买三十几元的东西，听见这信，就把它卖了三块钱，空手回来了。

晚十点开船，回到山东青岛登岸，这些劫后余生的苦工人，又得见祖国了。那敢死队、刺客队呢？那张老五、王启三呢？恐怕早喂了法国狗吧！这就是华工参战的好结果呀！同胞呀，还睡吗？！

十四，六，二十六，北京

原载1925年7月2日、7日、9日《晨报副刊·沪案特号》

五卅节的上海

陆定一

眼见得革命的五月就要完了。帝国主义者及其走狗们在紧张的空气中紧张地等得有些倦了。警告和通令发得不少，而示威也曾尽量地做过：在法租界，在英租界跑马厅，商团，海军，天天阅操。他们只等这两天，两天之后，就可以好好地睡他一觉。但是这两天乃是最不容易过的！去年南京路的鲜血，现在还是红着，腥着！牺牲者的阴灵，每天在青空号哭！

起来！起来！亡国的上海的中国人们哟！来纪念你们的五卅啊！

于是各种团体都开起会来了。工部局的外国人商议如何叫中国人们狗一般无声无臭地过了五卅。资产阶级以及高等华人们商议如何可以不参加这轰轰烈烈的大纪念节而向帝国主义者卖民气，说：“你知趣的就给些利益我们罢。庚款，华董三人，……都好。我们是不参加群众运动的。但是你不怕我们的民气么？你不给我好处，他们要起来了啊！”以得些钦赐的皇恩。各大学同志会的大学教授们，在讨论如何把成千成万的学生，关之在大门以内，开会，静默，鸣钟，击鼓，庶几乎威灵吞爵士来参观的时候，可以有“此校一些不赤”的断语，庚子赔款也可以拉个万把发发薪水。反赤大联合商议如何在机关报上再画上一位俄国“赤贼”，拿中国人出把戏。国家主义者商议如何可以做一些和平的表示，显得自己是爱国的，而一面避免危险。只有国民党市党部，整天地在开会，讨论如何领导民众去做盛大的纪念。再有共产党的穷光蛋们，亭子间里钻出钻进地规划着奋斗！

总之，两边是在准备着。五卅是决斗的日子！南京路是决斗的场合！

眨眨眼到了二十九日！

上午，学生联合会开了一个追悼大会，追悼学生界死难的三烈士——何秉彝，尹景伊，陈虞钦。四壁挂满了素色的挽联，正台上放满了花圈，花篮，三位烈士的遗像挂在正中，庄严静穆的空气，令我回想到去年在大礼堂开会，听得陈虞钦的死耗，大家静默五分钟，很多同学忍不住号啕大哭的景象；更令我回想到去年我们校里的吴恒慈因为迭闻噩耗而发狂，跑来向我跪下叩头，要求我到租界演讲，此后不久，他也死了；消息传来，我战抖的手为他而写文章时的状况！唉！南洋！南洋！去年你牺牲了两个烈士，今年便连生气也没一点儿了吗？

我觉得我是一个战士，站在前线上！

下午就到方家木桥五卅烈士公墓去行奠基礼。

这次的奠基礼，谁都会预料它是一个盛大的集会，因此又烦劳了各大学同志会想出一个分散群众的办法，就是限制每个团体只许派四位代表。然而结果呢？一点钟光景，寂寞得鬼也捉得出的宝通路上，人山人海起来！大旗子，小旗子，军乐，花圈，一阵一阵地来到。一共有五六千人！场子外边，早有灰色的兵，黄色的保卫团，骑着马的，掮着枪的，如临大敌地“保护”着。场里，血衣亭，相片亭，挽联亭，小传亭，正中一只高台，台上台下人挤个满！

读祭文了！多慷慨激昂呀！我看见一个人倒在台上！台下的大声叫喊，好像在平地涌出了一股海水，突然泛滥过了我的头顶直到半天！我在水里，在深水里，在深水底里，站着！四边把我压得很紧的！

演讲了！南京的代表完了之后，就是杨杏佛先生上台。唉！每一句，每一句，多么可以促人猛省呀！

“去年五月卅日两点四十分，在南京路发生了空前的国耻。到现今已经一年，而我们自己想想究竟做了些什么？！军阀帝国主义和他的走狗要压迫得我们一句话都不敢说，而我们自己还要分裂！五卅烈士的死，是要求中国的自由平等。但是他们的死，不但没有促进我们中国的自由平等，而反叫帝国主义和军阀，向我们进攻得更加厉害！我们怎样对得住死难的烈士们啊！我们今天到此地来参与五卅烈士的奠基礼，我们不是来葬烈士，而是来认罪的！从此以后，大家要团结起来呀！完成自由平等！五卅烈士不死！”

其次就是一位投机者的演说。听说这位投机者还是反赤大联合的干事呢。这位先生可算根本昏了头，把工商学联合会的十七条[①]说成十三条，激起台下的大呼：“十七条！十七条！”结果由主席打了个圆场，说“我们是一致拥护工商学联合会十七条的！”而罢。

更其次是总工会的代表演说：

“我们今天在此地安葬五卅的烈士，不要忘记了我们的刘华哟！五卅的烈士已经在此安葬，而可怜刘华的尸体，到现在还没找到哟！（至此，演说者泪下。台下呼声益高：‘为刘华复仇’‘刘华不死’‘打倒军阀’……直喊得主席不能阻止！十分钟光景，始硬停下来。）诸

---

① 工商学联合会提出先决条件四条，正式条件十三条，共十七条。先决条件：（1）宣布取消戒严令；（2）撤退海陆军队，解除商团及巡捕武装；（3）送回被捕华人；（4）恢复被封及被占学校。正式条件：（1）惩凶；（2）赔偿死伤者及罢工罢市损失；（3）道歉；（4）撤换工部局总书记鲁和；（5）华人在租界有言论出版之绝对自由；（6）租界上工人有罢工之自由；（7）捕房应设华捕头，华人巡捕应占全额之半；（8）撤销印刷附律码头捐交易所领照案；（9）收回越界所筑马路；（10）收回会审公廨；（11）工部局董事会与纳税人代表会由华人与西人共同组织；（12）取消领事裁判权；（13）永远撤退英日驻华海陆军。

位不要这样。我们只要记得要打倒军阀打倒帝国主义，大家一块地来做就行啦。”

又其次是学生代表演说，意思是要打倒反动的学阀。

每人演说，台下即高喊口号。直到此处，因要演说的人太多而时间不够，主席宣告停止演讲。即有石松盛烈士的家属上台致谢。吴恒慈的父亲亦上台致谢词：

“我的小儿去年五卅的事情发生时，他在南洋大学，学生会因为他年纪太小，不许他外出演讲，就此得了病。在大礼堂开会的时候，大喊‘国是大家的国，我人小心不小’等话。后来送入医院，不久便死了。他的死是因为别人不许他爱国而死的。平常的人，以为不许小孩子参加爱国运动是安全的，而不知有时也会适得其反。这就是一个很好的例子，所以我们做父母的人，倘使有儿女要爱国，就要让他去。否则，爱之适以害之哩。”

其余的烈士家属，大半是女流，只在血衣亭旁大哭，他们都是穷苦的，失了个生产的人，家境可想而知。这天他们还发传单，陈述苦处，并宣布总商会之罪过焉。

此时大众即整队出发，指定了指挥维持秩序。军乐洋洋，旗影飘飘，大呼口号，大唱革命之歌，直至北站而散，秩序之好，无以复加！

一夜无话，五卅的太阳，惨淡地由东方而上。清早一骨碌起来。可怜校里八百同学，不久就被领袖领到静僻无人的万国公墓去野哭陈虞钦了！我呢，我哪高兴去！放着公共体育场光明正大的市民大会不去开，放弃“唤起民众”的职务，却跑到无人之处，大哭一场，哭得死去，也不会生什么影响的！朋友！你要纪念烈士吗？你要哭吗？到街上哭，到群众中哭！泪向公共体育场洒，血向南京路喷！这样，烈士才会对你展然而笑呀。

于是就到公共体育场。

因为时间早，人数不多。但当我跑出去打了几个电话再回来的时候，吓！铁桶似的！钻也钻不进去。所以一场大会，没听着什么。

游行了！跟起他们走。看来人数有六七万，工人占了大多数。学生们静默鸣钟去了。商人也很少。我意外喜欢的，就是我遇到老同学郑君。他现在当了邮务员，而对群众运动尚如此热心。我与他一同赞叹工人的革命与守秩序。工人们啊，革命要你们来呀！

有一队兵跟起群众游行。待到西门的时候，群众向右转，而他们向左转走了。

此时我才看到报纸："禁止集会。""租界严加防范。中国兵随时可到租界维持秩序。"……

吃了一点东西，就跑向大马路去。三五成群学生模样的人到处站满了！认得的互相打个招呼，空气重重的，大家不能笑，只招一招手。"准备吧朋友！"

走到大马路，感觉到异常森严的景象。店门都已关起不必说。走廊上和电车的月台上挤满了人，但是大家静悄悄的，没有声息。马路似乎狭了些，房子也似乎高了些。外国的商团和警察三二成群躲在路角里，全身武装着。日升楼前新搭起一座高台，一个印捕颤巍巍地据在上面。看看大钟指到两点。蓦地里群众起了一阵喊声，一阵拍掌。看时，好！九辆脚踏车从新世界方面向外滩直飞！车上装着"勿忘五卅""收回租界"……的小旗子，被风吹得急抖，铃也不响的，好像燕子滑过湖面一般轻快！登时，喊声和拍掌声随着这九辆脚踏车而起，南京路受了第一次的震动！

于是学生们，都从袋里拿出了小旗子，把司的克[①]倒过来当旗杆，在各处演讲起来！南京路上连巡捕的鬼影子也捉不来了！人完全拥入街道，四面八方好像潮水似的涌入南京路！因而交通断绝！电车、无轨电车、公共汽车，乘客都下来了。一乘停着，第二乘就也衔尾停下来，直弄得南京路变成了陈列所！于是工人们，穿了他们的破衣服，

① 手杖，英语 stick 的音译。

拿了他们参加市民大会的大旗小旗，在大马路游行了！口号喊得震天价响，路越发水泄不通！小商人们拿了板凳，也到门前来演讲了！学徒、工人，一切的市民都对武装着的商团们挑战，石子、木片做武器，四面八方向他头上飞来！有人开始打电车！一架飞机发现在天空里！

这足以使帝国主义者战栗了！料不到有这样不怕死的“下贱的Chinamen”会来捣乱的，于是开出他的武装汽车来，但是演讲者是早有组织的，永远吃不着他的亏的。

浙江路一带，闹得太凶了，只得用救火车来浇，交通也断绝了。爱多亚路上外国人的汽车不许通行，迫得外国人下车，背后跟起几百人喊打。

如此直到夜里八九点钟。从爱多亚路起到麦根路的电车通打坏了！石子瓦片一直在街上飞，而帝国主义者终究不敢开得一枪！

有一个小伙计对我说：“今天我才做了人！”

有一个工人被巡捕捉住了要打，工人大喊道：“今天是什么日子，只有我打你，没有你打我的份！”

唉！五卅！伟大的五卅！做人的日子！我打你的日子！

烈士们呀！你可以笑了！虽然那些狗屁的高等华人们死了一般地不作声，不要紧，尽有低等华人在。革命总在低等华人手里成功也。

爽快极了！回到校里，看见校长的条告框子里的布告：“……不许出外，在校静默，自……点起鸣悲钟十分钟……”底下接着一张戒严司令部的通告：“……查有匪人四处放火，分散警察势力等因。仰贵校……切戒学生除在校纪念外，勿出外演讲游行，受人利用。……”

五卅后四日，南洋大学。

原载《洪水》1926年第2卷20期

上海工人三月暴动纪实

施英（赵世炎）

夺取武装消灭军阀的暴动，上海工人阶级在三月二十一、二十二日两日的巷战中完成。自俄国十月革命后，无产阶级的革命战绩，添入了上海工人三月暴动的一段新的历史纪录。在中国的革命史中，工人阶级的血战功绩，更因上海工人的三月暴动，确定了工人阶级在革命中之地位。三月暴动在世界革命史中的价值，是写在十月革命后的一页。三月暴动在中国革命史中的位置，是确定中国革命的性质，保障中国革命的胜利，划分中国革命历史的一页新篇章。

全中国与全世界——现在都震动于上海的陷落。

但是上海为何而陷落？陷落于上海工人的两日一夜的暴动与巷战。

三月二十夕，国民革命军占领逼近上海之龙华。但国民革命军预奉有令，令避免与上海租界帝国主义武装之冲突。占领龙华后革命军的策略，尚欲纳降拥有雄厚兵力的毕庶澄率领下之直鲁联军。但毕庶澄欲保有上海而降，降而求为革命军军长之一。属于军阀之一的毕庶澄，降与不降皆民众之敌。国民革命军预奉有令不攻上海，但上海的工人则预有准备，夺取军阀的武装，为革命军占领上海。

自孙传芳失败于九江，狼狈逃归金陵，上海工人即有十一月二十四日第一次的暴动，暴动未起而失败，上海工人阶级的领袖陶静轩、奚佐尧等十余人，为李宝章所杀。自革命军占领上海邻省的浙江，二月十九日起上海工人三十六万人总同盟罢工，二月二十二日第二次的暴动，暴动亦未成，工人被屠杀者数十人，引起海军士兵的革命同情，开炮轰击兵工厂，嗣以扩大斗争而复工，为继续暴动而准备。自此以后，上海工人阶级的政治斗争，走入最正确的路线，既决然夺取武装以斗争，复决然为民众之政权而战。三月二十一日正午十二时，第二次总同盟罢工令，由上海总工会颁布；依令而罢工者，达八十万人。同日，同时，上海工人最后胜利的第三次暴动开始。

暴动，是民众革命的最高技术。无产阶级的暴动，是马克思列宁主义教训中最严重的一课。上海工人阶级第三次的暴动，尽量地使用了革命的技术，勇敢真诚地遵守了马克思列宁主义的教训，练习出两日一夜巷战的经验。

三月二十一日正午十二时，各工厂、各作坊、各机关、各大商店、各手工业场、车站、轮埠、码头，全体工人罢工到了街市的中心来，纷纷向预定的集合处集合。最少数的武装纠察队，立刻按照目的地，对各警署各兵营与军队驻在所开始行动。所有租界中的工人群众，一小时内齐到了中国城市。最少数的武装在前，广大的群众在后。巷战开始了。陆续不断的枪炮声，与群众口呼的口号，立刻震动于遍城市中各地。铁路截断了。电话局被占领。电报局亦被占领。电灯线断。自来水断。完全肃静的空气笼罩了全城市，只有断续不已的枪声与群众的革命呼声。徒手无武装的群众，逐渐夺得武装到手中来。革命的武装力量增加了。敌人在包围中，或在逃散中。从敌人的队伍蛇动蠕行中发现以竹竿系手巾的白旗，这是敌人降了。素习凶恶压迫人民的警察，自剥其黑色的制服而逃散。大小警署的门前推出了枪械，并悬白旗，这是警察投降了。在顽强抵抗的敌人营垒之四围街市中，住户市民，借出木板、砖头、布袋，建筑起障碍物。小饭店与小饼店的店伙紧急工作起来，赶做馒首食物等，由袖戴红巾的轮送队，往来输送于前线的战士充饥作战。袖戴红十字的男女济难队员，往来于战线后方；死者与伤者，扛抬过市巷。历时不久，各取得指挥的中心地，各区域自己的作战指挥集中起来。至此状况，城市暴动巷战的局势，完全成立。

但因为敌人所在地的势力，强弱不尽同。广大的淞沪区域，有帝国主义的租界横贯于中央。暴动突起，在当时的作战划分于下列七个区域：南市、虹口、浦东、吴淞、沪东、沪西与闸北。

七个区域中的行动，前后开始于一小时以内。唯解决与成功之迟速不同；尤以闸北一区，自二十一日正午起，至翌日午后六时止，前后两日一夜始解决，统计激战至三十小时。

南市是包括上海县城的沪南区域。暴动未发前，南市全城的群众，法租界及公共租界中区的群众，陆续齐集于街市中。一时半武装动作开始，先进攻警厅，二时即完全占领警厅。同时，占领电话局。警察的一署三所，及一署三所第一分所，次第占领。从警察厅与各分署中，徒手的群众夺得了枪械。沿途的游巡队，在最短时间中，经群众缴械降伏。大队由警厅进攻兵工厂，无激战而降伏，四时完全占领兵工厂。南火车站是时已无敌踪，被群众占领；铁路工人夺得车头往来运输。五时到华商电车公司集合。广大的南市区域，在四小时内便全部解决。

虹口在租界区域夹间之中，三面接壤于租界，一面近市郊，无驻兵，只有警署。在时间上说，虹口是首先被占领的。虹口电力丝织与金属业的工人群众，当暴动开始时，最先发难，夺得警署，夺得枪械。逃散的警察，利用地方的流氓与工人为敌，时来袭击工会，袭击已占领之警署。因此而工人纠察队既战胜警察，复抵抗流氓之扰乱，以武装镇压，维持区域内的秩序，替代警察的岗位。直到全部的胜利完成之后，虹口的工人纠察队，以武装管理全区域，扑灭反动派。

浦东在黄浦江东岸，黄浦江西之暴动起，浦东所有各厂的工人群众，均起而响应；全体工人罢工，先扑攻澜泥渡第三区警察署，围降警察百五十人，全体缴械。素来压迫民众，残害工人的第三区警察署，首先被群众占领。群众夺得武装后，即进而扫除孙传芳时代所设置的游巡队，沿途缴械。群众复继续占领三区一分所，及三区二分所。当时有由前线溃败的鲁军，包围保卫团，被群众围攻而缴械。保卫团对工人纠察队竖白旗，纠察队队长遂召集纠察队与全体保卫团，暨参加战斗之数万群众，合开群众大会，宣布成立临时保安局，武装布防。自此以后，工会纠察队与商人保卫团，合同管理浦东全区。浦东区各业人民代表会，立时成立。暴动前后经四小时，而区民政权成立；右派与反动派之投机分子，携带武装，伪造旗帜徽章委任状来接收公共机关者，尽被纠察队拒绝扑灭。

吴淞是炮台防守地，原有驻军。自前线溃败后，毕庶澄的军队之一部，复乘车逃吴淞，欲经水路，夺得轮船，逃离淞沪。但吴淞的工人，与上海的工人已在同一时间内，起而罢工暴动。铁路工人，铁工厂工人，纱厂工人，立时围攻驻军，夺取其枪械。一部分的兵士，急乘车欲回上海，往沪宁线逃脱，至闸北江湾路附近，铁轨已断，遂据守天通庵车站作战。吴淞工人胜利后，保卫团亦出而与工人合作。经过群众大会后，吴淞的区民代表会立时成立。吴淞各工会联合会领导近十万的工人群众，实际管理临时区政权。

沪东是包括租界与华界的广大工人区域。罢工开始后，群众即围攻虹镇警察署，缴警察枪械而占领，一时许，杨树浦与引翔港两地工人群众，分头在韬朋路底之马玉山路，召集群众大会，各处到会者逾五万人，会后整队出租界，齐赴闸北。武装纠察队至胡家木桥及虹镇两处，打碎警察岗亭，占领五区三分所警局，完全解除警察枪械，夺得武装。香烟桥警署纵火向群众围攻，群众扑灭火势而解决之。总计前后，击毙巡官一人，警察三人，余则仅解除其武装。大队群众与武装纠察队向江湾路进发，欲至闸北；达天通庵路车站附近时，适由吴淞开来兵车一列，群众折断路轨，兵车出轨倒地，以排枪及机关枪向群众扫射，死伤甚众。纠察队猛勇抵抗，群众高呼革命口号助威。自此以后，即与闸北纠察队夹击兵车之溃兵，直至翌日始解决。

沪西亦是包括租界与华界的广大工人区域。华界即滨北，连接于闸北。群众罢工行动后，先围攻曹家渡第六区警署，缴警察械，并占领之。武装纠察队护卫群众渡河往闸北，并与小沙渡纠察队会合，围攻四区警署，经激战后而占领。率领纠察队冲锋之总指挥死难，警察亦有伤亡。同时，两处纠察队分队围攻警署第二分所及游巡队署，俱获占领。各警署占领后，随即查封。武装纠察队合集围攻北火车站，直至翌日。

以上各区域的行动，都比较的顺利。最后的激战，乃集中于闸北境域内。工人武装会聚于闸北者，乃沪东沪西两部及闸北境内的一部，其余以租界隔绝，均不能来援。各区域均在二十一日次第解决，而闸北独相持激战至两日一夜。当各处行动开始后，总工会代表乘汽车至龙华请兵，国民革命军东路前敌军白崇禧总指挥方迟疑间，又接驻沪军事特务委员会钮永建报告，请缓一日进兵，以待毕庶澄投降。总工会代表涕泣力请，最后第一师师长薛岳始率全师进攻。

廿二日下午六时薛师至麦根路，适值北站鲁军溃败而退，最后的军阀残余，始告肃清。前后两日一夜中，闸北境内激战经过如下：

在闸北境内，除警岗不计外，敌人盘踞的势力，多至二十余处。行动以后，群众的主要目标在下列六处：（一）北火车站，（二）湖州会馆，（三）商务印书馆俱乐部，（四）五区总署，（五）广东街分署，（六）中华新路警署分所。嗣后自吴淞开回兵车，在天通庵车站虽被沪东群众邀击，但因敌方人数甚多，武装极强，于是六个主要目标之外，又增加一处劲敌。闸北的巷战，遂遍于全境。自十二时起，罢工工人群众到街市中者，逾十余万。枪声突然四起。

北站鲁军的大炮，对向市镇轰击。鲁军中白俄兵，且以铁甲汽车，亦乘机开炮射击，助鲁军对民众作战。（以上两事，为纠察队指挥者所亲见，但事后帝国主义者默不敢承认，上海各报纸，亦不敢以此项消息登载。）至下午四时，群众已夺得各警署与湖州会馆。全境内各处警岗，悉被驱散。居民纷纷悬青天白日旗，不及备者，或以手巾被单作白旗悬挂。自此以后，群众的武装，除布防保护居民，免溃兵抢劫外，进攻目标，乃集中于（一）北火车站，（二）商务印书馆俱乐部，（三）天通庵火车站。三处在一直线上。工人纠察队夹于三处之间：对北站取防守势，对俱乐部取包围势，对天通庵车站取进攻势。

巷战逐渐激烈了。商务印书馆俱乐部的敌人虽系少数，但拥有机关枪与多量炸弹，不断地向群众轰击，十分顽强。二十一日午后四时，纠察队以纸作书，口呼停战，投书人，劝降并负责保护其生命。鲁军亦就纸之背面回书，请求停止攻击，但不肯降。嗣后纠察队即取包围战略，防守终宵。天通庵车站敌人，因铁路轨断车倒而惊惶不已，伏两旁沟中，防守终宵，以军械力弱，纠察队进攻未得手。北站方面，敌人于晚间纵火围攻，火势渐炽，烧民房数百间。难民纷纷向工人纠察队防线中逃来，纠察队分队护送往青云路空地。

火势盛时，纠察队乃弃防线前进，以水龙皮管，开自来水管猛勇扑救，卒至扑灭火势。附近居民，义愤填膺，对工人纠察队感激至于流涕。居民壮丁，以义愤所激，自愿加入作战。老者少者，自屋中取出木板、砖石、布袋，为工人纠察队布置防线，建筑障碍物。火势息后，敌人不敢进攻，唯时以排枪射击；白俄人的铁甲车，则时以大炮轰击；英国帝国主义的铁甲汽车，亦时时偷袭向我们射击。此时的工人纠察队，为保护居民，对军阀之残余作战，亦对帝国主义者防御作战。

通宵的激战轰动于淞沪全境，各处皆知闸北的战事，称赞感叹工人纠察队的丰功伟绩。翌日（二十一日）天明以后，敌人已至于困乏，纠察队仍从各方猛勇进攻。当时居民咸传说革命军已至，实则革命军尚未自龙华起程。至正午，天通庵车站敌兵解决称降，俘虏三百余人，余人逃散至广东街者，被纠察队缴械，至北四川路者则被日本水兵缴械。下午四时半商务印书馆俱乐部中敌人，易便衣欲逃，被生擒，余人愿降，苦战一昼夜之地最后解决。纠察队总指挥处遂由五区总署移至俱乐部中。自此以后，全部武装集中攻北站。但自上午起，北站敌人复用第二次火攻，延烧房屋无数；是时自来水管已断，无从施救。纠察队防线退至五次，但敌人亦不敢前进。最后各方队伍集中后，猛攻一小时余，白俄兵逃入租界，北站鲁兵亦溃退，六时北站遂得克复占领。因避免与租界帝国主义武装冲突之故，纠察队乃退至车站之后布防。溃兵大队逃散时，适国民革命军第一师薛岳师长亲率猛队赶到，完全将溃兵俘虏。是时车站地雷爆发，但已无敌踪。最后薛师进驻北站。铁路工会下命令修复沪淞与沪宁铁路，铁路工人首先复工，依工会令组织交通队三百人修路，恢复交通。宝山路、宝通路、中兴路一带，居民燃鞭炮庆祝。暴动之功，至是完成。

原载《向导周报》1927 年第 193 期

蒋介石屠杀上海工人纪实

作 新

四月十二日蒋介石军队围缴上海总工会纠察队及十三日屠杀示威游行工人之事件，可算中国近年革命运动的一个最重要的关键。以前戴革命假面具的蒋介石及其所代表的资产阶级，经过这一事件之后，完全表现出他们已经退出革命的战线，而投降于帝国主义了。所以我们应该十分仔细认识这一事件。

上海工人三月暴动之经过已略见上期本报[①]。暴动成功后，上海总工会纠察队武装起来，编成二千七百多人，共有枪支一千七百余，机关枪数十架，子弹二百余枪，炸弹无数。这些武器都是上海工人以血和肉经过三十小时战斗向直鲁军换来的。工人有这种武装力量做基础，所以帝国主义异常恐慌，租界宣布最严重的戒严，铁丝网沙袋满布交界各街道，总工会升旗那一日，两租界甚至完全断绝交通。这是当然的，因为这种工人武装之存在根本危吓帝国主义在远东的根据

① 此即刊载于《向导周报》1927 年第 193 期的施英（赵世炎）《上海工人三月暴动纪实》。

地——上海。因此，帝国主义一面戒严，一面就用全力来想解决工人的武装。

这时恰好有一个很好的工具，可供帝国主义之用，这就是蒋介石。蒋介石所代表的主要是中国资产阶级，江浙尤其上海正是中国资产阶级的根据地，自从工人武装起来，不仅帝国主义感觉危险，即中国资产阶级亦感觉危险，所以与帝国主义一致联合起来，来解除工人的武装。据可靠消息，此次帝国主义连同中国企业家银行家大商人等共出一千五百万元为解除纠察队武装之用。其中一千二百万是蒋介石得的，一百五十万是白崇禧得的，一百万是周凤岐得的，其余五十万则用于雇用青红帮流氓。

解决工人武装之事虽发生于四月十二日，但其准备则从蒋介石到上海时就开始了，甚至可说蒋介石未到前就开始了。代表资产阶级之国民党右派自始就不赞成工人的暴动和武装。当三月二十一日上海工人与直鲁军炮火相持之时，钮永建代表某君反对龙华之党军去援助工人，他的意思是让工人被直鲁军打败之后再去解决直鲁军。谁知工人的奋勇竟把直鲁军解决并自己武装起来了。暴动成功之第三日，张静江由杭州赶来上海，看见工人武装起来，即下决心解决纠察队，他当日即下令调驻闸北较左的薛岳师到南市去，而“三月二十日”调将军刘峙到纠察队的大本营闸北来。蒋介石到上海后，四月一日晚上确已下令刘峙发动围缴纠察队枪械，适因汪精卫到上海，为敷衍起见，蒋介石就将此命令撤回了。工人方面早就知道蒋介石、张静江等的阴谋，故早就有了抵抗的准备。刘峙军队调到闸北后，工人学生等即在街上向兵士作兵工联合的宣传，兵士中竟有一部分向工人表示誓死不愿开枪打工人，并每日有三四十人自脱军服逃出军伍。这种情形是十分使蒋介石及其部下反动军官恐慌的。缴械之令迟迟不下，这亦是一个原因。最后刘峙军队及其他第一军队伍都被调往沪宁线上各城市了，而调二十六军到上海来，这固然是蒋介石准备调一军去解决南京之二六军，但同时也是恐受工人宣传后之刘峙军队不能解除工人的武装。二十六军到上海后，一方面表示对工人“无恶意”使工人不准备，他方面蒋介石等秘密准备法西斯蒂行动。这里可以看出他们解决工人武装，准备得十分周密。因为他们知道，二十六军虽然原是孙传芳部下，受政治训练很少，且未受工人的宣传，但也难于独立解决工人的武装，必须有假冒工人的流氓，然后能连欺带骗解决纠察队并遮掩一部分人的耳目。

果然，他们的狡计终于实现了。四月十一日上海总工会纠察队总指挥处即得报告，说当晚有工界联合总会（蒋到沪后流氓所组织的假工会，谋与总工会对抗者）的流氓要缴纠察队枪械，总指挥处即下令各分驻地纠察队布防。十二日晨四时左右，总工会会所之湖州会馆附近突发现枪声数响，其他各地亦同时动作，兹分述如下：

（一）湖州会馆　湖州会馆发现枪声后，纠察队总指挥顾顺章即偕卫队二人军警及书记等，往总工会会所视察情形，入内略事休息，约过二十分钟，枪声复作，顾氏出外探视，即见有六十余便衣军臂缠白布黑“工”字徽章，正向会所内放枪，门前纠察队二十余人亦向之抵御，未及十分钟又有大批二十六军部队开到，当有五团团长邢霆如向纠察队谓：“请你们不要还击，我们来为你们缴他们（指便衣军）的械。”说毕即将所有便衣队枪械未经抵抗即完全缴下，并用绳索捆绑，纠察队见状即请党军入内吃茶及香烟，邢团长、章营长即对顾谓：“既有今夜这件事实发生，请你同我们到二师司令部见我们师长商议解决办法。”顾即不疑偕六纠察队员同往，讵行至半途，邢团长忽变色谓：“他们（指便衣的军）枪械既已被缴了，可是你们的枪械也应该缴下才好。”顾答：“不可，他们流氓是捣乱的，我们工人纠察队是革命的，如何能够缴械呢？”章营长即指挥卫队将顾及纠察队之械缴下，又同顾回会，下令全部纠察队自动缴械，顾坚持不可，谓：“本会委员长外出，我们未得总工会命令不能擅专。”于是邢团长、章营长即说：“是的，缴械这事是不好看，不要缴罢，我们另外想想法子，请你们把枪通通靠起来！”纠察队见总指挥被捉，只得依言三叉式将枪靠好，党军又逼令纠察队向后退三步，并将机关枪等对准湖州会馆，纠察队至此遂无能为力，党军即入内占据总工会，办事员亦全部退出，随后邢即要顾同赴第二师师长处谈话，顾无法抗拒，遂同到宝山路天主堂二师司令部，时在上午七时，拘至下午三时许始行释出。

（二）商务总厂　宝山路商务印书馆印刷所（在俱乐部对面）楼上本有纠察队六十余人，耳门有六人通夜守卫，十二日晨五时许忽有多人自租界出，臂缠白布上书黑色“工”字手执盒子炮向耳门守卫轰击，守卫与之抗拒，但楼上纠察队已有被弹击伤者，俄而二十六军大批从宝兴路方面开来大呼：“不要打，我们都是自己人，不要误会，我们是来调解的。”及抵门首即令守卫开门谈话，守卫见党军至，不疑有他，即依言开门，门启，大队即一哄而入，上楼将纠察队完全缴械，并将簿子间及商务工人办事室完全抄过，计抄去步枪六十余支，纠察队员由后门尚公学校逃遁，并拘获一人，解至二师司令部。

（三）商务俱乐部（即纠察队总指挥处）　商务总厂纠察队被缴械之同时，在五时二十分左右，俱乐部总指挥处忽来着党军服式，手缠白布“工”字符号者二三百人，在该号铁门前高喊一声散开，即有数十人向前门冲锋，并大呼缴枪，缴枪，时铁门前纠察队副队长杨凤山与之理论，该项人等即将杨所携之盒子炮一支夺下，并当场将其击毙，转向内面冲锋，唯该门岗甚多，难于冲进，乃从俱乐部嘉庆里后面夹击，登时枪声大作，初仅长枪盒子炮声，继以机关枪开至十数排之多，均射于俱乐部图书馆三层楼墙壁上，泥瓦纷飞，在内之纠察队亦据图书馆俱乐部各窗口以米袋堆起作防御，战至八时许第二十六军第二师派出第五团前来，并携一函，略谓贵处与某方发生误会，此种不幸事件，应即时双方停战（吹号为记），敝部特派第五团邢团长前来调停，如有某一方面不服从调停者，即解决某一方面，调停时间以十一时为限云。该项部队一至，即向俱乐部取包围形势，并拟进内交涉缴械，纠察队方面不允，第五团邢团长要求派代表同往上海总工会交涉，纠察队以总指挥不在，允派大队长二人同往，该团长仍以无正式代表为辞，适此时有职员周某从某医院得悉此讯，急奔至俱乐部内，力谓可负全责，该团长又谓须先向司令部呈明经过情形，周君即偕往，当被禁于司令部，该团长即回俱乐部召集纠察队全体集合谈话，当时纠察队见该团长态度十分和善，又以为真正攻击工人之敌已被击退，遂不疑惑，遵令集合。邢团长遂向纠察队全体队员训话，略谓："工友们！二十六军系人民之武力民众之军队，愿意保护你们纠察队，昨日晚上我们敝部接到报告，谓有人将于今晚上冲突，同时总指挥部亦接到同样报告，故发下训令，命令我们军部防备，今早又得到白总指挥的电话，要我们军队将双方缴械，我们已拿到反动派三十余人，将予严办，现在我只得奉长官命令执行，你们可将枪械尽数藏起来不动，关起门不要开枪，你们周代表刚才同赴我们师部，也说枪无论如何不能缴去，放在里面是可以的，现在他到军部去了，一切事件总由我们军部负责，不会缴你们枪。现在我本人还有一点意见，就是外间对于今早这件事情发生误会，最好由我们派一连徒手士兵，与纠察队徒手游行一次，表示切实联络。"纠察队员是时鼓掌赞成，后纠察队出发，所有邢团团部在宝山路一带者乘机蜂拥入内，将俱乐部完全占据，并将楼上下严密搜查，枪械全部搜去，并将各着便衣办事人一律搜查一遍驱逐出外，举凡纠察队之一切衣服银钱用品，乃至一衣一袜之微，亦被捆卷以去，东方图书馆中重要之图书仪器均被捣毁不堪。

（四）天通庵路天主堂　天通庵路天主堂向驻有纠察队三百余人，十二日晨四时有八十余流氓从北四川路租界出来围攻，纠察队初不还击，至流氓已迫近队部时始放机关枪射击，流氓有死伤者，余人均逃并被纠察队缴械十余支（俱系新买的，可证事前白崇禧拿钱买枪给流氓之传说为的确），事已过去，党军始到，工人当对党军说："我们已将流氓解决了，无须你们帮忙，你们可以回去。"党军答称："我们是奉命令来缴双方的械的，他们虽逃，但你们亦当将械缴出。"遂不由分说，尽缴工人之械。

（五）华商电车公司　十一日晨三时许南车站一带军队步哨直放至西门，大小南门，陆家浜一带，有形似工人臂缠白布黑“工”字徽章约二百五十人，自法租界南阳桥乘汽车冲入华租界，持手枪盒子炮炸弹等，分三路包围南车站前面之华商电车公司，一由南站火车轨道越过，一由兵工厂望道桥而过，一由沪军营地方前进，迨越轨而过之，一队甫至南站前门地方，为纠察队放哨之士兵所见，向诘口号不合，急回电车公司报告（该公司亦有纠察队百余人驻防），乃由纠察队发令拒敌，时已四时三十分，二十六军一团第三营及机关枪一连亦到，先放空枪两响，继以步枪，至五时许未能攻破，乃用机关枪扫射。两面墙壁上之枪洞密如蜂窝。附近电车线亦完全倒下垂地如网，至六时遂将大门打开，各兵一拥而入，于大门内抄得旧式机关枪四架，盒子炮两杆，手枪三支，步枪三百余支，又入内至各办公室搜查，所有门窗及写字台尽行击毁，公文信件凌乱满地，银箱亦被翻倒，军队方面伤三名，一弹穿掌心，一伤臂，一伤手，厂内一某姓茶房面部着弹，夜班匠两人，一伤肩部，一伤胸部卧地不起，势极沉重，旋由红十字会用车载去医治，纠察队亦全释出。

（六）三山会馆　围剿南车站后面三山会馆纠察队枪械之军士，系二十六军二团一营杨其藻部，于十二日晨三时半开抵该处，即将会馆四周包围，先由连长翁国华、排长傅国俊叩门入内，限十分钟内将枪悉数缴出，当即拒绝，遂开始用机关枪、步枪、迫击炮等分两面射击。该馆墙垣高厚，弹不得入，遂用仰射法，弹子纷纷由高下坠在内，纠察队则分藏大殿及后屋等处，至五时顷枪声稍息，越五分钟兵士又高呼，冲锋号、枪声又作，伤纠察队五十名死一人，至六时许在内之纠察队百余人，知困守无益，遂开门缴械，各兵即一拥而入，将步枪三百四十五支，重机关枪五架，新式机关枪二架，手提机关枪三架缴下，各队士制服亦均卸去，并将大队长何杰等多人连同枪械并解至新普育堂团本部，经团长赵观涛一一讯明，即行开释，唯队长何杰于下午解至龙华总指挥部。

（七）浦东各处　原驻浦东三区警署纠察第八队春江码头第九队暨各分队共六七百人，每晚与该地驻防军队轮流守卫，前晚得总工会命令特别戒备，多未解衣而卧，至清晨四时许军队来换班，纠察队多回队休息，军队遂乘机攻入，纠察队未曾防备，遂纷纷弃械由后门出走，间有持枪作瞄准形式致遭击毙受伤者轻重不一。

（八）吴淞　吴淞纠察队向分驻三处，一在大街西市圣公会，一在旗站六营公所（国立政治大学学生寄宿舍），一在大街，十二日晨三时流氓未到，军队不客气即先发动，包围纠察队各分驻所将所有军械缴出，纠察队不能抵抗，只开放空枪两响而已。

从以上的记载，很明显地看出此次缴工人纠察队枪械举动，完全是军事当局与帝国主义者及流氓共同预备好的圈套，由租界放出流氓先行发动，流氓不胜而后，由军队出面假维持援助之名，骗缴工人纠察队枪械，工人不察竟堕若辈术中真堪悲痛。

事后流氓中传出消息，谓此事全系蒋介石预定的阴谋。蒋介石本是青帮一首领，排列在统字辈，其老头子就是著名的大字辈首领麻皮金荣，现为上海法租界包探长，与其他二首领杜月笙、张啸林共同贩卖鸦片者。蒋介石自去年至九江后，麻皮金荣即由上海赶往九江，与蒋商组织长江下游流氓以备杀害共产党之事，蒋介石并委杨虎为特务处处长，专办此事。所谓特务者，即组织青红帮反赤之谓也。南昌、九江、安庆、芜湖、南京、上海、杭州、宁波各地之捣乱民众团体杀害工人等事，都是这般流氓所为。蒋介石一到上海，首先进见者就是麻皮金荣。蒋到上海后，所处心积虑日夜图谋的，就是组织青红帮流氓一件事。所以蒋到后不久就有所谓“中华共进会”（青红帮公开机关）和所谓“工界联合总会”（青红帮所组织的）出现。四月十一日青红帮流氓二三百人在杜月笙家集合，每人发十元于半夜乘汽车多辆自法租界出发，另有之汽车专载兵器，租界上英法兵已先通知好，绝不留难，至华界，口号一对，兵士即放行，随后就开始向纠察队攻击了。听说有一部分青红帮流氓不愿打工人，有由杜月笙家临时退出者。总工会委员长汪寿华（即何松林，五卅运动时为总工会宣传部长，李立三离沪及刘华被杀后，他事实上即为总工会委员长，经过二年的艰苦斗争仍然能保存上海工人的组织并大加发展，所以为帝国主义军阀资本家工贼所忌，孙传芳曾出一万元赏格通缉他，故改名汪寿华，益努力革命工作）即于十一日经过法租界被杜月笙侦悉捕去送龙华，于十五日被白崇禧秘密枪毙。

十二日各产业工人闻纠察队缴械，即停工示威。各地纷开群众大会要求：一、交还工人纠察队枪械；二、保护上海总工会；三、惩办流氓肃清反动分子。上海总工会以此次变起仓促，经工友群众之悲愤要求，遂发布以下之总同盟罢工令："昨日（十二日）晨四时，突有由租界冲出之武装流氓，身着制服，袖佩工字符号，在闸北、南市、浦东、吴淞各处向本会纠察队攻击，驻本埠军队各师团营部预奉有命令，亦同时动作以种种欺骗手段，缴去本会纠察队全体枪械，并掳去工会及纠察队驻所一切物品，虽一衣一履，囊括无遗，缴械而后，呼啸入租界而去。本会纠察队因抵抗而死者百余人，工友群众，死者数百人，自晨六时起各处工友陆续罢工出厂援救，对兵士哀号泣恳，竟遭射击，前后情形惨不忍言，军事当局与租界中敌人默契，昭然若揭，事实俱在，证据确实，本会至此，唯有宣告全上海总同盟罢工，以为抵抗，本会所领导八十余万工友，誓死奋斗，宁愿死于国民革命为旗帜之军队之手，虽死亦有荣，谨此宣言，唯各界同胞鉴察。上海总工会。"

正午十二时，工人群众在闸北青云路大会后，遂齐往湖州会馆总工会所，要求军队撤退，交还上海总工会会所，而军队初犹拒绝，工人悲愤填膺，不顾性命号哭冲进，军队见数万工人如此惨痛情形，亦稍心动，乃撤退去，是夜总工会内有徒手工友万人露立庭院中，忍受冷风苦雨，不肯退去，以保护工会。同日南市欢迎汪主席复职大会之群众，临时齐往龙华请愿发还纠察队武装，但不得要领。

十三日工人在闸北青云路后开大会，虽因租界戒严工人不能通过，但到会者仍在十万人以上。

开会后首由主席王炎报告开会的意义分二点：（一）新军阀和帝国主义者，缴我们工人枪械，杀我们工人；（二）我们的委员长汪寿华也被新军阀杀死，现在奉鲁军阀还未打倒，英国帝国主义更加紧向我们进攻，驻在上海之所谓革命军，不但不帮助工人奋斗，反演成空前未有的屠杀，实令人心痛。工人群众闻言，均万分悲愤，多有痛哭失声者，最后通过决议：（一）收回工人的武装，（二）惩办破坏工会的长官，（三）抚恤死难工人的家属，（四）向租界帝国主义者提极严重的抗议，（五）通电中央政府，并通电全国全世界起来援助，（六）保护上海总工会，（七）呼口号：打倒新军阀！为一切死难工友复仇！为委员长复仇！收回工人武装！严办肇事军事长官！拥护总工会！拥护武汉国民政府！

青云路大会散会后，即整队赴宝山路二十六军二师司令部请愿，要求立即释放被拘工友，交还纠察队枪械，当大队行至宝山路口时青云路之队伍尚未发动，其长二里许，群众沿途高呼口号，行及宝山路三德里附近，即有二十六军二师兵士，由各里弄内奔出，向群众开枪，将群众冲散，旋复用机关枪扫射，死者流血街道，伤者纷纷倒地，一时秩序纷乱，呼喊啼哭之声，惨不忍闻，但见兵士在街上横冲直撞，如发疯狂，逢人即打，党旗国旗工会旗，均被撕毁，送入污泥，当场受击毙者，在三四百人以上，伤者更不可数计，所谓革命军演此大惨祸后，即实行清街，禁绝行人，用大车将死者拖至荒郊埋葬，每车堆装十余人，尚有重伤不及死者，亦被兵士横拖倒曳放置车上，送入土窟！呜呼惨矣！直待尸首移尽后，始渐恢复交通。

纠察队总指挥顾顺章误传亦在此次屠杀中同被杀害，实则被捕，于十七日逃出。

南市方面，同日亦有工人群众游行，至南车站附近被车站附近之军队，放枪射击，当时立毙十余人。

自此以后，上海完全成一白色恐怖世界，每日都有军队借搜枪为名擅入民家任意掠取贵重物件，以贱价售于路上行人，各种民众团体概被封闭，尽由青红帮流氓假冒顶替，市民侧目而视侧耳而听，咸知新军阀之反动，比张宗昌、孙传芳实有过之无不及。

上海工人现在虽已被解除武装，首领虽已被杀，群众虽已死三四百人，工会虽不能公开，但上海工人深深知道，从前能从旧军阀手里徒手夺取二千枪械，将从新军阀手里夺取更多的枪械，而八十万的工人群众是不因牺牲三四百人而即气馁和寒心的。从此，上海工人益加认识自己的使命，认清自己的敌人，准备更有经验的第四次暴动，缴除新军阀的枪械，拘捕蒋介石、白崇禧等反动将官及一切封建资产阶级反动分子而处以死刑，为汪寿华及一切自南昌至上海、自杭州至广州的死难烈士报仇！

原载《向导周报》1927 年第 194 期

无锡丝厂女工的生活状况

蒋逸霄

你假如到过无锡，在你脑筋之中所得的最深的印象，大概总是那丛立于空中的烟筒罢？这丛立的烟筒，当然在很明白地告诉你：无锡是一个实业发达之区。在那机声隆然如雷、煤气黝然似云的境界之中，只感觉到心神烦乱、意绪不宁的我，固然不敢和未来主义者马里奈谛（Filippo Tommaso Marinetti）等唱着同调，去极端地颂扬着机械的美丽；然而在我稚弱的心灵之上，不自觉地在起着颤动，发着战栗，因为那机声与煤气，摄引着我心眼的视线，看到了整千万的男女劳工，匍匐在机轮之下，不惜流着血汗，耗着精力，希望获得最低的工资，以谋苟延残喘的惨象。

在中国的现在，实业尚未十分发达，所以资本与劳工两阶级，还没有激剧的争斗，但在无锡一地，则已颇有欧美工业化之倾向。根据民国十八年七月无锡杂志社出版第三种增刊所报告，无锡现在共有纺纱厂六处、织布厂十九处、丝厂五十四处、面粉厂四处，其余尚有石灰、榨油、织绸等厂十余处。其中最惊人的数目，当然是推丝厂。而丝厂里的劳动者，十分之八为女子。记者这次回乡省亲，便道在锡城的几个较大的丝厂参观了一下。我在下面，想把无锡丝厂里的女工生活状况，详细报告一下，以见无锡各工厂里的妇女劳动者的生活状况的一斑。

无锡丝业之所以特别发达，有两种原因：第一当然是因为蚕桑业发达的缘故。稍稔无锡各乡情况者，都知道乡民的十分之八九，全恃养蚕种桑为生。即就我的故乡——陈墅——而论，居民三百余家，除了极少数拥有巨产的富户以外，可以说无家不养着蚕，无家不种着桑。在那宅旁的隙地，河边的荒冈，以至墓畔田角，没有一处不满种着桑树。由此便可想到那蚕业的旺盛。我们常听见那乡民和他们的债主说，“到明年蚕事后清偿”。他们的借票上也常常写着“至明春蚕事后，本利一并偿清”。可见他们对于希望蚕事的收入比希望大熟小熟的收获更为重要。第二是因为水质的关系，据丝业界的人说，无锡各厂所出的丝，比较上海、苏州及其他各处所出的丝，不但光泽纯洁，而且性质柔和，因此至市场上能够畅销。一般资本家因着能够畅销，于是互相竞设丝厂以图厚利。

无锡丝厂女工的总数，可以从那第三种增刊上所报告的各厂所有的丝车的数目而推知其大概。现在先把各厂所有丝车之数，表列如下：

厂名	丝车数	厂名	丝车数
裕昌	三三〇	振艺旧厂	五二〇
锦记	四一〇	振艺新厂	二五六
源康	三二〇	乾甡	五五六
乾丰第一厂	二五六	义丰	二四八
乾丰第二厂	二七二	泰孚	三八四
澄丰	二五六	元丰	三五二
锡山	二四八	义生	二六四
余盛	二三二	瑞昌	二七六
振丰	二八八	裕丰	二七二

德兴	四八〇	瑞孚	一二〇
镇纶	三〇四	永泰	四一六
慎昌	二七二	竟成	三二〇
泰和润	二五六	纬成	一六〇
允大	二〇八	新纶	一九二
瑞和	一〇四	锦泰	二八九
盛裕	二六四	永裕	二七一
镒丰	一四四	天隆	三八四
万益	一六八	瑞和	一一六
鼎盛	三二〇	禾丰	一〇〇
瑞丰	二四〇	宝丰	二六〇
兴盛	二四四	民丰	一〇〇
德盛	三二〇		

除上列各厂外，据该刊报告，尚有润德、一丰、泰昌、宝丰、长源、钱桥、吉榔滨、北桥、葑庄九厂，正在建筑，尚未开工。唯该刊出版期为民国十八年七月，距今已一载有余，现在那九所丝厂，想必都已开工。以每厂平均有丝车二百架计算，则合计为一千八百架。再加上上面表列各厂所有丝车总数，共为一万三千五百九十二架。

每架丝车，需用女工二人，一个做打盆的工作，一个做缫丝工作，所以需用女工的总数为二万七千一百八十四人。此外抄茧、剥茧、扯吐、拣丝各种工作，也都雇用女工。这种雇用女工的数目，当然也因着厂的大小而有不同。据调查所得，最大的厂约需四百人，最小的厂约需一百人。以平均数每厂雇用二百五十人计算，那么五十四所丝厂，便需一万三千五百人。

由此我们得到了无锡从事丝业的女工的大概总数为四万零六百八十四人（即二万七千一百八十四加一万三千五百）。

按无锡人口调查报告，全县为九十七万一千七百五十五人。女子以占人口全数之半计算，全县女子约为四十八万五千八百七十七人。把全县妇女总数和从事丝业的女工总数用百分比计算，那么丝厂女工的数目，约占全县妇女总数的百分之九。我们看了这惊人的数目，可以知道无锡丝厂女工的生活状况，是一个很值得注意的问题，同时也是为一般从事妇女运动者要想改善女工生活的一件值得注意的事情。

我一共参观了五家丝厂。各丝厂的规模虽有大小，而对于工人的待遇则大抵相同；因为在党的指导之下，各丝厂的工人都组织工会，而在各分会之上，又有丝业联合工会。她们对于厂方有何要求，须在联合工会中提出讨论议决，然后各工厂的工人取一致行动。因此各厂对于工人的要求，接受或是拒绝，也不能不取一致行动。假如各厂不取一致行动，对于她们的要求，此家接受而彼家拒绝，在被拒绝的那家的工人，当然要掀起极大的风波，在联合工会方面，例须予以同情的援助，由此风波难免扩散到全体，而使资方受着极大的损失。所以资方为着要抵抗联合工会，彼此也就不能不有相当的联络，而对于工人的待遇，因是趋于一致。

因着各厂对于工人的待遇趋于一致，所以我在报告她们的生活状况的时候，似乎没有把各厂分述的必要。只需把一个工厂的女工生活状况详细地叙述一下，便可由此推知其余。

现在我想把乾甡丝厂来做代表。因为它的规模及其他一切都处于各丝厂中的中等地位，所以把它来做代表，似乎再适宜也没有。

乾甡的地址是在通运桥下，面临运河，左毗新世界旅社，离车站也不很远，所以出品的运输非常便利。当我去参观的时候，由那里面的一位职员张通显先生做着向导。他依着工作的次序领着我到各部参观。

先到剥茧室。那屋子的面积很宽广，约有三丈见方。四面墙之上端开着小窗，而且装上铁栏。这大概是预防工人窃茧吧？我并没有问那位张先生，只不过心里这样想。因着窗户很小，而且在墙的上端，所以室内光线便不很充足，虽不能说阴森沉郁，然而惨淡满室。每天在里面做着十二小时工作的工人，终日不见阳光，在身体与精神上，当然不无不快之感。室内四周，都搭上木板，正如成衣铺里的作台一样。那些工人就坐在那板旁工作。身畔满堆着贮茧或未贮茧的竹筐。她们两手不停地把茧上的丝衣剥下。那丝衣富于黏性，而她们所穿的又大都是布衣布鞋，所以满身都粘上了白丝，仿佛在大雪之下去走了一趟。在这里面工作的妇女，大半在三十岁以上。至于把未剥之茧送进室内，或将已剥之茧搬出室外种种工作，则都由男工担任。

其次到拣茧室。室内的情形，和剥茧室一样。她们凭着目光与手指的感觉，把茧子分成头、二、三三等。据那位张先生说："这种工作很有高下之分。要是目光锐利与手指感觉灵敏的人，只需把茧子一拿到手里，便知是好是坏，立刻可以拣出放在筐里。若是目光不正确而且手指感觉迟钝，拿了一个茧子，还得细细琢磨，那一天工作的成绩便很有限。"

茧子拣好以后便送到煮茧室蒸煮。蒸煮的机器有两种，一种是千叶式，一种是长工式。把茧子很均匀地放在金属的小方格内，然后在那机器上蒸煮。到蒸煮成熟，便把小方格内的茧子取出贮在小木桶里，于是再把那小木桶堆叠在推车之上直接送到缫丝室里。这种种工作，比较繁重，所以都由男工担任。

从煮茧室出来，我们便到车间——缫丝室。缫丝当然是丝厂工作的最重要的一步。那屋子非常大，作长方形，宽七八丈，深约三丈。内里装着两行丝车，相对排列，中间距离五六尺。监工者便在此道来回踯躅，视察着各个工人工作的状况。在每一架丝车之上，需两个女工工作，一个是打盆，一个是缫丝。打盆者大半是童工，年龄自七八岁至十二三岁不等。打盆的站在缫丝者的对面，把小木桶里蒸熟的茧子倒在盛着沸水的小锅里，用竹抓不停地扰搅，直扰搅到几个茧上出来的丝头集合在一处。然后把那扰好的茧子送到缫丝者前面的大锅里。缫丝者便凭着她们熟练的技术，借着机器的力量，把丝停匀地抽出，同时绕在机轴之上。在那缫丝者前面的架上，插上两张名牌，上面刻着日期。每天到厂以后，便由监工者在那日期上打上图章，到月底便持着这单子到柜上去领取工银。

我一走进那屋子，使我感觉到最不舒适的，便是那过高的温度。她们都穿着单衣单裤在那里工作，但在每人的额上还是涔然流汗。在冬季尚是这样的难受，在那夏季里，她们不是跟坐在蒸笼里一样？“煎熬的生活”，在平常只是一种形容之辞，在她们确是身历其境。在那山明水秀之乡，层峦叠翠之间，我们不是常见在那里有资本家所建的一座座避暑的山庄吗？又谁能想到这一座座美丽宏壮的山庄，便由劳动者的血汗堆砌而成？同在一样季候之中，有钱者便可登在清凉世界，而贫穷者只好在蒸笼中度着煎熬生活，天之于人，不平如是！我一面看着她们工作，一面发着这样的感想。不平在心头喊着，热血在遍体沸腾，我简直不忍再往下细细看去，于是便匆匆地走了出来。在出来的时候，又留心地看了看四周的窗户和有无通风之器。在那蒸汽氤氲之中，似乎看见在四围墙之上端开着几扇小窗，在那过道之上，还辟着很长很大的玻璃天窗。至于通风器，那当然是我的奢望。资本家哪有这笔闲钱，来装置这与他们不相干的东西？

从车间出来，又到扯吐间。她们都坐在架旁，在把缫丝时选出来的一团团丝疙瘩慢慢地扯着，扯成一块块丝棉似的，然后叠置在一起。据那位张先生说，“这扯吐出来的东西，可以卖出去制造丝线”。在这里面工作的妇女，都穿上很讲究的衣服，而且梳着很光的发髻，年纪大半在中年以上。室内光线虽不甚充足，但很洁净。

其次又到丝间。这里面的工作，便是把缫成的一捆捆的丝细细视察，有无疙瘩及粗细不均之处。如有疙瘩及粗细不均之处，即剪去重行接上。到拣完以后，再把那丝送到标准室里，用电光视察某人所缫的丝和某种标准粗细一样。于是把同样粗细的丝放在一起，捆扎成包，送到市场上去销售。从事测验标准及捆扎的工作的人都是男子。这里面女工的工作最为轻松，但所得的工资最多，因为做这拣丝的工作，非有精细的目光及绵密的心思不可。

上面已把各部参观所见的情形叙述完毕。下面我还得把各工场中普通所有的两件事情说一下：第一件是关于工人的婴儿的事情。那厂里面设立婴儿寄托所，当然说不到，甚至连一间存放婴儿的屋子都没有。那些女工，既无资力雇用奶妈，又不忍把她们心爱的孩子抛在家里，听着他们啼饥号寒，只得带到厂里，把一条小棉被铺在地上，睡在她们的脚边。她们做了若干时的工作，于是把孩子抱起来喂一次奶。这些可怜的小动物，终日跟着母亲，生息于污浊的空气之中，在发育上我想定有极大的妨碍。躺在小车中，推到花园里，在那芬芳馥郁的花丛之间，吸些新鲜的空气，照些清朗的阳光，这种幸福，那仁慈博爱的上帝，当然还没想着赐给他们。第二件是关于饮食的问题。她们早上吃了点心进厂，午间虽有短时间的放工时间，但是为着来往的不便，所以多数工人，都在早上用洋铁桶装着饭菜带到厂里。到肚子饿的时候，便用丝车上龙头里的热水，浇在冰冷的饭上，这样吃着充着她们的腹饥。所以在我行经各工场的时候，到处可以在她们的脚畔发现着那洋铁饭桶。

“为何不为她们辟一间公共食堂？预备着锅灶热水，也可以让她们吃得舒服一点。”我这样问着那位张先生。

“一则厂里没有这样大的空屋子，二则太麻烦，反不如让她们这样吃为简便。这种设备，在外国工厂里有，但是在中国工厂里还没有听见说有过。”他笑着这样跟我说。

“这里有为工人子弟设立的小学没有？”我又这样问他。

“没有，”他回答说，“就是设立了，恐怕也没有多少人来上学。工人家里的子弟，在八九岁以前，要在家里看管弟妹，甚至代他们的母亲操作着能力所能做的工作。一到八九岁，他们的父母便要紧把他们送到工厂里去做工赚钱，哪里有机会送进学校读书。”

“我看这里的童工很多，打盆的可说都是童工。有些看上去年龄很小，只有五六岁的样子。这里对于收用童工，有没有年龄上的限制？”我接着问他。

“有，不满八岁者不收。但也有一部人为着经济困难，把年龄虚报的。这亦是一个困难问题，收用固然在人道上有些不合，但不收用她们又陷于艰窘之境。好在丝厂的工作，比其他各厂的工作为轻松，所以有时虽明知她们虚报岁数，我们只需看她们有工作的能力，也就模糊地收下了。”

我们一面说一面走到会客室里。刚坐下，有一位钱维贤先生进来。听他的口气，似乎是那里面的股东。

他说：“在现在的时代，做资本家真不好做。她们组织了工会，我们对她们一个不好，就拿罢工来要挟。我们对待她们，总是处处想尽方法，使她们生活改善，但她们总觉得不满意。资本家对工人好似自己的儿女，而工人对资本家，却以后娘看待。在工厂营业好的时候还好说，像今年这个年头，各丝厂都要赔得一塌糊涂。若是停了工，这几万工人的生活，要发生极大的问题，所以不得不为她们设想，勉强开着门敷衍下去。”

“今年丝业不振的原因何在？是否因着日本丝市场上抢了中国丝的地位的缘故？”我这样问他。

“这是一个小原因，最大的原因是由人造丝的发达。以前各国都买中国丝去织成各种织品，现在都用人造丝来代替。丝价最高时每担一千二百七十银子，今年落到九百七十两，而上海出口行家，还是积货难销。照这样下去，真是不得了。”他十分感喟地说着。

“这里对于工人的婚嫁、生产、疾病、死亡有何优恤？”

“工人出嫁送一点礼物。礼物的轻重，没有一定的规定，看她们平日的工作如何。工作好的多送一点，不好少送一点。凡遇生育，津贴四元。唯生育时请假，工资停给。遇有疾病，可以由厂里给以证书，到无锡各丝厂合办的劳工医院去诊治。那里一切医药费都不收。每死亡工人一名，厂方给抚恤银六元。十分贫穷的酌量多给若干。”

谈了一会，我又请那位张先生领我到工人宿舍去参观。经过了几条石铺的弯曲小道，走了有半里多路，才到了乾德里，那张先生说，这便是工人住宿的地方。

那房子每所两楼两底，每十所成一行，每两行相向成一胡同。中间的过道，有五六尺开阔，地上铺着碑石，旁边放着几只垃圾箱，收拾得很洁净。在那里的前后门，都有一个约二丈见方的小院。四面围以白墙，中间开着一个出入口，地上铺着水门汀，中间开着两口大井，在靠一边的墙上，砌上一个很大的长方形的水门汀水桶，工人们可以在那里淘米洗菜，或洗濯衣服。

我又走到一所屋子里去看了一看。屋子很高爽。墙壁也很洁白。每间屋子的面积有一丈二三尺见方。中间间着红色的板壁，分为前后两室。在两室的中间，安上一把很窄的扶梯。那前后两室，都辟着一扇玻璃小窗。经过后室，是一个小院子。小院子的后面，搭着一间小屋，里面砌上一副灶，这当然便是她们的厨房。楼上的屋子，和楼下的相仿佛，不过在前后多开着几扇窗。各室并未装置电灯。

那宿舍里的一切清洁秩序，似乎比较我以前在天津所参观的几个工厂的工房强得多。据说每所每月租金五元。类多两家或三四家合租一所。

回来又到那厂里的工会里去跟那里面的负责人员谈了一忽。一进去，看见在墙上粘着一张油印的丝业联合工会在十一月二十二日的议决案三条。我于是便抄了下来：（1）工人工资职员薪水及蚕蛾统照原数以九扣发给，但减资后三角搭办法应取消。（2）女工赏工，每月不停工者赏工三工，扣工办法照旧。厂方自行停工者，每月做满十日，赏一工半，做满十五日赏三工。（3）工会会费仍照向例，由工人请厂方代收，每人每日一分。

我正在抄写的时候，从工厂里来了一位中年妇人，旁边一个男子和我说："这是张大嫂，她是联合工会里的委员，一切你可以问她。"

"各丝厂的工资如何规定？那第一条议决案上，为何说照原价九扣发给？"我一面坐下一面问她。

她说："本来缫丝的每天六角，拣丝的每天六角四分，剥茧和拣茧的每天四角五角不等。童工一律减半。今年因为各丝厂的营业不好，所以都按以前的工价九扣发给。"

“何谓三角搭？可以为我解释一下不？”

“工厂因为赔钱，关门又不好，出丝又不愿多出，于是把我们每天工作的时间缩成七成，工资也按九扣后的七成发给。这方法便叫三角搭。其实施行这种方法，还不如直接爽快停工；因为这样我们每天仍得到工厂，而工资拿不到多少。若是停了工呢，我们可以另寻生路。”

“每日工作时间有多少？每年例假有几天？放假的日子有无工银？年终有无特别赏金？”

“在民国十四年以前，每天上午四点半上工，下午六点放工。从那年大罢工以后，改成每天上午五点半上工，下午六点放工。合计一天做十二时半工作。每月一号、十六号及中秋、端阳放假，年底放假十天或八天。放假的日期，不给工资。在以前，每年春茧上市的时候，每人赏银六元。可是今年因为各厂的丝销路不好，这笔赏银也没有拿到。”

“对于工作的优劣如何赏罚？”

“那天缫的丝，一些没有粗细，一些没有疙瘩，赏银三角。可是这种情形，每人一年之中遇不到一两次。我们只求不罚已经很心满意足。货做得太少要罚，丝缫得不均匀要罚，到月底有些人总算罚银，有二三角至二三元不等。要是罚银满二三元的，柜上就特别优待减少一点。”

“现在丝业联合工会共有委员若干？都是女的吗？”

“共有十二人，男的四人，女的八人。主席是李老五，是这儿的女工。我什么也不会干，她们把我糊里糊涂地举上了。有工会也总是无用，钱在人家的手里，即是争也无用。唉，过活总是困难！”

她又和我谈着关于她家庭生计的事情，话说得很多，只因限于篇幅，不能再详细往下叙述。过些时或者把她的自述，可以作成一篇小说，以补充我这篇文字的不足。

十九年十二月八日写毕

原载《国闻周报》1930 年第 7 卷第 49、50 期

劳勃生路

——×× 棉日厂工场壁报第十号号外

突如（夏衍）

（壁报号外，十八日正午）沪西民众反日大示威

△大自鸣钟下集合群众万余

△打死日捕，走狗！

今日上午十时四十五分，沪西民众在劳勃生路大自鸣钟下自动召集反日大会，市民学生及男女工友集合者一万余人。大自鸣钟四周，挤得人山人海，十六路电车完全停驶。曹家渡小沙渡路电车工友及康脑脱路长途汽车厂工友，纷纷结队参加。一时反帝空气，异常热烈。十时五十五分，人数愈聚愈众，一部分工友拥至小沙渡路马白路对面草地，分别集会演讲，其时适有四厂看门日捕大仓经过，胆敢勾结该地一百六十一号印捕及二百九十二号西捕，上前干涉，西捕被群

众挤至草地角上，大呼救命，印捕见西捕被窘，亦即望马白路逃走，日捕势孤力竭，逃入小沙渡路劳勃生路口之晋泰纸烟店内，旋被群众赶入拖出，在某布店前面饱以老拳，一时“打倒日本帝国主义”“打倒东洋人”之声，震天动地，该捕平日在四厂门口调笑女工，搜查工友，极为苛刻，故此时一呼百应，立即将该捕打得半死。女工们不能挤近，亦用路上柏油石块等纷纷望该捕乱掷，十一时戈登路捕房派出大队印度骑马巡捕及捕人汽车，至大自鸣钟弹压，但行经小沙渡路九如里口，即为群众阻住。西捕指挥华捕，开足汽车速度，拟向劳勃生路冲去，但群众丝毫不让，童工女工，更有挤至华捕身边，大呼东洋人走狗，打倒捕房等种口号，此时晋泰纸烟店前群众，见被打日捕已无反抗，遂呼啸一声，努力向捕人汽车冲去，该日捕见群众移动，始逃入纸烟店内，由该店伙友以后门放出，此时该捕眉间流血，衣服粉破，嘴唇青肿，已无平日骄横之态，群众见晋泰伙友将日人发走，遂用石块往该店猛掷，后由该店经理出外作揖赔罪始已。一方捕房见群众来势凶猛，遂亦将捕人汽车退回，一面由华捕向工人劝说维持秩序恢复交通。此时一部分群众已拥至第五厂门口，公开演讲日本帝国主义残暴行为，及国民党政府南北合作压迫民众反日运动，借以取好帝国主义之黑幕。“打倒枪杀反日民众的国民党！”“为万宝山路永汉路牺牲者复仇！”“拥护红军！”“拥护苏维埃！”之声，风起云涌。内外工友齐声响应，厂内日本人吓得屁滚尿流，立刻指挥走狗，将内部铁门关闭，以防厂内工友拥出。但五厂六厂门口，已为示威群众占领，五色传单纷飞，反帝情绪高涨，第六工厂前面运货汽车车夫赵小宝不服群众指示，强欲将汽车开入，当被工友拖下，拳足交加，女工们用拿饭的搪瓷罐子乱掷乱打，拍手高喊“打倒走狗”不置。此时（正午十二时）据报，厂内日人已打电话请兵，将有大批日本海军陆战队开来屠杀，工友们，我们一定要团结起来，冲破东洋人的恐吓手段！值班工友要立刻在工房宣布罢工，用大众的力量冲出厂来！下班的工友不要回去！立刻在大自鸣钟下面集合！在大众的示威之下，帝国主义敢撒野吗？起来！起来！！给东洋矮鬼知道我们工友们的厉害！

（附告）四厂工友在大自鸣钟下集合，五厂六厂工友在马白路对面草地会齐东亚制麻的工友和四厂的站在一起。

（壁报号外第二下午五时发行）上海变了沈阳

△日本兵白昼杀人！

△公安局帮助日本！

急报，上午示威后群众情绪紧张，反日反帝和反国民党之呼声不绝，十二时后各厂下班工友及店员学生等愈聚愈众。戈登路一〇二号日本海军陆战队第三中队立刻用电话通知江湾路本部，调来铁甲车第六第八两辆，机关枪机器脚踏车四部，陆战队兵士四十余名，至劳勃生路一带弹压，并在戈登路架起机关枪数架。工友们见状愈加愤激，纷纷由小沙渡路拥至澳门路日本人职员住宅示威，日人指挥走狗出来挑战，遂由群众拥入，将住宅门窗板壁一律捣毁，日本人抱头鼠窜，后逃者向工友叩头乞免！此时突由后方赶来日本兵两车，荷枪实弹，不问情由，往工友丛中冲去，当被刺死工友两个。租界巡捕为着向帝国主义报功，亦纷纷拔出棍棒乱打女工童工等，被伤者不计其数。现在群众依旧未散，空拳赤手地和帝国主义者对峙，路旁中国公安局警士目睹外国兽兵杀人，不特不来援助，而且奉到国民党指示，与帝国主义者协力镇压示威。一方因恐日本人不能理解他们的忠心，所以不敢走进马路中央，只用盒子炮在各处里口拦住群众，不准躲避，以便日本兽军屠杀顺利。工友们热血沸腾，大呼打倒走狗国民党口号，两次拟将劳勃生路派出所捣毁，但因群众没有武器，两次均被驱散。

四时三十分续报，被日兵刺死工友尸首，现已运至大自鸣钟下面停放，群众团团守住，各路交通重新阻滞，巡捕驱赶不散，四方来者越多，当场在露天举行追悼大会，其中一人关系六厂工友，其一形似学生。很多的穷女人们流泪地拿出钱来，作为死者家小的抚恤。当时有学生当众演说："帝国主义已联合起来直接屠杀我们中国民众了，我们民众要在血泪愤恨当中，一致起来，打倒帝国主义及其走狗。"

工友们，日本兵的屠杀已经从沈阳延长到上海，延长到我们自己的身上了！此时不起来，还等着给他们杀死吗？我们不要相信官办反日会的鬼话！他们自己就是帝国主义的走狗，就是欺骗麻醉群众而使我们"镇静"，"无抵抗"地受人屠杀的奸细！国民党说中国人要一致团结起来，那么为什么中国警察要帮助日本人屠杀中国人呢！工友们，事体急迫了，没有一分钟可以迟慢！我们应该立刻组织起来，在上海工联指导之下，联合全上海的工友，打倒日本帝国主义，打倒一切帝国主义，打倒国民党！拥护我们工友们自己的政府苏维埃！

此刻立刻准备！冲进厂去！冲进巡捕房去！冲进公安局去！民众自动地武装起来！替死了的复仇！

原载《文学导报》1931 年第 1 卷第 6、7 期合刊

包身工

夏 衍

已经是旧历四月中旬了，上午四点多一刻，晓星才从慢慢地推移着的淡云里面消去，蜂房般的格子铺里的生物已经在蠕动了。

——拆铺啦！起来。

穿着一身和时节不相称的拷皮衫裤的男子，像生气似的呼喊。

——芦柴棒！去烧火。妈的，还躺着，猪猡！

七尺阔，十二尺深的工房楼下，横七竖八地躺满了十六七个“猪猡”。跟着这种有威势的喊声，充满了汗臭粪臭和湿气的空气里面，很快地就像被搅动了的蜂窝一般地骚动起来。打伸欠，叹气，寻衣服，穿错了别人的鞋子，胡乱地踏在别人身上，叫喊，在离开别人头部不到一尺的马桶上很响地小便。成人期女孩所共有的害羞的感觉，在这些被叫作“猪猡”的生物中间已经很钝感了。半裸体地起来开门，拎着裤子争夺马桶，将身体稍稍背转一下就会公然地在男人面前换替衣服。

那男人虎虎地将起身得慢一点的“猪猡”身上踢了几脚，回转身来站在不满二尺阔的楼梯上面，向着楼上的另一群生物呼喊。

——揍你的！再不起来？懒虫！等太阳上山吗？

蓬头，赤脚，一边扣着纽扣，几个睡眼惺忪的“懒虫”从楼上冲下来了。自来水龙头边挤满了人，用手捧些水来浇在脸上。芦柴棒着急地要将大锅子里的稀饭烧滚，但是倒冒出来的青烟引起了她一阵猛烈的咳嗽。十五六岁，除出老板之外大概很少有人知道她的姓名，手脚瘦得像芦棒梗一样，于是大家就拿芦柴棒当作了她的名字。

这是杨树浦福 × 路东洋纱厂的工房。长方形的，用红砖墙严密地封锁着的工房区域，被一条水门汀的弄堂马路划成狭长的两块。像鸽子笼一般地分得均匀，每边八排，每排五户，一共是八十户一楼一底的房屋。每间工房的楼上楼下，平均住宿着三十二三个“懒虫”和“猪猡”，所以，除出“带工”老板，老板娘，他们的家族亲戚，和穿拷皮衣服的同一职务的打杂，请愿警……之外，这工房区域的墙圈里面住着二千左右穿着褴褛而专替别人制造纱布的“猪猡”。

但是，她们正式的集合名称却是“包身工”。她们的身体，已经以一种奇妙的方式，包给了叫作“带工”的老板。每年——特别是水荒旱荒的时候，这些在东洋厂里有“脚路”的带工，就亲身或者派人到他们家乡或者灾荒区域，用他们多年熟练了的可以将一根稻草讲成金条的嘴巴，去游说那些无力“饲养”可又不忍让他们的儿女饿死的同乡。

——还用说，住的是洋式的公司房子，吃的是鱼肉荤腥，一个月休息两天，咱们带着到马路上去玩耍，嘿，几十层楼的高房子，两层楼的汽车，各种各样，好看好玩的外国东西，老乡！人生一世，你也得去见识一下啊！

——做满三年，以后赚的钱就归你啦，块把钱一天的工钱，嘿，别人跟我叩了头也不替她写进去！咱们是同乡，有交情。

——交给我带去，有什么三差二错，我还能回家乡吗？

这样说着，咬着草根树皮的女孩子可不必说，就是她们的父母，也会怨悔自己没有跟去享福的福分了。于是，在预备好了的“包身契”上画上一个十字，包身费大洋念[1]元，期限三年，三年之内，由带工的供给住食，介绍工作，赚钱归带工者收用，生死疾病，一听天命，先付包洋十元，人银两交，“恐后无凭，立此包身契据是实！”

福×路工房的二千左右的包身工，隶属在五十个以上的“带工”头手下。她们是顺从地替带工赚钱的“机器”，所以每个“带工”所带包身工的人数也就表示了他们的手面和财产。少一点的三十五十，多一点的带到百五十个以上。手面宽一点的“带工”不仅可以放债、买田、起屋，还能兼营茶楼、浴室、理发铺一类的买卖。

东洋厂家将这些红砖墙封锁着的工房以每月五元的代价租给“带工”，“带工”就在这鸽子笼一般的“洋式”楼房里面装进没有固定车脚的三十几部活动的机器，这种工房没有普通弄堂房子一般的“前门”，它们的前门恰和普通房子的后门一样。每扇前门楹上，一律地钉着一块三寸长的木牌，上面用东洋笔法的汉字写着：“陈永田泰州”“许富达维扬”等带工头的籍贯和名字。门上，大大小小地贴着褪了色的红纸的春联，中间，大都是红纸剪的元宝、如意、八卦，或者木版印的“姜太公在此，百无禁忌”的图像。春联的文字，大都是“积德前程远”“存仁后步宽”之类。这些春联贴在这种地方，好像是在对别人骄傲，又像是在对自己讽刺。

四点半之后，没有影子和线条的晨光胆怯地显现出来的时候，水门汀路上和弄堂里面，已被这些赤脚的乡下姑娘所挤满了。凉爽而带有一点湿气的朝风，大约就是这些生活在死水一般的空气里面的人们的仅有的天惠。她们嘈杂起来，有的在公共自来水龙头边舀水，有的用断了齿的木梳梳掉执拗地沾在头发里的棉絮。陆续地两个一组两个一组地用扁担抬着平满的马桶，吆喝地望着人们身边擦过。带工的“老板”或者打杂的拿着一沓沓的“打印子簿子”，懒散地站在正门出口——好像火车站轧票处一般的木栅子的前面。楼下的那些席子、破

① 二十。

被之类收拾掉之后，晚上倒挂在墙壁上的两张板桌放下来了。十几只碗、一把竹筷，胡乱地放在桌上，轮值烧稀饭的就将一洋铅桶糨糊一般的薄粥放在板桌的中央。她们的定食是两粥一饭，早晚吃粥，中午的干饭，由老板差人给她们送进工厂里去。粥！它的成分可并不和一般通用的意义一样。里面是较少的籼米、锅焦、碎米，和较多的乡下人用来喂猪的豆腐的渣粕！粥菜？这是不可能的事了，有几个慈祥的老板到小菜场去收集一些莴苣菜的叶瓣，用盐卤渍一浸，这就是她们难得的佳肴。

只有两条板凳——其实，即使有更多的板凳，这屋子里面也没有同时容纳三十个吃粥的地位，她们一窝蜂地抢一般地盛了一碗，歪着头用舌头舐着淋漓在碗边外的粥汁，就四散地蹲伏或者站立在路上和门口。添粥的机会，除出特殊的日子——譬如老板、老板娘的生日，或者发工钱的日子之外，通常是很难有的，轮着揩地板、倒马桶的日子，也有连一碗也轮不到的时候。洋铅桶空了，轮不到盛第一碗的人们还捧着一只空碗，于是老板娘拿起铅桶，到锅子里去刮下一些锅焦、残粥，再到自来水龙头边去冲上一些清水，用她那双方才在梳头的油手搅拌一下，气哄哄地放在这些廉价的，不需要更多维持费（Maintain Cost）的“机器”们的前面。

——死懒！躺着死不起来，活该！

十一年前内外棉的顾正红事件，尤其是五年前的“一·二八”战争之后，东洋厂家对于这种特殊的廉价“机器”的需要突然地增加起来。据说，这是一种极合经营原则和经济原理的方法。有括弧的机器，终究还是血和肉构成起来的人类。所以当他们忍耐的最大限度超过了的时候，他们往往会很自然地想起一种久已遗忘了的人类所该有的力量。有时候愚蠢的奴隶会理会到一束箭折不断的理论，再消极一点他们也还可以拼着饿死不干。产业工人的“流动性”，这是近代工业经营最嫌恶的条件，但是，他们是决不肯追寻造成“流动性”的根源的。一个有殖民地人事经验的“温情主义者”在一本著作的序文上说："在这次争议（五卅）里面，警察力没有任何的威权。在民众的结合力前面，什么权力都是不中用了！"可是，结论呢？用温情主义吗？不，不！他们所采用的，只是用廉价而没有"结合力"的"包身工"来替代"外头工人"（普通的自由劳动者）的方法。

第一，包身工的身体是属于带工的老板的，所以她们根本就没有"做"或者"不做"的自由，她们每天的工资就是老板的利润，所以即使在生病的时候，老板也会很可靠地替厂家服务，用拳头、棍棒，或者冷水来强制她们去做工作。就拿上面讲到过的芦柴棒来做个例吧——其实，这样的事倒是每个包身工都有遭遇的机会：有一次在一个很冷的清晨，芦柴棒是害了急性的重伤风而躺在床（？）上了，她们躺的地方，到了一定的时间是非让出来做吃粥的地方不可的，可是在那一天，芦柴棒可真的不能挣起来了，她很见机地将身体慢慢地移到屋子的角上，缩作一团，尽可能地不占屋子的地位，可是，在这种工房里面，生病躺着休养的例子，是不能任你开的。很快地一个打杂的走过来了。干这种职务的人，大半是带工头的亲戚，或者在"地方上"有一点势力的"白相人"，所以在这种法律的触手及不到的地方，他们差不多有生杀自由的权利。芦柴棒的喉咙早已哑了，用手做着手势，表示身体没力，请求他的怜悯。

——假病！老子给你医！

一手抓住了头发，狠命地往上一举，芦柴棒手脚着地，很像一只在肢体上附有吸盘的乌贼。一脚，踢在她的腿上，照例，第二第三脚是不会少的，可是打杂的很快地就停止了，后来据说，那是因为芦柴棒"露骨"地突出的腿骨，碰痛了他的足趾！打杂的恼了，顺手地夺过一盆另一个包身工正在揩桌子的冷水，迎头地泼在芦柴棒的头上。这是冬天，外面在刮寒风。芦柴棒遭了这意外的一泼，反射地跳起身来，于是在门口擦牙齿的老板娘笑了：

——瞧！还不是假病！好好地会爬起来，一盆冷水就医好了。

这只是常有的例子的一个。

第二，包身工都是新从乡下出来，而且她们大半都是老板的乡邻，这一点，在“管理”上是极有利的条件。厂家除出在工房周围造一条围墙，门房里置一个请愿警，和门外钉一块“工房重地，闲人莫入”的木牌，使这些“乡下小姑娘”和别的世界隔绝之外，完全地将管理权交给了带工的老板。这样，早晨五点钟由打杂的或者老板自己送进工厂，晚上六点钟接领回来，她们就永没有和“外头人”接触的机会。所以，包身工是一种“罐装了的劳动力”，可以“安全地”保藏自由地取用，绝没有因为和空气接触而起变化的危险。

第三，那当然是工价的低廉；包身工由“带工”带进厂里，于是她们的集合名词又变了，在厂方，她们叫作“试验工”和“养成工”两种，试验工的期间表示了厂家在试验你有没有工作的能力，养成工的期间那就表示了准备将一个“生手”养成为一个“熟手”。最初的工钱是每天十二小时，大洋一角乃至一角五分，最初的工作范围是不需要任何技术的扫地、开花衣、扛原棉、松花衣之类，一两个礼拜之后就调到钢丝车间、条子间、粗纱间去工作。在这种工厂所有者的本国，拆包间、弹花间、钢丝车间的工作，通例是男工做的，可是在殖民地，不必顾虑到社会的纠缠和官厅的监督，就将这种不是女性所能担任的工作加到工资不及男工三分之一的包身工们身上去了。

五点钟，第一回声很有劲地叫了。红砖罐头的盖子——那扇铁门一推开，就像放鸡鸭一般地无秩序地冲出一大群没锁链的奴隶。每人手里都拿一本打印子的簿子，不很讲话，即使讲话也没有什么活气。一出门，这人的河流就分开了，第一厂的朝东，二三五六厂的朝西。走不到一百步，她们就和另一种河流——同在东洋厂家工作的“外头工人”们汇在一起。但是，住在这地域附近的人，这河流里面的不同的成分，是很容易看得出的。外头工人的衣服多少地整洁一点，很多穿着旗袍，黄色或者淡蓝的橡皮鞋子，十七八岁的小姑娘们有时爱搽些白粉。甚至也有人烫过头发；包身工，就没有这种福气了，她们没有例外地穿着短衣，上面是褪色和油脏了的湖绿乃至青莲的短衫，下面是元色或者柳条的裤子，长头发，很多还梳着辫子。破脏的粗布鞋，缠过而未放大的脚，走路也就有点蹒跚的样子。在路上走，这两种人类很少有谈话的机会。脏，乡下气，土头土脑，言语不通，这都是她们不亲近的原因。过分地看高自己和不必要地看不起别人，这种心理是在“外头工人”的心里下意识地存在着的。她们想我们比你们多一种自由，多一种权利——这就是宁愿饿肚子的自由，随时可以调厂和不做的权利。

红砖头的怪物，已经张着嘴巴在等待着他的滋养物了。经过红头鬼（她们叫印度人的通称）把守着的铁门，在门房间交出准许她们贡献劳力的凭证，包身工只交一本打印子的簿子，外头工人在这簿子之外还有一张粘着照片的入厂凭证。这凭证，已经有十一年的历史了。顾正红事件以后，内外棉摇班（罢工）了，可是其他的东洋厂还有一部分在工作，于是，在沪西的丰田厂，有许多内外棉的工人冒混进去，做了一次里应外合的英勇的工作。从这时候起，由丰田的提议，工人入厂之前就需要这种有照片的凭证。——这种制度，是东洋厂所特有的，中国厂当然没有，英国厂，譬如怡和，工人进厂的时候还可以随便地带个把亲戚或者自己的儿女去学习（当然不给工资），怡和厂里随处可以看见七八岁甚至五六岁的童工，大都是这种不取工钱的“赠品”。

织成衣服的一缕缕的纱，编成袜子的一根根的线，穿在身上都是光滑舒适而愉快的，可是在从原棉制成这种纱线的过程，就不像穿衣服那样的愉快了。纱厂工人的三大威胁，就是音响、尘埃和湿气！

到杨树浦去的电车经过齐齐哈尔路的时候，你就可以听到一种“沙沙的急雨”和“隆隆的雷响”混合在一起的声音。一进厂，猛烈的噪音，就会消灭——不，麻痹了你的听觉，马达的吼叫、皮带的拍击、锭子的转动、齿轮的轧砾……一切使人难受的声音，好像被压缩了的空气一般地紧装在这红砖墙的厂房里面，分辨不出这是什么声音，也绝没有使你听觉有分别这些音响的余裕，纺纱间里的“络纱”

（专管络纱的熟练工）和“荡管”（巡回管理的上级女工）命令工人的时候，不用言语，不用手势，而用经常衔在嘴里的口哨。因为只有口哨的尖厉的高音，才能突破这种紧张了的空气。——尘埃，那种使人难受的程度，更在意料之外了，精纺粗纺间的空间，肉眼也可看到出一般地飞扬着无数的“棉絮”，扫地的女工经常地将扫帚的一端按在地上像揩地板一样地推着，一个人在一条“弄堂”（两部纺机的中间）中间反复地走着，细雪一般的棉絮依旧眼睛可以看出般地积在地上！弹花间、拆包间和钢丝车间更可不必讲了。拆包间的工作，是将打成包捆的原棉拆开，用手扯松，拣去里面的夹杂成分；这种工作，现在的东洋厂差不多已经完全派给包身工去做了，因为她们“听话”，肯做别的工人不愿做的工作。在那种工场里面，不论你穿什么衣服一刻就会变成一律的灰白，爱作弄人的小恶魔一般的在室中飞舞着的花絮，“无孔不入”地向着她们的五官钻进，头发、鼻孔、睫毛和每一个毛孔，都是这些纱花寄托的场所；要知道这些花絮粘在身上的感觉，那你可以假想一下——正像当你工作到出汗的时候，有人在你面前拆散和翻松一个木棉絮的枕芯，而使这些枕芯的灰絮遍粘在你的身上！纱厂女工没有一个有健康的颜色，做十二小时的工，据调查每人平均要吸入 0.15gr① 的花絮！

湿气的压迫，也是纱厂工人——尤其是织布间工人最大的威胁，她们每天过着黄霉，每天接触着一种饱和着水蒸气的热气。依棉纱的特性，张力和湿度是成正比例的，说得平直一点，棉纱在潮湿状态，比较地不容易扯断，所以车间里面必须有喷雾器的装置，在织布间，每部织机的头上就有一个不断地放射蒸汽的喷口，伸手不见五指，对面不见他人！身上有一点被蚊虱咬开或者机器碰伤而破皮的时候，很快地就会引起溃烂，盛夏一百十五六度② 的温度下面工作的情景，那

① 克。

② 华氏温度，约合 46.11—46.67℃。

就绝不是“外面人”所能想象的了。

这大概是自然现象吧，一种生物在这三种威胁下面工作，加速度地容易疲劳，尤其是在做夜班的时候，打瞌睡是不会有的，因为野兽一般的铁的暴君监视着你，只要断了线不接，锭壳轧坏，皮棍摆错方向，乃至车板上有什么堆积，就会有遭“拿莫温”（工头）和“小荡管”毒骂和殴打的危险。这几年来，一般地讲，殴打的事实已经渐渐地少了，可是这种“幸福”只局限在“外头工人”的身上。拿莫温和小荡管打人，很容易引起同车间工人的反对，即使当场不致发作，散工之后往往会有“喊朋友”“品理”和“打相打”的危险，但是，包身工是没有“朋友”和帮手的！什么人都可以欺侮，什么人都看她们不起，她们是最下层的“起码人”，她们是拿莫温和小荡管们发脾气和使威风的对象。在纱厂，做了“烂污生活”的罚规，大约是殴打，罚工钱和“停生意”的三种，那么，在包身工所有者——带工老板的立场，后面的两种当然是很不利了。罚工钱就是减少他们的利润，停生意非但不能赚钱，还要贴她二粥一饭，于是带工头不假思索地就爱上了殴打这办法了。每逢端节重阳年头年尾，带工头总要对拿莫温们送礼，那时候他们总得卑屈地讲：

——总得请你帮忙，照应照应，咱的小姑娘有什么事情尽管打！打死不干事，只是不要罚工钱，停生意！

打死不干事！在这种情形之下，“包身工”当然是“人人得而欺之”了。有一次，一个叫作小福子的包身工整好了的烂纱没有装起，就遭了拿莫温的殴打，恰恰运气坏，一个“东洋婆”走过来了，拿莫温为着要在别人面前显出她的威风，和对“东洋婆”表示她管督的严厉，打得比寻常格外着力。东洋婆望了一会，也许是她不欢喜这种不“文明”的殴打，也许是她要介绍一种更合理的惩戒方法，走近身来，揪住小福子的耳朵，将她扯到太平龙头的前面，叫她向着墙壁立着，拿莫温跟着过来，很懂得东洋婆的意思似的拿起一个丢在地上的皮带盘心子（Driving Shaft），不怀好意地叫她顶在头上，东洋婆会心地笑了。

——地个小姑娘坏东西，懒惰!

拿莫温学着同样生硬的调子说：

——皮带盘心子顶拉头浪，就勿会打瞌!

这种文明的惩罚，有时候会叫你继续到两小时以上。两小时不做工作，赶不出一天该做的“生活”，那么工资减少而招致带工老板的殴打，也就是分内的事了。殴打之外，还有饿饭、吊、关黑房间等方法。

实际上，拿莫温对待外头工人，也并不怎样客气，因为除出打骂之外，还有更巧妙的方法，譬如派给你难做的“生活”，或者调你去做不愿意的工作，所以外头工人里面的狡猾分子，就常常用送节礼巴结拿莫温的手段，来保障自己的安全。拿出血汗换的钱来孝敬工头，在她们当然是一种难堪的担负，但是在包身工，那是连这种送礼的权利也没有的！外头工人在抱怨这种额外的负担，而包身工人却在羡慕这种可以自主地拿出钱来贿赂工头的权利!

在一种特殊优惠的保护之下，摄收着廉价劳动力的滋养，在中国的东洋厂飞跃地膨大了。单就这福 × 路的东洋厂讲，光绪二十八年三井系的资本买收大纯纱厂而创立第一厂的时候，锭子还不到两万，可是三十年之后，他们已经有了六个纱厂，五个织厂，二十五万个锭子，三千张布机，八千工人，和一千二百万元的资本。美国哲人爱玛生的朋友，达维特·索洛（David Thoreau）曾在一本书上说过，美国铁路的每一根枕木下面，都横卧着一个爱尔兰劳动者的尸首。那么我也这样联想，东洋厂的每一个锭子上面，都附托着一个支那奴隶的冤魂!

“一·二八”战争之后，他们的政策又改变了，这特征是资本攻势的劳动强化。统计的数字表示着这四年来锭子和布机数的增加，和工人人数的减少，在这渐减的工人里面，包身工的成分却在激剧地增加。举一个例，杨树浦某厂的条子车间，三十二个女工里面，就有二十四个包身工人，全般的比例，大致相仿，即使用最少的约数百分之五十计算，全上海三十家东洋厂的四万八千工人里面，替厂家和带工头二重服务的包身工人，总在二万四千人以上！

科学管理和改良机器，粗纱间过去每人管一部车的，现在改管一“弄堂”了，细纱间从前每人管三十木管的（每木管八个锭子），现在改管一百木管了，布机间从前每人管五部布机，现在改管二十乃至三十部了。表面上看，好像论货计工，产量增多就表示了工价的增加，但是事实并不这样简单。工钱的单价，几年来差不多减了一倍。譬如做粗纱，以前每“亨司”（八百四十码）单价八分，现在已经不到四分了，所以每人管一部车子，工作十二小时，从前做八“亨司”可以得到六角四分，现在管两部车做十六“亨司”而工钱还不过四角八分左右。在包身工，工钱的多少和她本身无涉，那么当然这剥削就上在带工头的账上了。

两粥一饭，十二小时工作，劳动强化。工房和老板家庭的义务服役，猪猡一般的生活，泥土一般的作践——血肉造成的“机器”，终于和钢铁造成的机器不一样的；包身契上写明的三年期间，能够做满的不到三分之二；工作，工作，衰弱到不能走路还是工作，手脚像芦柴棒一般的瘦，身体像弓一般的弯，面色像死人一般的惨，咳着，喘着，淌着冷汗，还是被逼着在做工作。譬如讲芦柴棒吧，她的身体实在瘦得太可怕了，放工的时候，厂门口的“抄身婆”（检查女工身体的女用人）也不愿意用手去接触她的身体：

——让她扎一两根油线绳吧！骷髅一样，摸着她的骨头会做怕梦！

但是带工老板是不怕做怕梦的！有人觉得太难看了，对她的老板说：

——譬如做好事吧，放了她！

——放她？行！还我二十块钱，两年间的伙食，房钱。——他随便地说，回转头来对她一瞪：

——不还钱，可别做梦！宁愿赔棺材，要她做到死！

芦柴棒现在的工钱是每天三角八，拿去年的工钱三角二做平均，两年来在她身上已经收入了二百三十块了！

还有一个，什么名字记不起了，她熬不住这种生活，用了许多工夫，在上午的十五分钟休息时间里面，偷偷地托一个在补习学校念书的外头工人写了一封给她父母的家信，邮票大概是那同情她的女工捐助的了。一个月，没有回信，她在焦灼，她在希望，也许她的父亲会到上海来接她回去，可是，回信是捏在老板的手里了。散工回来的时候，老板和两个当杂的站在门口，横肉的面上在发火了，一把头发扭住，踢，打，掷，和爆发一般的听不清的轰骂！

——死娼妓！你倒有本领，打断我的家乡路！

——猪猡，一天三餐将你喂昏了！

——揍死你，给大家做个榜样！

——信谁给你写的？讲，讲！

血和惨叫使整个工房都怔住了，大家都在发抖，这好像真是一个榜样。打倦了之后，再在老板娘的亭子楼里吊了一晚。这一晚上，整屋子除出快要断气的呻吟一般的呼唤之外，绝没有别的声息，屏着气，睁着眼，十百千个奴隶在黑夜中叹息她们的命运。

人类的身体构造，有时候觉得确实有一点神奇。长得结实肥胖的往往会像折断一根麻梗一般地很快地死亡，而像芦柴棒一般的偏能一天天地磨难下去！每一分钟都有死的可能，可是她还有韧性地在那儿支撑。两粥一饭，十二小时噪音、尘埃和湿气中的工作，默默地，可是规则地反复着，直到榨完了残留在她皮骨里的最后的一滴血汗为止。

看着这种饲养小姑娘营利的制度，我禁不住想起孩子时候看到过的船户养墨鸭捕鱼的事了。和乌鸦很相像的那种怪样子的墨鸭，整排地停在舷上，它们的脚是用绳子吊住了的，下水捕鱼，起水的时候船户就在它的颈子上轻轻地一挤！吐了再捕，捕了再吐，墨鸭整天地捕鱼，卖鱼得钱的却是养墨鸭的船户。但是，从我们孩子的眼里看来，船户对墨鸭并没有怎样的虐待，而现在，将这种关系转移到人和人的中间，便连这一点施与的温情也已经不存在了！

在这千万的被饲养的中间，没有光，没有热，没有温情，没有希望——没有法律，没有人道。这儿有的是二十世纪的烂熟了的技术、机械、体制和对这种体制忠实地服役着的十六世纪封建制下的奴隶！

黑夜，静寂的死一般的长夜，没有自觉，没有团结，还没有反抗——她们住在一个伟大的锻冶场里面，闪烁的火花常常在她们身边擦过，可是，在这些强压强榨着的生物，好像连那可以引火，可以燃烧的火种也已经消散掉了。

不过，黎明的到来还是没法可推拒的；索洛警告美国人当心枕木下的尸骸，我也想警告某一些人，当心呻吟着的那些锭子上的冤鬼。

一九三六，六，三，清晨。

原载《光明》1936 年第 1 卷第 1 期

《包身工》余话

夏　衍

在我写《包身工》的时候，替我搜集了许多资料，和给了我许多便利的 V 先生，托人带信给我，说有事情和我商量，我们就在她住的一间小小的过街楼上见面了。

叫她 V 先生，就好像她已经上了年纪，其实她还是一个刚满二十岁的孩子，本来是沪西某大学的学生，因为经济关系，把学业丢了，现在日间在一家私立小学教书，晚间还在一所青年会办的工人补习夜校里担任功课，短小的身体，有一双善良的知识阶级所常有的细长的眼睛，在别的娇生惯养的小姐们还拿看电影和写情书当作日常功课的年纪，她已经是一个坚定的，拿自己的劳力养活自己的职业战线上的斗士了。将仅有的一把椅子让给了来客，拘谨地坐在床上，眼睛瞪住了斜射在窗上的秋阳。

和她并坐着的还有一个补习夜校的学生，也在东洋纱厂做工的阿 T，她也是《包身工》那篇文字的最努力的协力者的一个，她有工人阶级共有的率直和单纯，但是差不多不能使我相信，在她这种率直和单纯的背后，还潜藏着一种常人不能企及一般的应付临时事态的才干，她带着我和她十五岁的妹妹，怀着一点危惧的心情，去“视察”福 × 路 × × 纱厂工房的时候，我们事前并不曾约好相互间的关系，但是一跨进她所熟识的那家带工头的后门，她就像早已准备好了一般地指着她嫡亲的妹妹对那老板娘讲了：

——这是我的同乡，在二厂里做，（回头指着我说）这是她的“爷叔”，在水电公司办事的……

她很坦然，她的妹妹也没有觉得意外的表情，倒反是被派作“爷叔”的我却掩饰不住有些窘态了。

——独自租房子不方便，她“爷叔”的意思想在这一带找一个“搭饭”的地方。——她继续着说，回头对我望了一眼，表示着我也得对那老板娘敷衍几句。——那种镇定、敏捷、从容，使我相信这完全是由于实际生活和工作的必要所锻炼出来的可宝贵的才干。——但是现在，面对面地坐在一间狭窄的房间里面，她的那种丰富的创造能力，却又毫无形迹地消融到最普通最平凡的率直和单纯的个性里面去了。

——轮着夜班？——我说。

她带笑地点了点头，拆开了方才捏在手里的一个《申报》纸的包卷。

——上次你托我问的，只有十一份，许多人不肯讲。

V 先生在旁边带笑地替她补充：

——她还垫了本呢，有许多是用“糍米饭”请了客才讲的。

我想起了这是四个月前为着要知道更多的关于“包身工”的身世境遇而托她搜集的资料；当时在杂谈中随便地对她提出的希望，率直地说，到了四个月之后的今天，我早已经不再期待这请托的回答，而差不多已经是一件淡忘的事了，可是在她，还能在劳动、学习、工作的余暇，耐性地替我搜集了这些可贵的资料！望着写在水渍了的拍纸簿上的那些小学生的考卷一般工整的小楷，我骤然地觉得好像做了一件什么对不住朋友的歹事一般地难受起来。

我一张张地翻看下去：

陈 ××，粗纱间，十七岁，泰州，（已做）一年三个月，（父亲）当兵，（包身钱）不知，（作主[①]）叔叔。

明 ××，粗纱间，十六岁，泰州，（已做）八个月，（父亲）种田，（包身钱）十元，（作主）父母——此人流火（脚气）很厉害。

蔡 ××，筒子间，十七岁，镇江，（已做）两年，（父亲）不知，从小做童养媳，（包身钱）不知，（作主）公公。

陈 ××，粗纱间，十五岁，扬州，（已做）一年半，（父亲）种田，已死，（包身钱）听说二十元，付十元领人，（作主）母亲。

杨 ××，钢丝车间，十八岁，泰州，（已做）一年十个月，（父亲）种田，木匠，（包身钱）无，（作主）父亲。

李 ××，清花间，十八岁，江北，（已做）一年多（此人被拐来沪，其余同被拐者均已卖入妓院，她因貌丑卖绝与带工老板，身价不知）。

陈 ××，粗纱间，十六岁，镇江，（已做）一年，（父亲）已死，（包身钱）不知，（作主）跟人逃荒来沪。

……

我叹了口气说：——和我们预想的差不多完全一样。

阿 T 将上半身靠近一点，指着最后的两行说：

——还有两个是绍兴帮，待遇比江北帮好一点。

这两份是：

寿 ××，粗纱间，十八岁，新昌，（已做）一年六个月，（父亲）在杭州做工，（包身钱）五十元，父亲作主。

李 ××，粗纱间，十七岁，盛元（嵊县之误），（已做）两年，（父亲）种田，（包身钱）每年付十五元，五年期满。

在《包身工》那篇简单的报告里面，我只叙述了泰州（江北）帮

① 就是由某人出面包给带工头。

的住“公司房子”的一种，实际上包身工因为出身地域，包头大小和服役厂家的不同，还有各种的分别，从大体讲，上海的包身工有江北帮和绍兴帮两大系统。绍兴帮人数不多，很少有集中式的组织，待遇也不及江北帮的残忍，这一帮包身工的出身大多数是新昌、嵊县，间或也有萧山、上虞的成分，在包身形式上和上面这个例子一样，除出和江北帮一样的“一次包绝”之外，还有包做几年，每年付洋若干的方法，不过据我调查，能够有李 ×× 一般待遇的，还是很少，最普通的是“领人”当时付洋念元，一定要做满三年，“工作巴结”，才能在年底酌量地“找付”十块钱左右的节赏。不过绍兴帮因为人数不多，最大的包工头也只带这么三五十个工人，所以管理和待遇上也还保留着一点“家族制”或者说是“徒弟制度”的残余，她们每天两饭一粥，中饭也像“外头工人”一样地自己带进厂去，当然，除出这一点尽少的——但是足够使江北帮羡慕的“恩惠”之外，其他一切的压迫和虐使，是完全没有两样的了。

我感谢了她的帮助，将这些纸片收拾起来，随便地问：

——这次虹口的事情，在你们厂里有什么反响吗？

阿 T 和 V 先生差不多同时地摇了摇头。阿 T 抢着说：

——这样的事，包身工是不会知道的，外头工人知道了，有哪个敢在里面讲？今年纱厂生意好，日夜地赶工还来不及，厂里定了“新花样”，叫作“车间比赛”，车间和车间，都有工作比赛，生活做得快，可以有奖赏。

——奖赏什么？加工钱？

——哪有这样好！生活巴结的车间给一张“名誉奖状”，一个钱也不值。——说着禁不住苦笑了。

——在补习班，为了报上登的这件事，倒引起了很大的关心。——V 先生递给我一张团得很皱了的小报，继续着说：——大家都想知道，包身工这种制度，究竟是不是犯法？这你看到了吗？

四条有力的，要求着回答的视线，集注在我的身上。

那是十月二十五日的《立报》，内容是一个读者寄给编者的一段报告：

××先生：

这里有一件事情，我想定是新闻记者所不会记录的，因为这事情既不有关风化，其主角儿又不薄具姿色，也许就只等于人们任意扑灭的一只小虫，能引起谁的注意呢？然而，事情是极其平凡，却也是极其惨痛。今天早晨没有事体，走进某法院去旁听，头一起案子问过以后，第二次提上来的是一个乡村打扮的姑娘，听了捕房律师报告，知道她以前是杨树浦一家纱厂的女工。被她包饭（即包身）的老板告了，说她五月八日离开杨树浦的时候，窃取了他一副金耳环、两件衣服，在捕房调查时并没有得着什么证据，但因他将她告了，终于是由包打听在曹家渡将她捉来受罪。

在推事数问数答的当中，知道她跑的原因是五月里眼睛被打肿了，厂方要她请假，包饭的老板娘却不答应。打是经常有的，每月做的钱交给老板，做得少了挨打；病了说是懒惰，也要挨打；而这次打却是因为老板要同她轧姘头，她不愿意。当她满口操着泰州话急遽而哽咽地哭诉着的时候，并出示两踝腐烂过的伤痕的遗迹。

全个法庭的人们目光都注射在老板的身上，推事也转过脸来问到他，问她是否就是他的"包身工"，他却嗫嚅地加以否认，可是他承认吃住都在他家里，做了的钱也承认归他。

他还异想天开，请了律师向她提起附带民诉，因为捕房律师在最后陈述的时候已说到证据薄弱，那律师似不好意思说到赔偿的话，只是说："她走了她父母问老板要人，纵然判决无罪，也要请对她的身体加以处分。"

判决是无罪了，且即行开释。先生：就只这样，她已受到这人世的欺负太够了。许多有着权势的人合起来欺负她一个，这是世界吗？上海是不知有几千几百万这样的包身工。更不知是暗地里排演了多少人世的惨剧。然而，人们却只注意着桃腮上的微笑，却不曾——也不愿去看挂在那些活尸眼角上的泪珠，更少有人想到廿四层的高楼底下还有四十八层的地狱。（下略）白水。

——这是你们厂里面的人吗？我问阿T。

她摇了摇头，V先生说：——她们花了几天工夫也找不出这个人的所在，有人说是同兴的，但是去问了也没有人知道，可是这样的人多着呢！……我在上夜课的时候将这件事件告诉了她们，很多人对于律师请求法庭“处分她的身体”这一点发生了疑问，她用手指指出了报纸上的那一句话，声音渐渐地兴奋起来，从今年起，不是买卖丫头也算是犯罪了吗？那么包身工……

——这样的事情，实际上多得很，包身工生病或者被打坏了的时候，东洋人常常不准她们工作，没有工做，又不敢回去，能想法子逃走还算“大本事”呢。——阿T补充着说。

我知道了她们约我来商量的来意了，于是我问：

——这问题我可以去请教熟识的律师，可是，即使在法律上这是“犯法”的事，世界上成为“公开之秘密”的犯罪不是多得很吗？

——不！——阿T很快地说：——要是真的是犯法，那我们可以一传十，十传百地告诉每一个包身工，她们要性命，吃不起苦的时候自会到巡捕房里去告的！

——那不是跟报上编者先生所说的话一样吗？即使“法庭判她无罪，当庭开释，恢复了她的自由，可是进一步想，她的前途还不是只有黑暗没有光明么？”

——那总比现在好啊，即使在街上讨饭……她们饿着肚子赶生活的时候，真在想做讨饭的呢！

V先生提醒她一般地说，多少地带着一些教室里授课的姿势：

——可是你跟她们说话要当心，要是带工老板知道了这是你教给她们的聪明，恐怕……

——我不怕，顶多杨树浦不做，到沪西去做也可以。——说着，她也禁不住笑了，在她，好像沪西是另一个天地了。

这种毫不计及自己利害的精神深切地使我感到了惭愧。——谁说世界上没有温情？真真的人和人的温情就存在在这种连自己的衣食也照顾不到的人们心里！

第二天下午，我在一间小小的办公室里和一位以道义和刚直著名的 C 律师谈话。

我将“包身工”的情形概略地告诉了他，他辞色间觉得有点惊奇。

——真有这样的事吗？

——岂止有，多着呢，上海就有几千几万！

——我们一点也不知道。——他感叹地说：——假使她们的工作情形和生活状况和你所说的一样，那明白地是构成犯罪的！

从桌上取过一本袖珍的《六法全书》，指着其中的一条说：

——除出包身制度根本不合法之外，这样的待遇工人，就构成“妨害自由罪”的。瞧，《刑法》第二十六章第二百九十六条：

“使人为奴隶或使人居于类似奴隶之不自由地位者，处一年以上七年以下有期徒刑。”

——照你所报告的那种工房里的“包身工”生活，简直是“奴隶”生活，即使退一步讲，总也可以说是“类似奴隶之不自由地位”吧！很明白，第二老板这样的奴役工人渔利是一种非法行为。

——方才说包身制不合法，那么带工头到乡下去和包身工父母乃至家长们订立的包身契约可以“自由废弃”吗？——我问。

——当然，这是无效的契约，《民法》总则第四章对于“法律行为”的规定，明白地说：法律行为有背于善良风俗者无效；这儿所说的善良风俗，包括的范围很广，凡是人对人的凌虐酷使，都可以解释作“有背于善良风俗”，所以这种契约本身就没有法律根据，加上，带工头到乡下去，用欺诈性质的方法缔结契约，这一点也可以构成刑事上的犯罪，《刑法》第三十二章诈欺背信及重利罪项下第三百四十四条：

“乘人急迫轻率，或无经验，贷以金钱或其他物品，而取得与原本显不相当之重利者，处一年以下有期徒刑，拘役或科或并科一千元以下罚金。”

“第三百四十五条，以犯前条之罪为常业者，处五年以下有期徒刑，得并科三千元以下罚金。”

——第二老板的重利，不能不说是“与原本显不相当”，加以他们以这种犯罪为常业，简直是两罪三罪并发的犯罪！

我可以诚实地告白，我有生以来第一次感到了法律的“功用”！可是这样严密地制定了的法律果真能够有实效地保护那千万无告的奴隶吗？我不能不进一步地追问了：

——那么，这种不合法的契约当然可以随意废弃的了？

——不，那要当事人自己主张，《民法》总则第四章第七十四条规定了对于这种“依当时情形显失公平”的契约，“法院得因利害关系人之声请，撤销其法律行为，或轻减其给付”。这就是说：利害关系人不声称，法院是不管的。

——既然这是一种“有背于善良风俗”的社会现象，一种“乘人危急轻率或者无经验”而用欺诈手段订结的契约，是一种“使人居于类似奴隶之不自由地位”的犯罪，那么有维持社会秩序和保护人民之责的当局和司法检事，不是应该很快地检举这种不正和犯罪吗？——要那些在恶势力支配下的无智识无经验的可怜虫自己起来“声请”，那不是实质上的纵容犯罪吗？

C先生沉吟了许久，慢慢地说：

——照例是这样的事社会局应该出来讲话的。

——这样的事不违背《工厂法》吗？——我提出了另一个问题。

——《工厂法》主要的对象是劳资间的纠纷，所以对于这种“包身制度”还是要用普通刑法来处理的，不过，假使男女工人年纪在十四岁到十六岁之间，那么照《工厂法》童工这项目之下，对于纱厂这种工作似乎是禁止的。——他又取出了一本很厚的书籍。——“童工只准从事轻便工作”，“有尘埃粉末或有毒气体散布场所之工作”是列入禁例的。

方才感到的对于法律的信念，像轻烟一样地消散了！天哪，到任便什么工厂里去看一看，照现行的法律讲，犯罪和不合法的事实不是太多了吗？英商纱厂里有六岁以下的童工，才出世的婴儿像物件一样地丢放在“有尘埃粉末和有毒气体散布”的机器身边，有人意识到这是犯罪的事吗？这是光天化日之下，警探保护着的工厂里面严存着的事实！——我知道，这一定是适合于现社会善良风俗的事了！

在沪西白里南路，有鼎足而立的三个工厂，一个是中国人开的 × 新纱厂，一个是白俄开的 × 远板厂，另一个是“友邦”人经营的 × 田纺织会社。那儿不是租界，可是厂里有些什么事的时候，中国当局能够处理 × 新，能够干涉 × 远，而绝不敢碰一碰 × 田，在中国人经营的纱厂，野蛮的包身工制度已快渐渐地淘汰尽了，可是，以吃人肉为常业的带工老板还集中在法律以外的 × 田。在那“法律之外”的洋商招牌之下，别说慢性的剥削，就是用凶器杀伤几个中国奴隶，有治安之责任的照例是不敢闻问的事吧！我将这事实告诉了 C 君，他也只能报我以苦笑。

——在“友邦”的掩护之下，问题自然又作别论了，工厂检查制度，不是就遇到了很大的阻碍吧，问题，还是在紧紧地束缚着我们的整个的不平等条约！

这结论是对的；我将从 C 先生这儿得到的“法律根据”和那痛心的“别论”写信去告诉了 V 先生和阿 T，她们那弱小的，可是不知道艰险的努力在那死水一般的社会里面激起了怎样的波纹，我还不曾知道，不过，我相信，这死水里面的生物还活着，她们应该动——而且是已经在动了。

原载《妇女生活》1936 年第 3 卷第 9 期

矿工手记

苍 剑

在农村里再也找不到我生活的路，只得离开了农村。经了同村的辗转介绍，才到 × 矿来；又托人给包工的先生们说了好多好话，才得了仁慈的回答：

“下窑吧！”

如获至宝似的从此我便天天从早到晚，从晚到早，在深入地下四十多丈深的地洞里做工，于今整一年了。

到地下去，有两条路：一条是直上直下的用机器升降；一条是陡斜而曲折的长洞，人可以弯着身子走进去。我们只准走长洞，无论上来或下去，机器升降是用来运煤和监工矿师乘坐的。

窑底下是那么黑暗。纵是提着灯三步以外也看不见什么，有时自己的灯灭了，黑得令人可怕。在大煤洞里是这样，至于小的煤洞里更不用说。只可以见到一团蠕动的东西，从漆黑的洞爬出来，到灯光下才晓得是鬼一般的小孩子，他们是在煤洞里向外拖煤的。

才到窑下做工的人，如果不是包工头的戚友，一律地要你掘煤，能做推罐[①]的工作，那非有多大的面子是不行的，至于赶马车、喂马、挂钓[②]更不是我们这般才到窑下的人所敢梦想的。当然毫无例外地我也做掘煤的工作。这种工作要时时刻刻地留心，不然说不定会有煤块落在你的头上或脚上，最低限度把你也打个残废。残废，是我们最怕的，我们宁愿被打死而不愿受残废后的活罪。

煤洞里有时会起火，什么道理？大家都说不出来。只要起一次火，一定有不少的人烧死在里边。烧死人在矿厂的人看来，并不算一回大不了的事。假使窑下起火了，厂方当局一定先问：

"死了几个牲口？"然后再问：

"人伤亡了几个？"

因为死一个牲口，厂方的损失，至少也要八九十元；死一个人，顶多也只是四十块钱的恤金而已！

我们直接和厂方发生关系，只是在我们死后，生前是不与厂方发生直接关系的。我们的工钱，虽然厂方按人发给，可是必须向包工头要。厂方规定每工工钱是三角五分，照理说，我们做一天工应当拿到三角五分的工钱，可是事实却不是这样。包工头整批地从厂方领到我们的工钱，一部分放在自己的腰包里，一部分买成米面，另外一部分，预筹送礼。根本上就不愿我们拿到一个钱，迫不得已时，也许给我们一块或八毛钱。

月表开支了，自然我们一个个要去拿我们的工钱。

"要米面有，钱是没有的！"

"给我们钱还方便些，我们要还债。"

"钱现在是没有的！等等再说。你们总要吃米面的，领到了省得再去买。"

起初我们也没有什么不愿意，反正领到钱也是用来买米买面的。

---

① 装煤的一种铁器制成的东西，容量大约半吨。

② 煤装在罐里运到煤井下口，有一种机器可以连罐一齐钓上去，管理运煤上去的人叫作挂钓人。

可是第一次给我们的经验：我们宁愿自己费力到市上买去，而不愿领现成的米面。面是那么粗，米里不知夹着多少沙土，斤数不足不用说，价钱呢，至少要比市上贵一成！

在山里的物价并不很贵，三角五分五洋钱如果统统给了我们足够维持一个人的生活，可是我们不能拿钱而领米面却剩得微微无几了！所以我们再四地和包工头交涉请他给我们钱。交涉的结果是这样：

“只有米面！没有钱！谁不愿干谁不干好了！”

不干——不做工——还是好的，但事实上你不能不干，没有另外的工作固然不用说；你要是不干了，以前欠的工钱，还不知何年才能还你呢！

因此，我们只能依旧地牛马般给包工头工作着，我们的血干了肉瘦了，包工头腹大腰粗了。

我还有年老的母亲，她是时时常常盼望我给她寄回几块钱，可是一年了，半块钱我也没有寄给她！我绝不是忘了她，我是天天地价记着她。但是维持我自己的生活还是很勉强的，实际上哪能顾到她。

吃饭有领到的粗米面，不致发生什么大不了的问题，住房呢，不能不拿出现钱来。在上月我积欠了房东三个月的房金四块半钱，房东逼着向我要，没办法，只得找包工头去，承他的仁慈给我作了担保人，这一个难关才算过去。厂方给我们盖了二三十间平房，可是只能给捷足先登者居住，是轮不到我们的。假使我们统统能住的话，非再添盖一二百间不行，可是厂方哪肯！有好多和我一块做工的人，他们为了受不惯房东的气，索性在半山坡挖了洞住，你不见口口山半山坡的有许多洞么，那便是我们这一般人的家。有的甚至于带着孩子老婆大家一块住在洞里。

我的老家里也有三间土房子，上月接到母亲的信，说已经卖了！她现在住在我的舅母家，在她给我的信上说：“我这么大年纪了，还住娘家，倒不如早些死了好！”这封信我读了以后，我心里有多难过！我拿着信找包工头去，请他允许我借支一些以前欠我的工钱，他蹙着眉头说：“比你苦的人还多，你还是另想别的法子吧！柜上一个钱也没有！一个钱也没有，一个钱也没有！”说完他却和别人说笑起来。晚上一夜没困着，恨不得吃了毒药自己死了！第二天大清早又照常地到窑下挖煤去。

我真羡慕窑上的里工①，他们纵然也不能按月拿到工钱，可是他们每次都拿现钱。他们有加点②有礼拜，他们而且组织了工会！我们呢，一年三百六十天，哪一天不做工哪一天便没有工钱！病了，那是活该受罪！病死了，包工头他更高兴，他可以把你以前的工钱没吞了，他是可以冒着你的名照样地支工钱！

我们很想组织工会，但是组织了几遍，都被包工头和厂方请来的军警解散了，他们说我们受了革命党的鼓动要捣乱，其实我们根本上不懂什么革命党。总工会里自始至终没有派过人来，他们也许以为我们包工工人不是工人！不过我总不明白，做里工的工人准组织工会，我们这些数目更多的包工，竟不准组织，究竟是什么道理？！

我曾央求许多人，请他们代我谋个里工：他们把我从头顶看到脚跟，都是异口同声地说：

“还是下你的窑吧！”

原载《文艺新闻》1932 年第 50、51、52 期

---

① 直接由厂方发给工资的叫作里工。

② 矿厂如果有要紧的工作，必须在工作时间以外做，那么，就请已经做够工作的工人继续做去，每小时另给若干工资，通称加点。一般工友，为了多挣这几个钱，都喜欢加点，虽然规定的工作时间是九小时，可是有时为了加点有连续到十八小时的，甚至于做整晚整天！

纺车的轰声

——生产阵虔礼之一

适夷（楼适夷）

汽车在兰路转了弯，沿着一条污秽的小河，急急地向着前面驰去；满街道都是枯黄的泥土，像浪花一般地在车窗外滚翻；一株方形的电杆柱子呆呆地在路边站着，上面歪歪斜斜地写着几个粉笔的大字：

“实行工作八小时！”

“你看，那不是么？”

车子驰过一条木桥的桥边，桥头站着两个巡捕，桥下的污水河里，停靠着几只装棉花包的木船，几个苦力正在搬棉花包。

同车的 ×，指着一座灰色的阴森森的建筑，大声地喊了起来。

“到了！”

大家从困倦的旅行中透了一口大气，汽车悠然地停下，几个人跳到了地上。立刻，每个人的气氛又被眼前的一所大建筑压倒了。

像城门一样高大的建筑的大门，紧紧地闭锁着，只在旁边打开一扇小小的口子，恰恰可以通过一个人的样子。这口子上，巍然地站着印度人的门卫、华捕、黑大褂的包打听，几双刺一样的眼睛，注视着我们跳下车来的一群。如果没有隐隐地传出来的机器的轰声，我真会疑心自己是走到满关着政治犯的巴士底监狱，或是中古诸侯的堡垒前了，但是这中间正进行着庞大的资本主义的生产，整几千人类的汗和血的劳动。

“好，你们在这儿等一等！”

L 手里战战兢兢地捧着两封介绍信，和门卫交涉了好一会，才被带领着走进小口子里去了。

面前镇压着这灰色的沉重的大铁门，和锐利的监视的眼，四周包围着飞扬的尘沙，大家都噤住着不作声。连今天显得特别亮眼的密司 T，说话的声音也是悄悄儿的：

“S，你的样子总不大对。”

受了这警告，我不禁低头看看自己这条没有折痕的西装裤，懊悔起昨天晚上没用洋装书压一压。

“好，进来！”

L 像完成了大使命似的在小口子上出现，向我们挥一挥，我们便接连着一个一个地走进口子里去。

展开在我们眼前的是一条又窄又长的甬道，左边的门卫室里，坐着几个黑大褂之类的人，右边高高的石阶沿上，一带铁的栅栏，围着一条狭狭的走廊，走廊的里面，有一个上面写着“工账房”的小小的窗洞。想着整几千的男女工人，从这小洞里领取他们每日的口粮，我不禁重复一次向这洞口回了一眼。

小小的一队循着这甬道前进，甬道的尽头是一座木造的小屋子，大概有警察站岗的岗亭那么大，一个门，两个窗洞，门框上一块横的白牌子，上面写着“哺乳处”三个大字，但是从开着的门口望进去，里面却堆着许多零乱的黄麻袋，并没有在给孩子哺乳的女工。

但是队伍在哺乳处的门前转了弯，这儿展开了一个小小的花圃，穿进这花圃，走上了进会客室的石阶，我们就围拢在一只大餐台子的四周。

会客室的壁上，挂着一方玻璃的镜橱，映出颜色鲜美的布条和纱团等样品。左边两扇半开着的门，写明着“厂长室”和“办公室”。这儿的阶廊下散发着花草的清香，连机器的轰声也隔离得远远的。

“在工厂中，也有着不阴暗的地方呢。”

“请等一等，厂长还没有来。”

一个穿中山服的矮胖子，这样地招呼了一声，又从廊下消去了。

“会不会吃碰头？”

领导的L担起心来。

大家在沉闷的气压底下等着。没有一个人敢高声地谈话。

五分钟，十分钟，十五分钟过去了。

“好，请诸位赐教赐教吧。”

依旧是那个矮胖子，手里还拿着那两封介绍信，大伙儿又跟着他走过堆黄麻袋的哺乳处，向一条冷冰冰的水门土梯走上。

会客室和厂长室的清幽立刻在我们的耳朵边消失，机器声和火油气，一阵阵地从一个门口送出来，我们走进了一个另外的世界。

半间房子堆放了许多已经拆开的棉花包，半间是放着五六架机器，皮带在头顶上急急地转动，机器慢慢地转动着。五六个像乡下的农民一样的工人，有的拿着一把竹帚子拂机器旁边的棉屑，有的拿着一个铁皮畚箕把棉花一堆一堆地放在推进架上。

“这是花包间。”

矮胖子把手搁在嘴上，在我们的耳朵旁边说明。

散放在半间屋子里的棉花包，麻袋上印着许多外国文字。矮胖子随手抓起了一把棉花，用手指撕着给我们看：

“这些都是美棉和印度棉，丝头长，中国出的棉，都不能纺细纱。”

这些被压榨得跟桑皮纸一样的美棉和印度棉，在竹制的推进架上，慢慢地向着松花机的铁口子里推进去。机器嘈嘈地轧动着，通过一条铁的大管子，直绕到屋顶上；管子的大口向着下开着，飘落一朵一朵还了原的白棉花，下面是一口井似的方洞，通到楼下的弹花间里。

在楼下，阴沉沉的大广间里，许多弹花的机器挤得像公墓里的坟墓，从花包间里落下来的原棉，又分成许多小铁管，配达到每一架弹花机里，被几条铁杆嘭唧嘭唧地打着，从别一边里，变成了厚厚的棉絮，卷成圆圆的棉卷。棉卷渐渐地粗大起来，工人便搬下来到磅秤上去磅。沿窗下的一带，已整整地竖列了许多棉卷，使人想起那些兵工厂里的炮弹。

这些棉絮的炮弹被运到另一间里，在一种叫作钢丝车的机器里，通过车上的一条上面满绕着钢丝刷子的罗拉，厚的棉絮立刻变成一层薄薄的云纱，云纱被几个钳子似的东西轧开，便绞成两条白蛇一样的棉条，向着机器边的红色圆筒里急急地流进去，盘成很美丽的花纹。

大家出神地，望着这机器的奇迹，在这奇迹旁边蠢然地活动着的工人，在机器和机器之间，仅留着一条狭狭的小弄，工人在这小弄中来来去去地活动着，满身染着雪一样的棉屑。连呼吸到鼻子中去的都是带着棉屑的空气，这空气里又跟暴风雨中的海波一样，喧腾着轰隆的机声。

近代产业工人的英爽的气概，在他们的面上是丝毫也找不到的，他们都是些笨拙的乡下佬，没有人会相信，他们是每一根神经末梢，都在受着近代大生产机械的洗礼的。显然地，他们都是刚从破产农村中逃亡出来的失耕农民，很速成地就代替了都市熟练工人的地位。那些熟练工人已经被投到失业的海里去了，因为我们的资本主，宁使雇用了这批非熟悉的，既廉价而又温顺的破产农民。

矮胖子又领我们到了粗纱间和细纱间里，在这儿蛇一样的棉条，开始变成一团一团的棉线，一团一团的棉纱。纺机像大图书馆里的大书架一样地密密层层地排列着，白的纱团，像牛奶瓶一样地整然地在架子上列着队。转旋，转旋，万万千千的纱团，在同一节拍底下急急地旋舞着。

万万千千的白衣的仙女在作天魔曼舞，万万千千的爵士乐队在疯狂地合奏。但是这儿不是太太小姐们的享乐的宫殿，这儿是劳动妇女的生产的阵营。在两架长及十丈的纺机之间，形成一条狭长的弄子。每架机器旁边只有两个还没有脱离孩童时代的少女，她们的祖母在她们的时代，恐怕还不能摇动手摇的纺车，但现在她们一对小小的眼睛，一对小小的手，却得管住整百整千条雨点一样的纱头，和急急地转动着的几百个绿色的罗拉。

“罗拉一撇歪，生活就难做。”

眼睛，手，手，眼睛，人类的力，和机器的力，在这儿做着无限的角逐，无休止的竞赛。机器的力是用电动的，而动人类的力的，却只有每天三毛四毛的工钱，雷一样地震撼着头脑的轰声，满飞着棉絮的，又潮湿，又黏热的空气，和两边窗子中射进来的，灰暗暗的光线。

没有休息，也没有坐的凳子，疲劳在这儿是被禁止的，据最近总工会“五一”所发的宣言，她们是应该这样地每天十二、十三、十四个钟头，与跳舞场、花园别墅、林肯牌汽车中的主人，共同协力，谋国家生产的发展的。

为着这重大的使命，她们都静默得像一只哑口动物，诗人们所歌颂的少女的微笑，在这儿是找不着的。她们如果有笑的自由，她们就只能到四马路或八仙桥作劳力以外的别一种的出卖。

“二二六九号嬉戏，罚工资五角。”

这样的通告，在黑牌上用白粉笔写着。如果她们是一架机器，机器也应有喧嚣的自由吧。其实机器吵得这样厉害，连说话的自由都完全埋没了，我们互相用手拱着嘴在耳朵上传话，还是没法听取的。

少女们抬着眼向我们望望，好似动物园兽槛中的松鼠眺望游客一样。我急急地想离开这里，这不单是感觉得对她们不起，同时也怕乱了她们的注意，一不小心会把手指轧在机器里的。不是连我们在通路上走过的，都这样的战战兢兢，怕带住了衣角的么？

在通路上，我们还不得不遇到另一种眼光，这是带着怀疑的监视性的，和刚在厂门口遇到的一样。但这不是巡捕或黑大褂的包打听。这也是些青年的女子，肩上斜挂着一条红色和绿色的绸带子。她们向我们这一群望望，又向纺机边的女工们望望，始终带着发气的样子，好像正要找人吵架似的。

“这些叫领班！”矮胖子这样告诉我们。

“二三三一号，隐不见人，今日工资不计。”

另一块黑板上这样写着，使我想起那些红绿带女人的权威。

另一间的机器完全停着。矮胖子没有对我们说明，我们就记到了报纸上写着的“减工”。减工听说是为了东洋纱的倾销，影响了华纱的市面。但接着华厂的减工，东洋纱厂也减工了。真正的原因大概是为了纱产得太多了，但是没有衣服穿的人却还这样的多。

一方面减工，一方面却还要增加生产的效率：

“回丝多一磅，纱线少一磅。”

在通路上挂着这样的标语牌。纱线多一磅或少一磅，对于每天以三毛四毛出卖十几个钟头劳力的人，有什么关系呢？

但是资本主人一定要你感觉得关系。

“张小妹，纱头断了，你眼睛瞎了么？”

啪的一个耳光。

打过耳光的张小妹的脸红里泛着白，张小妹低着头默默地接纱头。

在最后的摇纱间里，这些那摩温（领班）的队伍更热闹。摇纱机的轰声比较小，工人们有一个坐的地位，除了一些女孩子，还有不少老太婆，大家叽叽喳喳地一边讲话，一边一个人管着两部车。

红绿带子在白的摇纱车中像金鱼似的，突出着两只眼睛，不歇地向四周瞭望。

她们大都是十八九岁的青年女子，披着长长的头发，穿得也比较鲜美些，但是对着一些年纪小些小姑娘，和显着老迈的老太婆，已显得无上的威严。

队伍中的一个密司，老是落在后面，她告诉我，她偷偷地跟一个女工谈话，问她一天可以得到多少工钱，但是女工没有回答她。只是望着密司那件苹果绿的长旗袍，也许已萌芽了隐隐的敌忾。

“很惭愧，规模很小的。”

矮胖子很客气地领我们出了工房，我们已经很满足了这一次的虔礼。

机器是美的，急速度的动，力，奔驰的运转，规律性，巧致性。发动机轻轻地一开，整千整万条的皮带，节奏地舞动，整千整万个轮子，转旋，整千整万个大大小小的罗拉，滚翻，动的力，一切乐器奏不出的豪壮的乐曲，使污秽的棉花变成了洁白的纱团，这是一个多么复杂而且精巧的过程。

但是悲惨的失耕的农民，小女孩子，老太婆，污浊的空气，剧烈的十二小时的劳动，汗水，尘灰，黯淡的光线，三毛四毛的工资，“罚工钱大洋五角”，那摩温领班的怒骂和耳光。

这中间无论如何使人感得一种老大的矛盾，不调和。怎样能够把他们调和起来呢？开始吸到了工房外的新鲜空气时，我们都被这问题啮住了胸头。

“中国纺织的事业还很幼稚，希望诸位有兴味的能够提倡提倡。”

矮胖子又把我们送进了会客室，独自跑去了。

会客室里的谈话立刻热闹起来。

“注意，注意！”

我轻轻地敲着桌子，叫许多高谈的注意会客室右边的空房子里那个黑大褂的高大汉子。密司们的绿旗袍和我们这些没折缝的西装裤，我们是到处被敌视着的。休息了一会，我们又被矮胖子送着，走过甬道，哺乳处的黄麻袋上的尘灰中，有一个中年的妇人正在给孩子哺乳。工账房的廊沿下，两个少女在小窗洞口等待着什么。听见我们一群的皮鞋声，她们都回过头来看。

在阳光底下，我才开始觉得她们面色的黄瘦，想起了吸在她们肺叶中的恶浊的带棉屑的空气。

门卫室口的巡捕，包打听，把刀一样的眼睛刺在我们的背上。

我们一个一个地走出那扇铁门的小口子。吐了一口大气，开始觉到自己已经突破了一重防垒，耳朵边渐渐地远去了，纺车的轰声。

原载《良友》1933 年第 80 期

军委印刷所工人生活素描

明　云

我站在铅字架面前，我手上排的是关于红军战术的文章，我感觉我的责任是怎样的重大，每一铅字，每一分钟的时光都不敢浪费，我要加紧自己本身的工作，来帮助战争，我应当把我的生活服从战争！

新的生活

太阳快要下山的时候，球场上充满了嘻嘻哈哈的笑声，夹着哨子声、喝彩声，这是我们印刷所工人在打篮球。

另外一群在宽阔的草坪上，拿着梭标，精神抖擞地在下操，那是印刷所赤少队，他们准备随时上前线去粉碎敌人的“围剿”。

“女同志也下操吗？”“是的。”是的，那些都是印刷所的女工；还有青工小同志更不错，他们操起来也非常活泼。

太阳下山了，操场、球场都空着了。但在一间广大的工人俱乐部里面，灯光赶走了黑暗，发出了它的光亮。

俱乐部里面是工人自己布置的，革命标语及图画张贴在雪白的墙壁上，墙报布置得更好。乒乓球的全副器具也在那里。

铃响了，一个个的男工、女工、童工带着笔墨、书籍、簿子到了。其中一个跑到黑板前去，这样就开始上课，上的是识字课，因为我们工人在地主资产阶级统治下是没有读书识字的可能，所以有的已到了三四十岁才开始读“人，工人……”虽然这样，但大家自信消灭文盲是有把握的。

在工场上

早饭吃过了，一个个穿上公家发给的围裙，往工场跑。首先看过分工的牌子，把这天的任务认清楚了。于是排字间字架上的铅字，一只一只到手盘里去了，机器房叮当叮当地响起来了，石印房嘭嘭的声音，装订房窸窸窣窣的声音也一起响了。

“工作的时间还未到，怎么他们都做起工来了？”“他们竞赛着呢！他们谁也不愿后到，谁也不愿落后。”

我们在工会领导下，自己提出竞赛的条约，大家看准了这个条约，争先往胜利的路上跑。在这里，工作速度的增加与技术上的改良，以至新的发明（特别是在物质困难条件下）是和革命战争的形势互相呼应地进步着。

特别是在劳动纪律的执行与材料的节省上，是每个工人互相监督的，因为我们工人是工厂的主人。

我们是得意地为自己而工作了，我们的前途是出山的太阳。我们很快活地工作着，生活着，因为这里已无那面目狰狞、如狼似虎的资本家及工头，生活上又不需些微的顾虑。

下工的铃响了，依照苏维埃的劳动法，我们要休息了。可是前方红军的胜利兴奋了我们，不做点义务劳动觉得是很难过，所以多多少少总有些在那里继续着工作。

战争动员

“你们还有什么困难没有？”“吃饭吃得饱么？”“工作上有什么困难么？”这是工会负责人经常忙着的事，但是再没有什么困难继续存在了。大家都很安心了，所以工会的每一号召都是胜利地完成与超过的，如在节省经济上，有百分之三十的号召，就有百分之五十的成绩，甚至自愿以全部的工资捐助战争经费，如果有了对工会的决议表示动摇的马上就受到无产阶级的铁锤。

原载《红色中华》1934年第196期

包饭作

朝水（杨潮）

不久以前，一位美国女记者告诉过我她在上海看见的生活片段之一。现在我把它忠实地记录在下面。无修饰地，无批判地，我只是做了一个速记生，但读者也许能从此看见一点平常所不能见的东西吧。

爬过几次黑暗而陡得可怕的楼梯，我们走进了一间房子，据说是女孩子们的卧室。微弱的光线从我们背后的门射进来，什么都瞧不见。只鼻孔里感觉一种特别的臭味，像烂肉，像霉菜，更像没有自来水马桶的厕所。总之，是我生平不曾闻着过的。

十分钟后，眼睛习惯了黑暗，才看出那屋子有五六尺见方。除了门，四壁都是木架子。每架三层，每层约二尺高，尺半深，长，等于墙壁减去一套木架底深，这样围着我们的四周便是许多方盒子，假使不是自己脚踏实地走进来的，我会以为是在轮船统舱里。每个盒子里面堆着些黑色的被褥，一阵阵臭气就是从那儿出来的。

渐渐目光更清楚了。我发现黄色木架上有许多黑点子，似乎在蠕动。好奇心使我凑拢去一看。Oh，dear me！你猜是什么东西？竟是成千成万，红里泛黑，黑外包红的肥大臭虫！小的像钢笔尖，大的似一粒粒黑豆。

要吐了，我不得不退出来。

下楼的时候，我的同伴，一位S.M.C.调查工厂的女委员，告诉我这些孩子是被父母订约包给“包饭作”老板的。她们做工得来的钱每月扣八块给老板做膳宿费，余下的也归老板代收寄给乡下爷娘。可是没有一个爷娘收到过钱的；为的是孩子们不能常有工做，做时每天至多不过三四角，还常常被罚扣，而爷娘们大都在孩子到上海来时就问“包饭作”老板借过永还不完的钱。

这一间大概算是她们的厨房、餐厅，也就是起居室了。灰暗的破屋子，白墙黑了，水门汀地面变成冬天涸了水的山涧，石子和沙砾拼命和人的脚板斗争，设法让人不舒服。但在那上面却站着十几双赤脚。屋子里，除壁角的一张灶和一个菜篮架子之外，就只当中一张黄木头长条桌子。桌当中摆着一个黑钵头，里面黄黑色的大概是些咸菜。和钵子并排着黑白夹杂的米饭盛在个竹篓里，看不见一丝热气。

十几个女孩子每人手里一只蓝花碗、一双竹筷子，正在那儿围着吃。有的咽不下似的，有的却狂吞着，沙沙地直响。面孔：有的尫瘦，额角和颧骨三角式突耸着，两眼和一嘴凹成三个坑，简直是些活骷髅；别的似乎很胖，但仔细一看便知道实是浮肿，青一块黄一块像烂透的黄桃儿。不管是瘦的、胖的，鼻孔下都有两条白沟，顺沟不断地滚下些黄色黏液。黏液滴在饭里也就那样囫囵吞下去。眼黑和白分不清了，看得见的只是一对红球，在柏油似的黑圈里闪动。十二三岁的孩子头发已经是斑白的，原来在黑发丝里夹杂了许多棉纱头和灰尘。

一个女孩子在添饭，看清了她的手。那手真不如美国鸡爪子。美国鸡爪是那样黄，那样肥壮。但这手，她剩下的只是黑皮包骨头，有一根手指还断掉半截。

顺手上去我的眼移到她的臂膊，那是被深蓝色布袖裹着的。布已不是全蓝的了，有一块块各色的东西补缀着，其中也有花绸缎，此外便是头发上一样的棉纱头，机器油斑和干鼻涕、湿鼻涕。十二月的天气，每架骨头上还都只套着这样一件宽大褂子，虽然颜色不一定相同。秋风下的案山子 Scarecrow 似的，没一个不是边吃边抖。

另一个女孩子孤零零地独自立在桌的一头。手里端着一碗饭，可不吃，只是呆望着。几次她放下碗，几次又拿起来。使筷子扒了一口，用力嚼了几下，停住，又呆呆地望着。那口饭把凹进的腮帮子鼓了出来，成两个小球，与额角和颧骨凑成梅花瓣。忽然她好像下了极大决心似的，丢下碗筷，把口里的饭死命咽下去，扯扯衣服，走到壁边一个门口，推开门，一只脚刚跨进去，突然某种势力使她停住了，一只还在外面，就这样呆子似的叉在门口。

从这门我看见里面四五个人围着一张圆桌也在吃饭。桌当中摆着六七样菜：有肉，有鱼，有虾，也有方块的豆腐和绿的菠菜；碗里的饭雪白，和碗一样，手里拿的似乎是象牙做的筷子。

正在这一瞬的工夫我的视线被突然的吼声引到一位对门坐着的男人脸上。那是一堆油黑的横肉。本然就是可怕的，这时大约在发怒，更难看了。不禁使我想起在印度彭格尔见过的一只老虎，下意识地打了一个寒噤。

似乎也注意我在看他，他忍住不说什么，只向女孩瞪了一眼，同时哼了一声。我不懂是什么意思，但孩子马上便抖着退出来把门关上了。可也不走开，一手扶着门球，两眼直瞪，眼泪便水样地流来，一直滴到脚上。

我难过极了，想安慰她。走过去牵着她的手。Oh！那简直和铁一样，那样粗糙，那样硬，那样冷。我从来没想到小孩子的手会是那样的。

她抬头望着，有点莫名其妙。我也不知究竟怎样才好。

她的两只眼圈儿都烂了，大概是天天哭又没的好睡的结果。直到这时我才看出来，她的被煤灰和汗垢盖着的额角和颧骨从黑里泛出深红。本能地我伸手去摸。多烫呵！我的手几乎灼痛了。

竟忘记了她不会懂我的话，我问她：

“Dear child，are you ill？”（“亲爱的孩子，你生病吗？”）

说着，我的眼泪也忍不住流出来了。

她木木地看着我，看见我的眼泪滴到她的手上，忽然哇的一声哭出来了。但又立刻用力忍住，甩掉我的手，跑去伏在桌上。只见一个头埋在两臂中间，两肩不住地耸动，浑身抖颤。

我的注意全集在她身上，似乎不觉得自己已成了满屋人的注意的中心。

我的同伴走过来拍拍我的肩，说：

“Don’t be so sentimental ！ You are making a scene of yourself ！”（“别这样感情了，人家在把你当把戏看呢！”）

我回头看看她，哀求似的：

“Can’t we do something at all ？”（“我们竟一点也不能帮忙吗？”）

“Nore，I am sorry.But they are contracted out by their parents.They are just such creatures.”（“对不住，真没法。她们是被父母包出了的。她们就是这种东西。”）

沉寂！死样的沉寂。

突然被工厂的鬼叫打破了，满室起了骚乱，碗和筷子丢在桌上，门里面放出了粗率的吼声，女孩子们东奔西窜，一会儿都跑了。

哭的一个也抬起了头，一看，人没了，马上站起来拿袖子擦擦眼睛就走。

大门口一阵冷风吹着她，不自主地倒退了几步。她赶快两手抱着头，弯着腰，顶着风，一步一跌冲出去。在四层楼厂房的阴影之下，她消失了。

我茫茫地也跨出了大门，在一条似乎无尽的路上走着。夜色沉下来了，秋雾笼罩着大地，两边高大的狰狞的阴影把我夹着，什么都黑暗下去了，只辽远的尽头处燃起了一点灯光。

一九三四，一一，二一改作。

原载《太白》1935 年第 1 卷第 8 期

在机器旁边

子冈（彭子冈）

在华北纱厂业迅速地被摧残的目前，我们只看到报纸上不断地登着“××厂已被×方收买”的消息，汉奸与浪人勾结，狼狈为奸，民族工业眼看着便在这萌芽期中摧毁大半，帝国主义者节节进逼，已由侵占而至吸血，不到把全国经济命脉制死不止，这深刻化是不可讳言的。

陇海平汉两路驻足的郑州，中国银行投资的豫丰纱厂存在着，有工人六千，规模不能算小。于是决定看看这尚未被霸占，硕果仅存的纱厂。

虽然是拿着杂志社的名片，但依然吃了两次闭门羹，理由是厂中在装冷气管，行路不便。

“那么作一次谈话可以吧？”我已明白厂方不愿人入内参观的理由的，尤其是“戒防宵小”。

便和一位北方口音的中年人在“警士室兼应接室”内坐下来。

“本厂有了十三四年的历史了，直到前年——民国廿三年才改组，由中国银行投资了，起初是穆藕初先生创办的，原先因经营不得法，总是亏空，这二三年来好些，不过日货倾销，蒙受的损失真不小，中国人要能够有人人用国货的心就好了。”

“不过照目前情形看来，华北——就以天津来说，已有大半纱厂被 ×× 人收买，有的已在双重税捐下难支持，说不定将来要无国货可买的。”

有点板滞的脸子更皱拢来：“可不是么，本来国货就供不应求。本厂是坚决地要站住脚的，决不容许收买或破坏，所以对于参观方面平时已很谨慎。”

“棉花的来源呢？”

“江南、河北、山西……本地还有专厂压平打包，然后送到本厂来。”是的，每天全看见苦力用手推车把大批麻包运输进厂。我忽然想起来似乎在附近没看见染坊：“大约出售的全是白布吧？”

“尽是白布，销地很广，各省各县全有。”

问到出品数量和资本时，这魁伟的大个子说：“我不是管那些部分的，恕不能回答。”大约又是“隐衷”了。

“此间工人情形怎样？有没有组织？在民国十六七年国民革命军北伐时有点抬头的吧？”

起先是摇着头，随后又吞吐地：“是的，那时候很嚣张，有工会，不久便平息，因此我们便换用了女工，到现在，百分之八十五是女工了。”他漏了一句，“她们温柔，好驾驭。”

问起工资的计算，和机器来源。

“我们不是论定每天多少工资的，是以每天个人生产多少来计算的，平均每日二三角的工人最多，男女工人的待遇是相同的。也一样的是十二小时工作，至于机器，全是上海大隆机厂的。”

“听说这儿有不少南方工人？”

“因为要训练使用新式机器，便从上海聘了几百个工人和管理员来。”

“工作部门呢？”

“分清棉、梳棉、粗纺、精纺、摇纱、织布、成包等部，织布间的工资多些。”

我蓦地想起了豫丰里，“这儿有宿舍的吧？吃饭也可以包吗？花多少钱？”

“有半数以上的工人是住宿舍的，分独男、独女、家眷三部，每人每月一块钱，有家室小孩的独住一间，其余十个人光景合一间，包饭也可以的，北方馍三块钱一月，南方饭七块钱一月，自己家里送饭的很多。”

最后承他介绍了女工宿舍的助理员 × 女士，说我可以去找她，看看宿舍情形。

到我走出来时，门前铁栏间送饭来的已不少，提盒上挂着木牌，写着工人的名字，警士喝住了送饭人的嚷叫，饭盒堆得像小山，这已经是富裕点的工人了，有的只是在清晨、傍晚进厂时带一个手巾包，里面是一个馍、几片咸菜，踯躅在煤屑道上，带回去的是满头纱屑和一身疲倦。她们的午饭休息时间只有半小时，不准离场，出进都捏着一个布牌，有姓名、工作部门等。

走出警士把守着的门前，太阳在头顶上照耀，门前的摊贩起劲地叫喝着，卖的不外是茶汤和各种各样的馍，油馍、热馍、冷馍、大面馍、高粱面的红馍。工人的家属孩子和苦力们坐满了一地，有多少因春荒而忍受着饥饿的难民还有不得其门而入之感。孩子们赤裸着身子在沙地上滚，在两路铁轨上跳跃。

穿过铁轨，我走进了不远的豫丰里，递进了一趟趟名片后才进了最后一关——纯女工宿舍在最里面。

凑巧的是这位 × 女士是同乡，谢谢这好运道，给了我多大方便，她允许带我进厂。

工人宿舍是起码的瓦房，砖墙外涂的分不出是水门汀是黄泥，已经剥落了。

“我是竭力要她们清洁。”她用着乡土话说。这倒是真的，在她管理着的近六百女工的宿舍中都比较清洁，双层床铺，八个人一间，这时正有做夜工的工人，在白天正睡得没一点声息，一致的大红被裹着枯乏的身子。在每一排宿舍的尽头有一间浴室。水是厂中通过来的自来水，这在郑州是还没能普遍，住家全用井水。

和厂里的一位南方主任商议定了，下午再去看厂，× 女士午饭时要到厂里去招呼工人吃饭的。一个条件：进厂时不许带照相机的。

好容易挨到了两点钟，才能和 × 女士走进办公室，好像是为了南方话的运用的关系，几位上级职员都比较和蔼了，只有早上那位不准我入内参观的先生，有点尴尬样子，心里一定在想：这小鬼，真能钻啊！

在办公室门前，也就是大门过道，发现了一个奇迹：十来张男女工人的样片装在一个框子里挂在那儿，我以为是到了游艺场呢，不是在那儿常有警戒爬手的镜框吗？这几张中女的比男的多，写着：

“孙大妞，她是粗纱间的工人，× 月 × 日偷了两扎纱，经厂方查出已开除，工资充公。”

“吴红妹，在织布间做工，× 月 × 日偷了三尺布，罚掉工资，得到开除的结果。”

……

“她们出进要查身上的吗？”我佯作嬉笑地问，这种“杀个田鸡给猴狲看”的办法真叫人哭笑不得。

“当然啦，否则厂里的东西全会被偷光的，有女人替她们查身上，在放工的时候。”

我们往厂里走去，过了内重门是一个大水池，许多水管里喷着雪白的浪花，浪花又回到池里，这里面的水是输到机器间去的。太阳光强烈地射在水面上，使人感到微热。

这儿也是新生活劳动服务团，厂内过道上也有着每日识字牌，那天的两个字是“拘捕”。

先到废花间，是不用的棉花再经过选择，又摇成纱线，工人们看

见 × 女士去了都叫应了一声，这大约是她训练出来的“礼”吧？

用着我们费了九牛二虎之力换来的“参观证”才通过一间间的机房，每间都要管理人盖一个章，这儿全部建筑的特点是，全是平房。

先到粗纱间，是把棉花在机器里压成粗根棉纱，满屋子里响着机声，听不见说话，在蓬着棉絮的空间和油味里每个女工管理着一大排机器，跳来跳去地招呼着，就在这阻塞的空气里呼吸上十二个钟头，她们才能得到安息。大部分本地工人是缠脚的，结了婚的乱七八糟地挽着髻子，没结婚的全是小辫一条，大红把根也很少鲜艳的，蓝布衫的最多，间或有几个花布的，就显得特别俏了。然而再怎么俏也遮不住她们一致的枯瘦，眼睛很少是活灵灵的，大半被生活磨得死沉沉的了。

我惊奇那一阵阵的哨子，由近而远地扩大。

× 女士笑了，“这是欢迎参观人的——不过，”她巧妙地转了过来，“也为了传递消息，好把地上扫扫干净。这哨子是由管工吹的。”身上披着红黄绿各色带子的就是管工，她们每人管领着一堆人，有不会做的便教给她们做。每间屋内另有男工头。管工差不多半块钱一天，一般工人一两毛的最多。在和 × 女士招呼的女工中不时听到俏皮的上海话，这些成了女工中的“天之骄子”，她们吃着比北方饭（馍）贵一倍的南方饭！

男工头们也是满口上海音调（他们是叫管理员的），多从申新厂调来，他们另外有职员宿舍。

“这儿童工真多！”在摇纱间里差不多全是童工，而且是幼小得可怜，至多不过十一二岁的神气，小手灵活地在纱锭边转，结线头，装轴子，没有一点笑容地正经地工作着，宛像个大人神气，她们不知道在另一个世界里，比她们再大些的孩子全在娘跟前泼辣地撒娇呢。

“还不满十四岁啊！工钱比成人的少算点么？”我记得在工厂法上是童工起码十四岁。

“可是她们进来时总说十四岁的，只好随她们去。工钱一样，也是照生产量计算。”我不晓得是她不知道还是说谎。

“小虽小，可坏着呢，鬼透了，”一位管理员说，一面他指指角隅边的几个，“那些全是在豫丰小学念过书的。”我记起来那边的工人子弟学校了，就在纱厂附近，有四百多学生，大半是工人子弟，据说工人们为了供不起杂费制服费……还是肯叫子女去的不多，而且一上了学又拖延了挣钱帮活的机会了。出来的学生介绍到纱厂做事。“有智识的工人可以把工厂弄得有条理点，更能增加生产量。”这是厂方的主旨，至于由于智识的增高而引起的纠纷是没有的，也许是压制得法吧？

“× 先生！ × 先生！”那几个上过学剪了发的孩子叫着，原来 × 女士是由教小学调过来的。天真的欢笑一度回复到“小学生”的脸上，一阵兴奋把苍白的小脸燃烧得红了。

“这个顶机灵了。”× 女士指着一个粉红衫的孩子说，是的，粉红小褂上披着的棉絮和小手指上的红印把这孩子的轮廓更辉映大了。

织布间里烘热得叫人头晕，江南的暑热也没有那么厉害，从脚底下热气一直冒上来，梭子嗒哒咯嗒地进出着，工人头上的汗渍没有工夫揩去，马上揩马上会出来的，便尽它淌着。为了使棉纱在织布时不断的缘故，屋顶上有水喷子嗞嗞嗞地射下水雾来，于是工人的头上也湿黏黏的了。潮与热紧紧地包围着屋子。

厕所就在每个屋子边上，近厕所的机器边每分钟充斥着臭味，这是“卫生设备”。

饭堂也在边上，木桌木凳嫌枯燥吧，又在墙上给加上了些装饰品——描着花饰的对联：

“丝管上的一寸一缕的纱都要织成布匹。”

“没有钱，不算穷，没有职业，才算穷。”

“损耗厂里的原料是要赔偿的。”

……

这些大约是健胃剂吧。

一个威吓欺骗的脸子惝恍地走近来，也许是织布间里的灼热把我弄昏了。

我问起近来实业部颁布的各厂家要设哺乳室和托儿所的计划此地预备了没有。

× 女士得意地说："我们这儿早有了啊，不过将来还要改革扩大。"

怀了满腔的希望踏进"保婴室"，早上那位先生告诉我说那儿有玩具、饼干和有知识的保姆。

一阵汗臭与尿臭充塞了这间不太大的屋子，沿墙是三四十只竹制"睡筐"——不该说是摇篮，实在的。孩子们没有遮盖地躺在那儿，有的睡着了，有的哇哇哭着，有的已习惯了这冷落似的静静地躺着，睁了小细眼睛。一致的标记是这些孩子们的瘦弱，正和他们的母亲们一样。全室只有两个比工人还要老迈污浊的女人招呼着，好几个孩子脸上全是殷红的豆子一般的颗粒。

"出疹子了吧？"

"不，叫臭虫咬的！"一个女人斜了蒙眬婆娑的眼睛说。

屋中心的一圈板凳上，坐着四五个抽空进来喂奶的女工，孩子们紧抓着母亲的衣襟，像是怕一会儿又把嘴里的奶头拔出去。我问一个呛咳完了的女工：

"你挣两毛一天吗？"

她愣了一下，拿出个黄折子给我看："俺只八分钱一天！十二个钟头工！"

"才进来吧？"× 女士想遮掩掉点什么。

"三个多月了啦，这黄折子钱顶少，什么时候能换别的颜色的呢——"她自问着，"我是捻线的。"

另一个谈起她进厂的手续：

"进来还要打铺保呢。先得要单子，填好了，试用一礼拜，这一礼拜是白做没工钱的。"

桌上有吃剩的深红色的馍，高粱面的，这是大部分工人的经常食粮。

“我们一年四季的宝贝啊，咸菜一片不吃都行！”一个女工叹息地说。一只苍蝇从那半个馍上飞开。

又跟了 × 女士回至宿舍去。不多会儿四点半了，第一批工人吃饭，全都刚从被窝里钻出，吃完了马上赶夜工去，日夜工是按着星期轮流的，每天就在“吃饭—做工—睡觉”中赶罗。

三块钱的包饭是两个人共两小碟素菜和馍，七块钱——大多是南方管工吃的——是五六个菜六个人吃，大约郑州蔬菜并不比肉便宜多少的缘故，有小半是荤菜。

娱乐室里有个无线电，每星期一三五晚上开，二四六由 × 女士教识字。

我奇怪这屋子怎么装得下那么多人。

“她们来得很少，工作得很疲乏了，还要洗洗衣服缝补缝补。”这倒是实话。

离开女工宿舍时我又独自个荡到家眷工人的宿舍去，孩子与女人闹成一片，在太阳荫地上，坐着做活的女人们，怪异的河南调子，小孩们哩哩啦啦地吵闹着，他们的屋子和女工的又差了十万八千里，因为是自做饭的缘故，厨房、卧室……全挤在一堆，屋中幽暗得望不见阳光。

“进屋坐坐么？”一个在地上缝棉被的女人问，和婉地笑着，“坐个小板凳也好。”

看着她一针针地密缝着，我们聊起天来。

“我害眼，所以告假了，厂里的折子还没有退，还可以去的。”她用一块和地皮一样黑的布揉着红眼。

“厂里不是有医生么？你丈夫呢？”

“那医生，”她撇一撇嘴，“我轻易可不敢去，哪里是正经看病呢——”她咽住了，“我丈夫么？他原先也在厂，后来被歇了，厂里不喜欢男工，嫌他们太——太那个。你打哪儿来的？来游么？”（土话，逛的意思。）

我们又谈到吃。

“我们包不起饭，三块钱一月！挣还挣不了两个三块，家里孩子丈夫怎么办？我要再不上工连这房子都要住不着了。一除名就要往外赶的！”

她说眼睛快好了，自己笑着，我分明看见她眼白上的红晕厚厚地铺着，清水缓缓地从眼角上渗下来。

“这儿的工人是向来不出事的，真服从呢，就是死伤同伴也没有表示的，至多好奇地看看伤处或尸体而已。安静，服从！”走出来，× 女士的话不断地在我耳旁响着，特别是在归来在铁道上看见一些羊群在牧杆下静静地啮草的时候，我更茫然了。

原载《妇女生活》1936 年第 3 卷第 1 期

八月生活

——报告文学试写

丁　玲

这宇宙

这间大屋子现在可热闹起来啦。我们有八个人都睡在这里，在我们身旁，还沉沉地睡着有十三张比我们更会喧闹的庞大的怪物。它满身穿戴着钢铁的衣，踏着钢铁的手脚，飞舞着，啸叫着，舐着油和墨，几十令，几百斤的纸片吞进去了，又吐了出来。可是现在它是沉沉地在大的牛皮纸下睡着了。我们八个人，八个新来的住宿在这里的学徒，就傍着它们也悄悄地睡下，我们是睡在牛皮纸上边的。牛皮纸就铺在这一块块刚刚褪去青苔的石板上。这屋子是真潮湿，已经有三个害了脚气病，天天喊着腿的骨节痛啦。我们也并不是安静的家伙，纵是在夜晚，好像都是死去了似的呲着牙伸长着四肢，蚂蚁、蚊子，或是别的虫咬着也一点不在乎的腿，不，我们并不会很安稳地睡去，有的从梦中吵着吵着醒来了，醒来了还要骂两声才又倒头睡去。有的大叫，声音又尖又锐连很远的地方的人也惊醒了。还有丢脸的角色，他会在睡梦里嘤嘤哭泣，像死了娘的小媳妇一样，也有喃喃说着的，也有将牙齿磨着，磨成一种怪难受的声音。还有老鼠，成群的，也常常来做着袭击，骚伤着我们，所以这屋子是连夜晚也不会很寂寞的。可是在我们来此之前，真想象不出它该是多么冷落，只要看了现在那时时都要粘手的黑黄色剥蚀着的墙壁和屋角上残留着的霉烂青苔，还和许多不时从屋瓦下爬出来的绿色壁虎、多足蜈蚣，以及张着网的大得出奇的蜘蛛。听说是有过很多怪诞故事的流传，但自从我们这一伙，跟这一群钢铁巨兽来到这里之后，就成了很嘈杂的世界了。

这是一个古祠里的大厅，现在作为我们印刷所的机器房的。我们是把所有的年青的时光，都安置这里了。

主与仆

底底达达，一个穿短褂的进来了，接着是穿工衣的，这种衣服最神气，而第三个又穿着长衫，这一群也足有十几个，他们是比我们高一级，师兄；高两级，师傅；高三级，领工；还有工头，工务主任，经理……是可以说是我们的第一个主人。

"猪猡，揩面水还不拿来！"一副全是瞌睡的脸，再加上投来的憎厌的目光。

"死人！账也算不清楚，便揩油！"另一副更加欺人的凶颜，像预备咬人似的。

这里是没有仆役的，学徒们兼当了这职务，三顿饭的时候便忙个不歇，忍受着呼叱与辱骂，竭力收敛着笑容，愁容，缩短着手脚，使占住的空间愈少愈好，免惹起注意，但我们似乎实在太坏了，一无是处，耳目口鼻都成了开罪之由，譬如就时时听到："看那眼，贼样！"或是，"闭着你那鸟嘴好不好？"但如果生得漂亮了，我们里面当然也有长得很好看的小伙子……不过倒也还是宁肯丑一点的好。这些主人们也不是全然这么凶的，譬如因为我们加倍的努力，替他们偷印了一些外混的时候，或是他们打牌赢了钱，他们也不吝啬一点笑容，甚至还可以给半支吸剩的香烟。

在另外的时候，当早晨八点钟一响，不管我们的肚皮是不是也填了一点东西，而第二个主人就毫不容情地站到我们身边了。我们还穿着老早就该换下的满是灰尘和油污的脏衣。爬到这个怪物的身边，它是休息过一夜的，而它却的确是养活着我们的，这可爱的庞大的机器。它在昨天也经过一整天的挣扎，遍身全是汗，昨天上好的油，也排泄出来了，四处狼藉着黑墨。我们有时爬在它肩上，摸着那滚龙，还揩拭那巧妙的咬纸的牙齿；有时钻入它肚腹，扭紧一些螺旋钉，免得轮轴有动摇。再钻了出来，审视那些五六寸宽的、三四寸宽的皮带，这些可以咬去了手和打伤了脑袋的凶残的家伙，但当我们去审视它的时候，它是无知觉的，褴褛地挂在放光的钢轮上。有着破损，带着病，一任我们去拨弄。很快地这将军样的东西便在我们灵敏的手指下，从疲劳的污秽中又恢复了闪亮和精神，成了一个很有气概的主人样子。却还要去喂饱它，每人提着一个长嘴的油壶，在每个小孔里各灌进一滴黄色的浓液去，一直到它们满足。于是这更显得寒碜的我们一群，便吆吆喝喝抬下那些胶卷，大的和小的，堆在一处，消耗着多量的水，也消耗着大量的力，一根一根的，把这个最脏的，不断地舐着油墨的巨舌洗得干干净净地又搁上去。要是那些排好版的盘子已经装好了的话，同时又不必贴滚龙，贴滚龙真需要许多耐烦和细心，那马达便可以开动。马达一动，嘶……轧……轰……不知许多分不清的声音便混合着，糅出另一种噪耳的喧叫，整个机构都有着旋律地转动，牙齿一张张地咬着白纸，吞进去迅速地推着胶卷又卷入滚龙，另一个牙齿又咬着另外的边缘，于是，印满了黑字，轻轻地被吐出来，平平地堆积在那里，不断地熟练地吞着又吐着，而响着震脑的啸闹。

胶

一看到师傅们也苦着脸感到麻烦的时候，我们也许要搭上一两句，软和着声音说：

“师傅！买外国胶好了，为什么不买外国胶呢？外国胶不是好用上一个月正或可以两个月的么？”

“操勒娘格屄！”我们也懂得这绝不是骂我们，也不会是骂经理或主任，不过话总得这么开头，接着是一声沉重的，“爱国呢！”

如果我们胆子大一点的话，我们也会体会着他的意思问：

“师傅！这机器，这纸张，这……是外国的，还是中国的呢？”

“关系卵事！”自然还不是生我们的气。站在大灶边加着煤块的，或是站在高高的，用长木棒搅和着桶里的胶的我们，却悄悄地笑了，大的熊熊的煤火的光映照在一群斑斑点点盖在长发下的瘦脸，似乎看得出有一丝满足，但到底快乐着什么呢，怕自己也并不会懂得的吧！

师傅当然也理解外国胶的价值是超过了学徒的劳力。不过也只好随着经理说什么提倡国货啰，而我们呢，我们能懂个什么，我们只是一群脏的蠢的学徒。

这锅炉真不小，每次总要熔解着六七十斤的胶，是道地的中国牛皮胶，水因了猛烈的火在放胶桶的大锅里沸腾，那硬的固体，便慢慢软化，一直到像糖的东西。然后把这些溶液注入胶桶里，是有着十几斤重的两块半圆柱形的铁片，当中再加上一根有螺旋的铁轴。烫手的胶液在这里睡上一会，又慢慢凝固了起来，冷了，成为一个个的胶卷。舐着铁板上的油墨，又舐着排好的锌版的东西就做成了。

不过这个太不经用了，在运动了两天或三天之后，便开了裂缝，于是又从那铁轴上剥下来，再做。一部机器上有七根胶卷。做一次大概要四五个钟头。

一片杭唷

“杭，杭唷唷嗨，嗨，嗨唷……”

排字房的学徒，捧着盘子，一个盘子里放好四块十六开的锌版，哼着送来了，我们不期然地会给他们一种笑容，因为想得到的叱骂就会落在头上来的：

“死人！这也要哼！”

“饭桶！只会吃饭！”

反转来，当我们把盘子从机器上拆下送回排字房去的时候，也常常不觉地“杭唷嗨杭，唷嗨”地哼过去。于是他们也回答着示意的笑容。但大半时间是不哼的。因为这铁盘可不算太重呵！同我们背着那些胶桶时一样地不准皱眉也不准歪嘴。抬着大的铁锅，或挑着水的时候，为什么也不准我们出一声呢。我们是很喜欢唱着的，为的唱着唱着好减轻这些从肩上、手上压下来的重量。

不过有一个时候，我们是放量地哼着，就是我们从堆纸房背着那些报纸、瑞典纸、道林纸、厚磅纸、毛边纸，以及各种做封皮的纸，经过走廊时候，你去，我来，彼起此歇，我们喊着，“杭唷嗨，杭，杭……”我们的脸在整令或是半令的纸的重压下，红着，红到发紫，汗湿透了衣服，头发上也垂着汗滴，手脚都麻木了，却又机械般动着。喉咙里压出这一片杭唷，而这一片声音配合着一些机器的转动，也许要闹着一些人，但在我们自己似乎倒听不到了。听到的时候，是看到那些折纸房的学徒将这些印好过的纸又背到里纸房去的时候，他们真是一群多么丑小的动物啊！

一令纸有六七十斤重，一个钟头可印完，一部机器在一天之内如印六个钟头，则须六令纸，同时这十三部机器转动，是七十八令。

七十乘七十八是五千四百六十斤。来回一万零九百二十斤，仅仅这一项的搬运，是多么大的数目了呵！

离　别

时间一天天地溜走，我们这里没有阳光，缺少着空气，过去了夏天，过去了秋天，而寒冷的冬天却跨着大步威胁着来了。机器的跳动弛缓了，师傅的脸像十二月的水，我们的工作减少了，我们的叱骂也减少了。却又来了另一条鞭，这鞭不只恐骇了我们，连师傅们也严肃起来了，他们多半都是有着家室的。这一个星期来，都是谈讲着我们的这印刷所要关门的事！多么可惜呵！我们的机器！这张我调理熟了的全张机，你那张对开机，它们要停止活动，要被出卖么？我们不只不恨我们的师傅，反形得和气，但经理老早就不来了，我们交涉过，却一点用也没有，终于在有一天整个机器房，这亲切了八个月的大厅，以及其他许多部门全停着了活动，我们被遗在这陈死的尸身间，找不到出路，也找不到归宿。彷徨同着饥饿的胁迫来到了这里，弥漫着一片凄惨。我们虽是无处可走，但一天，两天，挨到最后一天，仍被赶了出来。抛在街头，拿着几个算剩下来的工资，那每月八元，却又扣来伙食六元的余剩，在这些余剩里还加上了陆续的罚款。为了偶尔的错误。我们，连同我们师傅都无言地分了手，互相找不到一句安慰的话。这时才觉得我们是多么亲热的一伙呵。

在以后，另外的地方，我们当会又遇着另一批亲热的伙伴，同在一块又流着汗，消磨着血肉，把我们的劳力与时间，更廉价地出卖着。

这八个月是结束了，这我们曾诅咒过的八个月！但假如我们都还没有找到另外的地方，而流浪在街头的时候，这八个月又该是如何可羡慕的呢！

原载《今代文艺》1936 年第 1 卷第 2 期

袁广发

——陕甘宁边区特等劳动英雄

丁 玲

当三六年红军东征的时候，红二十七军二百四十团里有一个极为勇敢出色的营长，那就是袁广发。他从一九二九年以一个织布学徒参加了红军以后，在他的家乡鄂豫皖一带活动。身经百战、千战，锻炼成一个坚强的战士，和一个优秀的干部。在对反革命者的尖锐斗争中，他越来越爱同他一样的穷苦人民，和他所从事的革命事业。他是一个共产党员，建立过很多战功，六年来没有在房子里睡过觉，没有脱过衣服睡觉，每天裹腿都是湿的。流过好几次血，右臂、左臂、手上、腿上都留下枪弹刺刀划过的痕迹。在红军粉碎了敌人的五次“围剿”之后，他又随着徐海东同志以血战越过了平汉线，经汉中、甘肃而到达陕北。有名的劳山一役，二十五军在正面，他带领的一连担任主攻。二十六军、二十七军在两侧，三面一包把敌军先进来的两个团歼灭了，后续的也不能幸免，俘虏很多，敌军的师长也自杀了。跟着，他就被调到二十七军当营长，很快便能同语言不通的弟兄们打成一片（二十七军系陕北红军）。他们爱他，跟他随大队红军渡黄河东征，他们到了山西，沿河堡垒一扫光，大军直抵石楼，当他接到攻开石楼的命令后，自己就挂了两杆短枪，四五颗炸弹，带领了第一连在天黑后爬城。敌人警戒是很严密的，但他们摸到了城边，安置好很多梯子，他走在最前边，爬上了梯子，一级一级地跨上去，看看快到城垛口，却忽然被敌人发现了，一阵杂乱的枪声，子弹像爆豆似的飞来，袁广发同志的腿上，狠狠地中了一弹，他站不住，从几丈高的城墙边上倒坠了下来，晕倒在墙底下。传令兵拖着他离开了火线，回到了师部，又转到医院，他没有死，又活过来了。但他却因为这第七次的受伤脱离了炮火生涯，他没有能继续发挥他作战的才能，成为一个更重要更出色的军事指挥者，是八路军的一个损失，但他转到生产战线上之后，却又使边区的工业生产发出光辉来。

一个经常在枪林弹雨中驰骋的英雄，对于病院生活是不耐烦的。他的伤口好了又坏，几次要求回到前方去。他说："我是一个共产党员，我不能坐着吃。"于是军事委员会的同志便问他："你还能做什么，暂时先做点别的也可以。"这位营长便说："我从前是一个织布学徒，我会织布，我可以去织布，不过我的腿一好，我就要回到前方去。"他的要求被准许了。他便交上他的马匹，他的手枪，他的勤务员，愉快地拖着受伤的腿到了纺织学校。七年前他曾用双手替资本家织布，受资本家剥削，而经过七年的战斗生活之后，负伤七次的袁营长又欢喜地用他流过血的双手为自己的工厂流汗织布、纺纱。军事委员会接受了他的马匹，替他保存着枪（这手枪已跟他四年了），退还了他的勤务员，要他留在身边，因为他的身体并不好。不久他仍旧交给公家了。他说："今天我做工，是个工人，要什么勤务！"后来他的伤口慢慢好了，却因为比较重，伤了筋骨，不便作战，使他不能再回到梦魂萦绕的前方了。又因为他过去是文盲，在部队中终年打仗，没有得到学习的机会，认识字不多，一时也没有适当的工作，加以职业学校的转移，他跟着跑去跑来，竟淹留在几个草创的生产机关之中。

当贸易局开办合作社主任训练班时，他知道他们一时为找不到管理员和伙夫而焦急，他便以他过去在战场上的气概说："有我，你们就不愁没有饭吃。"他做了两个月的饭，把几十个人的伙食调理得很好，丝毫没有觉得这于他的营长身份有什么损失。

三八年六月边区政府民政厅创办难民纺织厂，厂长吴生秀在边区党校物色到他，找他谈话。他好容易才得到这个学习的机会，正拟设法延长他的学习时间，听到了又要找他去做工，他只说："党叫我做什么，我就做什么，我自己没有旁的意见。"于是他就又搬到民政厅，奔走于这工厂创办过程中的一切繁杂事务。

这时袁广发同志是到了比从前打游击更困难的境遇，陕北交通不便，人烟稀少，经济落后，原料缺乏，技术人才难找，很多人都怀疑在这荒凉的山沟是否可办工业。但边区政府有这个决定，认为应该也可以搞工业，那么凡是共产党员就应不怕一切困难，斩除荆棘开辟出一条道路来，厂长吴生秀同志有他坚韧不拔的魄力，远大的眼光，层出不穷的办法，把难民纺织厂由一万元的资金在四年半当中发展到一万八千八百六十二石粮，以三千五百元一斗米折价合六万六千零十八万三千余元。从他和袁广发两个人扩充到五百余人。截至四三年底共产布匹二万三千零八十二匹，毛毯二万零九百六十九床，毛巾袜子不算，各种合作性质的出产还未计算在内，现在能制造各种机器、零件，解决本厂所有需要并帮助了很多工厂。在这样大的成绩中，吴厂长固然是主要的功臣，但袁广发的名字也一样不能与难民纺织厂分开，他是这厂内第一根擎天柱，不特厂长如此说，全厂的工人也这样把他看待，他已经两次被选为全厂的英雄，出席边区劳动英雄大会，且荣膺为边区的特等劳动英雄，的确不是偶然的。

筹备了两个月，工厂在川口开工了，第一次从西安买来了八部机子，找到了朱次复技师（山东来的，是厂内第二根柱子，去年被选为边区甲等英雄，今年也出席边区劳动英雄大会）和十几个工人，这些工人都同袁广发的技术差不多，勉强能使用木机织布，或者是铁机，或者织袜子。对于浆纱，漂染，经验都很少，只有崔襄鼎是一个熟练工人，可是老崔织布不愿意有人在旁边看，假如袁广发在旁边，他就只用一只脚踩机子，一只脚跷起来，扬扬地唱着河南调。袁广发心里想：假如我不能掌握技术，我还做个什么工，假如厂里只能依靠像老崔这样的工人，那如何行，非偷会他的本领不可，一定要在两个月内赶上他。于是他用打仗的精神，日夜加工，暗地留心老崔的一举一动，虚心地问朱技师，不到两个月，他竟赶上了老崔。他又向朱技师学装机子，学修理机子，与老工人王凤仁研究浆纱。谁的机子坏了，他就与谁换织，这样可以熟习机子的各种毛病，又可以懂得如何修理它。别人挑选剩下来的坏纱，也归他织，这更需要细心，但也更增进了他的技术，因此四五年来他成为厂内技术最好的工人，一直到现在全厂五十二部铁机、十部木机，没有一架他没有织过，他了解每部机子的构造，哪一架轻，哪一架重，哪一架的大轴有毛病，哪一架的卷轴太紧，就像了解他的手指一样，因此每次订布的标准，订工资的标准，都凭他的努力织出最高的产量和质量。

这时工厂的工人成分，一部分是残废军人，一部分是武汉来的工人。残废军人有很多不安心，外面来的工人对革命的认识还不够，习气很坏。某些同志对于职工与厂方的关系也不明了，把工会与厂方对立，工人生产情绪不高，生活要求很多，浪费原料，袁广发看不惯这种现象，却孤掌难鸣，于是他耐心地去说服教育，团结了一群较好的残废军人与那些坏思想做斗争。他只有一个心思，工厂是革命的，是咱们党的，一定要把它办好。他当过支部书记，当过工会委员，工会主任，吴厂长非常信任他，几个好干部也同他搞得好，一部分较进步的工人也拥护他，但有毛病的人却不欢喜他，怕他，背地里骂他“溜官害民”，甚至计划着揍他。他一点也不气馁，也不烦躁，仍是坚持下去。做工吃苦他走在头里，休息时间不下机子，住最坏的窑洞，头等技术却只肯拿三等工资，寸纱滴油都像珍宝似的爱惜。有一次工厂在永宁山搬家时，刚下过大雨，河里涨水，山路特别难走，又窄又滑，一个工人不当心，将一大捆纱滚到河里去了，水势又急又险，眼看要把纱冲走，岸上的人全乱喊乱叫。这时袁广发不顾一切纵身跳到河里，他是不会泅水的，激流推着他，打着他，这才引起好些人都跳下去，大伙儿把纱捞上来了，也拉上来几乎被淹死的袁广发。别人问他，你又不会水，何必跳下去？他说："革命财产嘛，我不跳下去，谁跳下去！"

工厂一天天地向上发展，但工厂管理仍不免有些紊乱，有些干部搬来外边的一套管理制度，不适合，有些本身还残余着一些官僚主义，有些又是外行，在四二年的时候，工厂各科虽然发展到有五百余人，但病号每天常有八九十。工房里的人跑去跑来，纬管丢弃遍地，每天废纱有二十斤，一月要消耗机油二百斤……每月也有生产计划，不过只有科长自己知道，有时也通知一下工人，但能否完成，或完成与否，则连科长也不知道了。至于工资，则从实物货币混合工资制到试行计件累进制，工人之中仍有一个思想："干不干，一斤半"，还常常要求补充这样补充那样。他们捻香、拜把子，只肯工作八小时，学习、开会、娱乐都要占工时。袁广发同志虽然这时还只是一个股长，但他在保卫工厂的意念下，坚忍地斗争着，自然有时他的态度会不好的，给反对者以借口，可是很多工人都了解他，甚至有些吊儿郎当的，挨了他骂的也会说："袁广发不是为个人，是为工厂。"不过结果他仍不免于被取消股长工作，取消工会工作。他还是积极地做工，半天也没有下过机子，并向那些来表示同情的工人说："我对科长的领导方式，我对于我们这里的某些负责同志有官僚主义、不重视工作有意见，科长无理由撤我的职也是不对的，但这是科长的问题，我做工不是为科长，这是一个革命工人、一个党员的今天的任务。"他仍自动替每部车子加油，使每月消耗机油由二百斤减到七十斤。

就在这个时候，中委洛甫同志来厂检查工作一个多月，开展赵运[1]与整风运动。工人、干部思想都开始有了新的认识，于是袁广发一下被全部人所了解、所肯定，他是厂内最忠实的、最正确的同志。他被升任棉织科科长了，他做棉织科科长后便更显出优越的才能，使难民工厂更走向企业化与正规化。

在取得上级同意后袁科长首先调整生产组织，配备劳动力，精减冗员，把棉织、毛织两科合并；生产单纯集中化，主要出产土布、毛呢（毛巾、袜子等停止出产）。按各人的体力和技术程度分配适宜工作，体力较差的妇女，技术不够的学徒，都不勉强上机织布，以免妨碍生产，调到浆纱、络纱组上去，生产效率高，他们情绪也高。机器都恰当地掌握在有技术的手上。因此产量逐渐增加，过去每人每月平均生产十二三匹大布，改组后平均每人每月生产二十一匹。今年织单经单纬土布，亦能从三四匹提到每人平均十四匹。个人的产量提高，脱离生产的人员减少，以前棉织、毛织两科共有十人脱离生产，经整理后，去年减到四人，今秋只有三人，四个人管理二百四五十人的生产，还显得有条有理。最近弹纺科又合并来，一共四人又减去两人。

要管理得好，还需要制度，袁科长把过去那些复杂的登记表改为简单的，取消不适用的，为了便于实行经济核算制，严格执行事病假登记，工具、零件消耗统计，原料统计，产质量统计，修理单，每人生产日记表等，重新讨论宣布劳动纪律和厂规。现在工房非常严肃紧张，铁机嗒嗒地响，整经组的大轮有次序地画大圆圈，倒纱的小车哗哗地摇转。再也没有吃烟、烤火、谈笑、吵架的事发生了。

现在的生产计划都是经过工人在小组会上缜密讨论，从下而上订出计划，经常检查，遇有个别工人情绪较低或有偏向（有的工人自动加工四五小时，半夜也要生产），即随时由组长、科长耐心说服，尤其对于他们优点特别注意适度表扬。更实行全面工资，工人要生活过

① 赵占魁运动，赵占魁是当时边区某军工厂的工人劳动英雄。

得美，就得靠自己多生产，赚得多，又鼓励他们储蓄。开始还有极少数有二流子思想的工人工资不够吃，结果大家都努力上去了。去年最高工资可以拿到一月一石二斗[①]，今年还有人拿到一石四斗，最低也可拿到五斗至六斗。

袁科长在施行各种管理制度时，获得非常多的经验，今天他又从一个忠诚刻苦的工人而学着去掌握党的工业政策，和创造实际办法。厂内工人们都说，袁科长进步真快，大家要学习他。

今年难民工厂又有一个大问题，即单经单纬土布。边区为着在两年内做到全部自给，决定发展植棉、妇纺和改织土布。但各地纺纱标准在开始时未能一致，纺手都是没有经验的人，也不懂织布知识，结果，太粗、太细、太松、太紧、不匀等毛病，坏纱太多，很不易选。加以工人不习惯，织得非常慢，非常稀。这种布拿到延安来，曾被批评为孝服布。袁科长难过极了，就亲自选纱、浆纱，自织出半匹布，延安各领导者才说："像这样就好。"可是大部分工人仍织不出这样的布，于是袁科长细心研究，原来工资是一个问题，布的标准没有，他便再三说服崔锡忠，尽力帮助他，在七月份崔锡忠织出了标准布，重订了工资，工人的信心和热情马上提高。六月份只能织一百七十五匹，七月份就增到二百四十五匹，八月是四百五十六匹，九月十五号到十月十三号完成建设厅规定的一个月六百五十匹任务。这样飞跃的进展，确是惊人的。在这半年中，袁科长每天都是思考着工业自给中难民厂的任务。他就很细心地去注意每个工人的思想、情绪、生活、技术、体力，按着各人不同的情况去说服、鼓励，帮助他们订出每月的计划和完成它。把自己倒线的工资全部拿出来买水果等来慰劳工人。又发起个人与个人、组与组、组代表与组代表的竞赛，工人们就更卷入了这个热潮，自动加工，牺牲午睡，或者鸡叫起身工作，但只要有工人在工房就可以看见他们的科长也在那里倒线子或学习写字。

① 该时陕北三十斤合一斗。

使大家犹疑的单经单纬土布问题已成为过去了。现在难民工厂不仅乙等布已合乎建设厅的标准，而且出产的甲字布占多数，比市上的五福布还好。

现在袁广发同志再度当选为边区劳动英雄，他是无愧的。因为他一心为党，不怕艰苦，不断学习，始终如一，所以当他去做一个战士时，他就会成为一个很好的军事干部，但当他去做工时，他又能从一个普通工人掌握了技术并成为一个好的工厂管理者。他在军队里，受战士们爱戴；他在工厂里，受工人们爱戴；他现在是边区的英雄，又为我们边区人民所爱戴。袁广发同志！我们拥护你，并好好地向你学习！

原载《解放日报》1945 年 1 月 12 日

纱厂的一日

黄微波

五点钟，回声拉得正响！那尖尖的锐利的声调儿，简直比什么都容易把人惊醒。眼睛虽还有些迷糊糊地睁不开，身子却骨碌地从床上坐了起来。这时，阳光已经偷偷掩掩打走廊的角落里，透上纱窗了，屋子里马上便踢踢跶跶吵个不歇。

瞧日历，又是二十一号了。陡然，勾起了我一腔心事，平日马马虎虎惯的，今日可得留神些，不然明朝提起笔来，才麻烦咧！于是匆匆地用冷水浇着毛巾揩了把面，立刻赶到膳厅去吃稀饭。此刻总算热季当头，照阳历推算的话，六月便在眼前，但是由厨房里拿出的粥，却老是热腾腾的，烫得人嘴也合不拢，要不是台上摆着两碟咸蛋，今朝准又得牺牲掉一餐早饭，虽薄薄一碗，要仗了它支持到正午哩！

也许现在的天气早上比较凉爽些，今天来上工的，像提前许多了。五点半钟模样，大门口居然就有着不少人。跑进工务处，例外地，里面倒冷落得很，才想到今天自己，忒煞有些那个了。

瞧墙上挂的那块出数比较表，还是十九号的记录，比一比上个月同天，已经是减少了几件，照昨日的天气，今天出数说不定还要减少，因为半夜里起着漫天迷雾，湿度高了，工作当然要受到不少影响的。

拉过第二次回声，披了工服便上工场去。女工们的夏季工服，昨日已经发出，今天几乎完全一律了！白的，黑的，瞧上去多整洁啊！显得极有精神的。本来，实际的技术，固然是十分重要，但是对于精神方面的训练工作，也着实占有相当重要。在可能的经济范围中，总不应漠视的。然而我国的纱厂，甚至一般工厂，似乎还不曾想到吧？

在工场里兜过一转，头上，身上，都沾满了花衣，鼻孔里为微小纤维塞住，痒得很难过。身上只穿了两件单衫，可是已经在热潮潮地淌着汗了。瞧湿度表上，干球已经八十二度，湿球与它差了六度，此刻的湿度已经有七十二度了！早上如此，挨到中午，也许还要增高？没有装置湿度调节器，究竟是吃亏不少；不过像这般闷热，今年已碰到几遭了，此时除掉有点儿燥热外，心上却十分镇静。

今日新添来一批女工，考工先生正忙着在考验。我立在旁边默默地望着，每一个的动作和表情，竟会那样慌张。面黄肌瘦的她们，为了饥饿与寒冻，当然谁也怕失掉这个难如上天的吃饭机会的。哪怕这机会的代价，极其微小。在这个年头上，什么工业，都受了政治的、经济的，以及环境的多方压迫，差不多只剩下微微一息了！尤其是我们这民族工业的纺织业，更其是江河日下，一泻千里，用一种加速度的速率在消沉下去。这样，对于整个的社会和大众，影响又是多么深刻！

九点钟，从车间里转了出来，到休息室去。人很多，报纸也来了，《时报》的红字标语，最是惹人注目：中国世运足球队，在海外的捷报，简直把休息间扰成一片响。记得上个月，在上海的三场球赛，本厂同人竟去了三汽车之多，不知是为了去赶热闹，还是去欣赏健儿们的身手？不过足球为我国民间最热烈的一项运动，事实是已经证明了。

翻开《新闻报》的经济栏一瞧，标纱的市面，可又下落了。意外地，棉花行市，正在迅速地腾涨着。我国纺织工业前途的可虑，使每一个从业者，无时不在提心吊胆地感着不安和烦恼。转过来瞧外面，厂里那几辆运货车，刚在忙着卸货，靠花仓的周遭空地上，花衣已堆成几座小丘了。前后对照，真叫人有些啼笑皆非吧！

骤然，一辆白色救护车，在厂门口发现了。顿时使我大吃一惊。“不成有人受伤？”我想。直到几位穿白外裳的女医生走了进来，才明白是怎样一回事。原来工部局卫生处，派人来注射防疫针了。

原载《中国的一日》

上海：生活书店，1936 年 9 月第 1 版

在香烟制造厂里

华 蕊

早上，太阳已温柔地爬进了我们的宿舍里，从钢窗望出去，辽远的一角，高高的烟筒又鲜明地矗立在我的眼前了，笛声在呜呜地叫着，许多工厂已开工了。

照例地，洗了脸，可是，依然洗不去脸上的烟油的气味，整天整夜都浸在这麻醉的氛围里，不到一个月，我就要变成烟鬼似的了。

一双一双的，零零星星的女工们，嘁嘁喳喳地跑进工厂来，有的打扮得很好看，有的却睁着那疲倦和饥饿的眼睛，没有一点儿劲似的走着。在那广大的工作场里，她们有的张着微笑的嘴巴，在吃着一碗冷面，有的剥着香瓜子，等候着工作，真的，我一看到她们，我的心里就有点儿难过，她们像囚徒似的做了整天，有时做足了二十小时的工作，可是，她们所得的工钱，挺多不过是二角至三角钱罢了。跟我比较一下，差得多了。可是，以我这样十块钱月薪的会计员，跟那不做工的百块钱以上的大职员们比较一下，相差也就很远。

“叶先生！今天开工不？”

当我走进去的时候，她们就争着问我。我想，如果我回答她们说，今天又要停工了，那么，她们一定很失望吧，她们就要捧着未吃完的冷面，走出工厂去了。近来，十天中有七天是不开工的，她们天天提心吊胆在这儿等候着工作。一想到这儿，我的心就隐约地痛了起来。可是，等到我回答她们："有的，昨天才有人订了货，今天明天都要赶工呢！"

这样，她们就嘁嘁喳喳地欢笑着，一霎间，这广阔的工场满是高兴的气氛了。

然而，等我跑回到沉闷的办事处，又开始那多么麻烦的工作的时候，我的脑袋就昏晕而且不自由起来。试想，过去有十个会计工作人员，现在只有三个，一个又是老人，什么都要我帮他做的，差不多，我做了整个工厂里的会计工作啦。

就在开工了不久的时候，工厂里传来了哗叫，我就飞也似的跑了出去，听到她们在悲哀地细语着：

"快要死的样子了！"

原来是第六号焙房的一个工人病倒了。这时候已有工人把他抬着送到医院里去。可是，我却听到她们说："这个人是从山东流落上海来的，一年前就进了我们的工厂，本来是个非常强壮的大汉，到这焙房里来做工，一天一天地瘦下去，脸孔变得饥黄了。"

我透了一口气，悄悄地走开，可是，我却没有打那焙房的门前跑过的勇气。试想：一个人不论春夏秋冬，整天整夜地困在一百二十度以上的焙房里，哪儿不会闷死呢？

不久，医院里传来的讯息："他是患了猩红症死了。"

我沉着脸，听那些高级职员和经理会谈，怎样处理这死了的工人。

"他是病死的，我们不管呵！"

"那么，就送五块钱做收殓费吧！"

我的眼睛压满了悲哀和愤怒的光彩呢。当我把这一个死人的五块钱的账记在每天的开支上的时候，我却还要写上许多高等的职员们所谓为公的开支：

“××× 为公事请客，五十元。”
“××× 汽车费，五元。”
“××× 为公事请客，十五元八角。”
“××× 从香港来沪，旅费开销一百五十元。”

然而，我的心里却清清楚楚的，这许多人们开支的数目完全是私人的事哪！大东开房哪。叉麻将哪！哪儿是为了公事呢？只骗过经理，他们天天地来把工厂分赃了。可是，对于一个不幸死了的工人，性命比黄泥还要贱呀！

不过，等到我又把工厂的欠债的数目记起来的时候，眼睛也昏花了起来：

“欠 ×× 公司借款连利息五千八百元。”
“×× 银行追讨抵押工厂之利息一万元正。”
……

再看一看那张状文：

“限在五月二十三日清付！”

心里一颤，我的眼睛赶快地闭上，想也不敢想了。

原载《中国的一日》
上海：生活书店，1936 年 9 月第 1 版

在桥林

李 导

在间雨间晴的四月五月，浦乌公路的建造，虽则经过了四十五天的过程，还是东一堆土、西一堆土地堆着，只能看出路的雏形。自从四月六号动工的那天起，桥林的西后街，只要路不泥泞的时候，来看热闹的人，总是络绎不绝的。一个凄凉寥落的荒草岗子，突地变成一个人声嚷嚷的工场了。

倒运的老天，自从十七号降了一阵大雨以后，四五天来，总是滴滴答答不断地雨着；因为下雨停工，筑路工程办事处里的朱工头，每天只肯给工人三顿粥吃；工人们因为帮口太杂，齐不起心来，挨不住饿的工人，只好逃跑。住在王老五家里的合肥工人，也在二十的夜里，逃得无影无踪了。

二十一日的早晨，太阳在东方露了笑脸，公路上照常动工了。朱工头领的四百个工人，已经逃了三分之一，朱工头气呼呼地在天刚发白的时候，便命令着四个巡工员，向乌江这条路上去追在逃的工人。

下午四点钟的时候，四个巡工员果然用麻绳缚了两个合肥工人回来。头一个是二十来岁的工人，已经遭了很重的抽打：他的脸上，红一块，青一条地浮肿着。两个人的手，都肿得像红山芋一般；麻绳深深陷了下去，变成一条小沟。

“把他们吊到后面棚里去。”

当巡工员把合肥工人牵到工头办公室去的时候，朱工头这样命令着。

“娘的，多会跑，给咱追到香泉，这看你？……”

巡工员似私语又似报告地说着。

棚本来是卢老板的驴棚，朱工头搬进来，就把这地方当作刑场。在棚里，那一种马尿驴粪的臊臭，要比菜园上搅粪时，还要难闻万倍。

两个合肥工人，同样地被吊个“蛤蟆晒背式”：两只手反过来，缚吊在梁上，身儿腿儿弯弯地像个虾子，脚尖儿离地七八寸的样子。四周聚拢着来瞧热闹的人，乌压压的一层。

“做不来，辞工也不要紧，何必逃工呢？”

“他们做工头的，也难做啊！一个逃工，两个逃工，他们限期过去了，怎了得你们做工的，也要……何必逃呢？

“……”

站在旁边看热闹的人，带着似乎怜惜又似乎责备的口吻。

合肥工人却不肯领受，他们带着哀告的样子说：

“辞工！——他肯答允吗？一天三顿粥……饿死了……我们既来做工，怎肯？……？”

噼嗒……噼嗒——几竹板抽在工人身上，巡工员愤愤地说：

“瞎讲些什么？……三顿粥，是哪个讲的？

工人默然，只呻吟了几声。

看热闹的，也不敢大声谈论了。发出絮絮的私语，有的只是摇摇头。

“朱工头来了！”——站在路口的人让开一条路来。

是一个中等身材的汉子，年纪约莫三十来岁，脑额凸了出来，鼻子小小的，眼睛圆得像猫眼，布满了红丝，红色的面皮，像猪肝一般。

他愤愤地在巡工员手上，夺过一条藤鞭子。

啪……啪——几鞭子，指着靠边吊着的那个工人道：

“你讲！哪个叫你逃工？哪个主使？告诉我，与你一些关系也没，你直讲，与你一些关系也没，我晓得……吃饱了作怪？”

“大爷！大爷！是我自己要回家去一头，大爷呀！……没有人主使。”

“哈哈，我不信，没人主使，会这样巧法……一起逃工，个个要回去一头吗？你们……实说！哼！不要自找苦吃，哼！今儿打打，明儿送县，看你？……”朱工头眼睛红得像个灯笼。

“大爷！……实在没人主使，没这事，我怎能冤人？……”

靠边那个少年工人，还没讲完；吊在里面的工人哀告般地说：

“大爷呀！打也好，送也好，叫我们冤人，头砍掉，也不能的……”

“你嘴犟，”朱工头进了一步，甩起来就是几鞭子，“没问你，你嘴犟，我来同你谈谈，你说没人主使，怎么住在王老五家的工人，一起逃呢？……是不是王老五？……捣乱工场，是不是？……”

“不晓得。”

“哼哼！不晓得！你们……嘴紧，好！看我的手段就是了！打！打！……看他是铁打的，铜浇的，打！”朱工头的怒火烧到了半天。

啪……啪……啪……

噼嗒……噼嗒……

“我的……妈呀！……妈呀！……大爷！……妈呀！……饶饶……饶饶吧！……妈呀！……饶饶！……”

啪……噼嗒……“妈呀！……？”

恐怖，可怜，愤怒，笼罩了每个观众的心，有些不忍卒看的观众，摇摇头离开了刑场！

“昏死了……昏死了！住手，住手！”

朱工头同那个抱着竹板子的巡工员，在这种招呼之下，同时住了手。

“放下来，关在南边屋子里，夜里再说，明儿……喂！去两个人把王老五提来。他不在家……他……他的儿子，提来，狗蛋的东西，捣乱工场！……捣乱工场！……！”

两个巡工员，飞也似的跑向北街去了。

朱工头愤愤地，仍然回到办公室。

街头上丛聚着三五一堆的人，在谈论着：

“清朝拷犯人，不见得？……真是无法无天了！”

“夜里不晓得怎么办呢？”

“还不是打打放走……可怜！……！”

“也难怪，”杂货店的张老板说，“他们包下来，有责任的，限期到造不成……要受罚的……一个逃，两个逃……怎怪？”

做糟行的方兴很不服的，带着一种鄙视的口吻反驳道：

“照你这说法，工人应该饿着肚子，替工头赚钱。这些，多数是没饭吃，才来做，有饭吃……吃得饱，谁肯？……谁肯？……没有人心！……？”

恐怖，残酷，可怜，愤怒，怀疑……笼罩了每个人心。

二十五年五月二十二日脱稿。

原载《中国的一日》
上海：生活书店，1936 年 9 月第 1 版

矿区剪影

宜　介

夜里一场风雨，使得陷落在“冀东”的开滦矿区赵各庄，变成了一个更污秽的世界。不平整的街道，铺满了灰黑色的泥水；临街小贩们卖货的摊子摆列得歪歪斜斜的。只有矿务局里的高大的烟囱，还得意地矗立着，挺着硬朗的身子，照常地显出傲然的姿态。

雨早已停止了；天空里闲荡着许多浮云。太阳从云缝里时隐时现；人们的脸上闪着忽明忽暗的阴影。小贩们已经把摊子收拾好了：有的摆开了青菜、红萝卜、蒜苗儿；有的摆上了《济公传》和《三国演义》。一个卖药的正夸耀着他那祖传的秘方；另一个道士打扮的却给人评断着财星和月令。街的转角的地方徘徊着几个褴褛的吗啡客，张着镶在骷髅里的眼睛，仿佛在找寻可以抓到手里的猎物。

闲荡着的云渐渐飘浮到天边去了，一抹晴空里只剩了一个明朗温和的太阳。金色灿烂的光，不嫌龌龊地照着泥污的街道和灰色的人们的脸。再也刮不起灰尘来的狂风，时时在各处突击着：刮卷了商店门前的布招牌，刮歪了行人的脚步。商店老板挺着曾经装肥过现在却渐渐消瘦下去的大肚子，在账桌边慢条斯理地端着茶碗；学徒们趴在门柜上有意无意地拨弄着算盘。他们的眼睛都停止了转动似的对着门外死盯着，是看新鲜的太阳，是看没有影子的狂风，是看过路的行人，还是切盼着踏进门来的顾客？没有一个人走近他们的门口；只有几个围在估衣铺的门摊前边，欣赏着两个疯子似的小老板在喊唱着衣服的价钱："唉——这一件呀——"

矿务局的汽笛呜呜地叫了，告诉人们这已是午后的一点半钟。上班的工人渐渐地在街上出现了。肮脏得成了灰黑色的粗蓝布衣服，瘪了的钢盔式的破帽子，没有表情的青黄色的脸，摇摇摆摆地拥挤着往矿务局里走。局里的查工处和镀灯房[①]的门前边，各自排着一列灰色的长蛇阵，时时冒出几个不固定的曲折来。他们先在查工处要了工牌，再到镀灯房里取了镀灯，于是这长蛇阵渐渐地移上了天桥[②]，渐渐地被大罐[③]拖到大地的肚子里边去。

跟着，在炭坑里熬够八个钟头的前班工人，也一批一批地被拖上来了。在那满是泥水和煤灰的大罐里，彼此紧紧地拥挤着。长久不见阳光的眼，瞳孔放大得好像两面镜子，满脸的黑灰仿佛五道庙里钻出来的泥鬼。大罐停住，铁栅门开了，他们便像一群破牢而出的囚犯似的汹涌地跳了出来，赶到镀灯房交了镀灯，到查工处交了工牌，再拖着满身的疲乏回家去。这时挤满在街上的是，更肮脏的衣服，更龌龊的帽子，和更倦怠的面孔所组成的逃散式的队伍……

矿务局的铁旋转门子不停止地翻转着，工人们像是机器上的什么原料和制品，有次序地被翻转了进去，更有次序地被翻转出来。井架子上边的绞车隆隆地响着，大罐也一上一下地来往不停。通天桥去的水门汀的梯子上，吞吐着上班和下班的行列；天桥上边的铁筛子正张着大嘴等着煤块儿去灌它的肠胃。一个工人很熟练地从大罐里拉出了

① 镀灯是装着蓄电池的安全灯。

② 天桥是井口上出煤的地方。上有铁筛，可使煤的块和末分开。下通火车，煤由筛孔直接倾入。

③ 大罐是升降机的俗称。

一辆满装了煤块的小车儿，更顺着在铁板上镶就的小铁轨推到一个筛子的旁边去。另一个工人却很闲散地跨到一根木梁上，拿着一块破了的钢砖头，自己个儿解嘲似的说着："这个枕头倒不错，嘿嘿，家里的枕头倒嫌不舒服！"他苦笑着，但却像满得意似的躺下了。

上下班的工人正在踱着他们的脚步的时候，天桥迤南的矸子山[①]旁边也开始热闹起来了。二千多个杂色的男女，被警察强制地在山下等着。须发斑白的老头子，七八岁的小孩儿，老太婆，青年的妇女，像是少数例外的小伙子。他们一边谈着张长李短，一边注视着矸子山上哪里有较多可捡的煤块。两点钟的汽笛刚一叫起来，他们便像径赛健将听到了发令枪似的谁也不肯落后地往矸子山上奔跑着。一刹的工夫，原是前前后后密集着的一大堆，就围绕着山坡散成了一片不匀整的伞点模样的图案画。

矸子山的高度，没有正式测量过，凭着不甚准确的肉眼观察，约略二百公尺的样子吧。在三十多度的斜面上，人们向上爬着，没有阶梯，也没有可供攀缘的东西；背脊后背着麻袋或者柳条筐，一边爬，一边捡，并且一边往筐里或麻袋里装。从山下望去，就像山上有一群羊，散漫地吃着草；也像一群蚂蚁，匆忙地搬着家；更像抢食吃的一群鸡鸭，很快地把头低下去，抬起来，还一边咕咕地叫着，招呼自己的人快捡，和别人吵嘴——

"二头，快点儿捡哪——嚯！跑到人家眼前边抢东西——"

矸子山的周围，站着几个警察，不时地吹着警笛子。意思是催着人们快点捡，不要耽误了四点钟以前就要下山的时刻。一个恶横的警察，手里提着一条皮鞭子，时时对人们呵责着，斥骂着，说些不三不四的话。几个捡矸子的在一起不知说了几句什么，他立刻高声地叫骂着：

---

① 矸子是从炭坑的煤层里打出来的黑色石块，这些石块倾倒在离天桥不远的地方，日久成山，即矸子山。其中常混有含炭百分之三四十的煤（俗称老砟）。矿务局每天在两点至四点开放一次，任穷苦人买得门票后上山去捡。

“快着捡，不捡就走，开他妈的什么会？——真他妈拉个皮的——”

三点多了。这群杂色的人们，再不能多耽搁了，便背着所有的获得品，从山南边的一个小门里走出去。门外边守着一个收票的工人，挨次地收集捡矸子的人们刚才花三个大铜板买来的门票。略远的地方更停着许多车辆，专等着收买这些带着血汗气味的廉价东西。愿意卖掉的，当时就卸了载，携着空空的袋子筐子走了；没卖掉的，便伏着身子蹒跚地一直背到自己家里去。

五月二十一日的赵各庄，就这么平平淡淡地过去了。谁知道以后还有着什么日子！——

原载《中国的一日》

上海：生活书店，1936 年 9 月第 1 版

我的一日

筱　出

由于精神上的苦恼，引起了几夜失眠。今天起得床来，已经是七点多钟了。脸也未曾洗，便跑上楼去签了到。当局的意思，我虽然没有详细研究过，而大约不外是想借此考察职员的工作情形的，其实这种办法也真可笑，因为有些同事，在前一天晚上，就把自己的名字写到签到簿上了。

匆忙地洗了脸，到那既作报验室又作餐室的饭堂里早餐。食物异常简单，桌子中央放着两碟廉价的咸菜，以及白米和黄米煎成的稀饭，此外什么也没有；喝一口稀饭，吃一块方形的咸菜，觉得苦涩，然而，不幸的是自己长了一个知道饥饿的肚皮，又不得不把这污水一般的稀饭一碗一碗地灌下去，直到装满了为止。

这样恶劣的环境，四五个人挤在一间屋子里，连看书写字的地方全没有，加之每天繁难的工作，和一星期只有半天的休息，并丘八之不如的生活，求知的机会是被剥夺到零度了。我正在吟味着苏轼的“应笑谋生拙，团团如磨驴”的绝妙诗意，蓦然瞥见窗外行人道上，常常从这里经过的几个刚从豫丰纱厂下工的女童工，每个人的脸都是黄瘦得可怕，凌乱的头发上沾满了棉绒。她们只是行尸，所谓少女的风韵，简直是一点也不存在。我曾到豫丰参观过两三次，据说厂里的大小工人，每天都要在机器的喧闹声中，在油气夹杂着棉绒的空气里，继续不断地做十二个钟头的苦工。比我们这般小职员还苦得多啊！

那几个女工，刚走过去，街上忽然泛起了一阵噼噼啪啪的鞭炮声音，于是乎我明白今天是旧历四月初一了。连这一次，这样的响声，我听见过三次了。我总觉得他们这样起劲地放炮，是极愚昧的行为，因为在现在全世界——苏联除外——都不景气之中，中国的商业更是不景气，便是郑州最繁华的大同路也冷落异常，纵然商店门首挂了光怪陆离的大减价，牺牲血本的大拍卖的广告，仅仅能够吸引寥若晨星的顾客。就是郑州唯一的豫丰纱厂，也经不起巨大的损失，而全部出售了。

大家寂静地吃完早餐，我便和王君带一个取缔所里的警士，挟着十四五个铁质的扦筒，拿了棉花查验单，先到平汉车站，去扦样棉。棉商总是厌恶地说：

“先生，还得开吗？唉！……”

这一类的话，我们听得太多了，也不去理他，一口气扦了十二筒样棉。棉包被扦过后，棉花从开口处冒了出来，被风吹落在地上，附近的穷人，便涌前来拾。看货的运输工人，骂着用棍子把他们赶开去了。在棉包上加盖“扦讫”印后，又叫工人把扦筒用封条封好。我又往大中打包厂检花房，去抽查散花。工人们在混杂着尘土和棉绒的空气中工作着。工人大部分是受命运拨弄的妇女，为了一天二毛钱的工资，而在工头吆喝辱骂之下工作。一部分青年女工甚至不得不零星地出卖肉体，以补生活之不足。

接着走了四五个堆栈，回来时已经很疲倦了。初夏的太阳，在晴朗的天空中，霭煦地照着。微风轻柔地吹着，空气清爽异常，但这对于我们仍和黑夜一般，并不感觉什么乐趣。只是在归途上慢吞吞地走着时，王君时常歇斯底里地，断续地，说着不连贯的牢骚话。他有一句说："真是——……棉商有很多都是土匪呢！你想……"我的脑海中，油然地忆起马克思所说的资本初期集中的掠夺形式，大概便是指这种行为的吧。

下午，又像拉磨的老驴样，到货栈、检花厂和打包厂，去转了一圈。吃过晚饭，躺在床上，想休息一下一天的疲劳，不意竟听见了从隔壁永备公司传来的无线电播音：

"……鱼儿难捕租税重，捕鱼人儿世世穷……"

原载《中国的一日》
上海：生活书店，1936年9月第1版

锡是如何炼成的

李　乔

一

春天到了，跟着砂丁们进厂的时期也来临了。

过了旧历年后，成千成万的破产的农民，从每个城市里，每个村落里，背着一卷破蓝布被单，或挑着两包简单的行李，像逃难人群似的，源源不断地开始向他们理想中的发财地——个旧去了。

这些破产的农民，多是已经在家里和招砂丁的月活头[①]支了月活钱[②]。他们在家里被连年的水旱灾以及旁的种种逼迫得没有办法了，他们再不愿意在家里捏锄头了，他们平日便给一些到个旧去发财的故事迷惑着，所以当招砂丁的月活头到了乡里时，大家不约而同地都愿意跟着月活头去。何况月活头还有那么一张好嘴巴，他能将一些犹疑着不愿去的人说服跟他去的：

① 月活头即工头。

② 月活钱即月薪。

“你在家里捏一辈子锄头有什么好处？在家里栽田地，年成好，上了人家租，勉强剩得一碗饭吃吃，还算好；若是年成不好，莫说吃的，连上人家的租也没有，那时你就晓得栽田地不是这么好栽的了！并且……”

听了他的这入情入理的话，任你是一个怎么顽固的人，你只要想一想现在的这情形，你的一颗坚强的心都会给他说动摇了，可是，他还会再用一些最动人的话勾引你：

“要发财，要到个旧去！在家里，你见过哪个捏一辈子锄头，捏出一点什么财来？只要你们肯努力，到个旧去不单月活钱要多算一点给你们，以后还可带着股份。十股带着一股，一年找得十万，不算工钱，一年就可分得一万的股份。若是勤苦一点，老板提拔：当起上前人来，运气好，打着旺洞，那时还愁什么呢？现在个旧厂的那些大老板，哪个不是当砂丁被老板提拔出来的？说句老实话，不是本地人，我也不肯同你们多说话，去不去可由你们！但我们关系不同，我们都是一个地方的人，你们到生人处做去，还担心人家刻苦你们，你们若同我去做，你们尽可放心！我若有什么对不起你们的地方，以后我还有脸皮回来见你们的父母？”

给他这么一说，即使存着畏惧的心理，担心老板虐待的人，都愿意跟他去了，因为他是本地人，他总不会刻苦本地人的。

于是，便放心和他支月活钱。要到个旧去，总得把欠人的债还清了，或买几升米过一过年才能去。可是，聪明的月活头，他虽然看你很能做工作，但他还怕你到厂上吃不起那工作，拐着月活钱悄悄地逃走，他不放心多支钱给你。因为月活头所招的人，是由他负责着的，砂丁逃走了，老板是只向月活头根究的！并且，月活头还要在老板给他招人的这笔钱内私吞一些，所以他不能把钱多支给你。若是你一定要和他多支，他就会不快地对你说：

“去都还没有去，怎么就能多支？你能干活计不能干活计，我也不晓得。老板只给我这一点钱来招人，你多支一些，他多支一些，还够招什么人？你们要钱，要到个旧拿去，现在有什么支给你们的？”

经他这么一说，还有什么说的呢？你只好颤抖着手接受了那笔月活钱，等着过了年，随月活头到个旧去了。

二

个旧——这人人理想的发财地，是一个不大辽阔的狭窄的地方，两旁矗立着淫荡地裸露着阴户的老阴山，和直挺挺地突出着阳物的老阳山。鱼鳞似的千万间房子便建筑在这两大天然生殖器的中间。这里虽是一个边远的偏僻的地方，但早已都市化了，自来水、电灯、电话，不但早已具备，连电影院、大戏院……这些都市的点缀品也已设备齐全了。用石头嵌成的平坦的街心里，常是那么来往着热闹的人群，黄包车和拉大锡的牛车，不断地在街心里奔驰着。街的两旁，是两排整齐的充满了眩人眼目的商品的商店，大酒楼和咖啡店是以奢侈出名。据说，过去不久有两个厂老板到一家咖啡店里去，马上便花费了一个砂丁在厂上做了一两年的工还不能得到的那么多钱！这种荒淫的滥费，真够骇人了，但是在我们的老板们看来，似乎是很平常的。

个旧从前给招安军盘聚着时，社会秩序非常混乱：一些裤脚高高地卷到膝头上，衣裳上系着四五十个银毫做的纽扣，但常是那么裸露着紫黑色的胸膛，右手指扳着一触即发的枪机的英雄，雄赳赳地在街心里示威着。这类英雄是没有人敢惹的，在那满是枪刀的赌场上，他们常是那么豪爽地扔下头来孤注一掷！那种英雄行径，真令人吃惊，可是，有时，这类英雄独身走到一些偏僻的地方时，便有一种土头土脑，衣裳穿得红红的，好似才从厂上下来的砂丁似的好汉，走近他的身边，忽然嗖地从身上拔出快利的尖刀来，向那扳着枪机的英雄连戳几下，便从容不迫地抢着枪走了。这种事不管白天或晚上，常常都有发生的，因此，在个旧的大老板，平常不敢多出街，有时出街来，前前后后尽是提着十响的卫队保护着，若没有保护的，便只有装得怪寒酸的，仿佛一个砂丁似的，走在街上，没有人知道你是一个大老板，也不会给人公开地绑着去!

这种混乱的情形，现在是没有了。但在僻静的街道上抢劫的事情，却还没有彻底消除!

个旧的土著是一种被称为“老母鸡”的人民，这种人文化程度很低，他们僻处在一些村落里，以种地过活。女的头上裹着一根长头发辫，在那头发辫上，再包着一块蓝布头巾，耳朵上系着两个大耳环，衣服穿得很朴素，身体非常壮健结实。男的同普通的农人一样，没有什么特别打扮。他们虽然住居在个旧，但他们并不会开矿，在这里开矿的，多是石屏建水人，所以个旧有石屏建水人的殖民地之称。

个旧的交通，是靠个碧石铁路。这铁路一头直达石屏，一头通到碧色寨与滇越铁路连接着。主要的运输：除运大锡到香港，从香港、上海贩来的货物，又由个碧石铁路运到个旧而外，便是运送砂丁。在每年进厂时或退厂时，你可看见这火车每个车厢里都塞满了黑压压的人群，有时，没有插足的地方，乘客便不要命地爬到车顶上去——那拥挤真是有些骇人的!

三

个旧是以产锡驰名国内的，但产锡的地方却在离个旧二十多里的厂上。那里一共分为四十八厂，但现在已增加了许多新厂，不止四十八厂了。据调查说，在周围六十方里之内都蕴藏得有锡矿。

从个旧到厂上去的路，尽是崎岖的山路，来往的行人很热闹，从各地招来的砂丁，到了个旧，在锅头的炉房里睡了一夜后，第二天便得一早上厂去。

厂上大概因为地位太高的缘故，气候非常寒冷。罡风日夜不息地呼啸着，早晨起来，山呀，树呀……完全给浓厚的白雾笼罩着，天和地是白茫茫的一片雾海。直到太阳将正了，那雾才慢慢地退去。只要天一下雨，不管现在过的是五六月间的大热天，那天气也好像隆冬一样，特别寒冷的。

在厂上开矿的砂丁，所住的那地方称为伙房。这伙房同乡下人住的茅草房一样：用茅草搭成，四面的墙壁，用一个个的石头砌成。伙房门旁贴着一副春联，门上也贴着“神荼荼垒”的画像。房里光线不充足，因为厂上的伙房，多是不开窗子，太阳光永远没有机会照得进去，所以伙房里不但黑暗，而且潮湿得很。走到里面去，好像走进地下室里去似的，一股霉味直钻到鼻孔里来，两只眼睛看不见什么。

伙房里设备很简单，在那石砌的墙壁上，贴着一张用红纸写的“矿王老爷神位”的牌位，牌位前摆着一张方桌，上面供着一个瓦制的香炉。伙房里的一角，是用石头砌成的一个低矮的石灶，在烧火时，这灶上常蹲着烤火的人。灶旁是用石头铺成的洗身的地方，上面歇着几个大木盆，这木盆是用以供下班的洗澡的。每天下班的到窝路里去背塃，浑身给汗和泥湿透了，所以在上洞[①]以后，必得洗一洗身，才能换上衣裳。

洗澡时，五六个人赤条条地聚在一个木盆旁边，各自用一块破布抹擦着。那洗过澡后的污秽的浊水，和着一些小便倒出去后，潴积在外面挖下的一个坑内。水里蠕动着一些长尾巴的蛆，蒸发出一种难闻的臭气，同厕所里的便溺是没有什么分别的。但这不能滥费，过一两天后，随便放一点黄泥在里面搅一搅，澄清后，便又可以舀起来洗澡了。有时，遇着天旱，用钱还买不着水来吃时，在“喝汤不得洗脸，洗脸不得喝汤”的条件下，这也会珍贵地用来当作饮料的。

伙房里的一边，是老板住的柜房，这柜房里歇着一些储藏米豆的大木柜，柜上就是老板睡的地方。砂丁睡的地方，是潮湿的地方，或用几块木板随便搭成的炕上。那里是不能站着走的，只能弯着腰在黑暗里摸索着，若一抬头，便会碰着那盖着茅草的屋顶。

伙房门外是振矿的溜口，溜口上用砖嵌成各种振矿的槽，槽旁是一个长方形的四面捶得滑滑的泥沟塘，塘里的水是五六月间下雨时，

① 一天把应背的塃背够可以休息了，便叫上洞。

潴蓄起来的，这水除供给振矿时需要而外，平常都用以做饮料。

在厂上，一眼望出去，所见的就只是一只只光秃秃的矿山，和着一些无秩序地散布在山上的伙房，那日夜不息地呼啸着的罡风，卷着迷人眼目的黄灰，横蛮地向着漫山遍野吹去。

四

厂上的砂丁，每天的工作时间，一般都是在十二点钟以上。每天早晨，天还不大亮，报晓的雄鸡拍着翅膀，伸长脖子才咕……咕……呃……地叫着时，早已起来把饭煮好了的伙夫，便放开那讨厌的喉咙，向正熟睡着的人高声叫着：

“起啦！……起啦！……起啦！……”

这叫喊只是短短的三声，你若还贪婪地浓睡着，那伙夫是不管你的。这时，老板便会像一只巡查老鼠的猫似的，从柜房里走了出来，不声不响地提上一桶冷水来，不管三七二十一，就浇在你的床上：

“肏你妈的，你要睡，就让你好好地睡着！”

正在甜蜜地熟睡着的人，给那冷水一浇，骇得赶忙从床上跳了起来，拖着一个湿淋淋的身体，跑去洗了脸，便参加到蹲在地上吃饭的人丛中，抓起一个土饭碗来吃饭了。

吃饭，在厂上一天是三顿。那粗糙的饭里夹杂着一些沙和谷子，菜是唯一的一钵“老妈妈汤”，这“老妈妈汤”是用一小碗黄豆擂细煮成的一大盆极稀薄的豆浆。有时，吃完了，便用水拌头①舀上一瓢没有煮沸的不大热的水在盆里，放上一点盐，便又当作“老妈妈汤”吃了。有的地方，还连“老妈妈汤”也没有吃的，他们吃的是锅里蒸饭时用的污浊的泥浆水，用筷头蘸上一点盐，便得把那十多碗饭狼吞虎咽地咽进肚子里去。

初到厂上的人，对于这种饭是吃不惯的。可是，你不吃，老板是

① 水拌头便是瓢。

不管你的，只要你能挨过这一天工作就行了。

吃肉，这同休息一样：一年只有三天。这三天就是过旧历年、端阳节和中秋节。在这三天，不管哪一家伙房里，都要豪爽地杀一两个大肥猪，买一些蔬菜，破例地任工人大吃而特吃，并且，天天工作着的工人，这时也可以快快活活地休息一天。

可是，天天吃惯“老妈妈汤”的工人，今天乍然大吃而特吃（那肉一片有四两重，多是不生不熟的）后的结果怎么样呢？许多人是病了！这病差不多都是屙痢，但生病在厂上是一件很平常的事情。一个人生了病是仍得工作着的，除非你已病得支持不住了，老板才能允许你休息。可是，你休息一天，那管账的先生便在簿子上给你画上一个圈儿，等年底算账时，数一数你的圈儿有多少，便给你扣除多少日子的工钱。

生了病，假若有钱，还可以到街上请他一个铺子上挂着什么堂或什么馆的招牌，但其实什么也不懂的医生来看一看。若是没有钱，那就只有到山上去挖一些人家告诉你的没有把握的草根来吃吃。有时，这也能把命救活过来，但大多早把眼睛屙瞎了。若是吃不好，那就糟了！虽然你还不至于死，但只要你病一厉害，老板就无情地叫人把你拉到伙房门外去；因为伙房里是不准人死在里边的。一个病人给扔弃在伙房门外，即使侥幸不给野狗吃去，也会很快地给罡风一吹便冷死了！

可是，这没有什么大关系，每年在五六月间天气亢旱时——大概因为饮食不卫生，和没有厕所，屙屎是随地乱屙——成群的人便会这么害着各种传染病，一群一群地死掉，老板除叫人拉去扔在山谷里给野狗吃去而外，便什么责任都没有了。

五

在厂上的砂丁，所做的工作主要的有两种：一种是下班，一种是干草皮活。

下班的，每天只要能把限定背的塃背够就可休息了。每天限定背的塃，是以窝路[1]的长短而定。有的窝路长到三四千步，一天只能进去背两次塃，每天大约是限定背四桶或五桶塃的，窝路不大长的，每天限定背八桶或十桶不一定。

下班去时，先要换上了下班衣（下班衣是用白大布做成的，同普通的汗衣一样），戴上了上面有着四五层麻布（这叫作隔汗帕，或隔塃帕）顶在头上的下班帽，屁股上系着一块包着一些棕在里面，外面用麻布缝成的坐袜，耳朵上插着一块牛角制的刮汗片，腰上捆着一只塃巴，一只手提着一盏煤气灯，一只手拿着一根短短的拄手，便像老鼠一般地钻到矿洞里去了。

洞口高约二尺，宽一尺余，进去的人是只能弯着腰用拄手拄着地爬进去。为防上面的土石落下来，便用一根根栗木搭成一个口形撑持着，这叫作欓。窝路里，有的地方是从石头里打进去的，叫硖窝路。从沙土里打进去的地方，叫塃心窝路。窝路里弯弯曲曲的，岔路很多，这家的窝路是不容别家的人进去的。若把路走错了，这会给人疑心是来偷塃的，便给捉住乱打一顿！

窝路里平平坦坦的地方，叫平槽。不大倾斜的地方，叫慢陡推。倾斜得会滚下去的地方叫紧陡推。有的地方好像爬楼梯一般，攀住那欓，才能下去的地方叫吊井。有的地方是从前的人在那里挖过塃，但早已荒废了的一些深不可测的陷阱，这叫作牢塘。若爬在这旁边，不小心跌下去，那便只有呜呼了！

窝路的尽头叫作尖子头，在尖子头那里挖塃的，叫作欓头。经验丰富的欓头，他是知道要从哪里打进去才会有塃的。

在平常一般的窝路里，背着沉重的两口袋塃，就感觉得这是最困难最吃力的工作了，可是，有的还得到一些闷火洞里去背塃，这闷火洞里，空气不流通，因此，非常闷热，到里边去背塃的人，就好像

---

① 窝路就是矿洞。

给蒸在蒸笼里似的，汗不住地只是向下流，肺里给一种什么气体胀得只是咳着嗽，一面不断地吃力地喘着，肛门觉得痒痒的，粪急得好像就要屙出来的样子。这时，连在洞外燃烧得非常明亮的煤气灯也熄灭了，即使拿着装有三筒干电池在里面的电筒进去，那电光也昏黄得好像快要熄灭了似的。在这黑暗闷热而又窒息人的窝路里，有时，人就会在那两口袋塃下挣扎着喘不过气来闷死去的。

这闷火洞里，有时，还有一种像蝙蝠一般的灰色的东西出现，它伏在那岩壁上，你若好奇地用手一摸，或给你一呼吸，它——这“麻疯”登时就如一团灰似的散在空气里不见了。这时，你只感觉得周身麻麻的，不久就会很容易地死在洞里。

这种“阴间讨钱阳间使”的事情，虽然不用一天干到晚，但因为危险太多——譬如像窝路里的土石常常会倒下来把人打死——的缘故，许多人是宁肯干草皮活的。

干草皮活，是不用到矿洞里去的，他们只在明槽里挑塃。明槽是在地面上随着那矿脉挖了一个大坑下去，由干草皮活的将挖出来的塃，从明槽里挑了堆在溜口上。这工作虽然没有下班的那么危险，但每天从天还不大亮，便要一直工作到天黑。在雨天，衣服给雨淋湿了又穿干了，已经挨不过这工作，要想休息一会，老板也不会答应你！因为这地方是没有怜惜和同情的。

六

一个砂丁辛辛苦苦的工作的结果，最高的工价，每月也只不过七八十元旧滇票（十元滇票才值一块法币），平常一般的是四五十元，有的只得二三十元。这工钱多是到了年底才结算。下班的若格外勤苦，除了正式的待遇而外，还可以吃私塃。这吃私塃就是每天除背够了所要背的正塃而外，自己另外再多背的塃，每桶以两角旧滇票（这价钱不一定）计算；你若多背了两桶私塃，每天便可多得四角的额外收入。不过，能吃这私塃的，总是很少。普通一般的人，一天只要能够背那几桶正塃都算难得了，哪里还有能力再吃私塃呢？

结算月活钱时，除扣除了这年休息着的日子而外，还得扣除了自己所用的下班衣、下班帽等的钱，除此，剩下的便是一年所得到的很微薄的一点工钱了。

这时，你或许会想到以前月活头在家里招人时，向你说过的带着你股份的话，但这只是一句不兑现的空话。只要他能替你把今年的工钱结算清楚都算好了，不然，有的老板还悭吝地不肯替你算账，你若要回家去，他只随便给你几文路费钱，表面上说是留你明年再来，但你能来不能来，谁晓得呢？若是不能来，给他扣住的那笔月活钱，便没有希望得到了！

因此，有的砂丁往往在厂上做了一年的工了，而结果一点好处也没有。有的侥幸拿到了那一点微薄的工资，索性便去赌场上碰一碰命运，但结果多半是连回家的路费也输去了，只有悲惨地仍留在厂上工作着。

过着这没有休息的牛马也不如的地狱生活，谁还敢想到前途呢？前途是一片黑暗，残酷的毒打时时在威胁着，只要你没有背够今天所要背的塃，或挑塃时，偷懒一会，无情的马棒便残酷地打在你的身上。于是，挨不过这苦楚的人，便悄悄地各自离开了伙房逃走了。

假若这逃走的人是拐着月活钱，若不幸给捉回来时，便会给吊在树上毒打，直到打得只有一点微弱的气息，快要死了，才放下来系上一副十二斤重的脚镣，以后仍得要工作着。若是给打死了，便像一只狗似的，给拉出去扔了就完了。

在厂上一个工人给老板打死了，是不受法律的制裁的，因为这是此地的厂规。这厂规是不知什么时候，老板们自己制定下来的。官家对于老板压迫工人的事，从来就采取着不干涉主义。

工人在老板的极野蛮的种种压迫和剥削下，是不知道怎样对付的，他们只会驯驯服服地工作。但有时，忍无可忍，他们的愤怒再也不能遏住的时候，他们也会秘密地联合起来，身上藏着快刀，当老板睡在柜房里时，便借故走进柜房里，拔出身上所藏的快刀来，揪住老板便是这么几刀！将老板杀死后，便将柜房里的枪抢了背在背上，扬长走了。

因此，柜房里是不准砂丁进去的，除非你有要紧事情，而且得了老板的允许，才能进去。但这就能防止工人对老板的报复吗？

七

在厂上的砂丁，不管干的是草皮活或下班，其目的总是在采矿。矿是由塃炼出来的。干草皮活的由明槽里挑出来的塃，有夹在岩石内的炼岗塃，黄红色的黄泥塃，色黑如炭的乌塃，和混在石头内的渣子塃。下班的由矿洞里背出来的塃，有成分最好的红塃土，黄色的黄木香塃，粉红色的洋葱塃，色黑如火药的火药酥塃，像烧焦了的木头似的焦塃，紫黑色的紫干扳塃，藏在石头内的硖穿矿塃，和乌塃。

矿采出来后，堆积在溜口上，到了五六月间，天下了雨，泥沟塘里蓄满了水，便开始振矿。

振矿时，遇到像鹅卵石似的头子矿，先要将它锤碎，第一步放在平槽里勒。勒时，一个人站在槽口拿着两丈多长的一根耙子在推着那随水流下来的塃，槽头站着的两个人，用板锄在槽里搅着。勒后，再在平槽里隔上一块木板，两个人用板锄在拍着水里的塃，溅起一朵朵水花，这叫作漾。漾后，粗的塃便用磨磨细，细的塃放在砖槽上揉。从明槽里挑出来的塃，是只在砖槽上揉的，经过几次揉洗后。塃里所含的杂质便给洗去了。揉塃时，两个人站在槽口，一个抬着一根两丈多长的耙子，前面的手用力按着，后面的手用力推着，借着耙子竿一摇一闪的那弹性，将给水冲在上面的塃，翻来覆去地推着揉着。一个卷着裤脚站在出渣塘里的人，拿着一根一尺多长的竹筒，不住地把水向着槽上的塃戽去，这水要戽成公鸡头鸡尾，才能把堆在槽上的塃冲到底，揉耙子的人也才不感觉得吃力。每天两个人可揉八槽至九槽塃，每槽塃有三四十挑。

在砖槽上所揉得的塃，第一刀叫矿尖，第二刀叫槽腰，第三刀叫出渣。矿尖含矿最多，槽腰次之，出渣最少。这出渣多是卖给买“尾首”的，买“尾首”的廉价买过来后，再放在砖槽上或陡槽上洗一洗，炼出来的矿往往是想不到的那么多，因此，这很容易发财。

经过砖槽后，没有洗净的细的矿，再放在瀑槽上揉，这时，一个人站在出渣塘里戽着水，一个人用泥沟耙揉着。最细的矿，是放在陡槽上戽，戽陡槽时，一个人悠闲地蹲在那用谷草扎成的小草棚里，一只手捏着一只小竹筒，很均匀地把出渣塘里的水戽到槽上的塃上去，一只手捏着一根短小的耙子，轻轻地在推着槽上的塃。戽的水，要戽成细麻线水，水头尾巴不能打着矿尖，不然，打起沟来，矿便会从沟里流到出渣塘里去了。

像这样的麻烦地经过许多次洗练后，塃里所含的杂质算是已经给洗去，剩下的便是纯粹的锡矿了。

八

由塃洗练出来的锡矿，从厂上用马驮来个旧后，先晒干用筛子筛过，然后放在碾槽里，用牛拖着那笨重的碾子，不断地碾着。细的矿只要碾一百次就行了，粗的矿要碾两百多次。碾后，矿里若含有杂质，还得放在砖槽上再揉。一直要到一点杂质也没有了，才能放在大炉上去熔成锡。

这熔锡的大炉，是用砖砌成的，高达五尺左右，上面是放矿的炉口，宽约二尺，长约三尺，里边空洞洞的，没有什么。下面有一个像女人的阴户一样的土洞，这叫作经门。炉里熔化的锡，就是由这地方流入窝子[①]内。炉后躺着一个一丈多长的风箱，这风箱是由三个或四个壮健的汉子换着扯。

扯大锡时，先要献过了炉神娘娘，然后才在炉上燃着了炭，等到

① 窝子是一个长方形的小坑。

炉上的火吐出了两尺多高的火焰，那火力已十分厉害时，才用铲子铲上几铲混着一些渧渣[①]的矿放在那燃烧着的炭上，那扯风箱的汉子便用力地扯着，每个人只能这么扯三下，便要赶快让给别人来扯。过了相当的时候，加上一层炭，跟着便要加上几铲混着渧渣的矿。这样不断地加增着，熔化的锡便也源源不断地，由给火焰烧得红红的经门里像一条银白色的麻线似的流了出来，当经门给炭塞住，熔化了的锡不能通畅地流出来的时候，一个裸着上身，热得流着汗的汉子，便拿着一根一丈多长，顶上包着一层铁皮的条子，像开玩笑似的，向着那阴户一样的经门里戳了进去！同时，还淫荡地叫着：

"使力呵！使力呵！"

听着这诱惑的声音，那扯风箱的越发用力扯着，锡于是又源源不断地流出来了。

那流出锡来的经门，若给条子戳坏了，这便要等经门前面的窝子里的锡舀出来后，放上一床浸湿了水的席子在那窝子里，一个捏着一团泥巴的汉子，赶忙跳下那窝子里，等把那团泥巴糊在经门上后，忙从窝子里跳上来时，人多半已经大汗淋漓，热得不能耐了。若是大炉后面同风箱接触着的那火门坏了，这须捏着一团泥，匍匐着钻到那风箱下面，然后再抬起头来，把头转过去，才能把泥巴糊在那火门上，这比补经门时还要热而且困难多了。

锡由大炉里流满了窝子后，用漏锡勺滤去了那浮在上面的炭渣，用一把十多斤重的大铁勺舀在一口铁锅里，由锅里再舀一两勺倒在地上，等凝结后，又放在锅里，然后才一勺一勺地舀在那细砂做成的叫作"池子"的模型内，锡上若浮着残渣，便用刮子刮了，等凝结后，便是一块块的白皑皑的大锡了。

一块大锡长约一尺二寸，宽五寸，厚三寸，普通的有五十斤重。表面常呈现出各种不同的花纹，因而有种种名称，如镜面、金斑、大

① 渧渣是一些混着锡的炭渣。

芭蕉花、芭蕉花、大竹叶、中竹叶、小竹叶、苍蝇翅、星宿点、平面。最好的锡是像镜一般光亮的镜面锡，最不好的是颜色呆滞，没有花纹的平面锡。

锡因质的不同，价值也各异，普通一张锡（有二千五百斤）价值总在一万六七千以上。

办尖子的老板们，把锡扯出来以后，便有广帮商人来同他们买了贩到香港去，也有些老板自己直接贩到香港去卖，于是，几十万几百万的钱，便由渗着砂丁们的血汗的大锡，容容易易地换到老板们的手里来了。可是，那冒着生命上的危险，天天给死威胁着，在地狱一般的厂上年年月月日日在工作着的砂丁们他们得到了什么呢？

原载《中流》1937 年第 2 卷第 1 期

参观女青年会劳工学校记

寄　洪

进　发

天幕渐渐地昏黑下来，我随着上海女青年会劳工部干事张淑义女士跳上了电车，向上海劳工区的杨树浦进发。路是那么遥远，途中，张女士给我介绍着她们的劳工学校——女工社。

“我们劳工部到现在共办理着六个女工补习学校——四个是上海女青年会出资办的，另外二个是妇女会办的——分布在沪西沪东等工人区域。在沪西，还办着女工寄宿舍，当然，比工房是好得多，但能够享受到的，还是最少数。这些学校的管理，是由我和还有位干事分任的，每人负责三个学校，每个学校每星期都得去两次，所以我除了星期天外，每天下午下了办公室，便得上她们的学校去。

“每个学校的上课时间，都分为早班和夜班二次，早班是早晨七点钟到九点钟，夜班是晚上七点钟到九点钟，因为这些女工，大半都是轮流着做日工或夜工的。做日工的，普通都是早晨六点钟上工，到下午六点钟放工，放工后回家洗洗脸，吃点东西，便来上夜班课，做夜工的大概是晚上六时上工，到次早六时放工，便来上早班课。

“学校里普遍地都有这样一个现象，当初开学时，学生拥挤不堪，我相信她们都是下了决心来求知的，可是到后来，为了身体的不支，渐渐地少了。”

“呀，她们做了十二个钟头的工作，哪有精力再来上课呀？”我禁不住地问。

“不过，只要她们研究出兴趣来，还是兴奋着聚精会神地研究着，努力着的。并且还有些毕业了的学生，自己去办着识字班，自任教师教人家呢！”

电车驶过一个工厂的旁边，灰暗里模糊地见着一群群被机器吸完了劳动力的疲乏了的女工们，慢慢地走出来，张女士很兴奋地指着要我看：

“她们放工哪！”

一个个，苍白的脸，深锁的眉，驼着背，缩着颈，是疲乏，是饥饿，还是寒冷？

沿途，一群群的，提着饭锅，慢慢地归去，另一批急急地来。

下了电车，天已全黑了。

“你吃过晚饭没有？”张女士问我。

“没有，吃过点点心，你呢？”

“没有，我天天这样的，中午十二时吃了中饭，直要到晚上十时左右回来吃晚饭。”

“怎么的？不饿吧？对身体有损坏的呀？”我很惊奇。

“不，习惯了，也不觉得，并且你只要到了学校里，那种紧张的工作，使你决计不会感觉到饿的。”张女士这样回答我。

忍痛的粉饰

学校是设在沪东公社里边，借用沪东公社三个教室，以三位教师替他们每星期上三小时课为交换条件。当我们走到学校，时间还早，学生一个都还没有来，张女士领我到教室里去休息，她便急忙地去找她们的教师去了。

壁上贴着她们的课程表，内除识字外，还有书信、珠算、中国地理历史、世界地理历史以及国际关系等。

一个二十来岁的女青年，穿着件很整洁的蓝布罩衫，灰白的脸上盖着层厚厚的脂粉，有几分摩登，腋下还夹着个书包，走到教室门口，便站定了。“这或许就是她们的教师吧？”我心里在这样想，只是没说出口来。接着又来了两位，装束更时髦，丝绒的旗袍，烫得卷曲的发，涂得红红的双颊，血红的口唇，再加上因工作过度而红肿了的双眼，在这黑暗的黄昏里暗淡的灯光下看来，她们真和上海有钱的时髦小姐施了美容术的模样儿差不多，“谁说女工的生活是苦的！”从她们服饰的表面上看来，有人真要这样说。

学生是越来越多了。我走出了教室，和站在门边的一位十一二岁的小姑娘随便地搭讪起来。

“你也在做工啦！”我问。

她点点头。

“在什么厂？”

“××纱厂里。”

“一天做多少钟头？”

“十二个钟点。”

“多少钱一天呢？

“没有钱！”

“怎的？”我惊异起来。

“我们是在学呀！”她似乎看出了我的惊奇，这样带笑地回答我。

“学多少时候呢？”

“没有一定的，看手脚快慢。手脚快的几个月，有的一年半载也说不定。”

“那么你每天吃了饭白白地替人家做吗？”

“为了生活，也呒没法子想呀！希望做了几时后，他们会分机给我们做的。”

“那么你身上的衣服怎样的？”

“是母亲设法弄了钱给我做的，因为身上穿得不好，厂里不要的。”

后来她们的教师也和我说到这点：“你不要看着她们的服饰穿得还好而以为她们的生活还过得去，她们实在是逼不得已，工厂里做工全看她们的‘照会’（面孔）和服饰的，所以她们每月拿到了最少的钱，不得不忍痛地去买衣料，买脂粉来装饰自己！”

学生家庭访问

离上课时间还有半个多钟头，学校的教师带着我去访问学生的家庭。

“这边有工房，那边也有工房。”她一边走，一边指示我说，这些工房是工厂方面砌来专租给工人住的。

一个较阔的荒场上，马桶、水桶、竹竿，一切都感到杂乱的模糊的一片，臭味在流动的空气中弥漫着，广场两边，密排着一排排的屋，从狭隘的弄子里，可看到那些破碎肮脏的工人之家，淘米、洗菜，小儿的啼声……刚下了工厂，又在为家务而忙碌了。

当我们走进一家门口，灰暗、潮湿使人感到窒息，门口一边靠墙处放着两张长凳一块板，板上铺着张破旧的席子，一条泥土样脏的破旧的棉被，破旧的桌子，破旧的凳子，一切都是杂乱非常。门边有个十一二岁的孩子在独自洗面。

“你二姐呢？”教师问他。

“回乡下去了。”

“大姐呢？”

“上工去了。”

“母亲呢？”

“睡着。”说着便急忙地跑到隔了层板壁的黑黝黝的屋子里，一下子，黑暗里有了声音，钻出了一个年老病弱的女人，苍白的脸，蓬乱的发，颓丧的神情，无力地说：

“先生，坐一会吧！”她说着。看着零乱的破旧的凳子，大家站立着，黑暗里送出了一阵使人难受的气味。

“二姐乡下去了？”

“是呀！她的病真难治呀！她一生病就要回乡下去，我还希望能替她看好，可是哪知道越弄越厉害，唉！……”她说着，老泪直挂下两颊。

“她的病，完全是气出来的呀！在工厂里，受了人家的气，老是闷在心里，不说出来，姊妹间又常吵架，她们姊妹三个，只有她最聪明，书也肯读。昨天她临走的时候，这样和我说：‘妈，我病看得好，那很好，不好的话，你也不要气，算白养大了我吧！’”……她更抽噎着，说不出话来了。我呆望着她，一种莫名状的痛苦刺激着我：这是慈母的心，还有被压迫者的泪？我分辨不出，同情之泪也充满了我的眼眶。

“她有三个女儿，都在纱厂做工的，一家就靠她们姊妹三个做工来生活，现在第二那个害了痨病。”那位教师一面向我解释，同时又劝慰那哭得像泪人似的母亲。

“别气恼吧，医得好当然最好，万一不好，也只怪她的命吧！”教师说完这话，面部显现得不自然，我知道她受到内心的苛责。

这是“命”，是“命运”播弄得她们“贫”“病”交加的？在这满目凄怆的情况下，我们不能再敷衍她们了，我们该如何明白告诉她们，使她们了解痛苦的来源，更怎样使她们的怨气化成伟大的力量，来争取她们应有的生活！

一个创造新社会的干员

从同学的谈话里，知道她们今天不上课，是开会的。教师们和张女士都忙着去布置会场，我便和一个年幼的女工闲谈，她很懂事地说：

“做工真苦呢，尤其是 ×× 工厂，×× 鬼子真凶呢，看见我们年纪小的，动不动就打，年纪比较大点的，再打也难为情，于是便罚工钱，你想：辛辛苦苦地做一天工，只能拿到四五角钱，但罚起来，一罚便二三角！”

“唉！”我默默地望着她，简直说不出话来。

“还是我们呢，虽然在工厂里劳苦地工作，还受点闲气，但跑回家去，终究还有慈爱的母亲怜惜，最苦的是那些养成工，她们因为家里穷，没有饭吃，被包工头带出来做工，她们的父母得了三十块钱，她便要整整地做三年工呢！假使她们在工厂里被打了，或者被罚了，回家去还要被包饭娘打。饭也没有吃饱的，晚上六点钟去上工，也没有半点晚饭吃，给她六个铜板，直做到第二天早晨回来，假使上工前吃了晚饭，六个铜板便没有了，更说不上带饭去，死命地工作十二小时，直到第二天早晨。但回去仍不见得有饭吃的呀！

“假使你换个工厂，也要罚钱——你在厂方的存工，便讨不到了。你和‘写字间’（即账房间）去说，他们便回答你说：‘今天不给，明天不给，初一不给，十五不给，双日不给，单日也不给。’你想，哪一天给呢？你到工部局去说，工部局也不会理你的，因为据说厂里每月贴工部局六百块钱，要他们不给我们申冤，并且帮忙厂方来压迫我们。”她说着眼里闪着愤怒的光辉。

“到那边去坐吧。”丁老师来喊她们，是近开会的时间了，我们边走边谈着。

“你今年几岁了？”我看她对一切都非常熟悉，便这样问她。

“是八岁做起的，今年是十六岁，已做了八年了！”

看她那短小的身材，还不过是十二三岁的模样，怎的已是十六岁了？我在奇怪：是她遗传性的身子矮小，还是八年来的工作折磨得她这样矮小的？

到了别一教室，椅子围着圈儿，这是她们的临时会场，同学们都坐了下来，她给我预备了一个椅子，要我在她的旁边坐下，我们又继续谈起来：

“你的家就住在这儿？”

“不，我的父亲母亲都在乡下，我独个儿在这里。”

“咦，那么你怎样生活？”我更惊奇。

“我在这边自己租着屋住，自己做饭吃。”

“啊！只八岁便会做工，自己找饭吃了？”

“为了要吃饭，要生活，只好这样做！现在工厂的小纱间里，都是这些七八岁的小女孩在做工，工厂里因为小孩子可少出些工钱，她们同样要做十二小时的工，每天只能拿到毛把钱，万一做得不好，也要被打被骂，因为我们的生活是这样的苦痛，所以要来读书，多知道点事情，将来好努力，解去了自身的痛苦——”她讲着，灰黄的黝黑的脸上，流露着坚毅的微笑，两眼里充满了反抗的情绪，干练的语气，随处都表示着她是个创造新社会的干员。

她们的活动

开会了，全堂聚集着五六十个人，据她们的老师说，这几天学生大部分都轮到夜工，所以晚上来得较少。

主席是个女工，有副苍白得没有半点血色的脸，因缺乏睡眠而红肿的眼，稚嫩里带着大方和勇敢，虽还是初次上台，却还能对着五六十位同学和全体导师作了下面的报告：

“今天是我们友光团第一次的大会。我们本来是有个工友团，昨天我们的学校里和其余的学校里都派着代表到青年会开代表会，大家决定把工友团改作‘友光团’。友光团的意思，是要我们朋友们大家团结起来共同走向光明的路上去。”接着，又讨论“友光团”的章程，说明“友光团”的宗旨是在于解除自己的痛苦，争求民族的解放。

学生里边，有的是已读了半年或一年以上的书了，她们都聚精会神地研究着，非常兴奋的，但有好多新来的学生，似乎不很理会地呆坐着，她们是正待着训练和教育。因此我联想到在上海，在全国，没有受过半点教育的被压迫的妇女真不知凡几，正像那些新来的女生一样的不懂事，身负着现在妇女运动的姊妹们，应如何严重地注意到那些能负起民族解放——亦即妇女解放斗争中之主力军的劳动妇女！

章程讨论完，张女士又详细地给她们一番指导，接着又由孙先生来指导唱歌。

“登啦乡下日脚苦弗过，
拼死拼活总归肚皮饿，
吪没法子想，
跑来寻工做，

啥人晓得格能苦，
一日要做十几个钟头，
做得腰酸骨头痛，
眼睛红又肿，
弗敢打瞌睆，
为仔那摩温邪气凶……

每个人都兴奋地歌唱着：是歌声，叹息，是被压迫者的呼唤？

时间已过了九点，是散学的时候了，她们还热烈地要求着再唱下去，大家都站了起来，带着满脸的微笑狂喊着，唱歌使她们忘却整日的疲劳。

“好吧，大家停止了吧，明天还要一早上工呢。”张女士很体恤地劝阻她们，终于结束了这会，她们那种坚毅、愤怒、干练……到处流露着，新社会是在黑暗里萌芽了。

原载《妇女生活》1937年第4卷第6期

印刷厂的生产突击

程海洲

二月间生产运动的大会上，我们一百多个人是无比地兴奋着。热烈的发言，互相提出竞赛与响亮的挑战和回应，全厂青工同志热情地自愿同成年工人一样地做工——他们平常每天做工六小时——使当时的大会空前地紧张热烈。最后，我们一致通过了用三种办法来响应中共中央这一个有着历史意义的伟大的生产运动的号召：第一，每天多做工一小时；第二，增高劳动程度，从三月一号起各部门进行六个月的竞赛运动；第三，在工作时间外开荒种菜。

大会后，各部门与各个人都正式提出了挑战书与竞赛条例。特别积极的一些同志并自动组织了“突击队”。

三月一号，战斗的突击开始了，我们的生活立刻像火一样地紧张起来。从此，清凉山上这座大的万佛洞里的形形色色，也截然地换了另一个模样。

占有两个房子那样大的机器部，好几架机器在里面日夜不停，加速地转动着，那隆隆的响声会使人感到是在一个巨大的瀑布的近旁。一个个全身都抹满了黑色油墨的同志们忘我地工作着。几个摇机子的把袖口捺起，吃力而紧张，汗珠不断地从额角上流下，恨不得把机器再摇快一倍。

装订部的人很多，工作的种类也很繁杂，沙沙的折纸声、啪啪的扽书声、裁纸声、订书声，声音虽不大，可是却永远这样地继续着，好似延河里的水流。有的在不慌不忙地低声唱歌，有的兴致勃勃地互相对话："喂！干多少啦？妈的，你要当乌龟吗？"接着一个响亮而自傲的回答："嘿！他妈的！不知谁当乌龟呢？"第一个就会很自然地接上："妈的！不要净说空话，看六个月后谁当乌龟谁坐飞机那才是真行呢！"

排字部就不同，每个人都有着自己的生产计划，每个人都有着自己的竞赛对象，所以在排字部就听不到对话和别的声音，一个个都在自己的排字架上加速地摆动着自己的手。

其余如铸字部、石印部等都同样紧张地工作着，都在努力着争取这次竞赛的最后胜利，光荣的胜利。

由于全厂同志们空前高涨的工作情绪，所以在竞赛开始到现在五十多天的过程中，就有很多惊人的成绩。本厂工会生产部总结了三月份的生产情形是这样：

过去，排字部每月最多只能生产六十万，三月份生产量达到了九十九万五千一百四十七。

机器部三月份的生产计划本来就比过去高了很多，可是结果除完成了三月份的计划后更超过了十八万二千七百张。

装订部三月份的生产计划以折页一项来说，是二百万（过去最多是一百五十万），结果除完成计划后，更超过了十九万一千。

铸字部三月份生产计划是每天铸字六千，结果铸八千，打纸板每天是打十二张，结果打到二十三张。

石印部三月份生产计划是一万九千张，结果超过七千九百一十三张。

截至现在四月底，据工会与厂方的统计，三月和四月份的生产量，比三月份以前各部门都要增加百分之三十至四十。

开荒种菜的突击期间，全厂同志在九小时高度工作以后，更自动地拿起了锄头快乐地唱着歌走向田野，大家有趣味地组织了“机枪连”“炮兵团”“铁乌龟队”等等许多小组，在“二月里来呀好风光……”的歌声中，对准了山坡上的荒地，作着无情的战斗。由于谁也不愿落后，有的手上磨了泡，泡变成紫色，最后流出血来，还不肯把锄头放下，并且对着自己的竞赛对象说：“妈的！今天谁当乌龟谁就得请客！”另外，女工同志更不示弱，在种菜时，有的女同志从河里挑着满满的两桶水，一气挑到山坡上，许多男同志都不觉喊一声“好！”拍着手呼叫“万岁”！

在我们生产运动的洪流中，突击队和十几个青工同志英勇地努力，不但作其他同志的模范，并且在工作时间外，在别人休息的时候，他们还是不断地工作着——礼拜天他们仍进行开荒，在百忙中还办了一个墙报式的刊物——《突击》，鼓励和推动着全厂的工作。

至于青工同志的年龄虽小，他们做八个钟头工作以外，还是一样的加工，并且开荒时也从没有落过后。他们这种为了工作愿意牺牲自己一切的革命精神，给了我们全体工友以不少的鼓励。他们在生产运动中足够表示出，他们是抗战的英勇斗士，新中国英明的建设者！孩子们的力量是不可污的！

一九三九，四，三十。

原载《文艺突击》1939 年第 1 卷第 1 期

血肉筑成的滇缅路

萧　乾

罗汉们

有谁还记得幼年初涉足“罗汉堂”时的经验吗：高耸的石级，硕大的飞栋，乳鸽雏燕啁啾在阴森黑暗的殿顶，窸窣着翅膀，而四壁泥塑的“云层”上排列着那一百〇八尊：盘膝而坐的，挺然而立的，龇牙笑的，瞪眼嗔怒的，庄严、肃穆，却又诙谐，一种无名的沉甸压在呼吸器官上。

旅行在崭新的滇缅路上，我重温了这感觉。不同的是，我屏息，我微颤，然而那不是沉甸，而是为他们的伟大工程所感动。正如现代人对蜿蜒山脊的万里长城惊愕得倒吸一口冷气，终于有一天我们的子孙也将抱肘高黎贡山麓，叹止地自问：是可能的吗？九百七十三公里的汽车路，三百七十座桥梁，一百四十万立方尺的石砌工程，近两千万立方尺的土方，不曾沾过一架机器的光，不曾动用国库的巨款，只凭二千五百万民工的抢筑：铺土、铺石，也铺血肉，下段（下关至畹町）一九三七年一月动手，三月分段试车，五月便全路通车。

你不信，然而车沿怒江岸，沿梅子箐驶过，筑路的罗汉们还在屈着腰，在炽热的太阳下劳作。车驶到脚前，他们才闪开，立在那陡岩绝壁的新缺口。山上巉嶙森凛得怕人，亚热带古怪的藤蔓植物盘缠在硕大的木棉蜂桐上宛如梁柱。汽车爬坡时，喘嘘也正如你我幼年登罗汉殿石级时那样吃力。而密如蚂蚁的筑路罗汉们：秃疮脑袋上梳着小辫的，赤背戴草笠的，头上包巾颈下拖着葫芦形瘿瘤的，捧着水烟筒的，盘坐捉虱的，扶着犁耙的，一个个站在路边，或蹲在山脚，定睛地望着。（嘿，悬崖上竟跑汽车了，他比坐车的高兴！）罗汉们老到七八十，小到六七岁，没牙的老媪，花裤脚的闺女。当西洋囡囡正该在幼稚园拍沙土玩时，这些小罗汉是赤了小脚板，涔着汗粒，吃力地抱了只簸箕往这些国防大道的公路上“添土”哪。那些羞怯的小眼睛仰头望到我时，那直像是在说：

“你别嫌我岁数小，在这段历史上，至少我也搓了一把土呀！”

桥的历史

挖土铺石凭的还仅是一股傻力气，桥梁和崖石才是人类血肉的吞噬者。异于有钢架的火车桥，公路的桥梁时常是在不知不觉中便滑过去了。有一天，也许你会跨过这已坦夷如平地的横断山脉，请侧耳细听，车轮下喀吱吱压着的有人骨呵！长城的修筑史已来不及搜集了，我们却该知道滇缅路上那些全凭人力搭成的桥梁是怎样筑成的。并不是“上帝说有桥，于是就有了桥”。每座都有它的惨淡来历。像“胜备桥”下桥基时，先得筑坝，把来势凶猛的江水迎头拦住。然后用田塍上那种水车，几十只几百只脚昼夜不停地踩，硬是一瓢一瓢地把江水淘干。然后还要筑围坝，最后下桥基。下桥基的那晚，刚好大雨滂沱，下一次，给水冲掉一次。这时，山洪暴涨了。一千多桥工，为了易于管理，是全部搭棚聚住在平坝上的。江水由边缘涨到他们的棚口，后来侵袭到他们的膝踝。可怕的魔手呵，水在不息地涨，终于涨到这千多人的胸脯。那是壮烈凄绝的一晚：千多个路工手牵着手，男女老幼紧拉成一条受难的链索，面对这洪泛（液体的坟土！）绝望地哭喊。眼看它涌上了喉咙，小孩子们多已覆了顶，大人号啕的气力也殆尽。身量较高的，尽嚷"松不得手呵！"因为那样水势将更猖獗了。——半夜，水退了。早晨，甚而太阳也冒了芽。但点查人数的结果，昨夜洪流卷去了三四十个伙伴。

有怨言吗？不。工程处的梅君告我，第二天他亲耳听到一个路工一面晒着浸湿的裤褂，一面自言自语着："怨谁呢？我谁也不怨。这就叫国难呀。"

如果有人要为滇缅路建一座万人冢，不必迟疑，它应该建在"惠通桥"畔。怒（潞）江在全国河流中踞势之险巇，脾气之古怪，读者或已闻名了。《禹贡》里的"黑水"据说就是它，老家在西藏包河老，经西康循念他翕嵚和柏舒拉嵚而入滇，宇宙间一条巨蟒，东岸屏念他翕余脉的怒山，西岸便是三小时害得汽车呜咽喘嘘的高黎贡山，（属喜马拉雅山系，来头自也很大！）山巅虽然有时披雪，躺在山麓下的怒江，温度却时常在一〇五度[①]，有时热到一一八度[②]。而江流多险滩，水质比重又轻，既无舟楫之便，即想利用江水冲运木料也不易。当惠通桥未修成时，每年死在渡江竹筏上的人畜不计其数。谢谢侨缅滇籍巨商梁金山氏（永昌人），他在民二十年便捐修了一座铁索桥，造福往来商旅，功德无量。惠通桥工程虽浩大，还仅是沿用旧墩，加强原有载重力而已。但其艰险情形，听了已够令人咋舌的了。

惠通桥的铁工是印度人，木工是粤人，石工多是当年修筑滇越铁

---

① 约 40.56℃。

② 约 47.78℃。

路的云南人（他们每个都有一堆陈旧掌故）。但还有并无专技却不容泯没的一工，那是“负木料者”。为了坚固桥身，非使用栗木不可，十个月修桥，有半年时间都用在搬运木料。如果栗木遍地皆是，自然就没有什么神话意味了。然而栗木稀少得有如故事中的“奇宝”。它们长在蛮老凹（龙陵属），藏在原始的深山密箐中。七八天的路程，摸着悬崖，在没人的鬼剑草丛中钻出钻入，崎岖得不可想象。半年来，有近百人常在蔽不见日的古森林中，披荆斩棘地四下寻觅，砍伐下来，每天经常有几百人抬运。好沉重的栗木呵，每十五个人搬运一根：七个抬，八个保驾。这样搬了一千根，才筑成了这座驮得动钢铁的桥。

筑桥自然先得开路。怒江对岸鹰嘴形的惠通崖也不是好动的家伙。那是高黎贡山的胯骨。一百二十个昼夜，动员了数万工人才沿那段悬崖炸出一条路，那真是活生生一幅人与自然的搏斗图，而对手是那么顽强坚硬。一个修路的工头向我追述由对岸望到悬岩上的工人时，他说“那直像是用面浆硬粘在上面一样，一阵风就会吹下江去”。说起失足落江时，他形容“像只鸟儿那么嗖地飞了下去”。随之，怒江自然起了个漩涡，那便是一切了。但这还是“美丽”点的死呢。惨莫惨于炸石的悲剧了。一声爆响，也许打断一条腿，也许四肢五脏都掷到了半空。由下关到畹町，所有悬崖陡壁都是这样斩开的呵！

一个没声响但是更贪婪的死神，是那穿黑袍的“瘴毒”，正如地狱里有牛头马面，土人也为这神秘病疫起了许多名堂。如龙芒段的双坡、放马厂、芭蕉窝等地，据说是流行着：（一）泥鳅痧——症象同一般发莎，腹痛，土治法是把胸脯刮出红筋。但红筋若翻过肩膀，生望便濒绝了。（二）哑瘴——发烧，把手放到脑顶上，都觉发烫。随后又发冷。渐渐神志昏迷，不能讲话。据说患者延三天必死。（三）肛庁——一位路工指导员（沙君）曾染此症，病象是骤冷骤热，呕吐昏晕。沙死后发现他肛门内有菜籽状疹豆。（四）羊皮痧——头痛，皮肤起红点，燃之火，噼啪作响。及红点一黑，人即完事。另外，还有无数种的神秘症象。总之，永昌以南的路工死于瘴毒的数目很可惊人。如云龙一县即死五六百，筑梅子箐石桥的腾越石工二百，只有一半生还。

虽然有些人武断地否认瘴毒的存在，直谓为“恶性疟疾”，而许多云南朋友又把这“五彩虹氲”“如一股旋风，腾地而起”，说得那么俨然。记者以不谙医学，不便作肯定的论断。但只要看看边地筑路工人的生活情形，即知死亡以种种方式大量侵入，原是极其自然的。这些老少英雄很多是来自远方的，像蒙化、顺宁、腾冲。公路并不经过他们的家乡——时常须走七八天的路才到。他们负了干粮（还有没粮可带的穷人，白天筑路，晚上沿门讨剩饭。）爬山越岭地走到工作地点，便在附近的山坳里扎了营。地势是低洼毒湿的，四面为巉岩围起。一路上，山箐里每片炊烟都是由这些“棚”中腾起。那实在只有两根木棍作支架，上面散铺着树叶，湫矮到仅容一个人“钻”进去。遇到阴雨，那实在和露宿分别几希，而赶工的时期刚好多在雨季。那小棚是寝室、厨房，又是便溺坑。摆夷路工作为炊饭燃料的是捏成饼形的牛粪。

这便是为烈日晒了一天的罗汉们，晚上憩息之所呵！

历史的原料

爱听故事的，这条路上可有的是——只是每个似乎都和死亡结了不解缘。您不怪记者太杀风趣吗？令人激奋的不是没有，像龙潞段上那位老秀才张万有（梁河土司辖境的汉人），年纪已快六十了，带着儿孙三代，同来修路。放工时，老先生盘膝坐在岩石上，捋着苍白胡须，用汉话，摆夷话对路工演讲这条国防大道的重要，并引用历史上举国对抗暴力的掌故。他不吸水烟筒，但喜欢闻鼻烟。生活是那样苦，他却永远笑着。他是用一个老人的坚忍感动着后生。在动人的故事中，这是唯一不令人听完落泪的了。但到了保山，我才知道连这位老头儿也为瘴气摄去了。临死，他还望了望那行将竣工的公路，清癯、皱纹的脸上，浮起一片笑容。

沿途我访问了不下二十位“监工”，且都是当日开天辟地的先驱者。追述起他们伙伴的惨剧，时常是忍不住淌下泪来的。工作太疲倦，因昏晕而掼下江的，误踏到炮眼上，崩成粉末的，路面距山脚是那样悬高，许多人已死掉，监工人还不知道，及至找另外尸首时，才发现一摊臭皮囊。像去年四月二十五日，腊猛梅子箐放工资时，因道狭人多，竟有路工被挤下江去。等第二天又有人跌下去时，才在岩石缝隙发觉那走在前边的。

残暴无情再莫如黄色的炸药粉。它眼里没有壁立千仞的岩石，更何况万物之灵可不经一锤的人！像赵阿拴明明把炮眼打好，燃着。他背起火药箱，随了五个伙伴说说笑笑地往远处走了。火捻的延烧本足够他们走出半里地的，但谁料到他背后火药箱漏了，那粉末像雪山蛇迹般尾随在他们背后。訇的一声，岩石裂响了，他们惬意地笑了。就在这时候，火却迅速地沿了那蛇迹追踪过来，而且直触着了火药箱。在笑声中，赵阿拴同他的伙伴们飞扬到空中，纷纷落下江心去了。

更不容埋没的是金塘子那对好夫妇。男的一天挣四毛，打炮眼，女的三毛，工作是负火药箱。规定每天打六个炮眼，刚好日落西山，双双回家。

有时候我们怪马戏班子太不为观众的神经设想，而滇缅路上打炮眼的工作情形如果为心灵纤弱的高贵人看到，也许马上会晕厥吧！想在一片峭岩绝壁上硬凿出九公尺宽的坦道，那不是垂手可成的。打炮眼的人是用一根皮带由腰间系住，一端绑在崖脚的树干上，然后，人如威尼斯桥上的竹篮那么垂挂下来。挂到路线上，便开始用锤斧凿眼。仰头，重岩叠嶂，上面是衬了蓝天的乔木丛草，下面江水沸锅那么滚滔着，翻着乳白色的浪花。人便这样烤鸭般悬在大地的墙壁上。待一锤锤把炮眼打好，这才往里塞炸药。这并不是最新式的爆炸物，因而在安全上是毫无保障的。为了防止它突然爆响，须再覆上一层沙土。这才好燃，而且人要矫猿般即刻攀到崖上。“拔河”工夫慢了一步，人便与岩石同休了。

那一天，这汉子手下也许特别勤快。打竣六个炮眼，回头看看，日头距峰尖还老高的。金黄色的阳光晒在大龙竹和粗长的茅草上，山岚发淡褐色，景色异常温柔，而江面这时浮起一层薄雾，一切都在鼓励他工作下去。

“该歇手了罢！”背着火药箱的妇人在高处催着他。她本是个强壮女人，但最近时常觉得疲倦。一箱火药的重量可也不轻呢！

他啐了口吐沫，沉吟一阵。来，再打一个吧！

这“规定”外的一个炮眼表征什么呢？没有报偿，没有额外酬劳，甚而没人知道。这是并没读过书知过大义的一个滇西农民，基于对国家赤诚的一份圣洁贡献了。

但每个人的体力和精神毕竟有限，而自然律原本无情，赤诚也不能改变物理因果。

这一回，他凿完了眼，塞完了药，却忘记敷上沙。

訇的一声，没等这个好人爬远，炮炸了，人碎了。而更不幸的，火星触着女人的药箱。女人也炸得倒在崖边了。

江水还浩荡滚流着，太阳这时是已没山了，峰尖烘起一片红光，艳于玫瑰，而淡于火。

妇人被担到十公里外工程分段的茅屋里，她居然还有点残息。血如江水般由她的胸脯肋缝间淌着，头发为血浸过，已凝成为稍黏的饼子。

过好一阵，而且就在这妇人和世界永别的前一刻，她用搭在胸脯上的手指指腹部，嘎声地说：

“救救——救救这小的。……”

随后，一个痉挛，这孕妇仅剩一缝的黑眼珠也翻过去了。

这时，天已黑了。滇西高原的风在旷古森林中呼啸着，江水依然翻着白浪，宛如用尖尖牙齿嚼啃着这悲哀的夜，宇宙的黑袍。

有一天你也许要旅行这条血肉筑成的公路。你剥橘子糖果，你对美景吭歌，你可也别忘记听听车轮下面咯吱吱的声响。那是建筑一段光荣历史不可少的原料。

原载《大公报（香港）》1939年6月17、18、19日

井陉矿工

康　濯

一

井陉煤矿几万工人成天机械地让时间支配着他们挖煤、睡觉、挨打；成天让机械的时间改变着他们的身体，改变得瘦一点，更瘦一点，再瘦，瘦得不像人；然后……死去！

几万工人，就是这样无声无息的，在地底下，兄弟、父子几口，祖孙三代四代，同样的，为自己更快地死去而做工。他们，有的是本地人，有的来自河南、山东、山西；来自平原、山沟，从遥远深渊，为着死而赶来做工。他们都聚居在矿区周围几十里内，每天听着那催促他们赶快把身体变得更瘦赶快走向死的汽笛声。或者，干脆不要听汽笛的催促，很熟悉的在早晨五点钟，下午一点钟或九点钟，从黑暗里走进更黑暗的地底下去；然后，又在下午一点钟或九点钟，或早晨五点钟，带着个黑的还能动一动的“炭鬼”钻出矿来，昏头昏脑糊里糊涂，大约经过二十分钟，稍微活醒后，领略到自己还是一个没有完全死掉的人，领略到自己还有一个所谓“家”的东西，于是不得不走回家去。

走回家去可以休息一会的，可以有股气钻进低矮的臭屋子里，钻进那又黑又硬的被头里，让自己的血喂养那可怕的臭虫、虱子，但别想到这里来舒服吧！“家”就是一个地狱的场面，许多哭、闹、病、饿的场面正需要他们去演奏呢！想想看：一个工人每天拿四毛钱工钱，用作吃饭还是用作捐税的开销？几次的斗争，总算把工作时间从每日两班每班十二小时，争取到每日三班，每班八小时；争取到了每牺牲一个工人抚恤一百五十元的规定；工资增到每天六毛，然而这就够了吗？一家数口，衣、食、住的开销，抗战后的物价，敌占区通货膨胀的市面……

嗯！总算日本人有一套开恩的道德：每日按市价三倍卖几升米给工人，从工资里扣消，每个工人当然完全同意，“感谢”，但这忙了那另一些人“皇军”“皇协军”得到处去抢米；伪政府的大人们得满头大汗到处钻粮，再用正太、平汉铁道的火车，送到矿里去，用那烧着工人们用血汗挖出来的煤的火车，“皇军”的火车，不用花什么本钱送去，是的，这总算是开恩的道德，这对于工人多少有些帮助吧！

不过，这样大的恩典得有条件限制，矿上根据每个工人家属的户口数，卖给一定分量的小米，这些分量，却并不会因为矿方再三慎重的声音“足够你们吃个大饱”而能使工人全家不饿死，却只能维持每个人半饱，维持每个人还不至马上成为完全死掉的人。偶然，矿上冷热感冒，几天不卖，哼！死人！但这算例外吧！

暂时除开例外，恩典还有条件限制，就是要遵守规则，做一个“好工人”，每天按时上下班，拼死干活，八个钟头不停一下，每个人手腕上挂着个保险灯，推车运煤，拿铲挖煤，不停。顶多，当汗水从哗哗流而发展到凝固成黏液的“煤油”膏住你的脸、手臂、赤膊的胸膛和背上时，可以用挂在你领上的铁刮子像割肉一样“夸夸夸”！全身刮几下，使你轻松些，然后更拼命。

暂时又除开这些，还有条件咧！就是做一个良民，做到身上配带的那“良民证”上的条例，上下班随矿警检查，把衣服脱得精光的检查，一点也不动；皮鞭、木棍，一切打人的东西抽在你身上也不动，而且向每一个日本人、每一只狗敬礼，亲密地执行“中日提携”服从命令；不多讲话，尤其不讲同“共产”“游击”有关的，最好不讲话，经常让“皇军”和他的狗到你家去玩玩，客气招待，甚至款待以你的妻女。最后，还得使在自己一联保内的每个人都好。于是在半月后去拿到几块钱，或者每天买到点足够一家最高限度半饱的米……但是，对不起！请原谅！因为只有天晓得什么时候会钻出个意外来啊！

“意外”“例外”不管它，但半饱或半饱以下的分量，怎能解决吃的问题，明天还得做工啊！就这样，使每个工人回家后又得做农民，拿起锄头，爬上山翻过沟种好他那二亩地、三亩地，指望秋收丰盛。

上工，下工，种地，奔跑借债……一天过去一大半，再睡三五个钟头。另外，还得剩下时间准备明天上工跑路，二三十里，七八里跑进矿，这时间也剥削他们。有些人，想把这点可节俭的时间尽量省下，于是把家搬到矿山附近工人区去，但这是日本的房子，房租太贵，而且也更多便利了“皇军”的光顾，经常拿走点什么，经常奸……；而且，你也便离开了那三两亩地啦！

嗯！工人的生活真是很难计划的，但是矿上呢？每天采煤四千五百吨，收入达十万五千元，而开支里面，包括材料工资，尚不及收入的三分之一。

嗯！谁说不要把旧世界打得落花流水？

二

喂！同志！你还关心井陉矿工最近的动态吗？那么，让我们首先翻开二十来天以前的报纸，看看这件新闻吧！井陉煤矿于三月二十三日失火，王禽矿井全被火毁……烧死牲口一千余匹，并烧死日人监工等数十人，大火至今未熄，此次损失达二百万元，矿井在一年内恐无法恢复。

把这消息中间的一段虚点暂时忽略，我见到过一些人对这件事情有过点头微笑，说声“妈的！日本的损失真不小”的反应，当然二百万元，这是很多的钱；几十个日本鬼子、汉奸、工贼的命也很不少；对于强盗们的这些损失，如上面那样的反应，有什么过分呢？但是，让我们把那些虚点补上字句吧！

“当时在矿井工作的工人被烧死一千多，伤二百多”这里的每一个字，为什么这样残酷地用虚点代替呢？难道这能够用二百万滴比虚点大几倍的眼泪代替够尽十分之一的吗？当然，谁也知道几个字没有什么，但这字句里面……

是谁使工人们遭此惨痛？“妈的！是矿井，是煤，是火！”日本人的报纸上会这样哀悼的吧！那只有万岁天皇或者会相信的，因为这是意料中的事啊！

当日本占领了井陉，将煤矿的中国主人赶跑，从德国主人那里接过这顿西餐，德工程师老克临走时曾说过：“按此矿各方面的设备，每天至多能采煤四千吨，且须渐次改良设备，不然，将有生命危险。”但疯狂的强盗，竟大发兽性，每日采煤达4500余吨，拿起这样数目的煤，供全华北使用，苟延它那残喘的躯壳；拿起这样数目的煤杀中国人，烧中国人，烧死比一千多更无数百倍的中国人！

你问设备吗？嗯！也改良了一些，例如运煤出矿已不用人力物力畜力，而改用电车，从矿口运往外面，由小火车改用了大火车，不过这只是能更快更迅速地喂养疯狗，更快地杀死烧死中国人。至于矿井内的设备，哼！呵！在深一百三十丈的矿井内，被煤、被黑暗紧紧闭塞的炽热地层，没有阳光，没有足够的空气，而从外面通进风和空气的几个不够用的通风机，不但没有增加，且不加修理，让它一天一天同工人一样衰老；衬着那挖过煤层的木头柱子，也是不修理，不随开采面积而增多，反而挖掉原来的，造成“大块的煤并不予先通知谁，随时掉下来，砸死谁算完”的家常便饭；矿井的电灯实在没法不点，但可以尽量节省；用过很多年的皮线可以不必换，不必修理，让它破烂，让它容易走火，让它开裂，让“挖煤鬼”非常容易触电死去，“死了，另找一批”。

那么，过超的采量，加上炽热——电灯，工人的提灯，煤，煤矿内发散的硫黄质而本来就是燃料矿！于是热度的汇集，于是哪一根电线走了火，于是比电波还快，矿内造成个想象不到的咆哮场面。火！火！火！火舌跑，火舌跳，火舌射击，闪烁……粘住了人，人的肉马上着火，烧烂烧焦，一个、七个、几十个，还没有轮到火的尽量往外跑，然而矿井口早已闭塞，连通风机也停止通风，因为“皇军”下了命令：“假使不闭塞，火就有延伸到矿外的危险！”于是死的算完，没死的等着火烧，五百个，一千个……“这些中国人，工人，去你的”，那些日本兵、监工，“也不过是汉奸狗，大和民族的最下等人，劳动者！同样让他们死去吧！”

死去！这么多的人，并不简单吧！一个工人算有个家属，那怎么办？大人疯狂，孩子哭闹，每一只眼都塌了眶，颊没有肉，灰暗得像鬼的人，今天又加上了头发蓬乱，眼皮鼓肿，颊骨上刻着泪水，跳河，投井，把绳子套着脖子吊起来挂在屋角上死去；不然，咆哮、癫痴、捶胸、打孩子，狠命地往墙上碰，大声哭，绷断了肠，震响了山沟，传到我们的耳内，也传到了日本人的耳内。日本人也在“悲痛”之余，发动了慰问，分发了无数“皇军”去安慰每个工人家属，发给每个工人家属超过恤金一倍的钱三百元。“我们大日本是宽大的！仁悲的啊！钱！拿去！”响亮的声音衬着白天的太阳，家属们被闪烁得昏了眼，然后到夜晚，每家闯进了奇形怪状，看不清面孔的人，持了武器，把钱抢了去，这些强盗，是中国人的模型。“中国土匪那么没良心啦！”但话还没有说完，就传来了外面的笑声，是那白天响亮慰问一样的嗓音。

怎么回事？莫名其妙！这是干什么？这是什么意思呢？

但这又是什么意思呢，上午十二小时起火，下午三时许，临近矿区的晋察冀边区政府和八路军得到消息，马上组织了救灾善后委员会，赈济粮食、金钱，开追悼会，慰问；又把这消息告诉了每个边区人民，每个中国人，全世界的人；而日本特务机关却任意捕去了十几个工人，枪毙，说是“有通匪嫌疑”。

但这又有什么意思呢？王禽矿井被毁了，除掉牺牲的工人，其余一大部分失业的，日本大大加以救济，完全“调”到另一矿井，正丰矿井去做工，工资加到每日一元，天天兑现，不折不扣，伪钞十角。

但这又有什么意思呢？正丰矿井的检查更严了，增加了一些奇怪装饰的人。长衫、挂抢，来往矿里矿外，工人家里不时抓去几个人……

三

我错了，一开始我就说错了！让我改正吗？“让时间机械地支配他们”“无声无息的工作”也许有这样的工人，很少的，但也有其他一些更多的工人，不是机械的，不是无声无息的！

我听见过他们唱歌，听见过他们讲打日本的故事，看见过他们念书开荒，看见过他们红光满面，挺有精神，挺高兴。我在特务团看见过他们，在井陉游击支队里看见过他们，而且他们还不断到边区去参加抗日！

除了这些，那些我没有看见过的他们，那些还没有到边区来的他们，也不会“无声无息”也不会“机械地”。他们经常在黑夜、在山沟里，聚集着学习事情，讨论事情，决议事情；计划和布置配合八路军、他们的兄弟、他们的救星，攻打井陉，攻打矿区。他们在里面布置好按约定时间响应进攻，带他们的兄弟去找“皇军”、找大炮、找三八大盖、子弹，一切武器，而且帮助运出来，或者连他们自己一道过来。那些暂时还不过来的，就在以后带八路军进矿务局打毁机器。不过打毁机器一次可有些困难；守卫狗倒不用怕，但矿区大门在黑夜牢牢锁住，不知是什么锁，没有细看过，钥匙更没有见过，那厚重的铁打不开。

嗯！今天机会到了！今天工人聚集吃肉吃馍，工头监工都参加，那个管钥匙的狗只顾抢肉，钥匙放在窗上啦！一个工人毫不介意地走来走去，一面吃馍，不却来到窗前，不却玩弄玩弄地拿了拿钥匙！就将它紧紧地在白面馍里压了个记号，就走着走着把馍放进口袋，就走出去，就进了打铁店，就做好了钥匙，八路军就进去了！机器被破坏了！工人们跳起来了！谁说无声无息？有声有色的惊天动地的！——

惊天动地不止一次，也不止十次，要是谁被捕了，那么，明天枪毙，但也更不会无声无息，更不会机械，他们唱起“起来！饥寒交迫的奴隶”，高叫着“工人阶级万岁！”

哼！地底下，深坑里，睁睁眼吧！他们是天下的主人！那“大日本”明天会掉进更深的地下层，被那比井陉大火还要猛烈无数倍的红火，工人起来烧起的火毁灭！

1940 年 5 月 1 日于平山木口村。

原载《文化纵队》1940 年第 4 期

四川三峡实验区煤矿童工生活

葛三立

一　引言

凡是到过北碚三峡实验区的人，对于区内煤矿工生活的情形，大家都有相当的认识，可是煤矿里面还有许多无家可归的儿童，他们做的是一些什么工作？他们的生活情形究竟是怎样？就很少有人注意了。作者为了研究兴趣，就费了一点时间，来做一个调查和分析，以供大家来参考！

二　调查童工的经过和方法

去暑，我参与三峡新运会考察工作，偶尔在二岩镇参观煤炭厂一所，入门，即见许多蓬头赤足衣裤不全的儿童，东一堆西一堆地在那里吃饭，见我，憨态相迎，问其所做何工，答曰："打风。"原来煤炭窑深气塞，必须用许多风箱将外界空气节节引入。儿童即以摇风为工作，有"打风匠"之称，其头目则称为"打风头"，或"风王"。经此次参观之后，我就发生一种兴趣，想要知道他们的一切生活状况以为研究童工问题之参考，复经过多次的接洽和联络，才将调查工作准备起来。这次调查，为要知道全区各煤矿的童工情形，除在二岩镇详加调查而外，并且跑到夏溪口、文星场两大产煤区内，看过十几个较大的煤矿窑，兹将调查经过述之于后。

三　全区煤矿童工概况

煤矿童工的工作，大概可分三等：（一）打风，（二）搬土，（三）推煤。打风，就是摇转风箱，把外面的新鲜空气往洞里面打，使得里面能够通风，做这种工作的称为"打风匠"，前已言之，打风匠之中也有成年人（大都是瞎子），但百分之八十以上都是未满十六岁的儿童。搬土的工人称为"小笨货"，是把洞里沿路有碍煤车交通的土块搬上车子推出来，做这种工作的也有成年人，也有儿童，是看工作轻重而定。推煤的工作，比较笨重，大都是成年人，但十四五岁的儿童也还不在少数。在上述三种工作里，雇用儿童最多的要算是"打风"。煤炭窑洞愈深，装置的风箱愈多，而需用摇动风箱的人亦愈多。窑洞最深不下四十里，一二十里的窑洞极为普通，不过四十里那么深的窑洞，中途是有支路通到外面的。二岩镇有两较大煤炭窑，一个深约十八里，一个深约十五里，现只有一个洞口，洞里没有通到外面的地方，所以雇用的打风匠特别多，两处共计一百三十人，大都是童工。夏溪口的蔡家沟和袁木沟两处炭窑，有打风儿童二十余人，那里有风箱，除用人力之外，也有用水的。它如杨泗沟、倒插沟、黄烟沟、上双河口、下双河口、新门洞等处的炭窑，现在都已通风，不再雇用儿童去打风了。文星场的后峰岩、万家沟、土地垭、枧漕沟、戴家沟等处的炭窑，搬土推煤的童工较多，计百余人，打风的童工，则寥寥无几，因为有些炭窑已经通风，有两个较大的炭窑，且已先后改用电力打风了。

全区各煤矿，计童工三百余人，其中搬土推煤约占二分之一，打风的要占二分之一。这里有一个说明：搬土推煤的童工，因为工作性质不同，年龄都在十四岁以上，每天出洞的机会也较多；打风童工则有百分之八十五的年龄，在十四岁以下。他们的工作，无论是日工或夜工，都要固定一个地方（就是风箱的旁边），继续做工若干小时。打风的童工，以二岩镇为最多，二岩镇是一个什么地方？二岩镇是在北碚温泉的斜对面，全镇的房屋紧紧贴在一个高高的山岩边上，下面就是波涛滚滚的嘉陵江。因为限于地势和产煤的关系，街道很狭，卫生环境也不大好。有两段街道，家家都有过街楼，简直连光线也不通，好像是火车的山洞一样，跑进去的时候，看不见脚下的路，只看见前面出口处的一点亮光。镇上的居民，除了煤矿工人之外，其余大多数都是开小店，摆花生水果摊，靠着工人生活的，还有，就是靠做过路生意的几家小饭店同小客栈了。镇的西首，高耸着两个悬岩，大约“二岩”这个名称，就是由此而来。两岩之间，虽然没有瀑布，但如立在下面的小桥上，潺潺之声，总是不绝于耳，右边有一条石板路曲曲折折地通到岩顶上，颇为险峻，好像一座“登天之梯”，跑到岩顶上一看，谁知也同平地一样，也有人家，也有良田美池，阡陌交通，鸡犬相闻，真是别有天地！在那里，可以看到温泉的全景，可以看到嘉陵江大大小小的船舶，还可以隐约听到船夫的“杭育”之声。

四　童工的日常生活

关于童工的日常生活，可分四层述之如次：

（一）作息时间——他们的工作，是分日夜两班，每一个月（依农历）调班一次，每人一月休息一天或两天，没有工钱。上日班的人，大概每天凌晨三点半钟起身，四点钟吃饭，四点半钟集合，由“打风头”带领进洞，至下午五点半钟以后陆陆续续地由洞里出来。上夜班的人，同样地，在每天下午三点半钟起身，吃饭，集合，由另一个“打风头”带领进洞，至第二天上午五点半钟以后陆陆续续地由洞里出来。实际上，他们的作息时间，是看天气的长短而有伸缩的。夏季日长的时候，日班吃亏，夜班讨巧，冬季日短的时候则日班讨巧，夜班吃亏。从洞口到终点，路程很远，打风箱是沿途安置的，每一架风箱，到洞口的距离，有远有近，最近的只有一里多路，最远的就有十三四里，所以进洞尽管是在同一个时间，出洞总是有先有后，先后相差有四五小时之多，因为风箱的转动昼夜不停，下一班去上工，上一班才能下工。风箱大小不等，距离洞口愈近的愈大，愈远的就愈小，年龄较大的儿童就摇大风箱，年龄较小的就摇小风箱。所以，无论是日班夜班，年龄愈大，上工的路愈近，出洞的时间也愈早；反之，年龄愈小，上工的路途愈远，出洞的时间也愈迟。不过这里伸缩也还是有的，支配之权完全操在打风头的手里。

（二）穿的衣服——打风的儿童，一方面因为生活困难，做不起衣服，一方面又因在其所处的社会环境里，感觉不到有穿衣服的必要，煤炭窑里温度很高，有衣服的也要把衣服脱掉才能进去，所以他们无论冬夏，都以不穿衣服为爽利。冷的时候，有一间小屋里生着一堆热烘烘的炭火。他们出洞之后，第一件事，就是跑到小屋里去“烤火”，烤过火就到隔壁大锅灶上盛饭吃。吃过饭再烤火，或者就钻到炭火堆旁边稻草里去睡觉。无形之中，窑上、炭火、米饭、稻草等等，就代替了他们的衣服，所以他们从外面带来的衣服总是愈穿愈烂，从来不想添补，甚至稍微好一点的衣服还是卖掉去换零食吃。据厂里职员谈，厂方愿意补助他们二分之一的钱，劝他们做衣服，他们宁可挨冻，总是不肯做。在一百十一个打风童工内，至少有百分之二十完全没有衣服。

（三）吃的饮食——童工的饮食，大概还没有什么问题。做日工的，清早吃一顿饭进洞，中午送一次饭粑（用饭勒成的团子），每人一个，晚上出洞后，再吃一顿；做夜工的也是在进洞之前与出洞之后各吃一顿，半夜送一次饭粑，吃的小菜，大都是青菜汤或是腌萝卜之类；不过有一个问题，就是食盐放得太少，小孩们嫌淡，大都从外面买咸菜吃，或是买了青菜、萝卜、油盐之类，自己烧汤吃。还有些小孩好吃零食，如甘蔗、橘子、花生、蚕豆、酥糖等等，因此，他们得的钱大都这样地用光，带回家的便非常之少了。

（四）住的房屋——童工所住的房屋，可分三种：（1）睡觉的地方，（2）吃饭的地方，（3）烤火的地方。睡觉的地方，两家煤炭厂都在楼上，都是不通空气，没有亮光的房间，肮脏得了不得，楼板上铺一层稻草，稻草上再铺一层粗竹席，竹席上放了五六条很阔的蓝布棉被，每条棉被里总要睡七八个人。棉被每年拆洗一次，其脏可知，拆洗的时候，棉花胎就要重弹，因为那些被胎经过许多小孩长期的盖用，势必完全破碎了。吃饭的地方，就在锅炉的附近，并没有桌子板凳，只是三个一堆，五个一堆，蹲在地上吃，或者捧着饭碗四处跑着吃着。烤火的地方，就是一间小屋，当中烧着一堆炭火，大大小小同坐在地上，有的谈天说地，有的互相调笑，认起真来，就相骂相打，打架的时候，甚至有跌在炭火上的，至因烤火不慎，而烫伤腿脚的，也时有的。

五　煤矿中的形状和童工的工作情形

在调查期间，为要实地考察童工的工作情形，我又跑到煤矿里面看过一次，共计在里面过了七个钟头。那个煤矿，听说已经开采了一百几十年，约有十五里长，要由二岩镇一直到草街子，和我一同进洞的还有那位二岩小学的教师刘先生。我们预先就同厂里接洽好，请他们预备两个车子（就是推煤的车子，坐煤车，他们叫坐船）。七点钟一敲，我们就开始准备。跑到厂里的时候，车子已在等候。到了洞口，我们把衣服鞋袜脱下、坐上煤炭车、带着绝大的好奇心，直奔洞中而去。进了第一道门，地下就有很多的水，我心里想，怪不得他们叫“坐船”，坐在车子里，必须把头低了又低，低到不能再低的程度，庶免擦破头皮，背脊也不能往上抬，否则就要碰伤，不过里面也有又高又阔的地方，那是专为装置风箱和工人歇脚而用的。

那个煤矿里，有风箱十五架，外面一架，里面十四架。外面叫作“打扬风”，里面的叫作“打腰风”。打扬风的风箱最大，所以打扬风的都是成年人，通常是用两个瞎子，左边一个，右边一个。打腰风的都是小孩子，间或也用一两个成年人。洞里的路程远近，是用风箱的架数来计算的，你要是问他们前面还有多少路，他们的回答是几架风箱而不是几里路。每架风箱的距离，有一里左右，所以从洞口到挖煤的地方，大约十五里。十五架风箱大小不一，最大的就是外面一架打扬风的风箱，里面的十四架，从第一架起，越到里面越小，大的风箱，需要四个小孩，也有三个的，最小的风箱就用两个。作息时间是用燃香的方法来计算的，就是把普通的小捧香分为三段在香划上刀痕，每一段大约燃烧二十三分钟，就是每二十三分钟换两个小孩下来休息。休息的时刻，或是在风箱旁边的板上睡觉，或是在灯底下玩耍，里面是点的菜油灯，鬼气森森，令人望而生怖。靠近灯的石头上，爬满了一种棕色的昆虫，翅膀很长，它们叫作“偷油婆”，大概因偷油吃而得名。煤矿里老鼠也很多，据说这种老鼠是厂里特为养在洞里的，并且还给它们一个尊号，叫作“窑猪”。听说“窑猪”能有先知之明，窑洞里要有什么危险，如“崩塌”“淹水”之类，它们就预先搬家，工人看到这种现象，就不敢进洞，随时设法防止。听说煤矿里还有一种大蟒蛇，时常有人看见，并不害人。

安置风箱的地方，必有两道门，风箱是在第一道门的外面，风箱所打进的风，是由另一个专为通风的洞通到第二道门的里面。两道门相距一丈多远，门朝外面开，上端向内倾斜，很笨重，而且门的四周围都泥着很多的烂泥，所以关起来的时候，密不通风，其用意就是要内外隔绝，使得外面打进去的风不能出来，所以要用两道门的原因也就在此，煤车经过的时候，开了这一道门，那一道门还是关住，开到那一道门时，这一道门又早已关好。第二道门的里面总是放着一只木头的粪箱（形似垃圾箱），臭不可闻。从外面进去的时候，总要看见前面有灯光，才知到了一架风箱，可是从里面出来，没有灯光可看（因为灯门在门的外面），只要闻到一阵臭风，就知道前面到了一架风箱，至于洞中的煤气臭和污水臭，那更是家常便饭了。

六　童工的人数

照本年三月底调查，二岩镇两家煤炭厂的打风童工共计一百十一人（搬土与推煤者在外）。此项童工，流动性很大，每一个月里，都有若干名进厂，若干名离厂。九十二名当中，到厂没有超过三个月者共有四十六人，恰巧占百分之五十，其中一个月及未满一个月者计有二十七人，几及总数（九十二人）百分之三十，到厂二年及二年以上者只有两个人。

这些童工大都是合川、铜梁一带的流浪儿童，由厂方派人四处找来的，找到一个就给两块钱的酬劳。到了这里之后，大概吃得了苦，有耐性的，或是忠厚一点的，总可以一天天地做下去，其他流浪性成，或较为活泼的儿童，一不满意，就要逃走，这是厂方最感头痛的一件事。现在二厂人数减少，工作的分量就要增加，例如从前四个人摇的风箱，现在只剩了两个人摇，甚至小风箱只有一个人摇。

七　童工的年龄与体格

依照我国修正《工厂法》的规定：“男女工人在十四岁以上未满十六岁者为童工”，所以本文所分析的都是未满十六岁的儿童。二岩镇两家煤炭厂的打风匠共计一百三十人，其中未满十六岁者一百十一人，占打风匠总数百分之八十四点六。这次调查了九十二人，约占未满十六岁的儿童数百分之八十二点九①。九十二个儿童之中，年龄最小者为五岁，最大者为十五岁，其中以十岁和十一岁人数为最多，合计四十人，占调查人数百分之四十三点四②。九十二个儿童当中，合于工厂雇用年龄者（十四岁和十五岁）十四人，仅占百分之十五点二，其余百分之八十四点八，都是未满十四岁的儿童。

这些童工，因为种种关系，如工作的劳苦、睡眠的不足、营养的缺乏和环境的不卫生等等，身体大都很瘦弱，手脚和腿部由于碰到石头被擦伤或因烤火不慎被烫伤的，也很多。两家煤炭厂，均无医药设备，遇有疾病，自然也就不能过问了。

八　童工的家庭状况

关于这班童工的家庭状况，现在从三方面来分析：（一）家庭所在地，（二）家庭人口状况，（三）父母的职业。

（一）家庭所在地——前面已经说过，这班童工大都是合川、铜

① 应为百分之八十三点六。

② 应为百分之四十三点五。

梁一带的流浪儿童。九十二人之中，家庭所在地以合川为最多，计四十一人，占百分之四十四点七[①]；其次为铜梁，计十一人，占百分之十二；再其次为岳池、潼南、武胜等三处合计亦有二十人，以上共计七十二人，还有二十人，除了一个湖北小孩之外，都是四川各县的，其中最远的要算开县、金堂和温江，家住在本区的只有三个人。

（二）家庭人口状况——这次调查的童工，当过乞丐的，十居八九。这种事实，一方面听到厂里招雇童工的人告诉我们是如此，一方面也可以从他们的家庭分布状况和有无父母这一点上看得出来。大概家庭距离本区愈远的，所过的流浪生活也愈久，在长期的流浪生活中，当乞丐已经是很可能的事实了。九十二个儿童之中，父母俱无者三十人，占百分之三十二点六，父母俱全者二十六人，有父无母者十九人，有母无父者十七人，父母兄弟姊妹全无者计有十五人。

这些童工的兄弟姊妹也不很多，兄弟姊妹全无者计三十二人，占百分之三十四点八，其余六十人中兄弟姊妹的数目，每人由一个至四个不等。

（三）父母的职业——四十五个童工的父亲的职业，以种田地者为最多，其次为做小生意佣工，和做力夫小贩等等，做各种手艺的也还不少。四十三个童工的母亲的职业，亦以种田地的为最多，其次则为佣工做小生意等等。

九　童工的知识程度

九十二个童工之中，没有读过书的计有七十三人，占百分之七十九点五[②]，读过书的只有十九人，占百分之二十点五[③]。所谓“读过

① 应为百分之四十四点六。

② 应为百分之七十九点三。

③ 应为百分之二十点七。

书”者，最多的也只读过三年半，最少的不过两个月一个月甚至只有半个月而已。十九个读过书的儿童之中，能够读出初小一年级国语读本里字句的，实际上只有五个人，因为有些年龄较长的儿童，离开学校很久，读的书早已忘记了。

十　童工的心理状态

关于这些童工的心理状态，现在从两方面来分析：

第一，兴趣方面——他们的兴趣很为简单，除了“吃”与“玩”之外，简直没有别的。关于“吃”的方面，前面已经说过，他们所得的工资，大部分是买了小菜和零食，带钱回家的没有几个。“玩”的方面，是有三种不同的方式，一种是闲逛，一种是谈笑，还有一种就是赌博。闲逛是跑到街上来或是跑到二岩小学来玩玩，但这种玩法，并不多见。最普通的玩法，就是相与谈笑，每天下工经过其他风箱的时候，总要耽搁一下，所以进洞快而出洞慢，无形中将在洞里的时间延长很多。出洞之后，应当睡觉的时候，往往不去睡觉，总是尽量玩耍，不然就是赌博。

第二，将来的志愿——九十二个童工之中将来的志愿，以“种田地”者为最多，计三十四人，占百分之三十七；其次为“当兵”，计二十五人，占百分之二十七；再其次为“做生意”，计十四人，占百分之十五点三；其余为“做手艺”六人，“为国出力”“种田地和当兵”各四人，“打风”“割草”“做工”各一人，回答“不知”者有二人。

（此稿承独立出版社介绍，并此致谢！编者）

原载《中国劳动》1942 年第 2 卷第 3 期

一架机器的诞生

林　风

同志！你说，你曾经看见过技术落后于敌人五十年甚至于一百年但却屡屡打败了敌人的八路军吗？哦！是的。八路军中有各种不同技术的战士在用血液和脑汁和敌人竞赛！这里，在看不见的一面，有着无数无数鲜明的例子，譬如，就是这些我所见到的青年。

如果这是黑夜，你静静地坐在高山的大窑洞里，你抬头可以望见对面山上的一排暗红的灯火；也许你听到山下夜行的驼队清脆的铃响；偶或传来隔房的孩子的哭声……此外，一切都沉默着，你也许感觉到这世界正跌落到幽邃的静谧的无底的洞窟里去了……不，你如果抬头望望天空，这闪眨着星眼的黑沉沉的天幕上，正交织着一幅电波战争的图画，它们匆忙地在天空中来去，带着作战的命令，世界的消息，党的指令……这时候，你想不到的，在延安，有这样的一群人，在用他们的智慧和意志结合的双手，实现着指挥全军的联络任务，在摄取着全世界的一举一动，在大声地和全国的人民讲话……

这样的人们在延安是不易被觉察到的，任何集会报纸上都很少见过他们的踪迹，他们不管白天或是黑夜地工作着，天空是他们工作驰骋的范围，从高原到海洋，有我们党，有我们八路军的地方，就都有着他们的工作岗位，然而他们却这样习惯地欢畅地工作着……

凭着事实，我们也决不能讳言随着敌人的封锁而来的严重的困难。

爬过来的困难

“XGY De XOP……”

“Hr ugt msgs……yr sigs so weak, QRO,Psei.”①

像血液对于人的生命一样，无线电在军用通信上成了显赫的角色，然而，在这贫瘠的地区，生产技术落后的边区，被认为是无线电工作血液的电源又是何等地缺乏呵！

这样的军队，以神话般的事迹被人传颂着的军队，在山西、河北、山东……夺取了无数敌人的电台来武装自己，但是这与剧烈发展的需要还是相差太远太远的呀，电台增加的比例数随着抗日武装力量的猛烈发展而增长着，我们不得不叹息着来不及好好地来装配一个电台了，没有训练期满的无线电学校学生成群地上火线，机器从工厂里整批地送走，这些困难都在我们惊人的发展中偷偷地爬过来。

你看，敌人恐惧了，五个月以前的《新民报》上就刊载了敌人颁布的森严的禁令，在北平，在太原，偷运一个手电池给八路的“杀毋赦”！原来敌人想停滞我们的血液的流动，破坏我们神经脉络的工作！

我们的年青的八路军的无线电工作者们，默默地和敌人的“封锁”作战！

有三个月光景，“沉默”像流行性感冒一样传布这一群人的心头。

---

① 首句是电台的呼叫，后句大意是“此地有急报……你的讯号太弱，请增加电力”。

“如果工作停止……”

“如果敌人的封锁胜利了……”

“不，决不会的……”

“那么，自己动手制造吧！”

在这些日子里，我们的无线电制造厂中的每一个工人干部，都在脑中盘旋着这样的一个问题。

在工人沙时平同志的日记上有这样一段写着：

“要在这样的规模这样的地区的一个工厂里做发电机，是不可能的事。第一，没有好的原料，就是坏的也不易找到，像钢、铁、永久磁铁、铝……第二，没有工具，好像制造铁芯发电子片的工具……第三，没有……我们是太贫穷了，这穷陕北呀！”

然而在另一个工人林中同志的一次会议上的发言中说：

“制造发电机是完全可以的，如果我们能找到材料最适宜又经济的小型发电机模型，一切制造的过程，我们现有的技术是能够的……材料呢？至少我们可以把大汽车拆掉……”

“制造发电机”的声浪逐渐由酝酿而在当局的命令中获得证实了，并且已交下了一架制造的模型：

“昭和十二年东京兵工厂 21C 型手摇发电机！”

向敌人学习

小小的工作室里，我们的程厂长用瘦削的手举起那模型来。

“就是这个，我们要向它学习，三个月以后，我们自己的就要出厂！”

房间里，院中的窗前和门口都挤满了工人，工人的脸上洋溢着喜悦的神情，但也有几张露着不相信的神情：

“这不是老放在工程师窗子上的胜利品吗？”

“这样小的？一手高，半手宽，一手长的小发电机，要自己来造？真是球势[①]啦！”

那厂长同志的发亮的秃头在人群中动起来，他浮着他那永远自信的微笑，回顾身边的黑胖的助手说：

“今天晚上，各工作间，各股，开小组会议，讨论分工的事情。——”

工人们走回工作间去了，只留下一个年青的设计师在和厂长谈话：

“为什么要模仿日本呢？日本的制造品不是最糟糕了吗？”

“哦，也许是的，敌人当作商品推销的无线电用品常是不耐用的，但这模型是军用品，军用品就完全不同啦！我是在日本住过几天的，记得有一次，我们的学校到大阪的一个无线电的厂家去参观，一个日本同学告诉我：这是完全军用的，聘请头等的工程师设计的，料是用最好的上等原料制造的，我仔细去看，果然是极为精细的。由此我们也可以明白为什么日本大衣上的衣扣死劲也拉不掉，而一只日本货的耳机一个星期就失效的道理了。”

这黑色的小发电机像一只小乌龟一样地伏在桌子上，一忽儿就被支离成为小块小块的脏腑了，设计师用他的大三角板、圆规、铅笔替它速写，记下尺寸，评定成料……

下面是一段关于材料的谈话：

“发电机的铝壳用什么料呢？”

“汽车皮，拆下来的。还有天线杆。”

“飞轮呢？”

“菩萨铜。”

“铳发电子片的模型用什么钢料呢？”

“炮弹钢可以用的话还有些……不然就用汽车上的那块弹簧钢吧！”

“……”

① 意指事情完结、完了。

特殊的材料

这位年青的上海青年丁古同志跑到我的房间里来了。他，二十二岁，这个电器厂的设计师。现在气喘喘地用手帕抹着额上的汗水。

“林风同志，你来，你来看看我们的模型！”

我带着好奇心去了，好几天来就听说发电机快完成了，常像焦待着想见见怀了足月的胎儿出世一样，今天自然是分外欢喜的！

他的房间里放了一桌子的设计图，在窗前的一只小方桌上，放着一瓶盛开的野百合花，旁边零乱地躺着齿轮、矽钢片、云母片、整流片、磁铁……

“已经差不多了，这是铳模。”他指着一具有六十英寸高四英寸见方的钢制的铳模告诉我。“这是小胖子的杰作，这样的一架现代化的工具，完全是用手做的，不是一个奇迹吗？……那是云母片，用来放在铜质整流片中当作绝缘体用的，本来我们是没有这种软质云母片的，就是想尽方法托人去采办也没有……你抽烟吗？别客气……这里有许多小小的发明故事，你们写文章的人用得着的，就说这种软云母罢，中国国内也很困难弄到，我们几次三番地试验，做成功了，比道地的美国货没有什么差的……这是永久磁铁，是自己做的，这也是一个成绩。在国内市场上所出售的电话机，里面的永久磁石很短的时间就减少了磁性，一般的发电机所用的永久磁铁，完全是舶来品，这次我们用破旧的一些铜铁做成了永久磁铁，比这日本的模型中的磁铁还要强……现在已经两个月了，八十个人的一篇集体创作已经克服了二十二种大大小小的障碍。障碍一定还有，可是我们并不害怕……”

我请他带我去看看那位制造铳模的工人同志，他把我引到了工作间。我看见了一个赤着上身的圆脸胖子，在流着汗修刨一块钢。丁古替我介绍说：

“这是我们的斯泰汉诺夫高兆庆同志，制造厂的工会主任！”

工会主任浮着谦逊的笑容走过来，他才不过二十一二岁，那诚实的脸像在告诉我他的工作作风，他口吃地招呼我：

“坐……坐……坐一会儿吧！”

丁古同志略略和他谈了一些工作上的问题，就替我讲起关于他制造铳模的故事来。

“我们全厂只有他能做这个玩意儿，为什么他能制造得十分完满了呢？这完全是他会用经验，把经验再加上创造的缘故。没有工具，他就动手做工具，没有原料，他就四处找代替品。有足足一个星期的时间，他拿着钢料在房间里走来走去……”他拿起一只茶杯学着一摇一摆在房间里走动着：“就是这个样子的！”

“侬勿要做把戏啦！”工会主任涨红了的脸扮了个鬼脸，接着就和我谈起来：“狄个呒啥希奇格，开始试格辰光，倒霉来交关，一连失败了两三次，格是呒末歇气，后底子来总算能铳得落矽钢片来哉……”

“那时候的消耗有一半之多吧！”丁古插进来说：

“嗯，消耗要达到百分之五十，邪气杜（大）来，好比之说，做出十架机器来，就有五架给伊消耗塔哉，吾伲格矽钢片是有限格，只能造规定格数目，后底子来就改，消耗总算减少到百分之三十，厂长倒认为满意哉，吾是勿同意格，十架机器里向还要三架糟蹋掉格，狄（这）个勿是性命交关格事体么？吾想来想去化掉了一个礼拜格光景，改了子有七八次，格辰光总算呒末啥毛病啦，百分之百可以用哉，……”他说到这里，很高兴地笑起来了，我从他的脸上读到一种工作胜利后喜悦的工人的热情，这是我从来没有见到过的。

他告诉我他是上海人，“八一三”后到了重庆，后来同三个人一起偷跑到延安来的，他觉得在延安做工最痛快，厂里最好的一种作风就是各人拿着创造精神来工作的，工作要最精细，原料要最节省。因为这是替自家人做的呀！

我一句话也说不出，我的心被一种兴奋所填塞，只是伸出我的纤弱的手去紧紧地握住他那双流着汗的又大又粗壮的手……

躲在竞赛后面的胜利

离开工场十米达远的一间粉饰过的石窑洞——这电器厂全部出品的检验研究室——的里面，现在传出了嗡嗡的马达声。

“四十五个米厘安培！”

“一百三十五伏脱！”

“不稳……再摇……好啦，好啦！”

跟随着这声音的飞扬，拥塞在检验室窗外黑黢黢的一群人，都把弯着的身体挺起来，人散开来了，一个个都是油光满面的工人同志，伴随着他们的窃窃私语的是他们的愉悦的笑脸。他们已经不止一次地在休息的时间来探听自己曾放进劳动汗水和脑汁在内的发电机的检验的结果。

“成功了——呵哈！”

“没有吧。”

“你没有听到已经有了足够的电流电压了吗？”

检验室的门开了，工程师捧着万能电表和一群助手们走出来。工人们都一齐拥上去。

“工程师，试成功了没有？”

“噢，胜利了——”他拍着一个小工人的光头，从他的眼镜的玻片中投过一个确信的微笑！“ALL OK！”

“呵哈！”

工人们带着欢呼跑回工作间去了，他们急于要把这个期待了许久的消息报告给集体创作的每一个作者！

我们看到工场的布告牌上贴出了这样的一张通告：

本日晚饭后五时在工场院子里举行技术座谈会，交换手摇发电机制造成功的经验，希全体职工同志一律出席，此布。

厂长 ×××

三十日

我看见了工作的灵魂

我被邀请参加技术座谈会，我将永远引以为荣耀，我看见了难以置信的八路军战胜困难的奇迹，我也看见了真正的工作的灵魂！

在这样的工场里，一排矮小的窑洞，三四所工作间，陈设着车床、钳床、铣床……而在工场的角落里，堆满了铜菩萨，庙里的大钟、炮弹片、车轮……一辆剥了皮的大汽车没精打采地蹲在工场的门外……你，一个远来的客人呀，会想象到这就是出品 ××× 架无线电机器支持着抗战前线的八路军无线电制造厂吗？呵！你不要惊奇，贫瘠并不能遏制一个人的生长，并不能消灭一个人的智慧和毅力的呵！在八路军里面，像这样的例子，是太多太多的呀！

我怎样能够忘掉那夜被荣誉地列举出来的十来个具有创造精神和无限克服困难的毅力的劳动英雄呀！我又怎样能够遏制我自己对于这新生的褐色的一手高一手长半手宽地小发电机的无限的喜爱呀！

我必须摘录厂长同志在会上的一段话来介绍这样一架小发电机：

“我接到了上级的制造发电机的指令以后，就来研究这样一架发电机。在日本，在东北，在北平，我见过并且参加过不少大的电机的工程，但是我没有见过这样小的轻便电机。我把它当作一个大发电机的对象来看待，一点也不敢加以轻视，在沉思的时候，睡眠的时候，——我都仿佛见到一架巨大的发电机站在我的面前，毕竟我们把它制造成功了。然而我必须要向全体职工同志表示敬意，你们差不多全是年青的娃娃们，没有做过甚至没有见过发电机的制造，但凭着你们每一个人的参加工作的无限的热情，你们用智慧的手毁坏了将近三十种的困难，从齿轮、弹珠盘、发电子、磁铁一直到机器的模型，没有一部分是缺少你们的创造的。发电机的诞生，也就是各位同志参加新中国建设的胜利的预言。——”

我从发电机褐色的眼睛里看出了党的胜利的光辉，看出了在十年五十年以后历史的车轮必然前进的路程，我更看出了在痛苦的翅膀下躲着的欢乐，和在黑夜的尽头的黎明！

（一九四二，七，二十八。）

原载《解放日报》1942年8月1日

卢作孚和他的长江船队

T. H. Sun[①]（孙恩三）

1938 年的秋天，汉口即将沦陷之前，许多正在工厂中运转的机器和从沿海地区抢运出的机器，都被匆匆拆掉，装船运往上游，直到宜昌，在那里换装较小的轮船，以通过著名的长江三峡的峡谷。到十月，宜昌沿江两岸已堆积了差不多十万吨机器，布满了上百英亩的地面，等待转运。而仅有的一点适于行驶三峡上游湍急流水的航运能力，却由于恐慌引起的谈判而陷于停顿！各个轮船公司挤满了吵闹的人群，到处是交涉、请客，请客、交涉，而运输的阻塞却丝毫没有减轻。

最后蒋介石下了一道特令，“提升”民生轮船公司总经理卢作孚担任交通部次长，以帮助政府度过那一困难时期，卢匆匆赶到现场，发现他的公司挤满了重要人物。他不顾中国传统讲究的“面子”，有礼貌地但很坚决地对他们说：“每一个人都明天见！”把他们统统打发

① 原文附说明：T.H.Sun 是平民教育运动所属乡村建设学院（在重庆附近）社会系主任，是中国的一位著名的社会学学者和权威。

走。第二天，在当地船舶运输指挥部应他的要求而召开的会议上，他确实见到了他们当中的每一个人。他首先宣布停止交涉，然后在大家面前拿出他制定的运输物资计划来，使每一个人都了解清楚，同时重复告诫："停止交涉，我们必须办理运输"，结束了会议。

紧接着的二十四小时，秩序代替了混乱。二十二只民生公司的轮船开始不停地往返于宜昌和上游各个港口之间，白天航行，夜间装卸。只有装运沉重和庞大机器的轮船才直接驶往重庆，往返一次需要六天。不太笨重的物资则运到宜昌到重庆航程中点的万县即转船，这样就节约了三天。其余的轮船装运更好的机器，只运过三峡即卸下，改由更小的轮船或木船接运。在这整个忙乱的时期，都是卢先生亲自指挥，无线接收机很少离开他的耳边。他了解每一小时有多少吨物资正在被运走和哪一些船装运它们。这是一件需要付出极大努力的工作，但他非常喜爱它，特别喜爱夜里的时候，在临时装设的耀眼灯光下，密密麻麻的工人们搬运着巨大的机器，他们的歌声伴和着起重机的呜呜声和拖轮的尖叫声。

到十二月，当江水低落到不能大规模运输时，宜昌只剩下了一些零碎废铁，而新的首都重庆却获得了战时工业所需机器的最低限度的保证。翌年元旦，卢先生获得了国民政府颁发的杰出服务勋章。

简言之，这就是卢先生的好友、中国平民教育运动的创建者和领导人晏阳初博士所称的"中国工业上的敦刻尔克"。卢先生一生全部活动的这一特色，也许为揭示以下的秘密提供了最好的线索，即为什么他从一个默默无闻的人一跃而成为具有全国性的重要的人物。

竞争领域中一个微贱的开端

当卢先生于1925年筹办民生公司的时候，似乎没有任何理由要开办一个新的轮船公司——特别是一个中国公司，而却有一切理由不办它。那时，正是内战及政治动乱的时期。由于极端的不安全，中国籍的轮船都相继挂起了外国旗，以求得保护。于是，长江上不仅英国、美国、日本、法国和意大利，而且瑞典、挪威、芬兰、希腊都飘扬着他们的国旗，竞争是如此的激烈，有一个时期，货物的运费竟低于轮船所需的燃料费。

但是有两个因素给了卢先生以机会：第一，那时长江的轮船大多数都有主要为“洋人”设置的豪华的“特等舱”和一些中国人住的“统舱”，这是对中国人的一种侮辱。卢先生的爱国思想、事业心和理智统统不能容忍这种状况。第二，已有的轮船公司没有一个具有远见，看不到航业是开发四川这个巨大的内地省份的最重要的途径。这个省的面积与德国一样大，并且与世界上同等大小的任一地区同样富饶。

卢先生的创业是很微贱的，仅有一只七十吨的轮船行驶于重庆与合川之间。合川是他的故乡，位于嘉陵江上，是一个从未有过轮船行驶的地方。从一开始，他就坚持定期航行和对普通乘客富有吸引力和充满热情的招待——这是两项直到那个时候连想都不可能想的革新。第二年，另外两只船买下来了。民生公司以这三只小船组成的船队保持了四年由重庆到嘉陵江上游的合川和长江下游的涪陵之间每天定期的航行。后来轮船增加得更多了，旅客服务工作也得到了进一步的改善。另一项同传统习惯的勇敢决裂是废除了当时长江航运中臭名昭著的买办制度，用来代替买办及其手下较小的寄生虫的，是所有的轮船都配备了受过训练的事务管理人员和服务人员，其中多数是中学生。

当时除了属于英国和日本的几个主要轮船公司以外，还有大量的“小公司”经常处于濒临破产的状态，卢先生向他们提供了救援，用公平的价格买下它们的轮船，或者将它们合并到他的新兴企业里来。于是这些小公司相继联合到一起。抗日战争开始时，民生公司已有了五十只轮船，总吨数超过了一万吨，成为长江最强大的航运企业之一，并实际控制了宜昌上游的全部航运。到现在，他已拥有一百只以上的轮船——不包括在航行中损失的——总吨位已达二万五千吨以上。

大多数民生公司新作置的轮船，特别是1932年至1936年之间造的十八只轮船，是为运输四川工业发展所需要的机器设备而设计的。为此，所有轮船的长度都在140英尺以上，安装有重型起重机，并在一部分轮船的货舱中装有钢轨，以满足铁路器材的运输。这些在和平时期为开发四川而做的准备工作使民生公司有能力为国肩负起战时撤迁的任务。

一个相关企业的集团

在一个技术相互信赖性日益增长的世界中，没有一个像航运这样无所不包的企业能够在没有相关工业的基础上长期地维持下去。而这一需要使卢先生的组织和协作才华更加展露出来。民生公司于创办之后的第二年，即在重庆建立了一个小型机器厂，为它自己的轮船进行修理工作。这个开始时只有寥寥几台车床的企业竟发展成为全中国第一流的机器厂。除了修理和彻底检修民生公司的轮船——这项工作过去大部分是在上海进行的——以外，这个厂还成功地打捞和改建了十二只被敌人轰炸沉没的船只，制造了十八只长度为76英尺至140英尺，包括全部锅炉、引擎和钢壳在内的新船，并且为所有的迁川工厂和战时建立起来的工厂承担了许多主要的机械加工任务。这个厂的许多车间，有的分散到别处，有的隐蔽在坚固的防空洞中，因而能在战争最初几年的疯狂轰炸中保持正常的生产，尽管它曾多次被敌人列为主要的攻击目标。

为了解决燃料供应问题，卢先生很早就在北碚附近着手开发一个煤矿，从此北碚就变成了重庆的一个最重要的工业区。这个现在叫作天府煤矿公司的企业吸收了许多小矿。今天，它除了供应民生公司轮船的燃料外，还供应重庆市煤炭消费量的三分之一到二分之一，通过与华北的中福公司合并，最近它已完全实现了生产过程机械化。它的发电厂、机器厂和铁路，就像民生机器厂为其他兄弟工厂服务一样，它正在为邻近的煤矿服务。导致天府和中福两个企业合并的谈判是以闪电般的速度进行的。当时卢先生在汉口会见了中福公司的总经理孙越崎，商谈五分钟即做出决定。几天之内，所有中福公司的最重要的和必不可少的设备即装上指派的专船，开始运往四川。

民生工业集团的另一个重要组成部分是渝鑫钢铁厂，它的前身是上海大鑫钢铁厂，原是一个小型然而效率很高的工厂。战争爆发后，它迁到了汉口，就再也无力继续内迁了。民生公司同它达成协议，向它提出一笔相当于其全部资产的新投资，并且帮助把它的设备运走。这就使得现已改名为渝鑫的这个厂成为重庆最早开工生产的现代钢铁厂。

其他属于民生实业公司的企业还包括有公用事业、人身和意外保险事业，以及大后方最大的织布厂。

一个中国人成功的故事

卢先生虽然主要是一个实业家，但他还曾经从事过许多“兼职”工作，其中任何一项工作对于一个普通人来说，都是一项非常值得尊敬的事业。事实上，他根本不是以一个实业家，而是以一个教育家开始他的一生的。三十多年前，当他开始自己谋生时，他仅仅受过很少一点正规学校教育，这促使他迫切要求学习，特别是学习数学。他首先是自学，然后教导别人，最后竟成为一个中学数学教师。他的教学方法的独创性和生动性，使他立即受到学生的欢迎。与此同时，他开始为报纸和杂志写稿，很快成为一个正式的专栏作者。之后他去省会成都，从事专业新闻工作，并马上担任了一个重要日报的编辑。在这个岗位上，他以一些富有勇气的文章，进行锐利的抨击，成了省内的一支维护公益的力量。

那个时期，四川是军阀统治。在众多的军阀中，有一些是这个国家未曾见过的最开明的统治者。永宁道尹杨森就是这样一个。杨邀请卢担任他的教育科长。这位新官员立即采取一些“打破常规”的措施，如在学习自然时注重实验工作，学习社会时注重实地调查；在教学中利用本地教材来代替生搬硬套上海某些出版社出版的教科书；为当地机关的领导人员组织讲座和讨论会；收集教育统计数字举办展览；定期举行体育运动会和公开辩论会；还派出这个道的所有二十所学校的校长去上海和长江下游其他城市学习参观。这些“革命”的措施对于年青的、进步的教育工作者来说，是很大的启发和鼓舞。永宁道作为现代教育的典范而闻名全省。正当准备在政府的其他部门进行同样改革的全面计划制定完成时，却由于内战爆发，杨森遭受意外的失败而中断。

不久之后，政治车轮转了圈，杨森又上台，成为四川省主席。卢先生被邀请去成都为组织这个省的教育厅拟制计划，但是他对这一邀请毫无兴趣。他认为在政治不稳定的情况下，任何全省范围的机构都是没有实际意义的。作为代替，他提出了在成都筹办通俗教育馆的建议。这是四川的第一个通俗教育馆，也是全国最早的一批通俗教育馆之一。

当卢先生开始筹办通俗教育馆的时候，他只有三间阴暗的屋子和极微少的年度预算，但他的魄力和个性再一次开始创造奇迹。很快地就有了一个图书馆，为不断增加的公众所利用，接着建立了一个自然历史博物馆，最后是一个动物园和植物园。在定期举行的公共讲演、音乐会、表演节目和其他娱乐活动中，礼堂总是挤满了人。凡遇到适当的机会，就举办展览会，从菊花展览到稀有的艺术珍品展览。没有任何一个通俗教育馆在完成自己名副其实的宗旨方面比它做得更好。

在这一期间，卢先生认识了创办华西大学的美国人约瑟夫·毕启博士。由于毕启博士的协助，卢先生熟悉了美国生活和文化最好的一些方面，并获得了一些美国人办的机构的帮助。反过来，毕启博士也从卢的成就中找到了最好的证明，证实他长期怀有的对中国人民的前途的信心。这样，他们之间建立起了深厚的友谊。几年以后，当毕启博士参观卢先生的下一事业——一个平地涌现出来的现代化市镇时，他夸赞地责备他的朋友："哎呀！你总是以一种可怕的步伐在前进，不是吗？""不错，"他的主人直率地反驳道，"你们美国人似乎始终处在安全中，因此当你开始创办华西大学的时候，你计划用三十年。相反，我们在中国却是处于不断急剧变化的状态中，所以当我创办成都通俗教育馆或者这一个市镇时，我只能计划用三个月，这就是我在一切时候都显得有些急促的原因。"

关于中国的动荡不安，卢先生的话是正确的，至少就他在通俗教育馆的工作而言是如此，当他的计划刚刚完成一半时，另一场内战爆发了。作为他的朋友和赞助人的省主席被赶下了台。他怀着深刻的失望离开了他的没有完成的工作，下定决心永远不再参与政治。然而在他能够专心一意从事他所向往的为中国的现代化而工作以前，他还是被委任担任了五项政府职务。

第一项政府职务是对"平地涌现出来的现代化市镇"北碚的建设和经营。当时北碚仅仅是一个小村庄，其周围地区是四个县交界处的一个"无人地带"。那里四面环山，只有乘船经由嘉陵江的险恶激流方能进入。匪患频繁，是一个歹徒的乐园。由于这样，它被划为"特别绥靖区"。1927 年卢先生被任命为峡防局局长。在他的指挥下，有四百名士兵担任的武装力量，由于经常带领士兵巡逻山路，警戒十字路口，清除大小匪群，卢先生很快就肃清了这个地区的盗匪活动。然后他开始进行社会建设工作。他的四百名士兵担任宣传和执行个人卫生和公共卫生，兴修道路，开垦荒地，并且用几部手摇织布机办起了一个织布厂，这个厂在抗日战争时期成了大后方最大的一个纺织厂。卢先生得到一群经过仔细挑选的、年轻的，但没有受到正式委任的职员的协助。这些人在他的指挥和影响下，过着像军营或者说更像基督教青年会夏令营一样的生活。主要由于他们的劳动，北碚现在有了博物馆和公园，有了公路和公共体育场，有了漂亮的图书馆和一些建设得很好的学校，还有一个非常现代化的城市市容。

北碚是迄今为止中国城市规划的最杰出的例子。在它的建设中，最主要的一个相关机构是“中国西部科学院”。这是卢先生于 1931 年创办的，通过这个机构，很多专家和学术团体的专门知识和经验都得到了利用。明白了这一点，就很容易理解这个城市今天的繁荣兴旺，对矿物资源的详细调查，为煤矿及以后的许多工厂奠定了基础。科学气氛形成了中国历史上任何一个城市中教育和学术机构的最高度的集中。现在那里有了一所国立大学，六所私立学院，七八个中学，还有一些短期训练学校。其他的专业化机构中，还有中央研究院、国家编译局、国立农业和工业研究所、国立地质调查队、国立地理研究所，这里仅仅指出这些。溯江而上离这个市镇一英里之遥的游览胜地温泉，有游泳池、散步的小径、运动场、旅馆以及自然历史和人文学的陈列馆，这儿常常用来为学术团体或青年组织举行年会和举办训练营。除了峨眉山之外，北碚最有希望有一天成为不仅是中国而且是东亚最重要的旅游中心之一。

非常紧张的政府工作

卢先生的其他政府职务只简单地附带说说。在他任四川省航务管理处处长时，由于牵连到与外国航运业的复杂关系，他碰到许多外交上的头痛问题。但是在他很短的任职期间，他却能够消除大多数的困难，开创出协作的新纪元。刚好在抗日战争爆发前，他被任命为四川省建设厅厅长，这无论从政治和实际意义来说，都是重要的。在政治方面，它意味着四川结束了实际上的独立，把它的人力和资源交由中央政府支配。在实际方面，建设厅已从一个效率低的官僚机构转变成为一个真正的建设工具。通过募集一笔在当时来说十分可观的数目——四千五百万元的特别建设贷款，建设厅推动了许多部门和省农业改良局开展活动，使这个省能更好地完成它作为民族复兴最后根据地的历史使命。第四个政府职务是交通部次长，这点前面已经讲过了。

第五个职务是 1940 年担任全国粮食管理局局长，其在战时的意义，至少与宜昌的“奇迹”相等，并且是以同样引人注目和激动人心的机敏来完成的。卢先生用了几个不眠之夜来思考粮食运输问题，然后提出了他的著名的“几何计划”，即将谷物供应集中在沿规定路线的一些指定的“点”上和特定的区域。这样就把问题缩小到易于管理的范围。下一个问题就是在大后方动员人力运输大量的粮食了。仅仅在巴中专区，就曾经在同一个时候动用了三十万人运输粮食，这是又一次卢先生亲自指挥整个行动。这一次，他每天从黎明到深夜，对着听不清楚的长途电话喊叫。几个月内，充足的粮食已经集中在一些公家粮仓中，一场迫在眉睫的危险过去了。鉴于粮食管制在战时的重要性，这个局被改为正式的部一级机构，能干的第一任部长徐堪在已经奠定得很好的基础上，做出了在整个大后方征收土地税和提高每年实物贷款的前所未有的功绩。这样就为处于战争中的国家解决了军用和民用粮食的供应问题。

不幸的是，正当这个计划成功的时候，它的创造者却病倒了。活动性肺结核侵袭了两肺。卢先生不得不被迫卧床休息，并且同意将他在病房里召开的工作会议限制在每天不超过一次！余下的时间，他就转向学习英语。正是在这一时期，我和他才熟悉的。我对他的语言学习进步感到吃惊。当他两年前开始学习时，他所掌握的英语词汇只相当于一个二年级学生的水平。而今天，他却很轻易地阅读英文报纸和一些英美刊物，并且很少漏听一次罗斯福先生或丘吉尔先生的广播讲演！经过六个月的“休养”之后，医生宣布他已百分之九十痊愈，他怀着孩子般的急切心情和难于抑制的喜悦赶回工作中去。

中国实业的这位第一号奇迹创造者于五十多年前出生在一个卑下和微贱的家庭。当他是二十岁的少年时，开始自己谋生。那时候，他不具有受过充分正规学校教育的有利条件或不利条件。今天，作为一个创造了令人眼花缭乱的成就的全国闻名人物，他已将他童年时期的许多事物忘掉，但他却从未抛弃他在普通人民中艰苦一生所形成的个人简朴习惯和谦逊品德，尽管他目前的工作和生活状况看起来多少有点儿不协调。在他的新船上的头等舱里，他不惜从获菲尔德进口刀叉餐具，从柏林进口陶器，从布拉格进口玻璃器皿，但是在他自己的餐桌上却只放着几只普通的碗和竹筷子。甚至这些船上的三等舱中也有瓷浴盆、电器设备和带垫子的沙发椅，但成为强烈对照的是，他那被称为家的六间改修过的农民小屋中，围着破旧桌子的却是一些跛脚的旧式木椅。

极大的不协调

按照他的另一个好友、四川省主席张群的说法，这种清教徒式的习惯只是组成他一生的“一大堆不协调”的一个方面，他还是“一个没有受过学校教育的学者，一个没有现代个人享受要求的现代企业家，一个没有钱的大亨”。十五年来他一直是以毫无争辩的权威指导着这个中国最大的轮船公司的政策，不是依靠拥有占控制数量的股份，而是完全依靠远见、聪敏和无私献身的力量。很明显，卢先生全部活动的推动力，是为他的祖国和他的同胞服务，而不是为了个人的利益和地位。他的这种生活基本态度形成是有确实依据的，他有意识地遵循着老子的教导：“生而不有，为而不恃”，并且无意中成了“失去了他的生命的人……将要获得它”这一永恒真理的典范。

今天，经过六年抗战之后，透过战争的烟雾，我们开始看到一个正在涌现的新世界的轮廓。中国在这样一个世界上将居于何等地位？民生公司在新中国的生活中将居于何等地位？卢先生有他的理想。他的眼光已投向南洋的各个岛国和太平洋彼岸的金色海岸。他注视这些地方并不只是为了事业，而是为了业务上和技术上的合作，以使他为之尽力服务并如此热爱的国家获得更大的发展。只要他的健康或他的国家没有遭到任何不幸，卢先生的生活和工作的伟大品质仍将继续发扬。

原载美国杂志 *AsiaandAmerica's*，44 卷 245 ~ 249 页，1944 年 6 月号

范旭东

徐　盈

范锐，字旭东，湘之湘阴人，现年七十一岁，留学日本，归国后即从事久大公司之建立，半生尽瘁化工事业，先后继续成立永利公司碱厂及硫酸铔厂，而黄海化工社之研究工作亦为社会所推重，氏现任国民参政员。

怀念“海”的人

二十五年前，范旭东氏在战败的凄凉塘沽岸上，望着羞惭的渤海发誓，扶植起三个化工幼儿，那就是久大盐公司，永利碱公司和黄海化学工业研究社，以私人为国奠定了化学生产的基础，后来在洋商围攻中，为国家在明媚江畔又建立起硫酸铔工厂。

二十五年后的今日，这些化工基础已随国土沦陷，机件越海东流，范旭东氏更从敌伪的威逼与游说里突出重围，率领他的干部迁到四川来，为华西建立化学根据地，国家更贷以三千万元的巨款，以保育这个华西的化工新麟儿的成长，俾能像过去一样地负起“国防民生”的重载。

有国际声誉与地位的这些大工业的领导人，在迁到华西来第一次会面的聚谈中，他曾用毫无火气的声音淡淡地说：

“中国的生命线在海洋——”

那时候，后方的新工厂的茅棚正在搭盖，机器与机器的接吻的声音伴着装设者的叫嚣乱成一片，官方对于迁厂的人百般鼓励百般安慰，劝他们安心在这片新的处女地上成长。漫长的海岸线全部沦陷了，过去工厂发展的畸形正受到朝野一致的严厉批判。我时常在想：每一个迁到后方来的工业家的心底究竟在想些什么呢？

“工业建立不能没有基础，特别是盐碱化学工业根本不能离开海——。”

范旭东先生谈了很多的话，延到目前已然不能完全记忆，但我至今还不能忘记的便是他那“无火气的声音”像火一样地燃烧着我的心，使我们很久不能忘怀那广大的蔚蓝的海，那海上海下无穷无尽的宝藏，我自己问自己了！

“为什么放弃了自己的无数资源？我们不能永远转进，为什么不要积极的进取而只求消极的退守？为什么过去眼睛里面有沙子，而拖到今天还不肯去掉？”

偏重海洋的人，是畸形的意念；忽视海洋的人，同样也是畸形的意念，多少怀念着海洋的人，今天被封锁在华西山国里，根本便已丧失了高唱“回到海洋之歌”的勇气。范旭东先生的身材并不十分高，他的心胸却是广阔的，他的气势更是岸然伟丈夫。六十岁的老翁，头发是黑的，嘴边没有留着一丝胡须，而面庞润泽如童子，谁也不会相信这样的一个人曾经终年在艰辛中寻觅国家与事业的出路，从第一次欧战到第二次欧战，那么漫漫悠长的不平凡的岁月锻炼出来的一位工业战士，神情却像一位老儒。

范旭东氏说：他这个事业的开端不过五万元，渐随着需要，一再增加和扩大，由普通招股，而发公司债，而领政府补助金，以及复兴化工案专款二千万元，类别繁多，财务复杂，在民族工业毫无基础，经济能力既薄且弱的中国社会，要用较多的款项，无凭无借的纯靠个人的信用，这种情形之下，负责人的煞费周章，是可以想象得到的。但范氏自己却是没有钱的，在南开中学的一角上，他过着简单朴素的生活。

“同我们创业时候的环境比较，”他说，“现在的社会是进步得多了，二十五年前的孤独挣扎，工业的伴侣可说是绝无仅有。机械生产的路是走得通的，工业建设的过程是必须经历的。这两点，经我们长期的试验得到了证明。”

华西的新化工虽然结果证明了十分难产，但是国际风云的因子要占最大的成分。虽然他们为华西的盐业改进，已提高到现代化的生产，地质与化工的配合，一个新井的深凿，不仅对事业，对于学术上也有了很大的贡献。这个大企业的同人承认：

“范先生领导我们，打倒了办实业来发财的俗套，基于生产、研究、训练三位一体的态度，在中国首创国防民生兼顾并进的事业。”

回首二十五年

从第一次欧战的前夕到第二次欧战的揭开，这短短的二十五年中有多少惊风巨浪，在千头万绪的变化里，中国的化学工业不能不说有了相当成就。

三十二年十二月十八日，在万山丛中的新塘沽为侯德榜总工程师获膺英国化工学会名誉会员荣衔庆祝会席上，范先生非常兴奋地报告“中国化工史”上的一页，他说：

“永利公司创办在民国六年，正当第一次世界大战，欧亚交通梗阻，几十年用惯的洋货运不进来，市场大感不安。就化工原料说，颜料、纯碱等欧洲特产，比黄金还宝贵，上海靠存货发几十万大财的大有其人，谁不眼红，谁不羡慕？”

“少数平日对工业制造，感点兴趣的人，极力想利用这个时机设厂自制颜料，他们知道技术艰深不敢高攀。酸类，如硫酸盐酸，可由日本输入，不愁没有，唯有制碱，看来似不大费劲，但英国卜内门公司不把存货放出来，使有行无市，许多用碱的厂家因此停业。后来有一位李先生在上海开了个食盐电解厂，又有一位葛姓在山东汝姑口开了个罗卜郎法碱厂，想从食盐一直制成纯碱，种种副产一个也不让他丢弃。四川有一个碱厂，也是成立在这时候，可谓盛极。此外还有一部分人，认识比较深刻，不敢贸然从事，在上海听见久大精盐厂设在塘沽，辗转托人来搜求参考材料。”

“当时一位最关心久大事业的朋友就是遵义蹇先益先生，由吴次伯先生主持，一行三位来塘沽调查。吴氏在上海苏州会办过几个工厂，还有数理学家王小徐先生，和协助二位的化学家陈调甫先生，那是民国五年，到了天津，经过几次研讨，才知道久大公司和一般盐商一样，用盐是要完税的。制碱要用盐做原料，如不免税，当然无从下手，这事实使他们一股勇气，不无沮丧。既然远道而来，决定还是依据他们从上海携来创办章程，试行举办，永利这个名称，也是他们当初指定的。”

“原料免税，经过相当周折，幸亏发起人中间有萧山张弧（岱杉），时任盐务署长。长沙李穆（宾四），任长芦运使，杭县景学铃（本白）是盐务专家，极力斡旋，财部居然批准原盐免税，这在中国二千多年的盐务史上，恐怕这是第一次。阻碍横生，几个月得不到一点进步，各人的信心，远不如以前热烈，前后两次发起人拿出来的少数创办费，因为做了一次试验，加上近一年的开支，所余无几，不容易再谈募集了。陈调甫先生等得不耐烦，变卖了陈夫人的嫁奁到美国读书去了。加上欧战一停，碱价大落，这一幕只好暂卸下来，所幸天津一部分发起人，没有灰心，仍在不懈不怠中踱着方步向前走去。”

“民国八年先兄源廉赴美游历，认识纽约的华昌贸易公司湘潭李国钦，来信说李先生很关心这类事业，那时候国内的设厂准备，又有了实现的可能，随请先兄托李先生帮忙，一面打听陈调甫先生到了美国，去电委托他代表永利协助进行，着手聘用专家，设计绘图，永利事业到了这一阶段，才算有了眉目。侯德榜先生是这春芽初发时，在纽约受聘的三位专家中的一位。”

“民国十一年，我们团体的神经中枢，黄海化学工业研究社成立。侯先生恰于此时回国，先任碱厂工程师。碱厂装置是请纽约一位号称专家设计的，委托王小徐先生在上海所办的大效机器厂制造。当侯先生到塘沽时，已经动手安装，现在回想，真是初生之犊不怕虎，苏尔维法制碱，如其这样就能成功，今日的世界应该无国无碱厂了。侯先生奋不顾身，寝馈于工厂，从事死拼，先后四五年，从调换碳酸化塔的水管，另行设计新分解炉，历次加强冷却设备，改造滤碱机和石灰窑，以至补救种种临时故障，煞费苦心，这工作不比从新发明有任何不同。”

“原来苏尔维法制碱，在原理上十分简单明了，并没有十分难懂，但是诱惑性最大，轻于着手的没有不感到万分棘手的，此所以苏尔维公会独霸世界碱业，垂数十年不辍。当日和侯先生后受聘的，还有美国李佐华先生，也尽力不少，但如不是侯先生以身作则，李先生决不会在永利长久做下去，因为他太看不惯当日有些员工对于工作的松懈，气愤辞职不止一次。侯先生始终书生本色，他的著述风行各国，打开制碱工程秘境给全人类。碱业成功之后，永利发起人将章程内每年应得酬劳金全数捐赠黄海化学工业研究社作费用，也是和侯先生的技术成功有连带关系的。”

“侯先生第二期的成就，当然要算硫酸铔厂的创建。这工业能够不为外商攫去，而由永利接过来自办，未尝不是国家之福。侯先生负全责办理，出国设计、采购，以至回来安装、出货整个工程系统由他一个主持，这是人所共知。这次英国化工学会，表彰他的功绩，重在化学技术上的成就，或者还不知道他在事业经营方面，也有这样广泛而精密的才能，我们当说他如其经营商业，一定是把好手。铔厂不幸，开工不到半年，三次遭敌机轰炸，我们工作如故。随着国军西撤，侯先生是最后离厂的一个……”

“二十七年春，同人聚集川湘，决定借此机会，奠定华西化工基础，侯先生开始第三期的工作。先赴德国，为的要适合华西目前环境，设计一个新碱厂，这是他的一个大英断。浅识的人，以为他从事制碱工业多年，有成就有著述，何必再请教别人，而且丧亡之余，能省则省，何必花冤枉钱？但为把塘沽原有设计，缩小几十倍，移到华西能够运用自如，制碱工业也就不值得重视。他在德国周旋多时，厂家提出无理要求，侯先生愤而赴美，自行设计，一面指导化工研究部，在国内循序实验，居然完成了一套新碱法，厂务会议全体同人一致赞同命名为'侯氏碱法'，从此世界制碱工业，又开辟了新径。"

"我们在四川的硫酸铔，炼焦两工程一部分因为国际运输路线阻塞停顿了，一旦停战，必然很快地建造成功。"

范旭东氏赞美了他二十多年共事的友人的伟大，但谁也不会忽视这个大企业的建造的定向人，就是他自己。

经济参谋部的建议

范旭东氏近些年在困难中度日，当我每次访问他的时候，他总是要求我不要公开一字，他总是这么微笑着说：

"我也不需要来说明什么了——。"

一般人批评范旭东在抗战以来有三点错误，"北方的厂，当毁不毁；南方的厂，当迁不迁；华西的厂，当建不建"。每当敌人用强占的工业来诱惑后方的工业家的时候，便会发生范旭东氏的若干风传。我们相信，这些事，历史家将会下最后的判决，只是就目前的工业生产无政府状态下，有一位内行人说：

"范旭东假如有本事把大碱厂在后方建成，那么开工之日即是关厂之时，因为一是工业没有配合，没有这么大的胃口，二是自己根本也没有这么许多的流动资金来周转这么大的企业……。"

抗战第八年头，他更以参政员的身份向政府建议，设置经济参谋部，制定战后建设计划纲领一案，他认为"战前经济建设的机关，有建设委员会，有全国经济委员会，有行政院实业部，有军委会之国防设计委员会，各有成立原因，各谋所事，识者病之。抗战初起，复设置民矿贸易三委员会，此为适应军事需要，诚有设置理由，但与原有机关之职权及其所掌实务，则颇多雷同重复。二十七年春，中央调整行政机构，于是改设经济部，赋以统筹全国经济行政之全权。建设委员会与全国经济委员会遂即撤销，农产与工矿调整委员会均改处而隶属经济部，且将国防设计委员会改成之资源委员会亦改隶经济部管辖，机构调整，粗具形式，而行政与实物之职权，不幸开始混淆。未几，原隶属军委会之贸易委员会与前隶实业部之国防贸易局合并，改组为贸易委员会，此诚合乎调整之原旨，但为迁就事实，隶属于财部，则不得谓符合经济行政之正常系统。嗣后农林成为专部，原有经济部之职权已见减缩，最近复将原隶经济部之农本局改组而为花纱布管制局，且从而改隶财部，经济部职掌又复缩小。其无法推行全国经济行政之全权，反而趋重局部实务上之得失，势所然也。……”

“欲免现病，而树新规，窃谓宜仿军事组织，在最高国防会议之下，设置经济参谋部，以为经济建设之神经中枢，兹列举要点如次：一、经济参谋部之任务，首应依据吾国建国急切需求，制定全国经济建设之总计划，以为建设之纲领，俾各部门实施方案，完全依此纲领拟定而付诸实行。二、上述总计划之纲领不仅着重于农工矿之狭义建设，举凡国防所关，如军政部之兵工设施，以及财政部所管中央与地方之税制及金融业务，国际贸易经济事业之方案，均应包括在内。三、总计划之纲领内，应将建设所需资金之筹集、运用、偿还等办法确切列举规定，俾建设不受阻滞，不宜临事周章。四、总计划制定之前，应切实审度国内资源，人力与确实可运用的资金，以及可能改进的运输力，更应虚心采纳国内外各门专家之正确主张，务期实施后，不致因遇到困难而失去信心，陨越中途。更当明白规定全国经济建设，无论中央地方及任何部会，以及人民团体，只能遵据纲领实行，不得各自为谋，再蹈互相牵制抵消之覆辙。五、总计划一经中央批准，在执行期内，应倾全国人力、物力、财力之所及绝对贯彻，不应更变。”

这个建议书的收效处，即是三十三年度的中央设计局扩大了二十倍，为了制定战后总纲领。在整个紧缩中，经济参谋部的计划，一时却难实现。

他们在华西

“我们要把自己健全起来，到别人叫我们来挑担子的时候，——我们准能挑得起来。”

他们到了华西，范旭东氏一再用这话来勉励同人。黄海化工社到了新塘沽仍然继续塘沽时代的研究，如菌类研究、肥料研究、轻金属如铝的研究、水溶性盐类的研究。特别是后者，成立专室，以犍乐两盐区为试验中心，对于枝筱架浓卤，减少煤的消耗，每年为全国省煤一万万元以上。发明塔炉，使可用热力，自旧有百分之三十增到百分之七十，各方灶户，群来仿效，创制砖盐，以便运输。利用旧汽车头代牛力推卤，经济耐用。利用副产品，创设新型化工工业，钡质的解除及卤汁的应用，都有良好研究，具有划时代的贡献。

在海滨的久大盐公司，入川以后，不仅在自贡生根，且挟技术上的成就，行经川东川北，远达云南和新疆，滨海未沦陷的盐区，也不时来信希望得到协助。久大的盐也能长期保持四口平锅生产不受任何阻碍了。没有奋斗没有牺牲，没有这代价。

当这朝野研讨国营的时候，范旭东氏却认为这还是近于浪费，他说：

“今天我们谈不到讨论什么国营与民营，因为我们的脚跟还没有站得住，我们要埋头研究，要追求进步。”

这种不合时的声音，当然引起一些批评，但他从不愠怒，这么些年头，他就在默默地求自己的进步。

原载《新中华》复刊1944年第2卷第9期

刘鸿生

——中国的天才企业家

徐　盈

“鸿生，你今年多大年岁？”

刘鸿生说了，蒋委员长听了，说道：

“你只比我小一岁！”

刘鸿生一九四四年的年纪是五十七岁，这五十七年来，他已成为世界知名的企业家。在重庆，孔副院长曾告诉过他“鸿生，要钱你来找我”。宋子文，俞鸿钧，都是他圣约翰大学的同学，宋子良的中国国货银行用全力来支持他的成就。他以宁波世家的资格，与各大口岸的同乡，共同创造出卓越的事业，刘鸿记账房是刘氏成就的最大标志。对国际的斗争，显著的是以火柴工业、水泥工业、毛织工业、航运事业，创造抗战前商战史上最辉煌的一页，主要的对象，就是今天敌人日本。一九二七年曾漫游欧美，交接国外工商人物，学习现代技术。张公权曾以他与范旭东并列，他说：“外国人到中国，化学工业必须问范旭东，毛织工业必须问刘鸿生。”

刘鸿生，是一个满身充溢着活力的老人，他是宁波帮创业精神的代表者，也是一个不只有天才而且能够苦干的企业家。在上海市，他是纳税华人会代表、工部局的董事；在重庆市，他是重庆市参议员。他不想问政治，但政治找上门来。虽然曾经做过特派的专卖总局局长，可是他的伙计们不论谁都可以在暇时约他："老板，吃老酒去！"他便会坐在冷酒店内，三杯黄汤落肚，说他一面做官一面从事实业的艰辛。

刘鸿生曾这样说过：

"一般人的想法，是多做多错，少做少错，不做不错。结果不卖力去做事，于是事情就办不好。我是喜欢多做的，错了也好，不错也好，总是卖力去做。有了错，一定要找出它的原因，想尽办法来改正，直到事情办好为止。"

这位从艰苦的环境中奋斗的过来人，他经过了多少困难，多少风浪，但他始终挺得住，站得稳，永远立在困难与风浪的前面，他不怕失败，也不肯失败，失败了干下去，倒下了再站起来，他这样地工作了几十年，创造出数不清的事业——为了个人的和民族的明天，他这样几十年如一日地奋斗下去。

时代的宠儿

宁波，是一个近百年来产生工商业人物的地方，五十六年前，刘鸿生降生在一个中落的世家，是这一家的第一个儿子（第二个儿子是吉生）。

英国人在一八四二年看中了宁波，在《南京条约》里被指定成为五大通商口岸之一，同时是海权时代里成长的一个小据点。宁波人，是上海的实际创造人，刘鸿生，在这种时代荡漾下，毫无例外地在这开风气较早的海滩上，开始了他的幼年生活。

刘鸿生的家庭虽不富有，勉强尚能过活，他由小学而中学，平平地踱进了有名的贵族之宫——圣约翰大学，以一个勤苦的青年和许多贵族青年生活在一起，以认真读书与勤快服务，在社交生活中结识了不少日后有用的朋友——如宋子文、俞鸿钧、潘公展等，可惜，他只上了一年，便因为父亲的去世而辍学走入了社会，开始创造独立的生活。

这个不满二十年岁的青年，第一次是在一家宁波人的学校里做教师，颇得校董方面的器重，其中最重要的一位，就是未来叶家花园的老板，五金业的领袖叶澄衷，后来成为刘鸿生的岳丈。但是不久，他便离开了教师生活，改任工部局翻译。他虽是大学一年级生，对英文却已下了苦功，不仅能写，而且能流利地讲，因为工作关系，结识了不少外国朋友，尤其是在华的商人，又不多时候，外国人因为认识了他的才具，介绍他到英商开滦煤矿公司做经纪人。他从上海到了天津，转赴唐山，这是投身工商界的开始。

那时候是欧战前夕，开滦公司的业务并不发达，营业也不十分有利。刘鸿生到了那里并没有立刻拿薪水，大班要试试他的才干，告诉他非得到一票大生意，不能按劳计酬。等到他千方百计终于拉到陇海路的生意后，他那时起薪的基数是每月三十六块银圆。

刘鸿生是一个不安现状的人，他便开始研究煤的推销方法，用尽了苦心。有人说，他那时一身短衣，跑遍码头，短衣上，一边口袋满装洋钱，一边口袋满装香烟，他左手送烟，右手花钱，交遍了天下英雄，研究出北方的煤焦不能南下，不在运输本身，而在装卸的迟缓。经过他的联络与改进的结果，一周的运输，便可以减少两天，一个码头又一个码头的打通，于是开滦的煤不仅到了华中的无锡、常州、镇江，而且可以沿江上溯到九江。开滦的英国人带着满意的微笑，分给他应得的回佣，并与他合作设立开滦售品处，扩大经营。刘鸿生氏日后的六十多个码头和五十多个堆栈的筑基，便在这时开始。

第一次欧战，更使刘氏成为时代的宠儿，在开滦的营业日趋扩大中，他得了不少的酬金和售品红利，他和他的弟弟刘吉生，以这些资本为自己创造事业。就在这时候，先后创办了柳江煤矿公司、中华煤球厂、华东煤矿公司，创制机器煤球，同时又利用在开滦看外人制造水泥的经验，创立龙华水泥厂。

直到与叶澄衷氏的女儿结婚后，由于叶氏所经营的燮昌火柴厂的引诱，使刘氏一变而为火柴经营者，终于最后成为中国的“火柴大王”。

刘鸿生与水泥

在第一次欧战中，刘鸿生赚了一个相当数目的钱，同时建立了自己在煤业方面的地位与事业。但他却是一个喜欢提倡新事业的人，在欧战时期，他看到水泥荒，跟着又从英国人方面得到一点制造水泥的知识，便又引起他创立中国水泥厂的动机。但帮着他的却是德国的机器与技师。

英商唐山开平矿务局在光绪二年就创办水泥厂，因为营业不振，光绪十六年收归中国，三十二年全归商股，改名为启新洋灰公司，后一年，广州士敏土[①]厂和湖北水泥厂先后开设。民国三年，大冶湖北水泥厂，又归启新，改名为华记水泥厂，继续出货。

刘鸿生氏所主持的水泥厂，开始并不十分得意，集股时候，就有不少的困难，都为他一一克服，后来由于上海和内地的建设需要，水泥厂也赚了钱，因而又引起不少同业的学习。这华商上海水泥公司是民国七年在龙华开始筹备，十二年开始制造。继起的为龙潭中国水泥公司和无锡太湖水泥厂，日商在大连青岛和吉林也经营了不少的水泥厂的时候，刘鸿生才遇到真正的对头。

---

① 水泥英文单词 cement 的音译。

近四十年来，虽然大家没有改变迷信洋货的心理，国内水泥需要却是逐步增加，从一个厂增至十六个。中国十一家，日三，英三。就战前十年间观察，国内产量每年平均三百三十余万桶，全国消费量每年平均为四百三十余万桶，每年平均输入九十余万桶，输出十余万桶。

又根据外人估计：每年我国水泥实际消费量，抗战前夕已达七百万桶，依此估计，每一国民消量约为五磅，不仅不能与美国每人四五〇磅，日人一三〇磅相比，即安南台湾每人消费七磅半之数亦感不如。二十五年《申报年鉴》记载有，“华商各厂每年产量，常在其能力以下，二十一年产量最多，自此以后，实际产量继续减少。主要原因为自二十一年起征统税税率增加一倍。一七〇公斤一桶由六角改为一元二角，成本加重，销路亦减。至二十三年七月进口税新税则实施，水泥进口税率每百公斤，增至金单位八角三分，因此输入水泥锐减，国产销路转佳。二十四年因银根奇紧，地价下落，建筑停顿，各厂营业又多不利。再后新货币制度施行后，不动产稍有活动，产量亦因而又有转机”。跟着，便是抗战爆发了。

日本人对于中国水泥的打击，也是用的倾销政策，使国人水泥厂收入不敷支出，因而不能存在。譬如二十二年水泥进口数，较二十一年减少了一百三十九万一千五百担，但价值却也减少了二百七十六万五千一百〇四金单位。可怪的是日本货单独增加，二十二年较二十一年增了二十多万担，但价值却减了十五万七千多金单位，这种倾销毒计，乃是为一举打倒其他国家在华的市场，继之消减中国的水泥业。中国水泥，每担不得不由五元九角降至四元八角了。

刘鸿生经营这个工厂，大费苦心，在资金周转上时常遇到困难。有一次实在到了险境，大年三十夜幸赖银行家徐新六氏的帮忙，才算渡过了难关。这又是他决心创办中国企业银行的动机。他想到，为工业资金问题而大感困难的，决不止他一家，他要为同业来解决这个痛苦问题。

抗战以后，后方水泥厂只剩了一家，四川水泥公司，年产八十九万桶。为了解决后方水泥问题，他在三十年又创办了建成水灰厂。但这水灰厂，也终成了昙花一现。

刘鸿生与毛纺织

刘鸿生的第三次创办工业是章华毛织厂和华丰搪瓷厂。虽然这两件事业直接不属于欧战的影响，但间接却不能否认也是大战的余波。

欧战以后，英国的棉织物已经不能继续到远东市场来，代之而起的是日本和印度的纱业在中国称雄，但同时，也刺激了中国棉织工业的重振，日商也大群来华，做新的纺织的投资。中国棉纺织业这个时候可以自给了自用品的百分之七十，但同时为衣的毛织工业却仍在可怜的程度。刘鸿生这时并不想挤到棉纺织工业中去分一杯羹，却想在无人下苦功的毛纺织工业上下一番功夫。

中国的毛纺织工业历史很早，七十年前左宗棠就已高瞻远瞩地在兰州建立了破天荒的第一家机器毛织工厂，但这家织呢厂一直拖到抗战，才得到有效的运用。抗战前二十年，毛织事业才有点萌芽，北方是清河制呢厂，南方则是章华，这两个代表者和其余的小厂却是一样地未能解决了原料问题，在“国货”的商标下，不仅机器是舶来品，连一切原料也无不是舶来品。诚如刘鸿生自己所说的：

“战前国内毛织厂所用羊毛，十之九皆系澳洲产或其他国家输入的毛条，在购买手续上极为便利，多由洋商送到需要地点交货，且可无须先付现款；反之，如采购国产羊毛，则须赴产地自购自运，一方面预筹大量现款，一方面运输不便，往往着手采办一年半载以后，仍不能运到应用。”

中国羊毛还有一个先天的弱点，就是品质庞杂，价格波动。据可靠方面统计，中国羊毛有四十多万关担，产在西北的占总额百分之五十七，大半供本地需要，只有二十万担可以运出，为国外制造地毯的主要来源。这种粗羊毛已经有了固定的销路，如果勉强改良，不仅不能合已标准化的澳洲、纽西兰、南美及其他外毛竞争，反而失掉了固有的地位，结果销路阻滞，因此中国羊毛在抗战以前，根本未蒙毛纺织工业的青睐。

刘鸿生更自技术观点上来论列，他说过：

“西北羊毛可以织成世界上最名贵的地毯，但原毛洗净，最高可用者不过百分之五十，其中合于织呢的百分数不高，能纺成细毛线而织哔叽者，不过百分之一二。”

日本在毛纺织方面最大的是满蒙毛织厂，刘氏的实力虽然逐年进步，但也没有威胁到日货的存在。到二十五年估计，全国的毛织物自给程度尚不及百分之二十，刘氏在毛纺织工业上是一帆风顺，其经过恰与艰苦的水泥工业成对照。

“若不是遇到抗战全面发生，”一位章华毛织厂的负责人曾说过，“我们已经想从原料上积极设法自给自足，在生产量要有大大增加，使人民用厚薄呢料来代替夹衣或棉衣了。”

至于那搪瓷工业是一种比较简单的工业，那时候也是一切原料都不能自给。只是因为日货倾销，正好利用别人的原料，由我们制成成品，这自然又是赚钱的生意。

火柴大王刘鸿生

全中国有三个历史最久的火柴公司，就是上海的燮昌公司，重庆的森昌泰公司和华北的丹凤公司。叶澄衷氏的佳婿刘鸿生，从燮昌公司的六十多年的发展史上，了解并把握着火柴工业的全貌。在苏州开办鸿生厂。

又是第一次欧战的刺激，中国火柴工业也有了新的进步，五四运动以后，销路大增，到民国十八年，全国火柴厂近二百家，生产约六十万箱，到二十年，国产火柴，总数已近百万箱达到了消费量的顶点。

瑞典火柴大王柯洛克挟着雄厚的资本和丰富的原料，先后收买了欧美各火柴厂，跟着到东方来，先收买了日本的火柴大王的东洋磷寸厂，更收买了日本在华投资的各火柴厂，上海的燧生厂便是其中最大的一个。这个瑞典火柴大王一方面由瑞典运来过剩的凤凰牌火柴，一方面将燧生及其他杂牌火柴贬价贬销，企图根绝中国国产火柴在市场上存在。于是本和日本火柴对抗的刘鸿生，这时便不能不和瑞典火柴大王交手了。

火柴本是日常生活上不可缺少的用品，很少有人注意到这是一个大企业。但刘鸿生却以为应从原料上下手，使中国火柴不仅能存在，且能逐渐减低成本，扩大国外销路。这个理想在抗战以来，却成为了事实，但在战前十年，这一点是很少有人了解的。于是那时的一个滑稽的现象，就是我们一切原料仰仗着敌人，却来和敌人交锋，这样一来，胜败不卜可知。

刘鸿生和同业们那时的唯一办法就是到南洋去开辟新的市场，利用华侨的爱国心，来购买高价的祖国工艺品，譬如二十一年的出口为三十八万罗，但二十二年则增为七十六万罗，同一时间，二十年政府提高了火柴进口税，也是使外货减少的一个原因。可是同业间自由竞争，互相贬价，“九一八”以后，日本的“无税贸易”在火柴业方面尤有一个大数目，于是供过于求的现象，重新发生，整个火柴业又到了不可收拾的境地了。

中国银行二十四年度报告书上写着：

“火柴业承罢敝之余，依然如故。华北福建等处，走私偷运火柴充斥，其纳税之国产厂家，反因与私货竞争而遭受损失。中部七省厂家，为防止生产过剩，设立火柴同业联销机关，实行以来，颇见成效。但此外之冀鲁两省厂家，则情况极坏。各地之我国、日本及瑞士火柴厂家，拟采用比额生产制，非将国内生产过剩可以免除，即私运亦可稍戢，全年共销七四八·〇一八箱，开工厂六十九家，与二十三年相仿，较二十二年少九八·七六三箱。”

主持这个中部火柴联销机构的，想和外方妥协而采用比额生产制的，同时在运输方面想尽了扶植办法的，就是刘鸿生。他这时一面组织同业公会，消除内部斗争，一面改良生产技术，力求减低成本，先后组织了江苏火柴同业公会，江浙火柴同业公会，全国火柴同业公会。又联合长江下流的各有关火柴公司，如燮昌、荧昌、中华、鸿生、光华、裕生等成立大中华火柴公司，有一个统计数字上写着：

“大中华火柴公司的上海荧昌厂年产三〇·〇〇〇箱，周浦中华厂，年产一八·〇〇〇箱，苏州鸿生厂，年产二九·〇〇〇箱，杭州光华厂，年产三五·〇〇〇箱，镇江荧昌厂，年产二〇·〇〇〇箱，九江裕生厂，二〇·〇〇〇箱……”

刘鸿生这时一个人握有全中国火柴生产量的四分之一强。他一跃而成为中国的火柴大王。二十五年刘氏离开招商局，全来经营火柴。实业部正式承认中国火柴业的联盟——全国火柴产销合作社，规定产量，配比销售，这是一个世界性的“联营”机构，在中国首先实施，并决定在五年之内限设新厂，以求集中。于是在华的各国火柴也不得不以平等精神，参加了联营，横行世界的火柴大王，便向我们中国的火柴大王屈服了。刘氏在香港创办的大中国火柴厂，规模更大。可以自制原料。

中国工业史上的最光荣的一页，跟着便是全面抗战发生了。后方只剩了二十余万箱的产量，刘氏那时便说：“天助自助者”，抗战八年，他毕竟成功了。他是火柴专卖公司经理人，重新恢复了霸权。

刘鸿生与招商局

前清同治十一年，李鸿章拨国币二十万串商股十万两成立的招商局，到了民国二十年，已经不知道变了几次模样，忽而官，忽而商，忽而官商合办，中国能有多少人事问题，招商局内便有多少人事问题，到了民国二十一年，朱家骅部长决定收回股票，全部国营。

刘鸿生在这个时候，就以力量充沛的年青企业家，受任为国营招商局的主持人。以他自己整理六十多个码头、四五十个堆栈和一个轮船公司的经验，来管理这个几十年来的已经相当陈腐衰败的事业。当他去接收的时候，这个资本八百四十万的招商局，已负债了二千万。

“我要给国营事业树立一个制度！”

招商局的常董杜月笙，赞助了他的计划，航业界的领袖也是刘氏的同乡虞洽卿，在公私都给以帮助。他便从事于除弊，用事务长代替买办制度，新的会计制度，业务管理规程的创造。

招商局决定了国营以后，从二十一年十二月一日起开始收回股票，以每航业股二股，产业股一股，合为一套，每套收价为五十两，至二十二年十月三十日止，共收回了四万零五百十六套，产业股二千股，共付洋二百八十七万零一百二十五元八角二分，同一时间，请准中央把中英庚款的水利部分三十六万镑暂借，为扩充航业之用，造了“海元”“海亨”“海利”“海贞”由英国 Hunter R Bare ay earle 二公司承造，价为三十四万七千一百五十镑，本来还想造两艘江轮，因而也不能不再加上五十万元添了一艘快轮，专驶京汉。扬子江码头在二十一年也由交部强迫接收拨归招商局使用。

上海六十三家航业公司中资本超过百万的，只有六家，能和英商太古资本五十万镑，怡和四十九万镑对抗的只有招商局一家。中国轮船总吨位在二十五万吨以上，沿海有十九万二千吨，沿江有六万五千吨。但太古、怡和、日清、大远四家亦在二十万总吨，其中日清，在政府补助下（一九二九）增资为一千六百二十万，轮船四万五千吨，对英国轮船竞争，对中国取“滥跌主义”，气势虎虎逼人，又成了刘鸿生的唯一对头。

交通部部长朱家骅在二十四年二月十五日广播称：“招商局自收归国营以来，极力整顿，添购海轮，招徕客货。四新轮除去一切开支与保险折旧，以及分期还本付息外，平均每月净余三万元。二十二年营业，较十八年至二十一年四年总平均数增加百分之二十五，二十三年半年营业比十八年至二十一年同期数字增加百分之三十一，唯历年亏欠过巨，年息须二百六十万元，上年营业虽盈余四五十万元，何足相抵。”

到了二十三年底，招商局的债已增到三千九百万元了。这时候航业的一个计划实现了，就是三十三年时交通部的航业讨论会上提议的，全国航业团体合作，加多资本，增进效能。二十四年一月二十五日，部令准组中国航业合作社，是时六月一日成立，推举虞洽卿、刘鸿生等二十一人负责主持。

刘鸿生在招商局做了不少事情，他的英国死硬派的作风，到结果还是不能与中国社会合拍，于是在二十四年底他辞去了国营招商局的职务。

刘鸿生记账房

“自助者天助之。”

刘鸿生喜欢说这一句话，因为他相信他的每一件事业都有自己的心血在内，他满足自己的成功。利润是应当给他的酬报。这句话，他一直从上海说到重庆。

对煤业，他有一个煤业托拉斯的计划，由他的弟弟刘吉生来经营着。对水泥，他自己在千辛万苦中支持着，对毛纺织，对搪瓷，他更贡献了全部的精力，而招商局这四年中，是比火柴事业，占了更多的时间，但是两者的收获，却是大大的不同。

这以上追述了刘鸿生创造他自己的几件大事业的梗概，其中不属于工业部门的，则是他还办过一个规模并不太小的银行。他用“中国企业”四个大字，足以表示他的雄心，想创造工业资本，使中国的买办资产阶级跃进到民族资产阶级的阶段。但是事与愿违，这家企业银行仍然不能不靠兼营商业及储蓄。

就在东北沦陷的那一年，这一家新银行成立了。“中国企业银行”China Development Bank是刘鸿生、刘吉生等创办，参加的人有张公权、徐新六、胡孟嘉等。额定资本国币二百万元，实收一百万元，于民国二十年十一月开幕。由刘鸿生任董事长，刘吉生、马竹亭任常务董事，总经理为范季美。二十一年四月九日呈准财政部注册，二十二年十一月设立苏州分行，二十三年十一月设上海西门支行，二十二年纯益为八五·三三〇·〇〇元，二十三年纯益为八七·七六八·〇〇元，二十四年纯益为八二·〇七一·〇〇元，是年九月撤销苏州分行，七月加入上海市银行公会，为四十三家同业中的一员。

这个银行的出现是中国财政金融最紊乱的时候，民国二十年秋天，英国、印度、日本，相继放弃金本位，二十二年，美币又跟着贬值，乃使我国币值激涨。到二十三年夏天，美国又施行购银政策，银价更高，外汇上升，通货紧缩，从二十年到二十三年间，上海物价指数由一二九·二跌到了九九，其影响之大，可以想见。这时平衡税阻止不了白银大量出口，一直到二十四年，政府与中外银行缔结“绅士协定”，相约不再运银出口，但这时已存银无多，百业都冷清到了不能存在。

刘鸿生在他的全部事业之中，忽而喜，忽而悲，他有他的长处，同时也有他的短处，在上海的极盛时代，为他处理着工业商业，航业码头和金融事业的是一个特殊的机构，名叫刘鸿记账房，这里面是刘氏家族的共同产业，全部的资产的数字，在那时候，当然已经是一个可惊的数字，这全部的资产，刘氏都已内定分配给他的八个儿子和四个女婿。

这一个天才的企业家在抗战以前可能有更多的创造，然而不可避免的抗战毕竟来到了。全部的企业交给了弟弟——吉生，他不能再与二十年来日日为敌的日本人碰头了，他经过香港，手无一文钱地来到了重庆。

一位曾在刘鸿记账房的工作者，描写这位老板道：

“那时候，有了钱，我们都要想法藏起来不让他知道，——只要有十万元现款，他就会不甘寂寞地来做一件新企业投资。”

刘鸿生在抗战中

刘鸿生随着抗战的队伍到了重庆，他认定没有国防，没有工商业的保障，他决心在后方创造自己的新事业。

二十八年，华业和记火柴公司正式出货。这是与地方上原有的厂家合作的，主要是大中华火柴公司的九江裕生厂二十七年在马当失守后，初迁常德，再迁沅陵，道出长江，西上沙宜，后又设法迁至重庆，二十八年四日开工，六月就开始生产狮球、醒狮、电棒、华业四种安全火柴。

刘鸿生就住在那个华业火柴公司的宿舍内，计划他日后的大事业。这个人到了五十岁年纪，却越发健壮起来，他留着平头，胡须刮得十分干净，每天跑到西跑到东，都一点不知疲倦。有时兴起却向年青的朋友打哈哈，他反对后方的反对跳舞的意见，他说：

“一男一女既可以拉着手在街上走，为什么不可以在一起跳舞？”

一个新的理想实现了，他创造了火柴自给自足的基地。

中国火柴原料厂是在抗战中间建立的，规模颇大，除长寿的火柴原料厂外，尚有昆明磷厂、贵阳氯酸钾厂、八步化学厂，资本共计五千万元，目前制造出品如氯酸钾、磷、胶、蜡均由火柴专卖公司统购统销。在川厂，以柴油桶代替水泥桶而制氯酸钾，月出十五吨，以牛骨代磷矿而炼磷，电极也是自己制造的，从牛皮制胶，化学方法提蜡，都各有其新颖的成就。厂长李国柱，曾得美国米西根大学博士学位，在江西主办麻纺有名。他说：

“我们这个工厂出品是供不应求的，我们出多少，火柴公司收多少。中国化学工业，从消费处着眼应当设在大都市，但为生产原料便利，内地的厂，哪一家也不应缺少，而且应当大大加强设备。”

当二十九年创立时，资本不过二百万元，三十年增资为三千万元，三十二年又增资为五千万元。在川厂，可以看到这工厂在水电的充分供应下气象万千（水电只售五元五角一度，比火电便宜三分之二），新的氯酸钾厂、制磷厂、制胶厂、制蜡厂，都在无限扩充中，这里没有丝毫工业上的不景气。

华业和记火柴股份有限公司是二十八年四月在重庆弹子石建立的。在同时进行的还有中国毛纺织厂，去年出货为八百公尺，今年为一千公尺，如果八千万贷款成功后，可增为三千公尺。那时候毛锭二千变为四千,四十三部织机变为一百四十三部。

毛纺织在中国的历史很早，但西部的毛纺织尚完全在手工业阶段。中国国货银行乃以全力帮助刘鸿生，在西部建立新的基础。可是战时的运输太困难了，从上海转香港内移，在三年中间，还有八百吨机件辗转行进，有一半丧失在海防、仰光及其他各地。一部内迁史完全是一件搬运工作，用了四十部卡车工作了几年，才算完成了初步。

中国毛纺织厂在川省建厂以后，政府为了建厂的艰辛并以百分之五十的力量供应平价的公务员毛呢，所以特别对他的出品“不平价，不限价，不议价”，以示优待。

在西北，与政府合办了一个资本一万万元的毛纺织厂，一个大洗毛机已运去了，先从事外销洗毛工作，这是交通银行为主投资的。

随着他在企业上的成就政府方面又要求刘氏出任火柴专卖公司的总经理，这个职务，除了刘氏之外，也没有第二个人适合，他在逐步实现上海时代的旧理想，全部火柴原料控制在他的手中，火柴成品的价格也就受了控制，尤其是在物价高涨时候，商人想多囤积并不容易，有一位追随刘氏的工作者谈到这点，他说："过去一箱火柴，不过二千元，今天每箱是五千元，动不动就是百多万，而且想自由操纵已不可能。"

刘鸿生紧紧地控制着火柴工业，他小处放松，大处决不放松，他使政府能够变为一个大囤积户，打倒了一切人为的波动。有人攻击他与民争利，他也不为所动。虽然他所得的专卖利润并不太多，但专卖事业成功了。于是这位三十一年的火柴公司经理，三十三年十月被特任为专卖局局长。

刘鸿生做了官，但是他并不放弃自己的事业，政府也承认他仍然可以处理他自己的企业，他有两点长处可为工商家的模范：第一，有眼光，有魄力，同时还有一套计划。看他的每个工厂，都是秩序井然的，预先留出日后发展的余地。

第二，自己吃苦耐劳，同时却信任并厚待他的职工。在各工厂中，没有比他再注意员工福利。他要人做事，同时给人以充分的权力。

刘鸿生是宁波人，但他的干部却不一定全是阿拉同乡，谁是最有能力的，谁就可以被选拔出来。

原载《新世界月刊》1945 年 1 月号

一个造桥的人

——记罗英工程师

徐　盈

一位位的老工程师的头发白了，脸上皱纹多了，背部开始佝偻，身体开始衰颓，回首三十年，他们用了不小精力，为了中国的现代化；但事实上，中国的进步并未如他们的希望，尤其是最近一年，中国更由“五强”降到殖民地的地位了。然而，他们在大时代中，无疑地尽了桥梁的作用。

这里介绍一位中国有名的桥梁工程师，五十七岁的罗英氏，今天是公路工程总局第八区局（包括了旧日的华北五省）的局长，他拥有修路费一年一千三百亿的预算，但实在进行的不过是为了美国人使用的北平塘沽公路、秦皇岛至北戴河的公路及青岛至潍县的一条公路。他为了他的职务而烦闷，他说：“这三四十人是跟着我从北方到南方，吃尽了辛苦去抗战的技术人员，我带他们走了，不能不再带他们回来，不能不给他们一个吃饭的位置，一旦时局安定，中国的建设事业恢复，我愿意回到中国桥梁公司，帮助茅以升，做他的协理。”

罗英氏是工程界的一个全能的选手。他是民国元年由江西保送的九个留学生之一，他那时中学还没有毕业。到美国他陆续进了加利福尼亚、芝加哥、康乃尔和哥伦比亚四个大学。在加大和芝大学的是理科，康校学的是土木工程，哥校学的是会计及工业管理。

“为什么我一连上了四个学校呢，因为没有学籍，在加州不能与其余的人们一起毕业。”他便一方面写信给胡适，了解康乃尔的内容，一方面加入芝加哥的暑假学校，补习功课。结果进了康大得到了土木工程司和工科硕士的学位。后来实习时住在哥伦比亚大学宿舍，学校当局不允许没有学籍的人借住，于是他加入了哥大夜学的会计及工业管理班，“反正都是用得着的学问”。

这位江西南城人，在美国八年，除了上学而外，还在纽约车站及桥梁公司实习，他的江西乡音始终不改，也许他的英语高过于他的国语。回来以后，就开始了艰辛的生活，主要的是造桥工作。

他看护黄河铁桥

罗英氏看护中的第一个大桥就是长有一公里的津浦路黄河大铁桥。北伐时候，抗战时候，以及每一次内战无不加以破坏，这位津浦铁路的养路主任在这里从事九年至十六年，历尽了沧桑。

“这个德国材料的臂形桥，”他说，“是一个非常坚固的桥，桥基深达三十一米突，除了日后钱塘大桥有一五〇英尺深之外，并没有能和它比肩的。炸过几次不易损坏。”

一条津浦铁路，是用两个帝国主义国家的借款修成的，由韩庄成为一个分水岭。韩庄以北是借德款修的，韩庄以南是英国款修的。德国的格局雄伟考究，钢轨轻巧且坚固。英国的布置经济且节约，钢轨也不特别考究。罗氏认为胶济路靠近有盐水地方，保养那钢铁材料最为困难。

“平均说来，美国的铁路由于运输频繁，桥梁的寿命不过三十年，欧洲的桥梁在运输力量保持均衡状态之下，五六十年是不成问题的。”

罗英氏这时自己有了孩子，兄弟们出国读书，江西有一批钞票忽然变为废纸，他有两个铺子的家庭中落了。而内战使他的薪水从有折扣起，最后是欠薪。有一个月拿到五十元，除了搭配的流通券之外，只合十六元，与一名听差相等。

他这时每月非有二百元不得过活，于是只有兼了不少的学校的功课，每天早上六点起床，七点到九点到北洋大学去上课，九点以后上班到十二点。午饭以后，每天一时至二时到直隶高工再去上课，然后再到铁路局上班，到晚上还想找一点事做，来增加收入。

“这时恰巧北宁路托人来为皇姑屯机厂绘设计，我便毛遂自荐了。在十五年下半年接受了这工作，一连干了三个星期的夜晚，终于完成画稿。”

设计皇姑屯机厂

“那时北宁路还是京奉路，主持人是常荫槐做局长。我是为了绘画费一万元，但由于朋友关系实际只得了一千四百余元，对我也不无小补。只是以后常荫槐就叫我去主持土木，由朱葆芬主持机器。”

也许是日人想看中国的笑话，施工期间并未受到阻挠。有一位名叫山井的分段长却也非常服从。罗英氏设计这个“东北自建的钢架伟大机器厂”，根据了唐山厂规模，以一月可修八辆车头为限，同时并从事于铁路上钢梁和号志的装配与制造。

十六年九月开工，第二年五月完成土木，英国运来的机器便开始装设。先由朱葆芬任厂长，后由石志仁任厂长，杜殿英任副厂长。不料到十七年六月十六日张作霖在皇姑屯被炸，当地就成了日本人的世界，机器厂也许等于沦陷状态。

“同时十一月我奉派到山海关桥梁厂做英国人解职以后的第二任厂长。”

山海关桥梁工厂

山海关桥梁工厂是一个不大也不小的旧式工厂，那时有工人一千四百余名，到处去做包工。民国十四年，方由美国康乃尔毕业的中国学生郑华从英国人手中接过来，他是第一任中国厂长，也是北宁路上工程界的第一项大事。

十六年底时候，北宁的局长已从常荫槐换为高纪毅，这位精明的主管，他对罗英氏表示道：“你们要做到自给自足，你们要自己出去找生活做，你们要和别的商家一样，到交通委员会所主办的各项事业中间去投标。”

“我这时自己给自己定了一个五年计划，想把我们的旧式厂房改为铁架子厂房，把蒸汽机改为自设电力厂。我们要自给自足，经费不能不自觅办法。所以我们包工的盈余，只以百分之十缴给路局，其余的钱我便先准备起材料；到‘九一八’前夕，一年来，我们存了二百五十吨，从唐山搬来一个五十基罗瓦特的发电机装上，正想从事土木的时候，日本军阀不能再忍耐了。”

罗英这一年来辛辛苦苦从事这个桥梁事业的建立，他得到这时才算解除了遥领的津浦养路主任。山海关桥梁厂到处包工所遇到的最大敌人，就是日本包工的技术人员。每到一处工程投标时，日本人总是彼此探询：“山海关厂来了没有”，山海关厂来投标的，便不易为别人所抢去。

“二十年冬天，日本兵到了山海关，一架机关枪对准了我的厂门，又一架机关枪对准了我的家门口。”

罗英叹了一口气，他不能不离开山海关。在他的任内，不能与同人大批分红，不免引起一些怨恨，但重要的职员仍然愿意和他一起撤退，表示工程也是一个配合全局的战斗体。他在那里做了些训练工作，到今天——三十五年八月中罗氏以秦皇岛公路缘故又到山海关桥梁厂来视察，不少老工人还认识他，互相指着他说道：

“十五年前那个说话我们听不懂的老表厂长又来了。”

罗英闻此，真是感喟交集，这十五年，中国经过了多大的风涛，个人也增加了多少波折。山海关桥梁厂工人如旧，职员全非，这些实地工作者全看领导的得法与否。他在那厂内住了一夜，百感交集使他不能入梦。

“桥梁工程师应当是机器与土木的综合工程师，单学一样是不行的。中国的桥梁工程方在开始，而环境却逼迫着一个能够做桥梁的工程师不能从事于自己的本行。”

他想起“九一八”以后，到天津暂住，到《塘沽协定》签字，他知道北方大势已去，他带着他的一批老朋友，应邀到四川测量成渝铁路，跟着又为浙赣路从事玉山至萍乡段的勘测计划。他的努力开始为曾养甫所看重，那时候，曾是钱塘江大桥及浙赣铁路的实际主持者。

钱塘江大桥

二十三年春天，钱塘江大桥的工程处长茅以升不幸丁忧，急于要找一个人来接替指导工作，曾养甫便请罗英前往。那年四月，浙赣铁路理事会成立了，又请他去做顾问工程师。一位罗氏友人介绍他那时的繁忙道：

“民国二十三年到二十六年，先生担任钱塘大桥总工程司兼浙赣路顾问工程司及浙江公路局工程顾问。在桥工进行最紧张时，白天的时间奔走二地指挥一切，晚上还要赶办浙赣路和公路局的事务，直至深更半夜，不遑宁处，他的夫人做人参汤给他喝，以调节过劳的身体。”

罗英氏对这段记载，先是哈哈大笑，以后又反驳道：

“我哪里有钱买人参啊。”

茅以升先生是随时随地注意于人才的训练，他用了五十多个学生，分别在一公里长的桥墩设计上实习。外人估计，应用一千二百万元，实际做桥墩原定是五百万元，用了四百八十万元，这个由中国人自己设计的桥梁，主要是为了训练学生。桥基深到一五〇尺是空前的，这个大计划方告完成，战火便已逼近到桥边了。

“二十六年九月二十六日第一列火车从我们做的桥上驶过去，十一月十四日夜里三点钟，我们便用两部小轿车三部大卡车载着最后的人员，挥泪到兰溪，转到玉山暂住。”

战争全面爆发了，西南乃成为国防的重心。工程人员向后方集中后，罗英氏受命为湘桂铁路及湘桂间的联络公路工作，他的朋友叙述他的工作道：“他被任为湘桂铁路的桂柳及桂南段的副总工程司，桂南段工程局副局长，桂穗公路工程处长，所有湘桂间的重要交通建设，大半在先生主持督导下赶修完成，对于前方军事，实有莫大的裨益。湘北及昆仑关等战役能够得到大捷，后方的军运与前方的作战配合得当，也是造成胜利的一个重要因素。”但以交通在抗战中保守秘密，所以多少创造性的故事并不为外人所知道。

柳江大桥的功用

“从二十七年在后方起，”他说，“我们在桂省又修了桥梁若干处，其中尤以长达六百公尺的柳江大桥为最大，对于这个桥，我被他们逼迫写了几篇文章，叫作非常时期建筑桥梁之经历。你知道，我是不会写文章的。”

这样便谈起这个六百公尺的柳江大桥来。罗英氏谈到这件事十分兴奋，他笑道：

“这桥是无意得来的，而且是中国空前未有的铁轨改建的桥，为了空袭，不能不做成 S 形，而这又是不合学理的。为什么要建这个桥呢，说来话长，那时凌鸿勋任局长，我任副局长，石志仁做粤汉路衡桂段的局长，他们粤汉的路轨正向我们这边拆送，后来忽然又不拆了，说是湘江发了水，怕木船被水冲去，所以在上面加扎钢轨。我那时便想，为什么不就用钢轨来设一个呢？可是由于钢轨太窄，连接困难，所以费了很大的力气，才算把这个第一次尝试完成了，到了通车的时候，路局不愿接管，我说，我再负责半年也可以，可是也没有出任何的事。”

有一次，防空总监黄镇球与工程界人同桌，他不知道罗氏也在座，便大加赞美道：“这个六百八十米呈 S 形的铁桥，最合防空的道理，我不知道这是谁设计的，我要敬他一杯。”于是有人便指道：“近在目前”，于是两人握手哈哈大笑，同干一杯。虽然高兴，但罗英氏却以凭吊者的心情说：

“这个桥今天已经不存在了，它尽了抗战中的使命，当湘桂大撤退的时候，军队过了柳江用一点炸药便把桥炸坍了，建的时候并非容易，但炸的时候，却太容易了，这桥总算尽了它的历史任务。”

两个未完成的桥

罗英氏又说起他自己已然是五十七岁的老人了，但他的兴趣却仍然集中在造桥上。

中国有两个等候要完成的大铁桥，而每个桥都与罗氏有密切的关系。一个是黄河的风陵渡铁桥，二十五年时他奉派来设计过，主持人是他的老朋友唐文梯总工程司，为了桥基的地位问题，他们有过一度研讨。这个桥连接了陇海与同蒲两路，因为两岸高耸，河流湍急，他说：

“如果修建完成，这桥成为国内一个有数的高桥。”

同是在二十五年九月，他又受命设计武汉大桥，高达二百二十英尺，分为三级，为国内各桥之冠。这设计工作，与钱塘江大桥同时完成，那时的施工费是一千二百万元，预算三年完成。

罗英，这个老人，主持过中国第一个桥梁厂，建立了中国第一的钱塘江大桥，战时创造了第一个使用铁轨完成的柳江大桥；此外，他在每条公路上指导完成了无数的桥，每当建成一个桥时，他总是第一个踏过去的。中国说法：修桥补路是积德，那么，他对于“桥”的功德，一定是超过于任何一个人的了。

“我希望今生能再完成几个新桥。”

这是这位五七老人的雄心，他不仅完成实际的桥梁，在技术上他也完成了桥梁作用了。

原载《新中华》复刊 1946 年第 4 卷第 23 期

丝织大王的梦

王 韦

方经理从苏州、无锡、杭州考察春茧收购状况回来，整个恒新织绸厂就受了波动。

每个接近方经理的朋友都知道，方经理怀有一个雄图，即是变自己为中国的“丝织大王”——这倒不是一种幻想。论基础，恒新织绸厂在本埠有四爿，天津、杭州也有分厂，各大商埠以及战前的南洋群岛都有经理和分销处。虽然，在这次战争中，闸北的分厂遭受损失，但在几个畸形繁荣的年头里，早已补偿有余了。所以，方经理正在准备着，准备待时机一到，捷足先登。

到上海的当天，方经理立即下了个传知单，通知总管理处主任、营业主任，第一、二、三、四四位厂长，当晚假座私邸召开临时厂务会议。显然，从考察春茧收购状况回来，方经理一定有新的计划要推行的。

那夜晚。

第一个报到的是营业主任张守余，因为方经理离沪一月有余，自然要问长问短了。

“上月里新出的羽毛纱销路怎样？”

“销路不错，一千匹货色一礼拜工夫就销完。”

“定价涨过几次？”

“定价……定价没有涨过，因为只有一礼拜工夫。”

“这也得随机应变，有销路，客家来添货时可以回绝一下，做生意不能死板板。”方经理显然有些不高兴，稍停，说：“二千匹蓝条雪克斯丁销脱了吗？”

“只有销脱三四十匹。”

“好了，要摆过年了，花色过时，明年有啥人要，跑街吃了饭在做些什么？！”方经理越加不高兴。

“他们都说花色过时，有啥办法。”

“花色过时？百货销百客，不去兜销，等人家上门来？！”

“跑街还都不高兴，说开缴不够。”

“不高兴？开缴不够？想加薪工吗？嘿！你给他十万元一月，他依旧要做私生意，瞒得过别人，瞒不过我！”

其时，总管理处主任第二个报到。

“喔，你来了，我正想起一桩事，上次讲起的，诚益厂有十八台织机卖出来，你去看过吗？”因为总管理处主任是自己的表兄，方经理的口气要缓和得多。

“去看过了，是日本货丰田式，老货色，大概九十梭，我说等你回来作决定。”

“价钿可曾讲过？”

“没有。”

“啊哟！我不是同你讲过，货色看得过去，价钿相近，就买下来，将来总有用场好派，现在再去讲，恐怕要涨价了。”方经理虽然不高兴，但脸色还是好看的。

“唔。”总管理处主任勉强应了一声。

接着来的是第一厂史厂长。

方经理正想找史厂长训斥一番，因为在方经理离沪一月半中，史厂长曾经同了一个朋友，费了三天时间，到故乡南京去做了一次买卖；同时，上月里第一厂的生产指数，根据总管理处统计科的报告，比前月低下百分之二点五，这两桩事情凑在一起，史厂长的“擅离职守”与“办公不力”的过失揩也揩不了。

“你曾经去过南京？”

“是的。”

“去做什么？”

史厂长一愣，这叫他怎样回答呢？谎说白相吗？现在是什么时候！做单帮，这还了得？

“母亲生病，回去看看。”他妈的，还是倒霉一下老人家，史厂长灵机一动，就这么说了。

方经理的脸色在起变化，营业主任跟总管理处主任识相地踱出了会客室。

“母亲生病固然要去看看，可是事情也得称称重量，第一厂五百多人出了什么事都在你一个人身上，不要说在社会上做事，我在英国读书，父亲在中国病死，也不过打个电报来算了，年纪大的人要死有什么办法，你总算受过教育的，这一点还弄不清楚。”

方经理的话脱出了一般经理与厂长的对白的传统，但这是有历史根源的，十五年前，当史厂长还只十八岁的时候，曾经向方经理行过跪头的礼。

史厂长呆立着，继续听方经理的训斥：

“我总算没有亏待你，你为何常常要使我失望，你想想看，我把你从练习生升到技工，从技工升到技正，从技正升到工场主任，从工场主任升到工务总管，从工务总管升到厂长，你不是我的亲，又不是我的戚，从个人情谊上讲，也说得过去了。你看，同你一起进来的毛邦志、李善亭，到现在还是技正。……上个月生产指数又低落，织工倒添了五个，你倒说说看！”

“那是因为有几天太热，一个女工晕倒了，差一些梭子穿破了手心，我就关照夜工停开几天。现在织工工资都论生产计，他们赶生活比我们还心急。”史厂长大胆地辩解着。

却不料引出了方经理更多的训词：

“嘿！你吃了十五年绸厂饭，这一点还弄不清楚，不管工资论生产计不论生产计，总不能常常让他们停工，做单帮就让他请假，随随便便还像什么厂。我常常对你讲，五十个人做生活同一百个人做生活制造费不会相差一倍，我要织工做夜工，也是为了叨光一些制造费用，依你这样做法，恒新厂只好关门大吉！”

史厂长还是呆立着，有什么好说的呢？

“讲起来，又是我独断，不肯放手，实在太使我放心不下，慢慢太平了，我到美国、英国去考察丝织工业，说不定半年、一年，这叫我怎样放心得下。……”方经理的话在此告终了。

说实话，方经理是很看重史厂长的，因为史厂长忠心耿耿，肯埋头苦干；这两点，在方经理的眼中，比聪明与能干还值钱。

第四厂莫厂长第四个报到。

照例，莫厂长不待方经理说“坐下来”就倒在沙发上，也不待方经理说“请烟”就在烟盒里拾一支。

“最近四厂里有什么事吗？”方经理问着。

“唔，没有什么。”莫厂长随便地应了一声，低下头去看报纸。

“听说有个学生意学了二年回去了，饭金没有贴还。”

“是的，因为他父亲死了，乡下没有人种田，他的娘来叫他回去，我看她们可怜相，就让她领去了。”莫厂长答着，头还没有抬起来。

“情是可原，不过厂规总得遵守，不然你学一年滚蛋，他学二年溜走，这……？”

“我总这样讲。”莫厂长抬起头来，好像不只对方经理一个人说话。“有许多事情，可以马虎只好马虎些，你硬要他贴还饭金，他说没有；去钉牢保人，保人不赔怎么样？为了这种事情去上公堂，总不值得吧！”

方经理听了这几句话，掉转了背，装作不注意的样子；说起来，方经理的确怕莫厂长三分，一来，莫厂长是中国纺织业干部的摇篮——南通纺织学院出身，具有比方经理更丰富的纺织知识；二来，他聪明能干，人誉尤好，加之生产管理上天衣无缝，方经理真是敬而惧之。

第二、三厂陈、袁两厂长姗姗来迟。

时间是六点半钟。

方经理打算在晚饭之前，结束这个临时会议。

“大家靠近些。”方经理说着，自己坐在正中的沙发上，旁边的总管理处主任开始记录。

“我这次考察春茧收购状况回来，觉得中国的丝织工业将来一定发达，为啥呢？因为丝织工业从原料到成品中国自己已能应付，虽然目前大多数织机还是外国货，但中国自己也会制造，中国货的提花龙头机就不错，这是大家知道的。不过，丝织厂现在已经开得很多，别处不去说，单就上海讲，大大小小有五百多家，约莫七千三百台织机，当然，本厂的范围已经不能算小，但是为了适应将来的环境起见，我们还得计划改进，否则，同别人竞争起来，就没有把握。”

方经理这一段话，把大家的注意力集中了。

“我可以告诉各位：我在苏州已经买下了三十六亩地皮，连带四十间平房，我预备马上在那边开茧行，辟缫丝部，自然，还要进一步由自己养蚕；将来一定要达到从养蚕到制成衣料，都由自己来经营。”方经理说着，抽了口烟。

莫厂长插进话来：

“苏州去辟缫丝部，那么上海四厂缫丝部分当然预备停工啰？”

“是呀！一来，蚕茧买进不必再出运费运到上海；二来，那边生活程度低，缫丝成本当然比上海轻。”

除了方经理之外，大家都以为今天的会议就不过是关于到苏州开茧行和辟缫丝部而已，然而不，方经理又开口了：

“这是一桩。”接着“第二桩，从下月起，除了第一厂继续开工外，其余三厂全部停工。……”

方经理没有说完，总管理处主任一惊，忍不住问：

“这……这啥道理，现在虽然电力不够，大部分用柴油引擎拖，但开一天工，除开缴外，总算有些好处呵。停起来，你预备怎么样？”

这一问题，除了莫厂长之外，是每个人想提而没有提的。

“这事情很简单，开一天工固然有一天进益，但停一天工，表面上虽然没有进益，实际上进益只有更多。这次丝价涨得热昏，五月里苏州鲜茧开价六千元，二百八十斤——算它三担换一担干茧，三六一万八千元，干茧四担合一担丝，四八三十二,一四得四，七万二千元，算加工一万元，不过八万二千元一担，那时上海丝价将近十二万，但三个月来已经涨三四十万，我们制成品一倍还涨不到，这样做下去，原料越做越少，无论如何不上算，况且电力又要限制，柴油引擎固可代替，但买柴油像觅宝，价钿又大……所以表面上看来赚钱，实际上大蚀其本。”

“根据你所讲，那么第一厂为啥还要开工呢？”总管理处主任这一问题提得有道理。

“这是因为：一方面，我想每个月出些新花样，做做广告；使我们这块牌常常在买主脑筋里印着，不使忘记。二方面，对外讲起来，无论银行钱庄，进货客户，以及股票市场，他们总认为我们还是开工的，不是为了这些，我就预备统统停工。”

“你说，下个月起就实行？”莫厂长问着。

“唔，下个月起就实行。”方经理坚定地回答，接着：“这是第二桩……”

“这是第二桩。”大家的神经越加紧张了。

“第三桩，天津、杭州二分厂，我想派人前去整理一番，对外调查一下当地市面，对内各方面修理一下，等到有机会开工时不致临时抱佛脚。……就是这三桩。”方经理说完了喝上一口茶。

大家松了口气，但皆闷声不响。

现在，方经理要调兵遣将了：

“我这样拟定，请莫厂长到苏州去主持茧行与缫丝部，当然可以驾轻就熟。我的计划，茧行要赶进秋茧上市，缫丝部在秋茧收购完毕后动工。天津方面，请陈厂长去，因为陈厂长原是因那边停工回来。杭州方面袁厂长去，当然没有问题。至于总管理处方面人员，暂时不预备调动。”方经理说得很清楚。

现在，莫厂长身负重任了，当然有许多问题要问一问：

“那边设备预备怎样？”

“当地想法子，上海难搬，就是好搬也不预备搬。”

“时间上恐怕……”

“可以多用些人，赶日夜工，总有办法……那边缫丝方法大都还是老套，无论煮茧、缫丝、扬返……都如此，我们当然根据上海做法。”

“那么工人呢？”

“工人，上海带些熟手去，当地再招……各方面我都想过，大体上没有什么问题。现在要来解决停工问题。”方经理说着，等待别人发表意见。

显然，大家对这个问题感到棘手。

“第一步，织工先解散，职员练习生慢一慢，铜匠间和木匠间工人再维持一下，叫他们全部修一修。第四厂方面，缫丝部工人挑一部分到苏州去。我想没有什么问题的。”方经理的自信心一向很强。

“解散，当然要解散费了。”只有莫厂长敢提这个问题。

“这当然要。”袁、陈二厂长来附和着。

“解散费——不过是开拔费，这班人不是到湖州，便是嵊县或苏常一带，我想每人津贴二千元，童工减半，再多不能多了。”说这几句话的时候，方经理的脸色可难看极了。

“这笔数目倒很可观。”总管理处主任一边记录一边说。

“是呵！三厂工人加起来大概有一千人，每人二千元要二百万左右，唉！不要说开厂，停厂尚且如此困难。”方经理跌入叹息中。

“唔，今天廿五，明天廿六，月底只有五天……”袁厂长想想缺少把握。

“这月底一定要结束！”方经理斩钉截铁地说，就站起身来。

于是，精美的晚餐开始，这次临时厂务会议就在黯淡的防空灯罩下宣告闭幕。

第二天。

厂务会议，不，方经理的决定，在二、三、四三厂里雷厉风行。

第二厂于上午十点钟贴出了总管理处发来的通告，织工们听得了这个风声。在铿锵、铿锵的机声中急得像热锅上的蚂蚁。

“厂要停了！”绰号叫作汽油灯的李阿根在大声叫喊。

“啥人讲？”右边的小阿姨探过头来问着。

“通告贴出了！好了！只有五天生活了！”汽油灯还是大嚷。

这消息一下子就传遍了，十二点钟一敲，大家忘记了吃饭只有半小时的限制，都拥到布告处去。

通告上写着“电力限制”，“柴油无法采购”，写着“暂时停工”“一俟市面转机，印行通告开工”，自然，还写着每人发给二千元。

小阿姨站在人丛中，眼泪不自主地淌下来，因为她跟提花机织工包志发结婚才五天，如今要演“夫妻本是同林鸟，大难到来各自飞”了。

毛阿妹突着八个月的大肚子，转动着脖子听别人讲话。

男织工比女织工“泰山”些。

“吃饭！吃饭！两双手生着，不怕饿煞！”林瑞堂大声嚷着。

于是，织工们就开始散去。

一息，织机又复转动。

第三厂在十一点钟贴出通告，惊动的情形跟第二厂一样，并且袁厂长一天未到厂办公，但不时以电话探询厂里有何事故。

第四厂里的通告跟第二、三厂不同，通告上面说缫丝部要“迁往苏州”，愿意到苏州去的“向厂务科登记”，不愿意去的就领二千元津贴，自然童工对折。

这办法是方经理提出的，因为第四厂缫丝部百分之五十是女性童工，百分之三十是成年女工，其余则是男工，她们都是外宿，家在上海，所以估计决不会全体跟着到苏州去，这样，事情就好办得多了。

一式地，布告处挤满了人。

“啥事体？姆妈！”八岁童工杨林弟，伸出被煮茧盆烧肿了的手指，指着布告处问她的妈。

“不要响！阿囡，听别人讲……哙！李小宝，啥事体呵？”杨林弟的妈拉住一个男工问。

“老板请你到苏州去白相！”李小宝向她扮个鬼脸，不，是哭脸。

“苏州去白相？”杨林弟天真得可恨。

“厂停了，要搬到苏州去，你去不去？要去到厂务科张先生那边去写名字。”陈福和老老实实告诉她。

杨林弟的妈最后一个离开布告处，她在想，她是去不成的，家里还有二个孩子和一个拉不动黄包车的丈夫。

“苏州去就苏州去，要吃饭没有法子，就是四川峨眉山也得去呀！”光棍赵阿大边嚷边跑，到厂务科去登记。

那夜晚，登记簿上有着三十五人的名字。

五天之后，二、三、四三厂当真停下来了，不过内宿的织工要求暂住若干日，以便整衣还乡。

现在，方经理把注意力转到第一厂来。

一日，是休息日，方经理预先关照史厂长出一张通告，说早上九点钟向全体工友谈几句话。

这通告把第一厂的织工吓了一跳，但一看是训话，就放心了。

八点半钟光景，内外宿织工差不多都到齐了，即使像庄安康那样，昨夜里打上三十六圈，今朝照样带着血红的眼来听训。

大家都在猜测，今朝方经理会讲些什么。

八点五十五分。

呜——呜呜呜——。

二个门警在准备中听到了熟悉的喇叭声，就连忙拉开大门；于是，这辆在上海算最新式的一九四一年史蒂倍克汽车，就像吃人的老虎一样，呜——一声穿了进来。

两个保镖当车还未刹定的时候先跳下来，四面一张，看看有什么形迹可疑的人；接着，方经理跳下车，帽子拉得低低的，一直往里冲，站在边旁的人觉得有阵风掠过去。

织工们依照通告的指定，聚集在饭堂里，男工一堆，女工也一堆；有人来报告“方老板已到！”于是，抽烟的人快快熄灭，聊着天的人也自然地闭住了口，全堂鸦雀无声。

三分钟后，史厂长绷紧着脸，跟在方经理背后来到饭堂。

方经理不在预先摆好的椅子坐下，而是站在椅子前面，西装裤袋里掏出一块白手绢，干咳一声，抹了抹嘴巴——它，在一千多只眼睛注视中开启：

“各位工友，今朝我有几句闲话要同大家讲一讲。”方经理用了通俗的口吻说。

“第一点，大家都晓得现在是非常时期，做生意非常困难；外面工厂大都停工了，本厂从这个月起，第二、三两厂也停工，第四厂搬到苏州去，现在上海只有此地第一厂开工，这是不得已的办法，可以维持的时候我总极力维持的，过去电力不够了，我就想法子买柴油引擎拖，我想大家也都晓得。这是第一点，希望大家都能明白。”

“第二点，我们绸厂工人，不同别种工人，外面都说绸厂工人是‘贵族工人’，这可见得是比别种工人高一等的。我的意思是，大家不要把自己看得太低，现在中国工业还未发达，将来发达了，工人就有出路；在美国，一间工场里，排着一百台织机，你想有几个人工作？”稍停，伸出两个手指。“两个，只有两个人，因为他们都是自动车，经纬线一断就停，杼子自己会进，所以，一个工人的收入，比我在中国做经理还要好。中国将来也要到这么一天，慢慢太平了，本厂就要大大扩充，所以，我希望大家努力工作。这是第二点。”

稍息，方经理喝了一口茶房端上来的开水，继续着：

“第三点，现在因为开缴实在太大，所以不得不增加生产来补贴；刚才我同史厂长已经商量过，从这个月起，本厂开工时间改为早上七点到下午七点，夜工到十点半，一个月两天，一号十六号休息日暂时取消，一个月停工不能超过两天，夜工也如此，否则作为退职论，这就是要加紧生产。只要厂里能够维持，工友方面就不必担心失业。至于奖赏方面，规定一个月不停工者奖工一天，另外再恢复生产快赏，每个月根据工作卡来看……这一点，希望工友们特别留意。”

方经理的谈话在此完毕。

史厂长把手一扬，说：“可以散了。”

织工们开始移动了。照例，他们可以马上出去干私事，但不，大家好像被什么心事钩住了，东一堆西一堆在议论着。

“我早就猜想没有好事。”俞则庭在自说自话。

“好了，今天再打一次麻将，要等明年正月初一了。”郭根生拍了一下俞则庭的肩膀这么说。

“真要一年做到底了，唉！这断命饭吃过吃伤了。”另一个织工在叹气。

“总比停了工，没有生活做好呀！”年纪最大的张得六是最安分的。

“喂！刚刚方老板说，美国一百部机子只有两个人管，中国将来也这样，那我们没得饭吃了。”小无锡陈翠英跑过来对小阿福讲。

“这倒是真的哪！”张得六插了进来。

“啊哟！你放心些了，中国有这么一天，像你这种老甲鱼老早给人家吃掉了。”小阿福说着，把身子躲开。

“刚刚方老板还说什么贵……贵什么工人。”陈翠英还有问题。

“啊！贵族工人。”还是小阿福的回答。

“贵族工人啥意思？”

“这……这倒讲不出来呵！”

“好了好了！滚蛋滚蛋！还讲啥格屁！方老板的话我一只耳朵进一只耳朵出！”鲍金钧的威力可不小，一说就把许多人说走了。

织工们陆续地散去。

史厂长陪同方经理到准备部、织机部、漂染整理部巡逻一周。回到厂务科，方经理随意地翻翻厂用现金簿，看到有几笔付账，不停地摇头嘘气。

一刻钟后，方经理跳上了汽车离开第一厂。

日历又掉下了七张。

现在，陈厂长首途北上赴天津，袁厂长束装南下到杭州，莫厂长赶至苏州动工，史厂长固守原有据点，方经理坐镇总管理处指挥。

大家分头为实现“丝织大王”的雄图而奋斗。欲知后事如何，且听下回分解。

一九四四，十，十七。

原载《杂志》1944年第14卷第2期

乱人坑

杨 朔

你要是到宣化龙烟铁矿的庞家堡矿区去，工人们就能指给你乱人坑看：在西部一区，足有五亩地大，到处是脚脖子深的荒草。前些时，工人在这一带做土坯，撮着撮着土，就跳出个脑袋。这里埋着他们的骨肉，他们的亲友，但是一辈子也埋不了他们惨痛的记忆。

提起这件事，石头人也要流泪！人不是人，却变成畜生，最野蛮的奴隶主对待他的奴隶也不会更残暴。干这事的便是日本刽子手。他们派出大兵来屠杀中国人，才在宣化经营起庞大的炼铁厂，到处强抓中国苦力，制造杀人的武器。从河南，从河北，从山东……一车一车的工人往矿山里灌。这些人，不是掳来便是抓来的，锁在铁闷子车里，吃喝不管，逢到大热天，有时整车活活闷死，也不算稀奇。

一进矿山，工人算是下了活地狱了。满身满脸，尽染成红色，衣服只是些烂布缕。三九天，身上也难得见些棉絮，只是披着石灰袋子、破麻包，要不就围着破被。脚上包的尽是乱草，用铁丝麻绳一类东西绑起来。大北风一吹，这个罪怎受？

不但受冻，还得挨饿呢！工人的食粮都是配给的，勾结敌人，狼狈为奸的是德元兴。这家电磨的老板叫曹老二，本是个穷光蛋，这里拐点，那里骗点，后来勾搭上日本人，扑了个叫傅老二的商人做财东，一同开起德元兴，专管配给工人食粮。这些商人都是生财有道的人，生意自然做得兴旺。工人吃的无非是高粱面、棒子面、黑豆面、芸豆面，等等。他们磨面时就给带上棒子骨头、高粱帽子，还掺进沙土、木渣、树皮、山药梗子，以及杂七杂八的东西，蒸成窝窝头时，硬得像石头，拿它打人都不坏，摔到山沟里也不碎。不吃是没的吃，吃了就烧心，拉不出屎，尿不出尿。

这一来，工人可死多了。正干着活，忽然就得了血伤寒，鼻子流出一大摊血，闻到气味便传染，常常会一死一家。要不就肚子发胀，活活地胀死。也有人吃了生硬东西，喝了凉水，黑夜山风一吹，又没被褥，拉起稀来就没救。

日本监工的可不管你死不死。他们手里总提着根棍，头上是个小榔头，看见病人，便恶狠狠地骂："操你个奶奶，怎么不干活？"病人哼哼着，他却擎起棍，对准病人的脑袋就是几榔头，还骂："脑袋壳还硬，就得上班！"

最严重的时候，一个月死的人竟上千。每回工人下班，看吧，这家门前，那家门前，尽是死人，盖着席头。大家连忙送出去。赶黑夜，听吧，左邻右舍、大人小孩乱嚎嚎，天亮一看，满街又是些盖席头的，有时连向矿方报告都赶不上。新死两个人，去报告了，才回来，又死三个，又去报告，没等回来，又死了两个。……

死的人，用破席一卷，扔到野地去，也来不及埋。遍山沟、遍路边，一个压一个，全是死尸！死的死了，活着的饿得只剩皮包骨，走起路来，摇摇晃晃的，脚都迈不动。吃的既然这样坏，工人差不多都变成夜盲，太阳一落，什么都看不见，谁又敢出门呢？天一黑，漫山遍野，跑的尽是狼群，嚎得像哭一样，抢着吃死人，拖得到处都是零碎尸体。

到末后，工人实在看不过眼，大家才支撑着气力，检了五亩多大的地方，挖了些坑，忍着泪掩埋起他们的同伴，他们的亲人！连男带女，埋在一道，每个坑都要埋上两三层。新死的人送去埋，掘的还不敢深，深一点，就又露出死人了。

这便是叫人心颤的乱人坑。八年来，龙烟铁矿加上庞家堡和烟筒山两个采矿区，死的人足有三万。单只庞家堡的乱人坑，埋的就不下六千。

这笔账，我们记在日本强盗的头上，记在曹老二的头上，也记在傅老二的头上。今天，算账的日子终于到了。在反攻中，工人们曾坚决地保卫了矿山，坚决地配合着八路军，袭击敌人，现在也正在坚决地和奸商清算这笔老账。在清算委员会上，我遇见一些工人，谈起这些旧事，又激愤又痛心，眼睛都要冒出火来。末后，矿工周玉成用两指捻着身上崭新的小棉袄，红漆的脸放着光，激昂地说："头些年，工人哪有这个穿？肚子饿得要死，裤子露着屁股，冻得哆哆嗦嗦……想想当时，我真要哭！鬼子可望着你骂：苦力，快快地干活——一石头就劈过来。今年人翻过来，天地翻过来了！好多工人都架上皮袄，吃的也是热腾腾的好饭食……八路军给工人带福来啦！也不知道怎么回事，天也暖和了，人也不死了，连狼也没有了！"

是的，和平而幸福的日子已经来临了。但是让我们记住，冬天并没真正过去。我们还得准备和风雪搏斗，只有春天到来，光景才能完全好过。

原载《晋察冀日报》1946 年 1 月 22 日

记张垣烟草工厂

草　明

敌人在的时候，工作时间久，挣钱少挨打受气。

解放以后，工作时间缩短，工资增多，每天上课，还闹秧歌踩高跷。

张垣烟草工厂，和张家口同时，从日本人的奴隶的地位被八路军解放出来的。

昨天我们上那儿去参观。头一次走到自己地区较大的城市，头一次踏进这城市里较大的工厂，心里有说不出的欢喜和兴奋！齐整的红墙壁的工场外面，锣鼓喧闹着，近二十个穿了彩衣的男女孩子在练习高跷，据说是准备过新年时闹的哩。

在听了该厂过去和现在的基本改革之后，罗副经理引导我们去看从烟叶出了仓库到卷成香烟，装在箱子里的整个过程。那儿的工友将近五百，除了喷湿和干燥的几部分是成年的老工人之外，其余大部分为女工和童工。

经过喷湿和加料机，我们奇怪机器转得这样慢。罗副经理解释说，因为有一部分原料缺乏，但为了避免工人失业，只好减少每天的产量。

在一部卷烟机旁边，两个男孩子严肃地工作着。大的最多不过十六七，小的最多不过十三四岁，我问他们：“你们拿的是童工的工资？”

“不，我们是熟练工人。”年纪大点的说。

站上一分钟，看见他手的敏捷，看见他操纵机械的自如，我深怪自己问得太鲁莽了。

“日本人在的时候，拿多少工资；八路军来了，又拿多少？”一个同志继续问。

“日本人在的时候，每月拿蒙钞四百，每天小米一斤。迟到，扣钱；活做不好，扣钱；他们脾气来了也扣钱，挨揍。现在呢，不同了，每月拿到四千元边币，够吃了，八路军从不打骂人。”较小的热心地说。

“我们去看看手和机械的竞赛吧。”罗副经理把我们带到手工的装包间。

这里面，多数是十二三岁到十七八岁的女孩子，她们小小的手指，像会使法似的，一拿就是十支，一接触烟纸便立刻把烟包卷起来。没说上半句话，一盒香烟包起来了。两盒三盒香烟包起来了。

一个小女孩手飞也似的工作着，她那纤小的身体因敏捷的动作而显得更灵活。“我现在能包到三百条了，比日本人在时增加了三分之一，而且工作时间减少到六小时哩。”她回答着客人的询问。

“为什么现在生产力增加了呢？”

“不知道。”她偏一偏头，因为找不出理由而着急。

她旁边的同伴努力解释说：“为什么？——因为过去和现在大大不同了呢。现在我们每天上两小时课呢。”

“我们还可以闹秧歌，踩高跷，工资照给。过去，日本人拿着棒棒往我们头上揍，身上揍。”又一个说。

“现在工厂是我们自己的。”一位女工稍停了一会，昂起头来望一望我们。她的话使我们得到了解答。

过去，每天九小时工作的，现在减成七小时；过去奴役的喝骂，现在代替以文化政治知识的培养；过去棒揍和脚踢；今天是自动组织娱乐队，工资照领；过去的疯狂的剥削，今天厂方为了怕工人失业，宁愿不赚钱，减少产量以维持工人的生活；过去思想的不能自由，唯命是听，今天有自己的工会，可以为工人阶级的利益而自由说话。

——过去是日本法西斯统治下的奴隶，今天是晋察冀边区的主人！这是截然不同的两个世界。

一点也不错，亲爱的工友们：工厂是你们自己的，张家口市是你们自己的，政府是你们自己的，边区，八路军也是你们自己的。——是工人和广大人民自己的。

你们愿意把工厂搞得多好就去搞得多好；你们愿意把张市弄得多繁荣就多繁荣。

原载《解放日报》1946年2月19日

东北横断面（节选）

周而复

作品简介

抗战胜利后，周而复作为新华社与《新华日报》的特派员陪同周恩来、张治中、马歇尔访问了张家口、延安等城市，据此创作了暴露国民党反动派内战阴谋的报告文学集《东北横断面》。周而复通过往昔与当前、野蛮与民主、黑暗与光明、痛苦与欢乐的对比，呈现出国民党悍然发动内战，大举进犯解放区之前东北各地的真实风貌，相当真切地反映了时代的历史面貌。他一方面揭露了国民党与美国沆瀣一气假和谈真内战的阴谋，抨击了国民党反动派的腐朽没落及其给人民造成的深重灾难；另一方面以饱蘸热情的笔触描绘了解放区朝气蓬勃的崭新气象，热情赞颂了人民军队英勇无畏的战斗精神和我军一些高级将领的优秀品质。

根据周而复《东北横断面》（今日出版社，1946年初版印行）

节选。

正文节选：《东北横断面》第七节

七　本溪湖的铁山和远东第一大煤矿

一个多钟点之后，便到了本溪湖。本溪湖，这个闻名已久的钢铁重地，从山沟里转出，进入市区时，给我的印象是一个群山环抱的小市镇，街道既狭小，房屋也低矮得可以，我怀疑：这就是钢铁重地所在吗？待过了横跨太子河上的和平桥，柳暗花明，却是又一番景象。

本溪湖和宫原（这是敌人为了纪念日俄战争中有功的宫原大将而起名的一个车站）相距有十里之遥，这十里并不大，而且是建筑物几乎把这两个地方连接起来了。重工业地带在本溪湖与宫原之间。

宫原完全是一个现代化了的城市，不过是还未建筑好的现代城市，广阔的柏油路还未完全修好，市中心的大转盘，仍然是一堆黄土，尚未动工，马路两边的树木，不过一人多高，树干单薄得很，马路两边的红色洋房，断断续续，其中有许多空地还没有盖房子，正好给那些日本侨民摆地摊。

辽东军区司令部就在马路尽头左边靠山的一座大洋房里，原先的一个学校。

在一间精致的小房间里，我会到军区司令员程世才将军，他过去是中共四方面军里的一位军长，抗日战争期间是萧克将军的参谋长，和晋察冀民兵运动的领导人，满口湖北乡音，身子修长而结实，明朗、果敢、心直口快，有时语气中还夹有一些诙谐。一会进来一个学生模样的人，年纪很轻，但从他眼光和举止谈吐上看，是一位饱经风霜的人，程将军给我介绍，这是辽东军区政委萧华将军，今年才三十二岁。他是山东解放区创造者之一，想不到这样年纪的人，在抗战八年中，在山东做出那么大的事业来——把山东人民解放了。

他们这两天很忙，正在开一个会，当时没有时间谈，而今天也没有火车去安东，决定在本溪湖停留一天，参观工业设备，访问辽宁省政府。

首先我到煤铁公司，这是本溪湖重工业的总司令部，在会客室里见到周荪泉先生，他是辽宁省实业厅厅长兼煤铁公司的总经理。周先生抗战期间在山东工作担任抗日军政大学第一分校的校长，和滨海区行署副主任，他原籍湖北，现在已是四十挂零的人，中等身材，心宽体胖，眼睛不大好，一只常常闭着，而且有些浮肿，我怀疑他这只眼睛已经失明。但他精力很旺盛，办事很干练，在煤铁方面，并非专家，但在他手下，煤铁公司大部分的机器，又在转动了，恢复了生产。

敌人早在明治四十三年就有所谓“大仓组”在本溪湖设立制铁所。本溪湖成为重工业地带有它的优越条件，这儿有铁、煤、石灰、耐火黏土、木炭……距离安（东）奉（天）线南坟站三〇·六粁，有铁矿石，南坟站东北面有铁山，八粁长的轻便铁道修到山麓。太子河南岸三大铁山：鞍山、弓张岭、庙儿沟，这是东北产铁的大据点，庙儿沟就在本溪湖附近。

庙儿沟这个矿区面积有一百九十万坪，附近一带海拔八百米，有二层到三层铁层的铁脉延长到四里之长，每层铁层，从二十六尺到一九五尺，铁的质量和鞍山的相同，贫矿含量百分之三十三到三十六，富矿含量百分之六十六到六十七，含量这样多的好铁，全世界除美国一处有以外，只有中国东北有。庙儿沟富矿埋藏量有一千万吨，总的埋藏量是六亿二千六百五十万吨。日本投降以前，这个公司的太上皇是日本海军，海军省派一名海军上校驻此，一切的钢铁出品，全由他支配，直接交海军使用。在本溪湖，当时敌人统制得很严，一切铁不准买卖。据专家研究，本溪湖的钢铁所制的武器，相比之下，美国的钢都显得逊色。

据昭和五年的统计，那时敌人每年需要二百五十万吨铁的矿石量，日本国内年产只有二十五万吨，加上能从朝鲜咸镜北道茂川等铁矿掠夺来二十万吨也还是不够。东北约有十亿吨埋藏量的铁便成为海盗掠夺的目标。鞍山年产二十八万吨铣铁，本溪湖年产八万吨铣铁，敌人从这儿得到补救。

东北炼钢事业缺乏耐火黏土，但本溪湖没有这个困难。从庙儿沟取得铁后，以破碎机破碎它，炼成低磷团矿，用低磷团矿和普通炭（即焦子）炼为金型低磷铣，再炼就成为日本人所谓的压缩高纯铁，这就是钢了。过去每月能出一千多吨特殊钢，连普通钢在内，年产十多万吨。

本溪湖的煤，是黏性煤，日本所谓的低磷炭，能炼普通骸炭，即焦子。煤矿有两大井，一为坚坑，一为竖坑。有十五万万吨的埋藏量。

按照敌人新五年计划，要让本溪湖的建设和生产量超过鞍山。周厅长给我看了煤铁公司的全景图和各种矿物的原料同成品，然后带我去参观。煤铁公司独立成为一个庞大的小城市，内部有一切这公司所需要的单独设备：我参观了发电所铁工厂、电业工厂、木工厂、修械所、瓦斯厂、烧窑场、电话局（有五百个自动电话机）……凡是公司里所需要的东西，全由自己工厂制造。瓦斯厂有两个烧瓦斯炉，一个已经过了保险年龄，一个因为八一五停火，所烧之铁已凝固，要从新生火，用瓦斯倒回，把铁烧熔了流出来，才可以再出瓦斯。其他方面都已复工。全厂有七千工人。竖坑煤矿，现在每天产一千吨到一千二百吨，较敌人的每日平均产量来说，生产量增高了百分之六十七。

参观完了以后，周厅长打电话叫来一辆电车，我们一同到竖坑去。这离煤铁公司有四里地的样子，是敌人新建筑的一个全远东最大的煤矿，比抚顺竖坑的规模还要来得大。所谓竖坑，就是直打下去的开口煤井。在高大的楼房上，又盖起一座高楼，屋顶上是大转压机，四面电梯尚未开动，从红色的高架梯子爬上去。日本国内并无建筑这样宏大规模的技术人才，敌人特地从德国请了两名专家来，日本最有名的专家，只当德国专家的助手，在他们领导之下，建筑了六年又半，还未完工，但运煤烧焦的设备已粗具规模，从英国买来的四五分厚的运煤用的胶皮已经装置妥当了。敌人以有此等伟大工程为光荣，常在人面前夸耀他这个远东第一的竖坑。有些房屋基业已打好，钢骨也已安就，可是“八一五”一到，敌人投降了。

我们走下来，周厅长指着竖坑屋顶和四周的建筑物给我说：“在民主政府手里，半年之内，就可以完工出煤。”

这和我在抚顺参观国民党区域的工业是一个鲜明而有趣的对照。那边设备齐全的工厂在停工，这边设备尚未完工的工厂要生产；那边完整工厂，封条重重，你拿我偷，把工厂的心脏劫掠而去，动转不得；这边的工厂一切照着原来位置放着，而且提高了生产量。

这里面有一个秘密。

就是那边为自己服务，这边为人民服务。工厂里为工人服务，改善工人生活，执政者不贪污，自然很快可以开工，很快可以提高生产量。

民主政府在本溪湖一开始就成立国产保管委员会，统一保管一切资财。把敌人仓库的棉衣取出来，发给每个工人一套。从前一个工人，每天工作十五小时，没有休息，却只拿一元八角的一天工资，还要扣去五角的“饭伙”。现在八小时工作制，有娱乐休息时间，星期休假，工资十二元到十九元，月发粟米五十斤，家属不满十二岁的一月津贴十元，直系亲属，不能生产的，每月津贴二十元，能生产的，津贴十元。普遍发给贫苦工人救济粮，一人十公斤。

这样，工人生产热忱怎么会不提高?

乘电车回来，周厅长留我在那儿吃饭，并且已叫饭馆子准备好了，但我婉辞谢却了。一则我希望停留在本溪的短时间内多做点事，看看谈谈，二则要到省政府去，更何况程世才、萧华两将军一定要设宴请客，我已经答应，不好不去。

选自周而复《东北横断面》，
重庆：今日出版社，1946年12月第1版

赤手成家的面粉大王荣德生

米　叶

战神的宠儿、命运之骄子！你知道他发财的秘密吗?

一、大王的企业

要想了解一个资本家的成长，正如要想弄清他们账簿一样的困难，这些人多半是神龙见首不见尾地藏在云雾之中兴风作浪，因此不是被描写成精，便是被视为谜样的人！

就说荣德生吧，自从被绑票后，虎口逃生，隐居在无锡，越发地不露脸了！可是，他并没停止活动，他的手，仍然远伸到上海、汉口、重庆、宝鸡等地，控制着他的企业组织——“三新公司”：一、茂新面粉厂（一至四厂）；二、申新纱厂（一至九厂）；三、福新面粉厂（一至十厂）。这机构不仅庞大，而且还打着“无限责任”的招牌，在民营厂家中，高竖起大拇指。

谣言虽然围绕着荣德生，但正好是烘云托月，越显出他的力量雄厚，在他手下吃饭的人，个个守口如瓶，对任何事情既不承认也不否认，使人探不出深浅！当中纺公司传将抛售让予民营的时候，市场上一般都推测，只有荣德生的大嘴才吞得下这块肥肉，此外，又传说他在无锡、常州两头买地，准备建造申新第十厂；中间仅差一块田，便可呵成一气了，而这块田讨价到一百万万，他并不拒绝考虑——如果这谣传都成为事实，那真是动人听闻的消息；荣德生不仅要成为棉纺工业大托拉斯，而且将要一手筑造中国曼彻斯特城了！谁又能相信，谁又能不信呢？

就在这谣言烟幕掩饰下面，荣德生悄悄地把他事业又向前推进了一步，举几件事来说：他的大本营无锡申新三厂，战前不过七万纱锭，战后复工只剩下三万四千纱锭，但一年来，新厂房已经竣工，将要扩大到十二万纱锭！此外，他赖以起家的茂新面粉厂，最近就要装置日出八千袋粉的新机器，在民营工厂风雨飘摇之中，他却膨胀了一至四倍！

谜！让我们来找寻谜底！

二、从钱庄起家

荣德生与乃兄荣宗敬的名字，正如他们事业一样，不可分开，有一个时期，他们签名的字据，同本票一样地在市面上流通，工商界称他两兄弟为“德先生”与“宗先生”并以之媲美南通的张氏昆仲“张謇”“张骞（謇）”——这并不是偶然的事！

认真说起来，荣德生创业是三十岁以后的事，他幼年的家境相当贫困，因此没有办法从读书这条路子去求得功名富贵，十五岁那年便跑到上海去学生意，弟兄俩都出身钱庄，当他满师之后，正逢戊戌维新的大时代，古老的中国，向新的方向转变开始，接受西洋的物质文明，提倡所谓“中学为体，西学为用”的口号，这一个模子倒出来的工业家在今天，荣德生恐怕是硕果仅存的一个了。

他在二十二岁的时候，到广东一个亲戚那去充当一名税务师爷，时常来往于广州、香港、上海间。这种旅行，对于他不啻是上了最重要的一课书：他看到了新式工业像制糖、制粉、制罐头、电灯、自来水、开矿……蓬勃发展，获利百倍，便心向往之，这对于他是一个绝好的刺激，使他看到办工厂确是生财大道。不久他回到无锡，有时想学医，又有时想学阴阳地理，但最后还是回到老本行。光绪二十二年时，兄弟俩集股三千元在上海开办了广生钱庄，专营锡沪间的汇兑，渐渐推广到常熟、常州、溧阳一带。当时新龙洋刚刚问世，内地押用每千搭廿元，后来为三七搭，上海汇出厘大，无锡补厘小，一进一出之间，获利不少。不久，荣德生又回到广东去干税收小差使，报捐了布政使，经历六品虚衔。正当他徘徊不定时，北方的拳匪之猖扩大，他匆匆赶回上海，看到市面萧条，行人几稀，然而物价低落，尤其小麦装运北洋的出路很好。时代的波浪，终于把他推到从事实业这条路上去。这时，由于战事的影响，钱庄的汇兑业务发达，每天可获两百元。他决意经营制粉厂，因为他在广东时，知道与洋人订的条约中面粉是免除捐税的。

战争，带来了多少灾难与不幸，同样地也带给一些人发财的机会，我们就可看到，战神如何提拔着荣德生。

三、创业——面粉厂

新兴的制面粉工厂，在当时只有四家，天津贻来杰，芜湖的益新，上海的美商增裕，华商阜丰，这种机器像变戏法一样地保持着秘密，荣德生曾设法去参观，仍旧看不到心脏部分。他虽然是外行，但是看到它发财，决意集股三万元开办，摸到洋行里去定机器，一面在无锡太保墩觅好了地址，兴工建造，取名“保兴面粉厂”呈准专利十年，他们兄弟两名入股三千元。这是他最初的资本。

事情并没有那么简单，首先，地方绅士起来反对，控告他擅将公田民地圈入界内，尤其抨击工厂的烟囱破坏了风水，官司一直打到常州府，第八次批示下来，才算胜诉，双方和解，县太爷孙襄臣还因此摘了帽顶子，工厂虽然准许设立，但须接受三个条件：一、不准将驳岸升出；二、不准将煤灰抛入河中；三、不准高放回声！现在看起来未免令人发笑，可是不要忘记了，那个时代的人脑袋后面还拖着一根小辫子！

工厂开炉时，闹动了全城，谣传那烟囱是用童男女祭造才能树立起来的，荣德生毕竟是胜利了，他突破了封建势力的包围！可是这并不是说他已经具备了进步的科学思想，他只看到开工厂可以发财而已！

保兴粉厂最初只有六十匹马力的引擎，四部石磨，每天出粉三百包！这就是荣德生最初赖以起家的事业规模，同他今日工厂比较起来，当然是小巫见大巫！

这一年，辛丑和约缔定，清政府的财政日益窳败，荣德生因富贵而功名，又报捐了监提举加二级请封典，荣宗敬报捐了同知衔。再过一年，保兴粉厂的股东意见不合折股，荣德生另招了新股，改厂名为“茂新”，出任总经理，开始他创业的生涯！

四、经营——纱厂

从荣德生一生事业中，可以看出中国近代新兴工业的成长路线，同时也可以看出中国的工业资本家发财的秘密。荣德生并不是一帆风顺的，但是，战争使他致富，战争挽救了他几次濒于崩溃的事业危险，自然，他个人的才智与毅力也是不可抹杀的！

面粉工厂不久陷于不景气的状态，这时，白俄战争在中国东三省进行着，南方的面粉因此得到北输的机会，茂新的面粉销路激增，一年之间，盈余了六万七千两，给荣德生带来了一笔投资纱厂的资本。

光绪二十一年京沪铁路无锡、苏州段开始通车，荣德生坐在车中。心随着这铁轮盘的怪物一同飞跃，他到了上海后，看到新的纱厂萌芽，约了七个人，集资廿七万，回到无锡“照样地来一局”！两年以后，建筑完工了，取名振新纱厂，他开始从事纺织事业，正在他兴致蓬勃的时候，外货倾销的狂浪开始打击着中国幼稚工业，广生钱庄闭歇了，振新、茂新两厂负着一大笔债，荣德生入市以来，碰到了第一次难关，只好把田契地契拿出来抵押，同时，茂新股东抛售股票，荣德生低价收了过来，宣统二年，中国革命已到临盆期，荣德生正在焦头烂额之际，两厂抵押给汇丰银行到期，债户临门，上海遣派人来执行查封，信成银行经理赶来抢货，荣德生同债户从晚上一直僵持到天亮，转请商会延期偿债，终止查封，为了活动借债还债足足有一个月的期间，他每天早车赴沪，晚车返锡，四处奔波，把产权总算保着了，同时稳固了商业上的信用，次年，武昌起义，给荣德生带来了起死回生的良机，当时银根奇紧，市面银圆缺乏，他在商务印书馆印了两万张代价券，签名之后，用以偿付工资，指定几家商店承兑，名为“工资券”，事实上等于发行钞票，流行日广，居然通行市场，无形中造了新的经济势力。振新纱厂虽然继续开工，但是债务并没有肃清，棉花栈单已经抵押了出去，股东又拒绝增资。眼看就要无花停工倒闭，正在新年头上，荣德生又跑到上海，使用手段以信用担保取回棉花栈单，约好元宵还款，到期兑现后，他的商业信用因之大著，给予他以后的事业发展不少便利，虽然这一着棋是危险的，总算胜了！这是他第一次的空城计。

五、荣膺大王头衔

事业有了转机，他又集资在上海创办了福新面粉厂，开拓新的天地，他善于“冒险”，办好一个厂，抵押出去，另建第二个厂，再租第三个厂，又抵押出去，办第四个厂，扩大，无限制地扩大，追逐利润，生产，再生产，这几乎是每个资本家滚雪球的公式，直到民国三年，振新纱厂债务轻松了一半，荣德生计划扩大为四个分厂，可是股东们表示骇异，认为这样下去，永远拿不到现钱，荣德生则坚持着："正因为要拿大钱，所以要大量生产！三万锭能赚几个钱？"可是仍然不能通过。次年，他被降为副经理，不得已只有辞职了，因此使他感觉到"有限公司不能有所作为！"当他在上海另外集股创业申新纱厂后，便打起"无限公司"的招牌！他虽摆脱了振新公司，并且将股票调换了茂新公司的股票，但他被控告在经理任内匿账未清，官司败诉，延至民国七年才忍气吞声和解了事。

好了，荣德生可以放手大胆地扩张了，申新、福新、茂新，已经完全在他掌握之下，新的战争带给他幸运，第一次欧战爆发，中国幼稚工业暂时摆脱了帝国主义的束缚、压制，稍稍地抬起头来，居然也能出超了，尤其面粉、棉纱销路旺盛，第一年申新盈余十一万八千两，茂新盈余十六万八千元，茂新更获奇利，第二年申新赚了四十万，茂新、福新的面粉竟远销到伦敦各地，荣德生兄弟因战争的赐予享有"面粉大王"的盛誉，就在这时候。

欧战终止后，资本主义国家的疲劳渐渐恢复，再叩中国大门，民国十一年时，市面在外货倾销下又呈不景气的现象，荣德生在欧战中赚的钱一半用于扩充新厂，一半用于投机事业，这时候，也不得不重陷窘境，走上抵押的老路子，"一场春梦至此方醒！"但是新的战争又接着来到，民国十六年北伐的完成，使他重新喘过一口气。

我们且换一个角度来看荣德生。

六、祖坟埋得好！

荣德生确信他之所以发财是祖坟埋得好！故事是这样的：为寻找他父亲的福地，花了两年以上时间，并且苦究阴阳地理，总算如愿以偿了。有一天，他路过西坟山，突然跳出一只大老虎，正待举拳——醒来原是一梦！第二天去勘察，果则一土堆其形如虎，最妙的是那条弯弯曲曲的小路，恰如虎尾！便重价购买过来——这就是荣巷著名的虎坟！

此外，对他一生中起直接影响的，便是星相了！当他在宣统元年决意扩大面粉厂时，举棋不定，最后还是请教测字先生，占得一课："拔茅连茹！"他认为这是后来接连造厂之识！

荣德生有一次对他老工头说："静海仙师告诉我，要保佑我活到一百二十岁！"是的，他供奉着扶乩所请来的"仙师"！多达十数位，他们是荣家的护宅神！是风，云！没有人看得见，大概去年这些仙师喝醉了酒，一时疏忽，使荣德生被人绑去，险遭不测之祸！但一个宿命论者会解释：这是命中一关，到底化险为夷了！

茂新面粉厂的最初一对石磨，现在已用水泥封固在地下，荣德生相信：这是他发财的基础，绝不可移动！

荣德生果真是命主富贵吗！这一点恐怕他比我们更明白！

七、阿弥陀佛

修桥补路，阿弥陀佛，照《美国六十家》一书中所记载，这类行为都是资本家变相的逃避赋税与财产的转移，但是在中国，不仅如此，因为中国没有那么严格的税收监视组织，根本无须逃避，荣德生做善事的确"难能可贵"，贵在一个善于计算的人，还能慷慨一番！但在另一意义上说，民国到底是民国，报捐功名的时代已经过了，修桥补路未尝不是一种精神财富的储蓄！

他有名的善行是组织"百桥公司"，义务监工设计，募款为地方造桥。此外，当他六十岁那年，民国二十三年，朋友倡议捐资建造一个纪念桥，他则譬喻"主人吃酒先敬一杯，先造一桥奉陪"。这就是无锡通往风景区鼋头渚的宝界桥，计七十二孔，横跨太湖湾头，全部钢骨水泥，颇为壮观——这件事，他也请示过云莲仙师降坛，近乎神话的破土动工，风平浪静，得能顺利完成，此外，梅园，则是荣氏兄弟早年从业即开始经营，也成为名胜之地。

严格地说，荣德生较有意义的善行，还是在于创办各书馆，同捐资兴学——公益中小学，竞化女学，造就一批职业人才！

没有理由幻想一个资本家是菩萨心肠，当北伐之初，国民党员在各地组织工人群众策应革命的时候，荣德生曾以七十二元的代价把五个煽动工潮的工人送将官里去坐了两年牢，他给他们加上红帽子！而就在他年终分花红的时候，由于不公平，也激怒过工人的捣乱！荣德生用在这方面的“阴功积德”远不及修桥补路了。

荣德生及其部属人人讳言被绑的事，谁要问他们详情，准碰钉子，即连破案的人，也感到奇怪，荣德生家属不仅不愿供给官方情报，反而秘密地同绑匪谈条件，而定谳之后，连赃物黄金美钞都不愿意领回，后来算捐给慈善团体了——阿弥陀佛又算做了一件好事。

荣德生，他并不是这样随便做好事的人！否则他发不了财！一位从事劳工福利的朋友慷慨地说过：“今天不守法律倒不是工人，而是老板们：福利金条例到现在还没能实现！原因何在？大家明白！”这些法律明文规定的好事荣德生为什么不做？呵哈！

八、一段空白——

抗战前夕，东洋货独占了中国市场，使得中国工业陷入麻痹状态，据说荣德生的工厂先后抵押了给日本人，抗战爆发后，荣德生始终留在上海，荣宗敬到香港后，突然患脑充血病逝，一般谣言推测其中大有文章！

沦陷期间，三新公司还是照样开张，一说为敌人经营，一说强迫合作——让这一段空白留待以后再写吧！可是抗战对于荣德生毕竟又是有利的！使他无条件地收回了工厂，洗脱了一笔债，此外，虽然略受损失，但比之那些逃难工厂究竟好多了！去年一年他又赚了钱，用的是美国棉花、外国机器、中国劳工——一旦美棉来源断了，工厂可以停工！中国没有棉花吗？有！但无利可图。

九、豪华门庭

在无锡郊外，荣德生的别墅是闻名的！画梁雕栋，颇如大观园，战争期间略受毁坏，最近聘请了一位留学意大利的园艺博士，设计布置，重拾旧观。不久以前他的女儿同哈同义子乔治联姻，不仅场面伟大而且古色古香，好像演了一出古代宫廷王子公主的大典戏！从这点滴之中，可以看到，尽管炮火连天，哀鸿遍野，而幸福的人们与不幸的人们生活之间距离得何等遥远，能不令人生“天堂地狱”之感？荣德生说过：“立意诚心，富贵岂难事！”这在一个既经富贵的人说来，自然是千真万确！可是致富绝不是凭诚心的，荣德生又说得好：“尝思陶朱公忆则屡中，非偶然也，陶公商学购进如草芥，卖出如粪土！”这才是富贵的秘密，也正是荣德生的经济学。

原载《人物杂志》1947 年第 2 卷第 5 期

新劳动态度的模范

——记工人的旗帜赵占魁

穆 青

一九四二年的九月，由于中央职工委员会的介绍，我第一次访问了模范工人赵占魁同志。那时候，他正在一个离延安三十里的农具工厂里，用两匹马力的鼓风炉，经年累月地生产着农具和军火，没有想到，整整六年后的今天，在解放区职工代表大会的代表团里，我又会见了这位熟识的英雄。看起来赵占魁的鬓发已经斑白了，眼睛也开始近视，可是就在这六年巨大的变化中，赵占魁同志却一直沿着党所指引的道路，成长为中国工人的一面光荣的旗帜了。

回忆六年前的情景，追记这位英雄的故事，我感到衷心的愉快。

惊人的力量

六年前，——一九四二年，正是中国人民遭遇着抗日战争最艰苦的时代，当时的陕甘宁边区更处在日寇和国民党军队的四面包围之中。由于经济上敌人的紧密封锁，一切物资来源均告断绝，为了自力更生，继续抗战，边区一百五十万劳动人民，当时在毛泽东同志的领导下面，正开展着蓬蓬勃勃的大生产运动。首先在农业上发展生产保证了边区军民足够的粮食，接着便提出工业品的“自给自足”，号召全边区的职工用自己的力量战胜一切困难，增加工业品的生产。这一任务在当时边区薄弱的工业基础上，是相当困难的：第一是原材料的来源困难，第二是技术设备的限制。因此如何在这样困难的条件下，发挥工人们的智慧和创造，提高他们的劳动热情，使之改进技术，增加生产，却是一个非常重要的问题。因此在工人当中当时很需要发扬一种新的劳动态度，那就是能够认识自己主人翁的地位，自觉地爱护工厂、团结工人、努力生产、提高技术的态度，同时也是一种老老实实、埋头苦干，一切为着革命利益、不计较个人得失的无产阶级的宝贵的品质。而当时的赵占魁同志，从长期的工作考验中证明，正是具备这一劳动态度和宝贵品质的典型。因此，他的事迹发表后，很快地就被当作了教育全体职工的最具体的教材，而赵占魁同志，作为工人阶级最优秀的模范和榜样，也开始被人们敬爱着，并向他学习。

由于赵占魁同志的出现，可以说使我们党的政策，和群众的实际行动结合起来了，和群众的热情及积极性结合起来了。这样就给边区的职工运动开辟了一条宽阔的道路。它的作用不仅鼓舞了边区工人高度的劳动热情，提高了他们的政治觉悟，而且大大地推动了整个边区的工业建设，向前发展一步。

这是一种惊人的革命力量，而这种惊人的力量，却建筑在党的正确领导，和全体职工的积极行动上面，同时也建设在赵占魁同志的模范作用和先锋作用上面。

光荣的路程

赵占魁同志的一生是劳动的一生，而他前半辈子的生活却是牛马生活。他今年五十二岁，是山西省定襄县人。小时，由于家贫如洗，加上高利贷的重压，父亲一直漂泊在口外，年老的母亲为了生活也不得不离开家庭给有钱人洗衣做饭。赵占魁弟兄四人，他排行第三，从十二岁起就和两个哥哥一起给人家当雇工。虽然全家劳动，但得来的血汗钱，除了还高利贷和缴租纳税以外，剩下的不够糊口，因此他的四弟自小就不得不送给别人。

赵占魁同志十七岁那年，父亲被塌下来的破窑洞砸死了，他二哥听到这消息，连夜奔丧，不幸在途中过河时又被水淹死。这两桩惨痛的事情，强烈地刺激着赵占魁的心，他想挣扎一下，突破这穷困的牢笼，于是就在这年离开了家，去给一个铁匠当学徒，终年伴着风箱铁锤，飘走在天镇、阳高一带。

三年后，赵占魁又空着两手回来。这时他二十岁，到太原做泥水小工，后来又在太原铜元厂里当学徒，干了八年，二十九岁开始到兵工厂学翻砂，每天工作十二小时以上，工资最多的时候才每月十二元，扣去伙食房钱，就所剩无几。旧社会中，工头对待工人是非常毒辣的，动不动就罚工，病了不但没人管，请不下假旷了工，一天就要罚三天。赵占魁是个老实人，又害怕失业，迫使他当牛做马，一点不敢调皮，虽然这样，到一九三二年工厂缩减时，他既没有人情，又无钱活动，还是被工厂开除了。三十七岁这年，就是他失业的一年。

三十八岁时，好容易才在同蒲路介休车站修理厂当了名铁匠，好歹干了三年。一九三八年初，日寇占领了同蒲路，便跟铁路工人一起，流亡到西安。这时他听到延安是共产党领导的地方，是工人的家，便由一位铁路工人介绍，在三八年五月，进了安吴堡青训班的职工大队，不久就来到了延安。

在延安他被分配到工人学校学习，这是他从来没有想到的事，活了四十多岁，当了半生牛马，现在居然进学校读书了。他非常感动，在讨论会上，他把过去所受的苦难，和今天的情况做了个对照说："在旧社会中，我的血快被挤干了，而今四十二岁才找到了自己的家。"于是赵占魁同志努力识字，积极学习革命道理。事实的教育，使他牢牢地记住了一条：只有共产党领导工人阶级闹革命，受苦受难的人才能翻身。有一天他和党委的一位同志谈话，他伸出两只粗糙的手说："共产党要不要我这老汉？"那位同志亲切地回答他说："老赵，无产阶级就是靠两只手来创造世界的。"老赵听了这句话更是信心百倍地要求参加共产党。

由于他的老实忠诚努力学习，当年十二月，赵占魁就成为一名光荣的共产党员。

三九年春天，毛主席号召开展生产运动，他便和另一个老工人崔锁贵，一同去找领导同志，要求参加生产，为大家制造工具，早点为党为人民出点力。领导同志耐心地劝导了他许久，叫他再好好学习。到六月间，边区政府为了发展生产，创办农具工厂，调他去当翻砂工人，他兴奋得激动地说："这可有了为党出力的时候啦。"当他跟另外三个同学离开学校的那天晚上，党中央委员、职工运动的领袖张浩同志又把他们叫去，亲切地叮咛他们说："工厂是公家办的，它是为人民服务的，也就是人民自己的工厂。你们都是优秀工人，要好好干，好好爱护工厂。"

赵占魁同志把这些话一个字一个字地牢记在心里了，并变成了实际行动。

像炉火一样的劳动热情

赵占魁一走进农具工厂，就忙于繁杂的创建工作。不久工厂开工了，他便在两千度高热的熔铁炉边辛勤地工作着。他惊人的劳动热情，像炉火一样，一直熊熊地燃烧，从不灭熄。一年又一年，无论在什么情况下面，他看守着熔铁炉，熔化着坚硬的铁块，正像他用高度的劳动热情，熔化着一切困难一样。“老赵是从火里炼出来的。”人们对他的这个评语，一点不错。

化铁看熔炉，应当说是一种最苦的劳动，再加上当时边区技术和工具的困难，就显得更加艰苦，特别是在炎热的夏季，守在两千度高热的炉旁，顶着火一样的太阳，那滋味是不可忍耐的。可是赵占魁同志却始终在这种高热下工作着，而且为了抵抗炉火的烘烤还不得不穿着冬天的棉衣（边区没有石棉衣）。从早到晚，老赵的全身像浴在汗水里，棉袄被汗水湿透了，结成一层层很厚的白碱，草帽也被汗渍得破烂不堪。但赵占魁同志从没有松懈过一分钟，也从没有叫过一声苦。他是这里的轴子，一切工作都随着他在转动，因此他常常不停地工作十二个小时以上，有时甚至连饭也顾不上吃。平时，他总是打起床钟以前第一个起来，上工比别人上得早，下工时总让别人先走，然后自己收拾了所有的工具，再围着工厂巡视一周，检查一下是否有人把工厂的东西乱放乱丢。他常常对工人们说：“工厂是公家办的，同时也是咱们自己的，跟旧社会完全不同啦。”

每次下雨下雪，哪怕是在漆黑的夜里，只要天一阴赵占魁一定把大家叫起来，领着头把院里的工具、成品，都搬到避雨的地方去，一点不让它遭受损坏，搬不动的就找些什么东西盖起来。他从没有计较过工资，本来按照规定，加工是另加工资的，可是他不要，他说："在外边做工，费死了劲还时常饿肚子，现在为革命工作，有吃有穿，要那么多的钱干啥呢？"他也很少请假，有了病也不肯休息。

在四一年，他病了一个星期不能起床，头晕，发着高烧，不能工作，只好由他的学徒李有贵来代替看炉，可是李有贵加铁加得过多了，炉里化成了一个二三百斤重的疙瘩！赵占魁一听到这消息，便马上从床上挣扎起来，拄着一根棍子来到熔铁炉旁，身体站不住，就坐在地上看了一天炉，终于把那天的任务完成了。四二年四月，他帮助别人试验弹花机，不小心把一个指头轧坏了，轧出了两块碎骨头，大家劝他休息，他不肯，自己把手包好，又用另一只手照常工作起来。

四三年六月熔铜时，因为坩埚坏了，一坩埚铜水（热度在二千度左右），一下倒在地上，一部分泼在他的右脚上，脚面马上烧成焦黑！可是赵占魁同志不但一声疼也不叫，而且坚持不要别人扶，要自己走到医务所去。这种精神，只有战场上那些"轻伤不下火线，重伤不哭"的战斗英雄们，才能够和他相比！后来，工厂把他送到医院去治疗，延安各个工厂、机关、学校都派人去慰问他，党中央的邓发同志也亲自去看他，劝他好好休养。他收到的慰问品摆满了两桌子，还有一万五千元（按当时物价算，是一个很大的数目），而他把这一万五千元全部捐献给前方的将士了，他说："前方有许多同志在流血，比我更痛苦很多呢，我不算啥！"到六七月间，国民党反动派企图进攻边区，当时他的脚还没好，正在医院里，听到这消息，他马上坚决要求出院。为了保卫边区，他带着伤又站在自己的工作岗位上了。

长期苦难的日子，使赵占魁同志养成了一种勤劳俭朴的习惯，他把这个习惯一直保持着，他看见有人糟蹋一点东西，不论是公家的或私人的，心里便很不舒服！每次从炉中倒出来的烂炭，他都用筛子筛过，把可用的烂炭烂铁都尽量挑拣出来。他不光自己这样做，而且告诉学徒也这样做，他对学徒们说："自己要节省，对革命的财产更要节省，一块烂炭一片碎铁，都不是容易来的。"当他发现几年前的烂炭堆里有些生了锈的碎铁块时，他就利用休息时间，蹲在那里扒着拣，不一会就拣回了好几斤，接着他又发动学徒去拣，一天就拣回了十几公斤。

这些事情看起来很不惊人，然而他成年累月一点一滴这样做，从不夸耀自己，从不叫苦，这就不是件容易事，这就叫作新的劳动态度。

忘却了自己的人

赵占魁优良品质的另一特点，则是关心同志，爱护学徒，具有高度的为群众服务的精神。他是一个四十几岁的老工人，既有很好的技术，又是翻砂股的股长，但对于工人和学徒却从不摆一点架子。每当休息的时候，他总带着慈祥的笑，和工人学徒们愉快地生活在一起。人们亲切而又尊敬地称呼他“老赵”，他也像长者一样爱护着他们。特别是对于学徒，他决不保守自己的技术，在他的心里有这样一个信念：“多教会一个徒弟，就多增加一分革命力量。”因此他常对学徒们说：“我要认真教，你们要认真学，边区跟外边是根本不同的。”

每次开炉的时候，他总是一面工作，一面指点着叫学徒们实际练习。什么时候加炭加铁，分量多少，风力大小，都一遍一遍地给学徒们讲解。有时为了准确，他叫学徒们把炭和铁用秤称过再装在炉里。在翻砂的过程中，一发现什么毛病，他就把学徒们集拢在一起，研究毛病的原因，告诉他们改进的办法。有时在工作时间内，个别学徒偷懒，老赵就耐心地对他说：“过去在外边工厂里，为了混饭吃一天磨洋工，工头来了就假装着使劲干一会，在咱们这里可不同，工厂是咱们工人自己的，没有领导人在，也要自动积极地工作。”在几年工作过程中，他从来没有打骂过工人和学徒，有一次，一个学徒一连做坏了好几次成品，老赵还是耐心地说：“同志，这是人民财产，咱们要负责做好呵！”就这样，在他的培养下面，好些学徒都很快地成为熟练工人，整个翻砂股的工作也大大地改进了一步。另外在物质生活上他更是处处关心学徒，有时因工作较重，看见学徒们饿了，就一声不响去买几个饼子来分给大家吃。学徒们有了困难，老赵总是首先把自己的东西拿出来，帮助他们解决。因此在老赵的包袱里，再找不到什么多余的或者较好的东西。

老赵爱护工人，又能团结工人，工人中间有时闹些意气、纠纷，老赵总是想尽办法给他们调解，而工人也最爱听老赵的话，认为他最公正、最诚恳，因此只要他一出头劝说，无论任何人再大的气，都会平下来。有一次两个工人因为争一块菜地争吵起来，甲说地是他窑前的，乙说菜是他种上的，闹得不可开交，老赵知道后即跑去调解，认为地应该归甲，乙种上了有些损失，老赵答应将来收菜时，从自己菜地里分一百斤蔬菜给乙。这样一来，甲乙双方都非常感动，不仅不再争吵而且互让起来。但秋收后老赵仍然把一百斤蔬菜送到乙的家里。

四一年、四二年正是陕甘宁边区最艰苦的年份，工厂的生活当然也非常艰苦，因此生活问题常常影响着工人们的生产情绪，特别是工厂的伙食，工人们牢骚最多。而个别异己分子便乘隙鼓动一些落后工人进行罢工、怠工，赵占魁同志在这种困难的条件下，不仅自己始终站在正确的立场从不叫苦，并勇敢地出来接受工会生活管理委员的工作，利用每天下工后的休息时间，经营合作社，管理伙食。想尽各种办法来节省粮食，组织生产，改善工人生活。

在这一工作过程中赵占魁同志表现了惊人的耐心和仔细，那种忠实负责、为群众的点点滴滴的利益而鞠躬尽瘁的精神，又一次得到充分的发扬。每天当别人下了工，都三三两两出去游戏的时候，老赵不是忙在合作社里，就是在伙房里帮助伙夫挑水、抱柴。有一次中饭煮生了，工人们挤到伙房里一齐吵起来。当时可把老赵忙坏了，他一面告诉大家不要吵，一面就亲自帮助伙房重做，直到第二次的饭下了锅，他才擦去满头大汗，拍拍伙夫班长的肩膀说：“同志，不行就再煮一锅稀饭，别叫不够吃，大家都做了一晌工，吃不饱不行。”说罢自己端着一碗大家嫌生的米饭，吃着走了。又一次，一个病号晚上来找他，一进门就怒冲冲地说：“老赵，我还没有吃饭呢，你这伙食委员干什么的？”接着又说了很多难听话，可是赵占魁同志却没有计较这些，并且立即走进厨房亲自给那个病号做了饭。

就这样不到三个月时间，工厂的伙食在老赵的管理下面得到了大大的改善，在这一点上不仅使那些异己分子无隙可钻，保证了以后反奸斗争的胜利，而且节省了粮食，消除了浪费，做到每月还有剩余。工人们的生产情绪，遂因之而又提高起来。

一切为了大家，而完全忘却了自己的人，是多么难得呵，可是赵占魁同志就是这样的一个。

光荣和考验

为了发扬赵占魁同志这种宝贵的品质，和新的劳动态度，一九四三年在中央职工委员会及边区总工会的直接领导下面，首先在陕甘宁边区开展了热烈的赵占魁运动，用赵占魁同志具体的模范事迹，教育着全边区的工人。边区政府更奖励赵占魁同志为边区特等工人劳动英雄。一时学习赵占魁，开展赵占魁运动的呼声，响遍了全边区的各个工厂，大批赵占魁式的新人物也不断涌现着。不久，敌后根据地亦来电响应，从此赵占魁的英名便传遍全国。

这一事实对赵占魁同志来说，是一个极大的光荣，但他并没有因此而冲昏头脑，也没有因此而骄傲，相反地，他却更加虚心，更加埋头了。不管是在劳动英雄大会上，或者是和毛主席握手的时候，他总觉得自己不过是一个老老实实为党工作的普通工人罢了，并不比任何人高贵，即令在工作中有些好处，那也是在党的培养教育，及同志们的帮助下面得来的。因此，在火热的赵占魁运动当中，他始终警惕着自己，鞭策着自己，一分钟也不脱离群众，并以最大的努力到处介绍经验，帮助工人们推动这一运动向前发展。

一九四四年，当吴满有（边区特等农业劳动英雄）、张秋凤（晋绥工人劳动英雄）先后致函向赵占魁同志做生产竞赛的挑战时，他除去勇敢地应战外，在回答他们的信上，更把力戒骄傲松懈，虚心提高一步的志愿作为他们互相勉励的祝词，并且在以后的实际行动中全部体现出来了。

以后，他被调到另一地区工作，那里的工人们因为知道他是名闻全国的英雄，故意在生活上、工作上给他许多困难，企图看看这位英雄究竟如何。可是两三个月后，他们不仅没有发现赵占魁同志的任何缺点，相反地，却为他那种埋头苦干、爱护工厂、关心同志的优良品质所深深地感动，从而对他无不尊敬了。

赵占魁同志这种经得起任何考验，始终如一，不出风头的英雄本色，是中国工人阶级宝贵的品质，也是赵占魁同志这面英雄旗帜，至今迎风挺立的有力支柱；特别是当有些劳动英雄仅仅是昙花一现的时候，这面旗帜就更显得五彩绚丽。

二十一个翻砂女工

一九四六年的五月，当蒋介石匪徒已决定在全国范围内进行大规模内战的时候，赵占魁同志接受了一个新的任务：回到过去的工厂去，组织一切劳动力制造地雷。

当时，工厂里只有很少的翻砂工人，劳动力非常缺乏。在这种情况下，要想迅速地完成生产任务，大量地制造地雷，的确是一件非常困难的工作。但老赵清楚地知道，内战的形势是肯定了，任务又是那样紧迫，如果不能克服这个劳动力的困难，提高生产，其结果必将是直接减低边区人民自卫战争的武装力量。

为了解决这一困难，老赵曾想来想去，最后终于把注意力放在该厂二十一个工人家属身上。他想如果能把这些妇女组织起来学习翻砂，不仅可以解决制造地雷所急需的人力，且可减轻公家对这批家属的负担，从而，从生产中去教育她们，解决她们的困难。

可是这一工作一开始就遭受到来自各方面的抵抗，部分工厂干部及男工认为组织这些家属妇女根本不顶事，工做不了多少，光麻烦事就不得了。家属的丈夫们更认为要自己的老婆去做工有点丢脸，怕别人说他连个老婆都养活不起。个别家属妇女也怕没有做过工，干不了。

针对这些思想抵抗，赵占魁同志在党的支持下，坚持了自己的意见，并和这些轻视妇女劳动的传统思想做斗争，保证一旦把妇女劳动发动和组织起来，绝不会和男工们相差太远。

于是他一个个征求她们的意见，动员她们，鼓励她们，经过几天的酝酿，女工翻砂队终于兴高采烈地组织起来了。赵占魁同志亲自领导她们，教给她们技术，带领她们工作。过去整天纺线线、带娃娃被拖在家庭琐事里的妇女，今天居然也穿起工服和男工们一样参加了重工业的军火生产，谁不觉得这是无上光荣呢?

当然，女工们在工作刚开始的时候，无论技术上和体力上都还有许多困难，但最大的困难还是带孩子的问题不能解决。白天妈妈上工了，孩子没人管怎么办呢？如果大家都把孩子抱进工厂里，那就什么工也做不成了，于是老赵又不得不花费很大的力量，来为她们组织工厂的托儿所。

托儿所共分三个组，按孩子们的年龄分由三个保姆看管着，每天上工时，妈妈们把孩子交给保姆，晚上下工后再领回家去。保姆由女工们轮流担任，其每月的工资和女工们完全一样。为了经常地解决保姆与妈妈们中间的纠纷，同时检查托儿所的工作，赵占魁同志每周都要给她们开开会，解决些问题，因此，女工们对托儿所的工作，一般说是非常满意的。

孩子问题解决后，女工们的生产积极性便自然地被发挥起来，抢着工作，抢着学习技术。开始时老赵先教给她们打心子，一次做不好，老赵就三番五次非常耐心地教，后来渐渐学会了，就抽出一部分女工来做砂箱，一直到最后让她们端铁水，学化铁，参加全部劳动。因此女工们进步很快，开始时她们的平均产量只能达到十分之三、四，两三个月后就逐渐增加到十分之七八。而且在赵占魁同志的影响下，她们的劳动热情达到了最高度，无论什么时候，只要老赵熔铁炉上的风车一转动，不用喊叫，女工们在五分钟之内会立即来到工厂，一个不差。特别是七月间，内战在全国范围内大规模地爆发之后，赵占魁同志更领导着她们日夜加工生产，积极支援战争。

就这样，赵占魁同志胜利地完成了制造地雷的生产任务，并第一次摸索了组织女工生产的方向，为我们的军火工业，培养了一批优秀的翻砂女工。

“把孩子交给我”

一九四七年三月，蒋胡匪军侵入了陕甘宁边区，四月攻占延安后，更疯狂地分兵北上。当时陕北的形势是异常严重的，边区副司令员王维舟将军曾亲自去到兵工厂，限该厂在七天时间内撤退瓦窑堡，所有机器、器材能搬的搬走，不能搬的就埋藏起来。

这是一个紧张的战斗任务，也是陕甘宁边区工人在十几年和平生产的情况下所遇到的第一次战争考验。在这次考验里，年老的赵占魁同志仍然站在全体工人的前面，和他们一起下机器、埋机器，搬运着工厂所有的器材。当他们把这些机器深深地埋在山谷里，并在上面耕起地来的时候，他们的心情是悲愤的，他们说：我们决不能让它丢失一点，我们还要回来的。

整整七天时间，工厂按期完成了紧张繁杂的撤退工作，而敌人的先头部队已越过了延安、安塞，直向瓦窑堡前进。工友们为了保护工厂的安全撤退，组织了工人游击队，用自己工厂制造和修理的武器把自己武装起来，准备着一旦必要时将用血肉来保护自己的工厂。在这种严重的局势下，赵占魁同志虽然多次要求参战，但组织上始终没有允许。最后，厂长把老赵唤到面前，告诉他："你年纪大了，不能参战，现在党交给你一个更重要的任务：要你带着全厂的家属小孩、老弱病号转移。"

赵占魁同志，毫不犹豫地接受了这一任务。他知道，没有牲口，没有行军经验，再加上兵荒马乱的年月，要保证这群毫无走路能力的家属小孩、老弱病号的安全撤退，不仅不是件容易的任务，简直是个千斤重担，但他像过去接受任何任务一样，勇敢地担起了这个担子。

家属队一共是二十一个女同志，二十几个十岁以下的小孩，加上几个老头，两个病号，一个五十多岁的小脚老太婆，人数虽不太多，但困难却是严重的。第一天出发，就发生了这样的问题，刚走出瓦窑堡三十里地，就有特务造谣说敌人已经到了瓦窑堡，当时谁也弄不清真实情况，只看见敌人的飞机在头上绕来绕去。于是母亲叫，孩子哭，饭没有吃上就慌慌张张又走了。一路上老赵背儿抱女，搀这个扶那个，七十里地一直走到了天黑，好容易到了南沟岔，老赵也就累得不能动弹了。但他并没有休息，当他把一家一家所有的母亲孩子安置好以后，又忙着领粮食、找柴火烧水做饭……一直到深夜才合上眼睛。

一路上，他经常征求家属们的意见，和她们开会检讨，照顾备至，怕妇女小孩走路饥渴，每天行军时，他都先派两个人到前面烧水做饭，宿营时也尽量给她们找出炕来。虽然这样，但情况的紧急和行军的困难，却并没有因此减少老赵的负担。

当他们离开工厂的大队，单独住在莫家河的时候，敌人占领了瓦窑堡，并向东向北大举进攻。晚上，在莫家河的村外，我们后方机关的人马一批批地经过这里向西转移，一时人喊马叫，传说不一。在这种情况下，家属队的母亲们全部慌乱起来，所有的眼睛都看着赵占魁，但这时候老赵却是非常镇静的，他一面把她们统统集合好，不许乱动，一面便派人去询问厂方的动向，不久厂长命人给他带来一个紧急命令：立刻向西转移，必要时可分散全部家属，或带着女工们打游击。

老赵简单地传达了这个命令，并要求大家在最紧急的时候保持镇静，不许乱跑，要死就大家死在一起，要活就一个人也不能丢失，所有的母亲、孩子、病号都走在前面，老赵派一个人在前面引着走，而自己和另外两个老头却背着家属们背不了的包袱，紧紧地跟在她们的后尾。

这是一条崎岖的山谷，满地的石子，加上漆黑的天，不到半夜，母亲们带着自己的孩子，便一个一个地掉到后面来，孩子们哭哭啼啼地走不动，母亲们除去陪着孩子们流泪以外，也没有任何办法。这时候老赵把五六个十岁到五岁的孩子聚在一起，并且对他们的母亲说："你们走吧，把孩子交给我。"

这不是一件简单的事，一个五十开外的老人，在黑夜的山路上，在敌人的追击下面，带着这样小的五六个孩子撤退，其困难情景是可以想象的。孩子们的小脚统统走得肿起来了，哭哭啼啼的都伸着小手"要赵伯伯抱着走"。老赵轮流地背一个抱一个，哄着其他的孩子们说："×× 是好孩子自己走一段"，"×× 最乖，下来走几步赵伯伯再抱"。就这样抱上抱下，哄哄说说，天亮时老赵终于把孩子们带到了宿营地，当母亲们从老赵的怀里抱回自己孩子的时候，感激的热泪充满了她们的眼眶。

几天之后，赵占魁完成了这一撤退任务，检查起来，整个家属队的母亲、小孩、老弱、病号，甚至连那个小脚肿起了一寸高水泡的老太婆，一个都没有丢失，也从未发生任何事故。因此没有人不表扬他这种克己，负责爱护同志的精神，但他却从不再提起这件事，当工厂到达了安全地带以后，像以往数年一样，赵占魁同志又埋头在工厂的恢复工作当中了。

如果说赵占魁过去是从火里炼出来的，那仅是化铁炉里的火，而今天人民革命战争的烈火，又同样锻炼了他，经过这两重火的锻炼，可以预言，赵占魁同志将永远是坚强的。

“人民的天下大了！”

随着全国革命形势的发展，及解放区职工代表大会的召开，今年三月间，赵占魁同志在陕甘宁边区全体职工的一致爱戴下，被选为出席大会的代表，随西北代表团一起来到了东北。

一路上他经过了解放区许多城市，参观了各种各样的工厂，每到一地，解放区的党政军民，特别是工人群众，无不以高度的敬爱，热烈地欢迎着他，谁不愿意看看这个中国工人的旗帜赵占魁呢？谁不愿意从他的身上摄取一些宝贵的品质呢？因此在每一工厂，无论在院子里、在工作间，只要赵占魁一走进来，工人们就立刻围绕着他，争着和他谈话，和他握手，并诚恳地要求老赵给他们讲话，哪怕是一两句也好。

对于这些热情的欢迎，老赵是非常感动的，他认为像他这样一个普通的工人，十年来在党的领导下面由于全心全意地为革命做工，爱护工厂，爱护同志，今天所得到的尊敬是太大了，因此当每次工友们要他讲话的时候，他只有衷心地鼓励大家：努力工作，好好学习技术，全力打倒蒋介石。

这次一个半月的沿途见闻，应该说对老赵是一次很好的教育。在许多次的参观中，他看到了解放区工业的恢复和飞速的发展情形，看见了各种各样他从未看见过的好的机器和产品，大批丰富的原料、资材，和逐日增加的生产效率都使他感到最大的兴奋。他觉得人民的工业是大大地发展了，而自己的技术和知识却远远地落在这种近代化工业的后面，为此一路上他抱着虚心学习的态度，观察着机器，观察着工人们管理机器的技术，不断地和各地工友们谈话、学习，他说：“比起你们来，我们各方面都是落后的，但好处是在最困难的条件下，建立了工业，生产了东西。”他坚信陕甘宁边区的工业，在党的领导下面既然能够从无到有，今后从有到发展也是不成问题的。

比起工业设备和工业技术来，赵占魁同志更关心的却是各地工友们的生产情绪和政治觉悟，经过一番的了解，他认为解放区工人们的生产积极性是很高的，工人们已经开始认识到这样一个普遍真理：即把工厂当作了自己的家，认识到自己每一分钟的工作，都是在为革命生产物质力量，生产着加速蒋介石死亡的力量。

近代化的工业设备，加上工友们的政治觉悟，广大的解放区，加上千百万人民的支持，革命形势发展的图景，使赵占魁同志喜悦，也鼓舞着赵占魁同志前进，因此在哈尔滨的车站上，向前来欢迎他的工友们，他不由得衷心地说：“人民的天下大了！”

是的，“人民的天下大了！”赵占魁同志，希望你更加努力。

赵占魁的旗帜永远飘扬

十年来，劳动英雄赵占魁同志的成长过程，标志着解放区工业建设及职工运动的发展道路，也标志着新民主主义国家经济建设的发展道路。在这十年中间我们的工业从无到有，从小到大，从乡村到城市，从手工业发展到部分近代化的机器生产，赵占魁同志也由一个普通的工人，发展为一面全国工人的旗帜，他的新的劳动态度，宝贵的无产阶级的品质，无疑地，随着全国新民主主义工业的建设和发展，将教育着成千成万的工人。

时代在前进！整个工人阶级在前进！我们热烈地预祝赵占魁这面光荣的旗帜，永远飘扬在工人阶级的前面。

原载《东北日报》1948年7月14日

劳动旗手甄荣典

华　山

我第一次听到“炮弹大王”这光荣称号，还是在太行山敌后抗日战争最艰苦的岁月。那时解放区遍布日寇烧杀的鳞伤，隐藏深山的军事工业也连续地遭到三次破坏。而工友们在废墟上重建工房和安装机器的短短一周间，甄荣典同志又以七十五秒钟一发小炮弹的惊人纪录，向人民宣布新劳动者运动开始了！六年后的今天，他带着晋冀鲁豫工人旗手的荣誉出席全国第六次劳动大会，刘邓大军南下中原已经近年，晋冀鲁豫从前线变成了巩固的后方。从他献身劳动的英雄业绩，我看到了新中国工业从无到有、从手工工业发展到电气工业的战斗过程。晋冀鲁豫，胜利地坚持了八年敌后战争；首创自卫战争全歼进犯军的邯郸战役；以南渡黄河揭开了解放军全面进攻的新时期；——近年来，每逢听到那里新的战绩，我总想起当年在太行山出生入死的军火工人。——用自我牺牲的无比劳动支持着长期战争，使自己跃身于主人翁的强固地位，这是中国工人阶级的光荣。甄荣典同志正是共产党在长期战争中培养出来的一个出色的劳动旗手。

劳动在最艰苦的岗位

1. 水车轮带的“兵工基地”

一九四〇年，震动了日寇侵华战略的百团大战中，出现了八路军自造的掷弹筒。这种单人使用的轻便手炮，原是日本陆军最得意的突击轻武器。华北敌酋冈村宁次特别抽调精锐的特种山岳部队，配备以大量掷弹筒，专门对付太行山的死对头——刘伯承将军的野战兵团。可是八路军以同样武器回敬他们的时候，敌人发现那些炮弹不是“昭和造”，而是威力更大的“八路造”。

冈村宁次于是惊呼：八路军有了“规模宏大的现代化军事工业”。敌人把毁灭“共产军兵工基地”作为每次“清剿”“扫荡”的首要目标，把搜捕军火工人看作“比消灭共军一个师尤为重要”。所谓“现代化兵工基地”，就是“炮弹王”甄荣典同志开始其学徒生活的黄烟洞兵工厂，那里没有电力发动机，没有铁路，甚至最原始的独轮车也不能通行。山涧流水是基本动力；敌占区的铁路是钢的唯一来源；轮带是自己用麻绳织成的；就连刨钢削铁的镟刀，也只能在刀尖焊上小指甲盖那么一点“锋钢”。甄荣典同志就在这种困难条件和战争威胁下，坚持了炮弹生产过程中最吃力的劳动——镟车炮弹外圆。

一天十小时的劳动，不间断地重复着简单的动作，每秒钟双手都得使上浑身力气，——镟车炮弹外圆乃是一种最苦重而又学不到什么技术的单纯体力劳动。旁人说：“身体吃不消，没进步”，顶多干上三几个月就要求调动工作。甄荣典的说法可不同：“是革命工作都需要人做啊！”他说：“只要对前线有利，我就干下去。”高度的责任心使他坚持了五年，在水力轮带旁边制造着令日寇胆战心惊的炮弹。

2.“炮弹大王”的秘密

常常站在最艰苦的生产岗位，自觉地想尽办法完成与超过任务，这种优良的品质，使他在短短的两年中，从一个普通学徒变成轰动全边区的特等劳动英雄。一九四二年，太行反扫荡战争到了残酷的顶点，八路军副参谋长左权将军就在那时壮烈牺牲，炮弹厂被烧得只剩下土墙的躯壳。但是生产任务更加庞大了：满足当前需要，准备将来反攻，——一长串的数字都得在短促的战争空隙完成。于是上级号召展开支援前线的新劳动者运动。

第一个月，每人每天的产量只是几十发炮弹，任务落空了。第二个月，新的任务又增加五分之一，加上未完成的数字，几乎增加两倍。运动没搞起来，甄荣典就提意见：

“上级给订的计划，工友们总觉得那是上级的事，咱反正尽力为之，完不成可怪不了咱。要是自己订的计划，完不成总感到是自己的责任，怎的也想出个办法。”

工人讨论结果，果然说：“可以完成！”而甄荣典订的计划，在运动中起了带头作用。

他觉得：车炮弹外圆不是取巧的活儿，力气下得大，时间抓得紧，就能多出货。另外，机器坏了要修理，碰到太硬的炮弹毛坯就少出货，这些意外的损失常常耽误几天工夫。所以他订的计划，每月不是按三十天而是按二十六天计算。于是他每天创造出新的纪录，掀起了全场轰轰烈烈的竞赛热潮：一百发，二百发……最后一般熟练工人提高到三百多发。而甄荣典同志在同一时间内，创造了四百八十发的最高纪录，平均每发只需七十五秒钟，荣获“炮弹大王”的称号。全厂生产量也因而超过任务一倍。

一样的工作时间，一样的改良技术，甄荣典的机器还没旁人的好使。为什么这个两年前的学徒，比熟练工人出货多呢？“炮弹王”的秘密在哪里呢？他说来说去只是多一条：肯卖力，吃刀比旁人重。

战争面前倔强挺立

3. 华龙山突围

在战争中，也和在生产岗位上一样，甄荣典同志总是走在头里，整整五年没离开过那支“六五”步枪。

从一九四〇年到军工部当学徒起，甄荣典就遭到严重的战争考验，此后一连三年，正是太行区扫荡与反扫荡的残酷岁月：年关扫荡，春耕扫荡，麦收扫荡，秋收扫荡，每一次毁灭性的清剿都以军工部为其主要目标。为了摧毁八路军的军事工业，敌人不惜以压倒的优势兵力，打进人迹罕至的大山里，用所谓“拉网战术”和“梳篦清剿”，专门搜捕身穿黑色工服的“黑八路”，只要发现一个黑色人影，哪怕追上穷山绝岩，敌人也要搜遍每个石缝和草堆。

“不丢掉一件机器，不损失一个工人”，成了军工部坚持敌后生产的艰巨任务。甄荣典埋好机器，立刻成为一个英勇的工人自卫队员。

四〇年冬天，一千多工人冲过敌人重重包围，最后转移到一座后路断绝的华龙山，又和日寇遭遇了。唯一的一个警卫连已被敌人截断，没有战斗经验的自卫队也被切成数股，这一千多徒手的男女工人，连带家属和老弱的技工，全部挤在无路可退的荒沟里。在这紧急关头，甄荣典挺身而出，自动带领二十三个自卫队员，和搜山的敌人搏斗。一连三天，他们露宿冬天的山野，吃些生土豆苞米瓤子之类，甄荣典还翻上翻下，放哨警戒，亲自侦察敌情，寻找道路。但是山里只有两道山沟可以外出，而沟里早已烽烟弥漫，两股敌人开始顺沟进山合击他们了。他们就用自卫队仅有的二十三支步枪，掩护全体工人，从两股敌人之间的乱山梁上冲出去。终于以十来个自卫队员的热血，保全了军事工业的“命根子”。

4.“垮了再干！”

反扫荡结束后回到黄烟洞，工人发现苦心经营的工厂成了废墟。深山中一排排的新式宿舍，青石上洁白的工人俱乐部，亮着解放区仅有的水力电灯的工厂，——在当时那是多么令人兴奋的建设！而现在转眼之间，全被敌人烧成一片荒凉的灰烬了。“这还有啥干的！”少数工人悲观起来，“这样险要的大山，赶上铜墙铁壁了，敌人都能打进来，根据地还有什么地方能挡住敌人？”

“抗战抗不下去啦！”个别意志薄弱的分子动摇了。甄荣典是共产党员，共产党员说：“革命就是这样。解放区没有敌人到不了的地方，可也没一处地方让敌人站住脚，敌人再凶也打出去了。烧掉厂房算啥？垮了再干！”

甄荣典在劳动中的优良品质，在战争中表现为一个坚强不屈的战士。每次重建工厂，他都是站在前列的活跃分子。工人们自己垒墙抹泥，安装机器，四十天的复工计划在二十天中全部完成。此后每次反扫荡战争，他们干脆把修复工厂看作生产炮弹的必经过程之一。为了在战争空隙中争取更多的生产时间，他们把恢复工作缩短到惊人的程度。在一次最残酷的反扫荡结束后三天，他们没等房顶盖好，机器已经哗哗转动了。

5.“机器就是两只手”

艰苦的环境，紧张的生产和残酷的斗争，只能把一个优秀的共产党员的意志磨炼得更坚强。“敌人挑残（摧残）越凶，咱仇气越大，办法也越多！”甄荣典常常说：“机器就是我们的两只手，没了手咱就成了废人了。”为了不丢掉机器，他常在工作极度疲劳之后，一个人走到工厂三五里以外，选择埋藏机器的好地方，想出种种伪装的好办法。他有时把机器埋在茫茫的大河滩里，水渠底下，甚至埋在敌人必经的大路上，然后引水一冲，洗刷掉一切痕迹。

但是机器这样多，埋藏得这样分散，伪装得这样巧妙，常常连自己也找不回来。这和被敌人抢掉是同样的损失，他总是细心牢记附近的目标，量好方向距离，如同车炮弹一样精确。埋藏厂中最贵重的几架机器，尤其困难：一出门不是上坡就是下坡，几千斤铁得用人抬几里地；为了保守秘密，八个人抬的机器他们四个人就架着走了。一个晚上扛它几趟，完了还要埋藏自己的工具，超体力劳动使甄荣典受了内伤，每年冬天就闹气管炎，但是为了保全机器，每一次都少不了他。

四二年的五月大扫荡，敌人出动的兵力，手拉手可以把太行区围上一圈。甄荣典工作的那个厂，被敌人清剿了整整一个月。敌人在山头放上排哨，每天清剿队围着山脚搜到山顶，又从山顶像撒网一样搜到山脚。分散隐藏在野草荆棘中的工人，经常听到敌人在耳边诈唬："出来吧，早看见了，不出来就开枪啦！"而寻找机器的挖掘队，就像挖金子一样，真个是"入土三尺"，把附近的地皮掏得稀烂。为了保全工人，厂长命令所有人员一律向远处转移。但是甄荣典舍不得走开，他偷偷和几个自卫队员，留在清剿团里，经常只离敌人一里半里，每当挖掘队走近机器的位置，他们就向敌人射击，把清剿队吸引上山，用生命和日寇捉起"迷藏"来。

这种爱护革命财产甚于生命的高贵品质，使他在敌后五年没丢掉过一件工具。而他自己，也和那时保存到现在的工友一样，用他的话来说："真是沙里淘金出来的"，终于成为支持今天大规模革命战争的宝贵财产。

群众的英雄，生产的火车头

6."八二"炮弹厂为啥不出货？

"甄荣典走到哪里，哪里的工作就搞得呱呱叫"，这是军工部流传的一句话。四五年大反攻前夕，军工部成立了一座新的"八二"炮弹厂，全部工人都是从各厂抽调拼凑的。开工二十来天，看起来谁也没有闲着，到时候就是不出货，于是上级又想到甄荣典。

当时上级为了培养这位英雄的技术，刚刚调他到实验所工作不几天。甄荣典为了前线的迫切需要，愉快地接受了新任务。

“八二”大炮弹，在甄荣典还是初试。调皮的工人说：“人家是‘炮弹王’呢，咱且看他的手段！”

上工第一天，甄荣典做了四十五个。工友们的舆论马上不同了：“到底是‘炮弹王’，从没做过的活儿，一沾手就是四十五！”

7.“红花要用绿叶衬托”

但是他最关心的，是如何提高大家的产量。每天下工以后，他到各个工人宿舍，找工人闲谈，打问他们的困难，不几天就和大家混熟了。大伙都肯跟他谈心里话，他便找出生产不高的原因，一群学徒这样说：

“人家师父们一天才出二十一个，咱们做学徒的，比人家多出货像啥话？”

甄荣典想：学徒的情绪要提高，可也不能影响师徒团结，于是他说：“这话说差了，这是用力气的活，肯出力就能多出货。老师父上了年纪，精神自然来不及。比技术咱比不过师父，比力气年轻人就该跑到头里。什么时候只听说状元徒弟，哪有说状元师父？”一席话打通了学徒的思想，生产情绪首先在年轻人中间带起来。

“红花要用绿叶衬托，英雄要与群众结合”，甄荣典虽然是边区闻名的英雄，论技术也是个带徒弟的工匠了。他还是常常做些挑水、扫地等杂活，一到工厂就把工房打扫得干干净净。老师父跟前，他常常去请教技术，主动和他们接近，一个最怪癖的师父也感动地说：“甄荣典真好，比个学徒还好使唤。”起初对他有成见的人，不知不觉地便和他亲近起来。全厂工人团结到他周围，生产量也随着他的纪录提高，半个月后，甄荣典由四十五个增加到八十个，旁的工人也增加到五十个。他的威信大大提高，大伙便选他当工会主任。

8.“有甄荣典，任务就有保证。”

大反攻开始，前线需要的炮弹增加好几倍。厂长发愁起来，甄荣典就提意见说："这样大的任务，光靠上面开个会不行。必须走群众路线，发动大伙讨论。工人的思想我算摸准了：上面给的任务，总觉得是上级的事，要是自己订的计划，经自己嘴里说出，完不成就觉得是自己的责任，怎忙也要想出个办法。"

就这样子，厂方和工人扭成一股劲，展开了生产突击竞赛。甄荣典创造了一百个的纪录，旁人的产量也增加到六十，完成了九月份的任务。

十月，反攻捷报频传。军工部参谋长对大家说："前线正布置打大胜仗，你们炮弹出的多，我们就能多收复几个城市！"长期在山沟子身受战争折磨的工人，叫这几句话激励得简直疯狂了："我们哪怕不睡觉，一定让前线炮弹够用！"甄荣典在职工大会上提出挑战说："我不但保证供上各部的弹壳，而且保证用不完！"

他做的是炮弹的第一部，全厂产量能否提高，全看他出货多少。但是九月份的产量已达顶点了，光靠规定的十小时是办不到的。甄荣典就利用各个空隙时间赶工。开饭的时候，全场的轮带都停下了，水力车轴转得特别快，他就趁此机会，四十分钟赶出两小时的活。等大家上工的时候，他才在机车旁边随便吃点饭。不几天，他镟的弹壳堆满了第二部的机器房。

他还嫌慢，又想法改造工具，减少了一道工序。于是又创造了每天（十小时）一百三十五个的惊人速度，超过原来产量七倍。但是这数字还是差得很远，他于是又加工：做夜班他从下两点延长到六点，赶日班上工的时候，他已多赶出一天的活；做日班时他半夜就开始上工，一连三个月没松点劲，甚至脚趾被铁滚砸碎两只以后，他包住伤口又继续工作下去。奋不顾身地劳动，就像开足马力的火车头，把全厂的产量带起来，追上了前线的需要。"有了甄荣典，任务就有了保证。"厂长常常这样说。而在邯郸前线和上党前线，全歼蒋介石进犯军的第一次漂亮仗就在这时打响了。

工人旗手永远前进

9. 一切为了前线胜利

前线胜利接着胜利，一批批的机器运回后方。“真是家大业大了。”工友们说，掌握新的技术，建设大的工厂，成了支援各路大军的迫切任务。甄荣典在四七年春天调到机器厂。

这机器厂也是新成立的。从未见过的机器乱堆在一起：钻车、刨车、元车、镟床……不少都是“缺胳膊断腿”的。当时甄荣典连简单的图样也不会看，要把它们全部迅速安装起来，简直是不可能的事情。但是他却说：“有了机器不会用还行！”亲自带上几个学徒，就动手清理起来：搬扛最笨重的机器，琢磨各种机件的部位，一件件地试着安装，不懂的就跑去请教有经验的工人。欠缺的机件，他自己画出图样，临时找人修配。从最吃力的杂工到绞尽脑汁的专门技术，哪一样他都沾手。每天经常工作十四小时以上，常常饭也顾不上吃。六年来在山沟里没有见过的机器，终于全部安装好了，不但非常合适，而且提早完成一个星期。

但是前半年的生产计划，安装机器就占去四个月，眼看计划要流产了。甄荣典又说：“咱们开个会讨论讨论吧！”他和机工所的大工匠们，精确地计算了各部机器的能力，发动了轰轰烈烈的加工突击，使机器二十四小时不息转动。他们要在“创造‘刘伯承工厂’运动”中，把这位中外驰名的常胜将军的名字，和自己新建立的工厂连在一起。而甄荣典同志，六年来一直做着简单劳动的“炮弹王”，现在做起技术复杂的细工，一样跑到运动头里，掀起了全厂奋不顾身的英雄劳动，制造出一批制造军火的机器来。

和这同时，全厂的“献炮运动”也胜利完成了，他们用义务工和献金献物，给刘伯承有功部队武装了一个炮兵连。解放军全面进攻开始后，他们又不断地用义务工造出全新的大炮，鼓舞着南下中原的刘邓大军。

10. 虚心，朴素，闪烁着信心

从一九四二年当选特等劳动英雄起，甄荣典在晋冀鲁豫边区的三届群英大会中，始终站在前列，已经成为公认的劳动旗手了。但是在英雄的事业道路上，无端的打击折磨也够他受的。当选英雄之初，不服气的工人说："有英雄生产就行啦，咱还干个啥劲？"发动竞赛的时候，落后的工人就冷眼看着说："让英雄'运动'去吧；咱当不了英雄，咱也不'运动'。"甚至最亲近的好友也疏远他了。军工部同志谈起他当时的处境说："换上旁的人谁也受不了啊！"但是他毫不计较这些，还是耐心地接近旁人，征求意见，检讨自己，并且主动找他们说：

"要是没有大家努力，我也当不了英雄。大家都是真正的英雄，我不过是大家培养出来的代表罢了。"

"没有革命就没有我今天。"甄荣典常常这样说。旧社会给他上了第一课。他是河北唐县一个贫农的儿子，父亲种地，母亲磨豆腐，他自小上山打柴，十六岁当小雇工。三口人常年吃糠咽菜，到头还是"债垒债"，吃顿小米饭就算过年。母亲不愿他看着旁人馋嘴，年前向邻居二大娘割了两斤猪肉，回头一想还不起钱，又含着眼泪把肉退还了。为了寻找出路，他十七岁跑到粤汉铁路做苦工，整整一年半没挣个钱，还得沿路讨饭回家。他说："这条在旧社会捡回来的命，一进到军工部就看出革命的好处来。从来是'师父不教徒弟；教会徒弟饿死师父'。我一个老粗乍进厂里，就让到机工当学徒，真赶上做梦啦！同志们在工房里教这教那，不算，宿舍里又架起块黑板，只恨咱们学得慢。"

谈起八年来的英雄生活，他总是说："我是大家培养起来的。"他深深体会了"英雄事业，群众作风"这句名言。无论到哪里工作，他总是虚心向群众学习，不断提高自己。他对老年工人非常敬重，常常向他们细心请教，一个最不易接近的技术工人，也叫他感动地说：“只要我知道的，一定告给你！”只要自己有点不懂，就是技术等级不如他的，也要去问。他常说：“哪怕是个学徒，有一点比咱强的也该学啊！”到了机器厂以后，上级提出“质量第一，安全第一”的口号，他更加注意学习技术了。老师父工作的时候，他总想办法抽空站到旁边，看他怎样下刀，先做哪里。接到订货以后，他看图样非常仔细，有一点看不清楚的就去问人。然后动手。碰到所谓“规矩货”他总是自己动手，不叫学徒代替。如果需要培养学徒技术，他就在旁边看着，不让弄坏了材料。这种认真的学习精神，使他的技术在一年中提高了两级，全年没有做坏过一件材料。——差一厘一毫就可以损坏一大块贵重的钢铁，这种全年不“报废”的工作成绩，的确是很大的进步。甄荣典不愧为一个永远向前的旗手。

但是他绝不自满。就在他出席哈尔滨全国工代的时候，一有空就注意学习新的技术。他说：“革命越闹越大啦，没见过的大机器、大工厂都有啦，比方咱那机器厂，比起山沟里的强得多了，和东北的比起来可就差得远，反正全国革命眼看胜利，没见过的机器多着哩。不怕没用过，就怕不学习，只要和群众扭成一股劲，啥事情都能办好了！”

奋不顾身，永远前进，这正是英雄的本色。而甄荣典，这个三十一岁的劳动旗手，说起话来又是那样虚心、朴素，闪烁着信心。

七、九，哈尔滨。

原载《东北日报》1948 年 7 月 15 日

大戈壁之夜

华　山

明天就要出发了。

大戈壁的夏天，气候特别酷烈。谢尔巴柯夫对自己的身体却充满了自信。唯一的准备工作，就是把一头漂亮的头发剃光了。省得招沙子，没水洗。

西北地质局的康局长放心不下，晚上跑来看我们。

已经是睡觉的时候。谢尔巴柯夫正在房里光着膀子，拿一条胳膊抡着一对哑铃，把浑身骨节弄得嘎嘣嘣响。

他是个很年轻的铅锌矿专家，个子矮矮的，戴副近视眼镜，身体却结实得像只小水牛。六公斤重的哑铃在他手里，就跟木头做的一样，临睡前总要浑身上下抡上三十分钟。旅途中也不例外。

康局长说，不久以前他进了一次大戈壁，干燥极了，他一时不小心，没多喝开水，鼻孔跟嘴唇都被热风烧烂了。晚上可冷得要盖大棉被。赶上起暴风，下暴雨，气候变化更激烈：暴雨一来，几十分钟就是一条大河，一阵暴雨过去，地面又干了。太阳更毒。最容易感冒，得病。已经给抽调来一个医生。可是更重要的，还是要注意休息，大意不得。

夜深了。兰州的夏夜，晚风沁凉。谢尔巴柯夫跟康局长对面坐着，还是光着膀子。一个穿一身黑呢制服，认真地讲着“戈壁热伤风”的特征及其预防和治疗，一个像轻量级举重专家似的认真坐着，神情庄重，两条粗胳膊的肌肉却一阵阵地在皮肤下悄悄滚动着。说到医生的时候，谢尔巴柯夫终于笑了起来：

“这很好！”他说，露出满脸顽皮的样子，“我病了，他给我看；他病了，我给他看。”

康局长说，调给我们的汽车，是一辆崭新的苏联“六九嘎斯”，跑得又快又稳，爬坡又有力气，还颠不坏，是最好的一种小型越野汽车。司机也很好。可是大戈壁没人烟，还难得找到泉水，半道上出了毛病很危险。上路以前一定要做好充分准备。

“没关系！”他愉快地拍着大腿说，“我这两条腿，是很好的机器，坏不了。”

谢尔巴柯夫，今年才二十九岁，八年来一直在野外工作，到过苏联远东的原始大森林，到过帕米尔高原的高山地区，还到过朝鲜战场，帮助朝鲜同志找过三年矿。完全是新一代的知识分子。听说我也到过朝鲜战场，特别亲切，把他所记得的朝鲜话都搬出来了。

一路上用得最多的，是“确斯密达”——好！看见兰新铁路穿过万里长城：确斯密达；看见黄羊在玉门油矿跟前跳舞：确斯密达；在碧野连天的田野上呼吸着大漠吹来的热风：确斯密达；在遍地流沙的荒漠上穿过钻天白杨的林荫公路：确斯密达……一连几天，汽车在祁连山和大戈壁之间的大平原上飞驰着，一时穿过春光明媚的绿洲，一时穿过烟海茫茫的荒漠。他总是这样精力充沛，对一切都兴致勃勃。在野外工作起来，大太阳下一干就是十几个钟头，回来还拉手风琴，看书，练哑铃。玩起来也痛快淋漓，一见河水就想往里跳。有一次黑河涨水，汽车不敢过，他把裤子一脱就探路去了。

偏偏保卫员李振东是个认真负责的人。祁连山流下来的雪水，到了烫脚的荒漠上，也是冰凉的。大热天跳下去，能不闹病？别看他整天笑眯眯的，保护专家，心里可不含糊。他是刚从康藏高原下来的转业军人，在炮兵部队养成了严格准确的习惯。直急得他几步上去就把苏联专家拖住了。

“我又不是小孩子，”谢尔巴柯夫说，“高加索的河水，比这急多啦。”

“那是苏联，这是中国。”

“呜！中国的水，难道和苏联的水不一样吗？”

“你待着吧。探路是我的事情，用不着你。”

“你不行。我是地质专家，会看地形。”

“我是炮兵下来的，还能看不出一条路来！”

两个人在河边，你一句我一句的，越说越急，还听不懂话，把翻译同志笑得话也翻译不出来了。好在汽车终于开了过去。谢尔巴柯夫也笑了起来：

“你这李振东啊，我工作的时候，你总是‘休息呀！休息呀！’现在我要休息休息，你又不让了。”

“进大戈壁以前，一定让你痛痛快快地洗一次。”带队的说，“我们也洗。到了疏勒河咱们大家都要洗个痛快。”

疏勒，蒙古话的意思，是荒凉的边疆。古来叫作“流沙之地”。过了疏勒河，不说河流，就是一棵草，一眼泉，也难得碰上了。汽车刚刚停住，谢尔巴柯夫就拧开车门——迎面唰地一阵风沙，把车门整个掀开，连他也拖下车去。

流沙在大河滩上贴地飞扬着。你一脚迈出车门，顿时透不过气来，不由得转过身去，背风站住。可是从大戈壁刮来的热风，还是抡着灼热的沙粒，满头满脸乱扫一气。把大伙几天来洗个痛快澡的兴致全给扫光了。

只有李振东一个人笑眯眯的。“这下子他可洗不成啦。”他说，如释重负似的。直说得大伙都笑了，——谢尔巴柯夫已经跑到大河滩上，消失在大风沙里。

有个好身体，真叫人羡慕。水这样凉，风这样硬，他在风沙里脱得光溜溜的，就往河里纵身一跳，——不想河水这样浅，竟然才淹到脚脖子上。把他自己也笑坏了。河水都被引到田野里灌溉去啦。浇到身上的水，还没有风沙来得多。不过他还是非常高兴的，还让大伙儿帮他浑身猛浇着，瞬间把皮肤擦得通红。当我们进了大戈壁以后，在火一样的荒漠上回想着这痛快淋漓的情景，真后悔自己当时没有下水呢。

过了疏勒河，好热！跑着跑着汽车的水箱又"开锅了"。

刚进河西走廊的时候，绿洲这样丰润、青葱，映着祁连山的连峰积雪，有时汽车跑上好几个钟头，田野总是水渠纵横、阡陌如画，路旁总是齐崭崭的两行钻天白杨，只迎面亮着一线蓝天。眼看着汽车就要一直开上天去似的。谢尔巴柯夫又"确斯密达"起来："简直和乌克兰一样。乌克兰可没有这样美丽的雪山。我真愿意在这里工作一辈子。"

可是现在，遍地白草黄沙，烟海茫茫，汽车跑得多快，总是追不上地面的流沙，也逃不脱热风的追击。灼热的沙粒在车篷上一阵阵地爆响着。跑上一刻钟汽车的水箱又沸腾了。非得掉转车头，迎风停上半个钟头，才能开动。人也跑出车来透一透气，——虽然外面热风烫人，总比闷在车篷里好受一点。

只是一到大漠深处，天也高了，云也亮了，远处山影重重，起伏如黑色的海浪，遍地亮晶晶地满盖着一层黑色的石砾和碎石，波澜壮阔。强劲的戈壁风动地滚来，什么衰草、泥沙、黄尘、红柳，在这里都看不到了。

大戈壁原来是一个石头的大海。

"远看是山，上山不是山。"这句话用来形容大戈壁，真好！前面分明横亘着群山的波浪，汽车分明是一直朝着山上开，可是越往上，地势越开阔、平缓，跑着跑着山头就不见了。汽车开到那里，眼前总是满盖着一层石砾积成的硬壳，只有远处，依然山影重重。——在这里，暴风烈日和无情的岁月，曾经把多少高山深谷，都夷为平地，劈裂成破碎焦黑的石砾呵！它顺着风势，积成坚硬乌黑的石壳，在烈日的斜照下反射出一片银灰色的强烈的光辉，给人一种一望无际的，严峻、空漠、酷烈的感觉。

可是突然，如同波涛间涌出船队的桅杆，山那边出现了一群钻塔的轮廓。跟着，帐篷，石头房子，土坯房子，汽车压出的道路和战壕似的探槽，也迅速展现出来。这时的心情，简直像雾海孤帆驶进了渔港，我们终于到了有人生活的地方了。

汽车驰进了矿山。

大戈壁上的地质人员，也和大草原上的牧人一样，是好客的。这是去年夏天发现的一个铅锌矿床，很大，已经开始勘探工作。技术方面的总负责人，是一位热情的地质科长。一九四五年，他在大学地质系毕业，学完了也丢了：没搞头。解放以后才捡起来。在一个大铜矿摸索了几年，跟苏联专家学会了计算矿床储量，部署勘探工作，现在国家把这样大的矿山交给自己负责，很兴奋，也很着急：就怕完不成任务。每天和十几个刚出学校的青年一起，边做边学，越干越起劲，碰到的问题更多。现在来了个铅锌矿专家，恨不得把满肚子的问题都端了出来。

“很好！”谢尔巴柯夫说。很快就商定了工作日程：上午跑野外，下午听汇报。“暂定半个月。不够，再延长。”

谢尔巴柯夫对汇报很满意：——会议室里，摆满了各种地质图、剖面图、岩心素描图，和一箱箱的矿石标本。口头汇报详细而又简明。他提出什么问题，地质科都能把有关资料马上拿出来。可以看出，他们的工作做得很好，对矿区每一部分都很熟悉。可是听着听着，谢尔巴柯夫就做起实验来：开始拿指甲往石头上刻，然后拿小刀，拿玻璃片。跟着又要酒精灯、试管、荧光灯。汇报简直没法继续下去。

“这是矽卡岩。”谢尔巴柯夫终于抬起头来，脖子热得通红，“里面白钨矿很多。”

“这可了不得。”地质科长碰了碰我的胳膊，“咱们这一带，尽是这种石头。”

矽卡岩，是花岗岩的热岩和石灰岩接触时的变质岩层。在地质人员看来，大戈壁本来是一个大海，到处是沉积海底的石灰岩。以后海干了。一旦花岗岩的熔岩冲破地壳，冲到石灰岩里，跟着花岗岩一块儿上来的许多宝贵矿石，都喜欢跑到矽卡岩里。如果真的是一片白钨矿床，这是多大的事情！

一连几天，谢尔巴柯夫的心思，都跑到矽卡岩里去了。“这很像辉钼矿！”“这很像放射性元素。”他有时自言自语地说。起初，大伙还跟着他一起高兴。可是几天过去，他干脆连汇报也不听了。那么大的一个铅锌矿，好容易来了个铅锌矿专家，可是一个问题也没有解决，怎么不叫人着急呢？一有机会，小青年们就连珠炮似的，把满肚子的问题兜了出来。

“不要着急，”谢尔巴柯夫说，“铅锌矿放在这里，是跑不了的。猎人剥熊皮，忽然发现了鹿，能不打吗？时间不够，我再多住一个星期。”

整个白天，谢尔巴柯夫在野外看石头。

蓝色的热气在大戈壁上蒸腾着。远山如同在水里浮动。太阳好毒。昨天晚上起了暴风，黑云从东方涌来，电光闪闪，半夜还下了一场雨，满以为可以看上惊心动魄的戈壁河了。可是早上起来一看，地面上连雨点的痕迹也没有。特别到了下午，整个大地都闪耀着一片银灰色的反光。

“嗬，又是辉钼矿！”谢尔巴柯夫又欢叫起来，把我拉到跟前。这是从地上的一块石头上敲下来的，表面上一层“荒漠漆”，跟普通的戈壁石头一样，断面却是灰绿色的，散布着银灰色的斑点。这一带该有多少辉钼矿啊！他又敲下一块——更多，简直是一片片的。大伙顿时围了过来，你一锤，我一锤，都是一块好似一块。谢尔巴柯夫干脆把整块石头抱了起来，让人送到汽车上。

真热闹。司机也帮忙搬，医生也帮忙搬，保卫员也帮忙搬。遍地的好标本总是捡不完。直乐得他像小孩似的，拿锤子在空中比画着：

“今天我们的汽车，都装满了宝贝了。坐不上人了。”

“那边的矽卡岩还要多啊！”地质科长说，“只管找吧，我把运水的汽车也给你调来！”

可是他已经等不及了，要回去照荧光灯了。

回到驻地，已经是吃晚饭的时候。医生说：“休息休息，拉拉手风琴，晚上再工作。”

“不，看过以后，再休息。现在不看，也休息不好。”

看样子，又得一直工作到深夜了。他把口袋里的石头摆在桌子上，按着颜色深浅，摆成一溜：一头是肉红色的，白钨矿很多；一头是灰绿色的，辉钼矿很多。都是今天弄回来的矽卡岩。他一块块地比较着，看了又看，被一种强烈的愿望激动着。终于忍不住跟我说：

“如果是白钨矿跟辉钼矿的共生矿床啊，我一定要痛痛快快地喝一顿，不止自己喝，还要和勘探队的同志们一起喝。如果不是啊，我真要哭了。——可是你别跟他们说。”他悄悄地加上一句，“猎人是不能这样说的：我今天要打几只鸟，他只能说：我今天打了几只鸟。”

我赶紧跑去吃饭，又匆匆地跑了回来。可是他已经在那里打乒乓球了。不用问，他已经拿荧光灯鉴定过：今天打到鸟了。

果然，他吃晚饭的时候，把一瓶白兰地拿了出来。我一见酒，就害怕，叫他一把拉住了，非满喝一杯不可。他自己也喝了三杯。“这瓶酒，”他晃着空瓶子说，“已经喝了半个月了，几乎还是满的。我也喝不来酒。喝一点，头就昏。今天一高兴，都喝完了。”

他这样高兴，整个晚上也不工作，也不看书，尽跟我们讲些愉快的故事，讲他经历过的有趣的生活。

他的父亲，做了一辈子矿工，他从小对大自然充满了幻想，梦想着到全世界旅行：到非洲、到拉丁美洲……到没人去过的地方，去发现没人见过的奇珍异宝。那时正在十年制学校念书，他常常把家里的面包偷偷切下一块，抓一把白糖，就和两个小朋友一起，跑到森林里探险去了，和真正的探险家那样，在树上睡觉，煮蘑菇吃。常常叫母亲拧着耳朵揪回家去。

“可是母亲总不能把耳朵老是捏在手里的。”有一次，下了化学课，他又悄悄揣上一小瓶盐酸，独个儿跑到森林里去。果然找到了一块真正的铁矿石。一九四四年，他考进了列宁格勒矿山学院。

野外生活这样叫他入迷，他参加了业余的举重运动，苦练身体，曾经有两年得过全苏大学生举重冠军。一块儿锻炼的两个朋友，体育学院的，现在都是出色的举重家了，一个得了苏联锦标，一个得了和平锦标。最近还和他一路到中国来表演。“可是我呢，”他幽默地摊开两手，“什么也没有得到。不过我一点也不后悔。它给了我这样好的身体，在远东的原始大森林里，我把裤带一勒，三天不吃饭也照样工作。”

他的毕业论文，就是这样写成的：背上四十公斤重的背囊，带上罗盘、扩大镜，和一把可以打石头标本，砍柴，开路，做记号，当拐棍，并且把狗熊吓跑的长柄斧头，就跑进大山林里。每次一跑就是半个月；有时两个人一路，有时独自一人。

不过背囊很快就轻了一半：森林里到处都有“临时仓库”，——暂时用不着的口粮，连同口袋一起，往树上一挂，就走。可是为了争取时间工作，总是尽可能地不拐回来。因为煮上一锅开水，撒上点豌豆、肉干、食盐，就可以把新鲜的蘑菇和野菜野果之类，做成香喷喷的“森林大菜汤”。

森林里蚊虻很多，小伙子们从头到脚，都满涂上一层防护的黑油，就跟在柏油里打了个滚一般。好在森林里没有人迹，当然不会碰上姑娘，没关系。可也就没有谁能够帮助自己了。可以帮助的只有火柴。

燃着火堆，撑起小帐篷来，把草和马尾松的枯枝满铺在地上，厚墩墩的，再垫上一件贴身的毛衣，——这就是床。这时候把薄毛毯往身上一裹，两脚冲着火堆睡下来，伸到帐篷外面，——大雪天也冻不坏脚了。脚是找矿的本钱。

经过了整整一百天，他们回到伯力，都成了非常可怕的人了：胡子跟头发一般长，衣服是自己拿帐篷做成的，也破碎了。一路上人们这样惊讶，不知哪来的一群野人。“不过我还是很高兴的。因为这副模样，也说明了我的意志力量并不比我的体格差一点，少了它，就做不成找矿的人，——未来新城市的第一个居民。到了共产主义也是这样。”

月亮歪了，天这样高，大戈壁静得像沉睡的海洋。突然，一阵欢腾的笑声，从漆黑的会议室里迸发出来。人声嘈杂，不由得跑了过去。

电灯一亮，照出了满屋的人，会议桌上，红色的桌布衬着一行行的石头，贴墙根一圈尽是满装着岩心和各种矿石的木头箱子。原来地质科长正在领着地质科的小青年们，把整个矿区的标本都集中起来，做一次全面的荧光检查。

多少世纪以来，人们心目中的大戈壁，从来是一个死的世界，石头的海。只是一到荧光灯下，每一块石头都放射出多么美妙的奇光异彩啊！

火红的、金灿灿的、绿玉色的、蓝宝石色的……荧光灯在黑暗中慢慢移动着，紫光所到的地方，每块矿石立刻放射出各种不同的光彩。有的细如针尖，有的星光点点，有的如同斑斓的碎玉，可是都这样清亮、晶莹，鲜艳如同彩霞而又闪灼如同夏夜的萤火。简直就是满桌子的宝石花。

“都来看宝啊！”地质科长放开嗓子，冲着门外嚷了起来。政治处的、工务科的、总务科的……已经睡下的也跑来了。

“啊唷，这玩意这样好啊！”财务科的一个女同志说，摆弄着小巧玲珑的荧光灯。“咱们再买它几个得啦。”

“现在不心疼啦？”地质科长逗着她说，“前些天啊，——‘哎呀，什么宝贝灯，要八百块钱一盏！’就是不给买。”

“这首先就要批评你们自己，”谢尔巴柯夫说，“大戈壁有这许多宝贝，你们也不给管理人员说说，光自己高兴。早让姑娘们看看宝，也许放射性元素探测器也给你们买来了。”

他拧亮电灯，把最好的白钨矿石挑到一块儿，放在跟前，突然把电灯一灭，——嗬！简直就是一堆蓝宝石。他一下子把好几个国家最好的字眼都搬出来了：

“Очинь Хорощо！！确斯密达！大大的好！ Very good！”

他把最好的两块抓到手里，如同捧着一团蓝色的火焰：

“可以送给我吗？”

“太可以了，”地质科长说，“你拿去吧。”

“谢谢！”他用中国话说，放到口袋里。可是马上又掏了出来，放到桌子上。“先放在这里。不要以为这是最好的。明天我还要把更好的找出来。如果这是最好的，我们的矿山就不能更好了。”

傍晚，云山拥抱着落日，露出金灿灿的万丈光芒。彩霞烧红了透明的蓝天。三辆汽车迎风驰去。

大戈壁竟然有这样壮丽的景色啊！

每个人都被即将到来的黑夜激动着。荧光灯就要把整个矿区照遍了。在谢尔巴柯夫周围，人们抬着储电瓶，拉着五十公尺长的电线，扛着一捆捆的小红旗，——这是准备插在白钨矿密集的地方的。参观的人更多。矿区从来没有出现过这样多的人。

钻塔的轮廓那边，起伏着黑色的波浪，当中横着一抹瑰丽的紫红色，宛如划破长空的一道彩霞的倒影。那是一整块露出地面的花岗岩，足球场那么大的红色花岗岩。大地这样清凉、舒坦，黑色的波浪沉浸在梦一般的淡紫的暮色中，更显得四野的花岗岩鲜亮如火。这往日的熔岩，该从地球深处带上来多少宝贝啊！

我看着满天红霞，想象着遍地的奇光异彩，未来的城市也在眼前浮现出来。就在这一块花岗岩上，首先发现这座矿山的青年们，曾经激动地说：把它稍为切平、磨光，不就是现成的花岗岩地板吗？地基是花岗岩的，地板是花岗岩的，墙和大圆柱也是花岗岩的，——将来这座花岗岩的大红楼落成的时候，我走路也要跑来跳一次舞！

而当时这样激动着他们的，还只不过是铅锌矿一种呢。

大戈壁的夏天，夜来得特别迟，十点钟还没完全黑。可是一旦黑了的时候，地上的荧光反应也特别可爱了。

几十个人影在谢尔巴柯夫的周围钻动着，在旷野上慢慢移动。透过人缝，地面上闪灼着奇妙的荧光，一群群的，一簇簇的。“有，没有，有，没有……”一路上他用中国话不断重复着，从战壕般的探槽照到砾石滩上，从碎裂的岩石丘陵照到骆驼草丛底下的流沙。奇妙的星光总是在跟前显现着，恍如童话里的萤火虫铺成的道路，不知不觉就把我们引到矿区以外。

汽车的灯光远远地探索晃动着，探照灯的光柱似的，把骆驼草照耀成一丛丛的玉树银花，找不到跟上我们的道路。好容易开到跟前，脚下的荧光又把我们带走了。

“啊，跟天上的星星一样。”谢尔巴柯夫欢叫起来，“比天上的星星还要多。”

这是“戈壁河”的杰作，暴雨把高处的碎屑冲刷下来，又把沉重的宝贝留在这里。前天早上，谢尔巴柯夫曾经跑到这里来，满满装了好几布袋的沙土，给我们说：

“拿回去送给毛主席，作为献给党的第八次代表大会的礼物吧。”

当时他这样兴奋，满脸焕发着动人的激情。我们不由得也争着帮忙起来。可是怎么也没有想到，这干涸的戈壁河竟然会灿烂如秋夜的繁星。

“你们要做的工作真多啊！”谢尔巴柯夫给地质科的同志说，“又是铅，又是锌，又是钨，又是钼……如果红色的真个是放射性元素，大戈壁就更了不起了。”

“就是我们的人手太少了。”地质科长说，“光是勘探铅锌矿，也忙不过来。——这样丰富的大戈壁，哪怕给我们一批初中学生，也能找出许多的矿。”

“回去马上就给上级发电报！”谁个叫了起来。

“不，咱们分开来发，”另一个说，“今天报白钨矿，明天报辉钼矿，后天报放射性元素。叫上级光是高兴也来不及。”

“不行，”谢尔巴柯夫说，“放射性元素还不能上报。要马上送去做光谱分析，才能确定。”

荧光灯下，又有红色的星光显现出来，火焰似的，泛起金光，如同透明的珊瑚。

大戈壁之夜啊！你这样魅人，又这样地叫人无法安静下来，强劲的冷风打在身上，总有一股醉人的暖意和深情。红色的荧光在戈壁风里似乎也更加鲜亮了。

“如果真的是放射性元素啊，”地质科长说，“咱们的花岗岩大楼就要盖得更高更大了。那时候，”他对谢尔巴柯夫说：“不管你到了哪里，我也要给你打个电报，请你来参加落成典礼的跳舞晚会。”

“啊，大戈壁的舞会，那是一定要来的。”谢尔巴柯夫又孩子似的笑了起来。“可是也不一定。也许我回个电报说：请你马上来帮帮忙吧，这里又发现好玩意啦！”

原载《中国青年》1956 年第 22 期

女工的榜样

——记陕甘宁女工劳动英雄李凤莲

常 工

女工的榜样——李凤莲，是陕甘宁边区有名的女工劳动英雄，陕甘宁边区的参议员，出席全国职工大会的光荣代表，更重要的，她还是中国共产党的一个优秀的党员。她生长在陕西靖边县一个长年挨饿受寒的贫雇农家庭，做过两年人间地狱童养媳，今年二十八岁。

当我访问她的时候，她这样说：

“没有共产党和毛主席，不要说我不会有今天这样的光荣，恐怕连我的骨头早就没有了。”

那么李凤莲是怎样才有了今天呢？

（一）走上了新生光明的大道

李凤莲十五岁的时候就参加了革命。

那时是一九三五年的秋天，革命闹得正红火，她却正给人家做着童养媳，过去她的婆婆对她就够狠的，抬水、做饭、推磨、拾柴，什么活都叫她干，结果却不给她衣服穿，更不给她吃饱饭，经常还要毒打毒骂，从闹起革命后，她的婆婆对她更加严厉，既不准出门，更不准开会，在村里选她做儿童团长的那天，她的婆婆把她更像囚犯一样关起来，一天也没给她饭吃，她完全是在人间地狱里生活着。

这时谁来可怜可怜这个女孩子呢？

她的妈妈在她去做童养媳的那年就饿死了，她的两个姐姐也都早已出门，生活一样艰难，她的爸爸虽然知道她的苦难，但正在领着他的小弟弟给人家拦工，也是心有余而力不足，只有她的姑母实在不忍，经过好几次的央求，她的婆婆才准允把她带回去住上五天。从此她就再也不想回去了，可是想来想去总是没有办法，她只有整天整夜地痛哭，连她的姑母也不时地淌着眼泪。

就在这个时候，共产党救了她。

那是她到她姑母家的第三天，忽然从区上来了一个红军的女宣传员，一到村里就召开大会，号召群众起来闹革命，并且还给李凤莲带来了喜讯——她的二姐已从婆家逃了出来，参加了红军，正在闹革命，叫李凤莲也逃出这个家，参加红军去。她听着，她想着，她没有血色的脸上，第一次出现了红晕。

“我也行吗？”她带着希望问。

“能行。”那个红军女宣传员说。

李凤莲就在这天漆黑的夜里，神不知鬼不觉地离开了这个人间地狱，连她的姑母也没有告诉，就跟着那个红军的女宣传员，走向新生光明的大道上去了。

（二）发挥了高度的工作热情

李凤莲参加红军以后，她就热情地工作。最先是在供给部的工厂里买菜、做饭，什么活她都干，却从来也不说上一句受累的话。后来天气渐渐地冷了，有些地方已经飘起雪花，前方红军急需棉衣，这个工厂便由二十多个人，扩大到二百多个人，厂里就又把她调去给工人们称棉花，这是一件很忙的工作，既不能马虎，更不能耽误。可是她却从来也是没有叫过一声苦，就在她的脚和手冻破的时候，她还是干得一个劲，厂长杨芝芳同志便很开心地对她说：

“你要注意自己的身体，不要给累坏了。”

“我不怕累。”她说，“这比我做童养媳的光景，简直是好到天堂了。”

一九三六年的夏天，她又被调到被服厂去做女工，开始什么也不懂，她就埋头学习，有时连饭也顾不得吃，不到三个多月，什么装衣服啦，行衣服啦，和什么锁扣眼啦……她就都学会了，并且比起别的工人来，她做得既迅速，又整齐。

伟大抗日战争爆发的时候，她又被调到中央印刷厂做装订工人——折书页，由于她的积极努力，很快地就成为一个正式工人了，受到了不少的奖励和表扬。成了全印刷厂工人的榜样。并且在一九三八年的春天，更成为一个光荣的共产党员了。

她到中央印刷厂工作的时候，不要说她从来没有做过这件工作，就是连见也没有见过，但她的热情却是饱满万分，每天天上的星星还没有落，她就偷偷地一个人起来，到工房去工作，等到别的工人起床以后，她已折到三百多页了。尤其是她有了小孩子的时候，她更把时间抓得很紧，从来很少开玩笑，甚至连一句话也很少说。不到一年的光景，她的成绩便成为全印刷厂最高的纪录，别的工人每天最多折到两千多页，而她每天至少也要折到四千五百多页，所以全印刷厂的工人们都很羡慕她。

“我年轻，什么都不懂。”她说，“我只知咱们要革命，就得埋头苦干，组织叫干什么，就干什么，还要干好才行。”

这就是李凤莲同志工作的基本态度。

（三）积极帮助教育女工的榜样

沈桂兰是中央印刷厂的一个女工。人长得倒还聪明伶俐，工作也还能说得过去，就是有一个不好的毛病：吸大烟。一个月挣的薪水，几天就都被她吸光了，脸上老是黄溜溜的，身上也穿得破破烂烂，房内更弄得像茅房一样，什么味道都有。工人都讨厌她，甚至有些工人认为她是一个不可救药的人。

可是李凤莲却不是这样的看法，她想：

“哪一个人没有毛病？问题是看怎样对待这些毛病，如果自己有决心，再加上大家的帮助，我想没有改不掉的毛病。”

在李凤莲接近沈桂兰的时候，大家都很替她担心，认为这是吃力不讨好的事情，就连沈桂兰自己也感到很奇怪，别人都不接近她，为什么独有李凤莲要接近她呢？有次她就这样地发问：

“人家都嫌我脏，你怎么不怕呢？”

“就是因为你脏，我才要来呀！”李凤莲却笑着说。

沈桂兰被她这么一说，感到很难为情，李凤莲就又先从她的优点谈起，人长得聪明伶俐，工作上也行，但为什么大家都瞧不起呢？李凤莲便又很诚恳地指出她吸大烟的毛病，李凤莲对她说：

“你要生活过得好，你要叫大家瞧得起，就只有把大烟忌掉，我知道你从小就吸起，一下子忌不掉，但是只要你有决心，我保证你一定能忌掉。”

沈桂兰很为感动，她明明知道自己的这个毛病，从参加印刷厂以后，自己也曾经想忌掉这个毛病，可惜自己没有下定决心，同样也从来没有遇到过像李凤莲这样对她体贴的同志，她终于感动得哭起来了。

“不要难过！桂兰。”李凤莲又安慰她说，“这毛病也不是天生的，只要你听我的话，我可以帮助你把这毛病改掉。”

从这天起，李凤莲只要有空，就跑到她的房子去玩，天天如此，约有半年的光景，沈桂兰真是忌了大烟，脸上也渐渐地红了起来，身上也穿起了新的衣服，房内也干净得多了，并且在工作上还受到了印刷厂的表扬。

（四）一件伟大而又艰巨的工作

一九四〇年的冬天，中央印刷厂成立了托儿所，找不到保姆，就想把她调去工作，当时因她是一个正式工人，怕她不愿意去，但一谈话，她却表示毫无意见，并且很高兴地说：

“给革命培养后代，哪个不乐意呀！”

这个托儿所一共有二十多个小孩，除她一个人外，还有五个保姆，工作是很艰巨的，一会要给小孩喂奶喂饭，一会又要接屎接尿，特别是夜间，更不能睡觉，一天到晚很少空闲。其他五个保姆都不安心，尤其是保姆高秀英，认为这是最下贱的工作，对组织的分配不满，同时对自己的前途也很悲观，经常讲怪话，工作也不好。李凤莲却与此完全相反，她认为这是最伟大的工作，只要能够把这工作做好，不光是给革命培养一批后代，更重要的还是使得父母们安心工作，完成革命交给的任务，所以她非常安心，工作抢着干，她常常说：

“我是很喜欢这个工作的，说累吧！比起战士打仗和工人做工是轻得多了。说是脏吧！哪一个人生下来不拉屎拉尿呢？这是最伟大的工作，现在可以使得父母们安心工作，将来这些小孩长大了，给革命做了大事情，我们做保姆的多么光荣呀！”

由于她这样经常教育的结果，其他五个保姆也都安心下来，并且也都积极起来。经过一年以后，这二十多个小孩都长得又白又胖，非常可爱，不仅父母们都很高兴，就连已故中共中央职工委员会书记邓发同志，生前在检查工作的时候也很感动，回去以后，就写了一张奖状送给李凤莲同志，那奖状上写着：

“劳动英雄又是革命的贤妻良母。”

（五）在创造劳模运动中

一九四二年的春天，她又被调到被服厂工作。

从这时起，全边区就展开了创造劳模运动，到处的工厂在响应，到处的工人在竞赛，热烈、紧张，一种欣欣向荣的气象鼓舞着大家前进。

李凤莲更是奋不顾身地行动起来了。

首先是在自己的工作上，一天到晚都在忙着，总怕自己落到别的工人的后面，小孩要吃奶的时候，她也是一边喂奶，一边工作，简直是一点时间也不白白过去，由于她这样积极的结果，第一年中别的工人锁扣眼最多是二十多套，而她能做到三十多套。特别是在一九四三年中，别的工人每天最多锁扣眼三十多套，而她每天最少做到四十多套。她不仅成了全厂的最高纪录，也成为全边区工厂的最高纪录。

对于材料的节省爱护，她也做得最好。

她用接线头的办法，从来连一寸长的线都没浪费过，对于针剪更是爱护，凡是丢针的工人，她都提出批评。在工作比较空闲的时候，她更动员女工收集布条和废布打成一千多张格子，给制鞋厂解决了很大的困难。

帮助工人方面，她也是一个模范。

工人杜占彪的老婆生了病，孩子没有人照顾，她就把她的孩子抱过来，和自己的孩子一样，整整地抚养了一个多月，每天还要做上两三次饭，送给杜占彪的老婆吃，全厂的工人都很感动，都这样赞美地说：

“这真是不易呀！”

李凤莲却这样说：

“在革命队伍里，大家都是亲兄弟、亲姊妹，帮助照顾，这是很当然的事情。”

从此李凤莲的名字便到处传开了，在被服厂里成了工人们的榜样，在一九四三年秋天全边区的劳模大会上，李凤莲更成了一个有名的女工劳动英雄。

（六）组织工人互助合作社

被服厂从市场街搬到了七里铺。

这是一九四四年十月的事情，在市场街住的时候，什么都方便，要买什么就有什么，可是搬到七里铺后，什么东西就都买不到了，大家都感到很困难，有小孩的工人家属，经常叫苦，一些思想不好的工人更是怪话百出，尤其是一些爱花钱的工人不出去就不出去，一出去一个月的薪水，就会一下都花光，无形中影响着工作情绪。

这是一个必须解决的问题。

李凤莲看到这点以后，就积极地向厂里建议，要想解决这个问题，最好组织一个合作社，不然对于工作的影响是会加大起来的。当时厂里对这个建议认为很对，就是因为没有干部来做，又没有资本，怕办不起来。后来看到李凤莲对这工作挺热心，说：

“你有办法，你就办吧！”

“只要组织同意！”李凤莲说，“我想我一定能办起来的。”

当天她就找了几个工人中的积极分子，先凑了三万块钱，后来又向工会借了五万块钱，这个合作社就这样地办了起来。因为资本小，又是“打撩仗”，开始只买了些日用品，和小孩吃的糖果等东西，不料却得到了全厂工人们的热烈拥护，首先是大家感到很方便。这样一来既不跑路，又不耽误工作，价钱也比商店便宜得多。同时加入这个合作社的手续也很简单，可以随时入股，也可以随时退股，月终还分红；另外还将红利抽出一部分来救济工人中的老弱残幼，有时工人结婚或生小孩，还要送礼祝贺，所以大家就都纷纷入股，连过去最爱花钱的工人，也都节省起来，将钱投入合作社，李凤莲也就更为工人所敬爱了，大家都说：

“李凤莲想的这个办法真是好。”

虽然这个合作社很快就合并到工会办的合作社里去，但从这里却可看出，李凤莲是多么热心关怀着群众的利益呵！

（七）积极学习推动别人学习

李凤莲从参加革命后，就特别注意学习。

还在她参加革命不到一年的光景，她就在百忙中学会了三百多个字，对于听报告、开会，她更欢喜，从来也没有空过。

一九三七年春天，她和工人赵永泰结婚，她说：

“老赵是文化委员，我和他结婚，是要他帮助我提高文化。”

可见李凤莲是怎样地热爱着学习。她从来很虚心，一点也不自满。尤其是在中央印刷厂的时候，她认为这是最好的学习机会，除工作外，就是学习，不懂的就问别人，懂了以后就又教给别人，一些不愿学习的工人看到这情形后，也都积极起来。

一九四五年的秋天，她为了要使自己提高一步，就写信给邓发和蔡畅同志要求去住学。当时就批准她到延安中学地干班去，她高兴得一夜没有睡着觉。

她到地干班后，在生产劳动上不落后于男同学，在文化政治学习上，更比男同学还要努力，所以她去后不久，便被选为地干班的支部书记和主任，成了组织与推动全班学习的领导者。

在学校生产劳动的时候，不要女同学参加，她就自告奋勇给男同学做饭，在学习文化课的时候，很多同学没有书本，她就把自己在工厂存的钱拿出来，买了二十三本送给没有书的同学，大家都高兴地说：

“李凤莲这样帮助大家，我们要不好好学习，不要说对不起李凤莲，连自己也都对不起。”

不仅如此，李凤莲更像在工厂组织生产竞赛一样，在一九四六年的夏天，她又在学校里组织起一次学习大竞赛，时间虽然只有一个月，却把大家的学习推前了一步，很多学习不努力的同学，如雷济川和李桂芳等，在开始竞赛以后，都成了学习的积极分子。

经过一年的学习，李凤莲自己不仅可以写普通信件，并且也能阅读普通的文件了，直到现在为止，她还是在努力地学习着。

（八）爱国自卫战争中的考验

一九四六年的十月，她又被调回被服厂工作。

这时正是蒋胡匪大举进攻边区的时候，在“保护机器”与“保护工人”的口号下，李凤莲便随同全厂的工人一起撤退了。

那时她肚里的孩子已经八个多月了，组织上怕出危险，便给了她一头驴子，并且叫她先撤退，可是她认为在延安已经过了十多年的和平生活，现在战争才开始，应该好好地锻炼一下，所以她不但不先撤退，在和工人家属一起撤退的路上，她更把驴子送给老弱残幼的工人们去骑，自己则在崎岖的山路上走，有时还替工人家属们背行李和小孩子。

在蒋胡匪占领延安以后，情况最严重的时候，很多机关都分散，厂里便决定她和一些工人家属去分散休息。当时她不愿去分散休息，但工厂里不给她工作，她就又自动跑到办事处去帮助收袜子，一天到晚还是不停，她说：

“只要我能动一动，我就要工作。”

去年夏天还在移动的时候不久，上级又给被服厂一个重要的任务，要在四个月内完成四万套单衣，这是一个繁重而又巨大的任务，那时她刚刚生过孩子，经常还要移动，但看到这个任务后她什么也不管的，就又和工人们一起工作起来了。为要使得这一任务迅速完成，她首先在女工中发起竞赛，最后又在男工中发起竞赛，闹得非常红火，不到三个半月的光景，四万套单衣就提前完成了。

当秋高马肥的时候，被服厂转移到黄河边上，因为小孩子们很淘气，每天总是跑到黄河边上去玩，工人们非常担心。李凤莲就又征求厂里同意，把四十多个小孩子组织起来，成立了一个职工小学。又给工人们解决了不少的麻烦。

现在爱国自卫战争正在胜利地进行着，毫无异议的，而且可以预言的，李凤莲将会把自己的一切，都贡献给这战争的胜利。

（九）光荣永远属于李凤莲

李凤莲从参加革命到现在，已经整整的十三年了，这是一个不短的过程，但由于她有着坚定不移的革命意志，埋头苦干的作风，充分的群众观点和积极的学习精神，以及服从组织尊重组织的优良品质，她已经不仅是成为一个优秀的女工的榜样，而且更是成为一个中国新型的女性的榜样。光荣将会永远属于李凤莲。

原载《东北日报》1948 年 7 月 17 日

她们是胜利者

——二·二事件（申九纱厂惨案）真相（节选）

黄　钢

作品简介

长篇报告文学《她们是胜利者》先于1949年11月6—24日在《解放日报》上连载，又于1951年3月由工人出版社出版。1948年2月2日，国民党政权在行将大崩溃之前悍然发动“二·二事件”，上海军警向为争取合理待遇进行罢工的申新九厂工人进行了血腥屠杀，三位工友光荣牺牲，四十位工友受伤，一百九十九位工友被逮捕。1949年5月上海解放后，黄钢立即深入申新九厂进行实地采访调查，写出了此文。他在文中记载了整个事件的详细发展过程，以生动的场景描写和精确的细节刻画，表现出申新九厂工友们无畏的斗争勇气与惊人的组织力量。

根据黄钢《她们是胜利者》(1949年11月6—24日《解放日报》)节选。

正文节选:《她们是胜利者》第17—20节

她坚守阵地

后面两辆装甲车一齐撞进铁门，铁门倒下来了。一个男工，叫苏铭，他想了办法把铁门旁边的一个巡捕亭子（岗棚）拉倒又挡住了装甲车。装甲车迟缓地、艰难地绕过一切障碍物；当装甲车预备向右拐去冲第四道铁门时，苏铭他们又把这铁门前的一间住巡捕用的木房子弄倒了，横在装甲车前面，使装甲车再也不能前进了。

就在这第四道铁门前面，粗纱间女工蒋珍新就是在这儿被俱乐部射出的枪弹打死的，那时候她带头喊了一句口号，就叫俱乐部的哨兵给瞄准了。另外一位牺牲的女工叫朱玲弟。她死的时候也是对着冲锋过来的军警高喊口号，她叫道："你们怎么用这种手段压迫我们？我们不怕死，你们向前冲吧！"军警屠杀下有些负伤的工人是被用刺刀杀伤的。

在饭厅三楼顶上，工人领袖何宇珍她们在有计划地组织工人撤退转移。那时候机关枪"霍霍霍……"向这楼顶上开，机枪步枪都打得更厉害了，接着催泪弹来了（这时军警冲近了一些），工人先看看底下有人打枪后喷喷火、起一阵烟，互相就问，"这是什么？"后来大家都流泪了。本来这几天几夜工人都没有睡好，今天一天大家又都没有吃饭，人的气力是小了；听到敌人两次冲锋号，大家还不肯退，有军警顺梯架子爬过来，有人还在抡细纱间的大铁杆子，把那些冲锋的军警打下去一些。这一整个事件中军警受伤的共三四十人。这是他们的司令官宣铁吾害他们的，宣铁吾曾在下令时说："对工人打死就打死，打伤就打伤，什么都不用管了！"结果呢，军警自己也要受到损失。前面还不相信反动军警会下毒手的那细纱间的五十多岁老工人，正当别人要撤退时，她来了，人都劝她："你该去休息了，你年纪这样大了，为什么还来呢？"她说："我气得很，他们怎么能这样？明明我看见我们是合理的啊！"她还把车间的铁棍放在篮子里，在楼顶上匍匐着推到前面去；在三楼前面一个窗口那里，何宇珍还在那里坚守着，这个老工人就跟她不断地运武器。老工人嘴里总说着："我这样大年纪，我从来没有看见这样不讲理的事情，我拼了老命也要跟他们斗。"工人大体上都撤退完毕时楼顶上的一个指挥者薛幼弟就劝说何宇珍撤退，哪知何宇珍腿上中了一颗枪弹，她对薛幼弟说："我们分开吧，你走，我不想撤退了。"薛幼弟说："你下去吧，这里很危险了。"何宇珍说："你劝劝他们吧！"这楼顶上还有五六个人，一个人在射自来水，两个人在抡砖头铁杠，另外的人（连那个老工人）在做运输，这当中有两个男的。薛幼弟只好依何宇珍的意思把这些人都劝走了。她走时叫第一批跑上来的军警在腿上剁了一刀。何宇珍这时的心情，只有一句话好说，那就是"报仇心很重"。她亲眼看见这楼顶上和楼下有许多工友被打死打伤，或是受伤从屋顶上滚下去，自己的眼泪直流，怒火燃烧。她自己的伤口她并不觉得痛，只是想怎样为自己的阶级弟兄复仇。她手里不断地朝下抡着大铁杠，却不料从她背后上来两个警察，把她抓住了。

她从三层楼顶跳下来

抓她的两个警察对她说："跟我走吧，小姑娘，你们已经打败了。"

何宇珍愤怒地对他们说："你们不要说漂亮话！你来抓我们，是替别人做事；我就是被打死了，也是为我们工人自己；我们工人们，你们是抓不完的。"

这两个警察不说话了。他们催着她走过这饭厅楼顶通到车间楼上去的那一段梯架，因为现在军警大队都已经进到各个车间，开始搜捕工人们了。何宇珍毫不犹豫地走在前面，好像在按照警察的要求在做。她腿上伤口不断地流出血来，她也不想法去止住它，一声痛苦的呻吟都没有。走上这三层楼顶上搭过去的梯架，她特别放开了脚步，当警察们正在担心在这独木桥似的木板上自己会不会跌下去的时候，何宇珍忽然自动从这三层楼顶的木桥上跳下来了；警察们大惊喊叫，好像自己挨了摔跤一样。何宇珍闭着眼睛，二层楼那里的梯架把她挂住了一下（因为这是冬天，身上穿的棉衣叫挂住了），何宇珍睁开了眼睛，再看看底下，然后再从从容容地松开双手，再往下跳。

就是这样，何宇珍从三层楼跳到地上来，没有送命。她心里原来想：能跑掉还是跑掉吧。结果她摔到地上来，落在一片乱砖石中间，头上又撞开一个口子，撞得很深；这时候有些工人已从车间里被军警撵出，在过道中搜查腰包，见一个人影从高楼上跳下，知道就是何宇珍，立刻有一群人不顾军警的吆喝，跑过来抢救她。

后来何宇珍还是被军警捉去了。她是共产党员，那年只廿六岁。她被捕入狱受尽了酷刑，长期监禁后放出才到了解放区，派为出席世界工联的我国代表团团员之一。现又回到上海来了。

谁是纵火者？

这时候军警屠杀队都进入车间横行霸道。没有进车间的军警这时还任意放枪，虚作声势，空气紧张。军警见了工人就拿棍子打，戒指、表、钞票，什么都要。各车间都到了，都打得一塌糊涂。巡官不带棍子就手拿一根竹片，要工人两个一排，都举起手来，只要见手上脏一点就说是进行过抵抗的，或说是队长，或说是代表，一个也不饶。有谁说话不顺气就叫跪下，是年轻女工顺手就调戏一阵，你要躲闪就给你一个嘴巴。有两个工人向工人领袖说道：“放火吧？烧光它！

他们待我们太坏了！”领导同志赶忙劝住她，说道：“我们不用对这些机器有仇，残杀我们的是国民党反动派，怪只怪我们的资方同这反动政府勾结不讲理啊！”正在说时，军警进这个车间来了。“你们还在讲演么？”——屠杀队的人们一进门就大声吼道；同时，迅速对着这边打了一枪，这边的一个女工一偏身子，子弹飞到这个车间的乱棉花堆上，马上起火了。这边的工人领袖与两个女工连忙救火。屠杀队的人们走过了，呵，原来任意打手枪的就是那个剪开过铁门的伪警察总局督查室科长陆大公那一帮人。陆大公是个大块头，他手里拿一把老虎钳子，他走拢来就抓住我们的女工喝道：“哼，你们是放火的呀！”陆大公带的巡官不由分说，就用竹片往这几个工人身上抽。那女工反过身来，发出抗议道：“你要讲一点道理呀，明明是你们手枪打着了火，我们救火的反还是放火的吗？”陆大公逼近这女工，细看看她，又打量了她全身的穿着，这才用阴阳怪气的口气说道：“哟，到处找你，你是在这里；还这么凶呵！？”说到这里，陆大公把他手里的钳子伸出去要夹那女工鼻子似的比了一比，再说下去：“你们这班人是要吃枪毙的货呵！”

那女工睁大了眼睛，实在不明白对面的陆大公为什么这样重视她。陆大公说：“你不知道吗？我们到这儿的刑事警察、司法警察、武装警察，还加上保安司令部、警备司令部，还有骑兵巡逻队，到处都在找你呵，原来你在这里！哈哈哈、哈哈哈……”陆大公自己高兴得笑起来了。“走罢，”最后，他说；即刻就有警察上来将这个女工用绳子反绑了。

一般被捕者（这时已经抓了工人快到二百人），都是两个人一块，用游线绳子绑着，如果谁是反绑，罪名就大了。在押着这女工下楼去的时候，陆大公叫他的随员一路走一面把这些绑着的工人抽打，据说这也是奉了俞叔平的命令：要走一步时打一下。陆大公一路还自问自答地说话给沿路工人听，他问：“你们看吧，这班人明天枪毙不枪毙呢？”他自己答：“一定枪毙！哼，一定枪毙！”

这个被反绑的女工心里想：“枪毙就枪毙吧！有人来报仇的！”

这女工姓甚名谁呢？

你是夺枪的红衣女郎吗？

夺枪的女英雄周杏妹同志早已把她的红衣服换下去，穿了一套青衣服了。军警们没有抓到她。但是伪警备司令部下了命令："凡系穿红衣之女工，均行暂予拘押。"这女工就是因为自己也穿了一套红衣服就被捕的。

她名吴世珍，在卅几个被捕的"红衣女郎"中，被认为嫌疑最大。军警屠杀队最注意的就是工人中的谈判代表、纠察队长、领导关车的等等人物，此外就是要用大力来捉夺枪的"红衣女郎"了。

当吴世珍被严刑审问的时候她心里很平静。为什么她的嫌疑最大呢？第一，她回答审讯的时候语气最硬，这还不是一个最激烈分子吗？第二，给她任何刑罚，她不叫疼，这难道还是一个平常的人吗？请看这下面的审讯过程吧。

陆大公——这样子吧！你先说说领导你们关车的是哪一个？

吴世珍——不知道。

陆——什么人指使你们罢工的？

吴——不知道。

陆大公走上前去，用手中的老虎钳子用力夹吴世珍的手指，吴世珍忍受这一切，一点也不叫疼。

陆再问——你说老实话，我们警备大队长的手枪是你夺的吗？

吴——不是，我没有夺。

陆——你要承认！我们已经看清楚了！

吴——谁能证明呢？

陆——要谁证明？你自己说呀！

吴——我没有夺，我根本没有夺。

陆——那么，有人说你在饭厅楼顶上浇自来水、丢石头，这是你做的吧？

吴——我吴世珍只有一个，浇水在上头，夺枪在下面，我能够这样快吗？

陆——你嘴巴不要硬，我们要打你你就会说了！你是担任什么职务？

吴——工人。

陆——（生气）问你罢工当中做什么？

吴——罢工当中，就是不做工（她是罢工中的纠察小队长，她没有说）。

陆——（急了）你过来认认（他指着同时捕来的两百多名工人），他们当中谁是总代表？谁是纠察队？谁是罢工小组长？

吴世珍看了一转，说——我不认识。一个也不认识。

陆——（向左右下令）打死她！

两边的警察走拢来，拿上大棍子，准备先用条手巾蒙上她的眼睛然后再动手打。吴世珍说——何必蒙手巾？你打就打吧！打死我也不晓得。

一会儿就打得昏过去了。再用凉水喷过来。陆大公再说——人只能活一次，枪毙了就完了，我看你不如把事情都承认了，在我这张纸上面盖一个手印，案子就了啦。

两个警察把吴世珍从地上扶起来，她现在忽然觉得肚子饿、眼睛发黑，但是她仍旧很清醒地说——你枪毙就枪毙吧！

陆大公跳起来，说——你还这样神气！看你神气到几时吧！？说时，就自己动手，用老虎钳子钳吴世珍的乳房和乳头。

奇怪，这时候所有在场的人都清清楚楚地看见吴世珍的眼光突然明亮和特别锐利起来；吴世珍顿着脚，发出极洪亮的声音，她骂当面的敌人道——你们这些人真是狼心狗肺！用这种刑罚对付吴世珍有什么道理？我们工人提出的都是合理的要求，你看看到底是你们的行为越轨，还是我们有越轨的行为呢？……

陆大公大吼一声道——不要起政治作用！……

吴世珍切住他说——我是一个普通工人，不懂得什么叫政治作用！我们只懂得吃不饱、要饭吃，受压迫、就反抗！……

陆大公把老虎钳子丢在地上，从屁股后头的皮套子里摸出手枪。故意先检查一下子弹上膛没有。

吴世珍面对着他说——你赶快上一颗子弹，打死我吧，我再过廿年，还是一个吴世珍！你们的刑法吓不倒人的！

陆大公大叫一声——闭嘴！

吴世珍偏不闭嘴，她还说下去——我所做的事情，统统告诉你吧，我是我们洋线间的代表，我是纠察队的小队长；别人做的事情，我统统不知道，你也不要想吧……

陆大公像挨了打一样的难受了。他用只手把他对面的吴世珍推倒在地下。其实，他要推倒吴世珍，是用不着这么大力气的，因为他是个大块头，吴世珍还被绑着，比他矮瘦多了。但当时人们看陆大公的举动，竟觉得这个胖子为什么怕这个年轻的女工呢？

吴世珍这一下摔得很重，她躺到地下一声都出不来了。

所有被捕在场的工人几乎都以为吴世珍要跌断气了。大家难过得眼泪都挤满在眼眶里面。这个审讯的俱乐部饭厅里变得一点声音都没有。陆大公慢慢地走上前两步，用大皮靴子踢两下吴世珍的身体，嘴里报复似的说道——怎么？装死么？你为什么装死呢？

吴世珍猛然一翻身过来，正面躺在地上，大声回答她的敌人说——我为什么装死？是你把我推到地上来的！你看（吴世珍在地下全身挣扎），我不是在起来吗！（接着，她果真用了非常的力气，坐起来了！）

“怪物！”陆大公说。他灰心丧气地走到旁边去了。他预备审讯另一个人。他试图在工人当中找一个“软的”来吃吃（但是，这是找不到的），他简直要对自己肯定说：刚才他是触了大霉头了。

原载《解放日报》1949 年 11 月 6 日—24 日

拉萨早上八点钟

黄　钢

拉萨是世界著名的“日光城”。这里一年平均有三千个日照小时。即使是在冬雪飘飞的日子，太阳也天天从云缝里涌现出来，显露它那金色的灿烂光芒，把无限的温暖带给了人们。

拉萨，每天都有它风和日丽的时辰。每天上午六点四十分钟，西藏人民广播电台的汉语播音员和藏语播音员一块儿走进了播音室，肩并肩地坐在工作台前，在试过了传声话筒之后，七时整，他们俩就分别用汉语和藏语先后呼出了台号——“西藏人民广播电台，西藏人民广播电台……”

这时候，每天七点钟开始在拉萨大街上跑步锻炼的民兵们，从街头扩音器中听见了这个电台的开始曲和天气预告，以及转播中央人民广播电台新闻和首都报纸摘要。除了这些和民兵的操练声以外，街头上还是静悄悄的，恰像是内地其他城市的五点钟光景……

八点钟，这个处于海拔三千七百八十米的高原城市，方才洒满了阳光。到这时，拉萨新建市区的宽阔马路两旁，走过了流水般的行人。他们大都是上班去的工人。协助民警工作的义务交通员们，到这时也已经开始工作：他们是系着红领巾的少年儿童，手拿传话筒，肩挂木制冲锋枪，这样叫唤：

“婀佳娜（藏语：大姐）！请你走便道！突其切（谢谢）！”“佳那（大哥）！请你走便道！突其切！”

由于八点钟拥到工地去的工人太多，马路旁宽敞的人行道几乎都被挤满了。义务交通员——少先队员们认真的呼唤，引起了那些上工的“大姐”和“大哥”的注意，他们从柏油马路路面上收回刚刚落下的脚步，立刻又转回到人行道上，仍旧是熙熙攘攘、说说笑笑、成群结队地继续再向前走去。

他们是新拉萨的建设者——从乞丐变成工人

他们是新拉萨的建设者。他们是西藏历史上出现的第一代现代技术工人。

过去的西藏，在封建农奴制的长期统治下，解放军进藏之前，从没有过一里公路，没有一家工厂；那时候，除了人们手里拿着的敬神用具“转经筒”以外，在全西藏，甚至再也找不出一种能够转动的车轴和能够滚动的轮盘；而现在，西藏已经建立了六十多个中、小型工厂，修筑了一万五千多公里公路，全区有藏族工人两万多人，其中技术工人占七千多名。

在拉萨市街内上工的多半是建筑工人。今年头七个月，这些建筑工人以歼灭战精神完成了拉萨新市区四万三千多平方米的新房建筑，约用半年时间完成了一年工程。如今在他们结队经过的新市区，正在安装拉萨市第一座指挥车辆交通的玻璃窗岗楼，十字路口第一次吊上了全西藏区第一批红绿灯，马路两旁，第一次竖立了市内公共汽车的行车站牌，人行走道上，正在铺砌最后的一片片砖石……

就在这一大片新式建筑物栉比林立的新市区，已经屹然矗立着钢筋混凝土的大建筑物——劳动人民文化宫和西藏革命展览馆。民航公司和新华书店、百货商店和藏族服装店，等等，都分布在马路两旁。仅在不久以前，拉萨新市区还是一片片肮脏低洼的泥塘地、臭水坑和垃圾堆；而平叛前，这里更是一些流落在拉萨街头的棚户人家和乞丐们聚集露宿的贫民区——在当时，拉萨全市还不足三万人口中，被封建领主逼迫压榨得在街头流浪乞讨的男女老弱乞讨者就有七千多人。

如果不经过仔细的询问，人们再也想象不到，如今在你面前走过的这一批扛着铁锹与洋镐的藏族工人之中，青年工人旺杰和他的母亲白章，原来也都是往日拉萨街头上的乞讨者。是的，怎么会认得出来呢？旺杰，今天戴着整洁的学生帽，穿着蓝白横条纹相间的运动衫和篮球鞋；他母亲戴着耳环，披着头巾，穿的是长筒黑胶皮套鞋，手提着她和儿子中午在工地食用的充足的午饭和盛上了酥油茶的、由天津制造的小暖水瓶，步伐矫健地走在所有上工人们的最前头……他们母子一向的惯例是早在开工以前一小时（九点开工）就领先到达了工地。

旺杰今年十八岁。母亲四十多岁，一九五七年八月开始做女工。一九五九年平叛以后，母亲用下面的理由劝儿子跟随自己一同走进了建筑工地——“在业余时间你还可以继续学习”；接着，儿子在工地上参加了共青团，现在是共青团支委。

一九六四年二月，旺杰母子都被编入了西藏建设工程局新成立的第四工程队。这个队是以藏族工人为主：二百名左右生产工人中只有九个汉族技工。第四工程队承担了拉萨新市区最大的两项现代建筑物——西藏革命展览馆和劳动人民文化宫的一部分工程。这个工程队已经是建设新拉萨的主力军之一。

兴建新拉萨的劳动过程，同时也就是建设者进一步改变自己精神面貌的过程。

旺杰在展览馆这个框架结构的建筑工程中，不但学到了符合现代建筑要求的一整套操作技术，成为藏族粉刷工人中的骨干和拉萨市先进生产者，而且还是学习毛主席著作的积极分子。每晚放工以后，旺杰都坐在母亲的床前学习到深夜……

有一天，第四工程队的藏族青年工人罗桑说：“旺杰，我看你的技术早就不是一个普通工人了，可以比得上一个三级或五级技工；可你拿的还是普通工人的工钱。你为什么这么傻，何必还这么卖力气呢？”

“我这是傻吗？”旺杰反问道，“我是为谁卖力气呢？”

罗桑再说下去：“我们还不如到市建设局去送矿石，一天可以挣到五块钱；到那儿弄到一个三级工，没问题！”

“我们去蹓一蹓吧。”旺杰发现了罗桑的错误思想之后，散了工，便邀他的青年朋友一起去漫步。他们走出了展览馆工地，来到布达拉宫后山下新铺的马路上。旺杰说：“你看，你现在穿皮鞋了，罗桑，你全身的穿戴多么好！你忘记了吧？我们从前是光着屁股，在这片地方讨饭的呵！那时候我们穿什么？什么都没有——身上有的只是领主老爷们用鞭子抽打的伤痕！”

“你想想看，罗桑，是谁教给了我们技术？谁给了我们做工的权利？教我们技术的，是党。党让我们从要饭的流浪儿变成了光荣的工人。你这么喜欢谈工资，那些教我们技术的汉族工人师傅们，从千万里外的内地跑到西藏来，他们又是为了什么呢？难道也是为了多挣几个工钱吗？”

“你忘记了？罗桑，我们这片工地上，从前是我们流浪儿童和要饭的露天过夜的地方；你忘了，那时人家管我们都叫作‘穷猴儿’；那时候，每天早上，在那臭水塘的旁边，该有多少个饿死的尸体没有人去收殓呵！”

“现在你再看看，罗桑，你还能找到那些大大小小的脏水坑吗？我们住过的那些破破烂烂的小窝儿呢？你看看我们藏族人民整个的生活呵，罗桑。我们的全部生活早已经更新了！你再不要受那些旧的思想影响吧，罗桑，你要向前看去……”

罗桑很听话地抬起头来，朝前看去。他看到的是，新整修过的金色房顶的布达拉宫后面深蓝色天幕和洁白的大朵浮云。他听到的是街头扩音器里传播出来的、颂扬新生活的嘹亮歌声。他微微地点着头，眼里盈满了激动的泪水。

他们是新生活的主人翁——过去的奴隶和他的子孙

高达十三层的布达拉宫呵，还是那样的重重叠叠，群楼耸立。早上八点钟，它的顶端被云雾缭绕。下午八点钟，它那刷新了的宫墙被傍晚的霞光所映照……

景物依旧。不过布达拉宫下面的人间世界，早已发生了翻天覆地的变化！

在那东西两端长达三百多米、高达二百多米的布达拉宫前面，建成了占地四千六百一十九平方米的西藏革命展览馆，馆内陈列着揭露封建农奴制度最反动、最黑暗、最残酷、最野蛮的罪行展览品。有一项展品清清楚楚地反映出西藏农奴主把他们的奴隶（即家奴——藏语叫“朗生”）当成是仅仅“会说话的工具”，这件展品的标题是——“对朗生数不清的戒律”——

不准男女朗生戴礼帽；不准朗生穿与主人同样的鞋子；不准朗生穿袜子；不准朗生穿氆氇做的衣服；不准朗生骑主人的马；朗生不能在主人的垫子上坐；女朗生头上的辫子，只许披在背后，不准缠在头上；女朗生被主人强奸后，不准说被谁强奸的；不准朗生说不符主人心意的话；主人吩咐朗生时必须答应“是、是、是”；朗生不能吃饱肚子；不准朗生唱歌跳舞；不准朗生省亲探友；晚上不准男朗生和自己的妻子住在一起；不准朗生之间通婚；不准朗生死在主人的二门里。

上面摘录的仅仅是一部分内容。为了与农奴主相区别，从前农奴主对农奴和奴隶们穿衣服的颜色也有所规定。例如，黑色和绛红色的衣服，奴隶们是没有权利穿上身的。

而现在的拉萨街头上，翻身奴隶们穿着五颜六色的氆氇（手工织的西藏毛料）衣服和讲究的长筒藏靴，他们不仅戴着崭新的藏族礼帽，有时还戴上从前只有僧俗官员才能戴的金光闪闪和镶上珠宝的头盔，骑着比从前主人的坐骑还要肥壮强健的高头大马，在车辆与行人之中若无其事地缓缓穿过……

在拉萨街头，往日那些农奴主与贵族官员们被一群群家奴们所拥戴着、骑马呼啸而过的吓人情景，是再也不会有了！

延续了千百年的封建农奴制度已经被彻底埋葬！

人民民主专政代替了过去地狱般的生活。

拉萨汽车修配厂藏族工人、预备党员拉珠的家庭，可以充分说明平叛后的这种生活变化。五十三岁的拉珠过去是铁匠，那时被叫作“黑骨头的下贱人”。现在他是修配厂先进集体锻工组副组长，四级锻工。拉珠全家早就住进了一家参加了叛乱的领主代理人被没收的大院落的宽敞楼房。

一九五三年，拉珠曾经被领主派遣差役，强令他去为达赖修建避暑的行宫和园林。他在那里一直是无偿的劳动。后来实在活不下去了，他就乞求达赖的领主代理人与工头允许他去做几天修建民航机场的民工，因为机场民工是可以拿到工资的。由于这一请求，拉珠犯了重罪，立即被达赖的工头和领主代理人抓进监狱，而且准备对拉珠处以残酷的极刑——“立劈”（从头劈开，死后还要剥皮）……

反动农奴主达赖他们就是这样地阻碍西藏工人阶级和新生事物的诞生成长，曾经用尽一切力量不让劳动人民参加当地工业与交通建设。就在这种高压之下，拉珠在监狱里下定了决心，他告诉前来探监的大儿子：“我们不能这样再受领主的欺负，你应该去参加拉萨发电厂工作，大胆去做一个工人！”

今天，拉珠的大儿子达娃和二儿子洛桑、三儿子巴桑，都在电厂当工人。达娃一九五九年到北京出席过全国群英会。洛桑是共青团员，五好工人，先进生产者。拉珠还有两个女儿，在同一个工厂当学徒工。其他几个较小的儿女还在念书。达娃的妻子是党员，也是电厂职工。"你们别以为每一个奴隶的家庭，都可以像我们这样幸福团聚。"拉珠每个月召集一次家庭全体会议，每讲到解放军把他从达赖的监狱里拯救出来时，常常这样教育他的儿孙："很多奴隶的家庭，都叫领主们杀害得不能团圆了！我在十五岁的时候，像你这么大（他指着他的第六个儿子），就受够了铁工房工头的毒打。我现在还记得他双手拿起粗木棒往我身上抽打的凶相。我父亲，你们的祖父，那时候就叫他用木棒活活地打死了……"

拉珠在自家客厅里的毛主席像下讲这番话的时候，全家十几口，儿孙三辈，都环绕着他。他们现在都坐在从前领主坐过的毯垫上。拉珠这样继续讲他的家史："按农奴主订的规矩，奴隶死了，家里人不许哭，不许流泪。我父亲死了，我只好忍着眼泪。后来我去做铸币工人。每天凭着两只手，要为三大领主们铸出八千个铜币。要是一天做不够八千个，他们就说你偷了钱……"

现在的拉珠，每天早八点半钟上工以前，从工人宿舍到厂房，一路上拾起那些被抛撒的螺丝钉与钢铁碎片，然后再走进那个轰隆轰隆响动着的汽车修配厂车间。在那里，拉珠那个叫巴桑的女儿，已经学会了对磨损的机件进行金属喷镀；而另一些藏族姑娘们也已经能够熟练地掌握坐标镗床和冲床的操作技术。从上海制造并运送到拉萨这个高原工厂里来的巨型剪板机，在这车间里有规律地响动着，它那锋利的钢刀把那些塞进去的大铁板改切成一段又一段，不断地发出惊人的巨响；那种震撼了整个车间的声响，正像是翻身奴隶们获得解放后的生活节拍一样，充满了乐观和自信，是一种无比高昂的音调。

他们是捍卫边疆的战士——从车间走向靶场

除了拉珠一个月召集一次的家庭会议以外，平常要会见拉珠全家人，很不容易。儿女们都很忙。不是大儿子达娃到民兵演武场上去了，就是二儿子洛桑出席先进生产者评奖大会，一连几天都没空儿回来……也许，我们到“八一”建军节的拉萨民兵演武大会上，再去找一找达娃、洛桑或巴桑——在那儿可能够看到他们。

早晨的雾气环绕着拉萨市郊的群山。还只有八点钟，几千名民兵都聚集到打靶场上。在这么多带枪的翻身农奴当中，你怎么能够单单找出达娃或巴桑呢？虽然这里到处都是紧握着枪的藏族青年男女工人，可以说到处都是达娃和巴桑……

红色信号弹升起来了。和藏族男女民兵混合编制在一起的汉族的民兵们一队队地开过来了。这时候，我们看见前面所说的西藏人民广播电台的汉族民兵们——包括那个汉语女播音员——也进入了射击线。她今天戴着白色遮阳软帽，穿普通灰布上衣，斜背子弹袋。当那位衣袖上缠着红布条的射击指挥员告诉她“地形、姿势自选”“子弹先不要上膛”的时候，她略略有一些紧张。片刻之间，那些假定被当成是“敌军空降部队”的红色气球活靶在这个靶场上空冉冉上升，飘然出现了。这时候，女播音员也迅速在土堑壕下的浅沙坑里选定了一个无依托的射击姿势，往枪膛里先压进了五发子弹，定好标尺，早在那里瞄准。砰的一声，一个红气球在一百八十米左右的上方应声爆裂了。女播音员身后响起了一片参观者的掌声。

“别忙高兴，还有的是哩！”播音员对自己说。她沉住气，接着就瞄准第二个要射击的气球活靶。“砰，砰”，不断有枪声在她耳边响起，升空的红色气球也逐渐被她身旁的民兵伙伴们打掉了不少，而剩下的活靶就越飞越高了。

“砰！”播音员又打掉了一个。又是掌声。播音员什么也听不进，她还要赶忙在红气球高不过四百米的时候再消灭一个目标。好，马上就如愿了。不过，靶场上空最后剩下的两三个气球却飞得高高的——“有多高呀？——播音员用两眼紧盯着——至少超过了五百米吧？”一霎时，又超过了七百米！“能放过他们吗？不能！”“播音员哪，你千万别着忙——她自己稳定自己，在内心里说——这时候最需要的是镇静、沉着。”这么想着，她就趴下，在沙窝里斜曲着身子，选择了半卧式，斜斜地高抬起枪口，准备去射击远去的最后的一两个“敌军”。这时候，呵，别忙，她又顺手抓起了一小块硬土，垫在枪管下面，使枪口的仰角抬得更高一些，不巧，子弹袋又从右肩上滑下来了。“不管它了！”她咬着自己微微发白的嘴唇，把枪口上的准星对准了那接近千米上空的“敌军”。“绝不让他逃走！”——她这时感到全身肌肉都紧缩了，她屏住了呼吸，把全部的仇恨和注意力都集中在乌黑发亮的枪口上……

气球一刻也不停地继续高飞远去，更加远去了……持枪的女战士呀，你真能够不放过他们吗?

“这是我最后的一发子弹了！”女播音员在想。于是，这一次的瞄准她异常从容，几乎用上大半分钟。就在这凝神瞄准的大半分钟里，她才嗅到了土堑壕边沿上一片青草地的新鲜芳香；哦，原来是经过了咋晚的夜雨，草原上的花朵——堑壕旁边的那些青紫色的、多瓣的格桑拉花（汉族叫它是野菊），在这天早晨发散出一种特别浓烈的异香……祖国的每一寸土地呀，你都是这样的可爱和惹人思恋哪！“砰！”她最后一发枪弹打出去了，一千米上空的最后一个红气球，应声而中。

这就是远远生活在边疆地区的祖国儿女进行自卫战斗的准备。听吧，忠实的儿女，现在演武大会场上的广播器中正在播送出一批批优秀射手的名字。你自己是播音员，而这一次，却轮到别的播音员来播出你的名字——

民兵同志们！电台播音员、女民兵钟季和，共产党员，五好青年，先进工作者，今天对空射击六枪四中，成绩优异，超出了优秀射手标准。钟季和同志平常工作严肃认真，立场坚定，遵照毛主席教导的敌人磨刀我也磨刀的精神，坚持苦练杀敌本领，立志保卫边疆，保卫祖国……

当播音员钟季和快步匆忙地回到自己电台的队列中时，她并没有听清楚上一段广播对她的表扬。十二年前，当她还是十六七岁的姑娘，随着解放军从四川来到西藏的时候，她就把自己的青春交给了这一海拔平均四千米上下的高原和一百多万藏族人民。十多年来在西藏的工作，使这个自幼参军的青年对于阶级和阶级斗争有了较深的体会。当达赖叛国集团发动反革命武装叛乱时（她那时刚到广播电台工作），她在战斗的地堡里转播过《人民日报》编辑部文章：《西藏的革命和尼赫鲁哲学》；在一九六二年反对印度侵略的自卫反击战中，曾经接到过她的丈夫（随军采访的新闻电影摄影师）在前线战斗立功和负伤的消息。紧张的不眠之夜，广播电台初建时期手摇马达的单调嗡嗡声，在地堡中对叛乱分子进行阵前喊话时身旁暗淡的烛光，黎明之前的寒冷……这些都成了最艰苦时期的回忆。如今你要问到她，广播员最大的幸福是什么？那她就会告诉你，每天早晨八点钟之前（还有晚上八点三十分）在自己的战斗岗位上，就能与祖国的心脏北京进行电讯新闻的交流和联系，而且还把北京发出的声音转播给西藏全区军民，这就是她最大的幸福……

“是呀，最大的幸福和愉快！”女民兵钟季和说，“就为了这些——她指着枪杆——值得好好地端起它，做一个战斗中能过硬的民兵，为祖国付出自己的一切……”

她们是工人阶级第一代——正经历着美妙青春

拉萨夏季的黄昏和黑夜，直到下午九点才姗姗来迟。下午八点钟，拉萨电厂的晚班工人开始上工。藏族女工卓玛央吉最忙碌的时刻到了。她是电厂的运行班长，这时她要到电厂的中央控制室去巡视仪表，检查入夜时分电厂的负荷量……

卓玛央吉已经换上了上班的工装——她方才从篮球场上回来（这是她最喜欢的运动）。此外，她又从宿舍床头小桌上拿起了那本厚厚的《电工学》（这是她最喜欢的自修读物），走进了自己的厂房。七年前，一九五八年元月一日，卓玛央吉第一次走进这车间。在那以前，她主要的经历是在拉萨一个领主家里当奴隶。不要说是《电工学》，就是电这个名词也很少听说过。

“这么多针头为什么都会动呢？”这是她七年前走进厂房，手指着电器仪表对师傅（一个汉族工人）提出的第一个问题。

庞师傅（以后她这样叫他）马上教她——电是怎么来的：“我们用水冲击水轮机，水轮机带动发电机，产生了感应……”

“什么是感应？”卓玛央吉又一次问道。

直到现在，卓玛央吉回想起当年走进车间最初时刻的发问，还常常禁不住哑然地微笑，同时也充满了一种幸福的自豪感。真的，自己那时候知道得是多么的少呵——但这又有什么奇怪呢？现在到这个电厂附设的半工半读学校里来的贫苦农奴和奴隶家庭出身青年学生们，不也是这样的吗？

今年三十二岁的卓玛央吉，现在还兼任这电厂半工半读学校的技术辅导员。当一些藏族青年听课之后还不大明白的时候，她帮助再细讲一遍，或者帮他们在车间实习时详加讲解——“什么是感应”“什么是电压和电流”“什么是发电机的保护和维修”——她对年轻接班人讲解这一切，就像是从前庞师傅对她传授一样……

黄昏时，巡视过控制室以后，她还要到半工半读的自习课堂上去。卓玛央吉常常是做完了深夜两点到清晨八时的最后一班晚班，在早上八点钟走出厂房。这时候，迎接她的是鲜明艳丽的东升的朝阳：新的一天的劳动，又在整个拉萨城乡重新开始了。

卓玛央吉清清楚楚知道：由于近五六年来西藏全区的发电量已经增长了将近一倍，她的家乡最近已经发生了多么大的变化啊！

但是同样值得高兴的，还有卓玛央吉本人的发展。

一九六一年春季里的一天，卓玛央吉在车间接到了发电站站长的电话——“是卓玛央吉同志吗？请到我这里来一下。”

她走进站长室，在站长办公桌旁的椅子上坐下。

站长："现在有个任务交给你。不知道你能不能担任下来。"

"你说吧！"卓玛央吉紧握自己的双手。根据经验，她知道发电站调配干部的工作，其进程是很快的；比方她那庞师傅，在她刚刚学会了独立操作以后不久，马上就调到别处开拓新电站去了；这也是为了让卓玛央吉能早些全部接替师傅的岗位。

站长："你知道，卓玛央吉，我们党在西藏进行建设工作的根本方针之一，就是积极培养藏族干部，促成藏族技术力量的成长。现在我们要把你们运行班的班长调走了；党组织决定由你去接替王班长的工作；你考虑一下，你能够担任下来吗？"

卓玛央吉先没作声。她首先想到的是，过去她跟她母亲在拉萨当奴隶时，领主老爷曾经骂她和她母亲都是"身上榨不出二两油的女朗生！"现在呢，伟大、英明的共产党，竟是通过如此温暖的培育和无微不至的关怀，要把这个发电站的心脏管理——整个运行车间的组织工作，交给她来承担了。

"我能。"卓玛央吉抬起了头，坚定地说。

"那就好！"站长兴奋地站起，紧握她的手，"你也知道，卓玛央吉，形势非常好：建设一个繁荣幸福新西藏的巨大任务也在促进着我们！你是清楚这一点的——我们的计划是在一个不长的时间内，打算在西藏全区范围内，让所有农村都用上电！"

卓玛央吉连连地点着头，抑制不住自己万分兴奋的心情；停了一会儿，她就像飞鸟样地从站长办公室里奔跑出来。那是一个刮风的日子。湍急奔流的拉萨河呵，这一天也正在以它激动的浪花不断地去拍打着电厂堤坝上的巨石……

半年以后，卓玛央吉参加了共产党。她在申请入党时说，我是一个奴隶和奴隶的女儿。我如今，作为藏族人民中第一代的工人，作为电力工业战线上的一名战士，能够用现代技术来改造和建设自己家乡，这是党给我的权利和荣誉！我宣誓：无论在任何情况下，我都要为建设社会主义的新西藏而奋斗。永远追随毛主席的指引，永远跟着党走，决不变心。

她入党到现在已经有四年了。自从十五年前西藏解放以来，特别是一九五九年到一九六一年平息叛乱和进行民主改革以来，西藏的面貌已经从根本上改观。工厂企业和广大农村、牧区，到处都出现了如像建筑工人旺杰那样的团员和优秀青年，出现了像卓玛央吉这样的新生力量和党细胞，这就自然加强了共产党和青年团的基层组织建设，加强了党的领导和先锋作用。

西藏社会主义革命和社会主义建设的新时期，已经开始。

繁荣幸福的社会主义新西藏，正在出现！

它已经并屹立在祖国西南边疆，经得起任何风险。

在完成这一伟大任务的多民族的团结战斗的行列之中，藏族第一代的工人阶级队伍和他们当中的先进人物，肩负着光荣的历史使命，他们已经放射出全新的思想光芒。

祝贺你们：旺杰和他们母子，拉珠和他的家庭，卓玛央吉和她那曾为人奴隶的母亲；我们祝贺藏族第一代工人的诞生和他们之中阶级战士的成长！祝贺新西藏美妙的青春！

正像毛主席早就描绘过的那样："唯独共产主义的思想体系和社会制度正以排山倒海之势，雷霆万钧之力，磅礴于全世界，而葆其美妙之青春。"在中国共产党和毛主席坚强领导下的西藏历史性的空前飞跃与伟大变革，不也是同样地证明了这一光辉的预言和论断，没有丝毫的例外吗？

原载《人民日报》1965 年 9 月 11 日

综丝事件

菡子（罗涵之）

在厂军管会的办公室里，引人注意的是一只经常使用着的“内线电话”，最多的是军代表和厂长的通话。厂长和军代表不是在一层楼上办公，厂长在楼下，军代表在楼上，厂长蹲惯了老地方，军代表又不习惯跟他在一起办公，有事商量，请上去不是，请下来也不好，结果就麻烦了电话。

五月十三日，厂长和军代表的通话中，决定了厂里即将进行的一件大事——标售废料。军代表放下电话以后，就把这个决定告诉了联络员，他们同时觉得这是执行军管会职务中一件值得注意的事。解放以后厂里已经规定过标售废料除通过清查委员会以外，还得切实经过废料鉴定小组的审查，这对于军管会在执行自己的职务中正是一个有利的保证。

总务主任石光春在招标广告登出的两天之后，邀请清查委员会主任张工程师和废料鉴定小组组长施全民老工友，兴致冲冲地到黄浦滩的废料堆边，履行这解放以后第一次标售废料的新手续，他用手指着这些废料堆，带着交代事务的谦虚和对废料的鄙夷的态度，爽朗地说：

“都在这里了，就是这些东西！”

“呵，就是这些！”张工程师像第一次发现似的，注意起这些废料堆来。老工友施全民已经弯下腰来，拣起一条一尺长二寸宽的皮带和一块三尺见方的白铁皮，他抖着皮带慢慢地说：

“从前皮货宝贵的时候，这样一条皮带要算宝贝，皮带断了，我记得还用帆布连过的呢！”当他的眼光转到手中的白铁皮上的时候，石主任慌忙想起一个重要的交代，他说：

“二尺以上的白铁皮公司规定是不能当废料出卖的，关于我们这里的情形，我们已打电话请示总公司，得到总公司的允许，三尺左右的白铁皮可以由我们自己处理。”

“他们来看过了吗？”施全民直率地追问。

“那倒没有，公司方面认为他们可以相信我们的请示，而且他们也派不出人来。”石主任的回答总是那样口齿清爽。张工程师习惯而放心地点了点头。施全民又顺手拖出两条皮结和一块白铁皮，石主任注意地望了一下施全民手里的东西，立刻又装着没有看见的样子，仍旧爽朗地说：

“怎么样，两位主任的审查工作是不是到这里结束？”

张工程师看着老工友施全民惶惑地但又习惯地点了点头，接着他正经地表示自己的意见：

“假使就是标售这些废料，本人很少意见。”

施全民的回答是：

“我们又不等着这批钱用，我看还可以拣出一点好用的东西来。”

“这个自然，我们在出卖之前，一定遵照你的意见，负责再拣一遍。现在是人民的财产，应该爱护。不过我恐怕拣成十足的废料，要想卖出去就困难了。”石主任带着笑声对这次审查工作做了结束。他们没有一同回来，他回到写字间，张工程师回到工务室，施全民带着拣出来的皮结和白铁皮，忙着走回车间去了。

物料间负责人沈炳坤，知道了厂内标售废料，其中有废综丝一项，想起物料间堆积已久的废综丝二十多箱，不知是否在标售之列，就去请示他们的主管人总务主任石光春，石主任托着下巴，想了一下，虽然明知这是未经审核的一批综丝，但既是废料，而且此次出售废料中也包括综丝在内，迟早这些废料都是清出去的货，一批卖了，倒省得以后麻烦。他始终担心黄浦滩边的几堆废料太废旧，怕的没有人看中，能够有这一批废综丝夹在里头，全部出清就不成问题了。他想到这里，倒觉得沈炳坤这个请示正加强了他对全部出清废料的信心，未始不是解决了他的一件心事。同时他在解放前一向能秉承厂长的意旨，决定厂内标售“废料”的大权，这权柄虽然在解放以后没有使用过，援引旧例，做这一点主该不会遭到什么责难，至于一切通过什么废料鉴定小组，这简直是麻烦，石主任马上想起在黄浦滩边审查废料的一幕……。他抬起头来，对着等待答复的沈炳坤，清脆地说出四个字：“一齐出售。”

现在究竟不能比从前，他忽然脑子里涌现了《纺建公报》上对标售废料发生错误执行处分的通知，对自己的决定又有了不安的情绪，终于他慎重地补充说：

“那些废综丝你叫人仔细再拣一下，有可用的拿出来。商人来看，你可请军管会在物料间帮助工作的邢同志带领查看。”沈炳坤走后，石主任静静地坐在那里，燃起一根香烟，对他自己最后的补充，觉得放心甚至有点满意。

五月二十七日的开标，有一番热闹场面，应招而来的商客有二十余家，都到了会客室，最先与他们接触的自然是主持标售的石主任，他一面通知物料间做准备，黄浦滩边的废料由他自己陪同查看，物料间的废料，邢同志应邀做了客人看货的向导。

也在这个时间，石主任通知邀请监标的厂长、军代表、联络员、清查委员会主任张工程师和废料鉴定小组的组长施全民工友以及党、工、团的负责人，都到了会议室。除厂长、工程师以外，对于监标，大家都是第一遭，他们感到新奇和惶惑，其中尤以军代表和联络员，对这件事正付与紧张的关注，当知道今天来监标的都出自石主任的一个临时通知，事先毫无商量，而被邀的各方却是面面俱到，他们甚至猜疑这可能是一个什么布局。……

大家坐下以后，军代表以不安的摸索的眼光，看着这个房间，这时厂长正在打量着他，厂长觉得军代表的脸上缺少一种参加一件新的事务的热烈的情绪，相反地，未免有点冷漠，这使他不安，一会儿，他完全肯定地觉得军代表严峻的眼光正停留在自己的身上，他听到一句使他震惊的问话：

"我们出卖的废料，有底价没有？"

工会主任、党支书、团支书、施全民工友随着军代表的话音一落，都同时投过询问的眼光，等待厂长的答复。

"这个，要问问石主任。……"

厂长涨红了脸回答。他与军代表的眼光有一瞬间的接触，在军代表微微皱起的眉宇之间可以看出他似乎已经觉察到厂长的回答是一种不负责任的表现，厂长同时也觉得自己的回答在职务上来说是暴露了自己是疏忽的，当他看出军代表正意识到这点时，他更觉得发窘，习惯地托起他的下巴。年轻精明的联络员很快地在他们二人的脸上看了一下，紧紧地闭起他的嘴巴，显出沉思的样子。

军代表冯益群同志，最近肺病复发，一天中要有两三个小时简直不能支持工作，这使他对繁重的工作任务有时要感觉到过分紧张和烦躁的情绪。这时正是军代表需要休息的下午一时左右，他向大家告了病假。厂长对他的离开，正不知他是出于对自己的信任抑或是其他相反的缘故，显得一阵惶惑，他仍旧托着下巴给军代表让路。联络员自然地跟在军代表的后面走出门来，他们急促地决定，对于标售的事，第一要注意价格，第二要注意废料出门的检查，这是他们认为参与此项工作的关键。

由石主任带领着的商客们，兴奋的指手画脚地议论着，重新返回会客室，厂长和联络员几乎是同时把石光春叫到一边，询问他关于底价的事，石光春倒不觉得这个带着什么严重的意味，他简单申述了由于物价波动和废料的品质、成色不一难于造出底价的困难，一面奔回写字间去找出一张邻厂标售废料的底价作为参考。厂长的情绪安定下来了，联络员紧张的脸色却未见松弛。……他接过石光春手里的价格表，仔细注意上面开的价目，吃力地计算着数字的单位。

正式开标，经过争论确定了标售的价目。联络员在客人们的吆呼声中，查不出与底价单上相近的数字，他立刻觉得这张邻厂的底价单已经是过了年的皇历，不能再有参考的价值，对现在标售的价格，也无法表示怀疑和确定的意见。这时，施全民工友有人来叫他修车，早退了。党支书也忙着准备下午的会议，不能等到开标的结束。只有工会主任和团支书留到最后，在石主任的邀请下在标售合同上签了名，退出。当联络员被同样的邀请在合同上签名盖章时，他以坚强的决心要对这次人民财产的出售负责，他仿佛觉得对此次标售废料的注意，实在从此刻才正式开始。

联络员郑健同志，是一个长期的财经干部，可是没有搞过工厂。年轻，机灵，有点粗枝大叶。他把跟军代表的分工划分得很清楚，他认为军代表是“掌握政策”，他自己是“执行任务”，军代表有什么重大的事情与他商量，当他不肯用脑筋的时候，他就会说：

“我没有什么意见，我是服从命令听指挥！”

在别人面前，他对联络员的职权，却可以背书似的熟练地说出十六个大字：“监督生产，学习管理，联系群众，反映情况。”他对厂里送到军管会审阅的各种表格统计，特别感到兴趣，经常使用一支红蓝铅笔，它的戳画之处，正代表着他监督生产专心发现问题的嗅觉。

联络员从会客室里出来，就急急地跑到打包间找老工友李世海打听打包铁皮的价格，知道市上新的售一百多万元一担，旧的也有十分之一的价格，现在我们卖出的只有四万八千一担，很明显地可以下一个结论：吃亏了！幸亏出售的数目可以由我们自己决定，联络员就吩咐在物料间工作的邢同志对废料执行重新选拣的工作，拣出较好的另作打算，这样可以少吃亏一些。邢同志差人首先在物料间二十多箱废综丝堆里挑拣。他在联络员严重的脸色上意识到这件工作的重要，时常站在旁边看着，到傍晚的时候，他拿着几捆拣出的八成新的综丝来见联络员。

联络员不但注意了这些综丝的成色，同时急急地追问：

“像这样的共拣出多少？”

“连半新半旧的在内，共有八十多斤。”

“废料，这是废料！”他怀着对旧职员玩忽职务的愤懑自言自语地说。军代表有事出去了，他来不及与他商量，就拿了拣出的综丝到了厂长办公室，他习惯地眯着眼睛，脸上没有褪去严重的颜色，激动地说：

“厂长你请看，这是在决定出卖的废综丝里拣出来的，一共有八十多斤。”说到这里，他把语气变得缓和些，但也是更尖锐地继续说：

“技术上我是外行，你看还有用场吗？”

厂长仔细看了一下，不能否认它的使用价值正如它的成色一样，起码还可用一年半载，他知道这又是一次职务上的疏忽，不禁讷讷地自语：

“算得仔细了，还出这个毛病。……”

“再拣，我们派人再拣，我们保证对人民财产负责，不是废料不出厂门。”在他最后对联络员“查询”的交代中，正流露了无可奈何的然而是有些赌气的对立情绪。

联络员走后，厂长默默地坐上他的三轮包车，回到家中，他一直静坐在作为他公余休息的会客室里，久久地驱不走这天在厂里标售废料中所产生的不愉快的感觉。这时他不禁想起二三十年办事的经历：从小苦读书，专心搞纺织，曾经艰难地在南通学院毕了业，从助理员到工程师，又经过了多少奋斗。为求深造，他靠着仅有的积蓄，到英国留学，最后学成回国，一直担任各大纱厂厂长的职务，在中纺 × 厂，他以一厂之主的身份，也已经干了五个年头。他自问忠于职守，愿意为祖国的实业振兴尽力，在反动派时代，整个官僚企业机构统治的腐败无能，曾经使他感到灰心失望，不过对于重视英美的技术经验和追求效率的管理方法，仍是他一心专注的治厂方针。他平时最好礼貌，也以此要求别人，解放以后，他对军代表和联络员的“军队作风”，是一直引为遗憾的，对他们的不懂技术监督生产的态度，也颇感不满。可是对于军管会全体同志朴素的生活作风和认真的办事精神却不能不暗暗佩服，在几次处理物资和车间生产的重大事件中，他更明显地感觉到军代表和联络员的意见打破了他的自信，但是也合理地解决了问题，他一面领悟到新的管理方法的民主精神，但由于军管会方面不很友善的态度，以及他对军代表及联络员将来究竟在厂中是什么职权，引起一种顾虑，在他现在的职务中，就时时抱着诚惶诚恐的态度，处理标售废料的新的事件正在开始，明天等待他的究竟是什么呢？

第二天早上，关于拣出综丝的事，联络员给刚从外面回来的军代表做了汇报，军代表马上也跟着紧张起来，他急着要看拣出的综丝，联络员东翻西找已忘记昨天的综丝放在哪里，他冲出门去，跑到栈房里，在二层楼的弄堂里看见几个女工正在拣综丝，他问她们：

“哪里是拣出来的？”

女工朝弄堂东面几只箱子盖上面的综丝努着嘴说：“在那边呢！”

联络员走过去一看，翻了一翻，那拣出的综丝，不但成色比昨天的还新，而且，好家伙，还有两扎全新的，他拿了四扎八成新的综丝和一扎套着商标的新综丝急急地回到军管会来，一进门就说：

“居然还有全新的，你们看！”

军代表和军管会几个同志的眼光，都迅速接触到桌面上的综丝，大家的眼珠更在那扎新综丝腰中的五星商标和涂红的综头上溜转，军代表激愤的情绪传染着每个同志，他忍不住冲破紧张的空气说：

“这是玩的什么点子？这是对付人民财产的态度？！”接着他决定马上去找厂长谈话，要联络员去找石光春谈话，他主张要严格追究主持标售废料的石光春的责任。同时他们把这件值得追究的大事报告了党支部和工会，大家配合行动。工会主任向工友施全民调查的结果，立刻在这件复杂的事变中增加了一个新的怀疑，即是这一大批在物料间即将出售的旧综丝，为什么没有经过废料鉴定小组的审查呢？

石光春没有以诚恳和谦虚的态度迎接联络员的谈话，他表示关于从废料中拣出新综丝应由物料股负责。军代表和厂长的谈话，厂长虽然由此意识到事态演变的紧张，但他也同时觉得一国三公的分裂的感情，使他对军管会的发现，习惯地觉得无非是对自己的职务的挑剔，他显得懊丧和烦恼，对石光春，他一向认为是得力的助手，他不能把严重的责任推在他的头上。对军代表征询处理的办法时，他提不出什么意见，在他办厂的经验中，他没有处分过职员。

问题变得更加严重起来，当军代表弄清楚这大批废综丝并非经过废料鉴定小组的审查时，他认为这又是一个原则性的发现，他的急躁的情绪，使他想把这件事情立刻求得一个彻底的解决。在他的催促下，党支部临时召开了支委会。军代表和联络员都是支部委员，他们竭力主张迅速召开党、政、工、团及有关方面的联席会议，追究责任，并主张在党团内提出报告，增加党团员对人民财产的爱护关心。工会要废料鉴定小组对此次擅自标售没有经过鉴定的物料可以向行政提出责问，以提高工会的威信。就这样一致通过了他们的建议，决定第二天上午举行会议。

第二天上午九时，各方面的负责人和此次与标售有关的职员都准时到了会议室，大家都有意无意地看着长桌上放着的五捆综丝。这次的会议是军管会出面召集的，联络员宣布开会以后，接着要厂长和张工程师报告他们在参与标售中所知道的情况，他们拉杂的发言，缓和了会场开始时的紧张气氛。联络员在军代表厌烦的脸色中，马上提出两个尖锐的问题要石光春回答，就是：第一，为什么物料间的废综丝会出乎此次规定标售的废料之外一起出售？而且其中还有新的和可用的呢？第二，究竟谁负此次标售废料的主持责任？

石光春一向自认为是这个厂里的重要支柱，他的办事干练，是中纺其他厂长都闻名的，在他的职务上，他从来没有受过这样严厉的责问，对着这突然的"袭击"，他不得不强作镇静站起来慢条斯理地说：

"我承认我们在解放以前工作上的疏忽，使我们厂里堆积了许多废料，其中一批二十余箱的废综丝，已经摆了三四年之久，这次标售的废料内有废综丝一项，我认为一起出售正是一个机会，这是经物料股提出我征得厂长的同意决定标售的。"他停顿一下，看见联络员正在向他睐着眼睛，知道他不会放过对这批综丝是否通过鉴定小组的追问，他组织了一下自己想好的措辞，接下去说：

"至于是否通过废料鉴定小组，我想施全民工友他们一直参加清查工作是了解物料间的情形的，可以证明这批确实是废料，没有正式会同鉴定，我认为这仅是一个手续问题。而且，我敢向各位担保，我们出售的动机，确实是为了正确处理这批人民财产，同时厂里马上要开展清洁卫生运动，长期堆积大批的废料是有碍卫生的。"这时他意识到军代表有些恼怒的表情，他有些怀疑自己言语的力量，但是对联络员提出的第二个问题，还得硬着头皮作一番解释：

"关于标售废料的主持责任，总公司在我们的职权上一直无明文规定，最近在清查委员中也没有明确的组织，我本人是没有资格负责的，此次各方面未能很好地配合，正暴露这方面的脱节现象。"

军代表忽地站了起来，把袖管朝上勒了几勒，有力地指着桌上的综丝，面对着石光春说：

"确实是废料，这是你说的！责任，你知道总务课负的什么责任？你不要唬倒我们，标售废料一向就是总务课的责任，就以这次标售废料来说，你能推得过你不负实际责任？今天开会就是追究责任，你不负谁负？"

职员们的眼睛开始朝下看，大家屏住了气息，厂长轻微的使人难以觉察到地摇了摇头，两条眉毛正紧紧地锁在一起，会场一片沉默。

石光春镇定了一下，他觉得不能容忍这有生以来少有的当面的指斥，他要申辩：

“我的意见已经说过，用不着重复。要追究责任，我想我们这里谁都在内，都参加过，有好几位都是盖了图章的。”

盖了图章的几位都心动了一下，他们似乎都想说话，可是军代表尖厉的声音马上淹没了这会场的一切声响：

“盖了图章的固然要负责任，你可逃不了要负主要的责任！你不虚心检讨是不行的！”

石光春也不示弱，他说：

“检讨怎么样？负责怎么样？听候处理就是了！”

会场的空气在两个人尖锐的对话中更趋紧张，大家望望军代表，又望望石光春，厂长为他们双方的冲动惋惜，党支书担心着这个会议不知如何收场，哪知军代表在激怒之中迅速说出了下面的结论：

“现在我以军代表的资格向大家宣布：石光春在主持标售综丝中发生错误，拒绝检讨，暂时停止职务，散会！”

军代表第一个走出会议室，其他的人各人带着各人的心事去吃中饭，进膳的时候，彼此交换了若干的谈话，但都不是关于综丝的事，军代表和军管会的同志正分散在每个桌子上，低着头迅速填饱他们的肚子。

下午的活动在各方面自由开展着。

军代表草拟了关于石光春暂时停职的通告，送厂长签署公布，他想知道厂长的反应，自己到了楼下的厂长室，厂长站起来接过通告，手有些颤抖，他的眼皮随着字句收缩着，显出痛苦的样子，看完以后他望着军代表说：

“这一件事，是否可以缓办一下，我想由于刚才会议所造成的遗憾，我们可以用别的办法来补救。”

“不是什么别的办法。处理新的问题就应该有新的办法，总公司方面我马上自己去请示。”

“那么，我想更改上面的两个字眼，就是把‘将未经鉴定小组审查之综丝混同标卖’，‘混同’两个字，改成‘一并’怎么样？”他看了一下军代表的脸色，又没有自信地说，“自然，不改也可以，你看着办好了。”

军代表答应更换这两个字，厂长缓慢地在通告上盖上图章，在万分难堪的情绪下交给文书缮写，公布了这张稀有的告示。军代表带了综丝立刻坐上汽车去总公司请示陈部长。石光春在与联络员谈话以后答应写检讨书，他毫无生气地第一次在下班之前走出厂门，全体职员在写字间门口难忘这紧张的一幕。……

党支书是一个工人出身的小职员，新干部，工作经验较差，可是办事谨慎，虚心学习，能接近群众，是他的特点。他首先觉得军代表在今天会上贸然地决定石光春停职是过早过严的，午饭后留心搜集已有的反映，更证实综丝事件的处理将造成军管会与职员之间的僵局，这个厂里党是已经公开了的，军管会的同志大部分是党员，一般人也把他们看作是党的政策的执行者，这样处理问题，不用说将拉开党与非党人士之间的距离。他立刻召开了紧急的支委会，决定更普遍地听取各方面的反映，注意不使坏分子从中挑拨，自己则立即去区委请示。

写字间和工务室，职员自由组织了小组座谈会，他们不再想起下午的工作，一个新的事变在吸引着他们的注意力。

在写字间里：

“军代表今天这么辣手，想不到要拿石主任开刀了。”

“早就说过了，好像吃花生米，先拣大的吃，下趟还不知谁倒霉呢！”

“到底追究什么责任呢？防备我们职员像防贼似的，处处不放心我们。”

“反正嘛，过去把工人当贼，现在宠的是工人，废除了他们的抄身制，该轮到我们来领受了。”

“负责就查办，这还有谁敢负责，真叫我们做一日和尚撞一日钟……。”

“我可是一只脚在厂里一只脚在厂外呢，要不是生意难做，我宁可做买卖去。”

“国民党的饭难吃，共产党的饭也难吃。”

“端了人家的饭碗，就得受人家的管哪，唉！”

……

在工务室：

技师和助理员一起在议论着对军管会的不满，陈助理员的牢骚正说出大家一个共同的感觉：

“一碰就是技术观点，生产不靠技术靠什么？他们连一只皮带盘一分钟能转几下都不晓得，还管我们开快车开慢车，他妈的，民主管理当真能抵几匹马达，尽是卖狗皮膏药！”

“别嚷哪，人家看‘出数’可有本事呢，监督生产，这就叫监督生产哪！”

物料间的职员，对于废综丝中发现新的综丝，虽然有点承认自己没有亲自动手检查废料的差错，但他们对于这个发现也实在有点出乎意料，他们再去翻看所有的综丝箱子，在从废综丝中拣出的几十斤综丝，完全比军管会看见的成色差，终于他们想起在二楼还有新从各车间拿来待拣的综丝，现在正在做清理工作，不知联络员是否拿错了下面的综丝。到拣综丝的女工那里一问，果然不错，联络员拿的是那边的综丝。

“好哇，这是开的什么玩笑！”他们暂时忘记了自己的过失，对军管会埋怨起来。很快的联络员拿错了综丝的消息，传遍在每个职员当中，写字间和工务室里马上又掀起了新的纷扰。

“这简直是有计划的布置，到底玩的什么花样？”

“看他们弄错了检讨不检讨？”

“检讨呢，人家军管会是最高权力机关，还对我们检讨……”

施全民知道物料间的综丝也要出卖，可是没有通过鉴定小组的审查，他有点气不平职员们把他们的小组当作聋子的耳朵摆样子不起作用，上午开了会，更使他对总务课和物料股职员的马虎态度不高兴，他就抽这天中午饭后休息时间召开小组会讨论，把上午开会的情形也简单作了一番介绍。他们一组净是老工人，里面还有个青年团员刘大德和织布间的女工崔金娥，他们谈着谈着，心里气的是把好东西当废料卖，实在太不爱惜自己的厂，施全民提议大家到物料间去看看究竟拆的什么烂污，自然个个都同意，一齐拥到了物料间，他们在三层楼弄堂里看到了盛综丝的箱子，拣出的综丝另外理在一边，有个女工还在拣着，他们看了废的，又看拣出的，在每根综丝中间弯了又弯，韧韧的，几个来回还是这个样。施全民抹了下胡子感叹地说：

“脆了断了才没用呢，这样韧韧好样的，就出松，不知他们长的什么眼睛，我们看着像银条，他们看着可就是猪毛了。也不知打的什么算盘，一根新的要卖三百五十块钱，他们卖人家一斤（一二百根）只有一百十五块钱，连斤青草也值这个价钱，不是军管会抓得紧，厂里起码要吃亏几百万。”

刘大德听了愤愤地说：

“顽固脑袋，到现在还是顽固脑袋。”

崔金娥接下去说：

“这是厂里的东西呀！要是卖自己的东西，算盘珠子会飞，能吃亏一分钱？！”

其他的老工友也附和着说：

“就是嘛，卖厂里的东西像泼水似的，豁出去拉倒，自己老板，他们可是不把厂放在心上。”

忽然崔金娥过去问那拣综丝的女工：

“阿姊，你一天多少工钱？”

她答道：

“我拿呆工钱，一天一块两角。”

“啊哟，三百五十块钱一根，就算打个六折，拣出这么一小把子，就够她的工钱了。”崔金娥拿起一把拣出的综丝给大家，更深刻地说明了对人民财产马虎要不得。

……

党支书带回区委的指示跟支部的布置相仿，并要支委会即速研究各方的反映，同时联系不久前党报上发表的《中央关于加强党员与非党群众团结合作的指示》及《斯大林、毛主席论批评与自我批评》的文件，检查综丝事件的处理，军代表回来以后，请他到区委谈话。

陈部长听完了军代表冯益群同志的报告，沉默了好久，他是了解冯益群同志的，他们在一起工作很久，知道他的长处是对党忠实、肯负责，可是一个最大的缺点就是个性强，有点狭隘，比较主观。他把鼻上的眼镜架朝上提了一提，用着热切的语句对冯益群同志说：

“你不觉得你的脾气过急了一点，轻易处分一个旧职员的停职要引起不好的影响的。”他更靠近冯同志一些，继续诚恳地说：

“不，我的意思还不是这样，我觉得我们有些厂里的军管会还停留在监督生产的阶段，这在开始的时候只能是这样，但是我们在厂里待了一年，就应该学习技术参加管理了，而且只有一心一意搞好生产，跟职工们团结合作，大家共同负责，共同关心生产，才能解决我们与他们的关系问题，才能把生产真正提高一步。”他又停了一下，再说下去：

“自然，我不能说你这件事情管得多余，他们对人民财产不负责任的态度是需要我们帮助他们纠正的，不过你们处理这件事情的精神还免不了他们出了事情你们出来找岔子的态度，这是消极的，要一切事情都与他们一同负责，一同办，事前就想到办好的方法，——防止出毛病，这就是积极的态度了。”

军代表冯益群同志的脸上不自然地笑了一下，他在理智上可以接受这个中肯的指示，但是他想起刚贴出去的布告怎么能收得回来呢？

而且这些旧职员究竟缺点很多，这一来不知又让他们钻多大的空子。他迟疑了一会儿，答应在石光春写了检讨书以后就收回成命。这房间里还等待着别的向陈部长请示的人，他申请退出，当他走到门边时，陈部长给他拉开了门，他重复自己说过的嘱咐：

“老冯，怎么样，回去就收回来吧，共产党员还怕收回自己错误的决定吗？”接着他露出一个俏皮的微笑，拍了一下冯同志的肩膀说，“你不收回，公司方面就要查办你了！”

当总经理室的门轻轻地带上时，冯益群同志像失去一样重要的东西，他神情恍惚，似乎这一天的经历可以分成各种不同的片断，他坐上车子，清理了一下自己紊乱的思想，觉得应该改变自己的决定，只是他同时准备提出一个新的要求：立刻告病假离开原来的工厂。有一个思想在纠缠着他：“要是这样，我还有什么面孔再混下去呢？”

车到半途，他招呼驾驶员向区委所在地开去，他一直很尊重区委，认为区委也是信任他的，对这个重大的事变，希望听到区委的意见。

区委书记王同志和蔼地招呼他坐下，还是王同志先开口：

“冯益群同志，你来得正好，厂里的事情怎么样了？”“喔，你已经知道了，是不是支部书记来过了？”他显得有点惊愕，看见王同志点了点头，知道用不着再重复事实的报告，就直接地问：“区委的意见怎么样？”

“我们还不了解具体情况，尤其执行处分以后的情况，不过我们觉得处分一个比较高级的职员，是一个带政策性的问题，应该经过多方面的考虑，你当时的决定是冲动了一点。”

冯益群同志又不自然地笑了一下，他意识到这是组织的意志，他是在党的面前，他不禁率直地说出他的心事：

“我晓得，事情有点糟糕，对党的影响不好，我也想把原来的决定撤销，回去研究一下，我们就办。”他有点羞涩地接下去说，“这几天我的身体确实不好，我想告个假，休息一个时候。……”

王同志不等他说完，就笑了起来：

“益群同志，我们知道你身体不好，也有意思建议你休息，这是以后的事，这件事情还得你自己处理了再说，这对你的威信和党的信任，在职员当中，我相信会是一个很好的转变。自然对于他们的缺点，我们不是不管，我们自己有偏差，就应该先纠正自己的偏差，一方面也是拿自我批评的精神帮助他们改正缺点。”

接着王同志向益群同志介绍了他读《中央关于加强党员与非党群众团结合作的指示》及《斯大林、毛主席论批评与自我批评》两个文件的心得，联系到很多实际情况，以他的分析作为益群同志学习上的参考。从王同志真挚而热烈的谈话中，他受到一阵感动，忽然想到：“一个党员要上级这样耐心地帮助自己改正缺点，我对那些旧职员究竟做了什么说服工作呢？”

回到厂里，他从写字间中央一条通道走到楼上去，写字台上坐着的职员冷漠地看着他走过，到了军管会办公室，同志们沉静地坐在那里，也似乎与他十分疏远。只有党支书知道他回来了，立即跑来告诉他下午发生的一切情况，他着重说明了联络员错拿综丝的发现和反映，认为迫切需要在职员中进行一番解释甚至承认自己的错误，这时由厂长室转来的石光春的书面检讨也送到了军代表的手里，上面已承认他未经鉴定小组鉴定出售综丝以及没有亲自检查废料的疏忽。

几个主要职员在厂长室里会集了一个下午，大家叹息着事情的难办，四时左右，当大家散去以后，厂长静静地坐了一会儿，终于戴起眼镜，慢慢地给总公司写了一个请准辞职的报告，他看着窗外始终使他感到亲切的工厂的烟囱，听到马达热烈的响声，没有想到他就要离开这里。……

没有经过敲唤的门突然被推开了，军代表匆匆地走了进来，他急促地说：

“联络员错拿综丝的事，我们检讨。石主任的检讨书我看过了，明天让他复职。”

厂长马上伸出手来，拉住了军代表的手，他收敛不住自己的笑容，高兴地说：

“好极了，那好极了！”

在军代表走后，他马上拿出抽屉里的“辞呈”，揉成一团，把它抛进字纸篓里，像抛弃一件厌恶的废物。

晚上的支委会，分析了处理综丝事件的偏向和职员们的情绪，同时反映了在工人中的议论，决定建议各分局联合成立一个审查委员会，军代表及联络员准备在全体职员大会上进行检讨。

军代表回到宿舍里，虽然感觉到紧张一天以后的疲倦，但是他不能睡觉，他检查了红的蓝的钢笔里有没有墨水，准备就在今天写好自我检讨的发言提纲。

他沉浸在沉思之中。

十点钟的时候，他开始在纸上写出：

一、我们处理这个问题上有偏向：

第一，没有仔细调查研究，粗枝大叶，单凭感情激动。

第二，没有走群众路线，处理过早，结论过严。

他想了一下，艰难地写着他给予这个偏向所指出的重大毛病：

这一偏向，即是官僚主义。

这里，他充分考虑了关于以上两个偏向所指的具体内容，组织了他的发言。又仔细在它旁边加上两行作为附注的小字：

在这里我敢向在这次事件中受委屈的同志表示歉意。事前未与金厂长商量，独断独行，致使金厂长情绪上受波动，也向他致歉。对石主任虽说标售本身仍有责任，但对他未加耐心说服，贸然停止职务，也表示道歉。

写到这里，他松了一口气，觉得大的困难已经克服，但是他仍旧觉得没有把问题说得十分清楚，他是参加过一九四三年到一九四四年的整风学习的，为了确定表示他对这次检讨的诚恳，觉得应该就整风的经验分析一下产生偏向的根源。他有一瞬间的犹疑，给这些旧职员来这一套是否值得呢？但接着他又觉得这还是一个关门见外的思想在作怪，“应该把他们当作自己的干部一样看待”。他想起了党的昭示。“尤其是对于在生产战线上有重要作用的技术人员即工厂职员，更应该如此。”他给自己下了注脚。于是他比较顺利地写下去了：

二、偏向的根源：

（一）我们与生产管理脱节，还是大部分停留在监督生产上，未能直接参加管理。（别人也有这种看法。）

他在“监督”两个字的旁边画了两个圈圈。这时他又想起了陈部长与他谈起的共同负责的问题，觉得这正是目前军管会工作的一个关键。想清楚了这一点，他自己羞愧地笑了一下，过去时常在别人可能差错的地方找关键，甚至以发现别人的差错为自己完成任务的关键，这在军管会与职员的关系（团结）上以及对人民事业负责方面来说都是不恰当的，他有些不忍再想下去，只有在这样严格检查自己的时候，他才真正发现自己的毛病。于是他连着想到第二条根源：

（二）接管组好像是特殊人物，过去无人敢批评，造成特权思想和独断独行的作风。

这时，想起他在前次会议上说的：“现在我以军代表的资格向大家宣布”，不觉脸红起来，还有许多过去的事实，都浮现在他的眼前。他把支部书记反映的职员们的不满作了一番分析，可以想象他们一般的情绪就是，第一不敢提意见，第二不敢负责。他用红笔在第二条根源下注道：

难道我们在这里一年来就得到这样两个结论吗？——①不敢提意见；②不敢负责。

摇了摇头，他坚决地在下面跟着写道：——不能的！我们应该负责纠正这个偏向。

他又想起陈市长在一次报告中说过，三十年革命就是为了争取民主，不要等我们掌握了政权，自己就不民主起来。对了，这是一个警惕！他又把红笔加了一行小字：

我们三十年革命为了什么？过去反压迫为什么？难道是为了自己做特权人物吗？

他自己也为这些字句感动起来，心里交错着羞愧和淳厚的感情。就在这样的情形下，他继续写下去：

三、以后怎样做？

（一）直接参加生产管理，学习管理。（不要假充内行。）

（二）加强团结，加强学习，展开批评与自我批评，军管会以身作则，即使批评错了，也不要紧。大家勇于负责，大胆提意见。（勇于接受批评，承认错误。）

在末句的旁边他接连打了许多圈圈，认为这是解决团结和工作问题的关键。接着又兴奋地写出最后的结语：

长期合作，永久合作，打成一片，永远做朋友、做同志、做战友，在工作和学习上展开革命竞赛，在党的领导下，在毛泽东的旗帜下，搞好工作，搞好生产，向光明前途迈进！

字愈写愈大，手有些发抖，他抑制不住自己激奋的感情，像夏天洗过澡一样的痛快，泪光几乎掩盖了他的视线，看见纸上的字更显得大了。

第二天的支委会，大家一心倾注听完了军代表的自我检讨，不自觉地叫起“好”来，支部书记最为感动，当军代表眼光正落在他的身上似乎在向他征询意见时，他放下笔记簿，立刻想起一句不很恰当但却是冲口而出的赞词：

“你，你可爱得很！”

大家都开朗地笑了。接着联络员的检讨除同样觉得有军代表的缺点外，着重说明了自己粗枝大叶的作风，支部书记准备在大会上的发言也在这里得到了通过。

经过各方推选的审查委员会也在第二天成立，一天中紧张的工作，终于弄清楚了标售废料的经过真相和市场价格及出售价格的比较以及综丝新旧价格的差距等报告，用以说明这次标售的责任和在标售中所受的损失以及发现综丝后挽回损失的情形，准备一并在即将召开的职员大会上宣布。

第三天开了全体职员大会。党支部、工会、青年团都派了代表参加。这次会议的主席是金厂长，他带着愉快的笑容迎接大家。九点钟准时开会，审查委员会的代表原动部的沈技师详细给大家做了他们的调查报告，大家还是第一次弄清楚事实的真相，正如报告本身所要说明的问题一样，职员们心头平静多了，现出“原来是这样的”一种领悟的神情。军代表的自我检讨占去了四十分钟，可是这时间过得很短促，他的诚恳的声音一直抓住了大家的注意，大家渐渐睁大了眼睛注视着军代表诚恳的脸孔，随着军代表具体的分析，他们可以觉着他每一句话在心里引起的感受。最后，他们仿佛在一个庄严的宣誓中意识到发言的结束，第一次这样自然而乐意地鼓起掌来。联络员在检讨中详细叙述了他错拿综丝的一段，职员们相信了他的诚恳，会场里有了笑声。

在这之后，金厂长和张工程师都以他们不熟悉的“自我检讨”表明他们的发言。金厂长说他一度灰心离职的情绪是不好的，他表示在大家的团结合作下决心搞好工作，他对军代表和联络员的发言再三表示自己的感想：

“我听了军代表、联络员的发言，感动之至，感动之至！这真是我所想象不到的共产党员的风度。”他还激动地说：

“我们大家要民主，我们自己要求民主，同时要给别人讲民主，我第一次对民主管理弄通了思想。过去我们对工人有许多对不起的地方，现在都要向他们检讨。”

高大的张工程师笔直地站了起来，他说：

“今天的会是一个教育。我们应该检讨，假使我们平时注意节约，能够把物料真正用成废料的时候才送回物料间，也许就没有这趟的综丝事件，这是对我们工作的检查，我们需要多多检查我们的工作。”

坐在右边角上的石光春主任，几次牵动着嘴巴，想要说话，终于他站了起来，说道：

“今天我没有本事把我心里要说的话说出来，从军代表的检讨中，我看见了做一个革命职员的榜样。勇于负责，自我批评，这对我正是对症下药。我要检讨对人民财产不负责任的态度，检讨随随便便自作主张的态度，尤其要检讨自尊、虚荣、坚持错误的缺点，我要向他们好好地学习，并且请他们原谅。”坐下去以后他又站起来补充说：

“前天的检讨书我是为了要捧住这个饭碗写的，我心里不服。今天的话才是从心里讲出来的，我还要好好的检讨。”

会场里响起激烈的鼓掌声，来自军管会及工会、党、团代表方面的掌声更为响亮，这正表示他们对他发言的热烈的欢迎。军代表和金厂长彼此看见了对方的笑容。

党支书最后向大家说明党对综丝事件自始至终的关心，说到党内使用批评与自我批评的武器是党和党员进步的标志，在上海党即将开始整风的时候，综丝事件是本厂党整风的一个前奏，还希望与党外人士坚持团结合作，得到大家宝贵的意见，使整风工作顺利地进行。同时在这个基础上，与全体职工一同学习新的民主管理的方法，逐渐纠正过去的缺点，一同前进，把工厂搞好。他的庄重而轻松的谈话，留给人们不可磨灭的印象。

从此以后，军管会的同志在开过检讨会后重新确定了分工，分配到各部和车间，开始他们新的面向生产的工作。军代表也搬进厂长的办公室去办公，在需要厂长和军代表签署的公文上，差不多在一分钟内先后整齐地盖上两个图章，他们同时说道：

“这样方便多了。”

很多问题也在这个房间内当着他们两个人的面前迅速得到了解决，请示的人得到圆满的答复退出房间说：

“现在不是一个楼上一个楼下，用不着公文旅行了。”

“他们两个的意见正是取长补短，一个政治上着眼，一个技术上有功夫，凑在一起刚好，哈哈！”

散班的时候，写字间传出《东方红》的歌声，他们以这个歌声送走一日紧张工作的疲劳，有的还在翻着《解放日报》的《学习》副刊和《学习》杂志，厂里民主管理学习的最后阶段还得他们回去以后准备联系实际的自我检讨。在工务室里也已经找不到闲坐的职员，居然最后离开车间的也是他们，陪着他们的还有军管会分配在工务方面的同志。

写于一九五〇年党的生日

原载1950年7月上海《解放日报》

王崇伦的故事

陆　灏

一

他穿着一套蓝色的整齐的制服，背着一只粪筐，粪筐里面有两三堆马粪在晃来晃去。他慢慢地没精打采地在街上走过，人们都向他投来惊异的目光。

在他经过一个篮球场的时候，热闹的球赛勾起了他的球瘾，这个平常好打球的小伙子，身不由己地走了过去。

他马上被人发觉了，立刻就有人叫他：“王崇伦，王崇伦，来打一个吧。”

这位机械工人背着粪筐的奇怪的样子，惊动了很多人。有人就夸奖说：“啊！王崇伦，你真勤俭，歇工还捡粪呢。”

球赛自然而然地停下来了，熟人们向王崇伦围过来。

他的脸通红通红，既然已经走过来，又不好意思马上溜走，他打算应付一下，把问题避开，就搭讪着说：“别扯淡了，还是打球吧。”

熟人当中有一个突然问他：“今天不是星期天，你怎么能在家啊！”

这真使王崇伦有口难开，他强打精神而又泄气地辩护说：“不是星期天，我自己也可以给自己放假啊！”王崇伦说这句话时，虽然脸上在笑，但心里是很难过的。

“工人阶级还可以自己给自己放假吗？”

“这是怎么回事啊？”

“准是和谁闹了别扭了，你快说，我们帮助你解决。”

大家你一句，我一句，关切地问着，说着，很多人为他的意外的回答惊住了。

王崇伦觉得瞒着这样的事也实在没有什么意思，就把为什么没有上班的原因给大家一五一十说了一遍。最后，他还是无可奈何地摊着两只手说：“我知道这事不对头，但我妈妈不让我去上班，我有什么办法。”

大家知道王崇伦是很孝顺妈妈的，妈妈说什么，他听什么，这次他没有去上班，准是又听了他妈妈什么话了。

“你太成问题了。你母亲讲的话，你也不用自己的脑袋想一想吗？”

“你的嘴原来是只会说别人啊！”

“你是一个青年团员，你想想，这样做对吗？”

说是责备，还不如说这是人与人之间的一种高尚的关切。一种离开了集体想寻找个人出路给他带来的痛苦剧烈地震动了他，他懊悔地说：“我不对，我已经这样做了怎么办？”

“那不要紧，你明天照常上班就是了。”

“你妈妈要是不愿意，我们大伙儿给你妈妈去说说。”

“我们送你回家吧。”

“不用了，我自己回去能说。”他想，我那么大一个人，还要人家送回去，这像什么话呢。他走回家来，心里窝囊极了。他想自己为一点点小事儿打旋子，出来进去，挺大的个儿，这像什么话。他想过去身上穿破布渣渣的日子，怎么忘得干干净净了呢？

一进门，他就给妈妈说："我可不能再在家里待下去了。"

他妈妈惊讶地说："你怎么啦？你又听信谁的话了？"

"像这样待下去，人家光看我的笑话，我受不了。"

"别人又不养活我们，你听他们的话干什么！"

"不行。我是一个青年人，别人都说我这事办得不对头。光我一个人走路，我能走到哪里去？"

"他们都说些什么？"他的妈妈怀疑地问。

"人们都说光想照顾自己利益的人，实际上他一辈子也不会得到什么利益。谁也说咱们的想法是过时的了。"他又向妈妈说，"为了想涨工资，你让我歇工到私营工厂去，结果我现在在家里捡粪，这能待下去吗？"

"有手艺还怕没有活干？"他妈妈还不信服地说。

"自己看着自己挺聪明，实际上不是那么回事儿。"王崇伦像是在对自己说，又像是在对他妈妈说。

听了这些话，他妈妈的心里不能不有一点点动静，她开始发觉自己的老主意有点别扭，就带着忧虑的口气问他："那你打算怎么办？"

"我明天就上班去。"

娘儿俩正说着说着，忽听见门外有人叫：

"王崇伦在家吗？"

一听这声音挺熟悉，知道是车间的支部书记来串门了。他的妈妈赶紧把他推到对面那个屋子里，要他藏起来；一面答应说："请进来吧。"

支部书记进了房门就问："王崇伦到哪里去了？"

"捡粪去了。"

"老太太，能不能找一找他，我想和他说几句话。"

他的妈妈一面答应着，一面就往外走。她打算到街上去转个圈，回来说找不见，就算了。可是，王崇伦在那个屋子实在待不住了。他现在的心里说不上是个什么味道。在旧社会，他去厂里上班，像只狗似的，根本没有人搭理他；现在自己不上班，干部还到家里来，自己反躲着不见……他看见妈妈走出屋去，紧跟一步走了出来，对妈妈说："人家来了，我在这里变把戏，这怎么行？"他不管妈妈同意不同意，回头走向他的房间去了。

王崇伦一时不知说什么好，还是支部书记先开口："这几天，脑袋里想些什么？"

他难为情地简单地说了一句："乱七八糟。"

"怎么样？这两天歇得并不好受吧。"

王崇伦点点头，表示很同意支部书记的意见。他说："前几天，我因为少挣工资不乐意；现在我才知道，一个工人如果离开了大伙儿，离开了自己的工厂，那痛苦才大呢。"

这一回，支部书记的说话就比刚才严肃多了。他说："只有把国家的利益和个人的利益溶化在一起的人，他才能够愉快和从不感到孤独。"

这几句很简单的话，正打在王崇伦的心坎上。他想起这几天来心里别扭的情形，想起刚才在篮球场上碰到的事情，想起自己稀里糊涂干的这样一件不漂亮的……

支部书记好像很了解似的问他："是不是决定明天就上班去？"

"对，我明天就上班去。"王崇伦肯定地回答说。

他妈妈一直在听他们说话，她越听，越发觉她的儿子不和她站在一起了。

二

王崇伦一回到厂里，那阳光灿烂的车间充满着家庭似的温暖。

他虽然并没有几天不到厂里来，但现在却好像是回到了一个离别了很久的地方。车间里出现了新的生产捷报，机床上已经换上新的产品了。

人们见他回来，亲亲热热地叫着他，喊着他，这个说："王师傅，你可回来了。"那个说："王师傅，我们可想你呢，咱们在一块多好啊。"他心里热辣辣的，一时说不上话来。

他回到厂里不久以后，车间里做一种叫拉杆的零件。大家知道，这是给志愿军做的活儿，心里都很高兴。

可是，在铣床上做拉杆，只能慢慢地一次干一根，而且废品很多。但当时交货的时间却很紧迫。铣床上的工人们想试做一种新工具，希望从每次做一根，改成每次同时做十根，试验了很多次，全失败了。

王崇伦在刨床上干着别的活，他见到这种情形，觉得自己也应该来参加试验，不能让抗美援朝的任务受到影响。于是在上班时细心研究铣床上的新工具为什么会失败，回到家里，闷声不响从墙上拆下几块砖来，叠成新工具的样子。他妈妈看见了，问他：

"你从哪儿弄来的砖头？"

"墙上拆下来的。"

"你是不是疯了？"

"我没有疯才干这事呢。"

他妈妈见说不过他，也就走了。他晚上熬夜，白天照样上班，一连忙了好几天，终于搞成了一个新工具。

当王崇伦搞成的新工具要在铣床上试验的时候，大家把他围得密不透风。人越多，他越发慌，心怦怦地跳，全身紧张极了。他暗暗对自己说：千万别出洋相。可是，那铣床一转动，一个筋斗，拉杆连工具，翻了个身，滚下来了。他脑袋嗡的一下，汗簌簌地落下来，把衬衣都湿透了，耳朵边只听见一片喧嚷，意见纷纷。

有人说："别人干不了，咱们还能干得了。"

有人悲观地说："够呛。"

有人慢悠悠地挺凉快地说反话："这工具不坏，真好！"

王崇伦听到这些话，脑袋涨得好大好大，正在走不能走、说不能说，磨不开脸的时候，支部书记走来替他解了围。支部书记想了个办法，让王崇伦跟着他出去了。

王崇伦耷拉着脑袋，走出厂门回家去。他一面走，一面想：为什么新工具会翻筋斗呢？怎么样就能不翻筋斗了呢？他边走边想，低头见到地上有一根树枝，样子和拉杆差不多，他拾起来，放在手臂上，用手拨树枝，树枝就转身移动。他想，现在碰到的就是这个问题，能想办法解决这个问题，新工具就好办了。

他回到家里，整个身心被创造拉杆新工具的失败所攫夺了。他沮丧地而又不服气地想着：难道拉杆工具就这样算失败了吗？

正在这时候，他听见支部书记又在门外喊他的名字了。

“请进来吧。”他并没有站起来，淡淡地说了一句。只要一听这种声音，就知道他现在是怀着多么大的心事。

“王崇伦，怎么样？是不是来了一点火？”

王崇伦为了装作镇静，故意想把话说得轻松些，他说：“没有火，喝糖水了。”

“我希望你能坚持下去，不要因为听到那些话就泄气。”

“没有啥，我是个青年团员，这正是锻炼我自己呢。”

支部书记把张明山创造“反围盘”的事迹讲给王崇伦听，又说：“英雄模范都是在困难中产生的。张明山遇到那样大的困难都克服了，我相信你的困难也一定能够克服的。”

“我的困难不算什么。”王崇伦百分之百同意支部书记的意见，“和张明山遇到的困难比较，我的困难就算不了什么了。”他嘴里说这话，眼睛就像明亮了些，心里也就宽松了一些，困难真好像并不那样压得他喘不过气来了。

那天夜里，他睡到半夜，抬起头来，眼睛落到炕头前那张木头凳子上，心里猛然一亮。他想，凳子的腿活动了，只要加些木片，凳腿就可以不转动，我那个新工具，为什么不可以也同样用这个办法呢？

他回到厂里，人们还没有上班，他给车间的领导同志一谈，大家都鼓励他试验试验。但王崇伦说："有人在，我就冒汗，你们都不在我才试验呢！"

人们听了他的话，都一个一个出去了。刨床旁只剩下他的一个徒弟。

"我能不能站在旁边看看呢？"他的徒弟说。

"可以吧。"

师徒两人忙着试验起来。一试，那新工具，完全好用。铣床上一次做一根拉杆，常常出废品；用这新工具，可以同时做两根，质量达到百分之百。他的徒弟一看，高兴地说："王师傅，这好使极了。"王崇伦的心里当然乐得不行，可是脸上却仍然不动声色。他故意抿住嘴说："不一定好使，等一会儿再说。"他想宁可晚一点高兴，可别欢喜得太早了。

王崇伦的新工具同样也适合铣床使用，但铣床上有的工人觉得自己没有研究成，反而要用别人的办法，这在面子上不好看。有人提议用王崇伦的办法试试吧，有的却不同意。还说："我们人多，机器多，一根一根干，也能完成任务。"直到最后，还剩下一千多根拉杆了，交货的时间已到，但任务还没有完成。工会主席张成山觉得这太不像话了，他对铣床上的工人们说："咱们还是用王崇伦的工具生产吧。"在这时候，有个工人叫李文兰的还怀疑地问："只剩下一千多根了，还用吗？"张成山坚决地说："剩一根，我们也要用。"这一夜，王崇伦为了帮助张成山在铣床上安装新工具，弄到过半夜，张成山看他太困了，要他去车间旁边的小楼上睡一会儿。他躺了一会儿，哪里能睡得着，只听那铣床上发出呼呼呼的响声，根据这响声，他能听出来，那是同时干几根拉杆的声音。他连忙起来，伸出脑袋喊："张师傅，怎么样？"张成山高兴地回答他说："好使，太好使了，谢谢你，你的工具成功了。"王崇伦一听，连忙说："我还要谢谢你，没有你，这工具还推广不了呢。"

用王崇伦创造的新工具生产，一天一夜，一千多根拉杆，全部做完了。要是用旧办法，需要两天两夜才能做完，特别是废品太多，质量没有保证。

他满怀喜悦地走回家去，这种喜悦只有工作得很好的人才能够得到。他回到家里，家里今天吃好的，全家人都在等他回来。

这小北屋，暖洋洋的，炉火通红，一家人围着炕桌坐下来了。桌子上摆着白面馒头，还弄了好几个菜。王崇伦一看这，心里很有感触，他咬了一口馒头，觉得有很多话涌上心来，他看全家都坐好了，说：

"我今天能吃这样好的晚饭，我自己深深感谢党，感谢毛主席。"他停了一停，接着说，"我可不知道能不能代表你们说这几句话。"他的眼睛特别看了看他妈妈。

房间里静静的，没有一点点声音，连他五岁的儿子晋侠也睁大着眼睛听他的爸爸说话。

"你还有别的话说吗？"他妈妈似乎有点生气地问他。

"我还感谢志愿军，没有他们在前方，咱们能吃到这样白的馒头吗？我以后一定好好多干工作，要对得起他们。"

他说完话以后，他的老婆低着头，没有言语。他的妈妈把筷子往桌上一扔，可真的生气了。

"你为什么这样说？我一个老娘儿们在家里，什么也不知道，你们在外面开会上课，回来什么也不说，现在又来批评我了。"她不服气地为自己辩护说，"难道拥护共产党，拥护毛主席，就光许你一个人拥护吗？"

那天的晚饭虽然吃得并不很痛快，但是王崇伦心里是很欢喜的，他觉得工作和家庭的情况，都是可以越变越好的。

三

一个卡动器[①]，开始在插床上工作的时间，是整整两个半小时。

---

① 凿岩机的零件。凿岩机是矿山用的一种风动工具。

插床的工作迟缓，这就使车间卡动器的生产好像患了严重的肠胃病。从车床上下来的活儿到了插床上就被搁住了，因而跟在插床后面工序的铣床、磨床就好像全部瘫痪了一样。在这个时候，最令人心焦的要算是那台刨床，虽然插床很需要有人去帮忙，但这些工作它却一样也不能伸手干。

新产品的生产暴露了车间里机械设备不平衡的严重情况，它使有的机器忙不开交；有的机器却处于半休息状态；有的机器根本不能参加工作。而最严重的问题是因此会使完成新产品的任务发生很大的困难，生产的时间表有被整个推迟的危险。

在困难的面前，每一个人有他自己的想法。

有人说："再增加四五台插床，问题就解决了，增加机器那是车间主任和厂长的责任，我们能有什么办法。"

有人说："技术人员应该想办法提高机器的生产效率才对。"至于问到他自己，他就说："我要有能力解决这样复杂的问题，早就当技术员了。"

有人还提议说："把一部分卡动器交给另外一个车间去做，困难不就解决了吗？"事实上，别的车间都有自己的生产任务，谁也没有办法来帮这个忙。

当时，插床上除了要做卡动器以外，后来还要添做反螺姆[①]，本来卡动器都干不了，又要加做反螺姆，插床就更招架不住了。

一时意见很多，真是说什么的也有。

王崇伦听了这些意见，他想，这还像主人翁吗？他觉得既是主人翁，就应该把自己的全部力量献给祖国。这几天，他只要一有空，就去站在插床跟前，看着插床工作的情形。他在插床上工作过，知道插床能上下插，是那个圆盘起着大作用，他想要是能把那个圆盘搬个家，安在自己的刨床上，刨床也就能干插床的工作。这样，刨床就闲

① 凿岩机的零件。

不了，铣床、磨床也就有了工作。但事实上，这似乎办不到，谁也知道，从来刨床只能躺着干平面的工作，它怎么可能像插床那样立起来工作呢！

几天以后，那卡动器、反螺姆，在插床跟前越堆越多了，而王崇伦想把圆盘搬家的企图实际上却是行不通。在这种情形下面，他根据以往七次的经验，知道只有创造一个新工具，才能解决生产上的困难。

为了想这个新工具，王崇伦的脸色渐渐发黄，眼睛也慢慢凹下去了，他的颧骨更显得高高地突了出来。

这情况急坏了他的妈妈和老婆，婆媳两人嘀嘀咕咕，觉得家庭里发生了严重的事情。

“崇伦老是这么熬，把身体熬垮了，这怎么办？”有一天，他的老婆实在忍不住了，问他的妈妈。

他的妈妈，自从那次吃晚饭以后，看法也确实大有改变，根据她最近的观察，她知道自己的儿子大约又在琢磨改造什么新工具了。她说：“是啊，谁也不像他，别人全是该工作时工作，该休息时休息，只有他特别。”这位老太太，现在与其说她是在责备自己的儿子，还不如说，她是正在高兴地夸奖她的儿子。她继续和她的儿媳妇说：“咱们想个办法，能让他做好工作，又能不累垮他的身体。”

“妈，那你对他说一说吧。”

老太太摇摇头说：“我说没有用，他还以为我不愿意他好好工作呢。”她清楚地知道崇伦一直非常孝顺她，但如果拉他的后腿，她知道妈妈的话就已经不会像以前那样发生很大的威力了。

两个人想了很久，还是他的老婆想出了主意。她们知道王崇伦最爱他的儿子晋侠，他的老婆说：“到该睡的时候，就让晋侠到小桌上去玩，一玩，崇伦心里准麻烦，这样就做不成事了，可以休息了。”

但是，很可惜，这个办法并没有成功。小晋侠玩了一会儿却被王崇伦说得乖乖地睡去了。第二天，反而连晋侠也知道他的爸爸在干什么了。好心的邻居们最近看见王崇伦面黄肌瘦，他们有时也来关心地问问他的妈妈和媳妇：王崇伦最近怎么回事。这时候，老太太总要努努嘴暗示邻人们去问小晋侠。如果有人真的去问他：“你的爸爸在干什么？”小小的五岁的晋侠，他会仰着小红脸回答你说：“我的爸爸在造工具，找窍门。”

大约经过了半个月的时间，王崇伦终于画成了一幅新工具的草图。

王崇伦创造的新工具，立刻受到了全车间每一个人的欢迎。车间主任韩剑光一看这张草图，马上肯定了王崇伦的创造，能解决车间生产的大困难，他赶紧把新工具所需要的零件及时分配到各工序去制造。技术员胡延林专门派了人帮助王崇伦画出新工具的详细图纸。工人李海峰、郝国富利用自己的休息时间来帮助装配新工具。那个过去在铣床上曾经怀疑使用王崇伦拉杆工具的李文兰，他也笑呵呵地来看王崇伦的新创造，他看到这个新工具上没有分度盘，他觉得这不能完全保证质量，他提议把铣床上用的那种分度盘改造一下搬到新工具上用，王崇伦马上接受了这个意见。

一切零件都准备好了，可是新工具还缺少一个底座。这个底座，开头没有把它当成是件难事，觉得翻砂铸一下就能解决，想不到当真要用它，麻烦就来了。铸一个新底座，要通过设计科，又要通过生产科，最后才能分派到另外一个车间去铸造，打乱别的单位的生产计划不要说，特别是时间成问题，铸造成了，至少也得两三个月。这时候，王崇伦又想起了张明山，他知道张明山创造“反围盘”，那些材料都是从废铁堆里找出来的。他想，我为什么不能到废铁堆里去找呢？于是，不管是淋着雨水，不管是天快要摸黑，他走遍了鞍山钢铁公司机械总厂的大大小小的废铁堆。一直到了第四天，看到了一个旧部件，有一大半还被压在铁堆里，他使劲拉，脚踩在乱铁架里，把那双新皮鞋也撕破了。他什么也顾不得，一瞧那旧部件，样子和大小正和自己需要的底座差不多，这一下可把王崇伦乐坏了。

新工具试验的结果，证明刨床有了它，过去不能做的工作现在能做了，而且比插床还能干。一个卡动器，在插床上工作需要两小时半；而在刨床上，有了这个新工具，只要四十五分钟就做成了。最出人意料的，是那个新工具，不但能做卡动器，凿岩机上过去不能干的其他十四种零件，现在也样样都能干，于是人们给这个新工具取了一个名字，叫“万能工具胎”。

“万能工具胎”把原来卡动器的生产能力一下子提高了两倍多，车间里因为机械设备不平衡而引起的生产不均衡的情况，大体上是得到解决了。

当人人都在称赞“万能工具胎”的时候，王崇伦的心里却又在想着别的。

那时候，工具车间正在开始讨论一九五三年的生产计划。有人订生产计划，第一条写的是出勤率达到百分之百。不迟到，不早退。下面还注上特殊例外。第二条是保证完成生产任务。第三条保证不出废品……

你这样订，我也这样订，结果很多人的生产计划是大同小异，相差不多。王崇伦看这些生产计划第一条，几乎人人都有，不过有的没有写特殊例外；第二条、第三条，有的只是把“保证”两个字改成“坚决”而已。

他觉得国家的生产计划交给工人们自己来订，这是工人真正当了主人了，那自己订计划，就得像个主人的样子。他想我既然每天上班，我的生产计划里边就用不着订“出勤率达到百分之百”。他觉得四十五分钟做一个卡动器还是太慢了。在他看来，订生产计划，只说完成多少，而不说要超额完成多少，只说现在能做到多少，而不考虑要用些什么具体办法来争取再完成多少，那太保守了。

他发现在工作的时候，说不定在什么时候刀头就会断，一天说不定就要断四五个，每换一个刀头，需要四五分钟时间，他的生产计划里就提出要想法改变刀头的形状。结果工作一天，刀头真的可以一个也不断，这样每天就可以节省二十多分钟。

他还专门为自己做了一个工具箱，整整齐齐地摆着自己使用的扳子、钢尺、油石，为的是使自己在工作时使用的工具能手到拿来，尽一切可能节省能够节省的时间。

他采用了很多节省时间、提高生产的具体办法，使本来刨床需要四十五分钟做完一个卡动器的生产纪录，在不久以后，只需要三十分钟就可以了。

也许有人以为这种情况已经不坏了，用三十分钟做完一个卡动器，比起四十五分钟的纪录，已经快了三分之一，和插床上两小时半做一个卡动器的纪录相比，已经快了四倍。可是王崇伦却不是这样想，他并没有满足自己的成就，他正在继续考虑怎样才能使三十分钟的时间更缩短些，怎样才能使自己的生产计划更加提高些。

他一次又一次地不断地修订自己的生产计划。他发现自己在每一次做完一个卡动器以后，卸下来，再装上一个，就得费两三分钟，他觉得这是一个漏洞。于是专门做了一个拐形工具，有了这个工具，每次上卸卡动器，就可以节省三十秒钟。

有人却瞧不起这几十秒钟，他们说："这星星点点的，算得了什么？"

可是，王崇伦却觉得做一个活能节省三十秒钟，一天做几十个活，那就能节省三百秒、三千秒。一个工人在生产中，假若处处都能节省几百秒、几千秒，每个人都能够这样，千百万个人就能节省可观的惊人的时间。

过去，每个卡动器在插床上工作的时间是两小时半；后来刨床只要四十五分钟；再从四十五分钟缩短成为三十分钟；现在，刨床通常十九分钟就可以做好一个卡动器了。我们的王崇伦，他把自己的劳动和祖国社会主义工业化的伟大事业紧紧地联系在一起了。你看他把生产效率一下子提高了六倍半，平常一个人要七天半做完的工作，王崇伦只要一天就把它干完了。

这还并不是王崇伦的最新的生产纪录。刨床在做制逆轮[①]的时候，又出现了更新的纪录。开始插床是一小时十五分做一个，现在是五分钟就可以做一个，生产效率一下子提高了十四倍。

王崇伦的生产新纪录还在不断地涌现，这里记下的王崇伦的故事，只是刚刚开了一个头。这是因为王崇伦还很年轻，他今年才二十六岁，他的事业也不过才刚刚开始。让我们大家都祝福他在未来的日子里，为我们祖国创造更新的成就。

原载《人民日报》1954 年 2 月 8 日

① 凿岩机的零件。

钢都的老英雄——孟泰

国　涌

在钢都——鞍山，有成百上千的英雄模范人物，他们都是我们学习的榜样。

在这些英雄模范人物中间，有一位特别受人赞扬的人，他的名字叫孟泰。可是没有一个人直叫他的名字，都叫他“老孟泰”“老英雄”，从这种称呼可以想到人们对他是多么尊敬。

他的事迹，鞍钢不知道的人很少，特别是他在的那个厂——炼铁厂。可是你要让人们直截了当地回答这个问题，那是困难的，大家只会说：

“关于老孟泰的事吗？你问哪一方面的？他各方面都好啊！”

我找到一些过去和他一起工作过的同志，请他们趁工厂中午休息的时间，把这位英雄的事迹讲给我听。可是他们回答说：“我们老英雄的事儿呀，那说起来是没有个完的，一个钟头的时间，叫我们怎么说？”

我从这些回答里，深深地感觉到老孟泰真正是个不平凡的人物。

（一）

炼铁厂有个出名的小组，叫配管组，它已经连续得了七个季度的模范称号了。这个组的工人，不是直接生产的，他们担任的是维护设备的任务。在一般人的思想里，觉得这是一种附属部门，谈不到什么增产，连节约也没有什么节约头。甚至于就因为这个原因，一九五三年秋天，各单位都领到了增产节约任务，他们却没有。可是到年底，他们却给国家增产节约了六七亿元的财富。

节约，在这个组里已经成了一种习惯。他们组里的人，不论是谁，在路上看见一个小洋钉也会拣起来，连新来不久的徒工，也很快养成了这种良好的习惯。

在维护设备方面，由于他们的创造改进，所节约的财富就更多了。

最近，鞍钢供应处想总结一下他们的节约成绩，就派了人到他们组去访问，并且想弄出个成绩数字来，可是他们的成绩，是很难用数字计算出来的。他们没有记录，不只是因为他们拣回来的废料，经过修配能当新料用，并且解决过不少重大的关键问题，更重要的是他们在工作中提高了自己，锻炼了自己，把自己变成了爱护国家财产的人。

当我和他们谈到这些问题的时候，他们说："起初，我们这样做也不习惯，思想上搞不通，全靠着老英雄老孟泰的带动和领导，现在我们还是学着老孟泰的做法。"

这事情，说起来话长，简单说是这样的：老孟泰，是个有近四十年工龄的老工人，现在是炼铁厂修理场（工段）的场长，他当场长以前，当过技师、技术员，这以前，就是在配管组当工人，当组长。

鞍山解放之后，老孟泰曾到老解放区帮助恢复一个炼铁厂。在那里的四五个月里，他受到了很大的教育。他一回厂，见工人们有的在拔草，有的懒懒散散的，不知道干些什么。恰好这时候党和政府，发动了献纳器材、收集器材运动。他就号召曾和他一起做配管工作的工人们，响应党和政府的号召，收集器材。可是谁听他的？那时候，他一来不是组长，二来大家的思想还没有像他那样。他的号召立刻遭到了一部分人的反对。

有的说："这算干啥！一天不闲着！"

有的说："这么冷的天，烤会火，歇歇多好！你不回来倒好些！"

有的说："要修高炉，将来有的是新材料，还用你发愁！"

孟瑞林是当时配管组的组长，又是孟泰的弟弟，也照样反对。

老孟泰有这样一个特点：只要自己认为是对的，对大家有利的事，他就会不顾一切反对，一定要干下去。那么冷的天气，他也不怕冷，也不知道休息，成天价在积雪里。在废铁堆中找材料。那时候工厂没开工，没有严格的作息时间，他每天总是一早就来了，遇到一星一点的材料也要拣起来，没有放的地方，就找了一个空屋子，把门窗收拾了一下，把拣到的东西放进去，锁上门，再去找。大的器材，他扛不动，就招呼工人们来共同抬。工人们抬是抬了，可是有些人总是在背后嘟哝。

老孟泰细细地琢磨着大家对他的反对意见，他知道主要是大家对当时的时局认识不清，对恢复生产没信心，对搜集这些材料的重要性认识不足。他给大家讲解革命一定会胜利的道理，更把他在老解放区用搜集来的材料修复高炉的故事讲给大家听。工人们看到他那种对人诚恳的态度，想到他说的一切都是千真万确的，就都积极起来了。

大家一天到晚忙个不停，搜集的材料越来越多，就分类保存。把能用的拣回来，把不能用的也拣回来。是配管部门用的要拣，别个部门用的也拣，拣回来的，该修的立刻修，该配的就立刻配。因为大家已经知道，高炉一定要修，说哪天修，哪天就需要这些材料。但高炉上最重要的是冷却设备，其中还短了许多东西，有钱也买不到，这怎么能使高炉修复呢？对这些材料就必须更加好好地保管起来了。

高炉快要开始修复的时候，领导上又再次号召大家加紧准备，要积极搜集材料。

全厂职工多时没有看见高炉冒烟的情景了，心中总是沉甸甸的。这时，高炉就要开始修复的消息，给了大家无限的鼓舞，和老孟泰一起搜集材料的工人们，就更积极起来。那种心情，就好像盼雨的农民正在开渠，再努一把力，水渠就要开成功，就会看见渠水灌溉到田地中来似的。

配管组的工人把一间空房子变成了仓库，在这里，高炉所缺的冷却设备材料，样样都有。

领导上为了表扬孟泰这种主人翁的爱国主义精神，就给这间房子取了个名字，叫“孟泰仓库”。

就凭这些材料，大大地支援了修复的第一座高炉。

参加搜集材料的工人们，看见高炉在自己的劳动下在很短的时间修复好，开始冒烟，大家有说不出来的快乐。

这时候，大伙都有了正常的活儿干了。可是他们下班以后，一点也不休息，撒腿就往家走。

老孟泰，他在回家的路上，总是左瞅瞅右瞅瞅，见到一点小东西，就拾起来，放进自己的口袋里头，第二天带回工厂；见到大的东西，就记个记号，第二天上班的时候，再一个个搬走。他自己对自己的手和口袋分了工：钢料这个手拿，铁料那个手抱；这个口袋装这个，那个口袋里装那个。

他们所搜集的材料，又支援了修复的第二座、第三座高炉。

在一九五二年和一九五三年大修工程中，很多向上级领不到的材料，在他们这里能找到，领来的不合适，也能在这里调换到合适的。哪个部门短了什么零件，就会找到这里来的。天长日久，这个仓库给大家解决的问题，可真不少。

现在库存的材料光三通水门就有四千多个，“孟泰仓库”简直是个宝库。

老孟泰离开配管组两年多了，这个组至今还保持着这种优良的传统。

今天的老孟泰，早已经是个满胸挂着金色奖章的人了，他的这种作风，还是一直保持着。他走路，在路上碰见一块废铁，就会立刻想到这里面包含着好多人的劳动。哪怕那块废铁再小，他也觉得宝贵，他会立刻拣起来，放进自己的衣服口袋里，带到工厂去。

一九四九年秋天，他参加了中国共产党。在党的教导下，他做出了许多突出的成绩，当了市的劳动模范。一九五〇年又被选为全国劳动模范，还上北京见了毛主席。他对毛主席所指示的，劳动模范要起到带头作用、骨干作用、桥梁作用的话，记得是最牢不过的。他不只常常用毛主席的这些话劝导别人，他自己更是时时刻刻按着毛主席的指示在做。

他也十分懂得“谨慎谦虚，戒骄戒躁”的意思，并且也确实地做。

党的指示是他的方向，同时给了他无比的力量。

（二）

老孟泰爱工厂甚于爱自己的家。他家有爱人，有五个女儿，可是隔一个时期不回家，他不在乎，要是在一个短时期不在工厂，那可不行。他又是一个不怕困难不怕危险的人。工人们一遇到困难的时候，就立刻会想到他。他不是遇到困难就去找领导上解决，而总是在向领导上要最困难的工作。

有一次，是个冬天，是正冷的时候，他咳嗽吐血，进了休养所。在一天夜里，高炉冷却水管忽然堵住啦，水流不通了，在这万分危险的时候，他的伙伴们好像才发现他不在场似的：“老孟泰没在呀！”

在这个厂子里，他待了快三十年了。他平常又留心着工厂的一切，一有工夫，就在厂里走动，瞅瞅这个，瞅瞅那个，对任何一件东西都有研究的兴趣。厂里的一切他都很熟悉。他不会画图，不会看图纸，可是不论地上地下的管道出了毛病，他马上就会断定这毛病发生在哪里。

他的伙伴们急急忙忙给他在的那个休养所打了个电话。

这时候他已经睡了。

是什么事情发生了？他来不及在电话里问，他知道在这种时候，没有特别要紧的事，是不会来电话的，他把电话一放，撒腿就跑。

休养所离工厂的路程，平时得走半点钟。跑啊，跑啊！十多分钟的时间，他就跑到了工厂。大伙催他换一身工作服，他一边投入工作，一边说："不能换呀！再晚一会，热风炉就要坏了！"大伙和他一起参加抢救。每通一个水管，就冒他们一身水，水就立刻冻成了冰。他们没有觉得，时间却过了好几个钟头。管道修好了，大家才喘了一口气。老孟泰呆呆地望着他们救下的高炉，脸上露出胜利的微笑。他已忘了他是身有重病的人，也没有发觉自己的新棉衣已从上到下冻成一块冰。

大伙发觉他的脸和手上的颜色青一块紫一块，催他赶快换衣服，快回所休息，可是他换了衣服，又顺管道检查了个来回，才恋恋不舍地离开了同伴，离开了工厂，走回休养所。

平时，他在厂，像这样和水，和火，和蒸气，和瓦斯做斗争的事，是说不尽的。

瓦斯出事故，是有人命危险的。有一次高炉瓦斯发生故障，当时上去两个人抢救，一个是老孟泰，另一个工人是李新民。不一会，李新民被别人背下来了，丢下老孟泰一个人。一时，他浑身发烫，眼也看不着，呛得出不上气来。可是老孟泰还在坚持。

高炉救下了，老孟泰却被熏倒了。他说："危险，谁不知道危险！可是我是共产党员，危险的地方自己不去，叫谁去？"

美帝国主义发动了侵略朝鲜的战争，美国飞机经常侵犯我国领空。有一次空袭警报一响，厂里工人们就站到自己守护的岗位上，大多数人有秩序地进入防空洞。

这时候，厂的领导同志仍不顾自己的安全，到处安排着每个人，为着工厂的每件东西操着心。

厂长和党委书记走到一座高炉下，碰见一个一手拿管钳一手拿铁棍的人，就奇怪地问："老孟泰，没有分配你警戒职务呀，你在这里干啥？"

"我怎么能撇下高炉进防空洞呀？"老孟泰用问话代替了答话。

厂长和党委书记深深地知道，对老孟泰这样把高炉看作比自己生命还重要百倍的人，强迫他离开，对他是个痛苦，就没有对他说什么，只是告诉别的工人同志，要对老英雄多加照顾。

美国飞机没有来。后来大伙才知道是防空演习。

就是这时期，老孟泰和家里的爱人和孩子分别了，他挟了个行李卷，往高炉下的破房子里一放，晚上就在这里睡起来。他想，白天倒好办，厂里人多，首长们也都在厂，可是晚上厂里人很少，首长们也不全在，要出了什么事怎么办？

他就是这样：工厂需要他的时候，他就白天在工厂，晚上还在工厂。

（三）

"他发动工人，从来不说空话，他一号召，没有不响应的。他的领导方法，最主要的是他实际行动对人的影响。"这是炼铁厂党委组织部长刘世安同志给我讲的。在上面的事实中，就可以充分说明这点。

许多工人还告诉我，老孟泰的领导方法中还有个最重要的东西——他就总觉得大家的意见比他个人的意见高明。

当上级把最困难的任务交给他的时候，总是很关心地问："老英雄，有什么困难吗？"

他总是撇开"困难"二字不提，只说"有办法！"甚至他觉得自己没有把握，也不愿提出困难，他总是说："这会儿我没有办法，明天就会有的。"上级知道他的办法确实是很高明的，那就是他善于和大家商量，善于依靠群众的力量。

去年二高炉大修，按规定是机械处的事。当时组织了一个二高炉大修指挥部。有一次指挥部开会，老孟泰也在场，他听说机械部门人手少，他们对高炉也不那么熟悉，担当不了大修的任务，他就寻思这个问题了。

会上，负责同志问他："怎么样？配管组可以干吗？"他额上的皱纹动了好几下才说出两个字来："可以！"

会一散，他就找到配管组的李国忠、邹长源、齐福才等人商量——他时常是这样，绝不把自己认为没把握的事，一下子就端到大会上。

大伙正在吃午饭的时候，老孟泰就给大伙说开了："我给大伙说个光荣事吧！"他把指挥部开会的事说了一遍后又说："我觉得这事没有把握，这事要大家干，得大家想办法。对啦，咱们要修，有好处，保险质量要比别人好，咱们是熟套子呀……那好，既然大家一股劲儿说行，咱们就修，可是也得把办法提一提。你看，又要不误日常的维护工作，还得大修，这真有点不简单。……"

大伙边吃边说，不一会提出好些办法来。这时他的脸上就变得一点忧愁也没有了。

他跑到大修指挥部报告说："没问题，我们修！"一看他脸上得表情和在会上的表情不一样了，大家就知道又是群众给他撑了腰。

从人们讲的许多故事里，可以看见人们在骄傲他们有老孟泰这样有力的领导。领导感觉到群众给自己撑腰，群众感觉到领导给大伙撑腰，他们已经完全团结成了一个人，扭成了一股劲。

人们谈到炼铁厂技术革新的事，总是首先要说到老孟泰肯认真学习别人。

有一次，老孟泰从市里开会回来，就给大伙说："在这次大会上，有这个厂技术革新经验介绍，那个人的技术革新的报告，听得使人感动。我们工人阶级的智慧可真不简单呀，什么也能发明创造！可是咱们炼铁厂连一件也没有。这不行，昨天晚上我一夜没有睡好，我寻思这可得好好向人家张明山、王崇伦学习呀……”

他把他想到的都给大家说了一遍，大家受到了老孟泰的教育，都愿意向张明山、王崇伦学习，都向他表示态度：“老英雄，你放心吧，下次开大会保险要有炼铁厂的技术革新报告……”

就在九月份一个月里，修理场有八件较大的技术改进都成功了。

老孟泰自己有许许多多重大改进，但总不愿给人提起。可是别人要有什么改进，哪怕是一点小改进，他也要表扬鼓励的。

一位改进凿眼机的青年工人，他是老孟泰那个场的木工，叫刘金生。他给我说过他改进凿眼机的故事：

我改进凿眼机，可全仗老孟泰撑腰才成功的。

我们组里只有一个叫唐国金的支持我，小组长也不怎么热心。我个人研究不下去了，有一天为这事我就找到老孟泰。那会儿，他正在和别人商量什么事，可是我把他们岔开了。我说：“孟师傅，我想下了班到工程公司木工场去一趟。”他听了我的话，很快就说：“好，我和上级说一下，给你开个介绍信。”我说：“对啦！我就是来干这个的。”你看他猜得多准，他了解人总是从外了解到里。

我根本没有给他说我去干什么，我倒不是怕他笑话——他不会笑话工人。主要是当时要改进的玩意八字还没有一撇，声张出去也不好。可是他会知道我的心思的，反正不是去参观，就是去学习。

我到了工程公司木工场参观学习回来，可是研究了几天，总有点不顺利。老孟泰到木工组，大概看见我有点发愁，就问起我来。

我把研究的情形告诉他，他就说：不要怕失败，一定能成功。为了成全一部机器，你搭两个工也没啥，况且你还是在业余时间搞。

我憋足劲儿，非研究成功不可。

有一天，刚试验我改进的那玩意，老孟泰又来了，他一看就乐得叫起来：嘿！成功了！这玩意真好使，吱——一下一个。话刚说完，他就拿上凿了个眼的那块木板往外跑。

这是怎么回事呢？可把我给愣住了。

不一会，啊呀，车间党支部书记、工会主席都来啦。我这才知道他刚才原来是拿上木板去宣传鼓动去了。他也真能宣传，第二天，厂里党委书记、工会主席也来了。

老孟泰确实是这样一个领导人。他不像有些领导者那样，成天价喊着依靠群众，但对群众的创造却不重视。老孟泰对任何一种小的改进，都看成宝贝，并愿意尽一切力量，扶植它从萌芽到成长，到开出美丽的花朵，结下肥硕的果实。

原载《工人日报》1954年4月17日

李金芝

——记无缝钢管厂的一个女操纵手

温俊权　单　复

整整一宿，刘班长翻来覆去地睡不着，他那两只干涩的眼睛，像被什么给支上了一样。他几次强把眼睛闭上，并且告诉自己："睡吧，不早了，明天还有大事要办呢！"可是，建厂以来紧张的生活，像一锅煮沸的粥，尽在他的脑子里滚腾着。而滚腾得最欢的，是他带领的那十五个新从乡下来的女操纵手。她们一个个活灵活现地在他脑子里涌现着，特别是那个叫作李金芝的小丫头，明天热试轧她就要正式上操纵台操作了："她能行吗？万一慌了神，出了乱子，第一根无缝钢管出不来，那还了得啊！"想到这里，他就浑身热燥起来。

壁上的钟打了三下，又是一列火车隆隆地过去了。他翻身看看窗外，天空一片通红，炼铁炉正在出铁呢！他再一次告诉自己："睡吧，睡吧！实在是不早了。"平时在建设中，他总觉得日子过得太快，时间不够用，现在却觉得这一夜特别长，不知什么时候才能盼到天亮呢！他好容易迷迷糊糊地睡过去了。但这是多么不安稳的睡眠啊！各种各样奇怪的梦魇打扰着他，突然，他看到李金芝爬上了操纵台，扳错了操纵机，心里一慌就从台上摔了下来。“哎哟！”他惊喊着奔了过去，吓出一身冷汗，就醒过来了。看看天，已经大亮了。他连忙起身，没顾得洗脸，就奔女工宿舍去了。

他一面走一面想，这班小丫头想必正睡得香甜呢！今天是热试轧的头一天，真不该大清早就吵醒她们。可是，他刚迈进大门，迎着他的就是一阵哄闹的笑声。这班丫头正兴奋地吵叫得像群麦田里的雀子：孙玉英响亮的嗓音直灌进了他的耳朵：“金芝，今儿个是你的大喜日子，你结上这根红头绳，就像刚过门的新娘子了！”李金芝双颊绯红，正想跑过去捶她，刚好撞在刘班长身上。女孩子们看了更乐得哄堂大笑，又是拍掌又是跳的，引得刘班长也跟着笑了起来。他埋怨着说：“我愁得一夜都合不上眼，你们却乐得像在过节！”他拿眼睛打量她们，吓，一个个都梳洗好了，打扮得漂漂亮亮的。他觉得这些丫头实在可爱，但却故意沉着脸说：

“穿这样漂亮做什么，人家是来参观咱们的厂子，看咱们轧出第一根钢管的，又不是来挑对象！”说着，他扫了刚才撞着他的李金芝一眼，这丫头端端正正地站在他旁边，兴奋的脸上泛着异样的光彩，心里不觉夸赞说：“这丫头变得多快，长得多出息！”

“刘班长，像你这个埋汰样，要我是杨厂长，就不让你参加热试轧。咱们的厂子和机器都是那样漂亮，你却连满脸的黑胡子，也不刮一刮！”一个女孩子打趣说，引得大家又笑出声来。她们那兴奋和快乐的心情，像喷泉似的，四处迸溅着。

实在也难怪她们这样兴奋。这些新中国的女孩子们，几个月前还都是普通的乡下姑娘，现在却锻炼成第一座自动化无缝钢管厂的女操纵手了；她们连做梦也没有想到，自己这一双拿惯了镰刀和放羊鞭子的粗糙的手，今天竟能操纵那么精密复杂的现代化的机器，这怎能叫她们不兴奋呢！尤其是李金芝，当刘班长告诉她，领导上决定头一次热试轧由她负责操纵加热炉时，她简直不敢相信自己的耳朵！心里说："这不是逗人吗？"但她知道刘班长的脾气，这个老头子正经事是从来不开玩笑的，而且从他脸上那种严肃的、不放心的神情看来，更证明他说的是真话了。几个月来，刘班长是一直不敢相信她们会成为一个好操纵手的。昨天夜里，李金芝也一宿都没有睡好，她又兴奋又担心，一下子觉得自己蛮有把握，一下子却又觉得所学的全忘了，怎么想也想不起来，急得把嘴唇咬出血。天没亮，她就起身了，接着，孙玉英、丁秀英她们也一个个跟着叽叽喳喳起来了。其实，她们就没有一个人睡得着，一起来，就像过年似的，每个人都掩盖不住自己兴奋的心情。李金芝虽然还是有些焦急，却也禁不住和大家一起打扮起来，从心底里直往外高兴。

"不要净乐了！快把工作服穿好，早一点到厂子去，各处细心看看，大家要记住，第一根钢管是献给毛主席的！"刘班长突然觉得这些丫头乐得过分了，夜里的焦躁心情又控制了他，他觉得应该对她们说几句严重的话，压一压她们的情绪，让她们冷静下来，他接着说："这有什么好乐呢？你们不记得支书说的话吗？咱们无缝开工是生产战线上重要的一役，今天热试轧就好比是开头一炮，这一炮要保证弹不虚发！操纵手完全和炮手一样，要沉着、冷静、准确，不要乐得连操纵机都不知往哪里扳。"然后他跑过去把两只大手轻轻地放在李金芝的肩上，这丫头的头只够得到他的胸膛，他俯下头来，严肃而亲切地对她说："金芝，今天党把放头一炮的任务交托给你，希望你能胜利完成这一光荣任务。说实话，昨晚整整一宿，我都在为你担心！"

李金芝抬起头来，睁着两只又亮又大的眼睛，静静地听着，她坚定地说："刘班长，你尽管放心，我一定遵照苏联专家的指示操作，完成热试轧的光荣任务。"她把头靠在老刘头宽阔的胸脯上，老头子坚实的心脏的跳动声，在她耳边咚咚咚响得像擂鼓一样。

五个月前的一天早晨，刘班长心里正在窝火，他把烟袋使劲往桌子上敲了几下，震得屋子呼呼直响。他一袋又一袋地抽得屋子里烟气熏熏的！眼看训练班已经到了学习技术的阶段，离开工只有五六个月了，可是操纵台的人手，还缺少一大半。在伪满时候培养一个操纵手，至少要花两年工夫，可是现在就差几个月了，而人还没有影儿。为了这事，他差不多每天要和人事科长吵好几遍，可是总没能得到解决。正在这时候，门响了一声，走进来三个女孩子，刘班长像没看见一样，还是抽他的烟。然后他不在意地透过烟雾瞅了瞅她们。这是三个地道东北型的女孩子，两个穿着一身蓝，一个穿件黑上衣、灰色裤子，个子比那两个矮一点，黑黝黝的面庞，长着两只水灵灵的大眼睛，看样子是挺聪明利落的。三个人的模样，倒很相像，像一个妈养的一样。

“哪位是刘班长？”

“我就是！”刘班长说着把烟袋放在桌子上，伸手接过介绍信，看着看着他额上的浓眉就拧成了个疙瘩，皱纹也一道道地现出来了。

“谁叫李金芝？”

“我！”那个长着两只水灵灵大眼睛的姑娘回答。

“噢！孙玉英呢？”

“我！”

“你叫丁秀英吧？”

“嗯！”另一个点了点头。

刘班长把介绍信放下，拿起烟袋叭叭地吸了几口，沉思了一会儿说：

“哎——呀！”他又看了看这规规矩矩站在他面前的三个姑娘：“你们从哪里来？”

“政治训练班！”

“不是，我问你们未进政治训练班以前。”

“那时候，我们都在乡下。”

刘班长沉思了一会，他反过来倒过去地又把介绍信看了两遍：

“你们想当操纵手？”

“嗯，人事科告诉我们在操纵台工作。”那两个穿蓝衣服的姑娘同声回答着。那个叫李金芝的小姑娘，却一声不响地站在那里，不断用两只大眼睛盯他。

“你们干不了吧！”他犹犹豫豫地说，他的脸孔突然变得像他的连腮胡子那样黑沉沉的，眉毛疙瘩拧得老高，好像两只弓起背的蚕子，就要向他额上的皱纹爬过去。

看他这一副阴沉沉的脸色，那个叫李金芝的姑娘脸上的神情也变了！她的弯弯的眉毛颤动着，清澈的眼睛泛起了一道愤慨的光彩，果敢地反问道：

“你怎么知道我们干不了呢？依你说我们都能干啥啊？”看样子这个小姑娘是又敏感又坚决的。

“好啦！让我考虑考虑，你们先到宿舍歇歇吧！”他又把烟袋拿了起来，明明烟锅里一点烟灰也没有，他却把它在桌子上敲得山响。

把姑娘们打发走后，刘班长就气呼呼地跑到人事科。人事科的齐科长正在和人说话，他不管人家是否谈完了，就使劲地喊起来：

“齐科长，你是成心，怎么的？”

“啥事啊？”齐科长倒闹了一怔。

“啥事！咱中国这么大，你哪一个地方找不到男子汉？那是什么活计，你就用一张纸送去三个小丫头！”

“一样嘛！男女有什么分别，你好好教她们，准行！”

“算了吧！我可不是穆桂英，率领不了这些娘子军，我没有人家那种翻江倒海的能耐！”他说完扭头就走，大家都知道这是他的老脾气，习惯了也就不见怪，而他却好像是他说了就算数了。

其实刘班长自己也不喜欢他这个老脾气，他噔噔走出人事科，就埋怨起自己来了：“看你这个脾气，这能解决问题吗？旧社会里你有理没处说，只好像焦大爷那样光火骂街，可你现在是个党员了，对自己的同志还要什么态度呢？再说，人事科派下来的人，你能不要吗？”可是，他实在是不能要这几个小丫头，操纵手这营生不是女孩子担当得了的，他焦急的是怕她们耽误了厂子开工，而不是为了自己怕麻烦，他这份心事别人为什么就不了解。他想：“我还是找她们谈谈去！”而且，他心里也着实惦挂她们，他觉得刚才他对她们的颜色不大好，她们才从乡下来，人生地不熟，怎好那样对待她们呢？刘班长就是这样一个容易光火，也容易怜惜人的老头子，难怪谁对他也爱亲近。

他一口气跑到女工宿舍，女孩子们正爬在床上整理铺盖，扬得一屋子灰尘。刘班长在一张床上坐下来，把女孩子们都叫到身边，就像她们是他自己的小女孩似的！他摸出烟袋吧嗒了几口，一边吐出浓浓的烟，一边关切地说：

“刚才你们生我的气了吧！”他特地看了李金芝一眼，他觉得这孩子是较难对付的。“我知道你们都是要强的好孩子，但我这为的是厂子，为的是你们。咱们厂子是个完全自动化的厂子，它不像一般的纺织厂或被服厂！并且操纵台是个重要又难操作的地方，十五个闸把，一秒钟就要扳一次，扳差一个，扳晚一点，那就了不得！所以我劝你们还是寻思寻思！找人事科分派别的工作，你们看怎么样？”

这三个女孩子，你瞅瞅我，我瞅瞅你，都不知怎样回答好。但对他这一番话，都觉得不对劲。到底还是李金芝搭了茬了：

“刘班长，你要看我们干不了，我们服从分配。可是你要叫我们自己说，那我们一定能干得了，不懂我们就好好学呗！鞍钢有那么些女工，为什么我们三个就不如她们呢！”

刘班长没想她这样能说话，晓得这一下是碰在橡皮钉子上了，但他还是规劝着说：

“噢！那么些女工，她们都不在无缝操纵台，这工作对女孩子不合适，你们不要一时逞能，将来弄不了哭鼻子就来不及了！”

“无缝操纵台怎么的呢？新中国的妇女能开火车、开飞机，我们就不能当操纵手！”还是李金芝这个丫头的坚定的声音。

没有得到结果，刘班长就只好回去了。他一进屋，支书正坐在屋里等他，好像知道了他的心事似的说：

“老刘，我正找你，你要的人，人事科给你派来了，过几天会再给你派几个来，这一下你可心满意足了吧！这几个女孩子在政治训练班学习得很好，又都是贫农出身，吃得了苦，经得起磨炼。你千万别看她们是女孩子，就当不了操纵手，看不起女人是封建保守思想，你是个党员，应该是不会有的，你一定要很好地带领她们，使她们尽快地掌握技术，这是党给你的任务。”

技术学习开始了，李金芝被编在朱惟治的一组里。这个年轻的辅导员是新从乌拉尔学习回来的。他是个优秀的年轻的共产党员，跑了一趟苏联，他的进步更大了，他变得更沉着、更热情了。他回国的头一天，就恨不得把自己在苏联学习到的本领，全掏出来教给同志们，好让厂子能够早日开工。

上第一课的时候，李金芝的心情可紧张了。她看到教员一走上讲台，就张着两只大眼睛紧盯着他，一边急忙把讲义和笔记本子翻开来，一边屏息地静坐着。这个教员倒很安稳，不慌不忙地在黑板上画了一个图。她顺着教员的手，不管怎样详细看，也看不出来他画的是个啥！

“同志们！这就是加热炉的侧面图！”教员开始讲解了。

“啥叫加热炉啊？”她问着自己，赶忙也想跟别人那样，把他讲的记下来。可是她才写了个“加”字，就卡住了，因为她一时忘了“热”字应该怎样写。她随机应变地打了一个“×”代替，教员却又指着图讲开了：

“砌在这四周的是耐火砖。”

“耐火砖？”李金芝脑子一闪，又问了问自己。这倒是哪来的这些词啊！连听也从来没听说过。她急得直搔头发，脸涨得红红的，瞅一瞅别人，人家都低着头，刷刷地记着。她赌气把笔记本用力一合，嘟着嘴坐在那里。一直到下课，她还是糊里糊涂地听不懂。

往回走的时候，她脑子里还在嗡嗡地响着教员的声音。“加热炉”“耐火砖”这些她听不懂的名词，像作弄她似的直向她涌来。别人在她后面的都走到前面去了，她连知道也不知道。她苦苦地追问着自己：“这样下去怎学得了技术呢？刘班长说的话不应验了吗？”这时，她耳边呜的一声，吓得立刻停住脚，一辆大卡车唰地从她身旁驰了过去。她一看，路上净是大卡车，一辆紧接着一辆。车上装满着像水缸粗的大铁管子，有几辆则装着一台台小庙似的机器。在她头顶的高空上，安装瓦斯管道的工人们，正一边工作，一边唱着。这些建设鞍钢的人们，是多么繁忙和快活啊！这使她想起自己在乡下时，无论是播种、扬场、间苗、铲地，她哪一样不走在别人头里。她们一下地，还不是也像这些工人一样，唱呀笑呀地从心里往外乐。可是在这里，她却一个人在低着头走路，各种各样的问题难住了她。她像一个傻子似的，连一个螺丝钉也叫不出名字。想到这里，她的脸上烧得热烫烫的，两颗泪珠在眼眶中滚着。但她咬了咬牙！不让眼泪掉出来：“哭有什么用呢？不管怎样困难，也要坚持下去，在乡下初学铲地时，还不是把手磨出血来！”想着，她就仰起头来，迎着西边火红的日头，向宿舍走去。

回到宿舍，丁秀英她们也正在吵着今天的技术课听不懂，她一声不吱，放下饭盒，就夹着讲义，悄悄溜出去了。广场上男工们正生龙活虎地打着排球，也有人在吹口琴，台阶上还有人围着打扑克，她走到小山坡后面的一块空地上，坐下来翻开讲义。讲义上印着密密麻麻的黑字，还有一些弯弯曲曲的图画。天哪！这些字她上哪认识去呀！这简直像天书！可是，她硬着头皮看下去，居然有些字是她在速成识字课本上读过的。她像在生人中偶然会到了自己的亲人一样，脸上不由浮出了一丝笑影。她正看得入神时，忽然听见有人叫了一声：

“李金芝！”

她慌忙回头一看，辅导员朱惟治正笑眯眯地迎着她走来。

“怎么一个人躲起来用功了，下了课也不玩玩！”朱惟治说着，就在她身旁坐下。

“我还有心玩！我愁还愁不过来呢！你看，这讲义就像本天书！”她把讲义往辅导员的手上一塞，就难受得低下头来。

“不用着急，头一次听课当然不容易懂，日子长了就熟悉了！”朱惟治安慰她说。“我们刚到苏联的时候，还不像你现在一样，啥也听不懂，可是，只要自己有信心、肯用功，就没有什么学不了的。慢慢地我们就懂了，而且越学越有劲！”接着，他提议帮她把今天的功课复习一下。这与其说是复习，倒不如说他是细心地、体贴地，把功课又给她重新讲解一遍，他想尽办法举了好多通俗的例子，尽量让她听得懂。

太阳已经落山了，炼铁厂的火光，照红了半个天，四外工地上的电灯，突然像火花一样灿烂地亮了起来。整个鞍钢是没有夜晚的，日日夜夜，同志们都紧张地站在战斗的岗位上。朱惟治看了看这钢都的庄严美丽的夜景，就站了起来：

“今天就这样吧，明天我再帮你复习，不用焦急，咱们工人阶级再困难的事情也能克服！”

李金芝跟着也站了起来，她不知要怎样感谢这个年轻而亲切的辅导员才好。虽然内心里有一股汹涌的感激之情，但到了嘴里，却只剩下这么一句话：

“谢谢你，这不耽误你许多时间吗？”

在走回宿舍的路上，朱惟治告诉她最好是每天把讲义上的生字记下来，找时间突击，这样可以把学文化和学技术结合起来，不用多少时间，看讲义就不难了。至于笔记，可以暂时不记，上课时专心听讲，下了课再借别人的抄，就不至于两头顾不及了。到实习的时候，他再帮她对着机器讲解！那以后听课就更有把握了。

技术学习的热潮，如火如荼地展开了。这些姑娘们像疯了一样，吃饭也好，休息也好，睡觉也好，总离不开手里的讲义。起初，刘班长在心里暗暗高兴：“这还不大离，这些丫头倒是有志气，说不定真会学出个道道来的！”可是时间长了，他就觉得这不是好现象，要不想法子让她们休息，是要闹出病来的。因此，每天早晨她们出发实习时，他都要嘱咐几遍："准时出发，准时回来，要严格遵守制度！"可是这些话就像没有说一样，姑娘们一碰到机器，就像看到约会的爱人，谁也舍不得离开。这一天，刘班长可真火了，实习时间已过了一个多钟头，李金芝和朱惟治却还没有回来。他到厂子里前前后后找了半天，也没有找着。最后，才在加热炉里找到了他们。原来李金芝正缠着朱惟治给她讲解加热炉的构造。她什么都想闹个明白，她看了炉膛，又看炉底，并且还爬到炉顶上去琢磨了一番。她对回热装置最感兴趣，但却一下子闹不清。刘班长气呼呼地钻进炉里时，她正猫着腰靠在炉壁上，出神地听着朱惟治讲回热管的作用呢，所以连老头子气得呼哧呼哧的喘息声都没有听到。这一下可把刘班长那长满着连腮胡子的黑脸庞都气得发紫了：

"我是怎样告诉你们的，要你们准时来，准时回去，你们却到这时候还猫在这里磨蹭，这就叫严格遵守制度吗？像这样干下去，到开工时不用干活了，都得住疗养所去！"

刘班长这个"雷公"脾气，李金芝早已摸透了，一阵霹雳过去后，太阳就会从消散的乌云里露出来的。这老头子一面怀疑她们能不能成个好操纵手，一面又怕她们学不好，又怕她们累着！她低着头默默地接受老头子的训斥，只不时用歉疚的目光看看站在一旁的朱惟治，这个年轻辅导员满脸涨红，他是一个要求自己很严格的人，这时一定正在内心痛责自己呢！待老头子脾气发完了，她才把黑黑的长睫毛抬起来，脸上露出了歉意的微笑，跑过去拉着刘班长的手说："对不起！下次不这样了！走吧，我们还没有吃晚饭呢！"

刘班长绷着脸理也不理她，待走出厂子，看他们走远了，才在后头喊道：

"食堂里没饭了！回去洗干净了就到我屋里来，我叫老伴给你们擀面吃！"

他们远远地回答说：

“刘班长！准备得丰富些，这一次我们绝对严格遵守制度，保证准时到达！”接着是一阵年轻人快活的笑声，刘班长也不禁咧开了嘴，笑着说：“到底是青年人啊！”

这是白天的事情，夜里，刘班长就更不放心了！为了保证孩子们充分的睡眠，训练班的制度规定九点钟熄灯。熄灯哨一响，电门就闭死了。女孩子们都不甘心这样早睡，她们的脑子里装满了新奇的东西，许多功课都等着她们在夜里复习。于是，蜡烛点起来了，手电筒亮起来了。刘班长一来巡视，她们都机警地把亮灭了，躺在床上装睡，有些女孩子还故意埋怨说：

“刘班长，人家都睡着了，你还来做啥啊！”

有些则开玩笑地说：

“刘班长！你是男同志，晚上不许进女工宿舍！”

刘班长却不好整，他诙谐地说：

“我的胡子比你爸爸的胡子还长，我怕啥！”

李金芝看老头子这样日夜操心，有时也想和同志们谈谈，大家准时睡觉。可是，她严格地给自己规定了个学习计划，不仅要把每天讲义上的生字背熟，而且还要把教师讲的功课弄清楚。所以刘班长一走，她就打开了手电筒，躲在被窝里紧张地复习起来。待复习完了，常常已是半夜一二点钟了。她知道这是违犯规则的，可是她给自己辩解说：“咱这是突击，像打仗那样，不拼命不成。咱文化低，现在要学的又这样多，咱不能像人家按部就班地来，那可就不赶趟了。不开快车，是完成不了学习任务的！”

有一天晚上，刘班长巡视完了宿舍后，就到支部开会去了。散会时已经很晚，他经过女工宿舍时，心里老是放不下，就又到宿舍去了。这时，李金芝正亮着电筒在聚精会神地背生字呢；直到刘班长走到她床前时，她还没发觉。老头子默默地在她床前站了一会，一句话也没有说，只爱抚地拍拍她结实的肩膀，轻轻给她把一缕贴在颊上的发丝掠到鬓后去，示意她好好睡下，就像来时一样，悄悄走出去了。

这一夜，李金芝第一次哭了，一股温热的感情冲击着她，她觉得刘班长比自己的父亲还亲！

技术课越来越紧，天气也一天天的热了，姑娘们学习的热情，也一天比一天高涨。李金芝每天傍晚都像第一天那样，到宿舍后面小山坡的空地上温习功课。这里有风，有快落山的太阳，这个贫农出身的乡村姑娘，从小过惯了辽阔无边的田野生活，所以她十分喜爱这个地方。在有月亮的夜里，她也就上这里来了。可是，她不知道在她附近的树底下，别的姑娘也悄悄地学习她的榜样，把学习阵地转移到这大自然的天灯底下来了。在皎洁的月光下，伴着周围唧唧的虫声，她想出了许许多多的学习方法，她能够用青草、树叶、石子、泥沙，各种各样随手抓得到的东西，摆成各式各样机器的形状，白天新安装上的苏联最新式的机器，夜晚她就别出心裁地在月光照耀下的沙地上给原样摆出来了。第二天实习的时候，同学和辅导员就会因她对机器的熟悉，及理解的能力而感到惊奇。大家都说她天资高，说她聪明，却不知道她一个人在这上面熬了多少个不眠的夜晚，呕了多少心血！

越是刻苦学习，她越感兴趣了。她的求知欲像惊蛰后的春虫那样，突然在她年轻的心里猛醒过来了。她眼前展开了一个五光十色无限广阔的世界，起初她是像孩子那样觉得惊奇，后来她就以一个少女的热情去拥抱它了。她学会一件东西，就增加一份自信、一分力量。她想到有一天要用自己的手、自己的劳动和智慧，为祖国生产大批的无缝钢管，在加速祖国的工业化、走向社会主义的过程中，有自己一分力量时，她的信心就更强了。她变得更聪明了、更乐观了，对人也更加亲切更加和善了。她常常奇怪，自己为什么变得这样敏感、这样机灵，对新事物吸收得那样快。她的名字几次在同学前面被提出来表扬了。她不但自己学习得好，还开始学会帮助别人了。她白天黑夜地用功，却一点也不觉得累，反而觉得她从来没有像现在这样精神饱满，她的精力似乎像风和水那样，流不尽用不竭。她觉得她没有什么学习不了的。这几个月来，她觉得她成熟了，她内心老是美滋滋的，像有一股什么力量在鼓涨着，要冲破皮壳跃出来。有时，把一天的功课复习完了，脑子里清清楚楚地记着这一天来所学到的东西时，她轻快得像长了翅膀，随时都会向高炉顶上的青空飞去似的。

全国人民盼望了许久的新中国第一座自动化无缝钢管厂，马上就要开始热试轧了。

李金芝兴奋地站在操纵台上，她双颊涨得绯红，眼睛明亮得像一汪清水。她的手紧紧地握着那擦得那么铿亮的操纵机。虽然她的四周拥挤着激动的人群。可是，她什么也没有看见，整个世界就只剩下她和她的操纵机了，而她和它又完全像一个生命那样。她紧张地等待着开动的信号。

热试轧前几分钟，厂房里的人都顿时静了下来，千万人在这异样的静寂中屏息着呼吸！突然，震动人心的汽笛声长鸣了！李金芝的心剧烈地跳动了一下，她感到自己有些心慌意乱，可是这时她发现苏联专家正站在她的身旁，用热情的鼓舞的目光看着她。这目光像一道电流似的给她注入了力量，她镇定地用力把操纵机一下扳了过来。

也就在这一紧张的时刻，刘班长突然打了一下冷战，他像箭似的直向操纵台奔来，他想万一出了故障就赶快自己来操作。可是这时他本能地看了看辊道，一根浑身通红的、光闪闪的钢管正通过穿孔机，热烫烫地从辊道上爬向冷却台。顿时，厂房里爆发了一片欢呼声。“感谢斯大林同志”“感谢苏联专家的帮助”的口号声像风暴一样向他袭来。他不禁也举起双手，跟着拼命喊了起来。

就在这全厂欢呼鼓掌声中，他走上了操纵台，双手把李金芝抱了过来：

“金芝！好样的！这一下我算放心了！”

选自《经济建设通讯报告选》

北京：人民文学出版社，1954 年 5 月第 1 版

一个平凡的人

陈登科

有一天上午，我到钻探队去。

爬过一座高高的山头，穿过连拱坝的天桥，又向另一座山上爬。到了半山，就听见马达声，突突地叫着，一团一团的青烟，升到天空，在青青的绿竹头上，结成厚厚的一层云网。再上去，看见一个胖胖的女孩子，坐在三脚架上，抱住钻杆喊："好！"下面另一个女孩子，推住钻探机大轮答："放！"前边扶闸把的女孩子，上紧了钻杆，把闸把往下一捺，扬起手："后车放快！"遍山紧张的声音，从山顶上传下来。

再上去，上海音乐团的一个女同志，提着水桶，正在后车加水，远远看到我，忙放下水桶，迎上来问："你是来探访我的吗？"我笑着答："是啊，知你正在这里做学徒啊！"

这位女同志，我们是认识的，她是很有名的歌手，非常热情地招待我，把所有的女孩子，都向我做了介绍。

当她最后介绍到扶闸把的那个女孩子时，手一指说："她的绰号叫'麻秆子'。"这位扶闸把的钻探手，脸红红的，低下头去，轻轻地说："张大姐，我们回去算账。"

"你们看，脸红啦！红啦！"名叫小胖子的，在后车上，拍着手喊起来。

大家一阵吵闹过去了，小胖子非常天真地谈起"麻秆子"的来由了：

"麻秆子"并不是这位钻探手的名字，她原名叫苏秀芬。

她在学校里时，青年团总支请了位治淮的钻探模范到学校去做过一次报告，会后团小组开会讨论，大家都争红了脸喊："我们要投身到祖国最前线去！"只有她苏秀芬坐在一边，低着头，吭也不吭一声。

别人都说小苏落后了，在会上连态度也不敢表示，其实她心里斗得才凶呢。

她听了报告，心里一直在盘算：治淮河是祖国的和平建设，是祖国的社会主义的建设，我怎样才能为它尽我的责任呢？我的身体，我的文化程度，我能做点什么呢？我！我要向团支部提出要求，我要去做钻探工人。

有一天，她从学校回来，在吃晚饭的时候，突然对她母亲说："妈！我要去工作，到佛子岭去建筑连拱坝，它是我们国家第一个水利建设。"

她母亲端起碗，喝了口粥汤，用筷子在盘边上敲敲，带笑不笑地说："你去呗，上天我也不问。"

"我真去啦！我们学校也同意啦！"

"我管你去不去，你就今天晚上走吧！"她母亲还当她在说玩话。

"那你给我十万块钱[①]，替我买一张火车票。"

"我钱多啦！你妈妈有金山银塔，你不会拿吗？"她娘还是半理不理地回答她。

"你没钱，我的被子，一件小大衣，那件花袍子，放在家里，你

① 当时的币制万元相当于后来的一元。

要它也没用，我拿出去卖了，做路费。”

她的母亲，见她越说越认真了，把碗往桌上一放，脸孔板板地说：“你这黄毛丫头，人小心大，到哪去治淮啊？！晓得佛子岭在哪块啊？明天不要念书了，还到纸坊去做工，好日子你不想过。”

“妈！你不是同意我去的吗？”她很天真地问。

“我同意你上天！这么大的闺女，跑出去像啥！”

她放下碗，站起来，在她母亲脸上看看，走到桌子一边说：“你不同意我也去。”

她母亲见她的态度硬起来了，马上改变了态度，伸手拉过她去，摸摸她的头说：“乖乖，你在家，和妈妈做做工，生活也不愁。”

她仰起脸，在她母亲脸上看看，从母亲的眼睛里，她知道母亲的那颗爱儿女的心，正如何地跳动。她捏住母亲的手说：“妈！我不是为了生活得好坏，我是青年团员。”

她母亲见软也不行，实在气了，就把她推开说：“我管你什么团不团的，你出了我这门，就不准你再进我这门。”

“一辈子不准我来家，我也要去。”转过身，苏秀芬奔出门去了。

她的母亲，跟在她后边，追到大街上，眼花花不见了。转回家，再到房里去看看，她床上的一条花被子早被她运出去了，床头上的小包袱也空了，便往床上一坐，哭着，埋怨着：秀芬哪！你什么事情也不和妈妈说啦！你知道妈妈是怎样把你养大的啊？你四岁死了父亲，妈妈街前街后背住你，张家去缝针，李家去补纸，把你翅膀养硬了，你就远走高飞，秀芬，秀芬……

秀芬跑到火车站，心里陡地疼起来：“我长这么大，没离过母亲脚跟，今天走了，她在家……”她的脚步，不知不觉又往回走了。

她走到屋后，贴在墙上，听听母亲在哭，数长道短地在哭，秀芬，秀芬，喊的不离嘴。

天空的月光，是那样的耀眼，屋里的声音，是那么的凄凉悲惨。她，心在跳，手在抖，天在动，地在摇，头晕晕的，于是软了，坐在墙根下！

她的眼泪，一滴一滴，滴湿了衣襟。

轮渡上的汽笛，突突地响了，她站起身，看看手里的火车票，拔下胸前的钢笔，在日记本上撕下一张纸条，写上："妈：你爱你的闺女，你让她去吧，好妈妈，她是向好处走的。"轻轻塞进门缝，揩揩眼泪，向门里看看，回头走了。

火车，突突地开动了，卖报员，捧着报纸喊："新华日报，好消息，好消息，志愿军又打一个大胜仗！"在她背后喊过去了，她的头还是伸在窗外，眼睁睁地看着她的家，她亲爱的南京。

到了合肥，出了火车站，一打听佛子岭，还有三百多里路，乘公共汽车，要六万四千元，摸摸身上的钱，只剩两千块，一时没了主意，就软软地坐到石阶上。

一离开家，什么都变了，碰到的人，都是人生面不熟的。而且在半路上，前不巴村，后不巴店，到底怎好呢？

不！二万五千里长征不是人走的吗？志愿军不是吃过雪的吗？……她想到这，挺身站起，顺着公路走了。

天！蒙蒙地下着小雨。

蛇形的公路，上山下山，弯弯曲曲，高高低低。路上是石子，又滑又硬，走的比爬的还慢，从早上走到中午，还不到三十里路。两只腿硬棍似的，拿不起弯子；腰又酸又疼，直不起身子；十个脚指头，都起了白水泡泡，被石子磨破，流出血来，一走一滑叽，血水冒出布鞋子，脚尖疼得不能挨地。脸上的汗水和雨水一样，顺住颈项流进胸脯，湿透了褂子，又浸透了裤腰，沿着裤筒，直流到脚底。肚子饿得咕叽咕叽地响，舌尖干得像火刀。

她倚在路旁石岩上，半斜着身子，躺了好大会子。抬起头，看看前边的高山，自言自语地说："这就叫实际困难。"咬咬牙站起，跛到水塘边，用手捧起水，咕噜咕噜，喝了几口凉水，又向山上爬去。

爬过一山又一山，爬过一岭又一岭，但山岗还是接着山岗，山岭还是接着山岭，走不尽，爬不完。向前看看，黑洞洞的山岗，向后看看，不见人家。但她还是顿一下脚，狠狠地说："天高的山，我也要把你踩平。"弯下腰，又爬上去。

太阳扭西了，肚饥口渴，实在支不起身子，就在路旁两棵大松树根，轻轻躺下来，不知不觉地闭起眼睛。

她闭着眼睛，糊里糊涂中看到了她母亲，赤着脚，哭哭啼啼，抱住她喊："秀芬，你知道吗？妈就是你这么一条根，你走了，山遥路远，你叫妈怎放下这颗心呢？乖乖，你跟妈回去吧！"她哇的一声惊醒了。翻身坐起，抬眼见半山坡上突突冲下一辆大卡车，她来不及想母亲的事了，连滚带爬，站到路当中，竖起手喊："同志，你是到佛子岭去的吗？"

这位司机，四十七八岁光景，养得很胖，差不多脸和鼻子都平了，左眼眉毛上，有个鸡蛋大的黑记，胸口一撮黑毛，把眼睛遮住半边，刹住车子，从司机座位上伸出头问："你干吗？"

"我要搭你的车子。"

司机手向外一摆，缩回头去，把喇叭一捺说："不行，军用器材的车子，不准带人。"

"请你带带我，我是到佛子岭去的。"她紧挨车头站住。

司机气呼呼地从座位上跳出来，两手卡住腰，在她身上打量了一下，斜起眼睛问："你到佛子岭去，是找人的还是家住在那里？"

"不！我是去投考钻探工的，去做工。"

"哈！你去做工吗？"两手从腰间慢慢放下，"去做工的，你这么个孩子，能做啥工？"考虑了半天，手一招说："好！上来，上来吧。"

司机两手扶住方向盘，两眼直盯着前边，咕噜着问："你家住在哪里？"

"南京城里。"

"住在哪条路？"

"新街口。"

“你在学校读书吗？”

“在工人子弟学校。”

司机把头掉过来，看看她：“你是工人的孩子吗？”

她两手在盘弄着小包袱，头更往下低低：“是的，我父亲早先是工人。”

“是什么工人？”

“铁路工人，是火车司机。”

“在津浦路上吗？”

“不！他死了，在‘一二九’领导工人罢工，坐了两年监狱，被国民党杀了。”

司机向一边让让：“小包袱放下，往里边坐坐，你还怕人啦！你叫什么名字？”

“我叫苏秀芬。”

“多大哪？”

“十七岁。”

“你做过工的吗？”

“跟母亲在私人纸坊里，做过补纸工人。”

“你到佛子岭做什么工，谁介绍来的？！”

“我去投考钻探工人，我自己要求来的，我是青年团员。”

司机又扭过头看看她，自言自语地说：“佛子岭这个地方，好像是块吸铁石，吸来全国青年，把你这个孩子也吸来了。”把手里的汽笛，叭叭揿了两下，亲切地向她说：“去吧！将来连拱坝建筑成功，在纪念碑上，会刻上你的名字的。”

朱队长，正在桌上，研究岩心，尤师傅走进来，很生气地说：“怪事都出在我们钻探队里，昨天来个老头子，要求参加工作，好话说了半天，才走了，今天又来了个女孩子，死赖在门口，还要见队长呢！你去处理吧！”

朱队长放下手里的石子，向尤师傅看了一眼，并没有向他解释什么，叫通讯员说："去看看，叫她进来。"

苏秀芬走进屋子，朱队长亲切地拿过一条长凳子，拍拍说："坐下吧！你要参加工作吗？"

她不敢向凳子上坐，站在门旁，两手不住在衣服上抚摩着，低着头，轻轻地说："他不收我，我要找队长。"

"我就是队长，你说吧！你为什么要来做工人？"

她听到说话人自称是队长，心里一惊，羞涩地低着头说："我是工人的孩子，是青年团员。"

"你在学校读书不好吗？"

"不！我要到祖国建设的最前线来，我要参加祖国的建设。"

"我们这里工作很苦、很脏，油、水身上是不断的。"

"只要能收我，什么苦我也能吃。"

朱队长走到她跟前，拉过她的手，仔细看看说："你身材太小，在我们这里工作不行啦！"

这句话，好像一块冰，捅进她心里去，浑身肉直颤，急得快哭出来。待了半天，憋足劲从嗓子里哼出一声："我行。"

朱队长见她的泪珠子快滚下来了，又转过口气问："你挑过水吗？我们这里要往山上挑水。"

"能挑，我做过工的。"

"我们这里的工作是野战化，每天在深山雪地里工作，你能吗？"

"能！"她低着头，很响亮地答。

"我们的祖国大啦！说声开到新疆去了，背包一打就走；马上有了命令，又到西藏去了，离家上万里，坐飞机也不知要走多少天呢？你能去吗？"

"能！"

谈到最后，朱队长实在被她这个"能"字感动了，拍拍她的肩背说："你回去吧！"

她心一跳，抬起头，两眼绝望地看着朱队长："你叫我到哪里去啊？你叫我回南京去吗？”

“不！你到宿舍去休息。”

尤师傅突然勒起眼睛，向朱队长说：“工作要人去干啦！两只膀子像麻秆子，人没得大轮高，叫她去钻探，不是玩猴子吗？”

朱队长转过身，向尤师傅笑笑说：“在共产党怀里的人，麻秆子也会变成铁柱的。”

尤师傅把头一扭，转过身去说：“算啦！我没有办法去教这样的人，完不成任务算你的。”说着，气呼呼地走了。

晚上，朱队长到她宿舍来了，和她详细谈了话，对她的家庭情况，更加了解，也更爱她，对她说：“你被录取了，好好学习吧！”

第一次上班，是朱队长亲自带着去的。男工人都抬着机器，她摸摸这样也搬不动，那样又拿不动，到最后，只有挑起一对空水桶，跟着人家后边走。有的男同志，故意讽刺她：“母鸡也啼明啦！”她听了，头也不敢抬，跟着人后边只跑。

到了山上，七手八脚，都在安装机器，她站在旁边，只是发呆。尤师傅喊：“小苏，把四十八号管钳子递给我。”她光瞪眼，不知什么叫管钳子。朱队长指指她脚跟的铁钳子说：“这就叫四十八号管钳子，拿去。”

车子开动了，她站在旁边吓痴了：“乖乖，这是什么玩意儿，咚咚咚，看看那圆圆的钻头，钻进石头肚里去了。”一时高兴地跳起来，爬坐到后车上，看呆了，一天不下来。

见朱队长扶着闸把很好玩，站在车前可以到处看看，自己就想去扶闸把。朱队长耐心地告诉她说：“扶闸把时，思想要集中，一不小心就会出危险。眼睛要看回水，回转弯头，耳朵要听铁砂响不响，注意岩石软硬，后车的响声……”说了一大套，她什么也不懂，慢慢把手缩了回来。

看男工人爬在三脚架上，自己站在下面想：“我能爬上去就好啦。”等别人休息了，她就偷偷爬上去，低头向下一看，从山顶到山下，一望漆黑，心陡地跳起来，头晕眼花，浑身骨头都软了，哇啦啦叫起来。结果是男工人爬上去，把她抱下来。尤师傅站在底下，向朱队长直跳："这哪是来工作的呢？简直是给人找麻烦，这责任我可负不了。"

她从工地回来，又恨又害羞，晚饭也不去吃，睡在铺上，两手捣住脸，呜呜地哭了。

朱队长从工地上回来，也没有吃晚饭，忙和尤师傅谈话，诚恳地对尤师傅说："这是她热爱工作的表现，我们要把她当作自己的儿女，党的儿女，尽心地抚养她，她会成为我们国家的有用人才的。"尤师傅经朱队长一说，自己也动心了，亲自端了一碗饭一碗菜，送到她宿舍去。

第二天又上班了，尤师傅不准她到车子上去，叫她去抬水。

她见男工人，都是挑的，独叫她抬水，自己又觉得面子不好看，对尤师傅说："跑这么远，两人抬一桶水，多不好，还是来挑吧！"

尤师傅斜过眼睛，冷冷地看她一眼说："不要充雄吧，空手人爬到山上，嘴就张得像小瓢大了，还要挑水呢！落到山沟去，没人去拉你。"

她把头一低，心里不服气地想：机器不晓得开，水还不能挑吗？硬着头皮，把担子挑下山去了。由山上跌跌爬爬地摸到山下，早就累出满身大汗。挑过一担水，刚刚爬上十几公尺高，两只腿像断了筋，腰再也直不起来，脚一滑，就咕噜咕噜，连人带水桶，滚下山了。尤师傅在山上望到了，忙喊："小苏滑倒了吧！"

她坐起身，抖抖湿衣服，手向上一招说："哪个滑倒的呀！人家坐下歇歇的。"

她坐在水边，看着一对洋铁桶，痴痴地想：这一担水，八十斤重，我怎挑不动呢？山高，无路，爬不上去……爬不上去，就不爬了吗？你也不爬，他也不爬，这活就不干了。想着想着，牙一咬，翻身拾起担子，一股劲往上爬、爬、爬，爬到山顶。尤师傅离多远就伸手去拉她，说："管！有毅力。"

下着大雪，机器一停，水泵就冻起来，她站在水管子旁边，不断地抖水管子，放气，上水，皮管子里的水，嗤嗤向她脸上喷。尤师傅把身上的雨衣扔给她说："滴水成冰，穿起来吧！"她把雨衣又扔给尤师傅说："小孩子身上火气大，冻不灭。"到下班时，头发上的冰垂子，挂有几寸长，衣服冻硬了，她还跳跳蹦蹦，一路高兴地喊："卖冰棍子呀！香蕉橘子，一千元两根……"尤师傅也被她这天真的愉快，喊得哈哈地笑起来。

小胖子，刚刚介绍到这里，她停下闸把，手扬扬说："不要穷讲了，起钻啦！"

小胖子扭过身，爬到三脚架上去，低下头看看我说："你不用问别的了，这部钻探机，随着她一年，跑遍了大别山区。"音乐团那位女同志又补充一句说："她的坚强意志，是代表新中国所有妇女的，她对人民的贡献，就凭这部钻探机，会钻探遍全国所有的矿藏的。"

选自《经济建设通讯报告选》

北京：人民文学出版社，1954 年 5 月第 1 版

到佛子岭去

靳　以

一听说我们也是到佛子岭去，那小招待员就瞪起圆虎虎的眼睛，一口气不迭地说：

“嘿，我们这里到佛子岭去的人可多着呢！从华东来的，北京来的，全国各地来的，还有过沙漠爬雪山从新疆、西藏来的！苏联老大哥和专家们，国际友人不断地来，资本主义国家的人民代表也来过不少。你看，‘五一’劳动节以后，到北京观礼的代表又要来不少！他们都是参观中国第一个连拱坝，这么大的连拱坝，世界上才有三四个咧！将来梅山水库也是连拱坝，还得从我们这里走，到了六安才转路……”

他说得那么熟悉和起劲，好像在说他自己家里的珍宝一样。他的小脸上洋溢着骄傲与光荣。我们还没有来得及问他，他又一个劲地说下去！

“你看，那就是才从佛子岭带回来的——”他指着花架上的一盆兰花，那兰花有七八支箭，每支箭上都有十几朵花，这我才找到一进门来就闻到的馥郁的幽香的来源。“——这还不算稀奇呢，还有四季香的兰花，一年四季都开花。苏联《真理报》的记者才来。他说佛子岭开着五颜六色的花，真是一个大花园！这还是小事，水库修好了，让水听人的话，不会再为害了，还把电一直送到合肥来。水库也变成一个游览区，到那时候，去的人还要多呢！”

听他说到这里，我忍不住抢问他一声：

“小同志，那么明天我们的车票买得到吗？”

“同志，你们放心，我们是一切为佛子岭水库服务！旅客多了就加车，没有问题！”

他说得那么肯定，那么有把握，倒显得我们的顾虑是有些多余的了。事实也说明这一点，我们的票子晚上就送到了，第二天清早我们就坐上了到佛子岭去的公路车。蒙蒙的细雨，盖住了尘土，汽车愉快而迅速地向前飞奔。

当汽车在第一个站停下来的时候，坐在最后边的一个乘客大声地说：

“司机同志，我们都是到佛子岭去的，沿途用不着停了。”

司机转过头来微笑着，轻轻地说：

“我们是在办手续。”

这时我看到我的身边坐着的是一个三十岁左右的农村妇女，抱着一个不满周岁吃奶的孩子，身前偎依着一个四五岁的小女孩。这个妇人很健壮，粗胳膊粗腿，一张红润的大脸上生着一对大眼睛。态度很安详，好像坐在自己的屋里一样。孩子闭着眼睛吮吸着奶汁，他的小脚轻轻地蹬在我的腿上。她把孩子的腿拢过去，对我含着歉意的微笑。

“不要紧——你是从皖北来的吧？”

“不是，我们是从湖南来的。”

听说是从湖南来的，我吃了一惊，心里想着她已经走过三省的土地了。我不由得带点惊讶的口气说：

“湖南来，走了好远的路！”

“都还好，只走了七天——”她仍然是平静地回答着，“从湖南到汉口，搭船到了芜湖，又从芜湖坐火车到了合肥，今天又坐上了公路车。”

她的叙述，好像是从村前走到村后，一点也不像千里的路途已经在她的脚下跨过去了。

“你也是到佛子岭去？”

“可不是，孩子的爸爸今年春节就写信来，要我们来。他说：‘来看看吧，我们就要胜利完工了，再过几个月我们又要到别的地方去。’可是那时候田里的活还没有搞好，屋里又没有人手，天气又冷，带着两个孩子上路总归有些不方便，就一直拖到这阵。本来我们不想来了，可是想起他的信里说得那么热闹、那么好，我想还是来看看吧。嘿，春天都快完了，快赶上夏天了！”

“他知道你们来吗？”

她笑了笑：“这回他不知道，——可是我也快走拢了。”

“他做什么工作？”

“他是起重工人，他的名字叫刘顺起。”

这时不提防坐在前一排的一个瘦瘦的工人，扭转头来，好像自己的亲人那么高兴，大声地说：

“你就是刘顺起屋里的人，怪不得我看着有点面熟呢，老刘早把你的相片给我们看过了。我们是同组的，我叫杨成金，才回家去看了一下。哎呀，刘大嫂，那阵他等你可等得心焦！当是你不来了，就把屋子让给才结婚的小姚，你们这阵又来了！——怎么搞的，这个孩子没有座，坐到我这里来吧。”

杨成金把站着的孩子拉过去，抱在自己的膝头上坐着。

“去吧，去吧，到杨叔叔那里去吧，——”她平静地吩咐着那个微微有一点忸怩的孩子，接着又静静地说，“那怕没有地方住了吧？”

“不怕，不怕，总有你们的地方。真的没有，两三天包给你起一座小房子。到了工地上，还不是和自己的家里一样嘛！”

“杨同志，当心点，这孩子坐车坐船还有点不惯，怕有点晕。”

“不要紧，我给她糖吃，她就忘记坐车了。看看外边的景致，多好看呵！到了我们佛子岭，还要好看。单那座连拱坝，就一辈子看不够！佛子岭的春天，真是再漂亮也没有了！”

正说着，汽车下一个小山坡，孩子哇的一声吐了。

“你看，你这孩子，不会忍住点，吐了别个一身，快过来吧！”

“不要紧，不要紧，才坐车子，这个汽油味道闻不惯，大人有的也吃不住。”

杨成金一面掏出手帕来为孩子抹嘴，一面解说。司机助手把一个水壶送过来，这可使坐在角落上的老太太着急了！

“别喝水，喝水还要吐，我这里有晕车的药，吃点就会好的。”

说话的老太太总有七八十岁了，穿一身蓝，还包了一块蓝头布，满脸的皱纹好像刻出来的。她从怀里掏出一个小纸包，由乘客的手上一个一个传过来。

“不要紧，吐出来倒舒服些，这阵还用不着吃药，您老人家收起来吧！”

“给她吃吧，这是俺孙媳妇给俺的，她说：‘奶奶，从咱山东到佛子岭，又要坐火车又要坐汽车，怕晕，我找点晕车药，是咱村劳模到北京开会时候带来的。’俺揣在怀里，走了几天路也没有用过，怕用不上了。孩子吐，吃下去管保顶事。”

“谢谢老奶奶吧，这一路都是大家帮忙，不然的话，拖两个孩子上路，也真有点淘神。”

“可不是，俺一出了家门，倒真的当了老太太，处处搀俺扶俺，在火车上，同志不要俺走上走下，把东西买来给俺送到嘴边。毛主席真是领导得好，人人都变好了。坐上汽车，一位部队同志还把前座让给俺，怕俺坐在后边颠得慌。说真的，俺活了八十一，劳动了七十多年，受了一辈子的苦，俺还硬朗着呢！”

她高兴地笑了，她那铺满皱纹的脸就显得短些，皱纹更深了些。

“真不容易，就是咱劳动人民才有这身子骨儿。您老人家到佛子岭去看谁啊？”

“俺去看俺的孙子，他爸爸让国民党杀了那年，他就革了命。前年他到了佛子岭，在水利师当干部。他打信捎钱，要他媳妇带孩子来看看的，说他就要学习去啦。他媳妇也是个党员，村里事忙，来不成，俺就说俺来吧。邻舍的人都说这么大年纪了，又没出过远门，怕呛不住；俺说，怕什么，鬼子敌人咱都不怕，这阵有什么怕的？俺也要开开老眼，看看‘社会’，外边还不和家里一样。没想到，外边比家里还强！”

“老奶奶，您老人家姓啥？”

“俺姓李，俺孙子是李贵祥，——”

“原来是我们教导员的奶奶！”

坐在最后边的战士听到了，很兴奋，生怕她看不到，就在他的座位上勉强站起来。论年岁，论辈分，她都该是他的祖奶奶了。

“李教导员就是我们区队的，我是张金明，他是我的老上级，您老人家有事尽管让我干吧！”

“噢，原来就是你！”她擦了擦眼睛望望说，“就是你把好座位让给俺的。倒让你坐到后边去了。”

“那不算事，不要说是教导员的老奶奶，就是老百姓的老大爷老大娘，我们也该让的。”

正在这时候，杨成金手里抱着的孩子又吐了，他的手帕已经不中用，他就用手揩抹。一个戴着大学校徽的乘客，递过去两张报纸。

“谢谢你，不要紧，前边就要停车吃饭，休息一下就会好的。”

他对这条路很熟悉，果然不久汽车就在官亭停住了。

大家一个一个地下去，坐在后边的战士，跑到前边来，把老太太也搀下去了。

“这小伙子，真结实，就像俺贵祥年轻的时候一样，还没有娶媳妇吧？”

“没有，”他还有一点不好意思地回答着，“我们还谈不到这个问题。老奶奶，您要吃什么，我给你去办。”

“我不吃什么，我还带的有干粮呢，都是俺那孙媳妇给备好了的，弄点稀的喝就成啦。”

当我走下车的时候，车里已经没有人了。我捡了一个茅棚边的长凳坐下，摆摊的人为我送来一碗鸡汤、一盘卤鹅、两个馍。我想起一个资本主义国家的代表到佛子岭来，看到一路都有鸡吃，还以为特意为了欢迎他们才杀这许多鸡的，他想不到我们广大的土地是这么丰富，什么都生长得又多又好。

那个戴大学校徽的人，正坐在我身边，我看清了，是四川大学的。这着实使我又吃一惊。

“噢，你们是从四川来的！”

“就是，我们是从成都来的，还有一位同志是陕西咸阳西北工学院的，我们都算得上是‘远客’！”他很健谈，跟着他就说出来他姓李，那个姓赵，他们都是“先头部队”，学校里的同学和教授跟着就要来，一共有三百多人。

“——我们都是水利系的，到佛子岭来实习，这是再好也没有的实际大学了！毛泽东时代的青年真幸福！说老实话，过去我们的理论与实际脱节，还不是反动派搞的。他们不干，也不让我们干，只好闷在教室里读死书，闹的读完了书，就只有书本一套，连个小零件也认不得！出了学校什么都做不起。今天人民政府什么都想到了，跑上几千里路到这技术性最高的连拱坝实习。将来毕了业，立刻就可以参加社会主义建设。”

正在这时候，又来了一辆中型卡车，走下来十几个人，都戴着医学院的校徽，恰巧有的坐到我们这里。谈过两句，知道他们是到佛子岭研究阿米巴痢疾，帮助佛子岭的医务工作者，做好预防和医疗的工作。

“你看，政府对于工地的工人是多么关心，派这么多人来！”

摆摊的汉子却接了腔：

“这阵人还来得少多了，因为工程差不多，一两年前，成天不断地跑大卡车：运工人，运机器，运材料……我们这里可热闹哩！东西赶不上卖，同志们来了有时连座位也找不到！——同志们，你们该上车了，车站在吹哨子。”

我们付了钱，又上了车。这时，天放晴了，阳光把山野、树木、房舍照得发亮，雪白的鹭鸶一只脚独立在水田中央，傲岸地偏扬着头东望一眼西望一眼，等到我们的汽车一发动，它一惊就飞上了天。

车窗外的景物，不断地从眼角溜过去，我由于饭后的慵懒和赶早的疲乏，汽车的声音渐渐小下去，景物也逐渐模糊，终于什么都看不见也听不见了。可是司机同志兀自保持着高度的清醒，稳妥地掌握着方向盘，把我们迅速而安全地载向佛子岭去。

一直过了霍山，大家又都紧张起来。来过的人，知道没有好远就到了；没有来过的人，以为就要到了。有的人甚至心急地自语着：

“怎么还望不到佛子岭呢？”

一个来过的人搭着腔：

“不要急呵，不是山挡住了嘛！要说心急，我们该比你们更急，离开了佛子岭就想回来，一天望不见连拱坝，就好像要害病似的，这个味道，简直说不上来！”

“那你将来就在佛子岭安家好了。”

“在这里安家？祖国到处都是家。再有几个月，工程完了，我们就要转到别的地方去。治好了淮河以后，我们还要参加修黄河，让那条老龙也乖乖地为人民服务。——不管怎么说，眼前佛子岭总是一个好地方。”

这时，另外有人指点着窗外的山坡，大声地说：

“你看，你看，那红的是杜鹃，紫的是藤萝，黄的——黄的叫什么，我说不上来，和杜鹃一个样，就是花朵大些，不好放在鼻子上嗅，说是有毒的，就叫它黄杜鹃吧！白的是野蔷薇白绣球，兰花一眼可看不见，只闻得出它的香气。这些花，我们佛子岭都有。顶出名的是春兰秋桂。到了秋天，漫山遍野多的是桂花呢。那香味呵，——真是又香又甜！”

汽车三转五转，闯进了一个小小的市街，西边是一排新茅草房，还没有走近，汽车就停了。我看了看，原来是梁家滩。看到我们迟疑的样子，一位同志就说：

“佛子岭离这里还有三公里，汽车原来到打鱼冲，就是连拱坝的脚下，现在只开到此地为止了。”

“那我们怎么走呢？”

“只有大路一条，大家都走这一条路，不会错的。”

我们下了车，松松身腿，背起简单的行装。那个杨成金，一吆喝，叫来了几个在街上买东西的同队工人，不但背上了母子们的行李，四五岁的女孩背到身上，连她手里的孩子也抱过去了。那个八十岁的老太太，由那个军工搀扶着，慢慢地行走。他的身上背的行李像一座小山，手里还拎了一个花包袱。

我们初来的人，无形中就跟定了杨成金和他的同伴们，杨成金好像回到了老家，他显得像孩子过节般的高兴，不断地指手画脚地说着。才走出市街，他就指着面前的一条河说：

“这就是淠河，你们看，这阵它的水又清又浅，发起水来可吓死人，——”他又指点着河边停着的狭长的、两端翘起的黑竹筏和我们说：“不要小看这些竹筏，当初公路没有建起，我们的机器和器材就是它拉上来的。现在到梅山去，它们还要拉一部分器材。”

“现在大水也不怕，我们的坝把它挡住了。你看那边不是有两座桥，一座浮桥过人，一座木桥过斗车。水大了，浮桥就拉开，木桥可没不了。我们的沙石要从这里运上去，一刻也断不得——”

正说着，身后有汽车的声音响，我们侧身一让，看到原来是那些医务工作者的包车过去了。

“你们看，那下边的许多妇女，就是搞沙石的，都是些工人眷属，她们是我们的沙石队，也是参加连拱坝工作。刘大嫂，你安了家，孩子有人带，也可以来，看你的身体是一个好劳力。”

刘大嫂笑笑，低低地说：“我怕住不长呢。”

“住不长？到了我们佛子岭的人都舍不得走，就是走了也还要转回来的。要走，大家一道走。再说，老刘也不会放你走。你看，这边是小学，那边是医院……”

杨成金不但随时介绍情况，还不断地和相识的人打招呼，忘不了说一声：“这是咱们队的刘大嫂，刘顺起屋里的人。”

转过一个山头，他兴奋地说：

“瞧，那就是咱们的连拱坝，你们看，多么气派！几天不见，又高了好多哩！你看那上面飘着小红旗，就是说已经提前到了顶。——小朱，咱们的拱到顶没有？”

他把话头转向他的同伴，二十岁不到的小朱，开玩笑似的说：

“你真老糊涂了，才走不到五六天就到顶，照你这样想法，老早就完工了！”

“你这个小家伙，一点也摸不透别人的心，——”他转过来又向我们说：“同志们，你们到指挥部去，朝直走。只有一条大路，那里有招待所，我们要从这里下坡过河了。我们住在河东。到这里来，咱们就是一家人，没有事到我们队里来玩。我们是起重队的，我们一天不在工地就在宿舍，就找我杨成金好了。”

我们望着连接着两座山的一面高坝，像许多巨人紧挽着膀子矗立着，苍鹰在那周围盘旋；那上面蠕动着细小的人形，就是他们日日夜夜，不管大风大雪把这庞大的连拱坝从河底几十公尺的花岗石上造起来的。被管住了的水从闸门流出来发出的怒吼，盖不住钢铁机器的有节奏的巨响。在河的两岸，不断地上下跑着斗车，轰轰的声音，从铁轨上一直送到很远的地方。我们好像面对着一个虽然陌生而一直热望着的亲人，它们已经站在那里迎接我们。不但是今天，就是千百年后，它们也一样挺立着，挡住背后五亿立方公尺的水湖，迎接着到佛子岭来的人。

我们的心中充满了无限地惊奇、喜悦和幸福，毕竟在我们的眼前看到了万人的伟大的创造，战士、工人、农民和知识分子共同劳动的成果。我们不由自主地和所有的人，加紧了脚步，沿着傍山的大路向前走去。

一九五四年五月三十一日，佛子岭。

原载《文艺杂志》1954 年第 7 期

在柴达木盆地

李若冰

到了柴达木

从事地质勘探的人，哪一个不对柴达木盆地感到浓厚的兴趣呢？哪一个不对首先能去柴达木盆地的人觉得羡慕哩？我们在人们羡慕的目光中出发了。

这是一个秋天特有的清朗的日子。从玉门油田出发到敦煌，只用了一天的时间。这条道路是平坦的、宽阔的，开车的人和坐车的人都喜欢这一条路。可是，从敦煌到柴达木盆地，却是一条艰难的道路。从敦煌走的那天，天上洁白的云朵联结成一条长长的银河，好像千佛洞里展翅翱翔的飞天壁画，又像一把秀长的利剑，它穿过了祁连山，一直地飞向了西北方。

通往西北方的道路是荒凉的。一个人也看不见。前面，不是沙漠，便是戈壁。那被风沙吹起的小沙丘，和戈壁中孤独低矮的小树，时常会叫人迷惑一阵子。有时候，突然，眼前会闪过去一群惊慌的黄羊儿，它们飞跑着，白色的尾巴像小流星似的。有时候，一群野骆驼横立在道路上，痴呆地瞭望着，当人要接近的时候，它们才摇摆着头，拖起步子，向山野里迅速却又是很笨拙地跑去。每天，我们总是怀着美好的想望，行走在崎岖不平的道路上，憩息在空旷的滩地里。我们走了一天又一天，什么时候才能到柴达木盆地呢？什么时候才能看见一个人哩？在这里，能看见一个人那该多好呵！

“这就是柴达木，我们到了柴达木了！”当我们在第四天，翻过了一架沙山，穿出山峡，眼前显出了一片无边无际的大沙漠的时候，这句话就像电流般从一个车上传到了另一个车上。人们欢腾了。人们谈论着，喧嚷着，都贪婪地睁大眼睛向窗外瞭望着。那个酣睡的人，没等人去喊，不知道怎么就醒来了，嘴里还咕哝着：“到啦？”就把头一下子伸出到车窗外面去了。

这就是柴达木，我们勘探人们日夜想望着的柴达木：她袒开胸膛把我们拥抱了。柴达木的天空是明亮的。在万里茫茫似海的盆地里，笼罩着一层薄薄的云雾；云雾像鹅绒般轻轻地飘流着。透过云雾，在盆地的南方，矗立着昆仑山；它气势雄伟，戴着银盔，披着银铠，真像一个老当益壮的将军。在盆地的北方，屹立着阿尔金山；它脸面清秀，俊俏英武，显得非常干练可爱，很像一个年轻有为的少年。这两座山是多么好，又是多么不同呵！

这时候，已是黄昏。金色的霞光，照耀着柴达木盆地。昆仑山和阿尔金山穿上了节日盛装似的，特别动人。在两山的中间，阿拉尔的小草原的青绿的草花，在微风中飒飒细语；雁儿迎着霞光，在草地里高傲地漫步。就在雁儿漫步的草原旁边，巍然突出着一座庄严的城堡。这座城堡呈四方形状，约有四亩地大小；堡子里面的房屋，全是用土砖块和细小的木材筑成，在寝室里盘着可以烧火的土炕和长方形的土墩子写字台；而城堡的围墙则全都是由人工用沙土垒筑起来的。确实，这座城堡是粗糙的、简陋的。但是，它在柴达木盆地是破天荒的，是一个真正的奇迹。这个奇迹是由我们的人民战士们创造的。这些人民战士们，是一九五〇年进入柴达木的。他们在海拔三千多公尺的山路上，忍受着千辛万苦，忍受着饥饿严寒，迎着黄黑色的大风暴，消灭了乌斯满匪徒们，就驻守在边疆上，捍卫着这一片土地。这座城堡就是他们的营房。虽然，他们不是用钢骨铁筋建筑的，但是，他们却是用着钢骨铁筋般的意志给柴达木竖立起了一座幸福的灯塔。那个以放牧和打猎生活的老人，他是我们的向导；当他和我们一块看见了这座城堡，他的多纹的脸上出现了怎样惊讶的表情呵！他嘴里讷讷着。

群雁在霞光中抖擞着翅膀，悠扬地从草地中飞起。它们穿过了阿拉尔城堡，排着字儿升上了天空。它们呼唤着，歌唱着，为什么声音里充满了那么多欢乐？莫不是它们为着在盆地里有了我们勘探人们作伴，生活着不再寂寞、单调？莫不是它们喜欢这个黄昏的时光，好去追恋那奔流在昆仑山下的尕斯库勒湖？呵，尕斯库勒湖有多美哩！她穿着银色绸缎般的衣裳，闪着珍珠似的光亮。这是多么好的一条湖！在柴达木，尕斯库勒湖会唤起人们多么丰富的欢乐、力量和想象呵！

这就是柴达木，我们祖国的柴达木；这也就是世界驰名的柴达木。谁走到这辽阔的土地上不觉得骄傲，不觉得自豪呢？今天，也只有在今天，生活在毛泽东时代的人民，才真正赏识这丰饶的有待开垦的处女地。我们的人民，按照毛泽东的计划，开始了柴达木盆地历史上从未有过的第一次大规模的地质勘探事业！

葛泰生和他的伙伴们

我们和中央石油管理总局局长，总局所属各局局长们，以苏联地质专家安得列依柯为首的专家工作组及中国地质专家们，从阿拉尔城堡，走进一条漫长的山谷之中。

在山谷中，我们观察了一系列的地质现象，又向一座陡而高的山上爬去。率领我们的是我早在酒泉盆地相识的青年地质专家，现在是柴达木地质大队一〇一队长葛泰生和技术员们。本来，在海拔三千公尺左右的山谷中走时，气压很低，人的呼吸已觉得困难；再向山上爬，呼吸就更觉得困难了。可是，葛泰生却轻快机敏地向上爬着，一会就站在山岗上了。人们一个个爬上了山，就倒在山岗上，舒展开双腿，好让呼吸通畅一些。这座山，海拔三千八百多公尺。你站在山岗上，瞭望着远方，会再一次感觉到柴达木的广大和美丽。那尕斯库勒湖像玉带一般，和昆仑山间飞出来的云雾一起，围绕着盆地流转。那重重叠叠的山岭，真是山山不断，岭岭相连。每一座山岭上，都有着无数的小小的沟道；那小小的沟道就是勘探人工作的痕迹。我们的勘探人，自从一九五四年春天进入了柴达木，不知爬过了多少山岭，走过了多少路程，尝受了多少艰难，挖掘了多少岩石，鉴定了多少良好的储油构造呵！

这天晚上，我们就歇息在高山下的一条沟道中。我和几个人睡在葛泰生队长的帐篷里。夜很静。间或，只能听得见风的呼啸声。人们都很疲劳，闲聊了一阵，就倒头呼噜噜地酣睡了。我也很累，可是却久久地不能入睡。在这静静的夜晚，我多么想和葛泰生谈谈哩。我们已有一年多不见面了，该会有多少话好说呵。可是，今天见了面，没说上几句话，就爬山，看储油构造，连一点空时间也没有。现在，他就紧紧地靠在我的身边，我发现他也没有睡着。我轻声问道：“你还没有睡着？”他也轻声说道：“没有。你也没有睡着？”

葛泰生是一个多么好的青年，我隐藏不住对他的爱。我们睡在一起，虽然不能去惊醒别人，畅心地谈些什么，但是，他在我的心里是怎样清楚的一个人呢。他是江苏人，今年二十三岁。他的身材细长适中，脸庞清秀英俊，留着偏分头发。他很会吹口琴，也很会唱一些抒情的歌曲。他是清华大学学生。一九五二年，当他从清华园走出来的时候，他在团的面前，在祖国的面前，选择了勘探西北戈壁滩的工作。他先去陕北实习，以后就来到酒泉盆地；我们便在那里相识。他在工作的道路上，从不畏惧困难，总是勇往直前。在一九五三年中，他率领着一个普查队，跑遍了酒泉盆地西部广大的区域，出没在祁连山里和风沙弥漫的戈壁滩中；在一百五十七天中，普查面积达到一万六千八百多平方公里；工作质量合乎标准。而且，在工作中和同志们共同研究，创造出用望远镜卡距离的方法，克服了因轮距仪损坏而影响工作质量的困难。他这么努力地工作着，心里是怀着一种美好的向往的。他希望着他和他的同行们的工作，会唤起戈壁滩的欢乐、微笑和神话般的变化。今年，他又离开了自己热恋着的爱人，虽然是依依不舍，但并没有哭泣；他在酒泉盆地从事地球物理勘探工作，他怀着为祖国的忠心及勇敢的气概，跨进了柴达木盆地。同时，我也不会忘记，当他跨进柴达木的时候，又怀着怎样尊敬的和激动的心情，向中国共产党支部提出了入党申请书。他希望做一个共产党员。在实际的生活中，在具体的斗争中，他越来越感到一种需要、一种力量，这就是党。他认为自己的成长、自己的思想和对生活的热望及勇气，都是党给予的。他要求党教育他，考验他。他说："我的缺点很多，需要党教导我。"

夜已深了。他睡熟了。在这个小帐篷里，我清楚地听得见他的平缓均匀的呼吸声音，睡得多甜呵！我想，这个青年人，从他走出清华园那天起，就一直奔跑在荒山、草原和沙漠、戈壁里该多辛苦呢？可是，他和我以往的谈话中，始终都是那么乐观、愉快和充满着幸福的感情。他在常年的地质勘探生活里，已经学会适应一切困难的环境。他能啃干馍，能喝苦水，会爬高山，会鉴定岩石，会独立地接受国家任务和独立地带领一个队到偏僻的地区开展工作。只两三年的光景，他和在学校时已经有多么大的不同了呵！今天，我看见他的时候，要不是他的坚实的步伐和谦逊的笑容，都几乎认不出来了哩。他的脸面，完全变成了铁红色，真像刚从熔炉中炼出来似的，还闪闪发光呢。本来，他的眼睛是深凹的，长得很漂亮，现在陷得更深了；但却放射着坚毅的逼人的青春火焰。

柴达木比起其他勘探区域来是要更艰苦一些的。柴达木真像是被太阳晒干了似的一个沙漠和戈壁交会的地带。这个盆地纯属大陆性气候，一天内，冷热变化可以相差到四十度左右。这块土地是干涸的，荒芜的。同时，缺水缺柴给工作造成了很多困难。在这里，人们吃喝的是苦水或咸水；就是苦水和咸水还得用骆驼从很远的地方运来。骆驼因不服水土，时常会在半路上倒卧下去，人们就得时常挨饿；骆驼死去了，就得由人背水和背柴背粮送给在高山和荒漠里工作的人。柴达木的春天是一个风暴的季节。夏天和秋天之间是大蚊虫和牛虻逞凶的季节。在这里，流传着大风暴把羊儿吹上天空的故事；也真有着大蚱蜢咬得骆驼和马儿背上流血和嚎叫的事情。人在这里生活着是要受煎熬的。但是，人能胜天；人正在征服着大自然，大自然会驯服下来的。葛泰生噘起嘴，很有风趣地对我说："要在六七月呵，蚊虫多得一巴掌可以打到十几个哩！"或者，就在这种生活中，他还经常唱着他和他的爱人都喜欢的一首歌曲呢："你呵我的大地，辽阔的大地；你呵我的大地，辽阔的大地！……"

在葛泰生队停留的第二天，我还拜访了队上的警卫战士们。

中午，我被一片快乐的歌声吸引，走进一个小帐篷里。帐篷里有三个战士；两个人合捧着一个歌本唱着，一个人趴在铺上写着什么，嘴还随声哼着。帐篷沉浸在歌声里。他们唱得入迷了。我走进去站了一会，他们还没有发觉。我看着这种情景，心里很兴奋。他们的谈话是谦虚的。每个人都晓得自己工作的意义。在谈话中，我偶尔在桌上发现一个日记本；日记本的封皮上端端正正地写着"刘守彬"的名字。我问："能看？"一个面庞黑红，穿着显然是被山石刺破的黄棉军装的青年战士含羞地说："能看。"我一翻开本子，就先看到一首诗。他写着："英雄的部队驻在柴达木，恶劣的风暴挡不住英雄；没有战胜不了的困难，任何困难挡不住英雄。"我抬起头，不由得看了看这位战士。他的日记写得很好。让我直接摘录下来一段：

前面有一个很深很狭的崖头，从哪里走都上不去。我穿着皮鞋，把大枪背上，两手抓住石壁，用皮鞋后跟蹬出窝窝；爬到山腰里，忽然一块石头从脚跟滑下去，手没抓紧，咕噜把我滚下山去了。我的腿上擦了一层皮，流着血，一点也不觉得疼。枪也沾满了土和沙子。我向黄正芳要了个地质锤，爬一步，挖一个窝窝，再踏稳脚跟，手抓结实，用最大的力气才爬上去了。我到了山顶上，又用绳子把下面的人吊上去。……

读着这段日记，我们做何感想呢？这是在柴达木的人民战士和勘探人们的工作写实。柴达木的工作，锻炼着每一个人；也在他们的生活中在祖国的伟大建设中，用地质锤留下了深刻的印记。刘守彬在学习文化中，在作业造句里，还有着下面这样的句子："迷失：——王进喜到葫芦沟迷失了方向，找不到帐篷了。""昏昏沉沉：——我下山时，山上的石头把我绊倒了，摔得昏昏沉沉的，什么都不知道。"战士们克服着困难，兢兢业业地担负着警卫工作。就在夜晚下哨后，他们还是很关心伙伴们，看见哪一个帐篷里，哪一个人被子没盖好，便给拉着盖好；哪一个人铺盖薄，便把自己的被子给盖上。就在早晨出工前，他们把每个水壶都给灌满开水，还给上山的人把馒头都烤好了。就在山上工作的时候，他们还自动帮助背仪器、扛标杆；还自动去背水背饭送给山里工作的人。刘守彬在八月十七日的日记上，又有这么一段话："我们背水时，遇到很多困难。爬陡山，脚爬，手也爬。爬上山，浑身是汗，心窝都挣得疼，腿也酸痛的；但丝毫没讲二话，我们克服了困难，完成了任务。"这是一些怎样的人？这是多么值得我们自豪的人民战士呀！战士们最先把五星红旗插在柴达木。接着，他们没有一点休息，又以英雄的姿态，参加了柴达木的地质勘探工作。我对战士们说："你们辛苦了！"他们齐声庄严地说："为人民服务！"刘守彬还攒劲地补充说："柴达木没啥苦的。就苦吧也没啥。只要柴达木开发了油田，这比什么都好。现在，咱们的国家，就是要把苦焦的地方变成人民的乐园！"

我从帐篷走出来，心里怀着尊敬的感觉。这时候，我又看见一位年轻的炊事员，他正在从帐篷里把每个人的铺盖抱出来，迎着阳光，打开搭在帐篷的绳子上。这位炊事员的行动，马上使我联想到昨天晚上睡在帐篷里，底下铺着厚毡，又铺着厚褥子、毯子和床单，还觉得潮湿、渗凉的情形。他的举动很自然，很安详，好像把每个人的铺盖抱出来晒太阳，是他应该做的本分的事情。柴达木的生活，把人们的感情紧紧地拉在了一起，人是多么友爱呵！我看着，正准备帮着抱铺盖晒太阳，炊事员却端来满满的一茶缸开水，递在了我的手中。我端着开水，手觉得是暖和的，心也觉得是暖和的。这是多么珍贵的一杯开水呵！它不知道经过了多少路程，又不知道是哪位同志从阿拉尔背来的。我想起了这里的勘探人，为了节省水，用沙子洗碗洗筷子的事情；我也想起了一缸水，怎么使一个干渴得昏倒的人苏醒的故事。现在，我是渴了，我端着水一口一口地慢慢喝着，想着。

葛泰生和他的伙伴们，正像青年战士刘守彬说的，克服了很多困难，同时也做出了很大的成绩。我还听到这样一个故事：有一次，葛泰生和几个技术员，去普查一个偏远的地区。他们啃干馍，喝冷水，在大荒漠里走了几天，才摸索着找到了目的地。他们工作完结以后，吃食和水都要用完了。当他们往回走的时候，骆驼忍受不住沙漠的饥寒，已经有好几头困死了。在大荒漠里，连向导都转了向，迷失了道路。其实，哪来道路呢？就是有道路，还不是我们勘探人踩踏出来的吗？他们怅惘、饥饿、寒冷、困倦，该向哪里走好呵！要是再耽搁几天，人就会支持不住的。但是，他们没有失望，他们仍然不分昼夜地走着、摸索着。终于，他们回来了，还带回来使人振奋的大块的油苗、沥青和寻找到一个储油构造的消息。他们就是这样工作着。就是这样在和大自然的斗争中寻找着快乐、幸福。在柴达木，只葛泰生和他的队已勘探了三四个储油构造了。可是，你要问葛泰生，他会谦虚地说："我们做得还太少了！"你再要对他们说："你们真是辛苦了！"他们会摇着头说："不，不苦！很好，很有价值！"你看，我们毛泽东时代培养出来的青年，就是这样的人：他们喜欢劳动，把劳动看作最荣誉最光彩的事情！他们不畏困难，不惧艰苦，把承担艰苦困难的工作看作最豪迈最美丽的事业！

油砂山

我们爬高山，走沙漠；看一个构造，又看一个构造，心情一直是振奋的。但是，当我们离开葛泰生队，跨入一座深山里，迎面吹过来一阵浓浓的油味时，我们的心情已不是振奋所能表达得了的，而是完全被极度的欢乐溶化了。我们已跨入柴达木最出名的油砂山里了。

抬头看，你的眼前显出的是一座峻峭的高山。山岭突出险要，像钢刀般插入天空。山呈黑红色和紫黑色。你无论走到哪个地方，都可以顺手取得油砂；每一块油砂，都可以闻到甜美钻心的酥香。在它的南前方，可以瞭望到白雪皑皑的昆仑山和娴静的尕斯库勒湖流。在油砂山山脚下，整齐地排列着一行一行的帐篷和蒙古包，好像一大群小绵羊似的，又像一处白色的市镇，这就是勘探柴达木的人们的大本营。自从有了这个大本营，柴达木仿佛得到了最纯洁最动人的爱情，变得年轻、豪放、快乐；油砂山获得了新的生命，不再那么拘谨，那么羞涩，敞开胸怀放射出动人心魄的芳香。

呵，油砂山，你多可爱呀！你给我们勘探人灌注着甜蜜的奶汁，你使我们更深地了解了勇敢的意义。就在你的周围，我们勘探人不知洒下了多少汗珠，留下了多少脚印。我们向上爬呵爬呵，你好高哟！我走到山腰，憩息在你的怀中，尽情地享受着你的芳香。我极目眺望着远方，想把你的美丽和我尝受到的幸福，传达给我的亲人和朋友们。我在手掌中搓揉着紫黑的泥土，仔细地观察着那险峻的山岭，又不能不想起那个英勇的故事：就在那最高的山岭上，曾经爬上去过我们的一队人。这一队人中有我的老相识测量技术员刘承昌，他虽然见了女同志就脸红，爬起山来却是勇猛的。但是，这座高山不是好爬的；就因为它又高又陡，很不好爬，人们给它取了个名字，叫英雄岭。意思是说，谁能爬到岭上去，谁就是英雄。这一队人，为了给详查工作创造条件，担任着调查地理环境和交通情况的任务，开始往岭上爬了。一清早，他们穿过了又黑又狭窄得只能钻过去一个人的深长的峡谷，就一直向着没有路的陡崖，一会踩着尖刀似的砾石，一会踏进松软的砂石；被大蚊虫咬着，被大风刮过来的碎石打着；手爬，脚爬，用脚蹬着小窝窝爬；有时被顽石绊倒，有时从山上摔下来，总是不回头，向上爬着。谁能摧折他们的意志，谁能阻挡得住他们呢？他们爬上去了。他们站到最高的山上了。傍晚，当金色的霞光辉映着山岭的时候，他们在岭上吹起口琴，唱着歌，庆贺自己的胜利。夜晚，他们就用老羊皮裹着身子，窝在山峡里。第二天，他们开始工作了。可是，谁知道，下午，山野怒吼了。人们上来了，就不能下去。这一队人围坐在一起，抵抗着风暴。不一会，山岭上又落雨了。雨呵，下着，下着，你要把人怎么样呢？几个人用一张油布顶在头上，这管什么事！一张油布能顶得一昼夜的雨吗？雨下了一昼夜，人们只能背靠背坐一夜。刘承昌和他的伙伴们，因为疲劳的缘故，不管衣服已淋透了，都还饱饱地睡了一觉哩。天亮了。人们醒了。太阳出来了。可是，大家都成了泥人，脸上五光十色的，多好笑哟！他们是英雄。他们多好呵。他们完成了任务，为以后上岭的人做详查工作创造了好的条件。

整一天，我们忘记了疲劳，一直在油砂山里周旋着。黄昏，人们才怀着满足的心情向山下走来。在山腰间，有一架手摇钻机，发出隆隆的吼声，和工人们的喧嚷声交织在一起。工人们忙碌着，拉着纤，操作着钻机，就像一下子就会把地壳揭开来，打出来宝贝似的。虽然，因为柴达木交通不便，用水困难，水源正在勘探中，只能暂时使用这种原始的落后的手摇钻机；但是，就是手摇钻机空前的第一次冲破了柴达木的沉寂。它的声音使山岭苏醒，使大地复活。要是过些天，用载重卡车运来许多庞大的钻机，柴达木不知道会怎样狂欢哩！

我们向山下走时，还看见一伙人，他们是两个背水组。这些背水的青年，肩膀上都搭着一块厚垫子；有的人垫子磨烂了，肩膀上都暴出了棉絮。每天，他们要从山下一个名叫棕扎哈苦泉水的地方，往山上来回背三四次水，供给钻机使用。自然，这种工作是艰难的。我问一个青年："哪里人？"他说；"敦煌。""读过书吗？""中学。""工作得怎么样？""好。很快活。我们还和钻井组挑战哩！我们保证一定把钻机用水供上，他们保证一定要进尺快，争取早日完成任务！"你看，在柴达木，不做什么工作的人，都是这个样子：他们尊重自己的工作，并在不断改进自己的工作，尽量地在开发柴达木的油田事业中贡献着自己的一分力量。

我们下了山，就憩在勘探人们的大本营里。这是个指挥部，各工种队就从这里接受指示、任务，向柴达木四面八方进军。大本营里还有敦煌贸易公司运来的各种货物；你要手巾，还是要香皂？你要牙刷，还是要衣裳？你愿意吃鸡肉罐头，还是喜欢吃红烧猪肉罐头？都有。我转看了一阵，觉得身上渗凉渗凉的，就走进帐篷里去了。

这时候，突然，帐篷外面，人声嚷嚷，有人喊道："快，看野马！"我又转身走出去，外面已有一大群人围了一个圈，看着从骆驼身上拉下来的两匹野马。原来，就在我们看油砂山构造的时候，那个做向导的哈族青年木斯达法，骑着骆驼到昆仑山里打野马去了。他们打野马是为着自己吃，也是为了让苏联专家们和勘探人们尝尝野味。野马肉很鲜，很香，吃着和炖的牛肉一个味，只是肉粗些，肥得厉害，吃多了，一天不饿，净想喝水。哈族兄弟是很热情的：只要做好了肉，你不吃，他们是不乐意的；你吃了，他们很高兴；而且在你吃饱了以后，最后还用手抓起一大块瘦肉和一大块肥肉，亲自塞进你的嘴里才完，他们说："这是我们的礼节！"勘探人们不知道吃了多少次野味了哩！在柴达木当向导的和做运输工作的人，有蒙古族、哈族和维吾尔族的老人和青年们，他们都善打猎，经常打黄羊和野马慰劳勘探人。在吃食遭遇困难的时候，野味就成为主食了。现在，他们有的人还正在山里和勘探人一起奔跑；有的人就住在大本营，准备接受任务出发。他们和勘探人生活得很热火，很融洽。他们都懂得勘探人的工作会给自己和各族人民带来美好的生活；因此，他们离开了妻子儿女，整年不辞劳苦地随勘探人们一起奔跑着。

夜。一个多么美丽的夜晚呵！柴达木各工种的队长们聚会了。我看见了青年重力专家张得经，他的身材高大，说话声音低哑而又风趣；他的脸面盖着厚厚的一层灰尘，据说他是成月成月不洗脸的；但是，由于他的领导，重力勘探队却是以提早超额完成任务出名的。我也看见了有着一副黧黑长脸的青年队长朱儒勋，他在陕北就工作得很漂亮，因此，今年又在柴达木担任艰巨的细测工作，提供深探井井位的资料。那个身材瘦长的王吉庆队长，他很少说话，做事干练；就是他曾经和几个人寻找到一个大的储油构造，因为迷恋构造而忘却了返回，结果在黑夜返回中饥渴得昏倒，迷失了方向。我很喜欢那个纯洁热情的大队技术员王福林，他说话是憨直的，做工作是埋头苦干的；人们都愿意和他一起工作，喜欢他。最近，他爱上了一个四川姑娘，他常想她，给她写信，还答应了请葛泰生吃糖吃罐头哩。还有……不多说了。我看着这伙青年专家，心里是有很多话想说的。我在他们每个人的身上，看到青春的光彩，看到幸福真正的释义。他们为了祖国，献出着青春、才华。他们的青春、生命才能称得上是幸福的。

今天晚上这个聚会，就是总结他们的工作，是一个重要的不平常的会。会上，中央石油管理总局主任地质师陈贲同志和地质局主任地质师王尚文同志及大队地质师张维亚同志，做了柴达木工作的评价和今后勘探方向的报告。接着讲话的是苏联地质专家安得列依柯同志和水文专家、钻井专家等，对柴达木的工作做了极宝贵的指示。最后讲话的是总局局长们。从这些报告和讲话里，你会感到一种力量，你会清楚地看到：担负着勘探柴达木的人们，付出了如何巨大的代价，进行了怎样有成效的劳动，已经寻找到了众多的适宜于储油的构造，获得了惊人的、贵重的和大量的地质资料！这些为国家提供出来的地质资料，给柴达木开辟了远大无穷的前途。而同时，勘探人们还要继续勇猛地向柴达木的最深处前进着、冲击着。来吧，我的朋友们，在这个聚会上，让我们举起这杯酒，为了柴达木，为了勘探柴达木的人们干杯、干杯呵！我还想告诉我的国家，告诉远离柴达木的兄弟姐妹们：在柴达木工作的人，是完全可以被信任的人。他们从事着一桩英雄的事业，并且，也一定会完成这桩英雄的事业的！

我们得离开柴达木了。黎明。晨光穿过了昆仑山巅，披在尕斯库勒湖上，闪着妩媚耀眼的光亮。油砂山挺起胸膛，迎接着黎明。一群雁儿飞起，乘着风浪，唱着温婉的歌，奔向了黎明。柴达木的早晨多好呵！我紧紧地握着葛泰生的手，怎么也想不起就要离开了。呵，再见了，葛泰生和你的勘探伙伴们！再见了，柴达木，你这正在被开垦的处女地！再见了，你微笑着的昆仑山、阿尔金山和油砂山！再见了，尕斯库勒湖，你发源于铁木里克，无数的支流汇集成你这条大湖，你才能放任自由地向东方奔流；可是，当雁儿歌唱你的时候，当你觉得骄傲的时候，你可曾晓得，不久，勘探柴达木的人们，就会在你的身旁开拓出来一条更宽长更壮丽的河流；这条河流以黑色的金光、黑色的奶汁，可以和大江大湖媲美。再见了。我还要来的。当我在归途上，又看见了敦煌，又看见了玉门油田的时候，我就心里想：我们的祖先能够创造出来世界驰名的千佛洞的飞天壁画，我们的祖国已有了玉门这个辉煌灿烂的黑金都市。在柴达木盆地里，我们的人民就不能够再创造出来伟大的奇迹，再拥抱起一座辉煌灿烂的黑金都市吗？能够的。一定能够的！

一九五四年十一月，写于酒泉

原载《人民文学》1955 年第 2 期

布沙热，我要为你唱一支歌

闻 捷

布沙热，我要为你唱一支歌，为那些和你一样的维吾尔姑娘唱一支歌。

当我拿起笔来的时候，忽然想起1952年的春天，在一个晴朗的日子，我和一位我所敬爱的将军，从乌鲁木齐到水磨沟去。那时，“七一”棉纺织厂的厂房竣工不久，车间里刚安装起一部分纺织机器，一群来自上海和青岛的女工正在试车。

参观以后，我曾问过：“这个厂怎么没有维吾尔族女工呢？”

将军抬起右手，捏成拳头，在眼前不住地晃动——这是他的习惯动作。他说：“不久就会有的。一定会有的。”他的声调那样肯定和自信，像作战的时候下达命令一样，令人不能不信服。

当时，我们相视着笑了……

今天，1956年的春天，在这百花盛开的北海公园里，我看到了你——布沙热，你知道吗？当我和你握手的时候，我是多么的激动啊！因为我看到在你的胸前，那黑色的灯芯绒衬出两枚金光闪闪的奖章，多么耀眼的先进生产者的奖章呵！我之所以如此激动，还因为我看到维吾尔民族的第一批纺织女工成长起来了，我看到了我们党的民族政策的光辉。

布沙热，你是多么幸福呵！你今年才十八岁，你的名字就已经列入全国先进生产者的名册了。

在天山南北的绿洲上，我曾经和许多像你妈妈哈特木汗那样年岁的人谈过心。她们一把眼泪一把鼻涕地向我哭诉，哭诉自己在旧社会遭受的不幸，那时候啊，女人不被当作人看待，女人像牲口一样被出卖，女人不能自由地走出大门，女人整日吞饮着眼泪过生活。

而你，布沙热，却是另一个社会的人。你的家庭在土地改革的时候分到了土地，去年冬天又参加了农业生产合作社。你的妈妈在社会改革运动中，头脑开了，眼睛亮了。她爱你。正如你说的："妈妈不愿把她自己受过的痛苦，再让我尝受一点。"你的哥哥肉孜阿洪，土地改革中的积极分子，现在成了共产党员，担负着乡文书的工作。你的妹妹阿依孜木，早就戴上了红领巾。你呢，已经是一个光荣的青年团员。我知道，在遥远的新疆，那星罗棋布的绿洲上，一望无际的草原上，有着许许多多你们这样幸福的家庭，有着许许多多你这样幸福的姑娘。

1954 年你在高小毕业了。正在这时，"七一"纺织厂派人到喀什噶尔招考女工。新的生活，劳动的生活召唤着你。你报名投考后被录取了。现在，社会的风气变了。在你大步前进的道路上，再没有妈妈年轻时代所遭受的重重阻碍了。村子里有很多人到你家里去，向你妈妈祝贺，祝贺她生了一个多么能干的女儿。你们一家人都乐得合不拢嘴来。

初冬到了。树叶子飘落的时候，你这个喝喀什噶尔河水长大的姑娘和几十个年岁相仿的姐姐妹妹们，分乘着汽车，向乌鲁木齐飞驶而去。

临走的前夕，你睡在妈妈的身旁。她抚摩着你的头，千叮咛万嘱咐，她说："你要好好学本事啊！织出布来，也好叫妈妈穿一穿。"正因为这样吧，她的眼眶里虽然有泪花打转，却没有流出来。你也含着泪笑了。第二天一早，你哥哥送你上车的时候，只说了一句话：“听党的话，好好干！”像你这样的姑娘，是懂得这句话的分量的。

十一月二十一日，你们到了乌鲁木齐。汉族女工亲切地接待你们。她们帮你们收拾房间，给你们打水生火，问寒问暖。你说：“我好像回到了家里。”布沙热！你的感觉一点也不错。

经过一个多月的学习，在十二月底的一天，你们被分配到车间去。你成为乙班第二纬纱组的一员。新的生活正式在你面前展开了。

你告诉我你第一次走进车间的心情。你说：“那时候，我的两手紧紧抓着衣襟，惊奇得几乎喘不过气来。我想要和同伴们说点什么，机器的吼叫压倒了我的喉咙。哎呀！那么宽大的房间，那么明亮的长窗，那么多的机器和工人。真奇怪，一会儿工夫，棉花卷就转成了细线，机器就织出很长一截布来。机器织一天，恐怕比妈妈用手织一年还要多呢？我想，我也要使用这些机器了，心里高兴极了。我又一想，我怎么才能学会使用它呢？心里不由得害怕起来。”对于一个来自农村的姑娘，这一切自然会使你惊奇和高兴。不过，对于一个意志倔强的姑娘，这一切又不会使你长久害怕下去。

晚上，在宿舍里，和你一同从喀什噶尔来的姑娘们议论开了。有人心虚地说：“半年内能够掌握这些机器，就不错了。”有人甚至有点悲观：“就怕学一年也使唤不动它。”布沙热！你一言不发地躺在床上想什么呢？那时，你才十六岁。十六岁的孩子哪里会失眠呢？可是你却一连好几个夜晚不能好好地安睡。就在这个时候，你哥哥来信了。他勉励你的话还是那样一句：“听党的话，好好干！”你想着、想着，忽然想通了。你和你的同伴加米拉木、阿米乃木说：“只要我们好好学习，有党的关照，有汉族大姐的帮助，我们会很快地学会操纵机器的。有什么值得害怕的呢？”你的话鼓舞了自己，也鼓舞了大家。大家都称赞你说得对。你们约定：谁先学会使用机器，谁就来帮助大家。

开始你跟着汉族女工于从莲当徒工。她对你关照得无微不至，一会儿告诉你这个机件的名字，一会儿告诉你那个机件的性能，恨不得把心掏出来给你。你是那样的虚心和认真。她怎么教，你怎么学；她怎么说，你怎么做。遇到不懂的地方，你就一问再问，直到明白为止。有时因为语言的隔阂，你们就用手势交谈，你跟在她的背后，按照她的动作比画过来，比画过去。你说你从心眼里喜欢于从莲，把她当成自己的大姐。其实，这位来自青岛的汉族女工，只不过比你大两三岁，也还是一个离开家庭不久的年轻姑娘哩！是党的民族政策和年轻人的共同理想，把你们像姐妹一样紧紧地团结在一起了。

你是一个聪明的姑娘。九天以后，你就开始独自看管二百个锭子了。

看管锭子是一件并不简单的工作。特别对于像你一样刚刚穿上工作服的姑娘，看管锭子是很吃力的。在最初的几天，锭子好像专门和你作对，不是这根细纱断了头，就是那根细纱断了头。你跑来跑去，接来接去，跑不停，接不完。当时，你心里是多么的焦躁啊！于从莲是从这样艰苦的道路上走过来的。她知道，在这样的时候，你是多么需要精神上的鼓舞，又多么需要技术上的帮助。她不时地对你说："坚持下去！人间没有什么不可克服的困难。你要坚持，争取做维吾尔族的郝建秀。"她告诉你，一走进车间就要集中自己的注意力，做到心平气静。如果发现细纱经常断头，就应当马上检查机器。

从此，你变得沉着多了。每当有些细纱断了头的时候，你会低声地告诉自己："布沙热！安静一点，安静一点。"然后从容地一一把纱头接上。如果遇到哪部机器上经常发生细纱断头的现象，你也会低声地询问自己："布沙热！它为什么老是断头呢？原因在哪里呢？"然后冷静地检查每一个齿轮，擦净它，给它上油。

二十三天以后，你就从看管二百个锭子提高到看管四百六十四个锭子了。你对一切新鲜事物总是兴致勃勃。在车间推广粗纱顺向包拈镶头或是吸棉器解拈接头等新方法时，你总是克服一切困难，积极学习，认真执行。你和大家一同前进，又走在大家的前头。你接的纱头疙瘩很小；换粗纱平均每只二十二秒，并且做到不断头；皮辊花率也平均比规定标准降低了百分之零点一七。由于你自己的努力，你成了维吾尔族第一批纺织女工中的先进者。在短短的一年内，你又从看管四百六十四个锭子，提高到看管六百九十六个锭子了。你的同伴们看着你。你前进一步，就给她们增添一份信心，她们也就飞快地追赶上来。现在，无论是加米拉木，或者是阿米乃木，也都看管到六百个锭子了。布沙热！你在生产中所起的这种作用，你曾经意识到了吗？

你对我说，你很爱你的纺纱机，连它发出的有规律的嗖嗖声，听起来都是动人的。你一天不听见它歌唱，心里就感到寂寞。正因为如此，从你第一天走进车间起，一年多来没有请过一次假，没有迟到早退过一次，更没有旷过一次工。像妈妈爱你一样，你爱自己的机器，把它擦得雪亮。测定成绩的时候，你的清洁工作得到了八十五分。你说：“我自己很爱干净，我的机器也和我一样爱干净。”不！布沙热！你说得不完全。应当这样说，你是在打扮自己，把机器打扮得和自己一样漂亮。难怪你的同伴们都想接你的班，说你每次都按照图表进行清洁工作，为下一班做好了准备。

汉族女工热情地帮助你。你不仅学习她们的技术，而且学习她们帮助别人的精神。你始终记着你们的诺言：“谁先学会使用机器，谁就来帮助大家。”莫合特热木是从库车来的。她的年龄比你小，来的时间比你晚。这位农村姑娘刚来的时候，过不惯工厂的集体生活，而且有着孩子贪玩的心，曾经发生旷工的现象。你就一次再次地和她谈心。你对她说：“我们维吾尔族人第一次有了纺织厂，我们在这个厂子里工作，不能毁坏了维吾尔族姑娘的名声。”你还发现她对工作不感兴趣，是因为不懂机器、不懂技术。于是你就经常利用吃饭停车的时间，把自己刚刚学到的一些技术，耐心地教给她，使她热爱起自己的工作。现在，莫合特热木已经能独自看管四百个锭子了，再也没有旷工或迟到早退。

那天，在谈话中，我曾问你："是什么力量鼓舞着你做了这么多出色的事情呢？"

你回答得那样响亮。你说："第一个是党，第二个是党，第三个还是党。"然后，你轻声地告诉我说，你正在为争取入党而努力呢！布沙热！不管你把嗓子压得多么低，你却无法压抑自己激荡的心情。这是你那充满感激的眼睛和充满喜悦的声音告诉我的。

我还问到你将来的志愿。

你说："我要好好学习技术，争取看管八百个锭子，以至更多的锭子，并且都要保证质量良好。以后呢？党叫我干什么，我就干什么。"

我说："如果党来征求你的意见。问你：布沙热，你愿意干什么呢？"

你笑了。你说："那我就对党说，还是把我留在纺织厂工作吧！"

你回答得很简单，却又回答得很动人。你是属于新的一代的人。你是党的乳汁喂养大的。你和党的关系，不能不是这样息息相关、血肉相连啊！

写到这里，我很激动。我要感谢我们伟大的党的民族政策，使得少数民族人民逐渐走向事实上的平等。我要感谢那位我所敬爱的将军①，他现在正率领着一支大军，奔走在另一个建设阵地上，"七一"棉纺织厂②就是在他的倡议下建立起来的。我要感谢于从莲和她的同伴们，是她们跋山涉水来到祖国的边疆，以她们的技术和热情，培养出维吾尔族的第一批纺织女工。

布沙热，我们在北海公园分手的时候，我曾指着盛开的丁香花向

---

① 王震将军。

② 王震提出，为了纪念党的生日，将筹建中的棉纺织厂定名为"七一"棉纺织厂。1952年7月1日，"七一"棉纺织厂开工投产，王震抱起第一把原棉送入清花机内，这也是新疆有史以来的第一座现代化棉纺织厂。

你祝贺："在春天的阳光下，你的生命将会像这棵丁香花一样，越开越盛。"

你没有讲话，却微微地低下头，半闭起眼睛。这时，我才看到你的睫毛是那样的长，仿佛两排伸展的花蕊一般。从你那少女所特有的羞涩姿态里，我感觉得出，你胸中激荡着对于未来幸福的向往和欢乐。

但是，布沙热，你还很年轻。还有加米拉木、阿米乃木以及许许多多的维吾尔族姑娘们！你们的生活才刚刚开始。你们的前程无限远大。你们的幸福将是一支永远唱不完的歌。

原载《人民日报》1956年5月14日

我们的竞赛没有结束

费礼文

一

盛利望着刚车出来的活，用手背抹了下脸上汗珠，嘘口气说："车头打足三百转，车来车去还是鱼鳞斑……唉！老黄牛呀！真对你没有办法。"说着他拍了下车床。

"盛师傅，你教我们的五种苏联先进切削经验，真是好法子呀。哈，今天干的活快了一倍多哩。"液压车间一个青工，突然走到盛利身旁指手画脚说道："我准同车间大伙一样，把你教的玩意全学会，乘飞机赶上你！"

"赶上我？"盛利松下手里的活。

"是呀！你三年就完成了五年计划，现在又发动提高切削竞赛，把整个上海工人都鼓起来了。你带了头，我们不双脚擦油往前赶，那不成了落后分子啦。……告诉你，我们车间有一大半车工学会你教的法子啦。……"

"又是这样多的人？……赶上来。"盛利等他走了，脑子里马上翻腾起来。他用眼望望过去做过的一千二百转快车头车床，多熟悉的床子呵！两年多来，在它上面创造、改进了近四十件工具和操作法，赶过了时间，把五年的活，三年不到就干完了，打响了开场炮。也就是这部床子，自己学习了各种苏联先进经验，并把这些经验教给厂里厂外工人弟兄们，把大伙学习先进劲头给掀起了。他更清楚地记得，两个多月前，就是在这部床子上，第一个用五百五十五公尺切削速度，创造了全市新纪录，鼓起了全上海展开提高切削速度竞赛。……唉！大家都鼓起来，每天都有成百成千的人，你赶上我，我超过你，报纸、电台简直像翻了天！今天冒出傅明坤，明天又冒出了陈根荣，连自己过去经常帮助的归国华侨李锦标，也赶过了我，创造出全市新纪录。可我盛利呢？偏偏会在这时调了床子，人同床子一样，变成了老黄牛，老缠在一百公尺切削速度上……

盛利想到这里，望望车间里直到现在还贴满了的“向盛利学习”的标语，咬了下嘴唇说：“领导上为什么偏偏要叫我调床子？……同他们说去，这样下去怎么办！”说着迈开了步子。

但只走了一步，又折回身来，心里责备着自己：“你是怎么啦？……领导上不是已经说过几次，调床子是因为生产任务增加了，这部利门车床成了关键，必须调位高级技工支援。……我们发动竞赛，不正是为了搞好生产？……你也顾着自己，他也本位主义，利门车床让谁去做？为了创纪录，生产任务都不顾了吗？……难道劳动模范这四个字，是应该戴在个人打算的人身上吗？”想着想着，他的脸红了起来，赶忙回手拿起干活图样蹲了下来。

“办法想了一大堆，车头不能再打快！”盛利望着横在面前老长的车床，呆了好一会，突然一皱眉头说：“唔？这样结实的床子，为什么不能叫它再变得快些？……对！要想法子叫它变成快车头！”盛利乐得站起来，但没有一会又嘘了口气说：“怎么改呢？……动力设备科能同意把床子改装吗？……”

就在这时，有人轻轻拍了下盛利肩膀说：“老盛呀，怎么唉声叹气的呀！”

盛利回头一看，原来是艾厂长。

艾厂长从上到下，打量了一下这个矮矮个子、结实身体、生就一张圆盆大脸的切削能手，松开嘴唇笑着说：“你们主任向我说啦。哈，把你这样一个关键人物，调到这部关键床子上来，是做对啦。劳动模范吗？就是同关键问题斗出来的呀。……老盛呀，做个劳动模范不简单呀！既要带头，又要迎头赶上，大伙谈起来，总是要把先进人物说成天生的铁打钢铸的英雄。……其实，他同大伙一样，接受了困难担子的时候，也同样是会闹思想别扭，闹情绪的。可是，他们之所以能成为英雄，就是因为他们能走在大伙前头，扫掉这些挡路石，一步一步向前跨着。……怎样？调到这部全厂出名的老黄牛床子上，闹了情绪吧。”说着他又用手拍了拍盛利。

“唔。”盛利的脸红了起来，摸摸手里图样，望望厂长的脸，好像自己心思全给他的眼睛看见了似的。半晌，不自然地低下头来，小声地说：“是有一点。”

“哈，能老实就好。怎么办？可不能让它老放在脑子里啊！……全上海的车工，正赛得火热呢，你这个带头的，松劲不得啊。”

“我正在想主意，想把这部老黄牛变成快车头。……”

“呵！好啊。”艾厂长打断盛利话头说：“做得对，应该让每部床子变成飞机，每部床子出模范。主意想出了吗？”

“我想这部床子，如果马力能变大，车头能变快，生活不就能干得快啦？……可就怕动力设备科不答应改。”

“哈，倒是打铁趁热，好主意，谁都应该答应、支持。”艾厂长一摆手说：“行呀，你先动脑筋画出图来，我这就去同你们主任说，要他组织人帮助你，动力设备科？包给我啦！这算不算支持？……哈，剩下来全看你的啦！”

盛利望着厂长的背影，周身顿时热得滚烫。他跨上几步，拍拍车床，嘴里嘀咕：“嘿！老黄牛，要你脱胎换骨哪。”说着埋着头使劲干起活来。

二

厂礼拜六的早晨，盛利跨着老大步子，向自己车间走着。

初升的太阳，把他的脸颊照得分外通红。他一面走一面说，什么也掩盖不住自己内心发出的笑容。盼望了多少天呵！真想不到，老黄牛变成快车头了。

记得将近一个月前，自己开夜车画出的那张歪歪斜斜的草图后，经过艾厂长的亲自督促，很快的，动力设备科就派了技术员，根据自己提的意见，作了多次修改，帮助最后决定将机床油泵压力减少；同时调整皮带盘，加大马力来提高车头转速。现在经过修理人员利用春节假期赶修，居然真的使车头速度摇身一变，从三百转变成了八百二十转。现在，该是提高切削速度试验的时候啦。

盛利想到这里，松了口气，轻轻地笑出声来。

走进车间，工会生产委员张锡宝，已经等在那里，他一见盛利就喊道："老盛呀！你得赶紧试呀！汽轮机厂，又冒出了个宋万庆啦。嘿！人家才三级工呢！居然创造了 1055 公尺新纪录哩！"

"呵！冒了这么高？这不连保持七百多公尺纪录的陈根荣也给甩了下来吗！……还只是个三级工？"

"当然全部甩下来啦。……好啦，反正现在是天天在变。告诉你，一些耳朵尖的新闻记者，已经得到你改装床子风声，马上要来看你的新纪录哩！"

"真是变得快呀！"盛利拍了拍车床。

车床边上黑压压围了一大群人。

车头飞快地转着，盛利头上冒着汗珠，两眼紧盯着工作物，用力摇着刀架，刀架上硬质合金刀，一碰上工作物，就嘶、嘶地叫着，由蓝变成紫的铁屑，像箭一般地射得几尺高；切削出来的工作物，镜子般闪着亮光。大伙的眼睛，无论近的远的，全集中在那把小小的车刀口上，看着看着，工作物还没车好一半，刀口地方已经冒出烟来。

“不行！快摇开，刀子又烧啦。”张锡宝用急促的声音喊着。

随着盛利关车的声音，在场的人都不约而同地叹了口气。

车床边上已经摆着三把烧坏了刀口的车刀。盛利低头看看手里拆下来的车刀，像有几斤重似的压在他手里。

“唉！真伤脑筋，车得好好的又烧了。”

“而且全烧在一个地方。”

人声喧嚷起来，你一言我一语地议论起来。

几个新闻记者相互望了几下，叽咕一阵，走到盛利旁边。

“盛利同志，现在试一千二百八十七公尺，刀子耐不住烧了，可是你刚才不是已经创造了一千零六十多公尺纪录，这已经超过宋万庆了。这个消息你同意发出去吗？”

“不同意，烧坏了刀子，还算什么新纪录？……试验难道就为了超过谁吗？我们是竞赛，可不是竞争。……毛病出在哪呀？”

第二天厂礼拜，彭玉珍为了能让她爱人盛利睡会安稳觉，故意领着孩子到外面去玩。临走的时候，亲眼看见他打着呼；可是，等到转了一个小圈子赶回去，房间里居然连个人影子也看不见。彭玉珍气得直跺脚。

其实，盛利满肚子心事，根本就没有睡着，前脚彭玉珍跨出门，后脚盛利就穿上衣服，从后门溜到张锡宝家里。

张锡宝正背着手，在房间里走来走去。一回脸看见盛利，就说：“怎么到现在才来呀？把人肺都急炸啦。”

“我那个太太！唉，实在拿她没法子。……好，先别管她。毛病找出来了吗？”盛利抓抓头发走到张锡宝身旁。

“找出来倒好啦！……唔，车得好好的，新纪录挑到眉梢上给跑了。”张锡宝拍了拍桌子。

“现在别恋在新纪录上啦，找毛病要紧。……难道刀子角度磨得不对吗？”

“刀子一拿来，我就亲自做了检查，又校对过苏联先进经验，一点也没有错。不信，我这里还有材料，你拿去看看。”张锡宝背着手，又在房间里踱了起来。

“那是什么毛病呢？”盛利也跟着踱了起来。

两个人从头到尾，一处一处地摸索，把张锡宝家里一些苏联技术书全翻开了，可是，弄了老半天，仍旧没有发现毛病出在什么地方。

盛利有气无力地倒在椅子上，抓着苏联切削能手贝可夫的经验介绍，一面翻一面嘘了口气说：“真的没有办法了呀？”忽然，他一下子站起来，抢上一步拉着张锡宝膀子推了一下说：“快看，是不是这个毛病。”

“在哪？……唔，车刀刀面要磨得特别光洁，像玻璃一样，这样可以减少热度存在刀口上。……对，是这个毛病。”张锡宝一下抱住盛利，晃了又晃说：“我们磨刀子的时候，偏偏把这种所谓小事给忘了，结果闯了大祸。怎样才能磨得特别光呢？……研磨。”

“说得对，研磨，明天一早就去找研磨工帮忙。”盛利拍拍张锡宝的手，低头看了下手表，伸下舌头说：“可不得了，赶快回家去，不然又得开家庭会议啦。”说着一溜烟跑了，惹得张锡宝大声笑了起来。

……

第二天晚上，盛利刚跨进大门，他儿子志强就迎上去牵住他衣裳，对他摇摇手，然后两人蹑手蹑脚走进去。

收音机正响着，彭玉珍抱着女儿志明在静静听着，盛利一看，心里已经明白了一半，连忙轻轻地坐到椅子上，嘴上微露出笑容。

“……盛利以 1287 公尺切削新纪录，赶过了陈根荣，也赶过了宋万庆，可是这些小伙子也正在加油，他们的竞赛没有结束。……”

“是呀，这个纪录不知能保持几天呵！”盛利轻声地嘀咕着。

三

三天后，一部汽车用着很快的速度，从上海机床厂往闵行镇上海汽轮机厂开着。盛利昨晚做着夜班，照说可以乘此机会打下瞌睡，可是说什么也合不上眼。宋万庆这个名字是听到了，可是人到底是什么样子，却没有见过，一个三级工能创造一千多公尺切削速度，这不是一件简单事呀！今天团市委组织他表演，我得趁这个机会，好好地给他打几下气。

“盛师傅，今天你可要好好辅导一下宋万庆呵，老前辈啦，可别保守呵！”厂里团委书记向盛利推了一下。

“算啦，从哪老得起呵，今天，我是专心去学习的。”盛利嘴这样说，心里倒有点发愁，后悔昨晚没有借几把刀带着，假使到那里真的哄得下不了台怎么办？他急得周身乱摸着，嗨！巧得很，去年十月苏联青年车工费奥多罗夫送他的两把磁刀，倒无心带在衣袋里，这下，总算定了下神。但还是警戒着自己，不要露出一点神色来。

组织宋万庆表演会的团市委同志和其他各厂代表，听说盛利来了，都一下子拥上去把他围了起来。

这个问他前三天创造全市新纪录经验，那个问他改车床过程，熙熙攘攘闹成一片。

最后经过团市委同志劝说，他才谦虚地答应做宋万庆助手。

在拥有二百多人的人堆里，盛利和宋万庆见面了。

两人的手握得紧紧的。盛利看看他面前这位瘦长、略显体弱的小伙子，心里首先想到的是要督促他把身体练好。宋万庆却呆呆望着盛利的脸，连声说着：“盛师傅，你要多帮助我呵！听说你来，差点把我乐呆了。”

“别慌，沉住气。表演的时候只要心里安定，是出不了什么问题的。”盛利轻声地对宋万庆鼓励着。说着从旁替他整理着表演用具。

表演会很快开始了。团市委同志简单作了下介绍后，几百双眼睛全会集到宋万庆身上和他干活的床子。盛利拍拍宋万庆，低声说：“去吧，细心点。”看上去他嘴说不愿做辅导，实际上他比真正的辅导员还要操心哩。

宋万庆做好防护准备，向盛利和四周的人点了下头，老练地走上了车床。

车床呼地响了起来，盛利随着大伙，把眼睛对准宋万庆干活的地方。他默念着宋万庆用的车头转数、工作物直径大小，心里习惯地算着细账。

“啊！……超过一千三百公尺切削速度吗？……又赶过我啦。”盛利心里猛地扑扑跳了起来，当是自己看花眼，算错账。赶忙挤了挤眼，重新看了两遍，又翻过来倒过去，用心算连续算了五遍，完全证明自己没有看错，也没有算错。

“是赶过我啦。”盛利心里突然发出一阵隐痛，连看了宋万庆几眼，头不知不觉有点低了下来。就在这时，人们轰的一阵骚动，车床发出一阵怪声后，突然没有了声音。盛利连忙抬起头来，只见宋万庆正涨红着脸，满头大汗地拆着刀子。盛利知道不妙，赶忙追上一步靠到宋万庆身边。

“盛师傅，刀子烧坏了。”宋万庆用着非常低的声音说着。

“不要紧，试验时烧刀子是常有的事，别心焦，重新换一把，走刀稍为打小点。”盛利抢着打开工具箱，一看车刀只剩下两把，惊了下说：“就这么几把刀子吗？”

“是呀。”

“哎呀！刀子备得太少啦，准备工作做得不好。”盛利递把刀子给宋万庆，心里替他担起忧来；但又怕影响表演情绪，还是故意镇定下来。

宋万庆装好刀子，盛利这下连神也没分一下，集中思想看着，但还是同刚才一样，刚车了一道，刀子又烧了。一直把最后一把备刀用上去，也是同样烧了。

会场里人声高高低低议论着，宋万庆的脸已经快红成关公模样，盛利自己也满身衣服汗湿了。直等到主持会场同志宣布休息，会场里空气才好像变得和缓了些。

盛利踏着很沉重的步子，向前走了几步。一阵叽叽喳喳议论声音，送进了盛利耳朵。

“快倒是快，刀子老烧掉有什么稀奇。”

“别这么说，人家是青工，技术总是差些。”

“可我们是来学的呀！……我看干脆叫盛利表演一下，补补课，好不算白跑。……”

这些话虽然不是讲盛利，可是句句都像刀子扎在盛利心上。

“我去表演？不！”盛利心里翻腾着：“我们发动竞赛倡议，为了什么？难道是为了名，还是为了利吗？不！是为了推动社会前进。现在千百万双眼睛在盯着我们工人，像是在问我们：农业、私营工商业、手工业，都出现了高潮。可你们工业！带头的，什么时候才能冒出高潮呀？……像宋万庆这样级数低的工人，全国该有多少，比我们这些级数多的工人要多得多，假使他们都能从他这里得到学习榜样，那该要使生产变成什么样子。……要帮助他，这是我们的责任。”盛利想到这里，周身乱摸着，当他的手一下碰到袋里的磁刀，他先愣了一下，然后使劲一把抓住它，心简直像要跳了出来，嘴里连声说着：“有法子啦。”

盛利找到厂里团委书记，把自己准备借刀子给宋万庆的意思说了一遍。团委书记双手抱着盛利，愣了好一会，才连声说：“你真是个模范呀。”说着领着他走到负责表演的团市委同志跟前去了。……

表演会又宣布开始了，盛利扶着宋万庆又出现在机床旁边。团市委同志宣布宋万庆切削速度已经达到1357公尺，但是刀子烧了，现在盛利借出自己两把磁刀，让宋万庆继续表演。他的话声还没落下去，全场响起了一阵激烈掌声，接着又是一阵议论声音，连续不断地响出好一阵才停。有的人还举着帽子向盛利和宋万庆这边招着。

“盛师傅，还是你来表演吧，我怕得很。”宋万庆小声地对盛利叽咕着。

“别怕，同平常一样，只当是在干活。……好吧，我先给装好。”盛利讲完了，走到床子旁边，替他细心地装好刀子，然后退回来，轻声告诉他应该注意的地方。

车床又响了起来，宋万庆小心翼翼摇动刀架，盛利也悬着胆子望着。铁屑像泥块似的从刀子上弹了出来，焰火似的飞舞着。

整个会场里的人，脸颊都慢慢地放松了，有了笑容，而且还点起头来。盛利望望宋万庆背影，把按在胸口的手，轻轻地放了下去，长长地嘘了口气。

车床声音慢慢停了。全场又响起了掌声，同刚才一样，是那样的自然、热情、整齐。

人群围了上来，宋万庆抖着手，眼眶里闪着亮光把刀子递到盛利手里，轻声说："盛师傅，谢谢你。"

盛利左手接过刀子，右手紧握他的手，再一次盯着宋万庆的脸，心里想："这小伙子，将来不错呀！"就在这时，他耳边听见有人说了一声："宋万庆把盛利又甩下来啦。"他猛地打了一个寒噤……

会场里挤满了参加表演会的人，大家正聚精会神对着主席台上。

盛利用着那样激动、发抖的声音，在台上讲着："……我们今天干活，不只是为了一部机器、一个工厂的生产计划，而是在实现全国人民的理想，快点建成社会主义，改变祖国，改变世界。今天宋万庆赶过了我，明天可能有更多的人赶过了他！大家都在竞赛，但不是为了个人。……我虽然比宋万庆大上十多岁，可我追不上，跟也要跟上去，我们的竞赛没有结束。……在我们的国家里，生活永远就是这样。……"

原载《人民日报》1956 年 5 月 17 日

驰骋吧，祖国的汽车

万忆萱

朋友，你知道么？在我们祖国辽阔的土地上，有多少条蜿蜒曲折的公路？在这些公路上面，曾经行驶过多少辆汽车？我们使用汽车的历史已经有四五十年了。在我们的公路上，留下了多少条汽车轮胎的印迹呵！可是这许许多多的印迹，有哪一条是我们自己国产汽车留下的？多少年来，人们在盼望着，道路也在盼望着，有的诗人写下了发自肺腑的诗句——“中国的道路呼唤着汽车”！

现在，我们的，用我们自己双手制造出来的汽车，终于诞生了。一九五六年的七月，这是一个多么值得纪念的月份呵。这个月份一开始，年轻的第一汽车制造厂就变得沸腾起来了。从作为生产起点的铸工车间，一直到作为生产终点的木工车间，到处洋溢着火一样的劳动热情，所有的职工都在紧张地忙碌。在这最紧张的时分，谁都很少说什么，只是默默地更加劲地劳动。每个人心默不宣地向着一个目标——“把活儿做得更快、更好，一切为了保证七月十五日以前试制出第一批汽车来。”在第一辆国产汽车诞生的那天，人们把总装配车间打扮得多干净多漂亮呀，瓷砖地擦得又白又亮，简直可以照进人去；

装配线电动工具也都清洗得闪闪发光。在流水线两旁，摆满了后桥、前轴、发动机、方向盘等各种部件，它们排列得很整齐，很好看，一点都不显得紊乱。年轻的装配工人们忙得穿来穿去，脸红红的，眼睛是那么亮，这是兴奋的缘故吗？还是稍稍地带点儿不安？有一部分人在忙着搞车间的黑板报和壁报，他们想把自己的车间点缀得更美丽，更吸引人。多巧的手！一个小伙子逼真地把我们即将诞生的汽车画在黑板上，又一个青年人画上了喷云吐雾的热电站。有的人在写诗，有的人在写着他们心里的话。他们不是诗人，也不是画家，但他们用自己切身的感受、真心的喜悦，倾吐出真挚的豪迈的声音。一个青年技术员拿着笔，手微微地有些颤抖，他激动地写道："祖国的第一辆汽车就要诞生了。这是党正确领导的收获，是全国人民辛勤劳动的成果，是中苏友谊的结晶……"我们有权利揭开这历史光辉的一页，为我们的胜利尽情歌唱，我们完全有权利用我们的双手去迎接它的诞生，我们更有权利呼喊这光荣的名字："解放型"。是的，我们有权利，而且也有能力。看，装配线开始流动了，第一辆汽车开始试装，多少人呵，站在两旁动也不动地看着装配工人的一举一动。大家是那么心神专注，甚至连眼睛都不愿眨一眨。每当装配工人安装完一项部件，两旁的人不由得和装配工人一起，深深地舒了一口气。装配线不断地流动，发出一种窸窸窣窣声音。很久很久，汽车在装配线上完成了它最后的一道工序。它以雄伟的英俊的姿态显现在人们的面前。车身是那么绿那么光，像是汪着一层油，在发动机罩的侧面，凸现出七个大字——"第一汽车制造厂"。银色的"解放"字形上面，闪耀着五颗庄严的红星。人们围上前去，轻轻地抚摸着，有的人眼里闪着喜悦的泪光。我们的汽车诞生了！多少年的理想变成现实了！中国不能制造汽车的历史结束了！让我们尽情地欢呼吧，尽情地歌唱吧。让敌人拼命地诅咒吧，拼命地哭叫吧，哪怕他们咒哑了嗓子，哭瞎了眼睛……

我们的时代，是一个翻天覆地的时代；我们的性格，是"让高山低头，让河水让路”的性格。我们想要做的事情，一定会做到，也一定能够做到的。三年前，不，还要比这更早些，汽车厂的负责同志和苏联专家一起，带着毛主席的命令，来到长春市郊的荒原上。那时，这儿布满丘陵，蒿草有一人深，常常可以看到野兔、狐狸四处蹿跳。几里地内看不到人家，远远可以看见日寇建立的杀人的细菌工厂的残骸；近处可以看到蒋介石匪帮修建的魔鬼似的碉堡。在深夜里，随着风可以听到吓人的狼嗥声……经过了一个夏天，又经过了一个冬天；又一个夏天来到了，又经过了一个冬天。多少次呵，人们冒着大雪，顶着扎透骨头的寒风，穿着老羊皮大衣，不停地奔跑，不停地观察，不停地测量；又多少次呵，人们顶着火毒的太阳，踏着灼热的土地，连汗水也来不及擦，不停地奔跑，不停地观察，不停地测量。最后，厂址确定了。就在这片被人称作“不毛之地”的贫瘠的荒原上，修建起我们的第一个汽车厂来。就在这儿，要奠定我们祖国汽车工业的基础，生产出我们历来没有过的汽车。

一九五三年的七月十五日，在这片荒原上，举行了奠基典礼。来自四面八方，刚刚聚集起来的成千上万的建设者，静静地听着负责同志传达毛主席的指示。三年，三年要把汽车厂建设起来。当人们把刻着毛主席亲笔题字的白玉基石安放在厂址中央的时候，人们默默地在内心里宣誓：放心吧，毛主席，为了早日生产出祖国的第一辆汽车，我们保证完成您所交付的任务。三年的时间过去了，人们实现了自己的诺言。这片荒凉的、贫瘠的土地发生了惊人的变化。一座崭新的城市出现了。你一踏入这座城市的边缘——宽平桥上，就可以看到我们第一个汽车厂宏伟瑰丽的全貌。这是多大的一片建筑群呵！最惹人注目的是热电站，那耸入天际的一字排开的大烟囱，吐着白色的烟，不断地向上袅袅飘去。有时使人很难分清，浮在热电站上空的白色气体，到底是天上的云彩呢，还是它吐出来的云雾？矗立在旁边的两座多边形冷却塔，像威武的卫士似的佑护着它。从宽平桥走下去，就到了汽车厂职工住宅区。这儿是一片一眼望不到头的红色楼房，就在这片住宅区里，有新铺的电车道，电车往返不停地像穿梭一般飞驰着；有百货公司，有新华书店，有自己的职工俱乐部，每天都有新的影剧在轮演，这儿热闹得完全像街道一样。如果再往前走下去，就进入工厂的大门了。首先映入眼帘的是一条宽阔的中央大道，这条中央大道的当心有三个大花坛，里面有各种花卉，现在石竹花、金针花正在盛开，有一种不知名的花儿在散发着一种淡淡的香气。两边是青石砌成的人行道。中央大道两侧，整齐地排列着许多三四层楼高的厂房，这些厂房和楼角上装饰着相互辉映的绿色瞭望亭。厂房明亮的窗镜反射着太阳的金光。各车间的机器在开动着，不时，从里面传出阵阵有节奏的沉重的轰隆声。这里的一切都显得那么和谐，那么有秩序。可是这些，仅仅经过了三年的时间呵！这不是什么神话，也不是什么海市蜃楼，这是我们英勇辛勤的建设者们，用自己的智慧和劳动创造出来的奇迹。

三年，就在这短短的三年的时间里，汽车厂的建设者们走过了很长很长一段艰巨而又珍贵的路程，这是一条怎样不平坦的道路呵！用最迅速的时间，第一次修建这最新式的工厂，可想而知，我们会遇到多少困难。但，人们在苏联专家的亲自指导下、帮助下，顽强地战胜了一个又一个的困难。人们不会使用那一台台巨兽似的施工机械，甚至叫不出它们的名字，为了建设，人们用惊人的毅力、惊人的速度掌握了它们，使它们在人们手里变得是那样驯服；冬天，零下二十度的严寒袭击着人们，大地都冻得裂了缝，风雪在向人们示威，人们没有屈服，就在这猖獗的季节里，在这方圆几十里的荒原上，进行了大规模的冬季施工；夏天，雨季来了。那么多的云彩，那么多的雨，有时下得那么勤那么猛，地上满是泥水，一连几天看不见太阳。能让这时间白白地过去吗？不能。人们在这烦人的季节里，又进行了大规模的雨季施工。一年过去，又过去一年，人们学会了怎样去征服气候的变化，怎样去争取每一秒的时间。就在那时候，有多少人常常在心里重复这句话呵——“快些，更快些，我们建设任务提前一天，第一辆国产汽车就早生产一天”。就在这种心情的鼓舞下，人们用种种办法提高自己的工作效率。推行了工厂化、机械化施工，又推行了大型砌块；后来，人们又组织了青年突击班。人们还清楚地记得，当铸工场建设得最紧要的时分，一〇四工区的青年突击班起了多么大的作用。这个青年突击班的前身是我们解放军某部的一个班，十二名成员全是年轻的战士。他们参加建设后，主要的任务是浇灌混凝土，可是开始的时候，他们经常达不到定额，有时只达到百分之五十多。那时，这个班的班长赵子芳有多少晚上难过得睡不着觉呵。完不成任务，这对一个战士来说是一种耻辱，我们是在建设汽车厂呀，速度怎么能容许这样慢腾腾的？他是个久经考验的老战士。解放战争时期，在那战火纷飞的年代里，他们曾经参加了伟大的淮海战役。郯城之战是淮海战役的序幕，他们那个部队担任了主攻。那次打得好激烈呵，敌人的火力是那么猛烈，到处是枪啸、炮声，红色的火舌，弥漫的硝烟。那时，赵子芳他们的任务是为后面的主力军开辟道路，任务不允许他们把时间拖长。在燃眉的情况下，赵子芳到指导员那儿要求做一名突击队员，指导员看了看这张挂着烟尘的坚定的面孔，看了看那灼热的含着仇恨的目光，点点头答应了他。那次，他们打了个胜仗，他立了功。如今，又到紧要关头了。难道在这新的战役里就不能成立突击班吗？对，应该组织突击班，他又去找了指导员。指导员看到他那热诚、兴奋的样子，笑了。指导员同意他的意见，嘱咐他在实际行动中去争取。他回来组织班里的战士们认真地讨论了他们的工作，接着又改变了劳动组织，采用了新式工具。在连续七次任务中，从只能达到国家定额的百分之五十五,一直超额到百分之一百五十二。他们杰出的成绩，轰动了整个汽车厂工地，人们管这叫作“七战七捷”。就在授予他们红旗同时，他们被命名为“青年突击班”。青年突击班一出现，就像是一颗火的种子，遍地燃烧起来。处处建立青年突击班，处处突破国家定额，处处喊着一个共同的口号——“为了早日出产汽车”，处处都是那么响亮。共同的理想，共同的目标，使人们展开了火热的竞赛，捷报不断传出，赵子芳他们最后一直在定额百分之五百以上。汽车厂工地出现了新的局面，开工最晚的铸工场，飞快地成长起来。现在，铸工场已经投入生产了。厂房里一片喧嚷，铁水像金色的瀑布似的从冲天炉奔流出来，当流入浇灌斗时，便飞迸出一簇簇艳丽的奇妙的火花。砂型里跳动着淡淡的蔚蓝色的火苗。生产工人们在紧张地操作着，他们工作得像一年前在这儿紧张劳动的建筑弟兄们一样漂亮，只不过他们是在浇灌铁水，而建筑弟兄们浇灌的是灰浆。生产后，同样的问题又摆在人们面前：怎样把工作做得更快更好？怎样争取早日达到苏联设计定额？像当年传诵赵子芳他们的事迹一样，现在铸工车间的职工们又都在讲着青年造型工人张早根的事迹。张早根，这是一个粗眉大眼的硬朗朗的小伙子，今年才二十二岁。铸工车间投入生产的前夕，他从上海调到第一汽车制造厂来。到汽车厂工作，去亲手制造汽车，这是一件多么不平凡的事情呵！跨进车间，新的厂房，新的设备，与此同时，迎接他的还有新的困难，新的问题。他不断钻研，不断地摸索，找出效率不高的关键究竟在哪里。终于他创造了一些先进的操作方法。最后用四十二秒钟就可以做一箱较复杂的砂型，超过了苏联一分钟一箱的设计定额。当人们问起张早根为什么在这短短的时间里，就得到了这样的成绩时，他圆睁着那双充满稚气的大眼睛，似乎有些不以为然地说："这有什么奇怪的？为了早日生产我们自己的汽车呀。"是的，"为了生产汽车"，这个行动口号，对生产工人来说，倍加亲切，倍加响亮。

第一辆国产汽车诞生了。这蕴含着多少人的希望呵。三年来，有多少双眼睛闪耀着期待的神情，注视着第一汽车制造厂。每当旅客列车驰过孟家屯的时候，不论是淡蓝色的黄昏，还是玫瑰色的黎明，或者是金黄色的晌午，或者是郁青色的仲夏夜，车上的旅客都会迅速地打开窗子，探出头去，惊讶地眺望着眼前的一切。多大的工程？这是什么地方啊？有谁能说清楚，这有多少里地长？人们在纷纷地议论着，就在这议论声中，有人会用一种谦逊的清晰的声音告诉你，这是第一汽车制造厂。如果你能细心地观察一下，就会发现说话的人神色焕发，眼睛里闪烁着一种自豪的幸福的光彩。这是什么人？这是长春人。汽车厂修建在长春，给长春市的人民带来了极大的喜悦。他们把这看作是一种荣誉，是一种骄傲。差不多从打开始建厂起，汽车厂立刻受到人们的关怀。长春市的人民给汽车厂送去了最好的小伙子，给汽车厂送去了最好的车辆、马匹，给汽车厂送去了各种需要的东西。同时，他们也给汽车厂送去了最珍贵的礼品——一颗颗赤诚的火热的心。他们把支援汽车厂看成是自己义不容辞的任务，他们随时都在真挚地殷切地问着汽车厂："吩咐吧，请尽量告诉我，你还需要些什么？还要我们去做些什么？"在那工程进行得最紧张的时刻，长春市的人民曾经组织过一支浩浩荡荡的义务劳动大军，亲自参加了汽车厂的建设。就在汽车厂方圆几十公里的土地上，处处浸沉着长春市劳动人民的汗水。这一切是为了什么？是为了尽职务而尽职务吗？不是。我们是为了这一天，为了结束我们不能制造汽车的历史这一天。能够为汽车厂做些什么，能够为奠定祖国汽车工业基础铺一块砖，或者挖一锹土，这就是我们最大的幸福。来过这里的人也好，后来过这里的人也好，有多少人在悬念着我们的汽车厂呵。不论是来自长白山的红松和鞍山的铁材；不论是来自集体农庄的稻米和大冬瓜，或者是孩子们寄来的红领巾和向日葵种子，从许许多多东西的身上，都可以看出人们对祖国的第一个汽车厂亲切的怀恋。每天每天，都有厚厚的一打一打的信，从祖国的各个角落寄到汽车厂来，这些信发自各个岗位，上面署着不同的名字，这些人有的是边防战士，有的是筑路工人，有的是汽车司机，有的是农业生产合作社的姑娘……每一封信都充满了热情，写信时的那种激动的心境仿佛洋溢于纸上。尽管每封信的笔迹不同，用的语言也不完全一样，但，在这数不清的信件里，反映出人们共同的心愿："我们需要自己的汽车。"尤其是最近以来，人们盼望出汽车的心情更加迫切了。在辅助工场，我碰见了全国先进生产者、机械化施工公司的挖土机手孙景才，跟在他身后的还有全国先进生产者、直属工程公司的侍田亮。和他们一起的还有许多人，都是参加过汽车厂建设的建筑工人。他们在厂房的过道上慢慢地走着，脚步是放得那么轻，似乎怕是惊醒什么，每个人的眼睛都贪婪地望着周围的一切，每个人的脸上都现出明朗的光辉。有谁能了解他们此刻的心情呢？他们在这个工地足足待了两年多呵，是他们，铲平了这里的丘陵，填平了这里的壕堑，接着又挖下第一锹土，开始了规模壮阔的施工。辛勤的劳动获得丰收了。这里的一砖一瓦，一草一木，对他们都是何等的亲切呵！我和他们搭讪着，他们没有更多地说自己内心的感受，只是说要走了，临别前再好好地看看这伟大的工程。他们走一走，停一停，步子是那么慢，每个人都好像在沉思。在他们行列里的一个工人，凑到我的跟前，轻声地问道："什么时候能生产出汽车来呀？"我说："快了，七月十五日就要试制出来。"那位工人有些惋惜地说："那阵我们就走了。"另一位工人接过来说："那怕啥，汽车是要跑路的啊，我们一定会看到的。"是的，这些建设者会看到自己劳动的果实。这些日子里，汽车厂的汽车司机李作臣做梦都在开我们的国产汽车。他家住在长春市内，隔壁邻右也都是在其他单位开汽车的。每天下班回来，这些人都要去问李作臣："怎么样？李师傅，咱们的汽车快出来了吧？"李作臣总是乐颠颠地回答："快啦，快啦。"汽车司机们的这种心情是可以理解的。多少年来，他们开过各种类型的车子，什么"雪佛兰"，什么"福特"，什么"万国"，但哪一种是我们自己生产的？有的人找来找去，就是找不到自己的汽车，很久很久，他们在心里纳闷，为什么咱们这么大的中国就不能制造一辆车子？后来听说我们有了汽车厂啦，人们又在盼望，什么时候能摸着自己的方向盘？汽车司机们把能够驾驶第一批国产汽车，看作是一种最高的褒奖，当李作臣听说驾驶十二台新车向领导机关报捷的十二个人里，有他一个的时候，他直乐得一宿也没睡好。现在，我们的汽车诞生了。看一辆辆漂亮的解放型的载重汽车，不断地从流水线上装配出来。这天，一个少数民族参观团来到了汽车厂。一位名叫若海·西多吉的藏族代表看到这些汽车，不由惊喜地叫起来："哎呀呀，这汽车简直多得像我们的牦牛一样。毛主席啊，给我们修了公路，又给我们制造了汽车。这汽车会到我们那儿去的，我们的生活会变得比彩虹还美丽。"这位藏胞说得不错，我们汽车会到那被称为"金色飘带"的康藏公路，给藏族兄弟带去幸福；我们的汽车会到那"春风不度"的玉门关或戈壁滩上，给祖国土地带来繁荣；我们的汽车会到那温馨而美丽的云南边境，给全国人民带来更大的平安；它也会和农民一起，出现在海兰江畔金黄色的田野间，给人们带来黄金一般的日子。我们的汽车会闪耀着它骄傲的名字——"解放"，奔跑在祖国的每一个地方。

载着和平，带着幸福，飞速地驰骋吧，我亲爱的祖国！

驰骋吧，祖国的汽车！

1956年7月于长春

原载《新港》1956年第4期

洛阳古今记

李　蕤

洛阳，多少年来它就是以“古老”见称的。几千年以前，我们的祖先，就在这一块地方惨淡经营过，九个朝代，曾把这里作为他们的都城。在它的南边，有“龙门”这个伟大的石刻宝库，当时曾以二十多万的人工，二十多年的时间，把两山的石头，雕刻出成千累万的仪态万方的佛像。最大的佛像有十七米高，一个耳朵比人还要高，最小的只有三公分，却一个个都栩栩如生。在它的东边，有著名的白马寺，这是一千九百多年前，用白马从印度驮回经卷贮藏的地方，这是中国佛教的发源地。邙山上，有司马懿的大冢。城南的关林，埋着三国时蜀将关羽的头颅。随便出来走一走，你就会碰到许多古迹，人们会告诉你，哪里是邵康节算卦的地方，哪里老子曾经在那里炼过丹，哪里过去是武则天游冶过的上宛宫，哪里是唐明皇和杨贵妃并肩看马球的天津桥。伟大的诗人李白、杜甫、白居易，都曾在这个城市里留下过他们的足迹，留下过他们动人的诗篇。

但是，曾经繁荣过的被人们歌颂过的洛阳，多少年来，已经败落下来了。频繁的战争，无尽的灾荒，像可怕的飓风一样，一代一代，把它折磨成一座残破不堪的城市。没有解放以前，如果从唐人的诗句来寻找洛阳面貌的话，那恐怕，只有李白的“洛阳三月飞胡沙，洛阳城中人怨嗟。天津流水成赤血，白骨相撑如乱麻”这么几句是最恰切的了。

是呵，洛阳，洛阳附近的人民，他受的折磨，他心的怨愤，是诉也诉不完，说也说不尽的呵！

那是一九三一年，日本人占领了东北，一群“败家子”吓碎了胆，苍蝇一般逃到这个城市，把它叫作“行都”，这是对九朝名城的玷辱。

那是一九三九年，日本侵略者的炸弹，成吨地倾泻向这个城市，妇女、儿童，整日躲在黑黝黝的防空洞里，到处是啜泣的声音、祈祷的声音。

那是一九四二年，河南发生空前的大旱灾，这里是千万农民向西逃荒的大聚口，每一条街，每一条巷，都躺着饿死的人，而国民党不准报纸登一个字报道灾情，照旧抓兵要粮。不少农民只好把门反锁着，饿死在家里。

那时，洛阳的“河洛图书馆”，并没有“洛书河图”，却坐着吃人的魔鬼。多少爱国青年、著名教授，在那里失去踪迹。

那时，洛阳西关的“火柴公司”，并不生产火柴，那是一个比牢狱还可怕的地方，多少进步青年听到这个地方就毛骨悚然。

那时，国民党的卖国政府，公开地大规模地盗卖宝贵的文化遗产。大批有价值的地下文物，被运到纽约。龙门的石刻，大部分被凿下脑袋。连几吨重的精美的玉佛像，都被掠夺到美国去。

滚滚的洛河，流不完人民的悲愤。

但，就在那时，这座黑夜笼罩着的城市，也有一盏明亮的灯。在洛阳南关，一个小巷子里，有几间平常的民房，那里面，挂着毛主席和朱总司令的照片。这是十八集团军办事处。多少青年，从重庆，从南洋群岛，从各个遥远的地方，找到这间屋子，越过黄河，投入革命的队伍。

一九四七年，从它——洛阳的身边，人民解放军千军万马飞过黄河，摇动了整个中原区的大地。洛阳城，在中原地区第一个插上解放的红旗，第一个响起解放的腰鼓。它，这受难的城，抖抖身上的尘埃，重新站立起来。

那时，陇海路只有一小节在人民的手里。那时还没有火车头，用一个破汽车头拉着破旧的车皮，走一阵人们还得下车推一阵，但人们笑得多么响亮啊！

一别几年，今天，洛阳到底是什么面貌呢？火车向洛阳奔驶着，我的心也噗噗跳起来。

这棵古树，一定又抽出新枝，发出新叶，这是肯定的，但到底发出几条新枝呢？放出几朵鲜花呢？多么令人牵挂呵！

但，下了火车。进了城，我略略有些失望。不错，从车站到城里，走的不再是土坡，是马路了；街上的行人，褴褛的看不见了；时而也有几座高楼，是从前没有的。但是，多数的房子，仍是几年前的模样，街道，仍然那样窄小。我心里想："洛阳呵，你还没有卸下这破旧的外套哩。"

可是，当我对着一张新的洛阳城市规划图坐下的时候，我不禁大吃一惊了。

"这是旧城……"替我讲解的同志指着那红红绿绿的大地图的一角。"它，只占新的工业城的很小的部分。我们将尽量发掘它的潜力，但今后慢慢地它将只有历史纪念的价值了。"

"好多从前在洛阳待过的人，总还保留着旧观念，把这一角当成今天的洛阳，实际上，已经完全不是那回事了。这个城市，等于是新建的，用本地话说：就叫'平地一声雷'。"他继续说，我暗暗地点点头，他的话就是"平地一声雷"呀，把我脑子里的旧观念轰掉了。

"咱们的拖拉机工厂呢？"我急切地问道。

"在这里。"他的手指，从旧城移开，远远地移过去。

那里，我是知道的。一九五一年从洛宁土改回来经过过那里，那里是一片田野呀。

“将来这里是一个大的工业区。将来，洛阳老车站不得不让位，现在的金谷园车站，要成为中心车站了。”

接着，他给我介绍拖拉机厂，告诉我，主要的大厂房已大部完成。但他补充着说：“这里还有好几个兄弟厂，今天报纸上发表的矿山机械厂，也在这里，你明天去一看便知道了。”

“那么，这一片呢？”我指指靠东边的一片地方。

“这里，是王城公园，”他指着一片绿色地带，“这公园下面，是三千年前周公在这里建筑的一座城，以后周平王东迁洛阳，就在这里。多少年考古家费尽心血，都没有找到。《尚书》上只说周代曾定都在‘伊、洛、瀍、涧之上’，这次盖工厂，才把它侦察出来了。文化部怕别的厂在这里打主意，就在上面盖成公园。如今，历史学家不正在为中国奴隶社会和封建社会划期问题热烈争论么？这座城，会站出来做证人的。

“这里，是正在修建的热电厂。现在，咱们洛阳还是全国电费最贵的城市，一盏二十五度的灯泡，一月好几块。等这热电厂发电，几个厂用电便没问题了。从郑州到洛阳到三门峡的高压线，不久就会建成，用郑州洛阳的电支援三门峡。等三门峡发电的时候，再支援这里。那时候，这里便要用最便宜的电，一度电几分钱就足够了。

“这里，计划放一个纺织厂。几万工人，将来恋爱结婚，可不是小问题呀。这工厂要快得多。到拖拉机厂开出拖拉机的时候，涧河就变成银河，中州桥就变成鹊桥，牛郎和织女就可以每一星期相会了。”

听着听着，我仿佛面对着的不是洛阳的地面，而是听人介绍一个苏联的什么城市了。

早晨，我们的车，沿着从旧城区通往涧西工业区的大道，奔驰前进。

这条路叫作中州大道。它那么宽，那么平，又那么直。公路两旁，种着新植的法国梧桐。翠绿的邙山上，衬着鲜艳的早霞，显得那么秀丽，使人不自禁想起“大道直如发，西陵佳气多”的唐人诗句来。

过了中州桥，鳞次栉比的红色楼房，和高大的厂房建筑，照耀得人眼睛发花，这简直是一片红色的海。北边逶迤而东的邙山，和南边的小山“秦岭”，像两扇张开的蚌壳，又像一个浅口的盆子，这个盆子里，已经被各种美丽的建筑摆得满满的了。

车在拖拉机厂的门口停下。其实，说门口是不恰切的，它的面积是如此辽阔，将来有多少大门还不知道。每一座高大的厂房，看起来就是一座巍峨的宫殿和小的城堡。

去年今天，这里还是一片白地，但如今，十几个主要工场的大厂房，已经树立起来了。引导我们参观的同志指给我们：这个是辅助工场，那个是发动机工场，这个是锻工场，那个是冲压工场……有好几个厂房，不久就要安装机器，第四季度就要开始生产。但也还有几个主要厂房，却还是一片荒地，自生自长的谷穗，迎风摇曳，似乎还在怀念着那些为腾出建厂的地方而搬迁了整个村庄的农民。

在发动机厂房，我们伫立下来，听他们讲述动人的“三十八天”的故事。这个大厂房，两万多平方公尺，一般要半年才能建成的，但是，咱们的工人同志，为了早日制造出拖拉机，在苏联专家的指导下，只用了三十八天便完成了它。这样快速的建筑施工，替建筑史上写下新的篇页，替我们的第二个五年计划标志出快马加鞭的前景。这是中国工人的骄傲。

我们参观了正在修建的大型厂房（燃料系统工场），那真是奇妙的图画！那些几吨重的大柱子、大托梁，在工人同志的手里，简直好像孩子们在玩积木游戏。大吊装机把柱子吊起来，梁吊起来，屋顶吊起来，一件件拼上去，早晨才立下一根柱子，中午便出现一节完整的巍峨的厂房。这些刚刚把长春汽车厂盖好又赶来盖拖拉机厂的能手们，在长春用的还是“大流水作业”，而到这里，已经掌握更快的

“节间吊装”了。

在锻工间，领着我们参观的同志告诉我们：这里，仅仅一个铁砧子，就是二百吨，将来，得为它专做火车，才能够安全地运来。

管道工人，正冒着炙人的太阳，在几米深的大隧道里安装比八阵图还复杂的管道。将来煤气、氧气、乙炔、电，都要通过这些血管，送进各个厂房和车间。

十三公里长的铁路专用线已经修好了。火车冒着白烟，一直驶进厂区。主要的厂房之间，厂区铁路，像人体的肋骨一样，把辽阔的厂房联系成一个整体。

陪我们参观的同志告诉我们，将来工厂内的运输，大部采用滚道、滑道；十六公斤以上的零件，用单轨吊车运送，在冲压工厂和装配工厂之间，有架空运输带。

每一个大厂房，两侧都有“生活间”。里面都装置有暖气设备，工人可以在那里更衣、热饭、淋浴、休息。由于节约，目前生活间是两层楼，但是，工人同志们为了有条件的时候接着往上修建，有意识地把它们一律建筑成平顶。

在热处理车间，通向生活间，还有地下走道。工人们就不会由于车间室内室外空气不同，在院子里伤风感冒了。这是完全按照苏联专家的建议设计的，从这小事，可以看出处处对工人福利的关心。

在一大块还生满蓬蒿的地方，许多持着“洛阳铲”[①]的探工，在回填处理过的古墓。但，那里就是未来的总装配车间，从那里，就要每十几分钟飞出一辆拖拉机，装上火车奔驶向全国广大的农村。

如果把拖拉机比作一棵花树的话，可以说，有的已经开放鲜花，有的还是蓓蕾，有的还正在抽枝发芽。春天的花园，要招来满园的蜂蝶，而这里，有多少山南海北的各种服饰各种口音的客人哪！这里有刚刚从苏联哈尔科夫拖拉机厂学成归国的工程师和技术人员，有从长

① 挖墓的铲子。

春第一汽车厂安装好机器又赶到这里来的安装工人，有从全国二十多个大厂培训期满归来的机工，有数也数不尽的参观团、访问团，有一批接着一批的大学实习生。每个人都从这里得到自己需要的东西，又都为它的早日诞生而愉快地忙碌着。

依照国家原定的计划，正式生产出拖拉机，是一九五九年。但是，几万双劳动的手，几万颗炽热的心，他们正和时间赛跑，争取在一九五八年让拖拉机跑出厂来。

在厂房以南，几百公尺以外，一片一眼望不到边的楼房，便是新的住宅区了。

“厂房和住宅区之间，整个是绿化地带。厂房的四围，也都要种树。一来，为了避免马路上的尘埃飞入厂房，损害机器；二来，让森林隔着工厂机器的噪声，不让它扰乱工人下班后的休息。”陪同我们参观的人替我们解说着，目前这一带还是许多临时性的加工厂，等到工厂完全建成的时候，它们便要拆除，变成一片树林了。

“旧型的城市，商店、学校、市场，分区集中，那是很不合理的。主妇上街买买东西，工人下班要逛逛公园，孩子们读读书，都要跑很多路。这里的住宅区，一切从居民的利益出发，每几个街坊，都有中心商店，有影院戏院，有公园。但也适当照顾市容的壮观，在通衢大道，有大的商店和公共娱乐场所。

“小学生读书，穿过大马路，将来汽车那么多，就容易发生危险，因此，小学的分布，基本上不让小学生每日上学跨过干道线。

“至于幼儿园、托儿所，基本上不出街坊。这样一来没有车马喧嚣，使孩子们生活周遭和平安静，二来工人每天下班，顺便就可以把孩子接回家。

“你看，每一个街坊，这一幢楼与一幢楼之间，有适当的空地，工人们下班，可以在院子里打篮球、羽毛球，将来生活水平不断提高，他们也可以停放他们自己驾驶的小汽车。

“但是，住宅区的街道设计，和旧城市也是不同的，除了一两条干道和有些次干道，很少直贯东西或直贯南北的长路。这样，汽车就不可能有很多在每一条街坊的道路上横冲直撞，打扰居民的安静，路迫使它们都得离街坊不久便走到大路上来。这样，交通的管理也方便得多。”

人的旧观念，总是不容易改变的。过去，一提到“居民住宅区”，想起来的就是极不整齐划一，各自为政的街道和房子。就在我走在这“住宅区”的时候，也一直认为这只能叫“工人宿舍”。然而，仔细想一想，这一幢幢整齐的高楼，里面就住着工人的爹娘、爱人、孩子，分布着商店学校、行政机关。那么，不叫“居民住宅区”又叫什么呢？

在这里，虽然还没有更精致的建设，但是相当漂亮的“红星剧场”“中原电影院”“文化俱乐部”已经在夜晚闪耀起红绿的灯光。在洛阳饭店的楼窗上，每天傍晚，就会看到双双对对的男女青年，笑声哗然从这里走过。

在这里，已经有了相当好的幼儿园。我曾到一个工区的幼儿园参观，我不得不惊叹孩子们游戏设备的精美。保育员告诉我，这些设备没有花什么钱，因为他们的爸爸和妈妈都是能工巧匠，而他们是高兴在孩子们身上花些心思的。

每天早晨，广播的大喉咙便把人惊醒，从南方来的男女工人，那么醉心地像小孩子牙牙学语似的，在跟着大喉咙学“普通话”。夜晚，这街坊就更热闹，在月光之下，东一簇西一簇都是乘凉谈天的人，笑声此起彼伏。谁知道他们谈些什么呢？也许是老技工正和刚转业的军工谈新的技术，也许是老长征干部在给青年讲他们过雪山草地的故事。

古代诗人白居易曾在一首诗里写出他的希望：“争得大裘长万丈，与君都盖洛阳城”，今天，这一眼望不到边的崭新的住宅区，不就正是几千年前诗人梦想的“大裘”么？

但是，使洛阳自豪的，还不仅仅是地面上春笋一般的工厂，这是许多大工业城市都有的。它还有自己的独有的宝贝，那就是几千几百年深埋在土层里，今天才见了天的地下文物。

洛阳的古墓，是数也数不尽的。有许多地方，简直是“楼上楼”：上面是近代墓，往下是宋墓、唐墓，再往下是魏晋墓，以至春秋战国墓、周墓。

这里面埋着多少稀世的珍宝。从这些历代的遗物里，可以使我们看到我们历代祖先的经济生活、文化艺术。但是，过去，它们深藏在大地母亲的不可测的怀抱里，仅仅靠文化部门的发掘，是很有限的。

可是，要在这块地皮上放重工业的工厂，盖大楼房，就不得不彻底清查地下的“户口”。白马寺一带的平原，从各方面看条件都好，就是因为古墓多到难以处理，所以没有惊动它；涧河东一大块，不仅侦出许多古墓，而且发现周代的王城，只好在上面放上花园，用树木和鲜花把它盖起来，缓缓处理。涧西，比起洛阳别的地方，古墓是比较少的，但是，仅仅拖拉机工厂的占用面积内，便有古墓一千九百七十多个，各种坑二〇二一个，地下窑十二个，古井二八二个。

它们，和厂房，是势难两立的。如果有一个古墓不处理，厂房便不能站稳当。千万的土地侦察兵，撒下天罗地网，从一九五三年，一直战斗到一九五五年。说来有些近乎神话，光在拖拉机厂的范围内，钻探的孔穴便是一百三十九万八千多个。

这样，几千年大地深深怀抱里的秘密完全公开了，各种宝贵的文物，像满树鲜果一样落到我们的手中。

如今正忙着盖工厂，还来不及盖大博物院，因之，这些灿烂发光的瑰宝，暂时还只能陈列在周公庙几座并不大的房子里。

参观了几个屋子的陈设，使人从远古的洪荒时代，一直游历到近代。这是一部活生生的历史，我们的五千多年的文化在放着光辉。

这里有巨大的象牙化石，那是五十八万年以前的生物，巨大的鸵鸟蛋化石，那是五十万年以前的，使我们知道，那时候，黄河流域还是大象成群、鸵鸟成群的热带气候。

这里有仰韶前期的遗物，多么令人自豪，在五六千年以前，我们已经有了初步的纺织，五千年前，已经有了陶器。

那里放着一个三千五百年前的石犁，这是全国仅见的，它见证着我们的农业，已经有了多么悠长的历史。

看了美丽的殷代的白陶，不能不惊叹我们祖先的智慧；看了周代的铅器，证明几千年前我们已经有了炼冶；看了春秋战国的水晶珠、玛瑙玉，才知道二千四百年前，我们就有了那么精美的美术品美化自己的生活了。

参观了汉的陶制“井灌溉模型”，石磨，以及仓模型、灶模型，一千八百年前人民的生活，历历如在目前。更新奇的是，那些“仓”里存放的大米、薏米、麻，表面看来竟仍宛然如新。从当时的“百戏图”，看到当时的杂技已经很高明，而“百花灯”，除了不是用电，简直跟现在大厦的美丽的大吊灯差不多。

有一个东汉时期的石兽，刻得真是栩栩如生，上面刻着“缑氏菁县成奴作”。这样精巧的艺术家，当时却是“奴”的身份。

有一块高达几尺的晋碑，这是研究教育史极有价值的碑，从上面的碑文里，可以知道“博士”“助教”的名称，都是我们自己固有的。

在一块唐代的螺钿镜前面，我们久久不能离去，这块铜镜，真是古代艺术之宝。这块精美的铜镜背后，地是黑漆，上面镶嵌着白色贝壳镶的明月、桂树、老人、假山、鸳鸯、水鸟、水池，那么和谐地组织在一个画面里，令人为之神往。

看了宋代的瓷器，真不能不承认它的精美绝伦。我拿起一只茶杯细看，它又像最洁白的玉，又像透明的水晶，但找不出合适的赞美之词。引导我们参观的郭同志笑着说：“前人对它的称赞是十二个字：‘薄如纸，声如磬，青如天，明如镜。’”这真是最好的赞词。当时因为瓷器精美，大量出口，外国人称中国为“瓷器国”。

过去，我看到日本人的三角小瓷盘、边缘不规则的瓷碗瓷碟，觉得稀奇，认为是日本的特有风格。在这里使我惊奇地发现，原来这些全是我们宋人早就制作了的。前些时日本访问团到这里参观，也为之惊叹折服。

当然，我不可能写出这些宝贵文物的万分之一来。苏联专家在这里参观以后，毫不客气地批评我们："这些稀世的宝贝，你们不够重视，放得太挤了，不像陈列展览。应该在这里修建一个大的历史博物馆来招待它们。"

是呵，我想，大的历史博物馆，总会修建起来的，那时候，新的工厂和这博物馆互相辉映，洛阳就真称得起"今古奇观"了。

短短的时间，对洛阳还只是走马观花。我还不能写出它巨大而深刻的变化。但就从这走马观花中，我清晰地看到，这个古老的城市，正恢复着它的青春，而从它的变化中，也使我听到整个祖国阔步前进的足音。

一九五六年八月十一日

原载《人民文学》1956 年第 11 期

彭海群

——克拉玛依散记

刘肖无

彭海群，你年轻的海燕，勇敢的海燕。

海燕呀，你飞翔，为什么不在海面上？你迢迢万里，远离家乡，为什么你要飞到这地方？

你呀，彭海群，你还是个孩子，十八岁，高小才毕业，在一年四季里，那不过才是二月杏花天，在人生茫茫前程上，那不过才是一个小小的起点。可是，你的心呀，一刻不安宁；你的心呀，充满了幻想。你想："要是等到中学毕了业，等到大学毕了业，好家伙，社会主义建设成功了，哪一棵花是我栽的？哪一块砖是我砌的？长江大桥上没有我的血汗，三门峡没有我的足迹，祖国的高山峻岭插遍了红旗，而我的名字还记在成绩单里。幸福生活是别人给我创造的，祖国艰难的日子里我站在一旁，我能算是什么社会主义公民呢？"你不能这样，你不愿这样。你想得多天真，你想得多可笑，也许，你着急得还太早。可你就这样决定了，你没等父亲同意，也没等母亲答应，你向国家报了名，填了表，写下决心书。第一个志愿你写的是边疆，第二个志愿你写的是边疆，第三个志愿你写的仍然是边疆。

但，你的羽毛到底没长齐，你的翅膀到底没长硬，你的心再高，家里这道门关着，家里这堵墙高高矗立着。父亲说："要工作你就在上海找工作，不然，多你一张嘴，我也养得活。"母亲说："说出天，说出地，说出什么来我也不能让你离开我。"这怎么办呢？彭海群。父亲已经五十四,三十多年的老工人，开电梯，这职业使他没离开过大城市。养儿为防老，怎能伤他的心？偏偏这时候，邮局送来了信，天大的喜事，幻想变成了现实，你的志愿批准了，分配你到西北，分配你到边疆，分配你到新发现的大油田——克拉玛依。梦呀！你曾经这样大胆过吗？你曾经这样慷慨过吗？你曾经有过这样的美丽吗？但，怎么办呢？家，这一关怎么飞过去呢？

你呀！聪明的海燕，伶俐的海燕，你没有一条道路走到黑，你请来了外援，你请来亲戚，请来邻居，那些在工厂里工作的，在机关里工作的，在街道上工作的。哪一个能不赞扬你，年青青的有志气？哪一个没有一篇大道理、热心肠？哪一个不是想尽了法儿，帮助你，说服你父亲，开导你母亲？

你的愿望达到了。四月，煦风吹到海面上，太阳照着黄浦江，别了！繁华的上海，亲爱的故乡。列车行驶在田野上，汽笛长鸣，车轮齐响，二百多人的进行曲，雄壮的声音在江南的秀丽山河上飘扬。别了！故乡，别了！童年。

多少童年伴侣都在羡慕你的心花怒放，都在想象你展翅飞翔，你渡过长江，你越过黄河，你翻过只有在电影里才能看到的乌鞘岭，你看够了童话般的金张掖、银武威的风光，你唱着春风度过嘉峪关，你大摇大摆闯过火焰山，祖国的江山你踏过一大半，在地图上画道线，从东边一直到西边。

你来到乌鲁木齐，这祖国边疆的大城市。这时，在你小小的心海里，荡起了一点波澜，你不是对自己的旅行感到厌倦，也不是对自己的决心有什么改变。不是，不是那样啊！只不过自己也弄不清，为什么会产生这么个思想：“要是留在这儿工作也不错，说起来是边疆，过起来是大城市的生活，柏油马路、大楼房、电影院、运动场，应有尽有，和上海也一样。”可不是吗，同行的二百人有的就在这儿分配了工作。消息比什么传得都要快，都要响，在宿舍、在食堂、在比画还幽美的“明园”的马路旁，人人都为这事议论着、争吵着，三个一群，五个一伙，跑到人事科。

还好！在这不光荣的行列里，没有看到你的面庞，那时，你正站在另外一个行列里。食堂，压住了一切嘈杂音响的广播器，传出一个声音，歌声似的响亮，她说：“给大家报告一个好消息，我们日日夜夜盼望的克拉玛依七号井喷出了原油。”人呀，谁还顾得上吃饭，谁还管手里有油没有油，嘴上脏不脏，谁还管你相识不相识，只要你在这，你就是石油工作者，脉搏跳动的就一样，人们互相拥抱着，亲吻着。这给人送来的是什么样的幸福，是多么大的喜悦，是无比的光荣啊！于是，你小小的心海里，又翻起一个更大的波浪，那上面荡漾的是七号井（虽然你从来就没见过什么井），是在七号井取出油来的那些人（虽然你想象不出他们是什么样），但你充满了感激的心情想他们，充满了羡慕的心情想他们，要是自己也能打口井，叫地下的原油见到太阳光……难道自己就不爱这光荣，就没梦想过这光荣吗？

来到准噶尔盆地的边沿，倒不敢踏进准噶尔盆地去，多么可怕的坏思想啊！

你坐着石油公司的汽车驶进准噶尔，来到克拉玛依。

克拉玛依呀，谁能想得到就是这地方？要不是车突然间停下，司机呼唤人下来，谁能把那振奋人心的名字安到这来呢？那么说，这里就是克拉玛依，是渴望已久的克拉玛依啦。这荒芜的戈壁，这几间地窝子，这几顶帐篷……你别小看这帐篷哟，等你住下来的时候，就连这帐篷都没轮到哟！立起一个圆圆的大馒头，人们管它叫蒙古包。蒙古包，见也没见过，听也没听过，多么新颖的名称，多么新颖的生活，就这样开始吧！

开始啦！分配你到试油段，又一个新颖的名称，试油，不难想象，这是一个值得夸耀的工作，科学工作，技术性的工作。这可真的达到自己最高理想了，当上石油工人，而且到了重要工作部门。谁知重要的工作，并不一定都是美丽的工作，想象往往顺着自己的道路找到耀眼的宝石，而实际工作常常是平凡的，艰苦的，充满汗垢的，吃力的。第一天上井子，整整八小时你没有干别的，只是滚油桶。这能是什么科学呢？这有什么技术呢？纯粹的笨重的体力劳动啊！还说这是石油生产不可少的一个组成部分呢！难道是真的吗？多少次的幻想，脑子里构成的图画就是这样吗？就是这些油桶，沾满了污垢的油桶，滚不完的油桶吗？你干了一天，你带着说不尽的苦闷和失望，带着从头到脚的疲劳，回到蒙古包，连饭都不想吃，连脸都不想洗，满身尘土和油垢，往铺盖上一躺。比什么都快，脑子忽地一下飞到万里外，飞回东海边，家里，一定搬出藤椅子坐在树底下纳凉呢，一定打开了自来水龙头清清爽爽地洗澡呢。而那些不知愁的人，一路同来的，分配到科室里工作的人，还说啊、笑啊，男男女女手拉手儿唱着歌，你心里烦得真想把他们骂一顿。

却在这时候，你的同志们来了，那些和你在一起工作的人，那些试油工人们来了，他们有党员，有团员，他们一个个给你送来了饭，送来了水，送来了吐鲁番葡萄、哈密瓜。一个个和你握着手，说着话，问这问那，问你的家庭，问你的文化。他们给你讲解试油工作多重要，给你讲解将来怎么学技术，给你讲解克拉玛依地面大，储油多，远景多美丽。他们每一个人的眼睛都流露着期待的光辉看着你，他们说："小伙子，好好干，干好了工作，争取当团员。"是这亲切的光辉照耀着你，是这火热的希望燃烧着你，你说：你一定安心在这儿工作。

你真的安心了吗？你说的话完全可靠吗？干吗你的心情还一点不轻松，你脸上还一点没笑容？只管你滚的油桶一天比一天多，你身上的油垢一天比一天厚。你这离开海洋的海燕啊，难道你还没过惯这陆地的生活吗？

要不是他们来了，那些身经百战为人民为国家千辛万苦立功勋的人们来了，那些解放军战士们转业到这儿来了，也许你的情绪还得闹几天。但，他们来了，他们是排着战斗的队形，唱着胜利的凯歌来的，是怀着新的胜利信心，对大自然战斗的胜利信心来的，是带着祖国的嘱托，人民的希望，不找到石油不甘心，不建设好克拉玛依不甘心的心情到这儿来的。他们一开始也和你一样，也和你一块，滚油桶，挖土方。你想，人家革命革了这么多年，还干这个呢。也许，真的，社会主义基石就应该从这儿开始奠定吧。

这回，你真的安下了心。

不久，你在工作中创造了新纪录。从来，三个人，一班，装油60桶，那一天，你们班装了90桶。你第一次从广播器里听到你自己的名字。你想，这多么有趣的工作呀！

现实的工作对你来说，再不是什么可怕的了。你已经站起来了，你已经参加了战斗——对大自然的战斗。六月，天真热呀！你再不想什么乘凉和冷水浴，你在毒花花的太阳下边一晒一整天，有的人休息了，有的班休息了，连队长都说，大概这两天是最热的时候了。可是你还没把工具放下来。偏偏在这最热的时候，水源枯竭了，戈壁滩上没水喝，干得嗓子直冒烟，第一天坚持过去了，第二天又坚持过去了，第三天，人们实在渴得受不了，浑身一丝丝劲儿都没有，不管太阳有多毒、不管地有多么烫，横三竖四躺在沙丘上。这时候，你也发了愁，到哪去找水呢？没有水，再提什么鼓动口号（那时，你已经被公认为井场上的鼓动员），也不能把筋疲力尽的人们鼓动起来了。你寻找，你在那滚烫滚烫的戈壁上寻找，忽然，被你发现了，有个作废了的集油池，你知道在那薄薄漂浮着的一层原油下面就是水，难道那不能喝吗？马上，你想起了伟大的两万五千里长征的时候，红军战士不还喝过马尿吗？你跑到油池边，你轻轻地拨开了原油，捧起来一捧水，果然是水啊！凉凉的水啊，虽然它带点油花，虽然它带点泥浆，它到底解了你的渴，增加了力量。你把同志们都叫来，一个个喝个饱，工作继续着。

你们工作着，坚持不懈地工作着，为的就是这口井。有一天，你的目的终于达到了，你亲手打开了油层，你亲眼看见在地下埋藏了几百万年的原油像泉水一样喷出来，喷了你一脸，喷了你一身，你连躲都没有躲。将来，谁知道那得多少年以后呢，那时，克拉玛依井架像森林，你也许会领着孩子找到这口井，你也许会告诉他们说，你那漫长道路是从这儿开始的。到那时候，谁能计算呢，这口井产生的力量有多少？这口井产生的力量是什么？而你，一个克拉玛依最老的试油工，最老的一口油井的开发者，是永远都会受到人们尊敬的。

六月，你被评为先进生产者，同志们说你的优点是能吃苦，办法多，帮助别人好……

说说你怎样帮助别人吧——“有什么可说的呢。”我知道你会这样说，你没有什么可帮助别人的。但，我听说过一件事，哈里哈生，那个维吾尔族年轻人，是你们队上的吧？是你们班上的吧？上班的时候，常常和他在一起的那不是你吗？把经常使用的工具的名字告诉他说，叫他用维文拼音记在本子上的那不又是你吗？下班的时候，不管说话懂不懂，同志们总看见你和他一道玩。八月，领导上要把哈里哈生调到另外一个队去当领班，他说什么也不愿去，虽然上级说服了他，虽然他为了服从工作需要是去了，可是临走的时候，一边打着行李一边哭，一边上车一边哭，为什么他和你那么难舍难分呢？

彭海群，大概你不会认得，有一天，我在井子上看见你。哪一天？那可记不清了，只记得有人告我说，那天恰恰你才刚入团。你在干什么？彭海群，干吗站在泥浆池子里，两只手扎着，掏一把，又一把，泥浆池里总不会叫你摸出鱼来吧？难道又是缺水了？难道你又想出什么新法儿在止渴？不是啊！同志们告诉我说：装油罐的时候，没留神，原油流进泥浆池，不算多，可你看着很心疼，薄薄的这一层，怎么才能把它取出来？你用桶试一试，不行；用盆试一试，还不行；你只好双膝跪下，用手捧。捧是捧上来啦，就是太吃力，多不痛快呀，你索性站起来，一跳跳进去，站在泥浆里，你大声招呼："同志们，来呀！哪一滴原油也是国家的。"那一回，从你们的手指缝里收回了十四桶原油。你说："家大业大，可也不敢胡糟蹋。"

你还记得吧？彭海群，那次，我曾经和你谈过话，我问你："现在，你还想家不想家？"

你回答得多聪明，你说："现在，我想的是原油。"

彭海群，你年轻的海燕，你飞吧，你尽管展开翅膀，这儿是未来的海洋，有的是风雨，有的是阳光，这儿将是一座新的大海，石油的海洋，黑色的海洋，你飞吧！你唱吧！彭海群，你是一只石油海上的海燕，第一次飞来的海燕。

原载《新疆日报》1957年2月5日

三峡之秋

方　纪

一

三峡已经是秋天了。三峡的秋天，从大江两岸的橘柚树开始。这些树，生长在陡峭的山岩上，叶子也如同那青色的岩石一般，坚硬、挺直。越到秋天，它们越显出绿得发黑的颜色；而那累累的果实，却由青变黄，渐渐从叶子中间显露出来。就在这时候，它们开始散发出一种清香，使三峡充满了成熟的秋天的气息。

当早晨，透明的露水闪耀着，峡风有些凉意，仿佛满山的橘柚树上撒了一层洁白的霜花，新鲜而明净；太阳出来，露水消逝了，橘柚树闪烁着阳光，绿叶金实，三峡中又是一片秋天的明丽。

中午，群峰披上金甲，阳光在水面上跳跃，长江也变得热烈了；像一条金鳞巨蟒，翻滚着，呼啸着，奔腾流去。而一面又把它那激荡的、跳跃的光辉，投向两岸陡立的峭壁；于是，整个峡谷，波光荡漾，三峡又充满了秋天的热烈的气息。

下午，太阳还没有落，峡里早升起一层青色的雾。这使得峡里的黄昏来得特别早，而去得特别迟。于是，在青色的透明的黄昏中，两岸峭壁的倒影，一齐拥向江心，使江面上只剩下一线发光的天空，长江平静而轻缓地流淌，变得有如一条明亮的小溪。

夜，终于来了。岸边的渔火，江心的灯标，接连地亮起。连同它们在水面映出的红色光晕，使长江像是眨着眼睛，沉沉欲睡；只有偶而驶过的赶路的驳船，响着汽笛，在江面划开一条发光的路，于是岸边的渔火，江心的灯标，都像惊醒了一般，在水面上轻轻战栗。

也许由于这里的山太高，峡谷太深，天空太过狭小，连月亮也上来得很迟很迟。起初，峡里只能感觉到它朦胧的青光，和黄昏连在一起；而不知在什么时候，它忽然出现在山上。就像从山上生长出来，是山的一部分，像一块巨大的磨平、发亮的云母石。这时，月亮和山的阴影，对比得异常明显——山是墨一般的黑，陡立着，倾向江心，仿佛就要扑跌下来；而月光，从山顶上，顺着深深的直立的谷壑，把它那清冽的光辉，一直泻到江面，就像一道道瀑布，凭空飞降，又像一匹匹素锦，从山挂起。

这一天，正是中秋。中秋的月亮最先照到停泊在西陵峡里的一只客船上。这只船是有名的“江峡”号，船上乘坐的是“长江水利枢纽中苏专家鉴定委员会”，和它的随行人员。此刻，船上响起音乐，中秋晚会正要开始。

早晨起来，人们就记起了今天是中秋；船上还宣布了今晚会餐的准备。但对于在野外工作的人，节日的精神的意义，更多于物质的。一个年青的地质工程师戴光秀对我说：开国以来，他们在各个建设工地上进行过地质查勘。每逢“五一”“十一”，大家起得特别早，工作得特别用力。而在头午以前，大家却很少说话，像是有意要掩藏起内心的激动，只把这种心情贯注到眼前的工作里。但一过九点半，便沉不住气了，不约而同地时时去看手上的表——表面在太阳下闪闪发光，秒针慢慢移动……在这些人迹不到的深山大泽之中，一时静得能听见秒针的嘀嗒声。于是九点五十分、五十五分、五十九分……十点正，毛主席登上天安门了；天安门广场响起一片欢呼。这欢呼，也从他们心里响起来，和天安门的连在一起。这时，他们也仿佛听见了天安门前庄严的国歌，礼炮轰鸣……

今天不是“五一”“十一”，却是一个团圆的节日。也许人们今天的感觉，更多带有私人的性质。但是这一点，现在并看不出来；可能等到夜晚，在月光底下，它们会无隐蔽地显示出来——现在，人们在想着别的事。

还在昨天，就有一个在地质工程水文工程人员中具有权威性的名字被反复谈论着；并且有消息说，这个人今天就会来到这里。此刻人们心里想的，就只有这件事，以至说不清楚它是加强了，还是冲淡了今天的节日的气氛——从一早起，人们便都像有所期待地变得有些异样起来。……

但是早饭以后，人们还是按照预定的日程，去查勘了九湾溪分水岭，看看如果水位抬高，那里有没有漏水的可能。下午，按照日程，进行了关于地质方面的汇报和讨论。当太阳转过西面的山头，把余光从两峰之间照射到东山一块陡直的、平滑的峭壁上，峭壁便亮得像一面镜子，把阳光又折射到“江峡”号二楼的客厅里。这时，在这里聚精会神地听取汇报的人们，像是获得了某种重要的启示，脸上焕发着一种异样的光彩。

而从窗子里望出去，峭壁下面，那站立在突出江面的岩石上，三峡大队的办公室、仓库、饭厅、球场，以及附近的钻塔，在折射下来的光晕中，由于水波激荡，便都像从石镜中映出的影子。然后，阳光移动，越升越高，最后在山头上消失；这一切，都隐没在如同雾霭一般的灰色的阴影中——于是，黄昏来到了峡里。

会散了，人们聚集在“江峡”号的甲板上，像是乘凉，又像是期待着什么，默默无语。这时，从下游传来一声尖锐的汽笛，“江峡”也鸣笛回答，在群山呼应中，一只不大的水文船——“长〇〇三”号，激溅着浪花，急速地驶向“江峡”来。

近了，可以看出，船头上站着一个脱光了头发，却留蓄着一部闪闪有光泽的银白胡子的老人。他的红润的脸，和这部银丝般的胡须形成了鲜明的对比；而且他那样挺直地站在飞驰的船头上，一动不动，在峡里的青色的黄昏中，庄严得像一座雕像。

立刻，“江峡”号的甲板上响起一片掌声。同时，许多惊异的声音一齐小声叫道：

“米丘林……”

不错，这个看起来的确有点像米丘林的老人，就是人们所期待的，昨天刚从莫斯科飞来的苏联有名的地质和水文工程专家、博士，波波夫教授。

他老远就举起帽子，向“江峡”号挥动。一面注视着两只船在慢慢靠拢。江水正从两条船中间迅速地让开路，向船下面逃去。“长〇〇三”号的左舷和“江峡”号的右舷，稳稳地并拢了，两只船同时响起致敬的汽笛声；汽笛接着掌声，以及锚链的喧声，波波夫教授敏捷地、矫健地，一步跨到“江峡”来。

……连今天峡里的黄昏，也似乎缩短了。江水只平静了一下，接着便闪动起银色的波粼；中秋的月光，开始照到峡里。

二

这个由中国和苏联专家组成的“长江水利枢纽中苏专家鉴定委员会”，已经在长江上旅行了三个星期。他们从宜宾来，经过重庆，然后进入三峡。几天来，他们听取了汇报，查勘了黄陵大背斜的华岗岩坝区、石牌页岩坝区，还要继续向前，查勘三峡的天然瓶口，却又是石灰岩的南津关坝区。

长江蕴藏着无限丰富的水能，三峡形成了天然的水利枢纽。这在我国的建设事业中，有可能变成一种巨大的能力。但这里的错综矛盾的地质条件和水文条件，提出了一系列关涉到整个国家建设计划和科学发展水平的复杂问题。这便是这个委员会所面临的情况。

进入三峡以来，委员会的工作显得特别紧张了。至少他们也必须从这些看起来是难以克服的矛盾中，找出一条继续进行工作的路，找到一种真实的、不带任何幻想的、对于三峡枢纽的信念。但是，今天下午的汇报，开始得很沉闷。三峡大队的盛总工程师是一个谦虚的人，因此他的纯粹客观的叙述和缺少判断，引起了人们的不安。于是汇报还没有完，他便被一大堆问题包围起来。这使他的并不年青的脸上，泛起了孩子般的红晕——仅仅是由于缺少判断，他竟不能充分表达出自己亲手总结出来的全部工作成果！

但是，这却使得下面的一个汇报突出出来。汇报人是一个年青的工程师，他的细长过眼的眉毛，黝黑而明亮的眼睛，在他那因为长期的野外工作晒成古铜色的面孔上，显得那么秀气；再加上和他那东北口音完全不谐调的柔和的声调，热情的叙述，不知怎么，一个非常男性的人，却给人一种女性的感觉。尤其是和他的助手，那个帮他张挂图纸，并不时提醒他一些数目字的年青的女地质员对比起来。这个姑娘，无论在相貌上、动作上、声音上，那种明快、敏捷和大胆，都和她的工程师相反，给人一种男性的感觉；这大约主要是由于她那种全身充满的令人一眼就能看出的对于自己事业从不怀疑的信心和勇气。

他们汇报的是这个地区一比五万分地质图测绘的情形。孟昭发——这个年青的工程师叙述道：

“庙河到香溪，一百二十五平方公里；华岗岩地区补测七十平方公里，九湾溪补测六十平方公里。……香溪以上，到湖北四川交界的保康一带，在属于大巴山的亚武当山脉中，灰岩地层的构成是三叠纪、二叠纪、寒武纪、奥陶纪……”

人们注视着淡蓝色墙壁上挂起的各种颜色图纸。在地形图上，穿过那些看不见的高山森林，长江像一条鼓动着的巨大的蓝色血管，从有如体魄坚强、肌肉隆起的胸膛上流过。这给人一种印象：正如血管之与肌肉，长江和三峡是不可分割的整体。它们是互相矛盾，却又互相依存着；长江顽强地穿通三峡，而三峡又成了控制长江的枢纽——怪不得这个委员会里一位专门研究“长江发育史”的李承三教授说：当黄陵大背斜还没有被两面的江水，按照“溯源侵蚀”的规律穿通时，这里本来就有一座“坝”！

而在地质图上，浓淡分明的颜色，标志出了岩层的性质、年代和相互的关系——这正是他们的工作：像医生要弄清楚手术周围的肌肉一样，他们要弄清坝区周围的每一块岩石。现在，人们能够清楚地看见，这里也充满着矛盾：在黄陵背斜上，有着坚强的、可以说是理想的华岗岩坝址，但时间又使它形成了严重的风化层；而在南津关，那个显然是三峡瓶口的坝址，却又是石灰岩地区，而且有不少大大小小的溶洞！

“根据你工作的资料，”那个面貌像彼得大帝，声音低沉，而动作轻快，脸上时有快乐表情的专家组长谢苗诺夫，忽然敲着桌子发问了，“这一带的漏水情形到底怎样？”

这个半天没有被问倒的，令人羡慕的工程师，这时却迟疑了。一面乱翻图纸，额上也跟着冒出汗珠来。而他的助手，那个大胆的姑娘吴雅灵，却敏捷地走过去，拿掉图纸右上角的一颗图钉，地质图滑下来，露出了一张奇怪的图纸。

标题是“喀斯特分布示意图”，图纸上，大江静静地躺着，两岸没有山峦，没有森林，却布满了各种形状、各种颜色的圆点。这些圆点，是水工人员最可怕的敌人，但样子，却又十分滑稽——有的像游动着的蝌蚪，拖着尖尖的尾巴；有的像直立的圆锥，下面是无底深渊；又有的像感叹号，摆出一副耸人听闻的架子，似乎谁都必须对它加以注意。

“喀斯特”，这是水工人员一听见就会头疼的名词，今年春天，我从北京出发时，曾经去访问了水电部门的一位负责同志，也是我的老朋友，当时他对我说道：

“南津关是喀斯特地区，喀斯特，你懂不懂？就是——溶洞。那里喀斯特最发育，在理论上，是根本不能做坝的！”

那时，我的确还是第一次听到这个词，但因此我也就牢牢记住了它。并且直到现在，我看到图纸上那些所谓“喀斯特”的圆点，还觉得讨厌。

瘦长的、快乐的“喀斯特”专家索科洛夫站起来了，他走向“示意图”，戴起眼镜，仔细观察了这些圆点，然后，他要求解释。

孟昭发望望吴雅灵，退到一边；吴雅灵迟疑了一下，走过去，站在图纸前面，用力地看定她面前围坐在一张长方桌上的白发皓首的中苏专家，以及他们背后的一大群工程师。这些人当中，任何一个年龄都像她的父亲；而资历，至少也是她的老师。但是这个大胆的姑娘，却用她那令人信服的声调，朗朗地说道：

“在两岸一百平方公里内，”她用铅笔从肩膀上向背后的图纸指了指，“有溶洞二百多个。其中大的十六个；最小的，面积不到零点一平方公里。最大的是石龙洞，洞口高五五点九公尺，可进深度五百七十公尺，洞径，二十到三十公尺。洞内空气流通，温度八度。水，内流，大雨时外流；洞内积水不动。位置，发育在石牌岩页下层。……”

显然，她并不老练，背诵这些数目字时她的声音并不完全自然。但每一句都很肯定，令人相信这就是不可动摇的根据。随后，她又详细说明了溶洞的形态、位置、漏水现象、地下水情况；并且在溶洞调查组的帮助下，把所有较大溶洞的高、宽、长，以及水位变化，在黑板上列了一张表。

很可能，她在毕业考试时（她是今年寒假才在东北地质学院提前毕业的），也没有这样紧张过；同时，也没有这样自信过。当她说完了，轻轻地拍拍手上的粉笔末，走回自己的位置时，样子却像一个老练的教师。但是同时，她却不由得把眼睛向满屋的专家们一扫——他们还在低着头记笔记。于是，她笑了。她的笑竟也这样出人意料，和她的男性般的大胆完全不相称：在她那宽宽的、明朗的嘴角上，浮现了一丝不容易察觉的、羞怯的、柔媚的微笑。

索科洛夫急速地写完了最后几个字，把钢笔掷到桌上，兴奋地走向黑板去。

“这是一些很有价值的材料。”他说，指了指图纸和黑板，“这里面包含着巨大的劳动。因此看起来，可怕的不是喀斯特本身，而是不了解它的规律。有的人怕喀斯特像怕老虎——就像你们中国俗语所说的：谈虎色变。但是据我参加过的工程，只要找到喀斯特的规律，还没有不能采取措施的。超过极限的喀斯特，在理论上是有的；在实际上，我还没有遇到过。因此照我看来，第一，喀斯特地区不能做坝的说法是不成立的。第二，南津关本身就是很有希望的。而中国年青的地质人员热爱自己的工作（这时，他用眼睛在寻找吴雅灵）在解决这个任务上，是最重要的保证。”

他搓着双手，微笑着望着吴雅灵。然后，又把眼睛移向这个委员会的主任，中国科学院地质研究所所长侯德封教授，并且加上一句：

“对吗，教授？请指示。”

侯德封教授从自己的位置上站起来，安静地说道：

“资料显示：溶洞近水面者平；高处是直的。这说明它们是新的，约成于第三纪。填起来，可以用。近代不会再溶了，而且地下水的温度较低。

“最初苏联同志提出喀斯特，是要我们在工作上注意，并没有绝对的意见。夸大之后，看成绝对条件，是不对的。

“喀斯特的规律，要看方向、高程，与地下水的关系，以及形成的时间、条件，等等。三峡上升快，有地台、峡中瀑布可以证明。因此地下水，未来也只能形成平洞，并不可怕。

“解决了喀斯特，坝址自然宁肯选择下面。这还要看解决喀斯特的成本多大。

“至于这次查勘，还不可能就坝址选择做出决定。因为还涉及许多技术以外的问题；但必须对今后的工作量提出建议——主要是对溶洞现象的观察，和进行大量的钻探……”

他说得这样平静、缓慢，虽然他的话并没有肯定什么，但在这安静的声音里，却响着一种乐观的、自信的调子。

三

船上的中秋晚会，也开始得很奇异。在“江峡”三楼的“阳台”上，先是桌凳、杯盘、刀叉，在音乐声中响了一阵；接着，人们一面说笑，吃着东西，便不知不觉地围着一条长长的桌子坐下来了。但当坐定之后，互相面对面地望了望，却发觉，此刻少了什么最主要的东西；而同时，在周围又有一些什么东西是不必要的、多余的。于是会场突然沉寂下来，谁也不说话了；只有辉煌的灯光，喧闹的音乐，连同峡谷里的回响和江水的反光，仿佛压得人不自然地喘气。

还是索科洛夫首先发现了这一点。他忽然站起来，指着高悬在桅杆上的扩音器叫道：

“停，停，音乐……”

起初，人们不明白他说的什么，只见顺着他的手望去；接着，他又喊道：

“灯，灯，关闭……”

立刻，音乐停止了，电灯熄灭了，一切寂然。这时，人们才发现，那圆圆的、饱满的、大放光明的中秋的月亮，像一面云母石的镜子，像一颗嵌在山顶上的明珠，沿岸边一座又高又陡直的山峰上，无声地，把它那清冽的、水一般的光辉，洒满了一地。

刹那间，人们为这种景象惊住了。这是常有的事——如果人们在无意中发现了自己正要寻找的东西。周围没有一点声音，连江水也好像静止了，整个三峡，陷入神秘的静谧中。只有月光，清冽的，像水一般的月光，无声地，洒落在山头、水面、甲板、杯盘，和人们的惊喜而沉思的脸上。

就这样，过了好一会。

索科洛夫对于自己这个得意的发现，忽然忍俊不禁了，首先大笑起来，笑得那么高声，那么得意；以至人们像忽然明白过来自己受了捉弄，也不由得一齐大笑起来。

衷心的、快乐的、无拘束的欢笑，飞上山岩，跌落江面，带着金属般的回响，跟江水一齐流去。

笑声刚刚停止，波波夫教授端着一杯茶，站起来说话了。

“在这样美好的夜晚，”他说，“我想起来一个故事。”

人们立刻安静下来。这本来是人们所期待的，但他一开始，却又觉得意外。

“在我做大学生的时候，”他平静地说，“我的第一篇科学论文的题目，就叫作——从地质学的观点看月亮……”

人们还没有来得及弄明白他什么意思，索科洛夫却站起来了——

“不可能！”他大声叫道，“不会有这样的论文的！”

大家望着波波夫，波波夫不动声色，只把手按了一下，意思是要索科洛夫安静；同时用一种肯定的，但是充满诙谐的声调说：

“不要否认事实！你看，眼前，这不就是吗？”

立刻，全场爆发了一阵笑声。索科洛夫也想笑，却没有笑出来，只无可奈何地摇摇头，坐下去。

“那时候，我还年轻。”波波夫教授把茶杯放下，看了看月亮接着说，“但是生活得很严肃，从来没有想到过月亮里有没有姑娘的事。”

这时，他脸上浮起一个微笑（人们也会心地笑了），转过头来寻找袁复礼教授。一定是他，这个似乎最不喜欢开玩笑的科学家，刚才对他讲了“月里嫦娥”的故事。

“但是，这和你的科学论文有什么关系呢？”索科洛夫看出空子，又挑战似的叫道。

“有的，”波波夫不慌不忙地回答，“那时，我爱幻想，幻想月亮和地质学的关系。你知道，幻想往往是科学的翅膀。现在，当我活到六十七岁，在中国，这幻想竟变成了现实！”

他忽然停下来，长久地凝视着月亮。然后，变得有点兴奋地提高了声音继续说：

“你看，在这样奇妙的峡谷里，在这样伟大的河流上，看着这样美好的月亮——我干了一辈子水文地质，还是第一次遇到这样的事。这是——奇迹！是的，奇迹！”

他着重把奇迹这个词重复了一遍。并且由于激动，声音颤抖起来。

“是的，奇迹！”他又重复说，“因为我们，中苏两大民族的科学家们，正在这里着手解决一个世界上最伟大、空前，也许是绝后的工程问题！”

他停下来，望着人们。由于激动，发出深深的呼吸。人们也显然受到了他的感染，全场没有一点声音，只当他停止说话的时候，椅子发出了沉重的响动。

“什么是人民的幸福呢？”波波夫教授接着说，“是各族人民自由的工作，富裕的生活。这就是我们信心的源泉。因为我们为了一个崇高目的！”

波波夫教授说完了，坐下去。但全场仍然没有一点声音；仿佛人们在听着从深长的峡谷里，传来这些语言的热烈的回响。

等到连回声也静默了，只剩下皓月当空，群山肃立，大江激荡，银波万里……

“现在你看，”还是波波夫教授自己来打破沉默，他又端起茶杯，微笑着转向索科洛夫，“我这篇科学论文的题目，是不是可以成立？”

索科洛夫，这个地质工程水文工程专家中的专家，喀斯特的对手，是那般精明、干练；不但在工作上，开起玩笑来也是从不让人的。但这一回，他窘住了；却不认输地捏紧拳头，在自己眼前威胁地晃了晃，便独自跑开去，打开扩音机，扭亮电灯，回头向一个女翻译深深地鞠了一躬，拉着她跳起来。

船上又爆发了一阵笑声，笑声和着音乐，在峡谷里荡漾。连江水也变得活泼了，拍打着船舷，卷起明亮的浪花，像是也要涌上船来，参加这个快乐的晚会。

四

我趁热闹走下船去，自己拉着绳子，过了摆渡，沿着岸边通往三峡大队办公室的小径走去。月光照着近来被人们走得发光的路，照着岸边跳动的发光的浪花。水里，是“江峡”的倒影，月光和灯光，把它映成一个透明的影子。由于江水的激荡，音乐仿佛是从水里冒出来，又一阵一阵地一飘一飘地落进水里。

我一个人走着，呼吸着这混合着橘柚的清香、月光、水声和音乐的三峡中秋的空气，脑子里充满了奇异的思想——四个月前，我第一次经过三峡的时候，这里还只有一台钻机，和那面在黎明的晨曦中迎风招展的动人的红旗。第二次走过，从香溪到南津关，已经竖起了无数覆盖着绿色帆布帐篷的钻塔，和那仿佛还闻得出香味的新搭的竹席房子。现在是第三次，我又来到三峡了。但所看见的，不只是外表的变化。那时，关于长江流域规划，还是有若干方案，若干枢纽，以及若干枢纽中若干坝轴线的调查、查勘、比较、论证……现在，经过四个月来几千人的劳动，已经从地下、水上和空中，取得了足以初步判明这个自然奇迹对于我国建设事业具有的无限价值的丰富资料。这些资料，也不只是人们在深夜，在摇曳的烛光下，揉着充血的眼睛，细心描绘成的各种颜色的图纸；不只是人们在高山上、峡谷里，爬上悬崖绝壁，听着虎豹的叫声，用地质锤小心敲下来的奇异的岩石；也不只是经过无数不眠的夜，反复计算出来的复杂的、长长的数目字——而是，信心。人们在劳动中，在战胜自然和认识自然的过程中，头脑里所幻想的、希望的，有时是假定的东西，被逐步证实了，看得清楚了、具体了、真实了——因而在人们精神上引起了变化。

我漫无目的走着，看着从我身边不时走过的一对对年青的地质人员，他们高声地谈笑着，声音里充满着乐观的调子。远处的球场上，传来了哨音，还可以隐约看见在月光下奔跑的影子——那是“江峡”号的船员，和三峡大队的钻探队员们在举行“中秋球赛”。我经过那座新建的竹席饭厅，里面在放映电影，影片中的对话，也是乐观的。办公室里还亮着灯，从打开的窗子里可以看见一群工程师围着图纸争论——虽然争论，用的也是一种乐观而自信的调子。……

我已经要走到尽头了。再向前，就要爬坡，从那里可以到达石龙洞，经过天花板，直到南津关——到那个许多人向往的坝址。我过这条路，这是怎样的路呵！然而千百年来，人们就是在这样的路上走来走去。

我正在转回去，却听见江边一块岩石的背后，传来了两个姑娘的谈话——

“你真行呵！”其中的一个说，“在这许多专家面前，侃侃而谈！”

声音里带着羡慕，甚至有点儿妒忌。对方却没有回答，吃吃地笑了。停了一会，说道：

“得了！你知道人家几夜没睡觉，才把材料背熟了！”

这声音好熟悉，但因为变换了说话的情绪，我一时想不起来。

“要我，再背也不行！”先前的一个又说，这声音也有点熟悉，“在学校里也是，不管背多熟，老师一叫上台，就蒙了！”

“要有信心。”后一个说，“像演一道算题，你理解了，就再也不会忘记。”

这一回，我听出来了。因为她又恢复了在今天下午汇报时，她那充满信心的明朗的调子——这便是那个年青的女地质员吴雅灵。

“是呵……”那个姑娘只说了半句，随后却是一声轻轻的叹息。

“你怎么啦，秀真？”

吴雅灵似乎有点惊异地问，叫出了她的名字。于是，一个圆圆的、孩子般的面孔，从我的记忆里闪过。是的，那是一个像苹果似的又圆又红的脸，闪着一对又黑又亮的眼睛。不错，她的名字叫徐秀真，也是个地质员。在一比五万分地质图测绘组里，人们叫她“观音”。因为这个组十九个人，十八个男的，便起了“十八罗汉一观音”的名字。戴光秀工程师还给我讲过一件她的可笑的事情：有一次，他们在兴山一带迷了路，要在水里走。老乡说，女人是过不去的。大家要她留下，她不肯。于是，“观音”和“罗汉”一样，光着脚，在齐腰深的水里一天走了一百一十里路；半夜了，还得爬一个一千多公尺的峭壁。她一步也没有掉队。到住下来了，同志们才看见：她的脚烂了，嘴唇也出血了。脚是石头扎的，“嘴呢？”戴光秀问她。她说：

“脚疼，自己拿牙咬的！”

不错，我听出来了，就是这个小姑娘。但她怎么会发出了叹息？我像吴雅灵一样有点惊异。

“我们来三峡多久了？”这时，我又听见吴雅灵变换了一种声调问。

“算算呀！”秀真仍然没好气地说，却一面自己算起来了，“我们正好是‘五一’到的。五月、六月、七月、八月，还不到五个月呢！”

“是呀，”雅灵说，同时轻轻地笑了，“可是这五个月，我们都好像长大了，成了大人；刚出学校时，还是个孩子呢！”

秀真半天没说话，后来忽然笑了，笑得很高声，像是她刚刚发现了这个秘密。

“真的，长大了。”她肯定地说，“可是，雅灵，你看这里到底能不能做坝呢？”

又没有声音了。周围很静。我也仿佛听见了自己的心脏跳动。

“嗯？”又是秀真的声音，她固执地问。

“我说你呀，你还是个孩子！”吴雅灵说话了，声音里充满了那么多的温柔和自信，“要不能做坝，你为什么要把嘴唇咬得出血呢？还有那些专家，他们来做什么？今天专家说：石灰岩地区也能做坝，喀斯特也不可怕。问题是，要工作，工作；是的，工作（她停了一下）……秀真，有时候我一个人想：就是要工作，工作，一直工作到三峡大坝建成那天，看着水头从天空中滚下来，半个中国都放出光明——连我们去过的那些没有人烟的地方。你还记得吗？有一次，在一个小学里，那些孩子们听说我们是治水的、发电的，他们立刻跑回家去，给我们拿来好些鸡蛋！那时候，他们想什么呢？一定是想早些在电灯底下念书呢……”

“那要到什么时候呢？”秀真忽然打断了她，“听说光施工就得十二年，还不算勘探、设计！等到那时候我们都变成老太婆了！”

“你这小丫头！”一定是吴雅灵掐了秀真一把，这小姑娘咯咯地笑起来了，“连爱人还没有呢，就想到老了！”

“哼，你倒有！”秀真不服地反驳道，“一个黄河，一个长江，连中秋节也不能团圆……”

这一回，吴雅灵不说话了，也许是秀真的话当真触动了她的心事。

“我呀，”秀真得意了，接着说，“就不要爱人！我们不是说过吗？把青春献给三峡！我不能说了不算。三峡，不，长江，我的爱人就是——长江！”

她像是故意逗雅灵，拖长了声调说出长江这两个字。然后，她又高声地笑了；笑得那么天真、快乐，还随手捡起一块石子，用力地丢进江里。

江水像是回答她，带着洁白的月光，涌上江岸，拍打着岩石，几乎舐湿了她的脚。

她惊叫一声，站起来就跑，雅灵随后追去。于是在她们背后，一串水汪汪的银铃般的笑声，一路抛进江里。

只剩了我自己，站在江边。这时，夜已深了，月亮升到中天，照满三峡。远远望去，直到峡谷的尽头，一片通明；连同滚动着的江水。仿佛三峡本来就是个发光的物体。夜风吹来，我又闻到了橘柚树的清香。同时，在这清新的气息里，却响着一种巨大的、有规律的声音。我四面望了望，原来前面不远，就是501号钻机。白天我从那里走过，老练的机长正带来几瓶汽水，预备过节。我奇怪地问：“为什么不预备酒呢？”他指了指下面说：“在这种地方，怎么能喝酒呢？”我望望下面，果然，离开钻机一步，就是陡直的峭壁；下面，大江流去。现在夜深人静，钻机声听得更清楚了，更有规律了。我想，也许他们已经喝过了汽水，正在清醒地守着自己的钻机。……

我转身向回走，钻机声从背后传来，像是一种鼓舞。于是我想起了吴雅灵对我说过的话：“当夜晚，下了班，一个人走回去，心里有点怕；但是一听见钻机的声音，心里便长出了无穷的勇气……”

我现在也好像有这样的感觉。于是加快了脚步，向着那灯光还没有灭，音乐还没有停的“江峡”号走去。

一九五六年十月—— 一九五七年一月

原载《人民文学》1957 年第 3 期

天堑变通途

——记武汉长江大桥的“合龙”

徐 迟

这些日子，在武汉长江大桥工地上，过的是最欢乐的节日。

节日，时雨、时晴。长江大桥像永久的霓虹，跨在武汉市上空。

节日，城市、街道、花木都清洁无垢，披着阳光和闪闪的波光。节日，江上的漂亮的船舰上挂满了旗帜，满城旗帜，霓虹上也挂满了。容光焕发的人群都穿上节日的盛装。

节日，欢迎一位国宾。节日，庆祝国际劳动节。节日，报喜讯：一个伟大的桥梁工程“合龙”了。

4 月 19 日，从南宁开来的第四十次直快列车到达武昌北站。一班轮渡刚开走。从南中国来的人全得在粤汉码头上等候下一班，达一小时之久。

将来列车从桥上通过长江只要一分钟。

在苍茫的江面，桥挺立着。两岸各有一系列的圆穹形引桥，中间是千多公尺长的米字形结构的正桥钢梁。钢梁中，还有一狭隘缺口，却只缺“米米米米米”五个字了。每个米字长十六公尺。这就是说，这一天，长江南北两岸的距离，只不过八十公尺。

20 日，大桥工程局局长告诉我，合龙日期是 5 月中旬。

21 日，第一桥梁处的工程师告诉我：下面的工人要求在“五一”以前合龙。要求已经送到局里去了。

登引桥，从这头，望那头，正像第一次游颐和园的人见到长廊要赞叹不已，全部钢梁像一幅透视图。一个套一个，进深极了，是惊人的宏伟景色。

现在，人们只见江水之上的桥，不知道每个桥墩下有三十多根巨大的管柱。全桥八个桥墩，三百来个管柱，像巨人一样，屹立在深水底下，它们生根在岩盘上，忠心于它们担负的重任。全桥几万吨重量都压在这些巨人的肌肉发达的肩膀上。

却不是魔法召来了这些巨人，是科学技术创造了这建筑桥梁的先进方法，是中苏桥梁建设者的心血结晶。

22 日，夜晚，在灯火辉煌的桥上，队长室里开了一个会。拼铆中队甘队长说，局里面已同意在“五一”前后合龙。

中队的罗工程师便计算起来：到月底还有二十五个班，是来得及拼铆四个半米字的（这两天又拼装好半个米字了）。缺铆钉如何解决、吊车如何调动、质量和安全如何保证等等，说得他兴奋起来，“只怕工人们劲头来了，不好办”。

我问：“劲头来了，是怎么的？”

他说：“我不会描写”，劲头一来，反正一心一意干，一分一秒不歇，有风暴也不肯下，到了点还骑在钢梁上，出了性子。

正是这样的，23 日，只差四个米字了。

25 日，只差三个米字，长江两岸不过四十八公尺的距离了。

27 日，只差二个米字，人们隔江对话。

28 日，从对面六号墩上，伸出了一个托架来。钢结构的托架，也像一个巨人，足踏在桥墩下部，身子往外扑出来，一手攀住桥墩顶部，另一手伸出来，迎接对面架过来的钢梁。

拼装工人有矫健灵活的身段，不慌不忙在大江之上，把高高霓虹中的一个缺口补上了。

下午六时，这边的一根下弦杆放到了那边的托架上。

从技术上来讲，这时钢梁已安全到达对岸。在它放托架的一瞬间，全桥的主要工程已告成功。

当然，它还是高空中单独一根杆件，是凌空的，是独木桥，一个不踏实就直下江底去了。但拼装工人在这下弦杆上，两岸之间来来往往。

欢乐的节日开始了。29 日，工地上，引桥上，钢梁的接龙处，工人们迎接苏联元首，鼓掌欢呼。5 月 1 日，大游行。他们还有一个节日中的节日——合龙日。那本身就是一个节日。

这是最后的一个米字。它在等待着，等待个阳光明丽的日子，从北京和上海的电影厂送来了摄影队。彩色胶卷上，将邀请全国观众前来观赏这最后一个米字的拼装。

“合龙”是钢梁工程的结束。但后面，还有无数工程，电梯、无轨电车线、大理石大厅、雕塑、眺望大江的凭栏处；还有铁路枢纽站；还有别的。全桥通车，还得半年光景，但已提前一年多。而前面是多少工程和多少劳动啊！初步设计是 1950 年春就开始的，地质钻探直到 1954 年汛期后；基础工程，曾经像战斗一样的紧张、激烈；钢梁工程也发生过令人焦灼的困难。只在此刻，才人人放了心，才人人心花怒放。

祝贺，顶点的到达，大桥“合龙”了！祝贺，我国建设事业的一个节日！

祝贺，桥梁建设者，当你们登上大桥顶，你们登上了世界桥梁技术的一个高峰。当然，你们还会攀登更高的峰顶的！

祝贺，所有行经桥上的人，行经桥上的车辆和行经桥下的船只。美丽的桥，使所有看到它的眼睛感到了幸福！宏伟的桥，使所有呼吸着江上清风的心胸感到了豪迈，充塞了信心！

祝贺，象征中苏友谊的桥。这是通往社会主义的桥！这是一座凯旋门，新中国第一个五年计划的凯旋门！

祝贺！

原载《人民日报》1957年5月4日

石油头

徐　迟

赤金，地名，距离玉门的老君庙油田大约三十公里。从干油泉，就是老君庙油田露头的那儿渗出来的原油，顺石油河水，漂流而来，一直漂流到地势比较低凹的赤金。

不少赤金的人，靠捞油为生，捞得油污浑身，满脸都是。赤金人得到了一个诨号，叫“石油头”。

后来开发了玉门油矿。一九四六年就有一个赤金人进了玉门油矿。工人们叫他石油头。这名儿与他甚为恰当。他是从小儿就当油娃子的。在矿上，他赶个大车，给资本家的家里送原油（作燃料用）、送水。他是连钻井队、采油队的边儿也没有挨上的，可是石油头这个美名逐渐成为他的专用名字了。他那本名，反没有人叫。

石油头住在西河坝的窑洞里。他身披一件老羊皮，上班穿着，下班盖着；晴天朝里，雨天朝外。他吃的是发了霉、掺了沙的小米饭，咽不下去的，又是吃了不饱的，而且刺得嘴唇牙肉都烂了。像所有的工人一样，只是在解放了以后，还没有两天——

“呵哟，这是怎么的？这……”

忽然看见了喷香的大米饭。“呵哟！”端到他面前来了。热乎乎的白馒头，他拿到了手上了。“呵哟！”二十几岁的人了，什么时候见过？“喔——”，真的翻身了！从来也没有吃过这么好吃的白馒头、大米饭！“啧啧！”这么雪白雪白的，这么好吃的……真是解放了。“呜呜！”真个翻身了！

石油头也就不赶大车了。他当上了一名钻井工人。他的那个钻井队，开始时是并不怎么样的。但到一九五四年上半年，石油头已经当司钻。他就创造过一个当时的日进尺的最高纪录。一九五五年，这个队评上了青年先进钻井队。一九五七年，石油头当上了大班司钻。一九五八年，他就当了队长。他先是用的美国30型钻机。后来，用了罗马尼亚钻机。当时他这个以钻机型号命名的勃乌（BU）五队，就是后来的那个全国闻名的国一二〇五队。“国”字的意思就是国产的钻机了。

石油头的那个钻机的刹把，石油头扶得真欢呵！他起钻、下钻，都猛；进尺快而事故少。石油头的干劲大。他还有个特点，他的点子特多。一九五六年吧，我国钻井材料有点紧张。钻头不够用。石油头他用旧钻头。哪儿有旧钻头？平时留意了，他心中都有数。他从废料堆里拣回来一只旧钻头，一打二百来米。他就这样用旧钻头抢了时间又节约了材料，为祖国创造了财富。石油头虽然不吭声、文化低些，可是他动脑筋呢，点子蛮多呢。

有一口钻井，开钻才几十米就碰上了一个厚达一百多米的河卵石层。别处的鹅卵石上面有麻子，还比较好打。这儿的河卵石不一样，硬。又碰上坩土很缺，所以泥浆的黏度低了。浮力小了，井下岩屑它带不出来。岩屑积多了，钻头更不容易下到底下去。十多个小时就这样损失掉了。原因大家都清楚，不外乎黏度问题。可是伙计们硬拼。石油头来了，他接过手来打了两个小时，也是打不下去。眉头一皱，计上心来。他在泥浆池里添上水泥，不少不多的十袋，恰到好处。泥浆稠些，砂子带上来了。小的河卵石也上来了，问题也解决了。当一名好司钻要出点子，要想办法。既要甩开膀子干，又要多动点脑筋。跟铁家伙光拼膂力，有时还拼不赢它呢。

石油头当上大班司钻以后，这是有规定的咯，他只消上白班儿了。他却搬来了井场上，住进了值班房。玉门的工人都住在市区一栋栋的宿舍里。他们乘坐交通车上下班。石油头偏偏住在井旁边。芨芨草编的席棚子，外面糊一层泥巴，石油头就在这里面住下了。不需要他上夜班，他偏偏不离开井场，日夜地操心。

一九五八年，石油头当上队长，比当司钻更加辛苦。工人们来上班，他琢磨他们。看到谁个似乎不高兴了，他就动脑筋。有啥不痛快事儿啦？他上去谈两句。不！没有啥！他抓抓头皮又说："我看是有点什么了呢。""你看出来了？""可不是，我看出来了。"他善于观察、体验、分析、研究，很会做思想工作。他是工人的贴心人，很知道政治思想工作的重要性。不然怎么叫"鱼水情"？

这年"大跃进"，他们在白杨河构造上，打一口井，出油了；再打一口井，又出油了。口口出油，这多好呵！就是打完了一口井要搬家，花不少的时间。要拆卸又要安装，载重卡车少说也要跑二十来趟。他们想了办法，把设备分三大部分搬，两天就搬完。比先前快得多了，还嫌太慢。能不能一次搬光，整体搬家？

那年石油头敢想敢干，异想天开，要求整体搬家。井距是比较近的，相距只三四百米。玉门局领导、石油部首长，也是工人的贴心人。他们提了议，领导一了解，就批准试搬。

于是巍巍的井架，整体迁移了。大家捏着一把汗。只见十台拖拉机在前边拉井架，两边两台拖拉机拉住了井架上面放下来的两边的大绷绳。只见井架往前挪动时，摇摇晃晃。大家都担心，精神很紧张，心头怦怦跳。这是第一次试验，只怕它倒下来。这是从来也没有过的事！搬是搬成功了，还有点儿不保险。

搬完了家，又开了钻，石油头还在动脑筋。于是，在钻台上，在他扶着闸把起钻、下钻时，他灵机一动，有所前进，有所发现，发现他的那个井架，在担上了负荷之后，那高大的架势呵，就比较的稳当了。一下子开了窍，他从这里往前想，有所发明，有所创造了。只要这井架能上下形成一个紧凑的整体，只要它上身下身之间有一根脊梁、脊椎骨，还要那井架上边的重量尽量地减轻，而底下的分量适当地加重起来，那么它迁移时，准不会再有太大的摇晃，就可以减少，甚至于取消掉倒塌的危险。

于是在打完了这口井，再次搬家时，他把大钩从天车上放了下来，一直放到钻台的转盘口。在大钩上，他给挂上了两个钢丝绳套。绳套从转盘里的方补心中穿过，到钻台下面穿进一根提升钻接，像用一根销子销住了。行！行了！

整体搬家又开始了。石油头上了钻台，站在上面。他开动钻机，把大钩往上轻轻一提。大钩居上，销子居下。一拉紧，从天车到转盘口的大钩，十根钢丝绳紧紧绷住，上下一体，像脊椎，直挺挺的，腰杆子挺硬。重量集中到钻台井口的大钩上。有五六吨重的压力，石油头把它往下压。

这就是不倒翁的道理。两边的拉绳取消了。十二台拖拉机牵引着钻机整体。轰隆隆地搬完了家。没有多少摇晃了，就是有点什么摇晃，井架也倒不下来。

好点子！好机智！这个办法行呵，石油头！这次飞跃真比前一次飞跃更加伟大呵！

这就是石油头的勃乌五队在白杨河构造上的首创精神！大干、苦干、拼命干里头的巧干，巧板眼呵！以后在大庆油田上，井架整体搬家，就用这个办法。就是最有技巧的巧匠，也比不上石油头摆弄井架的巧思，那么样的巧妙！

原先打一口井要个把月，整体搬家成了功，一个月可以打两口井，速度大大提高了。原先，石油头的战斗口号是争取一个月打上一千米，一年打上一万米的进尺。编成顺口溜：“月上千，年上万，玉门关上立标杆！”这个口号现在改为“月上双千，年上两万，白杨河上拼命干！”

玉门还有个勃乌四队，当时它是标杆队，而且是玉门矿务局的重点队。五队不服气，和这个四队展开了对手赛。你打出一个新指标，我也打出一个新指标。你一班打一百米，我一班至少打出一百一。看看，是你快还是我快？两个队都这么想：你要能创新纪录，我就敲锣打鼓，给你祝贺。然后，放下锣鼓把你撵。两个队正好摆在相邻的两条排钻线上。钻台上的司钻可以彼此相望。五队又打完了一根钻杆，四队赶紧追赶。不等四队搬上新的井位，五队要抢上前去。他们在跑一个两万米的，马拉松式的长距离赛跑。紧追不舍，忽前忽后的，煞是好看。你超过他了，然后他又超过了你；你搬井位了，他也搬了；你抢上他前，他又抢上你去。七月里，勃乌五队打了三口井。三开三完，进尺三千多米！五队渐渐超到四队的前面去了。

“噫！石油头真行！”

这回，部首长和局领导可重视这个石油头了。当时，玉门的勃乌五队正式向新疆克拉玛依油田上的著名的尖刀队挑了战。玉门和克拉玛依，进行了对手赛。他们的共同口号是：“月上五千，年上五万，中国石油大发展！”

八月，甘肃玉门的石油头那个队一个月打了五口井。月进尺真的超过了五千米！可是新疆克拉玛依的尖刀队一点不落后。天山脚下，祁连山前，两个英雄井队，并驾齐驱，齐头并进。

石油头一声吼：“月上万，年上十万，不到十万非好汉！”

这个指标一吼出来，连玉门人都有点儿将信将疑了。能行吗？有的人就讪笑了：石油头吹牛皮了吧。有人画了鼓劲的招贴画，也有人画了带点儿讽刺的漫画。这个指标当年来不及达到。不消多久，到了一九六三年，以新疆的永不卷刃的尖刀队为前身的国一二〇二队和以石油队的勃乌五队为前身的国一二〇五队，在大庆油田上都达到了十万米以上的年进尺！超过了苏修的功勋队！超过了美国的王牌队！

过后又不久，他们的年进尺达到十五万米！此是后话，按下不表了。

一九五九年，石油头那个队从白杨河调回到老君庙油田。钻头又紧张了。这年，石油头有八口井没领过一个新钻头。都是拣的旧钻头用。旧钻头用的时间短得多，无非起下钻头、换钻头的次数多一些。他们用干劲来补上。但是旧钻头上的三个牙轮都是锈死了的。要在缝缝里头点上些柴油，再要用小榔头敲打敲打。牙轮活动了就能用。这可太慢啦！然而石油头点子多，他开了油锅。油煎钻头的办法，可快啦！但他再想想，又觉得不妥。怕废柴油起了火就把钻头烧糊。他又改用滚烫的开水来煮。清汤煮钻头，办法太美啦！钻头一煮，牙轮上的泥巴、油污、铁锈都掉了。榔头轻轻一敲就活动了。用这些旧钻头打井，抢了时间，节约了材料，又为国家创造了巨大的财富，还锻炼了人！

石油头他们使用旧钻头，完全跟他们使用新钻头一样猛。该用多少压力钻进，还用这多少压力。牙轮掉不掉，全看司钻。司钻不肯钻研，思想不集中，技术不过硬，牙轮是会掉的。新钻头也不见得不掉牙轮。一掉就是事故。所以要掌握地层情况、钻进时间，还要掌握压力、泵量。不用点心思可不行。至于速度？一律开四挡！高速钻进！石油头用旧钻头打那八口井，就是一个牙轮也没有掉下井去。

十一月，石油头到了北京，参加了全国群英大会。他看到了北京街头的汽车背了个大气包，听到了大庆发现大油田的大喜讯。他得到了《毛泽东选集》回玉门，下了决心要把石油工业的落后帽子甩进太平洋！

石油头回到了玉门，他的钻井队正在打石油河的桥边那口井。用的是新方法。他听了汇报，不很赞成这个新方法。这口井下有三个油层。他担心打到第三层时，泥浆比重大了，第一层就要漏；比重小了，压不住第三层，井就要喷。老方法是打完第一层就下套管，保险以后不会漏，用的钢材多。新方法是用大钻头打完第一层，用水泥封好，不下套管可以节省钢材，换小钻头再从中打下去打第三层。

“这恐怕搞不成呵，老薛。”石油头和大班司钻商量，“井下有直有弯的，井壁有大有小的，小钻头不一定正好从中穿过。”“可是有点儿危险，要特别过细。”大班司钻很同意。就是在他还没有回来时，新方法已经用上了。石油头搔了搔头皮。有传达任务，他还不能上班。正好那天石油头去白杨河构造了，传达北京那个群英会的精神。忽传消息不好！正如他那样担心的，小钻头刚打开第三层油层，井就喷了。泥浆比重一加大，上边一层就漏，比重一减小，第三层就大喷。下喷、上漏；上吐、下泻。油气越冒越高，一下子冲到了井塔之顶。

石油头驾摩托车飞奔回来，立刻投入战斗。他早准备好了最坏的情况下的管线材料。

只见井底下的一只只气老虎，猛虎出了笼，张牙舞爪，乱奔乱咬。井底下又有一条条油龙，腾云而起，驾起了五里浓雾。井底下的一大群黄羊，被虎追逐而出，被横暴撕裂。井台上洄游的水族鱼虾，来不及散开逃窜，全部被恶龙扑杀、吞噬。戈壁滩上，一片紧张。气虎油龙，纵身飞跃。旋风发了狂，井架弯弯腰。一阵阵泥浪，满天的油潮。局领导选拔了尖刀班。石油头组织了突击队。一个个英雄报了名，一个个豪杰站出来。石油头带领尖刀班。大班司钻带领突击队。这时水泥车一字排开，做好了压井准备。部首长亲临前线，站到了水泥车头上，指挥战斗。尖刀班、突击队，从两个方向，猛扑钻台。一个伏虎，一个降龙。带上管线，压上井口。管线很快接好，水泥车吼声大起。

众口一声，发出呐喊：你们赶快下来！老薛快下来！石油头，快下来！快快快！可是原油已经流满钻台，凝固起来，他们陷入原油的厚厚的油层里。人出不来呵，脚拔不出。一个又一个，将他们拉将出来，鞋子都拔掉了。等到拉下钻台，个个成了石油头，石油雕塑，认不出谁是谁了。到最后把那个真正的石油头从齐腰深的原油坛上拉下来，井也不喷了。气虎油龙乏了。它们被制服了。

这是多么艰险的一场战斗！打扫战场时他们才发现，那胳膊粗的吊环已经被磨得只有小指头那么细了。方钻杆弯了。井架上的钢铁扭曲像油条。井喷凶猛！

又挪了井位。他们搬了家，准备开钻。忽然飞来了紧急调令：中共中央批准在大庆油田大会战！石油头奉令带领他的队伍赶到大庆。在大庆，望见了一望无际的大草原，足踏上辽阔广大的大油田。“呵哟！”只在解放之初流过泪以后再没有流过眼泪的这个大汉，高兴得流下了滚烫的热泪。怪不得他！所以他带来了几件宝贝东西！从来他舍不得拿出来用的：一根方钻杆，一个吊钳，一个卡瓦。这回带了来用上去了。

他用它们打了几口井，并没有人注意这几件东西，直到我们第一机械工业部的工人、工程师出身的部长来到他井上。部长一看见，非常惊讶：“你从哪里弄来这么好的方钻杆？”

早先在玉门，早在勃乌钻机换去他最初使用过的美国30型钻机时，他就留下了这根号称“扭不断的方钻杆”以及灵巧好使的吊钳、卡瓦各一副。他留下它们，舍不得用，收拾得好好的。这回大庆会战，才舍得用了。当下他看到机会难得，就向一机部长要求，要再好些的方钻杆。部长慨然允诺。后来果然得到了。石油头真有心眼儿，真会动脑筋！

过不多时，在大庆油田上，石油头不见了。人们再也不叫他石油头了。石油头完成了历史任务。大庆油田会战指挥部命名他为“王铁人”。王铁人的事迹现在大家知道了，他是大庆的五虎上将第一名，当年在玉门，就叫石油头。要知道，王铁人并非突然从大庆油田上冒出来的，并不是不经过一个过程突然地飞快地成长的。早在河西走廊、祁连山下，他就已经是中国工人阶级的模范，那时候人们叫他石油头！

更应当知道，王铁人不但是一员虎将，而且足智多谋。那个叫诸葛亮的人有谋而无勇；王铁人智勇双全。众所周知，在战术、战役上，他勇冠三军；而在战略上，在大是大非上，他有智有谋，讲策略，识路线。还没有找到大油田时，他就想了——他说，就不相信石油光埋在外国的地下。他看到解放军放哨站岗，他就想了——是他最早想到了岗位责任制。井打歪了，他就想了——他首先想出了钻井扶直器来。冬天在水泡子的冰上打井，他就想了——他把钢筋冻进厚厚的冰层。他多思。他不但想到生产上的事，他还想了，而且大办了井队上的工人福利。他没有文化，可是他想了又想，他翻山越岭似的艰苦学习毛泽东思想。所以当他干着社会主义呵，他也想了——他想着共产主义！

原载《上海文学》1978 年第 2 期

一个平常的女人

杜鹏程

一

一九五三年冬季的一天清早，文化教员领个女人，进了工会办公室。

这女人把挺大的竹背篓往地上一放，取出洋瓷碗，倒了一碗水，咕咚地几口就喝光了。喝完，用手背擦了擦嘴，靠墙站着，一言不发地盯着我。

文化教员没头没脑地说："多悬乎！她步行了五六百里地，赶到这里。"

我把这女人打量了一番：个儿不高，方方的脸，显得黑瘦。一双分外大的手黑漆漆的，裂了很多小口。眼下滴水成冰，她还穿着草鞋。脚上让草鞋磨破了的地方，捆着布条。棉袄让什么东西挂得稀巴烂。裤子的膝盖上，磨破了两个大洞。她大约真是穿过雪山和森林走来的；还不定有多少回是跪在山坡里往上爬的！我不禁想：她为啥在这隆冬寒天往这深山里头钻？

我问文化教员："什么事？"

"谁知道！她说要找工会主席，还说她是郑顺德的老婆。"

我直起腰打了个冷战，像谁在这数九寒天给我头上泼了一瓢冷水！郑顺德，不错，有个郑顺德。可是他病死足半年了！

说起来话长。今年春天，我领了由三百多名老工人组成的工程小队，背上铁锹、十字镐、粮食、食盐和小包炸药，翻山过岭，来这里做施工准备工作。我们在山崖上修人行道；在山坡上砍倒乱草盖工棚……一面做工，一面跟扰乱我们的豹子、狗熊、野猪、豺狼打仗。天气一热，满天是蚊子。工人们，有的害伤寒，有的打摆子，有的上吐下泻；有的碰上一种不知名的植物，浑身发肿；有的喝了点什么水，中了无名毒……我们苦熬苦受干了多半年，总算完成了任务。待大批工人来到，才正式开工。就在正式开工的前几天，工程小队的老工人——不脱产的支部书记郑顺德病亡了！他病亡的第二天，工会派了一名干部，带上安家费用去他家报丧……瞧！郑顺德的老婆倒突然不知从哪里钻出来站在我跟前！想必是报丧的人没有找到地址？想必是这女人还不晓得那落到她头上的打击？

我躲开她的眼睛，搔着头皮，像牙痛一样地咝咝吸冷气。有好几回，话冲到口边，又咽到肚子里去了……我胸脯上像压了个大磨盘……

郑顺德的老婆开口了："主席！不要难受，也不要替我操心！我活了几十年，不经的事也经了，不作的难也作了，不受的罪也受了！……"她转过脸去，下巴搁在肩膀上。胸脯在猛烈地起伏，肩膀微微耸动！

"主席！你……你不用……不用替我操心，我是苦惯了的人！……"她抽噎着，脸上，手上，袄袖上，胸脯上，到处都是眼泪。

听她一字一泪叙说自己的身世，我心里乱糟糟的！原来，她十六岁上跟工人韦全法过活。没有几年，老韦殁了，撇下她和吃奶的孩子！她鼻涕一把泪一把背上孩子沿门讨饭，忍饥受饿混了两三年，又遇到工人刘守亭。老刘收留了她们母子俩。从此，她挑上个担子——一头是小孩，一头是行李，跟上老刘，这里做几天工，那里受几天苦。记不清歇了多少店，记不清走了多少路，谁料想到：抗战胜利的前三年，老刘叫日本鬼子的飞机炸死了！没多久，她又跟郑顺德一块过活。老郑是老工人，又是地下党员。快解放的那一二年，敌人天天捉拿他。这女人拉上孩子和老郑一道，背上灵牌过日子。临了，她又跟老郑蹲了监狱。一解放，老郑带上铁路工人抢修铁路，她带上民工支援前线。苦是苦，总算熬出头了。前年，老郑到四川修筑成渝铁路，全家人就从河南起身到了成都。……

"我心想，慌慌乱乱好多年，如今该安家立业了……看！如今……如今……老郑又半道上撇下我们！……我晓得老郑下世的讯息，就像把魂丢了！觉得活在世上没意思！过后，又思量：儿女要人抚养，还得挺起腰板过光景。……主席！不要难受！前……前……前头的路儿还长，咱们该怎么过日子还……还……还要怎么过日子！"说罢，她呆呆地望着地面。

我猛地抬起头，盯着这个女人，眼睛不眨地盯着这个女人。她背着多大的悲痛，却来给我宽心！

文化教员看我说不出话，就插上说："老郑是老工人，他殁了，抚恤金总不会太少！"

她用破烂的袄襟把眼睛揉了揉："依你说，我在老郑名下领上抚恤金，身不摇、膀不动地吃自在饭？"

文化教员说："不。我是说，你知道老郑殁了，光景又过得去，何必在这天寒地冻时候来这苦焦的地方？"

她抬起头，眼睛红肿，眼睫毛还挂着点点泪珠，蛮厉害地盯着文化教员的胸脯："老郑殁了，铁路可修通了？"

我连忙指着窗外的工地说："看！刚开工——离修通还远哩！"

"行啦！你把老郑留的修路工具交给我。说起做工，我是一个顶一个。修成渝铁路的工夫，我抬土、扛石头直干了二年。”接着，她在身上摸了一阵，掏出一封信来：“给！我的孩儿们捎来的。”

我接住信，拆开看：

工程队工会负责同志：……四川人听到要修铁路，欢喜得了不得。他们知道我爸爸为了修铁路牺牲了，就三天两头来慰问，还给我家挂了个匾。政府和这里工会的同志对我家也很关照……我们全家商量：父亲刚开始修路就去世了，我们应该补充上去。我们兄弟几个争着要去铁路工地。我妈妈说，你们做工的做工，念书的念书，我去！兄弟们不赞成，可是妈妈这个人，安心干哪宗事，谁也挡不住……她到了工地，千万希望工会的同志多多照应。

我们兄弟三个——两个在工厂做工，一个上学。家里生活很好，你们放心吧！多多来信吧！

致

工人的敬礼

钳工郑千平

翻砂工郑二平

小学生郑三平

看罢信，我感到一种豪迈的心情。可也挺为难：就算她修过成渝铁路，可是这里工程艰巨得多，生活也格外困难，把这上了岁数的人，往哪里安顿！……我把各样困难一一向她说明。还说，请她在这里住上几天，到医务所把身上的冻伤治疗一下。

她死死地把我瞅了一阵，又低垂着眼皮，自言自语地说：“我凭着两只手过活了半辈子，给谁也没有增添过麻烦！”往地下一蹲，把两个胳膊套在竹背篓的耳子上，腰一弯，竹背篓的重量压在她背上，两手撑在地上猛往起一站，背起很沉的竹篓就咚咚地朝外走，头也不回。

我心里很不好受，连忙赶上她，边走边说："我们商量商量，尽力想法子给你找个工作。"

我把她领到招待所，找了个房间，让她住下。

过了半个月，招待所的管理员，一把拉住我说："好主席哩！这位郑大嫂难对付啊！"

原来，郑大嫂到了招待所，没有住上三天，就找到了生活的门路：到后山拾柴火，背回来卖给工地各个伙房。每天背一百斤柴，来回踏着冰雪走上二三十里路，挣上几角钱，可以过活一天。

管理员说："我急得没法，跟她说：'要有不明内情的人，说我不给你开饭，这罪名我担待得起？'可是她真厉害，一句就把我顶住了：'你不要看工地里钱多，没有分文钱是给吃闲饭的人开支的！'"

跟管理员谈过话，我就跟几个干部一块合计。大伙说，炊事员每天给工地送几担水，不够工人们喝；再说把水挑到工地就凉了。要让郑大嫂在工地支个锅烧水，按月给她付工资，不是蛮好吗？

大家伙商量妥了，我就去通知郑大嫂。

到了招待所门口，我正碰见郑大嫂。她提着一条捆柴的绳子，大约是刚把一背柴卖掉。她的半截裤筒叫雪水泡湿了，冻得梆硬，抬脚动步就咯嚓嚓响！

我说："你呀，太勤苦啰！"

她用手背擦擦头上的汗水："什么勤苦不勤苦。干活干惯了，没活干手就没处搁。"

我说："大嫂！现在让你到工地烧开水！"

"成啊！多会儿上工？"

"明天！"

她用手抿了抿鬓角的头发说："明天？明天是黄道吉日？今日就上工吧，主席！"

二

从此，工地就有了这样一个烧水的女工。

四年来，每一个冬天，冻得机器不能开动，水管炸裂了，北风把积雪卷上天空，远近雾腾腾的。看不见高山、大江，看不见飞禽走兽，也看不见无数的工点。天空的电线千奇百怪地叫唤。突然，蛛网似的电线，像被谁用刀一下给砍断了，所有的电灯全灭了，天地间黑乎乎一片。这工夫，郑大嫂烧的火光显得特别明亮。火光照着她的身影。她披着蓑衣，抱着膝盖，抵抗着风雪，守着她的开水锅！

四年来，每一个夏天，太阳晒得人身上流油。小草枯干了，树叶卷起了。工地里常有人中暑晕倒。这时候，郑大嫂总是戴个破草帽，面对着大火。嘴唇烤焦了，眼圈烤烂了，她还是守着她的开水锅！

四年来，郑大嫂的开水锅移动过几个地方，凡是她支过锅的地方，都放着她经常坐的石头。这些石头已经磨得明光溜滑。

四年来，郑大嫂一直使用的那根拨火棍，也已经让她的手磨得精细发光。

四年来，郑大嫂的开水锅边成了工地最有意思的地方。瞧！一个老工人不慌不忙地来了，用脖子里围的毛巾擦着汗。郑大嫂不用看，就伸手从一二百个茶缸中摸起了这个工人的茶缸，说：“给！刚把茶泡好；我估摸你快来了。”老工人坐在一块石头上，揭开缸子盖儿吹了吹，一边喝，一边称赞茶泡得好。

郑大嫂说：“好茶能解乏。趁热快喝！”

老工人刚走，一个青年工人唱叫着来了。他舀了一茶缸水，从耳朵上边取下半截纸烟头，盘腿往地下一坐，好像他要在这里安家落户蹲一辈子。

郑大嫂扑到工人跟前，把拨火棍在地上敲打着说：“小老爷！你不怕把地压塌了？”

把好话当作耳边风。青年工人喝一口水，抽一口烟，晃着脑袋哼小曲。

郑大嫂把拨火棍一扔，盖住锅，捞起扫帚，呼哧呼哧打扫开水锅边的空场子。扫得灰尘扬起，弄得人睁不开眼，直打喷嚏。她边扫边说："四小时喝了十三次开水！说起领工资比鬼都跑得快，连跌倒把前门牙磕掉也不怕！"

青年工人蹦跳起来，狠狠地把烟头一摔，把帽子往脑后一推，说："我一到这儿，你就眼红了！你安的什么心？"说罢，把缸子里剩下的水，往空中一扬，猛一转身，跟工人老李的老婆，撞了个面对面。

老李的老婆正在火头上："死鬼！你奔丧去？"

青年工人喊："又是一个难惹的母老虎！"

老李的老婆喊："口里干净点，跑什么？有本事你站住！"

郑大嫂一把拉住老李的老婆劝说："不要跟他磨牙捣嘴。哪阵风把你吹来了？没抱孩子？"

老李的老婆说："你见老李没有？他白天缩到工地，晚上躲在工棚，不和我照面！我要跟他见个高低！过不成就离婚！天底下有的是男人！"

郑大嫂说："明白人还能说糊涂话？常言说：一日夫妻百日恩，百日夫妻似海深。更别说你们儿女一大伙，结婚十五年了。来！喝口水，消消气。"

老李的老婆说："大嫂！老李那死不了的，压根儿就没有把我母子们放在心上……"她泪汪汪地哭起来！

几个青年工人围上来看热闹。郑大嫂说："有什么稀罕好看？人家家里有了急事！还不快走开！"她回头又悄悄地对老李的老婆说："工地里四处是人，你扯起嗓子吼喊，叫老李把脸往哪儿搁？……我晓得，老李有股犟脾气。可是你要到工地多来几回，看看老李他们豁出一条命在隧道里苦干，你就晓得你管家作难是应当的！快回去！一下工，我给你把老李抓回去。你有理还是老李有理，大嫂给你们调停。快去！孩儿们不定哭成什么样儿了！”

……

有一回，在“红旗竞赛月”进行得最紧张的时候，我高兴得心要跳出喉咙，一见她就喊：“大嫂啊！你看这竞赛搞得多上劲啊！”

郑大嫂用拨火棍在地上敲打着说：“一股子热劲把我也卷得呼噜噜转。……你看看：打竞赛一闹起来，每天要多喝六锅开水！”她低头往锅底下塞了几根柴，锅底下只冒烟不起火，她跪下，胸脯贴住地面，偏着头呼呼地吹火，烟熏得她眼泪直淌。她揉揉眼又去吹，轰的一声，火焰起来了。她身子往后一仰，擦了擦嘴边的柴灰，思量着说：“对啦！我想起点事，你看该不该提！”

“说说看！”

她一边捅火一边说：“这么着，竞赛搞得怪红火，可是来这里喝水的老工人，心里还不热乎。五工班班长老王，你是晓得的。他咋呼：‘不老老实实做工就是图热闹，这又不是正月十五闹花灯哩！’主席！老工人经的多，见的多，一个个都焉头焉脑。要喊一阵口号把他们轰起来，不容易。若是你有法儿把他们鼓起来，真能‘逢山开路，见河搭桥’。不用我说，你知道他们的底细。”

我惊奇地说：“大嫂！刚才党委开了会，就是研究这件事哩。现在干部们已经分头到各工点，去解决这问题啰！”

她说：“咦！这么巧？”

没几天，我又到工地检查竞赛运动，一转弯，碰到了郑大嫂。她正想向我说什么，没等她开口，我就从她那喜气洋洋的脸上，看到了真正深入的劳动竞赛了。

三

郑大嫂为了烧水方便，在烧水锅附近的江岸上搭了个小草房，离工人住宅区挺远。

小草房几年来的经历，也不平常。五黄六月的半夜里，狂风暴雨把它推倒了，郑大嫂顶着雨，披着风，把它搭起来！十冬腊月，大雪把它压倒了，郑大嫂把铺盖卷挂到树枝上，踏着冰碴又把它搭起来！从森林里窜出来的一群野猪，把它攻倒了，郑大嫂没被野猪吓走，反倒打着手电吓走野猪，又把草房搭起来！

跟郑大嫂同艰苦共患难的小草房，比任何人都深知她三四年来的生活。它看见她怎样顶着星星上工，顶着星星回来。它看见她在工作了十几小时以后，回来倒在床上，连衣服也顾不得脱，就枕着胳膊拉起鼾声。它看见她怎样在熟睡中发出笑声：或许这时候，她在梦中关照骨肉相连的儿子们；或许是看见了死去的丈夫！它看见她怎样望着四边墙上挂着的工会的鼓励信、青年团送的小旗和工人们转赠给她的奖品，手托下巴独自沉思……

有一天后半夜，我从大隧道中出来，路过小草房门口，顺便伸头进去看了看。不看倒罢，一看可就发愣了！出奇！郑大嫂跪在地上，趴在床边，又兴奋又忙碌地干着什么，连有人在她身后都没发觉。她身前放着一叠足有一公尺厚的石板。她取下来一片石板，凑到灯跟前，聚精会神地仔细看着，像是辨认从地层深处挖出来的宝贝。她像个近视眼似的，鼻尖都快挨着石板了。小小的油灯忽闪忽闪，要灭不明。越是看不清，就越往灯跟前靠，有几根头发让灯焰燎得吱吱响，她也没觉着。猛地，她低声哼起来，像是在数什么，因为我分明听见几个数字；一会儿，她又哼哼唧唧起来，像信佛的老太太在念经……

这是干啥？一定是什么迷信玩意！对啦，有一回，几只喜鹊落到烧水锅旁边的小树上喳喳叫，她两手一拍，乐和地对我说："来报喜啦！今日个任务定能超额完成！"不过，话说回来了，郑大嫂到底不是糊涂人，也不是旧脑筋，哪能……谁晓得这是什么鬼名堂啊！

……她又拿起一块石板，又凑在灯跟前，瞧着，哼唧着……然后，小心谨慎地放下这一块，又拿另一块……

我估计：这一堆大大小小的石板，她一块一块地连看带哼唧地来一遍，少说也得好几个钟头。我猛然走到床边，用手电照着那些石板："大嫂，这是一堆啥东西？"

她猛一回头，看我站在身边，一时说不上话来，漫无目的地用衽襟擦手。过了好一阵，才没边没沿地说："整整二万零五百！"

我脑子一时转不过弯，弄不清这数字是啥意思，更弄不清这数字跟这堆石板有啥联系。我捞起一块石板端详，只见石板正面反面都满满堂堂地刻着一条条的道道。道道划得蛮齐楚，这表明，划的时候很经心。而且石板上有很多黑指印，看来，她常常拿起来抚摩它们。

她小心谨慎地凝视着那堆石板，像是生怕哪个鲁莽的家伙用指头把它们戳破似的。

我望着那脸的侧面，头一次觉着：这位大嫂有一股十分执拗的憨劲儿！

"大嫂！这？……这东西……"

她比画着说："这么着，我烧一锅开水，就用小洋钉划个道道！烧一锅水，就划个道道！"

嘿！这可是异样事儿！我忙问："划这些道道有啥用场？我识不透！"

她用手背擦了擦额头："主席！工人们成天喊叫'进度！进度！'，我也该有个进度嘛！"

我的心脏猛烈地动了一下，好像有什么巨大的东西冲击它。我盯着她，我像泥雕木塑的人似的盯着她。过了好久，才说："大……大嫂！这……这……这么说，你已经烧了二万零五百锅开水啦？"

郑大嫂坐在床边，肘子支在膝盖上，手托住下巴："主席！唠叨起来真叫你失笑！我夜夜回来划道道，夜夜回来数道道，心里喜滋滋的，饭量也大了。可是我把它全数一遍，唉，算个什么进度嘛！我的孩子们来信，叫我把工作情形告诉他们，嗐，有什么好说的？"

我没有听清大嫂说了些什么，还是盯着那让风吹皱的脸，让太阳晒黑的脸，让烟火熏过的脸。是的，现在她划了二万零五百个道道了。可是，下雨柴湿，一天烧不了几锅开水，晚上划不了几条道道，而工地里千百种声音一刻不停地震动着她，这会儿，她是怎样的心情呢？天热柴干，她一天烧了二十锅开水，虽然汗像瓢泼，身上脱皮，而她晚上多划了几条道道，同时，爆破声和江边木船上传来的歌唱声陪伴她，这时光，她又是怎样的心情呢？

她来的时候是四十六岁，如今整五十。这几年，每天深夜里，这位老大嫂怎样用粗笨的手，紧紧地捏个小洋钉划那些道道呢？怎样把生命、心血、汗水通过那小洋钉，灌到那一条条的道道中去呢？

我出了小草房，自个儿在江边来回走着，望着嘉陵江沿岸的铁路工地，工地里电灯照得通亮。发电机、混凝土搅拌机、空气压缩机、推土机、拖拉机……不停息地吼着，我觉着那各种机器旁边都站着郑大嫂。许多探照灯光直射到高耸入天的悬崖上，我觉着，郑大嫂腰里拴着绳子，吊在半空中，正在悬崖上打炮眼，开辟前进的道路。地层深处有许多郑大嫂，抱着风钻一分一寸地穿凿坚硬岩石，一分一寸地前进，要把横宽数百公里的秦岭和大巴山打通，让火车飞驰而过。……

四

十几万职工经过好几年艰苦的劳动，铁路的主体工程已经完成。职工们忙着准备下一步的工作：铺道砟，摆枕木，钉钢轨……

不用说，我也忙得连喘气的空都没有。有一天，我夹着一大堆文件，回到工会办公室，还没坐定，郑大嫂进来了。

“主席啊！这可怎么办哩！”她是第一次用这无可奈何的声音说话。

我吃惊地抬起头，只见她：靠墙站在那里，一手托着肘子，一手托着下巴，望着地面，像是有满肚子心思！怎么啦？山坡里滚下来大石头，把她的开水锅砸碎啦？还是她听到了她的孩子生病的消息？我怯生生地问：“啥事情，大嫂？”

“你瞧瞧！”她愣愣怔怔地把她的小儿子写的信递给我。

我接住信，心里七上八下。为了安慰大嫂，我说：“你来这里的时候，孩子才九岁，正上小学三年级；如今十三岁，快上中学了。看！这信封上的字比从前写得端正了。”

大嫂还是望地面，一声不吭。我心里更加七上八下，急忙把信抽出来看：

> 妈妈……你说你去修路，又说在烧开水。……烧开水就算修铁路？我见过修铁路的叔叔，他们开机器呀，炸石呀……哥哥们说烧开水也算修铁路的工作。他们不同意我，我也不同意他们……

我把信递给她，松了一口气，忍不住笑开了。

她把信折好，用布片包住，塞在心口跟前的衣服口袋里。又用手压了压，觉着信确实在口袋里，这才说：“主席！我的小儿子说得有理！在这儿烧水哪能算修铁路？”她搓着手上的泥，然后又把两只满是硬茧的手，反过来掉过去地仔细打量。

我说：“大嫂！话可不能这样说——”

她打断我的话，一口咬定说：“烧开水哪能算修铁路？大伙喝了开水都当汗出去了！你说哩？”

我往起一站，险些把桌子撞倒，用钢笔在空中指点着说：“别人不清楚，你还不知道底细！这铁路工地上下拉了一千多里，有数不清的桥梁、隧道……哪一样东西不是用汗水浇成的？你呀，一个挺精明的人倒把小孩子的话当圣旨啰！”

“咱们今日弹不到一根弦上。你忙吧！”她一边往外走，一边自言自语地唠叨，“我的傻孩子说：烧开水哪算修铁路呢？……”

我走到窗子跟前，望着她的背影，没奈何地摇头。

人忙了，只觉得日子过得快，转眼之间到了七月。天气热得要死，晚上，躺在床上，浑身流汗，睡不着，直到天快明的时分，才能合住眼。可是自从入暑以后，每天快到天亮的时光，我窗外的山坡下就有啷啷的声音。起首，还没留意，日子长了，就起了疑心。工地里日夜总有轰隆隆的响声，可是这种单调的声音，很少听过。

有一天，临明的时光，我出了工会办公室，踏着亮堂堂的月光，顺那啷啷的声音走去。走了没有好远，看见有人坐在江边打石头。不用问，从那身影上就认出来是郑大嫂。

突然，随着啷啷的响声，扬起了歌声：

一条江水十八道湾
湾湾都有大险滩
顺水的船儿一支箭
望儿的老娘哟心儿提上天
……

郑大嫂随意唱着，忽而高，忽而低，声音柔和而充满着思念亲人的心情。她身边的大江里，停泊着许多黑乌乌的木船。江水冲击着木船，发出哗哗的响声。江岸上，纤夫们烧起一堆堆的篝火。抬头看，就是无数电灯照耀工地。看她起劲地打石头，听她随意地唱小调，我猜想，也许她正在回想什么？也许她觉得置身在这样的时分——两个儿子去上工，一个儿子去上学——心里格外舒畅。

我走到她跟前一看，她打了一大堆石头，足够一辆大卡车拉十次。我不言不语地坐在石头堆上。

她像是猜到我要说什么，抢先说："你看！开水锅就在我身边。锅里没水就添水，锅底下没柴就添柴。打石头、烧水两不误。"

我用手电筒顶着下巴，还是一声不吭。

她说："主席！前一晌，领工员老秦说：'眼下道砟不够，急得我直想给人磕头。大嫂，你要打道砟，我特别优待：在新路基上划出二十公尺地方，专门使用你打的道砟！'主席！老秦有一副好心肠哟！"她站起来，抡起八磅锤把一块大石头打开，又用小锤砸着。火星飞溅。石屑把我的脸打得生痛。

我望着她让风吹起的头发，想劝她保重身体，可是没有开口。我懂得那颗工人的心，同时又是母亲的心，也懂得这颗心让一种怎样的强烈的愿望鼓舞着。

又过了半个月，郑大嫂在小草房的门口拦住我。

哦！今天她穿了件崭新的蓝制服袄和黑粗布裤子。喜盈盈的，仿佛这山、这江、这工地、这天上的云彩和地下的小草，都突然变得格外叫她喜欢！

她声音洪亮地说："主席！劳驾你再给我写封信。"

我本想和她一块到工会办公室去写信。可是一看她那种急切的样子，就坐在石头上，拿出钢笔，在本本上撕下一片纸，说："你说吧！"

她说，告诉她的大儿子，他找到媳妇，妈妈很高兴；告诉二儿子，要经心工作；告诉最小的儿子，妈妈给他捎来些东西……

我停住笔问："捎什么？信上要写明啊。"

她跑过去，钻到小草房里，从枕头下边摸了好一阵，摸了个鼓鼓囊囊的红色小包。小包外面还用线织了个五角星。她把小包搂在怀里，好像那里头装着她一辈子积攒起来的家业。

我把小包裹接过来，掂了掂，好家伙，足有二斤多重！这是啥宝贝？我解开小包，你说稀罕不稀罕，原来装满了小小的石头。这些各色各样的石头，都仿佛是滋润的、半透明的。它们有圆的、长的、薄片的、三角的……红的像凝固的鸡血，白的像玉石……有的上面有网状花纹，有的是脉络分明像柳叶似的化石；有的是蓝色的薄片上散布着白点点，不由得使人想起蓝天上闪着小星星……

两个月以前的一个晚上，郑大嫂到江边搬石头，打道砟子。她看见停泊在江边的船上的女人，正给孩子补衣服。这一下勾引起了她的心思。她坐在一块石头上，望着江水和高山，仿佛回到了家里：孩子们睡定了，她就把小儿子的衣兜翻过来，那里头有小铁钉、麻线、土块和许多小石头子。从此以后，她每次到江边来搬运石头的时候，就捎带着在石头堆里一个一个地挑拣小石头。这些小石头，有的是她拣来在身上揣了好多天，汗水不止一次地浸润着它们；有的是她拣来放在枕头下边，睡觉的时候常常去摸一摸。一天又一天，一个又一个，积攒着，积攒着……过上三天五天或者十天八天，她得着闲空，便把积攒起的小石头，都放到床上，用很大一阵工夫检阅一遍。检阅完了，她就呆呆地坐在小小的油灯下，手托住下巴思量起来。她思量怎样邮寄这些小石头，邮包在路上要走多少天；小儿子看见这小石头，怎样乐呵地乱跳乱蹦。……

我一手拿纸，一手拿笔，一动也不动地坐着，太阳在喷火，我也没有觉着。郑大嫂要我给她写家信，一封信哪里能装载完她那么多的心思和深情？

郑大嫂说："主席！要告诉我那小儿子：妈妈在工地的工作就是拣这些小石子，拣来把它们铺到枕木下边。没有这些小石子，火车就不能跑哩！"

我把纸压在膝盖上，照着郑大嫂说的意思写下去，一直写下去。笔尖在纸上沙沙地响，要停也停不住。我的胸脯在猛烈地起伏，头上滴着汗水。有一种强大的感情似乎把我载到遥远的地方，载到那小儿子身边，要我向那还不懂事的孩子，诉说建设工地的生活，诉说妈妈的想念、恩情和辛苦……

"劳累你了，主席！"郑大嫂揣起她的小包，拿着我给她写的家信，急急忙忙地向开水锅边走去。

我望着她的背影，望着那四年来她经常走的小道，望着热气腾腾的开水锅，望着那山坡下的小草房，望着她一捶一捶打的那一大堆道砟……

我站着，一直站着，任太阳光移动我的身影……

一九五七年十二月西安

原载《人民文学》1958 年第 2 期

从富拉尔基到齐齐哈尔

刘白羽

“……西清的《黑龙江外记》云：嫩江两岸淤沙中多五色石子，如玛瑙、如琥珀、如翡翠、如珊瑚。我说现在嫩江岸上的齐齐哈尔是比珊瑚、比玛瑙更美丽的，草原上的太阳……”

——日记摘录

列车在轻快地奔驰着。

从车窗望出去，西满大草原上空，一轮落日像个巨大红盘。人家说前面那烟雾蒙蒙的地方，就是富拉尔基了。日光渐敛，淡红色的草原也变成淡黄色的了。那一条白森森的长带不就是嫩江吗！

这时，一幕风雪迷蒙的往日浮现在我的眼前了。十年前那战争频繁的日子里，我常常在这一带往来。第一次是春天，我一个人坐着一辆破双轮马车，就像一只小船漂浮在海上，我在这瀚漫的草原上整整走了一天。谁说草原平淡无奇？当你真去亲近它时，它对你可展开了全部的奥秘：不知是云雀还是百灵，它在高空上宛转飞鸣，可是抬起头来看时，只见一片海蓝，连个鸟雀的影儿也没有。野花遍地，灿烂芬芳，那样多的花呀，就像一片彩虹忽然落在地上。灰白色的老鹬缓缓地掠着水草飞翔。那小河亮晶晶的就跟镜子一样。可是战争的硝烟掩盖了这一切。一九四六年冬天，我们从这一线出击了。我还记得那被轰炸过的车站怎样烟火腾腾，我还记得支援前线的民工大队怎样在黑夜穿过草原。回忆就如同一个抽不尽的线团，可是列车已经把嫩江拉到眼前。但是那回忆中的风雪又遮没了我的视线，那是一个深冬的深夜，我一个人就在这一带一个小车站上踱来踱去。风雪那样咆哮，灯光那样凄迷，我望着那阴霾的天空，我想着未来的和平。那时，我想，和平可就是从这战争中一点一点诞生的呀！从那以后，我就寻找着、发现着、珍惜着我们生活中哪怕一点点新的萌芽。我曾经在战争最激烈的时候，写过一篇通讯叫“新社会的光芒”。从那条路走到今天，好像相当遥远了。但你只要把过去与今天对照一下，你就更感到我们今天的生活是怎样闪闪发光了。现在，我的回忆不能不打断了，因为列车长走来告别。他笑着告诉我：“火车在大跃进呀，我们这列火车又缩短了一个钟点！”列车驶进富拉尔基车站了。

红色的江岸

富拉尔基的夜景是多么美啊！我到富拉尔基这第一个夜晚，很久很久地不能入眠，因为窗外这幅画图吸引了我。你看，这嫩江边岸上展开的大工厂区，一片灯火就像天上撒下来无数颗星星，而那电焊的蓝光如同夏天的闪电，一晃一晃。

在富拉尔基这几天里，一个声音总在我耳边回响：

“这是一页崭新的历史，劳动人民终于按照自己的意图来创造历史了。”

大草原虽然改变了面貌，但历史的脚步走得还并不算远。

林娜同志，第一个受命到富拉尔基来建厂的女厂长，坐在她的办公室里说：

“开始我们就住在小土房里，天气那样寒冷，火炉整天整夜冒着黑煤烟。后来搬进红楼，许多小孩子都高兴得一夜没睡着觉。”

我们美好的生活是从艰难的历史深处得来的。林娜同志年纪幼小时就作为一个抗日联军战士，在黑龙江东部山林中作战了。如果说过去是战争之火锻炼人成钢铁，那么，现在是人来冶炼着无比的纯钢了。可是我们这一次谈话没有继续下去。门外锣鼓喧天，是车间里的同志们来报捷了。这些日夜，工厂里是波澜壮阔，汹涌直前，各种生产指标被突破，各种新纪录被超过。林娜同志给锣鼓声召唤去了。

现在，让许多创始者发言吧！这里有头一次来和北大荒冬天打交道的工程师，有上海毕业的青年，有由农村工作转业来的，也有给这英雄创举吸引来的幻想家，但是现在他们都成为亲手安排历史的人物了。他们说：那时这儿可真叫“北大荒”呀！冷风就跟刮脸刀一样唰唰地刮脸，我们问这地方都什么季节刮风，一个老乡说：“一共刮两回大风，一回六个月。”至于雪呢，一个老人家说：“大雪能把一人多高的土房都封起来。”我们看看，可也真厉害，一座塔式吊车耸立空中，一夜之间，风把那样重的铁臂都吹转了个方向。但是人们乘着列车从北京、上海、无锡、汕头、太原、长春、本溪等全国各地源源而来。这里有北京最优秀的打井队，有长春来的坦克吊车女司机员，有驰名全国的“三八”女测量队。可是无论老工程人员还是新青年，都没有在这样遥远的北方工作过。不过每一个人都有一颗燃烧的心：“我们要在荒原上建成中国空前、亚洲第一的新型工厂。”于是一开头他们就不能不和严寒作战。扎钢筋的人冒着那样大风雪蹲在直耸云端的高架上作业，打混凝土的人流尽汗水不准严寒把混凝土冻结，测量队员的仪器上蒙了一层冰凌，没经验的青年人伸嘴去温暖它，冷钢就像火一样烧了他，把他的嘴唇都撕破流血。他们坚持着，为了追赶时间，还创造了夜间测量，在风雪漫漫的野地里，一边亮着一个手电筒来测量。那时狼成群结队，出没在工地周围，狼的嗥叫，是凄惨难闻的——它们好像是在抗议，又在哀悼。人们却日夜不停，风雨不停，铁轨向前伸展，建筑材料堆积如山，机器在轰响，汽车在奔驰，空中地面到处一片灯光耀眼，厂房一幢幢在出现，机器一座座在安装。这一切正如基建公司经理张志同志所说："就跟前线集中力量拿碉堡一样啊！""就像火线上送炸药包一样啊！"说到某一重点工程时，他说："这是我们的淮海战役呀！"在这样豪迈的人面前，严寒只有退却，荒原只有让步。嫩江几度结冰又几度解冻，可是眼看着那狂暴的大自然，也向这群心肠热、手头硬的人们露出笑脸。静静的嫩江开始歌唱着自己身边这座新城市的诞生了。

现在我来说说烟囱上的烟吧！对于来观光的人，哪怕最富于幻想，也不过把它想成一朵乌云或一朵棉团。但对于在这儿开过荒破过土，滴过一滴汗水流过一点心血的人来说，第一次说："烟囱冒烟了！"这简直是一句最美的诗。严寒过来了，暴雨过来了。看哪，机器在转动，烟囱上冒出第一缕烟。那一刹那，有多少快乐的泪珠滴在自己的心里啊！感谢那些开天辟地，披荆斩棘的英雄们！只有你们才配承受这最高的幸福、最大的快乐。是你们让我们现在顺着这富拉尔基平滑的马路奔驰，让我们在那每一扇玻璃窗都崭新的巨大车间里行走。我到炼钢车间时，正好一个平炉在出钢，那通红的铁水奔流出来，就像谁把一轮太阳忽然捧到你的眼前。透过蓝眼镜片看一看，那铁的溶液就像沸腾的白金一样闪闪发光。我在轧钢的操纵台上，看着那由加热炉里奔出来的一条钢，就像一条矫健的火龙，带着股热风往前直冲。可是巧妙的机器钳住它，轧它，推它，然后它柔顺地爬上传送台。

在一台小小的火炉和一个铁砧旁，我看见老锻工马熙良。他那赤红的脸膛、斑白的两鬓、钢铁铸就的肩膀头，还有那围着一条长围裙的姿态，真是一个典型的老无产阶级模样。一面优胜的小红旗挂在他的工作台上。就是马熙良小组和刘云山小组，这"大跃进"的日夜里，有如两条竞赛的游龙，一会你上前，一会他上前。他们的工作是打链条上的钢环。“跃进”前，一班打上五六十个算不错了。可是从昨天起，马熙良组勇猛地往前跃了，昨天是三百五十个，今天是三百七十个，创造了全国稀有的纪录。我问马熙良：“现在为什么这样快呀？”他笑眯眯地握住我的手说：“问题在人不一样了。”——是的，是人，是人战胜了荒原，是人一手擦掉了旧的历史，一手创造了新的今天。如果谁要问，是什么给这荒凉的江岸以新的生命——是人，是新的富拉尔基的人。

现在坐在我对面的这个年轻人叫单昌，他看起来那样文静，甚至有点拘谨，但谈起来是那样热情，眼睛里闪出感人的光。还是让他自己谈吧！

“我从小就给人家践踩在烂泥里，那时候我常常恨自己的家，我们为什么这样穷？我们为什么这样苦？”

“我是河北省玉田县人，我们那儿从前是一个十年九涝的地方。现在人民站起来打了坝，也不涝了。我回去看过，那大坝上并着肩膀能跑两排汽车呀！那时候连糠都吃不上，谁还打坝！我十三岁，我们那儿是游击区，我就给游击队送情报。有一回我破坏电线，被敌人抓到了。他们把我送到东丰台监狱里去。他们把我打死了灌活，灌活了又打死。有一天，他们把我们都推出去，我们走着，都知道是到刑场去了。我的叔伯哥哥单华就很英勇地喊叫起来：‘我单华死得不冤，只要有共产党，你们这些卖国汉奸一个一个都要被杀光！……’一声枪响，他就栽倒在一个水坑里了。现在我常常想：我能活下来就算幸福了。我的爱人吴秀英，她年幼时讨饭的时间比我还长，她也常说：‘你呀，没有毛主席，你能有今天这样？’”这时单昌话说得慢起来，他心里很激动，“我说：‘是呀，能让我见了天，我再不在地里头压着了，我一定要好好干。’我五〇年到本溪钢厂当工人，五二年就入了党。我在鞍钢学习的时候，有一天，党委的同志找我谈话，说：‘单昌！厂里决定派你到苏联去学习。’天！我梦想都不能这样梦想！我从前只想有一天不再吃糠就行了，怎么让我到苏联去学习！这样我就到了乌克兰的扎布洛什钢厂去学习了。在战争中，扎布洛什被德国人全部炸毁了。现在的城市、工厂都是重新修起来的。据说那一年三十岁的人，现在在扎布洛什一个都没有了，都牺牲了，有的被屠杀，有的被扔到河里。有一回，我到一个集体农庄去。一个老农妇，对我这个年轻的中国人那样热心。原来，就在一九三几年最初建立集体农庄和富农做斗争的时候，她的丈夫、她的姑娘，都在这屋门口台阶上被人家杀死了……我听了，心里很难过，就转过脸来。她一把抱住我：'你怎么哪？'我说：'我也受过和你一样的罪！'她流泪了，她说：'不要紧，孩子！——多开工厂多做工，生活就会永远都好了。'一切温暖都是党给我的。我们富拉尔基的工厂开工了，电灯亮了，机器转动了。我从不会到会，从不熟练到熟练，现在成了一个能掌握自动化机器的轧钢工。可是，我怎么也不能忘记过去。去年春天，有一批青年工人闹事，我听说后就到他们那儿去了。去了，我就把我从小受的罪都讲了，我落了泪，他们也都哭了。我常常自己想：我给国家创造了那么一点价值，国家可给我这么大报酬。这又怎么办？——我就把全部力量都贡献出来。苏广铭能超过时间，我就有决心赶到时间前面。"这个普通轧钢工的声音有什么深刻的意义吗？我觉得它说明我们生活的根基扎得有多深，它扎在这土壤上，同时也扎在人们的心里。当你在车间里走过时，你用手去触摸一下那一根新的钢材或一个新的机件，你知道，它们不仅仅是用通红的炉火烧炼出来的，也是用我们感情的火焰烧炼出来的。

富拉尔基像太阳刚刚从地平线上升。我们国家第一个重型机器厂（它建成，就能制造像鞍钢那样巨大冶金工业的全套设备了）有的车间已投入生产，有的厂房还只打好地基；这边新的厂房刚刚出现，那边一大片通红的钢架又已耸入天空。这真像是一个紧张繁忙的市场，同时也是一个钢铁的海洋，光钢筋混凝土桩柱就打了一万一千根在地下，全部钢铁结构就有两万三千多吨。一个车间的一块钢梁就有四十五吨，一根柱子就有八十二吨。塔式吊车像巨人一样在高空中转动着膀臂，哨子在叫，指挥人的小绿旗在摇摆，一块巨大的钢块慢慢地吊上高空。这个厂房，从这头往那头看，就像一条又长又宽阔的大街。从空中到地面几层，到处在旋转，到处在闪烁。那旁几辆坦克吊车忙碌地卸运着钢材，仰头看，一朵朵电焊蓝光，像巨大流星落了下来。前面不是有人谈到“这是我们的淮海战役”吗？这儿工程队里的一部分人，正是真正参加了淮海战役的英雄，他们现在在这里打另一个和平竞赛的富拉尔基战役。这个瘦瘦的穿着黑皮夹克戴着黄呢军帽的经理，就是从前的师长；党委书记是从前的师的政治部主任；这个叫张庆祥的瓦工还穿着一身黄布棉军装；担当了关键任务指挥沉箱工程的工程处长王建平，就是从前一个团的政治处主任。这支战斗队一转为工程队，一下便开上了重要战场，修完了长春汽车厂，就来到了富拉尔基。英雄的人们不但迅速地成为技术人才，而且还攀上了建筑工程的高峰。将一个八层楼高、一百五十万吨重的巨大沉箱沉入地下，在外国，这样工程一般说也得一年半以上才能完成，但是英雄的人们创造了英雄的事迹，他们在富拉尔基以一百二十天时间完成了。那是紧张战斗的日夜呀！指挥员的电话铃不停地响，最紧急的关口上，人们饭也不吃，觉也不睡，地底下在掘土，六个卷扬机出土，汽车就来往如梭地往外运；上面扎钢筋，浇混凝土，沉箱一寸一寸往下沉，愈沉愈深，困难就愈大，在大气压下，地底下的人呼吸更困难了，而地下水给压得像泉水一样从四面喷射出来。现在，当党委书记和我说完这段经历时，他站在一幅施工平面图前沉吟了一下说：“最困难的一年过来了！”他的唇边浮出那样一痕淡淡的笑容。但是人们又进入了新的“大跃进”的日子。大字报贴满墙壁，锣鼓震荡着天空，一切都是速度，一切都是波澜，错综复杂，交叉施工，没吊完屋顶板已经在装吊车了。一个“大跃进”的高潮到来了，这工厂原来预定一九六〇年全部竣工，现在已经在争取一九五八年全部投入生产。

像飓风一样，人在勇往直前，富拉尔基在勇往直前……

那是一个晴朗的春天的早晨。我们的车子驶过富拉尔基的大街，开到辽阔的原野上去。然后我们走上一个岗岭，回头来一看，你说如果谁画这样一幅写生画，这画的题名应当是“社会主义的早晨”。嫩江在那旁像一条宽阔的白绫带，紧靠嫩江岸上，你看，那深红色的钢厂旁边，将筑起一座北方最大的氮肥厂，在热电站的那面，还要出现新的厂房。你看这烟囱还少吗？我说就像静静的海洋上有一支庞大舰队正在远航。可是人们说下一回你来，我们的烟囱会像树林一样。旷野上，一堆堆人在发掘什么？还闪出一阵崩裂冻土的炸药的火光，难道这古代的荒村有什么地下宝藏？不，那是农业合作社的社员们在修渠，他们要利用工厂用过的水，把这一望无际的原野变成绿色的稻田。人的智慧在开花呀！他们将热电站的热水引进玻璃菜棚里，做成了比生煤火还温暖的暖房。那堆积如山峰的废铁堆上也密布了一群人，这是一批青年，他们要凭自己双手，从废铁中拣出有用的钢渣铁块，当作积金，在富拉尔基建立一座规模宏大的学堂。最后我们到了嫩江边岸，一带碧绿的江水已冲破薄冰，一只苍鹰在掠着水面回翔。我记起林娜同志有一天在一面长长的会议桌旁跟我说：“现在人人比，班班比，人们在大胆地想，想到就可以办到。”这可是一句发光的语句。人要敢于理想，因为我们是社会主义时代的人；我们的理想奔流到哪儿，哪儿就出现了新的面貌。你要问：这儿为什么叫富拉尔基吗？达呼尔族话，富拉尔基就是红色的江岸的意思。可是为什么人们把嫩江的边岸叫作红色的呢？是夕阳西下时把草原照得通红，还是指黎明时那红光一片？但不管怎样，这古老的名字在今天才获得了真正青春的生命。就在这嫩江边岸上，无论白天或黑夜，一个崭新的工业城市闪出一片永不熄灭的社会主义的红光。

飞奔在未来的林荫大道上

富拉尔基原来只是嫩江边上的一个小渔屯，现在这个工业区是齐齐哈尔市的一部分。有一条沿着嫩江七十里长的公路，现名“齐—富公路”，我说，其实应当叫“齐—富大街”，因为就是这条街将富拉尔基和齐齐哈尔紧密地连成一个大城市。齐齐哈尔市市长高衡同志到富拉尔基来了，他一来就跑到车间里去，他要求每一部机器都充分发挥出它的潜力，他们齐齐哈尔今年要送一千二百台拖拉机到广阔的田间去。第二天一清早，我们一道去齐齐哈尔了。

汽车驶上那平坦的公路时，他第一句话就告诉我：

“这是未来的林荫大道！”

嗬！又一位敢于让理想飞翔的人。不过，你看！那辽阔的原野上，已经挖成了一条蜿蜒到天边去的渠道，人们要江水漫平了田野，让稻穗好迎风招展。嫩江是条古老的江流，《北史》称为难水，《明史》称为脑温江，是从兴安岭的伊勒库里山流来的。齐齐哈尔是个古老的城，早就是黑龙江的中心，原名“卜奎”，当时从北京到黑龙江边境的驿道就通过这里，这里应是一个中心站。据说从前齐齐哈尔人也曾凿渠引江水灌溉过田地，后来被清朝一位将军那启泰认为破坏了风水，就把渠给堵塞了。只有现在，社会主义时代，人们才真正变“难水”为“利水”了。几天后，我到齐齐哈尔对面的梅里斯区的嫩江悬崖上，那天，春风从嫩江空旷的江面上扫过，有如万马奔来。但人们冒着风沙与寒冷在抢修抽水站。我又到了亚尔宾，这个抽水站的引水渠道已经修完。高衡同志指着那悬崖上有一片树林的地方说：“这里将来是一个疗养区，人们可以从对岸坐船到这里来。”

我们的汽车在公路上跑得飞快，我们的思路也在轻快地奔驰。我们怎样为未来齐齐哈尔画一个轮廓？我想在这里借助于高衡同志前些日子在富拉尔基一个工厂会议上的发言：

“在第二个五年计划内，齐齐哈尔市郊建设成一个什么样呢？市委提出把市郊区建成蔬菜肉蛋鱼米瓜菜之乡，把市郊区变成市的副食生产基地。目前郊区的人们正在零下二十度的严寒里，灯笼火把三班倒修筑水坝，大兴水利，把市郊尽快地建设起来。”在叙说了稻田、蔬菜、绿化等详细的规划与远景之后，他说：

“据说中国农村在十五年内能达到电气化、机械化的程度。那么，作为半城市的郊区只要十年左右，快一点的话五年就可以达到电气化、机械化了。我们齐齐哈尔市郊区计划今年就来个电气化的跃进。利用地方工业生产的十马力锅驼机来带动小发电机，争取今年内将全部农业社都安上电灯。这些小型的锅驼机晚上发电，白天推碾子拉磨。另外，市地方工业机械厂准备试制风力发动机。齐齐哈尔的风力平均达二级，一年有三个季节可利用风力，拿它来发电，拿它来拉磨推碾子，还能拿它播种、割草。要把人们所说的‘穷风'变成‘富风’。到那时候，人们就再不会咒骂风而要吟诗来歌颂风了，郊区农业生产从播种到秋收都将做到机械化。”

这不是诗人的诗，但这是社会主义生活海洋中的一道航线。美的理想，美的远景，来自千千万万人的心愿，同时，也正为千千万万人的劳力和智力所实现。几天以后，我到了齐齐哈尔园艺站，看到了一张蓝图。他们说：在齐—富公路上要建立七个果园，最大最美的一个果园就在公路中心的八旗哈站。那个谦逊的技术站站长可不是个爱说漂亮话的人，但他告诉我要在这个大果园的人行道旁栽满紫的白的丁香花，红艳艳的榆叶梅和黄的野蔷薇。我问他，为什么要这样？他说：“我们要建立一个共产主义的最美的果园。”

我们在未来的林荫大道上飞奔，奔过高架在嫩江上空的一座浅灰色的钢架大桥。同车的同志们笑了，他们回想起夏天里，有一回到乡村去劳动归来，已经夜晚，年轻的小伙子和姑娘们，来到这灯光雪亮、凉风习习的桥梁上，就拉着手风琴跳起舞来了。

梅里斯区青年集体农庄

阔别后的齐齐哈尔改变了容颜，现在工厂林立，无数烟囱冒着黑烟。我整整两天时间，在车间内看到刚出产的最新式的自动化车床，还有正在制造的拖拉机零件。不过，在这个章节里，我不想再叙述钢铁的奔流和机器的旋转了。我想，我们的每一天都很充实，都很光彩，但人们在生活中总有他所最钟爱的一天，我钟爱的是我在梅里斯区青年集体农庄的这一天。因为这儿从生活里提出一个鲜明的问题：在我们这时代什么是幸福？现在就让梅里斯区青年集体农庄的庄员们自己来回答。

在远离公路和村庄之后，我们转上以前从未开发过的大草原了。

让我们先来一个序曲吧！在到青年集体农庄之前，我们先到了龙凤集体农庄（也就是第二个青年集体农庄，他们还准备建第三个呢！）的一个作业区。

我们的汽车刬地停在那布满拖拉机用的犁和马拉农具那片空地前面。作业区的主任韩富，竖着大衣的皮领从狂风中跑过来。他把我们引进温暖的办公室，有一个姑娘站在桌前。就是她，去年春天写过那样长的一封信，信中说：

……我的个儿很高，我的臂膀很粗壮，我以一个共青团员的身份，诚恳地告诉您，我不是一块豆腐，我也不是从水里泡出来的豆芽菜，我是一个热血沸腾的青年，我要做一个共产主义的战士。很长时间内，在我的脑海里只想着一个问题，我要用我钢铁的意志和热情的火焰去烧掉那荒地里

> 的野草，用我的手和头脑去跟大自然搏斗。我要向大自然索取，在这辽阔的土地上创建起幸福乐园，为祖国积累起黄金财富。是的，我鄙视坐享其成的寄生虫，我绝不准自己沾染上一点那样的气味，而要做一个真正的创造者！……

其实，写这封信的朱桂英只不过十八岁，个儿也并不算高，不过她已经成为龙凤集体农庄的第一个庄员，而且是这个作业区的团委书记。她住过帐篷，冬天到十几里外的大草甸子里去割过羊草，在那里，她们一直到天黑了，等厨房老师傅把一盏马灯挑在空中摇晃着才回来。现在她正在亲手盖的房屋里，伏身在桌上，写向春耕播种跃进的大字报呢。

在养兔房里，一群雪白的长毛兔，有的在晒太阳，有的在蹦跳。吴英那样一个瘦小的女孩子，见客人来了，躲在火墙后面吐舌头呢！可是人们说，只要一转眼，她就会纵身跳上马脊背，驰入大草原了。

由这个作业区再前行，转过一道漫岗，就到了梅里斯区青年集体农庄。我们先到了发电站和磨房，然后到了农庄的办公室。农庄主席郭兆武出差去了。党支部书记刘强是齐齐哈尔市青年团副书记下放来的。这个有一双大大黑眼睛的青年郭长海是党支部副书记，他是一九五六年春天第一批来这儿建庄的一个。先让我们来看一看吧！一串串送粪的大车正在风沙中来往奔忙，不过站在车辕上，穿着皮乌拉的老板子，都那样小，他们却把带红穗的长鞭摇得在空中哨叫。在粪堆上，一群姑娘正刨粪。园艺队那一个披绿围巾的姑娘，满面红光，把一柄铁锹拄在地下，笑吟吟地说："我们九个人把这个大粪堆包下来了！"我们转到牲口棚前，看见牛群正在草地上悠荡，猪和羊在圈里晒着太阳。那边将一排房腾出来做鸡舍，五千只毛茸茸的小鸡雏明天就到来了。从这排房前经过，拉开了另一个房门，呼啦一声，一群小孩子站起来，一个个红扑扑的脸膛上，两只乌黑的小眼珠发亮，原来这是农庄的小学校。"来看看！这儿，是我们农庄的百货公司呀！

还有，这是庄员的医务所，那外间屋可就是兽医院……”这时我们向那一排排砖墙瓦顶大玻璃窗的农庄宿舍走去。一走进很暖和的屋里，一群一群刚从劳动场所回来的男女青年就向客人涌了过来。人们指点着，这是最年轻的老庄员哪！那三个穿花棉袄的姑娘，是六天前才从广西柳州来的。这时，一阵阵说话声，一阵阵笑声，又接上一阵阵歌唱。他们告诉我们：“我们吃的是我们自己种的。”还指给我们看，在那一排仓房里，从屋脚到屋顶满是金黄的食粮。

这一切引起我一阵沉思：

“今天我们已经不知道从前荒原的模样了，将来的人会不相信这儿曾经是草原吧？”

可是小伙子们在农庄中心广场上，还特别保留着第一座用破旧的木板搭的小草棚当纪念呢！

但生活正是从这儿开始的。郭长海说：“……我们来了，草甸子上正刮着八级风，烟气昂昂，对面看不见人影。早晨起来，大家你看看我，我瞧瞧你，都笑哪，原来是一夜大风刮了一脸黑土。那时天气还很冷，一夜不知道冻醒了几回。我把着窝棚门睡，夜间挂着一盏长明灯，一看，小伙子们在灯影下坐着呢！草原上的夜晚真冷啊！冷得没法，就两个人紧紧抱在一道取暖。夏天下一阵瓢泼大雨，草棚里就变成河，鞋像小船一样漂在水上，几只小青蛙蹲在床底下嘎嘎地叫，女孩子们就找个不漏水的屋角角抱在一起唱歌。夜间，荒草甸子是狼的世界。我们来的第四天，一群狼就围着草棚嗥叫了一夜。这里狼可真多哩！就是去年夏天，一个同志赶天蒙蒙亮骑上马到郊区去开会，九只狼围上他，狼往马身上扑，他就用马鞭往狼头上抽打，最后他还是跑回来了，棉大衣已经给撕得个稀烂了。

“你看！我们一来，就面临着这样的考验。当然，有人在这时候就动摇了。有一个叫梁中义的，黑夜里，趁大家睡得呼呼的，他就悄悄地逃跑了。有谁半夜醒来一看，怎么少了一个人？青年人谁也不把谁往坏处想，还怕他出去给狼叼走呢！灯火燃亮了，人们都惊醒了，就打发一群精壮小伙子骑上马到漫野地里四面八方去寻找。可是谁也没找到他，这时大家才明白，他是把同伴们抛在荒草甸子里，自个儿逃跑了。

“不过呢，春天也就紧跟着到来了。拖拉机站开来了支援队伍，‘乌尔苏斯’拖拉机腾腾腾腾的，第一次掀开了这千万年还没见过阳光的土壤。小伙子刨柳树根为拖拉机扫除障碍，没刨几镐，两只手掌上都磨满了血泡。年轻人从来没赶过套，扶过犁，有一头牛任凭你怎么赶它就是不动，小伙子气得没法，只有坐在牛旁边流眼泪；你没见，把垄沟犁得曲曲弯弯一大片，可是就这样也开了九百二十垧荒，全都播种上了。

“那青青的小苗第一回钻出地面，你可知道那时年轻人心里怎么样？这时前途可就更加明亮了。大家喊出一个口号：‘克服一百天困难住新房！’结果，八十七天就盖成了这五座崭新的住房。现在好了！我们农庄已经有三百六十三个庄员，今年准备种地三千二百五十垧，我们有了三台拖拉机，今年还准备再买进十台来……我们前面不是讲到那个半夜里逃跑了的梁中义吗？去年冬天粮食进仓的时候，他又到农庄上来了。他要回来，还口口声声说自己是老庄员呢！可是人们说：‘老庄员！半夜骑马撵都撵不回来你这个老庄员啊！’他只好又摇摆着两只手走了。”

愉快的日子常常跟在困苦的日子的后面。我在这儿就不想再叙述他们快乐的歌声怎样在草原上飘荡了，我只想说一说这群青年人已经变成了新的模样。

刚才我们在庄外那片地上，看见一个高身量的姑娘正使用马拉农具在播种。那就是大家都喜爱的庄员石文华。连农庄主席和支部书记在内，都管这十九岁的姑娘叫“石大哥”。

现在，让我讲一讲这草原上成长的人的经历：她是一九五六年夏天高小毕业就到农庄上来了。乍到这陌生的地方，三天，她都没说一句话。是呀，第一次远离开家庭，面对着这茫茫的原野，她不知道应该怎么办。但是在集体的影响下，她一天比一天劳动得出色。热情地劳动在人身上，就像将泥沙擦去露出了金子的闪光。夏天大太阳底下，到甜菜地里去铲草，晒得昏迷过去，还爬起来再干；秋天去侍弄摇臂收割机，摇臂一下把她打迷糊了，她醒转来又抢了上去。音河涨水一下把土豆地淹没了，她就光着脚带上个生产队，在那冻了冰凌的水里，四十天捞出十万斤土豆；冬天半夜里大风雪呼呼叫啸起来，小伙子们都不敢出屋门，她却冲进风雪，抱着草坝场上没打完的粮食盖上。她们离耕作区相当远，小伙子们能卸下马骑上回来，那时女青年可还没有一个人会骑马。石文华就第一个纵身跳到马身上，马可一下就把她摔了下来。腿摔得直流血，农庄领导上下命令再不准她骑马。她偷偷地学还是学会了，现在她比小伙子还勇敢，一骑上就飞跑。从那以后，女庄员也都学会了骑马，她们不但能骑，还能横着坐在马身上让马奔跑。石文华还学会掌握全部马拉农具，不但能操纵，还能拆卸修理。

是草原上的风霜——劳动的风霜在锻炼着人，石文华这个人完全变了。初来时是一个腼腆的姑娘，现在再也不装姑娘模样。有一天庄员们都看见有一个女庄员跟一个小伙子挂着手走来走去，谁知道原来那不是什么小伙子，就是石文华把头发往后一拢，戴上了一顶大狗皮帽。人们不但在草原上建立了农庄，人们还从草原上培养出新人的榜样。石文华被大家选举出来到哈尔滨参加了黑龙江省的劳模大会。我下午再到庄员宿舍去时，这个高身量的姑娘已经播种归来，她穿着一件黑布小棉袄，戴一顶蓝毛绳织的小帽。我问她，希望将来做什么？她说："我的理想是做一个好农具手。"

你看，这些知识青年的理想，不再像云一样飘浮，她们的理想要在这土壤中成长。

青年们在这里开了一条光明大道，这消息在我们这自由的国度里，像火星一样到处闪亮。一千几百封信从全国各地寄来，寄来多少青年人的心愿，他们要到这儿来做一个青年庄员。现在在这农庄中，有从广西、湖南、湖北、四川、上海、南京、海南岛来的。三门峡十六岁青年张定敏自己挑上个担儿，一头是书一头是行李，也没等批准，就千里迢迢地拿着发表农庄消息的那份《中国青年报》来了。为什么我们生活中有这样一些青年？他们又为什么远离开温暖的家乡向这遥远的北方奔跑？他们的心曾经怎样千百回考虑？为什么总像这草原上有一颗太阳在把他们吸引？现在就让我说说青年农庄这三个最新的女庄员吧！就是在前面我们已经逢到过的、穿花棉袄的三个女青年：这个文静的唐辉英，这个热情的肖韵仁，还有这个天真的王家英。

这是三个好朋友，一道从学校出来，“到底走哪一条路呀？”这问题摆在她们眼前。这时梅里斯区青年集体农庄的消息吸引了她们，她们下决心到北方做一个农业劳动者。不知商量了多少回，一个星期六夜晚，她们三个人就共同写了一封信给农庄，请求农庄批准她们做庄员。青年人的心是如此朴实，她们怕农庄不理解，还把自己的血滴了一滴在信上。现在，唐辉英说：“我们精神准备比这还要冷，说是住草棚，谁想还有这样的暖炕，头一天到地里去捡黄豆，满地都是黄豆，太多了，我们简直不知从何捡起了。”她有一个纯洁的愿望，想成为一个米丘林工作者，成为一个园艺家。肖韵仁的理想在文学方面，她笑着说：“选小麦种，人家一会一筛，我跟王家英两个人，半天都选不了一筛，我们两人都不好意思了。”她热情洋溢地说：“我想农村生活好丰富啊，我要在日记上把这生活都记下。”王家英说：“读了安格林娜那本书，我的印象深透了，那时我就想：咱们中国什么时候才能有自己的安格林娜呢？……”从海南岛来的小伙子熊军武想做个康拜因手，红面孔的齐齐哈尔青年高世杰来的时候还常哭呢，现在他长得又高又强壮，他说他想做一个农业战线上的英雄。好了，我们从这一颗颗通明透亮的心，从这一双双光亮的眼睛里，已经看到我们社会主义的明天。这里我想谁开的头还是让谁来结束吧，让我再借用一下朱桂英那信上的话，她说：“……什么是青年人真正的幸福和真正的前途？真正的幸福是给予那真正渴求它的人的，是给予那用辛勤的劳动去争取它的人的……”

天黑了，我和农庄告别了。当我们的汽车向来路上开去，我回转头来，透过后面的玻璃窗又看了看，一片电灯光照亮了农庄，照亮了草原。是的，我们就是这样用我们新生活的光芒照亮一切山谷、森林、草原和江岸的。我爱我们的灯光，每一片灯光都是温暖的心，都是我们祖国母亲的微笑。让我祝福你们吧，梅里斯区青年集体农庄的人！当我们又沿着嫩江边岸行走时，有两句不知是谁的诗总在我脑子里翻来覆去：“是谁在杳无人迹的草原上燃起一片朝霞？是一群年轻的鹰在那儿振翅飞翔！”这春夜是如此宁静，一轮淡淡的冷月悬挂在天上，几星灯火在远方闪烁，只偶尔有一辆汽车闪着雪亮的灯光飞了过去。

原载《人民文学》1958 年第 5 期

石油英雄之歌

刘白羽

从黎明到夜晚、从大陆到海洋，在华北石油会战辽阔的前线上，展现了新的“大跃进”的一幅火红动人的景象。阳光燃烧，红旗飞舞，钻塔像钢铁巨人一样耸立云天，电机轰鸣，钻杆飞旋，聚精会神紧握刹把的石油工人的心呀，随着钻头一道在地心深处旋转、旋转。这里一簇簇帐篷，那里一排排板房，地面钢管堆山，空中电线织网。朝霞中钻塔如林，夜幕上灯光似火。运输车成群结队卷起的灰尘，像旋风冲天而起，像急雨骤然而落。这一切使你感到会战生活是何等繁忙、壮丽、雄伟、飞跃。一个夜晚，暴风雨横扫华北上空。我乘车奔驶在泥泞的旷野之上，电闪飞奔，惊雷爆响。我望着远近钻塔上，灯光倏明倏灭，我知道我们的石油工人正在顶狂风、冲暴雨而搏斗。这时，像火光照明一切，我们英雄的大时代，突然一下集中地展现在眼前，我无比鲜明地看到我面前正在进行的一场伟大战争。如果说我们曾经经历过战火纷飞、硝烟弥漫的战争，那么今天，我们进行的是向地球宣战，是为建成伟大的社会主义现代化强国而战的战争。在我深沉思索的这一刻，钻井台上，泥浆槽旁，木板房中，采油树下，那一对对明亮亮的眼睛，都汇聚在一起。我欢乐而激动，我看见了驾驭这一场新战争的人，我们新的一代人——大庆人。他们从黑龙江茫茫冰雪草原上屹然立起，尔后，走向祖国的山山水水，四面八方，现在正满怀豪情壮志阔步在华北石油会战前线上。他们是一种新型的人，是用毛泽东思想铸造的、由阶级斗争火焰冶炼的人。他们有永不熄灭的理想明灯，有坚韧不屈的铮铮铁骨，他们同阶级敌人斗，同大自然的暴力斗，一步一个脚印，实实在在、全心全意、为革命付出自己的一切。他们每一点思想，每一个行动都像钻头在岩石上凿刻深深的字迹。是的，他们正在创造历史，他们正在书写历史。当我望着他们穿着一身油垢的工服，招着沾满油渍的大手，仰着明亮的笑脸，一队一队勇往直前，我禁不住要放声歌唱，我从他们身上看到当今时代的澎湃热潮，看到未来世界的红色闪光。

一、八颗油砂的奥秘

华北平原五月之夜还有点清冷。我从睡梦中听到远远近近广播喇叭都在播音，一跃而起，推开窗子，听见从北京传来的一个特大喜讯：英明领袖华主席接见了三二六九队指导员郭顺源。就是郭顺源，从千万粒岩屑中发现了八颗油砂找到古潜山含油层，为华北石油会战揭开序幕。

麦波荡漾，阳光闪耀。我到三二六九队访问郭顺源，我们是第二次到这个地方来了，上次来是因为这里同时有两口井喜喷高产油流。其中一口井就是三二六九队打出来的。我看到两口油井的两根粗大油管同时喷出油龙，真是喜人呀！我奔到油池边，双手捧起原油，闻着石油的芳香，这是从我们火热的心里流出来的血汁啊，心里真是说不出的激动。才十几天工夫，现在三二六九队又搬到近旁打一口新的油井了。我望着高大钻塔上飞速旋转的钻杆，不禁想到这飞旋的速度，正是石油工人抢时间、夺速度的飞跃的红心的搏动呀！

列车式木板房整整齐齐排列在一片绿茵茵树林里。我迈进一间板房，一个身材高大的青年人迎到门口，伸出一只厚实的大手和我紧紧相握，他那黑黑面庞上有一双喜悦而沉静的大眼，这就是当年的地质技术员，现在的指导员、三十一岁的郭顺源。

现在暂时让我们回到一九七五年初，体会一下当时奔到华北来会战的石油工人的心情吧！他们一个个热血沸腾，恨不得一拳头砸出一口万吨井，在祖国首都大门口开辟大油田呀！可是问茫茫华北大地，这丰富油源在哪儿呢？一口一口钻井没有得到满意的回答。在浅层砂岩找到了油，可是油不算很多。按照过去的历史结论：砂岩有油，石灰岩无油，埋藏在地球深处的古潜山是基层，打到这个基层就停钻不打了。

郭顺源，我们的好同志，我们的好地质员，他面对着当时的一切，他在想什么呢？！

正如同无数“老石油”说的那句话：“我就不相信万吨油井都出在别国，我们脚底下就找不出万吨油井。”

这豪情壮志，在那严寒之夜是怎样燃烧着这个青年人的心呀！

郭顺源没有睡，他不能睡。这些日日夜夜参加华北石油会战的人们仔细反复研究了多少次华北地区的地质报告。经过分析、比较，人们只能得出结论：这儿的地质情况非常之好，就是丰富的油藏还没找到。郭顺源这些日夜心里是不平静的。夜深了，他从窗上望着钻塔，心中计算着钻头钻进地层的深度。他蹲在泥浆槽旁仔细地观察、观察呀。

郭顺源每次回到桌边都把眼光停留在一个笔记本上。

——一九七四年，毛主席作了石油要往深部钻探，要打深度井的指示。一九七五年毛主席又高兴地圈阅了四川打成六千零十一米超深井的报告，华国锋同志立即把这喜讯传告给每个石油工人。

伟大号召，给郭顺源以信心、以力量。

石油化工部领导向井队提出要求：向深层钻进！向古潜山要油！这使得郭顺源更坚定了向地球深处钻探的决心。钻头每日、每时、每分、每秒在钻进呀。而郭顺源对于每一份地下资料都珍重地分析研究。郭顺源啊，郭顺源，他的整个心都扑在他的岗位上了。

他们在浅地层里发现了油，他们为了探寻新的高产油源，钻杆没有停止继续往下打，打到古潜山，还往下打……郭顺源盼望的这个时刻终于来到了。夜深零点，探照灯把整个井场照得通明雪亮。从地层深处返上来的白花花泥浆在泥浆槽里流，采集工爬上一节小铁梯，捞了一桶砂样。砂样晒了一夜。郭顺源在地质值班房里，精挑细选，拿着一个放大镜，一丝不苟地在千千万万颗砂粒中，一个不漏地寻找着，他找出了八颗略呈褐色的砂粒。他拿清水冲洗几遍，再来仔细检验，也还看到砂粒上显示的油迹。郭顺源高兴得心怦怦跳，但是他冷静了一下自己，捧着这八颗砂粒，走进值班房一角的小检验室，他静悄悄地在那漆黑的小房里作了荧光分析，他看到每粒砂闪着一点小小荧光。这个检验证明是油砂，就是这八颗油砂打开了向古生界找油的新境界。

可是，正如任何新事物的诞生总伴随着一场大吵大闹，如何看待这八颗油砂，当时也引起一场激烈争论：

有人说：这八颗油砂不一定是古生界的，很可能是上面浅油层的碎屑掉下去，又由泥浆反冲上来了。持这种意见的同志，不主张再往深处钻探，反正上面找到了较好的油层，能够更稳更快地拿到手，为什么非冒险往深处凿？万一井下一漏，井壁坍塌，造成事故怎么办？

可是哪一种科学发现不冒风险？郭顺源和多数同志没有满足于浅层油田，难道我们到华北来就图个一二百吨，安全保守吃“小锅饭”？郭顺源心里烧着一团火，坚决要向深部打井，打个千吨、万吨井，他以这八颗油砂论证了古潜山有油。

这个争辩反映到指挥部党委，党委认为这是先进与保守，满足现状与继续革命的争论。我们是毛主席的石油队伍，我们就要有勇攀高峰的英雄气概，党委正式做出决定：向古潜山进军！

三二六九队钻井没有停钻，钻头不断向地心钻进，钻进……那些日夜，每个人的心都在随着钻杆转呀！钻头冷静而坚定地不断向地心钻进，钻进……

这是炎天流火的一日，指挥部的领导都来了，人们围满井场，只见闸门一开，喷了十分钟雾气，咕嘟一下，原油像喷泉一样汹涌而出，太阳光把原油照得金晃晃的——这是乌金呀，这是几亿年沉睡在我们祖国地下之火啊！今天，它醒了，它活了，它欢唱了。

第一口高产油井红四井在华北会战前线上出现了，人们一下子都欢乐地蹦跳起来。是的，郭顺源同志！在真理之光还没有显示的时候你的探索何等果决！在真理之光刚刚显示的时候你坚持得何等正确！实践证实了真理，三二六九队在第一口高产油井之后，取得了古潜山夺油的第一手经验，一鼓作气连着打出四口高产油井。八颗油砂带来了汪洋的油海。

我必须平静一下我的心情。我向窗外望去，上次来庆祝的油井已经安装了采油树，立在路边，我问：

“这就是第四口井吧？那么，你们现在打的是第五口井了，也是高产井吧？”

“是高产井。这里地下情况很好，不久，顺这条线，打一系列新油井……”

郭顺源这个广东青年，是个极其纯朴、老实的人，他像并没有发现过什么八颗油砂，并没有给华北会战打开什么局面，他坐在床上，笑着，对于自己，他简直没有说什么。

正在这时，从外面走进一个人，带进一股石油气味，他手里攥着沾满油污的手套，一看就是刚从井场上回来。这是队长牟清光。他要了个小木凳靠门口坐下，这个三十上下年纪的四川人，发现八颗油砂时是队上的工程技术员。

牟清光吸了一口烟说：

“这八颗油砂的发现，在石油勘探史上打开了一个新领域。过去大家碰到石灰岩就停钻，现在大家专找石灰岩打。我们国家石灰岩地形又非常广大，这一来就为我们的石油工业打开了无限的远景……”他笑了笑说：“八颗油砂是一个飞跃，在认识上是一个飞跃，是由不自由到自由的飞跃。八颗油砂让我们认识了埋藏在地球深部的古潜山的秘密。”

我为牟清光清晰的分析而喜悦。他使我深刻了解工人阶级掌握科学技术会产生多么强大的威力。八颗油砂有力地揭批了“四人帮”所散布的学科学技术就是“走白专道路”的绝顶谬论。“四人帮”在石油战线的罪行就是破坏石油生产，让人们走回点灯用洋油的奴隶主义老路。像一个“老石油”说的：“金娃娃在地底下睡大觉，石油工人急得直蹦跳，‘四人帮’给金娃娃吃安眠药。”

牟清光微微一笑，脸上显出理想的闪光，他说：

“你想想看，中国有了高产井，一口井比过去一个老油田产量还要多，一个石油工人能为国家创造多少财富？这在我们石油工人的精神面貌上也是一个转折点呀！”

牟清光轻言轻语，有条不紊，但我从他感到一个大庆人的豪迈心情。

最后他指出：“这是大庆精神严细作风的胜利，要是郭顺源看砂样稍微粗心大意一点，八颗油砂不就从他手指头下滑过去了？当然，古潜山的秘密总是要揭开，不过那就不知推迟多少时间。可是我们是毛泽东时代的人呀！我们不是时间的奴隶，我们是时间的主人，我们只能把时间提前，为革命建设早做贡献。”

屋外白杨树叶一片沙沙响，一阵阵清风吹了进来。

我们的话头转到华主席的接见，郭顺源说：

“华主席接见我，我也不知道说啥好了。华主席还亲切地叫我向华北会战的石油工人和家属问好呢！从华主席那儿出来，我就急着赶紧往家里打电话，可真急人，长途电话怎样也叫不通，我紧着叫，大声喊，电话员也急得对我直喊：‘你说话慢一点呀！慢一点呀！’当时我心里实在太激动了，到夜里十点钟，总算把这个特大喜讯传到了队里。”

当时，队里正往新井位搬井，黎明三点就得起床。可是一听到这消息，全队沸腾，欢声雷动，热闹了一夜，第二天搬井搬得更有劲了。

谈到这里，木板房里可热闹起来，坐在床上、椅上、凳上的人都纷纷发言：

“钻井是打井的火车头，我们一定把我们这火车头开足马力。”

“从前我们一个月打一口井，现在我们要翻一番打两口。”

牟清光说：

“现在全队的境界都提高了，把每一项工作，都提到对华主席、党中央的态度的高度，这样的思想就是最大的动力呀。”

一排木板房与一排木板房之间形成一条街道，成为全队活动中心，在这里我读到贴在墙报上的决心书：

英明领袖发号召，
谆谆教导印脑海。
身上如添千钧力，
大干苦干夺油龙。
……

正在这时，大雨点噼里啪啦打下来。我们跨上吉普，驰上大路。这茫茫的风雨啊，好像告诉我宇宙是何等浩渺无涯呀。我的心不能离开那八颗油砂——可是小小的八颗油砂啊，你在这宏伟、瑰丽的大宇宙中是多么小的一点石砾呢！但，这不是普通的油砂，这是闪闪发亮的红心呀！是这八颗油砂，展现了大自然不可知的奥秘！是这八颗油砂，找到了打开我们祖国地下宝藏的钥匙。郭顺源，这个在科学上勇于闯险径、攀高峰的人，打碎旧框框，破除旧思想，将一面红旗插上石油战线的珠穆朗玛峰。想一想吧！跟着八颗油砂蜂拥而来的，是多少千吨井、万吨井，是多少次激动人心的报捷喜讯。八颗油砂呵，我们为什么不应该为你唱支颂歌？是你，为我们建设四个现代化社会主义强国的新跃进，开辟了无边远景。八颗油砂，八颗油砂呵，像启明星一样明亮闪光，鼓舞着人们在科学征途上奋勇前进。

二、明朗的天

同志！今天，当你站在会战前线上，一个又一个胜利消息像熊熊火炬不断地映红了整个华北的大地和海洋。你心里该是多么欢乐、多么激动。

可是，人们怎能忘：会战初期的创业生活，这绝不仅仅因为那艰苦，更主要因为那是一个崭新的开端。人们怎能忘：天寒地冻，风雪怒吼，头顶青天，脚踏碱滩。人们怎能忘：那狂风，简直像脱缰野马，一刮起来就没日没夜，没完没了。可是这一切怎能压制得住石油工人火热的红心，坚强的脚步？一队队人马从四面八方向会战前线奔来，顶风冒雪斗严寒，风餐露宿拼命干，运输汽车不赶趟，人拉肩扛上井场。同志，你静一静！请听“老石油”郑明芝的话：“天天盼，夜夜盼，就盼拿下千吨井、万吨井，我参加过大庆会战、大港会战，再来拿一个新的大油田才高兴。”请听一个女采油工张翠的心声：“让我补上大庆会战那一课，我要在创业实践里学铁人。”同志！让我们再看一看女采油工贾先梅这一页创业日记：“……当路经红四井时，车上全体同志都沸腾起来，拍手欢呼，激动场面，无法形容。下车后我们马上奔向红六井，想看一看高产油井什么样，这口高产井原油的流动声好像是有节奏的音乐。看见我国自己制造的双翼采油树，每人的手都这里摸摸那里摸摸，好像是好朋友第一次会面一样，感到格外的亲切。油的温度很高，手摸到采油树都烫手。”火热的油和火热的心融合在一起，迸发出石油英雄战胜困难的无穷威力。

就是贾先梅所在的这个会战小分队，上来会战时，只有一顶帐篷，全队人挤着坐得满满当当，点燃一堆篝火，火烤胸前暖，风吹背后寒，但是火光映红了每一个风尘仆仆的面孔。领队郑明芝给大家讲大庆会战艰苦创业的经历，讲得小青年心里热乎乎的。篝火的火苗呀在每一颗眼珠上跳荡。夜冷风透骨，火光更熊熊。大家就学起《实践论》《矛盾论》来，他们一分为二，盐碱滩，风沙地，苦是苦，可比大庆会战当年好多了，大伙齐声说：“千矛盾，万矛盾，有忠于毛主席的红心，没有不能克服的矛盾。”

一夜北风吹，晨起一身土。郑明芝这个从大庆熔炉里炼出来的人心里想：还得加把火！他把人分派到农村里进行社会调查，接受阶级教育。他们才知道原来两脚踩着的地方曾经燃烧过抗日战争燎原烈火。他们身旁一个小村庄就遭受过日本鬼子残酷烧杀，那时遍地血流成河呀！房屋燃烧，草木成灰，鬼子把三十六个死伤的农民塞进一口井里。一个妇女抱着个婴儿，想救得孩子一条命，也活活被刺刀挑死在井里。逃难的农民回来，把人掏出来，死尸摆了一大片，每寸土地都渗透了先烈的鲜血呀！听着听着这些青年满脸淌着泪水，张翠满腔怒火说：“老同志花了多少鲜血夺得这块土地，我们青年人应该怎么办？”

这次我们访问了这个采油输油联合站，这是华北油田几个大型油站中的一个。在一间明光敞亮的平房里，我们见到党委书记郑明芝，矮矮身个，是一个极其朴实、柔中有刚的人，三十多岁，但几次会战的烈火在他脸上留下风霜斑痕。当他跟我们讲述建设采油输油站会战时，坐在他旁边的一个梳着两条长辫、细高身材的女青年插上一句话：“这石油是用鲜血换来的！”

这就是张翠，她现在是采油队副指导员。她这句话说得多深刻呀，它如同火光一下照亮从当年枪林弹雨的战争到今天建设社会主义大会战，两个战争之间一条深远的历史道路，在这条路上闪耀着征服雪山草地的英雄好汉的壮志，传播着战胜冰封雪冻的石油战士的豪情，井冈山星火熊熊燃烧呀，一个战争接一个战争打下去，一代新人接着一代新人站起来。正是这样的人，日里夜里，风里雨里，泥里水里，他们用珍爱先烈英灵的情感啊，精心管好每口井，使十几口井的原油通过输油管线，畅流无阻地输向远方。

郑明芝谈了为建成联合站而展开一场又一场的鏖战，又谈到第一次输油的欢乐。当时，他们四天四夜没合眼，沿线一分钟来一个电话汇报油流情况。他说："我们提前六小时完成南线输油任务。"紧接着他们又大战五十天建成北线输油站。是往毛主席身边送油呀！人们的心情格外激动，七月一日把油送到了北京。七月二十八日唐山地震，原来供应北京的一条输油管断了。郑明芝笑得那样甜蜜、亲切："我们的油及时地保证了祖国首都天安门灯光的明亮。"想一想，这样的人有着多么豁亮的心胸，他们用他们的生命写出一首多么美的诗呀！

现在，让我们进一步来追索一下，在这样短短时间内，——不过，对于年轻人也许这是漫长的年月吧？……大庆精神是怎样灌注到这些青年身上，使他们焕发着大庆的青春呢？这还得从郑明芝谈起。

郑明芝是从军队上选调出来参加大庆会战的。到大庆是个夜晚，到处是灯光，到处竖井架，会战队伍正在上。天亮一瞧，一望无边的大草原，冰天雪地，哪儿找得到一滴水！只能用雪洗脸。那时候纷纷传说：有这么一个人，一天到晚不知道困，不知道饿，不知道累，一个劲干，老乡管他叫"铁人"。郑明芝他们听讲，这个铁人就在跟前打井，就去看他。王铁人在井场上热情地招呼新来的战友，跟他们谈自己旧社会在玉门当石油工，一块破烂老羊皮，白天当衣，夜里当被，现在再苦也是甜呀！王铁人说着说着怒起来，把拳一挥：帝国主义、修正主义硬说我们没有油，是想用石油卡我们脖子，办不到！我们找到了大油田，拼上命也要开发出来，给他们一个有力的回击。王铁人的话一句一句比锤子还硬。郑明芝寻思：铁人在旧社会受那么大苦，新社会应该享享福了，为什么干得更欢了？我自己在红旗下长大，还有什么说的？从那一刻起，郑明芝下定决心当一辈子石油工。队长和党支部书记都是玉门来的“老石油”。一次井喷，队长头一个冲上去，淋得满头满身是油，制服了井喷。郑明芝拉他下来，他说：我们不冲让工人冲?！干部干部，多干，干好，才叫干部呀！”有一回，书记到指挥部开会，半夜往回打电话：指定多少人带多少家伙，马上出发，参加会战。他自己开完会就直奔会战战场，甩开膀子领着队伍冲上去，挖地沟、铺管道，天蒙蒙亮，这一仗就打下来了。郑明芝在大庆五年，一片荒草甸变成大油田，大庆的烈火呀烧红了他的心，大庆的光芒呀照亮了他的眼，旺火里烧来冷水里淬，一块响当当的钢呀炼成材，郑明芝离开大庆赴长征，他心里再也忘不了大庆红旗一把火。

郑明芝跟我们慢慢谈心，他说：“烂泥滩里打出个大港油田，华北荒碱地又建起新的大油田，困难能说没有？可是想起大庆会战那把火呀，还有什么砖头瓦块能挡咱们的路？”

郑明芝在华北会战中严格地坚持了“三老四严”精神和岗位责任制。在他身教言传之下，一次一个扳手上的螺丝丢了，到了下班时间没一个人走。他们说：“差一个螺丝，这个班不能交！”硬是一点一点寻，一点一点找，本来八点下班，一直到十一点，总算把这个螺丝给找到了。小伙子们喜得欢蹦乱跳说：今天找回来的不是一颗螺丝，是大庆精神啊！郑明芝说：“凡是新来的工人都要把大庆精神的烙印打到他们心里去。”

有一回，“铁姑娘”贾先梅跟我们讲：“郑书记多少年如一日，见地下有一根铁丝、一个螺丝都捡起来。他要求我们严格，可是要求他自己更严格，哪一次投产大战，他不是顶在第一线，浑身是油，满脸是汗，几天几夜不合眼，不下火线？我们从他身上学到大庆精神。”

郑明芝两只眼里闪着亲切的笑容，当他讲到他带起来的这些青年人，你会感到他的心那样温暖——

张翠，工作泼辣，干劲很大。刚上会战前线时有个弱点是爱流泪，可是我发现她对不符合毛泽东思想的事敢斗争，这是主流呀！到这里搭帐篷，女同志都在下面递东西，她头一个爬上了篷顶。一下摔下来把胳膊跌断了，一会儿工夫就肿得挺粗。我说："小张！你回天津家里，治好了再回来。"张翠忍着难熬的疼痛回答："我是来会战的，这一课一定得补上，我不回去。"这姑娘的脾气我知道，要说说不服，我严格地下道命令："张翠同志！这是党给你的任务！"她走了，谁知道她没回天津，跑到大港，上了夹板，第二天又跑回来了，一见面就说："别人会战我怎么待得住！"你听听，这就是我们的年轻人。建筑联合站整个投产期间，她挂着胳膊到处跑，从没休息过。郑明芝喜得满面堆笑，他说：她主流好，党委决定把她当个苗子培养。培养要给她压担子，摔打她，就提她当采油队副指导员。张翠愈锻炼愈成熟。一次，总站一部机器上缓冲器的玻璃管碎了，一百度高温的原油，喷泉一样喷射出来，张翠一步冲进烫热的油雨，淋得满脸满身，关紧闸门，保护了机器。有一回，半夜下起暴雨，她想到采油工在野外工作，没雨衣怎样巡回检查油井呢！？她立刻冒着雨把雨衣一件一件给采油工送去披上。同志们感动地说："指导员！你送的不是雨衣，送的是无产阶级感情啊！"

贾先梅，这个同志，一心扑在生产上、油井上，她呀，一工作起来就没个时间，投产几天几夜不下火线，一直到生产正常才歇一口气。她就像不知道什么叫乏，什么叫困，从那时起周围的同志都管她叫"铁姑娘"，后来，大会正式命名她为"铁姑娘"。她可是一块锃光瓦亮的好铁呀，她经常满头满脸都是油。一次大雨如注，正赶上量油时间。严格不严格遵守制度？可是铁梯又高又陡又滑，她推开别人，承担了这个危险任务，雨水打得她睁不开眼，她紧握秒表，顶风冒雨爬上高高的油罐顶上准时计量了储油量。一回投产期间，暴雨倾盆，油井口还没井房，她就那样湿淋淋的，在井上整整干了一天一夜，深更半夜又冷又饿，贾先梅一步也没离开井口。你看，这不是一个新的大庆人站起来了吗？现在贾先梅经常爱讲的一句话是“打铁必须本身硬”，这就是她的性格。她对工作抓得牢牢的，一点也不放松，一回发现应该刷银粉的散热片被刷上了黑漆，她立刻边讲边刮，要求返工。第二天伸手一摸，银粉刷了，可是没加清漆，银粉一摸就掉了，她又动手重改。最后，同志们说：“刷散热片返工三次，贾队长可‘反’掉我们思想上的低标准了。”

郑明芝对于这一批新苗苗，真是喜爱呀！可是怎样爱，爱在哪里？郑明芝说：“对她们的要求还是要严格，铁姑娘也还要严格锤炼，‘三老四严’是不能放松一点呀！”

今年春天在井场植树，要求横竖成行。下午检查评比，贾先梅她们的质量是中流。晚上开会，党委书记郑明芝问：

“贾先梅，怎么样？”

贾先梅说：“完成了。”

“数量完成了，质量呢？”

贾先梅不作声了。

郑明芝立刻说：“今天，我要批一批你这个铁姑娘！我问：你这铁姑娘还当不当？红旗还扛不扛？红旗要大红还是要水红？红旗队各项工作要走在前，过得硬，你们种树的质量，与你们铁姑娘红旗队符不符？”

贾先梅脸红了。

散会，郑明芝又找小贾谈心：“小贾！你知道今天为什么批评你？不这样，一害了革命，二害了你呀！”

像注射新鲜血液一样，这传播的不是永不熄灭的大庆之火吗？

贾先梅她们连夜拉上绳子，一棵树一棵树重新栽得横竖成行。

第二天又检查，党委书记表扬了她们：“红旗作风就是过硬，不好推倒重来，这就是铁人传统呀！”

在离开华北石油会战指挥部前一天，我们又一次访问了第一采油输油联合站。我望着一座座高山似的银灰色储油罐，我望着罐顶上无数面飞舞的红旗，我觉得那就是一支一支大庆的火炬在迎风飘扬呀！我又想起郑明芝说的“要把大庆精神烙印在他们心上”这句精辟深刻的话。我觉得这话画出一条明亮闪光的路线：大庆精神的烙印愈印愈深，大庆精神的火焰愈燃愈亮，一代又一代新人茁壮成长，石油会战愈打愈壮。是的，石油战线为什么仗打得这样过硬？关键就在于有这样一支共产主义思想过硬的队伍。在当年火海硝烟之中，又听说我们英雄战士是最可爱的人，那么，在今天这一场新的火热战争里，若问谁是最可爱的人？石油英雄就是最可爱的人。这就是时代的回声，这就是历史的答案。

头两天下过大雨，地面上泥泞很深，可是空气清新极了，这时，我的心啊，又开阔又悠远，就像一股清冽的甘泉流过我的心头，我们的天是多么明朗的天呀！

三、用鲜血和生命写历史

你想知道我们的同志在天崩地裂时怎样冲上去吗？在烈火飞焰中怎样扑上去吗？你想知道在危急万分关头、千钧一发时刻，我们的同志怎样以他们的鲜血与生命写下一页永远激动人心的厂史吗？那么，你去访问一下英雄的三二二二钻井队吧！

五月，华北南部，天朗气清，当我们走向那庄严巍立的钻塔时，首先映入眼中的是高悬钻塔上的“誓为祖国献石油，甘洒热血写春秋”的誓言。在钻机强烈轰鸣之中，脚下的大地在微微颤动，我感到牺牲了的烈士的心还在突突跳跃，我觉得他们的生命在每一寸土地上发光，每一滴石油上都饱含着他们的微笑，我觉得他们的声音正在召唤着新“大跃进”汹涌前进。

李仁杰，三二二二钻井队队长，为祖国找石油，十八年，风餐露宿，转战南北，锤炼出一副钢筋铁骨、赤胆忠心。他从陇东转到华北来参加大会战，一心就扑在他的一口井上，要为毛主席争光，打出高产油井。一九七六年五月二十五日开钻那一天，李仁杰大踏步登上井台，把手臂一挥，激动地说道：

“同志们！开始啦！向地球宣战，向油层进军，高产油田就踩在我们脚底下，咱们要豁出命干呀！”

他的话表达了全队人的一股心劲，这一天就创造了日进九百零八米的最高纪录。

同志，请你回顾一下这是什么时候吧？我们敬爱的周总理逝世了，我们伟大的领袖和导师毛主席病重了，“四人帮”篡党夺权猖狂到了极点。千千万万石油工人永远不能忘记，去年六月，正是三二二二队快攻猛夺油井的时候，我们的毛主席就在重病之中还关怀询问华北石油会战的情况，当华国锋同志把一份华北打出高产油井的简报送给他老人家时，毛主席看了高兴得不得了，毛主席说：“你看，你看，我们国家有这样丰富的石油啊！”可是王、张、江、姚这个祸国殃民的反革命黑帮，竟然诬蔑华北石油大会战是给“修正主义”撤退打掩护战。石油工人钢铁汉气得流了泪，愤慨地说：“我们给国家大干特干，找到了原油，建成大油田，倒成了罪人了！？”一张《文汇报》传到队上来，那上面攻击大庆的岗位责任制是管、卡、压。李仁杰看了怒火冲天，一拳砸在报纸上说：“岗位责任制是工人的血换来的，我打井十几年，全班人的命，井下原油的命，井场设备的命，都在这个刹把上，没有制度就不行！”

陈录明，二十二岁的地质工，全队人都喜爱他，说他是刚刚展翅的小鹰。

他心急如火，恨不得一下砸开大岩层，让原油咕嘟咕嘟往外冒。他端着饭碗上井，坐在泥浆槽旁一面吃饭一面观察。这一天，他突然发现几粒小小油花在泥浆浮面上漂。他压制心头喜悦，严格要求自己，他一连取了三包砂样。这是陈录明自己的约法。我在他的日记本上看他写着：“把自己的岗位当作反帝反修的岗位，‘认真’‘过细’‘完全’‘彻底’为人民为革命搞好本职工作，确保各项录井资料齐全准确。”陈录明在阳光晒得闷热难熬的地质木板房里，做了各种检验，证实了确是油砂，这快乐的消息立刻传遍全队。

李仁杰比谁都喜气洋洋，说：“同志们，我们天天盼夜夜盼，现在油上来了。”

钻杆飞得更加有力了，钻头向地球深处钻进，高产油井的目标，一天比一天接近了。

这么多天，李仁杰从未睡过一个通宵，沾满油垢的工服从没一刻离身，一天三班没一班不看见他。他睡的那个帐篷离井台不过几十米远，一夜仅仅睡眠四小时，也不知几次从梦中惊醒，掀开窗帘瞭望。可是李仁杰这几天在干一个活，找些破铁管，亲自动手电焊一个小屋架，他利用午休时间，在烈日下焊接，晒得满头大汗，烧得满身破洞。人们问他，他笑笑。在井喷牺牲前一天焊成了，他告诉指导员马占忠：“老马，明天搭上帆布，我搬到井台下面去住，时时刻刻有干部在场，这样放心些。”

发现了油层，全队工人都涌向井场——眼看泥浆槽里一层层油花往上涌，好啊，一口高产油井眼看就拿到手里了。李仁杰这个千锤百炼的“老石油”更细心，更谨慎了。他那圆圆脸盘上，两根短短浓眉向上挑起，两只眼睛炯炯发亮，宽宽嘴巴闭得铁紧。他一刻不停，转盘口、刹把旁；电机房，泥浆槽，他巡回地检查着、巡回地检查着。

如万里晴空突然发现一片乌云，李仁杰心里一怔。

泥浆池一涌一伏，很不平静呀！

他嗅到从地层深处冒出一股毒辣辣的气味熏人头昏。

一股股大拇指粗的泥浆从井眼里往上蹿。

泥浆变成了黑绿色。

一个一个危险信号，敲响李仁杰心头的警钟，几个字出现眼前：“井喷前兆！”

我们一定要拿下大油井！我们一定要防止井喷！指挥部的号令，党支部的动员。时间，时间，时间在前进啊！无数只铁臂在挥动，无数双铁脚在飞奔，时间就是生命。

晚霞换来夜幕，巍巍钻塔上一盏盏明灯亮了，探照灯把整个井场照得雪亮。全队站得整整齐齐，所有眼睛都望着李仁杰，李仁杰呀！李队长！这时，李仁杰心头一热，他想起一幅幸福情景，那是一九六九年，他受四川石油工人的委托，到北京参加会议，他看到毛主席……他，一个普通的石油工人，站在亲爱的毛主席的面前，心潮如涌，热泪盈眶。毛主席！毛主席啊！是您把我从旧社会受苦人变成国家的主人，是您叫我懂得了共产主义真理，是您把建设社会主义祖国的重担放在我的肩上。毛主席！毛主席！见到您是我最大的幸福、最高的鼓励，我今生今世一定要豁出命来干，我要把我的一切都献给党！在这紧急时刻，李仁杰像钢铁铸成的，坚毅、冷静而又亲切。那是怎样的阶级兄弟的亲切呀！看着一个一个他熟悉的脸、他热爱的脸。多少深夜，他静悄悄为他们盖好被头，看着睡梦中孩子般笑脸，而现在他们却突然成长了，他们的脸，热烈、勇敢、坚定。他高兴，他们是冲锋向前的战士在等候一个口令呀！李仁杰代表党组织说了话。他的声调那样铿锵，神态那样庄严，他讲得井井有条，对防毒防喷作了细密周到的部署。

最后他挥了一下手，洪亮地大声说：

“共产党员们！想想我们入党志愿书上的誓言是怎样写的，要为共产主义事业奋斗终生啊！同志们，革命需要我们的时候到来，我们就要挺身而出！”

深夜十一点半了，李仁杰从井场上不知第几次巡查回来，他到指导员帐篷门口站住，叫了一声：

“马书记！”

他们两人是老伙伴了，他从来都管他叫“老马呀”。马占忠心中一震，放下手里的报纸走出来。李仁杰平静而又庄重，他俩谈起心来，李仁杰说："从我们支部来讲，是个团结战斗的班子，我在工作中有不少缺点和错误，你给我的帮助很大。从今天种种情况看来，不对头，很可能要出事，要是发生情况，不要慌张，按照各自的分工负起责任来战斗。马书记！万一出什么事情，希望党组织教育我爱人和孩子，叫他们一定跟着党走啊！"

当我在三二二二队，见到马占忠，一望就知道是个坚强硬汉，可是说到这里，他哽咽得说不下去了。这时我仿佛感到他心上流过一股激荡的热浪，他说：

"没想到这是李仁杰同志对党支部作的最后一次汇报，也是对党最后表示的决心呀！"

硫化氢气，这看不见摸不住的毒气，已经浓重地弥漫在井场上……

十二点钟。四班司钻梁通荣带领全班人来接"大夜班"。在井场值班室里，围着一张木桌，李仁杰这个火线上的指挥员站在中央，他看了一眼四班战友，周密地作了部署："每一个岗位上随时都要有人"，特别叮咛："今晚一定要加强责任心保证不出事。"然后他跟他们上了井台，一一进行岗位检查。

梁通荣，这个二十四岁的司钻，个头不高，面孔清瘦，但全队人都知道他身上有能战胜一切的无穷力量，他经常爱说的一句话是："干社会主义就得拿出拼命精神来！"现在他头顶铝盔，戴手套的大手握住刹把，屹立在灯光明亮的钻台上。在李队长动员后，梁通荣热血滚滚心潮涌。他为了眼看着要拿下高产油井而满怀热望，石油是祖国工业的血脉呵！可是现在井上又出现了发生井喷的预兆。他意识到作为司钻，这个时候肩上的担子有多么重，他紧了紧握着刹把的手，两眼注视着运转的仪表，听着钻杆旋转的鸣声——司钻！司钻！这刹把就是整个钻井的心脏，整个钻井的生命握在我的手上，我一定要为毛主席站好这班岗。可是毒雾弥漫得愈来愈广，愈来愈浓……梁通荣的呼吸困难，脸憋得通红，两眼泪水哗哗往下淌……

原野啊，千里茫茫，黑夜啊，一片宁静，泥土发出芬芳气息，多少人在沉沉安睡，这巍然耸立云天的钻塔呀，它的灯光群星一般明亮，它的轰鸣唱歌一样动听，可是这个钻井现在已经进入生死决斗关头。梁通荣啊，他和钻塔融合为一，他感受到整个机器的运转，他感受到整个机器的呼吸——他牢牢站着，牢牢站着，他全身心都集中在一点上：坚持就是胜利！……

副司钻张永宁迈上井台，一见梁通荣这情景，大吃一惊，他冲上去要接刹把，可是梁通荣没有交出。他明白：到了考验自己的关键时刻了，自己一步也不能离开这里。两个人正在争执，一股浓烈的硫化氢气迎面扑来。梁通荣一把推开小张，小张刚走下钻台，回头一看，梁通荣全身摇晃，马上要倒。张永宁又冲上去，不容分说，夺过刹把。梁通荣，已经危急，已经昏迷，可是他还有一口气，他紧紧叮咛："小张！你不好受，就马上摘掉转盘离合器，刹死刹把！刹死刹把！"他昏昏沉沉、跌跌撞撞下了井台。

时间，一秒一秒地前进！时间，一秒一秒地争夺！

零点三十五分，钻机吼叫着，钻头以每分钟一百转的速度朝地下油层穿去。

这时，张永宁突然看到泵盘表上指针猛烈波动，泵压骤然增高，泥浆一下从井口转盘面上涌出半米多高。

我们的好队长，李仁杰呀，他一直没停过脚，这时他正走到这里。他一看，知道井喷即刻发生，他飞快蹿上前去："快下去！这里危险！"——一把夺过刹把，在这是生是死的关头的一瞬间，李仁杰挺身而出，站上岗位。

零点三十六分，天崩地裂一声巨响，暴烈的油气流，喷射而出，冲天而起，直冲上悬在高空的二层平台，立刻又像火热的暴风雨一样猛砸下来。李仁杰，油气和泥沙迷了他的眼，堵了他的嘴，他巍然屹立在井口上，可是浓烈的毒气熏得他头昏眼花，心神迷乱，一个念头提醒了他：如果一松手，刹把失去控制，上百吨重的钻具、大钩就会一下砸下来，砸得井毁人亡。不能，不能，他睁开两眼，那只是一秒两秒的一刹那，但这是伟大战士最崇高的一刹那呀：他用尽最后一口气力，他把转盘离合器摘掉。最后的一个思想像亮光一闪：刹把一定要压住！压紧！但他的生命已经开始离开他了，他猛然把全身压在刹把上。天地呀激起哀歌，风雷呀发出壮吼。在当年鏖战火线上，一个英雄用活生生的身躯堵住枪眼，而今啊，一个英雄却用已经失去生命的身躯还在为革命继续奋战，这是何等惊人的壮举！

昏迷在井台下的梁通荣给井喷震醒，他看到队长倒下了。这时，井喷的狂呼巨啸，震得地动天摇，倾盆而下的砂石泥砾，在井架上撞得叮当乱响，油浆哗哗地从井台铁梯上往下淌，梁通荣只有一个念头：抢救队长！可是毒气已经侵蚀了他的心身，他上了井台，一步、一步，他在离队长一步远的地方倒下来，停止了呼吸。

这一刻，地质工陈录明，抢救战友心急似火，同时他没从岗位责任上退后半步。他必须记录下井喷的资料，他为了卡准井喷井段，取全取准第一手地质资料，趁着井喷停止的短暂时刻奋不顾身，冲上井台。他双眼含着热泪，李仁杰、梁通荣，已经壮烈牺牲了，他们的死是一个号召，陈录明必须冲上去，继续英雄的事业，他要让钻井继续战斗，他要上去活动钻具，循环泥浆。泥浆是钻机的血液，它不能停止，停止就要卡钻。他上去一看，两块方补心冲出了转盘。这时他毫不犹豫，抱起一块八十斤重的方补心放在转盘上，又回过身去抱另一块……就在这时，又一次猛烈的井喷咆哮着冲击出来，那急如旋风的油气流，一下把陈录明腾空喷起，掀下井台……这个精干活泼、爱说爱笑、像鲜花一样盛开的青春生命，就这样英雄地献给自己在诗里无数遍歌唱过的亲爱的祖国了。

在我访问三二二二队时，我第二次轻轻走上这座英雄钻塔，我肃立在发生过井喷的那个井台上面，我觉得李仁杰、梁通荣、陈录明还在我们中间。李仁杰呀！他经过多少次大搏斗，暂时休息片刻吧！也许一会他就大踏步走上井台，笑盈盈伸出大手，可是，可是……让泪水化成烈火吧！烈士的英雄业绩像一首最美最好的歌传遍四面八方，把华北石油大会战推上一个新阶段，一口一口高产油井在平原与大海上出现了，这不正是李仁杰一心一意所盼望的拿下华北大油田理想的实现吗？

那天夜里，技术员何永彬含着热泪对我们说：

“我们的李队长死了以后，他脸上还带着笑容。”

是的，李仁杰，他为制服井喷而战斗，但他更为拿到了高产油气井而高兴呀，他在猛烈井喷中压向刹把时，心里好像还在想：“不管怎样，高产油气总是拿到手了！”

如果想了解这个“老石油”的心，不妨读一读他一九七五年十二月二十六日的日记上的一段话：

“周总理、邓副总理曾经强调指出，由于苏美两霸的假缓和真备战，争夺日益激烈，战争因素正在增长。我们要像大庆人那样以革命加拼命的精神，为祖国拿下更多的大油田，为我们的飞机、大炮、坦克、军舰提供充足的石油，以做好反侵略战争的准备。我们还要以充足的石油支援我们的各项工业建设，为一九八〇年基本实现农业机械化，打下牢固的基础。这是党和毛主席寄予我们石油工人的希望，是全国人民寄予我们的希望，是党和毛主席给予我们的艰巨而又光荣的重担，也是历史给予我们的使命。”

李仁杰同志，你用你的鲜血与生命写下一页新的历史，你用你的鲜血与生命为未来的历史使命打开无限辽阔的远景。我含着眼泪听人们述说你壮烈的战斗，我忍着悲恸听人们倾诉对你的热爱，我望着你的遗物，觉得处处还留着生命的温暖，我读着你写的字句，感到你心脏的跳跃。李仁杰同志！我心中默默为你歌唱，歌唱你永远像泰山巍然耸立。

华主席批准命名三二二二钻井队为“一不怕苦二不怕死的英雄钻井队”，号召石油战线向他们学习。三二二二队的同志们含着无限深情听到领导上的传达：

“华主席高度赞扬了你们队，华主席指示要像宣传董存瑞、黄继光那样大力宣传，要把英雄的旗帜举得高高的，要让英雄的旗帜更加鲜艳。”是的，这面鲜艳的红旗，正在石油会战高峰上飘扬，这面鲜艳的红旗召唤着成千上万向高峰猛进的英雄儿女。

四、战胜怒海狂飙

海，祖国的海，亲爱的海啊！当我乘船迎着拂拂的海风，冲破雪白的浪花，到了一个采油平台和一个钻井船，在碧海蓝天之间我看到我们海上石油工人的飒爽英姿，心头涌起无限激情，几十年前这是一个充满血泪的海啊！而今是一个沸腾的海，欢乐的海了。

就像路并不永远都那样平坦，海也并不都那样宁静。在这里我被一曲人与狂暴大自然搏斗而战胜狂暴大自然的壮丽史诗所吸引。我们专门拜访了一号钻井船，听他们讲他们与九级风暴斗争的惊心动魄的经历，这使我深深思索，它告诉我什么！？它告诉我这才是生活，我们英雄的时代的英雄生活。

海一钻井船是一只不平凡的船，它诞生于无产阶级“文化大革命”烈火之中，是中国工人阶级亲自建造的第一条钻井船。你想一想吧，在一望无际波涛之上，衬着黎明曙光或红色晚霞，广场般钢铁船体高悬海面上空，四角耸立着四根又高又粗的桩柱，中间是巍巍钻塔，这是何等雄伟而美丽的海上城堡啊！一号钻井船以誓拿海上大庆的雄心，已经在海上打了十六口井。

在一号钻井船宽敞明亮的会议室里，指导员左超，一个身材瘦小的青年人跟我们说：

“去年确实是不平凡的一年啊！我们受着‘四人帮’迫害，地震的干扰，又受到九级风暴的突然袭击……”

一九七六年十二月，他们完成全年的任务，指挥部命令他们返港维修。二十三日晚，他们收完钻杆、降船拔桩。二十四日清晨，突然收到气象预报：中午前后有七八级大风。这时船体已降到水面。情况紧急，时间促迫，只有尽快拔桩（把插在海底的桩柱拔起）起锚，抢在大风到来之前带缆拖航；谁料，风暴却抢到前面，上午九点，浪涛翻滚，风力一下就到了八级。这时四只巨锚还没来得及起出。下午二时，风力猛增到九级。那真是一派险恶景象啊，天上乌云乱翻，海面白浪滔天，巨浪像山那样一浪比一浪高、一浪比一浪猛，狠狠照着船上扑来。暴风竟如此凶猛，把一只巨锚连同甲板上十吨重的锚机一下全部掀入海底，过一阵，另外两个锚也卷下海，钻井船失去了控制，在暴风挟持下以一小时七浬[①]速度在疯狂的大海上漂流而去。情况万分紧急！十几米高的巨浪一下把船抛到浪峰，一下把船摔进浪谷，海浪在甲板上迸流旋卷，高高钻井和四根七十多米高的粗大桩柱随整个船颠簸、摇晃，简直斜歪横倒起米。奉命拖它们回港的“208”号船一直和它们一道奋斗，但风狂浪激，怎样也靠拢不上，正如钻井船的同志们所说：“208冲上浪头，我们看到它们船底，我们给浪头涌上去，他们看到我们船底”。入夜更是险象环生，开始还看得见“208”上闪闪的探照灯光，后来一阵更猛烈的暴风把“208”也刮得不见了。四周上下一片漆黑，只见雪白巨浪一闪一闪。这时唯一的希望就是通过电台同指挥部取得联系，人们都围在电报房门外，可是一部电报机砰然摔毁地下，使备用的一部发报，一按电键没有声音，跑到甲板上一查，天线断了。怎么办？！……

天线横系在两根桩柱上，要接天线就得爬上十七米高的桩柱，进行高空作业。夜黑如墨，风高浪陡，人在甲板上都站不住脚，要爬上剧烈晃荡的桩柱就更难了。可是电报必须立即联系上，这是刻不容缓的任务。漆黑中不知谁说：“这怎么上得去？”“只要能发出报，我上！”答话的是郑兆森。跟着，石金平说：“我也上。”郑兆森转身去

---

① 海里的旧称。

拿了个电筒。

二吋粗的钢丝绳在暴风中像钢鞭一样狂乱地抽打，把桩柱梯打得粉碎。郑兆森和石金平趴在甲板上商量好，石金平在下面接应，郑兆森就抱住摇来晃去、冰冻溜滑的桩柱往上爬，爬一步，浪头又猛扑下来，再爬，他终于爬上几十公分的小圆盘，可是圆盘的铁栏杆都给风暴扭断了。这是多么危险的境地啊！郑兆森脊梁贴紧桩柱，两脚抵着圆盘底座，按了几下电筒给下面打信号，把天线拉上去接上了。电键响起，电报发出。这时陆地上指挥部全体领导成员都守在电报机旁边，终于等到了从惊涛骇浪中传来的第一份报告。

谁料到，夜十时，突然一声劈雷一般震响，甲板上爆炸出一片灼灼火花，一根塔一样粗的钢桩柱整个从空中落下，贯入海底，与船体相撞，折成两段。海水像瀑布涌入船舱。海浪把一吨重的泵房盖猛一把掀掉了，海水也就冲进泵舱。船上的电灯一下明一下灭，眼看就有全船覆没的危险了。

危急关头，党支部在甲板上召开了紧急动员会。浪击船摇，人人把紧门墙、机座，摇来晃去站在一起。人们听见党支部书记、钻井船长李纪札坚定响亮的声音：

“同志们！我们一定要拿出生命保卫我们的钻井船！”

船在狂风恶浪中漂流。人们奋战了一天一夜，没吃一口饭，没喝一口水，呕吐了又呕吐，吐出黄水，吐出血水；棉衣、毛衣、衬衣都浸透又咸又腥的海水，给海风一吹，全身冷得发抖。但大庆人在困难面前不能退后一步，都用钢铁般的声音回答：

“人在船在，抗风斗浪天低头，不获全胜誓不休，请党组织考验我们吧！”

这时，以往的一年倏然闪过脑际，这一年有过最深沉的悲痛，有过最激情的欢乐，在华主席一举粉碎“四人帮”后，那比火花还亮、比钢水还烫的热情一下迸发出来，现在这一切变成不可战胜的力量，一声号令，全体冲入英勇抢险的搏斗。

人们仰头看看天，空中的星星也在急刷地晃来晃去。李纪札带头迎着风浪冲上去，把泵房舱盖抬回盖上，压上铁块浪掀掉，拧上螺丝浪拔掉。这时只有一个办法就是把泵盖焊住，可是空中是浪，脚下是水，全身淋漓，双手精湿，水里电焊，生命危险。这时李岳和潘永福抡起焊枪，火花一闪，一股一股强烈电流通遍全身，麻木疼痛，难忍难熬，可是焊不上舱盖，这艘船怎么办？这一船阶级兄弟怎么办？蓝色火花刺刺闪跳。舱盖焊牢，舱里一米多深海水猛烈晃荡，水一下扑上发电机就会停电，船的最后一点动力、最后一点主动能力也就消失了。支部又发出紧急号召：“只要今晚过得去，一定能保住这条船，全力抢救！”郑兆森、于有泉听到命令，话也没说，就跳进舱内冰冷的海水里展开排水战斗。深夜严寒，冰冷刺骨，饥饿、疲劳、晕船、麻木一起袭来，手动一下也很吃力，嘴唇冻得乌青发紫，牙齿咯咯响，出口气也冰凉的了。郑兆森、于有泉两人谈：

“咱们今天要和老天比个高低上下了，咱们不把水排出，死就死在这舱里吧！”

郑兆森用尽最后一丝气力，终于接通管线，把两台抽水泵都开动了。他自己吐了一口血，一头栽在海水里，昏了过去，冰冷的水一刺激又清醒过来，这个身体魁梧结实、平时总是张开口笑呵呵的青年人，这时已经那样衰弱、无力，他挣扎起来扶住泵机，一丝微笑掠过脸庞，凶恶海水终于顺从了人的意志，经过通宵战斗，总算把泵舱里的水排干净了。这时天已微明，狂涛上面露出灰蒙蒙的晨光。

怒海狂飙，两日两夜，继续奔驶激荡，翻腾的大海像非把钻井船吞没不可。不过，险再险吓不倒石油英雄汉，危再危战不过巍巍大庆人。时间、钟点……谁也记不得，不过，这是遇险以来第三次天亮了，可是铅灰色的大海一样严峻，狂涛滚滚，白浪横飞。一个凶险信号跳跃在人们面前！断在船下的粗重的桩柱，一旦撞在礁岩上，狂风暴浪一涌，船就会整个翻沉海底。真是疾风知劲草，烈火见真金啊！……一号钻井船上的英雄们坚强挺立起来，他们严峻地提出一个问题：我们是海洋的主人还是狂风是海洋的主人？！……在这问题面前，队长李纪札站到前面，他指出：我们面前唯一的出路，就是把船头两条龙须缆抢到船尾，让“208”从这面靠拢带缆。

甲板上冻着一层冰，人迈一步就滑倒，上面又有海浪不断扑下来，两条龙须缆早已卷到海中在浪涛里翻滚漂荡，又粗又沉，捞上它可不容易：系缆绳的缆桩离船舷一尺多远，在那样剧烈震荡之中，可是危险万状，人一滑就滚到海里去了。决定全船命运的时刻到了，李纪札振臂高呼：

“跟我来，考验我们的时候到了！”

大家回答：“宁可前进一步死，决不后退半步生！”

一批人冲上去给恶浪打回来，爬起来再冲，又给恶浪打回来。

这时，李纪札带领大家高声朗诵：“下定决心，不怕牺牲，排除万难，去争取胜利。”一个一个挽起臂膀组成一道人墙，昂首挺胸屹立在船舷上，挡住一浪一浪的冲击，后面的人从狂吼暴跳的大海里夺回了龙须缆，拉到船尾。这时英雄的“208”号冒着船碎人亡的危险，一次又一次靠拢，终于劈开风浪，在激烈颠簸之中，一把撇缆甩到钻井船上来。要强行带缆，人就得到离船舷两公分的地方去。李纪札一声未响，就将安全带往腰里一系，张大雨从旁一把揪住喊道：“你指挥全船抢险要紧，我上！”“我上”在这时是多么坚强的两个字呀！张大雨从甲板冰壳上爬过去，一直爬到船舷边，一手抱住缆桩，终于系上缆。无控制地漂流被控制住了，人对狂涛骇浪作回答：“人定胜天！”

一个困难排除，另一个困难又摆在眼前。因为船在暴风中几天几夜猛烈摇晃，两个高高桩柱上的高压水龙带飘来荡去和吊车上两条粗钢丝绳紧紧绞在一起，越紧越绞，越绞越紧，不马上解开，那个巨大吊车会整个拉翻，桩柱也会失去升降能力，可是两条钢丝绳，结着冰，淋着浪，悠荡高空。李纪札要上，郑兆森拉住他。郑兆森和张大雨两人一点点沿着滑溜溜的钢丝绳往上爬，爬到空中一看，非常危险！上不着天，下不着地，手没地方抓，脚没地方蹬，水龙带和钢丝绳紧紧缠了六匝，解费劲，一旦解开，在狂风暴雨中，两股劲一绷，就会把人弹起来摔下去摔得粉碎。解到最前一匝的时候，为了防止万一，勇敢而机智的郑兆森叫张大雨先溜下去一节，他自己留在上面，两手紧紧攀牢钢丝绳，一只脚踩紧钢丝绳，用另一脚拼命蹬开水龙带，张大雨趁势用手从下面拉住，攻克了这个难关。人对于狂风恶浪再一次作了回答："人定胜天！"海一钻井船与怒海狂飙搏斗四天四夜，终于取得最后的胜利。

海一钻井船遇险的消息一传开，四面八方都奔来抢救。这天天亮，"长宁号"万吨轮，劈风破浪，驶近船边，他们用缆绳抛过来一个大塑料包。"长宁号"党支部还通过话筒向钻井船上的同志们广播了慰问信！"……你们顽强勇敢，战胜风浪，我们向你们慰问！向你们学习！……"当钻井船上的人们解开塑料包，从中取出的首先是印着毛主席、华主席像的一本《红旗》，还有一桶淡水、几箱饼干。李纪札双手捧着《红旗》，大家围聚一起，望着套色的毛主席、华主席的肖像，不论狂风多么凶险，不论冰雪多么酷寒，不论这日日夜夜的搏斗多么艰巨惊险，毛主席、华主席的色彩鲜艳的肖像就像喷薄而出，万道金光的一轮太阳照亮每一个人的心，每一个人的热泪都夺眶而出了。

五、飞翔的海燕

我乘船驶近海四采油平台，船泊在平台脚下，我向上仰望，这时吸引我注意的是高高平台顶上红色的吊车伸出长长铁臂，吊着十几吨沉重的东西，在海上高空旋转，而坐在司机舱里的竟是一个小姑娘，她在天风海啸之中舒展身手。当时，在我脑际立刻出现一个勇敢的、自由的展翅飞掠的海燕的形象。

这天深夜，我站在采油平台上，扶着栏杆瞭望。这是一个海上月明之夜，皎洁的银光洒在万顷波涛之上，随着浪花起伏，有如亿万明珠在闪烁跳荡，只有平台高处的一炬火光把跟前的海面照得一片通红。在这宁静的时刻，我的胸襟非常开阔，我的驰思非常遥远，我在采油平台上认识了十六岁的女吊车司机胡小燕，她使我想起尘土飞扬的大路上，灯光闪烁的钻井边，狂风暴雨中，炎炎赤日下，在会战的千军万马之中，我看到多少这样年轻的人，成群结队，唱着笑着，前进着。

他们似乎正以活生生的行动回答我想的一个问题：为什么他们那样年轻，已经承担起巨人般非凡工作？要了解这年青一代人，应当读一读我从陈录明这位年轻烈士的日记本上抄下的一首诗，我觉得这首诗正豁然如镜展示了年轻一代石油工人的心境。

彩旗漫卷晨风，
朝霞把山岗映红。
井架含笑挺立，
鼓点在欢快跳动。
在这喷油的时刻，心潮呵伴着油涛奔腾！
老队长上前开闸门，油浪欢笑喷晴空。
油浪啊，我们热汗的结晶，我们的心血凝成。
有多少次，顶着风雨竖钻塔，
有多少日，迎着风沙收帐篷。
井场放歌，送走了多少火红的晚霞，
铝盔闪烁，迎来了无数灿烂的黎明。
这油浪，
喷射着我们的豪情满腔，
包含着我们对革命的忠诚。
献给英雄的战士吧！

让银燕在祖国的蓝天翱翔，
让战舰在万里海疆驰骋，
将这滔滔的油浪，
化作漫天的火炬，
点燃五洲的怒火，
照亮革命的征程，
欢笑阵阵，战歌声声，
喜悦的泪花挂笑脸，
颗颗红心飞北京，
我们迎着初升的朝阳，
又踏上了新的长征。

在烟尘飞舞、钢铁轰鸣之中，如果人们只看到艰辛和危难那是不对的，要知道我们的人是怀着一颗火热欢乐的心而战的。“人说会战苦，我说最幸福，”就是小青年们豪迈的声音。海四采油平台上处处热情洋溢，朝气蓬勃。开始开发海上油田时，人们出海是有顾虑的，可是一股为做海上第一代采油工而自豪的心情，什么海上“危险”啦、“孤单”啦，都冲垮了。他们真正树立了以平台为家的思想感情。

跟我谈这段话的采油队副队长丁淑梅，一个大高个子、精力充沛、满身油垢、扎着两根小辫，圆圆的脸上总是笑眯眯的二十四岁的女青年。她现在已经确确实实成为中国第一代海上采油工，成为驾驭大海的能手。丁淑梅，哪里工作困难就出现在哪里。海雾潮湿钢铁容易霉锈，在一次除锈刷漆会战中，她看到采油井房顶喷漆艰苦，她立刻就钻进又闷又热的井口房去。在干部带动下，一个青年工人悬空坐在托盘上喷漆，底下海浪滔滔，头上烈日如火，他浑身上下汗水淋漓。她们严细认真地打下这个大会战。丁淑梅劳作一天之后，每天晚上都收听中央电台广播，连夜把重要的社论、新闻复写出来，一清早发给每个人。队上的人都说丁淑梅是“身不离劳动，心不离群众”的

“咱们的贴心人。”

傍晚，我在高悬海空的栈道上散步，海霞如火，海风轻拂，这时栈道上路灯通明：“这是海上的长安街啊！”在这里我遇到名副其实的“铁姑娘”地质工敖利华，她那圆滚滚的身体就像个铁疙瘩。我指着长长伸出海空的“风火台”铁梯问她：“能上吗？”她含笑点点头说：“能，我们没事就爬，现在我一口气能爬到顶。”海天茫茫，爬到顶上，真是腾云驾雾呀，而他们在大海之上就是这样腾云驾雾展翅飞翔的啊。

我还向更远的大海里，登上海二钻井船。我从墙报上读到他们自己写的一段生活素描，写的是钻井船上静悄悄的一夜，情景十分喜人：时过午夜，群星闪烁，一个钻工手捧《毛泽东选集》第五卷，想到这宝书冲破“四人帮”破坏封锁，经过多少斗争，来之不易啊！他心潮汹涌，不忍释手。他读着读着，困了就悄悄起来走出屋门，爬上飞机平台，对着大海呼吸几口新鲜空气。他第五次轻轻走回宿舍，透过班长床上的床帘，床头荧光灯依然明亮，班长一直侧卧床上聚精会神读着《毛泽东选集》第五卷，还不时在笔记本上沙沙记着笔记。这工夫另几个同志也下了床，班长抬头看了看说：“怎么都没睡？那就来一道读。”大家围着班长，听班长一字一句细细读着……素描最后叙述：晨风吹进屋，朝霞的光芒映着油井架，同志们彼此相望，道出一句话：定让这源泉的力量在身上散发。

年轻人热爱老领导，老领导热爱年轻人，从陆地到海洋，所到之处，这情景非常动人。当我第一步迈上海四平台的桩架，就有一只手伸下来拉我，手厚实有力，我抬头一看是个四十岁上下的“老石油”，脸晒得黑黑的，闪着朴实的微笑。攀着铁梯爬上平台，我才知道这是采油队老队长顾金元。他做事很多，说话很少，看着这批活蹦乱跳的女采油工，他总是笑嘻嘻地说：“这些小丫头！干起活可泼辣呢！”那天下午我们偶然讲了一句，“你们在海上自己组织些晚会嘛！”老队长一声没响就张罗开了。傍晚时间我们从窗上看见红色吊车轻快地把一只救生艇降落海面，我看船尾上坐着的是丁淑梅。快艇突突响着朝附近一个采油平台驶去，陪我们来的同志说："小丁找队伍去了！"六月二日这真是难忘的海上一夜呀，宽敞的饭厅里灯光雪亮，除了当班值勤的，全队人一排一排坐在那里，一个海上晚会开始了。年轻的男女工人唱歌、跳舞、朗诵诗，非常精彩动人。这时茫茫大海啊，都为这嘹亮的歌声而平息喧哗，晴朗的夜空啊，都为这轻捷的舞蹈而闪亮笑眼。我寻觅顾金元，我见他坐在边边一只木凳上，他笑得两眼眯成一道缝，他一次又一次快乐地鼓掌，为这些年轻的战士而感到自豪。这一景象正说明：为什么他们这样年轻，已经承担起非凡工作在海上大显身手，因为他们是由一批久经风霜考验、久经战斗锻炼出来的老骨干带着飞啊，飞啊，而他们就在艰难困苦斗争锻炼里高举起大庆精神火炬，他们很快就独立飞翔起来。这使我想起高尔基《海燕》中最后一段话。

"那是勇猛的海燕，在闪电中间，在怒吼的海面上，得意扬扬地飞掠着；这胜利的预言家叫了：

'让暴风雨来得更猛烈些吧！'"

我们这些年轻战上，正是这样在狂风暴雨、怒海狂涛中欢乐飞翔的。

六、向创建十来个大庆油田进军

这是炎热的一天，高空闪着炎雾，麦田吹过热风。但这一天人们心头的火焰比这一切更热。广场上排满人群，人群上红旗拂动有如灿烂红霞。大鼓、鞭炮，突然一下响起来，震得天在笑、地在跳。这是华北石油工人的祝捷大会、动员大会、誓师大会。人群山呼海啸振臂高呼："坚决响应华主席的伟大号召，为创建十来个大庆油田而奋斗！"

我非常幸福，我是和华北石油会战前线的千军万马一道听到英明领袖华主席的伟大号召的。

当我沉浸在无边喜悦之中时，我不能忘记，一位鬓发斑白，脚踏玉门沙、身披大庆雪的“老石油”跟我们说的一句话：“华北石油会战是顶着‘四人帮’反革命妖风恶浪打上去的。”

千千万万石油工人英勇牺牲，艰苦奋斗，一个战役接着一个战役，打出油井，铺成管线，把源源石油流向祖国四面八方；对祖国做出伟大贡献。可是“四人帮”对准华北石油会战，阴风一个比一个险恶，打击一个比一个沉重。对这一切的回答只有一个：石油工人钢铁汉，顶天立地迎风战。他们不怕打击，不怕围攻，旗帜鲜明、立场坚定，斩钉截铁地回答：“走大庆的路，我们永远不回头。”“你们可以撕掉墙上的岗位责任制，可是你们撕不掉我们石油工人心中的革命责任心！”就这样，迎着大自然的风浪斗，顶着阶级斗争风浪上。今天，华北石油会战辽阔前线上凯歌嘹亮，红旗飞舞，胜利就是这样斗出来的。正如一位领导同志说的十分激动人心、鼓舞人心的话：“华北石油大会战的队伍立了大功，在‘四人帮’最猖狂的时候，创建了广阔的华北油田，给祖国增加无数吨原油，这是对‘四人帮’最有力的回击，对革命路线最忠诚的表现，毛主席病重还亲切地询问华北石油情况，我们总算对毛主席做了一点安慰。”是的，让我们回想一下吧！无数日日夜夜，多少风风雨雨，石油工人挂念毛主席的心是跟着钻头一丝一丝地旋转啊！大庆红旗是毛主席树立起来的，石油会战一直是在毛主席关怀下进行的，是毛主席紧握住王铁人的手，给全体石油工人以鼓舞，是毛主席圈阅了四川第一口深井，指示往深处钻探，使中国由甩掉石油落后帽子而跨入夺高产油井的新阶段，毛主席听到华北油田的丰产，在重病当中为中国有这样丰富的石油而喜悦。石油工人坚定不移、忠贞不屈地执行了毛主席的路线，而“四人帮”是反对、破坏毛主席路线的。石油工人鏖战呀，胜利呀，怎能不怀念毛主席呢！在那天崩地裂、噩耗惊心的时刻，我们石油工人流淌着恸悼毛主席的热泪，凝聚着怀念周总理的哀思，把一口一口优质高产的油井打出来呀！他们听到华主席一举粉碎“四人帮”，振臂欢呼，意气风发，把钻杆打得急速飞旋。当华主席创建十来个大庆油田的号召传遍华北石油会战前线时，真是人人笑逐颜开、兴高采烈，说不完的决心，谈不尽的设想，一个钻井队司钻豪情满怀地说：“我们一定要打出万吨井，放个卫星。”一个女采油工说得更有气魄：“十个大庆，我们先拿一个、两个、三个……”一个油田研究所的同志一下掏出他心中远景：“我们要先把我们油田建成一个大庆油田，同时，还要拿下一个大庆储量，准备第二个……”三二六九队队长牟光清给我们算了一笔时间账，算得极好，他说：“我们说把‘四人帮’耽误掉的时间夺回来，可是一天就是二十四小时，你还像从前那样一班一班倒，这时间从哪里夺回来呢？那就要在时间之外找时间，速度之上抢速度，譬如我们一个班打了八根钻杆，五分钟一根，这就抢了时间，还有就是一刻不停，把全部时间都扑到生产上，不顾疲劳，不计休息，要不，已经去了的时间你怎么也追不回来。”一个暴雨将临、气候闷热的夜晚，在前线指挥部活动房屋里，一盏雪亮电灯下，这个油田指挥部的党委书记跟我们说：“我们前线指挥部还要往前移，移到十五口钻井中心，这就用不着打电话费时间，一出门就望到，几步路就赶到了。”

时间，时间，速度，速度，从黎明到夜晚，从大陆到海洋，到处都在为拿下十来个大庆油田而战斗。

战争火焰曾经织出我们壮丽的生活，会战红旗带我们冲向美好的未来。创建十来个大庆油田是一个伟大战略部署。学大庆促进整个国民经济的大跃进，我们国家的社会主义革命，社会主义建设正在突飞猛进。当我离开华北石油会战前线时，我知道：新的决心，新的部署，新的行动，总之，一个更大规模空前的新的大会战又开始了，我知道，这是比以前任何大会战都声势浩大的大会战。拿下十来个大庆油田！这是多么雄伟的目标，这是多么鼓舞人心的动力，这个号召像火炬燃成一片燎原大火，把天地海洋照得通红闪亮。我相信在我写的时候，千吨井、万吨井在那儿又一个跟一个出现了。我觉得华北石油会战前线上每一点声音都是新的历史前进的声音，钻杆旋旋转，石油滚滚流，一切时间赶不上那里旋转的时间，一切速度赶不上那里飞旋的速度，大庆人是时代的主人，大庆人是时间的主人，他们已经走在时间的前面，他们还要赶到更前面去。时时刻刻、日日夜夜，石油英雄们前进、战斗，他们在揭开伟大历史一个崭新的篇章。岩石坚硬硬不过英雄骨，大海狂涛哪有壮志豪，两眼如灯灯明亮啊，毛主席的旗帜为我们指航标。誓为祖国夺油田，满腔热血涌心潮，我们是新时代的火车头啊，风掣电闪驶向共产主义的明朝。

原载《人民文学》1977 年第 8 期

一场挽救生命的战斗

巴　金

一、“主角是群众”

在上海广慈医院里，最近进行了一场挽救生命的战斗。战斗到现在还没有结束。但是它已经轰动了整个上海。电影制片厂要把它拍成影片。剧作家到医院去搜集材料，偶然跟一位年轻医生谈起，写电影剧本应当拿什么人做主角。那位医生是医疗系党支部的副书记，在这个战斗中也起过作用。他想了一阵就回答道：“我实在想不出来，要写就写大家，就写群众吧！”他说得对：“每一次的介绍总会漏掉很多人，很多事。的确是这样，最值得写的还是群众。党就把这些人的心连起来，像一根线把我们连成了一个整体，这个整体挽救了丘财康同志的生命。”

不过剧作家也找到了电影剧本的主角。剧作家在医院里跑来跑去，每天都听见许多人不绝口地讲一个名字：丘财康，或者更亲密地叫他“老丘”。这个病人把无数的人引到自己的身边，那么多的人围绕在他周围为他献出一切的力量。那么多的人关心他，爱他！倘使通过这个人来说明发生在广慈医院的奇迹，一定能够打动观众的心。

我相信电影剧本一定写得好，因为我发现剧作家也爱上了他的主角。有一天晚上我在医院里碰见了剧作家。我们两个站在隔离病房窗外走廊上，病室里电灯很亮，医生们正在把一种新药滴在老丘的右腿上。老丘伏在转床上痛得浑身发抖。我心里很难过，我看剧作家，他快要流眼泪了。后来医生给病人注射了止痛针，老丘才慢慢地睡去。我和剧作家离开医院的时候，又到病室窗外站了片刻。房里相当暗，病人仍然伏在转床上，静静地没有一点声息。

这个晚上在隔离病房外面的露台上正在举行内外科专家的会诊，会诊到十二点钟才结束。这是老丘入院后第三十六天。这一天老丘的情况不大好。右下肢上感染厉害。过去用的多黏菌素已经不能控制绿脓杆菌了（绿脓杆菌产生了抗疫性）。今天下午刚刚开始试用一种新药：噬菌体。这种药是第二医学院的教授和学生临时制出来专给老丘用的，它在试管里实验，很有效，它专门吃老丘身上的绿脓杆菌，但是医生不能断定它用在病人右下肢上是不是马上见效。这二十四小时又是老丘的一个难关。参加会诊的医生们离开的时候，脸上都没有笑容。大家把希望放在“明天”。

过了一天我到医院去，知道噬菌体发生了作用，病人情况好转。老丘又渡过了一个难关。医生和护士们谈起老丘，脸上又出现了笑容。在挽救老丘生命的战斗中，现在又得到了一个胜利。大家的高兴不是没有理由的。

二、严重烧伤的钢铁工人

这个艰苦的战斗是从今年五月二十六日深夜开始的。那一夜还不到一点钟的时候，一辆救护车开进了上海瑞金二路广慈医院。三副担架从车上抬下来，进了急诊室。这三个病人是由上钢三厂保健站的李医生和值班护士陪送来的。他们都是钢铁工人，在一个多钟头以前刚刚被钢水烧伤：一个伤势比较轻，两个受伤很重。重伤病人脸都肿得很大，身上大部分都是深度烧伤，下肢皮肤都已经烧成焦炭，两只手同样地高高举在头上，放不下来。其中身材较高的一个把牙齿磨得咯咯地响。他不但自己不叫痛，反倒鼓励他的两个同伴忍住痛不要喊。他就是二十九岁的丘财康同志，是一个共产党员，又是一个优秀的炼钢炉长。

急诊值班医生看见病人伤情严重，连忙打电话到外科医生的宿舍去，把住院的外科医生全叫起来了。病人抬进了手术室。大家马上动手做急救工作，一直忙到早晨四点半钟，才把三个病人包扎好。病人抬走以后，手术室里还有强烈的焦味。

天亮以后，上钢三厂党委组织部部长就赶到医院里来了。广慈医院的党组织跟上钢三厂的党委意见一致，要用尽力量挽救烧伤的钢铁工人的生命。所以当天上午就举行了专家的会诊。上海著名的外科医生都请来了。病人的伤情的确严重：丘财康同志的灼伤面积已经达到百分之八十九点三；另一个年轻同志的灼伤面积甚至超过百分之九十一。根据国际医学文献，灼伤面积达到百分之七十五的人就难免死亡。这两个病人烧伤面积不但广，而且深，好些地方连肌肉都烧伤了。所以有经验的外科专家们都皱皱眉、摇摇头，表示无能为力。有人说："不过三四天。"有人说："至多三天。"有人说："用不用药，都是一样，反正病人一定会死。"大家都同意"死亡"的结论。会诊就是在这种悲观、绝望的气氛中结束的。它根据国际医学文献上的死亡统计数字，宣布了重伤病人的死刑。

但是医院的党组织不能够同意这种悲观的看法。党总支书记和医疗系支部副书记马上找负责治疗的医生们谈话，接着又召开负责医生的会议，用阶级的观点来分析问题，向医生们反复解说：为什么在资本主义国家不能够用一切力量救护烧伤的工人，而在我们社会主义国家里，就能够动员一切力量抢救钢铁工人的生命，因此资本主义国家的医学统计数字对我们并不完全适用。党总支书记特别要求医生们：第一，打破迷信，敢想敢说敢做，不要再受洋人的束缚；第二，走群众路线，要依靠群众的力量。他最后表示："党要用一切力量来挽救为祖国创造财富的钢铁工人。"

接着上钢三厂的全体工人也送来了感谢的大字报，要求广慈医院的全体医务、护理工作者创造奇迹。这张大字报喊出了五千个钢铁工人的声音："用一切力量挽救我们的重伤同志！"

这些响亮的声音解放了医生们的思想，扫除了他们心上的暗影，鼓舞了他们的热情。于是群众发动起来了。整个医院以无比的热情进行挽救生命创造奇迹的战斗。

三、"炼钢炉子缺我不得"

病人入院以后，医院里马上组织了一个专门的治疗小组，由四位外科医生负责。这四个人里面有外科主任医师、副主任医师和其他两位年轻的医生。他们接受任务的时候，并没有多大的信心。尤其是外科副主任医师，他从来没有见过一个医学上的奇迹。他相信自己过去的经验，他相信国际医学文献上的统计数字，他相信资本主义国家医院里的设备和治疗条件。所以他最初听见医院副院长兼党总支书记的谈话，还有一点抵触的情绪。他心里想：这是强人所难啊！但是既然接受了任务，就"聊尽人事"吧。反正病人是要死的，第一道"休克"的难关就难渡过。他怀着这种灰溜溜的心情到重病室去看病人。

副主任医师走进重病室，丘财康同志已经在麻醉以后醒过来了。他背上的烧伤特别厉害，现在伏在普通病床上，两只手仍然高高地举在头上，包扎得紧紧的，不能动一下。他呼吸急促，咬紧牙关忍住痛。他听见医生问他“觉得怎么样”，他用力发出不十分清楚的声音：“医生同志，告诉我，我的眼睛是不是坏了？”

“你的眼睛很好。”

“怎么我看东西有点——模糊？”

医生在病人的眼前伸起两根指头问道：“你看得见吗？”

“看得见。两根手指头。”

医生又伸出四根指头，再问：“看得见吗？”

“看得见。四根手指头。”

医生笑了笑，就说：“你看得很清楚。眼睛很好，一点也没有烧坏。”

病人松了一口气，说：“那么我还可以回去。脸上多几块疤，难看点，并不要紧。”他想起苏联专家对他们说过的话：“你们中国工人真行。单凭一双眼睛就知道什么时候出钢，而且质量准不会错。”他想笑，但是全身微微地颤抖起来，他连忙咬紧牙齿。牙齿又咯咯地响了一阵。

医生怜悯地望着病人，他心里想：“你活不过三天了，怎么还想那么远的事情？”他皱起眉头正要走开。病人忽然睁大了眼睛向他要求道：“医生同志，我求求你，你一定要救活我。不是我夸口，我很重要，炼钢炉子缺我不得。我的家，我的爱人孩子我都放心得下。但是炼钢炉子怎么办呢？”

医生望着眼前这张肿得很大的脸，温和地安慰病人道：“同志，你放心，你会好的。”其实他心里想的是另外的一句：“你会死的。我也无能为力了。”他心里有些难过。他害怕再听见病人的这一类的话，便匆匆地离开了重病房。

副主任医师后来对人说，他做了十一年的外科医生，看见过不少的人死，已经变得很冷酷了。他一向只对病感兴趣，对病人没有感情。但是他听见丘财康同志的这几句话，感触很多。他离开病房以后，还想了好久。他想，一个等死的病人在咬紧牙关忍受全身刀割一般剧痛的时候，完全不想到自己的家庭和亲人，却念念不忘祖国的钢铁生产，一心一意想回到炼钢炉子旁边去。像这样的大公无私的人，他过去只有在小说上见过。他还以为他们不过是作家笔下的理想的人物。现在他亲眼看见一个有血有肉的英雄人物了。这个人应该活下去，祖国的钢铁事业也需要这个人活下去。他是不是能够尽力让这个人活下去呢？他越想越觉得找不到出路。他一个人暗暗地摇头。但是他忽然想起了党总支书记“两种制度、两种态度和两种结果”的分析，他好像在黑暗中见到了一线光明。他在心里说：“他能够忍受这么大的痛苦，他不怕烧伤，还只想回去炼钢。他要活，他为什么就不能够活呢？”病人跟医生的距离一下子拉得很近了。这以后医生不仅常常想到病人，而且拿病人跟自己相比，越比越感到惭愧，也越想多为病人做一些事情。从第一天、第一面起，副主任医师就从病人那里受到了教育。

副主任医师后来把老丘的话告诉了主任医师。主任医师是留美学生，不过他的洋气比别的留学生少。他是一个不大会讲话的老实人，经验多，治病比较有把握。他并不是一开始就参加这次的治疗工作的。他曾经对人说过，他第一次看见老丘，老丘刚从“休克”里挣扎出来，话也不能说。除了伤势严重外，他并没有别的印象。他也不过把老丘当一般的重伤病人看待。他听见老丘讲起自己很重要，当时还以为病人自高自大。副主任医师又用感动的声音说下去：“他的想法跟我的完全不同。我要是炼钢受了伤，医好了，我就再也不回到炼钢炉子那里去。可是他却不然，他刚刚受伤就想回去再干。这就是工人跟知识分子不同的地方。我们总是念念不忘自己。”副主任医师在讲自己的心情。这几句话出之于副主任医师的口，还是第一次。主任医师也是第一次看见这个三十几岁的人动了感情。这几句解释的话搅动了他的心，使他想了好几天。他越想越觉得自己过去的看法不对，越觉得老丘不是一个寻常的人。他跟副主任医师，跟另外两位年轻医师一样，同老丘接触愈多，受的影响愈大；对病人愈有感情，治疗病人的决心也愈大。他们清清楚楚地认识到、感觉到自己的思想感情一天一天地在变化。他们一方面在治疗病人，另一方面也好像在治疗自己。就是这个主任医师，有一次老丘问他“是不是党员”。他知道老丘这样问他，是关心他，是对他有好感。他不能不对老丘说真话，他想了一下才回答：“我现在还不是党员。”他特别加一个“还”字，就是向病人说明他要争取入党，来安慰病人，取得病人的信任。也就是这个主任医师，在准备为老丘植皮的时候，他第一个要求把自己的皮移植在病人的身上。

四、“这样多的人在关怀他、帮助他”

挽救生命的战斗开始了。二十八日外科医生的晨会决定发动群众的力量，由四十位外科医生每人阅读两篇近十年来各国有关烧伤的文章，然后结合自己的临床经验，提出治疗方案的建议，当天下午就开会讨论治疗的方针。在会上大家毫无保留地讲出各人的看法，提出具体的意见，最后根据许多好的建议制定了十五条治疗病人的新方案。

这是一个良好的开端。医院的一切陈规都打破了。过去被外国文献拴住了的脑子现在活动起来了。人们开始敢说、敢想、敢做了。在他们的眼前出现了新的天地。他们知道他们现在做的是资本主义国家医生们所不敢想的事情。他们是在进行挽救生命、创造奇迹的战斗。而且战斗的范围越来越扩大，参加的人越来越多。以后在治疗工作上遇到困难，就广泛地征求院内院外医生们的意见，依靠群众的力量和智慧渡过一个一个的难关。

病人从重病房移到了严密消毒的手术室，包扎取下来了，开始实行暴露疗法。手术室里开放了冷气，严格地控制了室内温度。一方面要让病人身体内的高温发散，另一方面又要顾到病人的没有皮肤掩护的肌肉受不住寒冷。为了减轻病人的痛苦，医生和护士们想尽了种种的方法。

头几天病人每天需要大量的血浆。医生向院内的血库提出要求，血库的同志们连眉毛也不皱一下立刻爽快地回答：“行，你们什么时候要，什么时候有。”的确一分钟也没有耽误过。有些血浆还是临时由别的兄弟医院（例如中山医院）送来的。病人身体需要营养，但是他胃口不好，而且吃东西很困难。护士们就向锦江饭店要来一份菜单，在病人面前反复地念下去，不断地劝病人吃这样吃那样，慢慢地引起了病人的食欲，然后把一样一样的菜买来，喂到病人的口里。

三天终于安然度过，第一道难关突破了。这是第一个胜仗。不用说，大家的信心增加了。病人的情况开始在好转，医生们的脑子也天天在发生变化。主任医师和副主任医师的感受最深。他们从聊尽人事变化到用尽全力，从只对病发生兴趣变化到对病人产生敬爱的感情。他们在进行治疗工作的时候，越来越深地感觉到党总支书记所一再强调的社会主义的优越性。副主任医师后来在一个公开的会上说：“我想到有这样多的人在关怀他、帮助他，心里就有了力量，新的力量。”这个不相信医学上有奇迹的人居然热情地参加了创造奇迹的战斗，连他自己当初也想不到！

的确群众发动起来了。整个医院，整个医务界，整个上海社会都在支援这个挽救生命的战斗。全院的医务人员、护理人员以及其他部门的同志不断地献计献策，要用集体的创造性的劳动来保护病人渡过第二个大关——绿脓杆菌的感染。

为了有效地控制绿脓杆菌，广慈医院开始做各种浓度高低不同的联合抗生素敏感试验。这是第一医学院的一位教授建议的。这位教授对抗生素有研究，他不但参加了每次的会诊，并且每隔一天要到广慈医院来一趟，就像对待自己的病人一样，出主意，想办法。他还让自己的病院也帮忙做一份这样的试验。后来一共做了五十八种试验，得出来控制绿脓杆菌败血症的有效药物。于是多黏菌素使用了。

为了预防感染，医生们开始为老丘进行人工植皮。六月五日第一次给老丘植皮。主任医师、副主任医师和别的医生护士们紧张地工作了一个夜晚，从十点半到第二天早晨五点钟，把病人的三度灼伤的组织切除了，又在两手和两腿上移植了健康的皮肤。在决定植皮的时候，主任医师首先报名献皮。同时要求批准献皮的人很多。但是在那天中午，一位害神经病跳楼跌伤的老太太死在医院里，她的丈夫愿意献出她的皮“为建设社会主义的英雄服务”。植皮的情况很好。过了十一天，在十六日又进行第二次的植皮。到那一天，报名献皮的人已经到了八百几十个。植皮的时间是在下午。但是十二点钟起人们就排队等候献皮。一个看护老丘的护士在日记里写着：“中午我报了名！我要把自己的皮植在老丘的身上。我的皮很好，没有皮肤病，一定适合需要。只要能为老丘做一件有益的事情也是光荣的。”医生们最后决定用四个人的皮，每人切除四寸到八寸。这四个人中间有三个是护士，皮上的汗毛已经剃掉，还涂上了药，只等施手术。临时有人送来了新近死亡的小孩，剥下皮来植在老丘的背上刚好，就用不着活人的皮肤了。

六月二十一日，医生们决定征求两个健康的输血者，要在他们身上注射三种细菌的混合菌苗，输血者发过高烧以后，血液里就会产生一种抗体。把带有抗体的血输给老丘，便可以杀死老丘血液中的细菌，增加他身体的抵抗力。消息一传出去，第二医学院的学生和护士们争先恐后地跑来报名应征。两个女学生被选中了，她们高兴得不得了。这两个年轻人身上注射了混合菌苗以后，躺在床上等待反应。她们不能忍耐地彼此问询：“你难过吗？”“你发烧吗？”都希望自己越烧得厉害越好。三天以后她们完成了任务，回到学校。有一天下午，她们也到隔离病房窗外走廊上来看老丘。老丘仍然伏在转床上，连头也没法动一下。他听护士说这两个姑娘刚刚输过血给他。他睁大眼睛看她们，想用微笑表示他的感谢。

五、千千万万颗心

关于转床也有一个动人的故事。老丘的烧伤面积很广泛，除了头皮、两个肩膀、腰间一圈束皮带的地方和两个脚底以外，全身都烧坏了。背部和臀部全是深度烧伤，右下肢更厉害。翻一次身，换一次药，都要动员十位医生、五位护士，花好几个钟头，而且病人很痛苦，好半天喘不上气来。他仰天睡着，背就溃烂，感染很厉害；翻过身来伏着睡，对胸部又不好。要减轻病人的痛苦，要减少治疗的困难，必须制造一种可以旋转的病床。医生们在一本外国书上找到了一张转床的照片，就把这个任务交给医院的技工间，说是第二天就要。

技工组的同志们听说这张床是给老丘睡的，一句话也不说，就根据那张并不清楚的照片，照病人的身材尺寸，在技工间的地上画了一个草图，马上工作起来。他们从下午两点做起，到第二天早晨七点，床就做好了。床上的气垫是由上海塑料二厂设计制造的。当天下午有一位医生赶到塑料二厂去交涉制造气垫。不巧那天正是那里的厂礼拜。但是厂长听说要给烧伤的钢铁工人做气垫，马上就把住在附近的工人找了来。工人们了解了医院的要求，立刻设计制造，到深夜一点钟，就把一个上海人从未见过的非常柔软的气垫制造出来了。那位医生带着这个新产品回到医院，已经是深夜两点钟了。可是技工间门前广场上电灯明亮，工作非常紧张，谁也想不到睡觉。床做好，气垫放好，大家还睡上去试一下，的确很舒服，而且翻一个身只要两分钟。后来床放进手术室以后，技工同志们还不放心。他们轻手轻脚地走到手术室门口，等着有人出来便问床合用不合用。塑料厂也打来电话，问气垫行不行。要是不行，厂里还可做一个更好的送来。

一直到现在老丘睡的都是这张转床。他后来从手术室搬进隔离病房，这张床也跟着他搬了进去。

这不过是无数动人故事中的一件。在设计制造转床之前，医生们还到过上海医疗器械厂，想在那里找到一张合用的床。厂里有一张骨折床正放在出口商品展览会上，听说医院需要，马上就用卡车把床搬回来，并且进行了改装，让病人在床上睡得安稳舒服，好些工人同志为这个工作动了脑筋。床送到医院以后，一个参加设计的老工人深夜还从杨树浦跑到医院来，他说："我下班回到家里，想想不好，病人这样睡着，还可能感到不舒服。我想想还是加几块可以轮换的木板好。"他就为了这几块木板，穿过了大半个上海。他把图样画了出来，他说，如果不来一趟，他一夜就睡不安宁。

有一次病人需要一种特效药，上海没有存货。上海医药公司马上打电报给广州公司。广州公司立刻设法买来，由飞机运到上海，不到三天，药就到了医生的手中。

还有一个晚上，医院营养室的一位同志到一家饮食店里为老丘买鱼圆汤。店里刚刚熄了火，职工听说老丘要吃鱼圆汤，马上动手赶做。炉子灭了，立刻发起火来；没有鲜鱼，就到别家店里去借。全店五十七个人就做了五十七只鱼圆，说是："一只鱼圆一颗心，送给老丘表心情。"鱼圆汤做好，职工们推了两位代表亲自送到医院去。

动人的故事太多了。送到老丘身边的不只是五十七颗心，是千千万万颗心。千千万万的人都在守护着老丘，都在等待机会为他做任何一桩事情。从全国各地寄来了慰问和鼓舞的信函，所有的人都要老丘活下去。戴红领巾的小学生们不断地来信要求医生叔叔们创造奇迹。医务界好些单位的全体同志都来信表示："愿意为他献出一切，要皮有皮，要血有血，要力有力。只要能够在抢救丘财康同志的艰巨任务中尽一分力量，就是我们最大的光荣。"

人们关心正在大发展中的钢铁工业，人们热爱钢铁战士的高贵品质和英雄形象。

六、“党是我的第一条生命”

在这些时候，老丘始终伏在病床上忍受极大的痛苦。医生和护士们用尽了方法减轻他的痛苦，但是并不能消灭它。连主任医师也说过：“我们给他治疗的时候，我想换个别人一定受不下去，但是他都忍受了。我看见他咬紧牙齿，不喊痛，我也难过得流了眼泪。”老丘的痛苦是长期的。换药的时候，连笑气麻醉也不能使他安静。有时他痛得实在没有办法，全身抖得支持不住，发出了叫痛声，他马上就用力叫着：“毛主席来啊！”“毛主席来啊！”其实他再用力叫，声音也不会大。但是一提到毛主席，他觉得再大的痛苦也能够忍受。

他最初伏着睡的时候，呼吸急促，疼痛难熬。一位年轻医师劝他忍受，他说：“你搬过床来困一下试试看。”第二医学院党委书记来找他谈话，对他说：“工作时候要相信党，生病时候也应当相信党。”他就表示，再大的肉体的痛苦他也要忍受下去。

有一次病情恶化，副主任医师也起了动摇，认为他活不下去了。老丘自己也感觉情形严重，他就对他的爱人说：“看样子，我很危险，两个孩子要交给你了。”当天晚上党总支副书记来看他，他讲了自己的思想情况。副书记鼓励他要有信心，还说：“你的病一定能治好。有党在，什么问题不能解决呢？”他听党的话，就像一个孩子听母亲的话。他又恢复了乐观的情绪。党要他信任医生，好好地跟医生合作。他在治疗过程中一直跟医生配合得非常好。换药是最痛苦的。可是他仍然对医生说：“换吧，不换药病怎么会好呢？”他吞下任何食物，颈部每一牵动都会增加他的痛苦。他实在不愿意吃东西。但是要治好病，就需要大量的营养，党委书记向他解释几句，他就当作任务认真地接受了。单靠吃东西还不能保持他身体需要的营养。医生又要从他的鼻子里插一根胃管进去，每天滴入多少养料。他整天伏在床上不能移动，已经感到呼吸困难，鼻子里再插进胃管，那是更加难熬的痛苦，但是他终于听党的话不声不响地忍下去了。

他的爱人初到医院里来看他的时候，他小心地叮嘱她："五号就要到了。你记住，要替我交党费。千万不要别人垫，要从家里拿钱去交。"他接着又说："不要忘记了。党是我的第一条生命。"

他把党当作他的第一条生命，所以他非常听党的话。他要活下去是为了党，也是为了党交给他的工作。

老丘有一次对年轻医师谈到他的身世。他说："我过去是一个可怜的人。在旧社会里吃过很多苦。"他原是崇明岛上的一个贫苦农民，被国民党当壮丁拉去过。后来逃了回来，在上海摆过小摊，又做过轮船上的杂工，到处流浪，没有固定的职业。解放以后，他一九五一年进了上钢一厂当学徒，很快地就学会了炼钢技术。他五二年入团，五五年入党，五六年调到上钢三厂工作，后来担任了司炉长的职务。

上钢三厂发生事故的时候，他在火焰里从一面小窗爬出去，带着一身火滚下平台。工人们抱住他，扑灭了他身上的火，他已经不省人事了。他在医院里清醒过来，马上就想到他的炼钢炉子，想到今年的生产任务。他希望能够早日回到厂里去。厂里的同志来看他，他反倒鼓励他们："你们不要怕，像这样事故是少有的。不要这样一来就害怕了，鼓不起干劲来了。还是应该加油干！"三厂的党委书记来看他，他惋惜地说："这个月的任务恐怕完不成了，不能达到要求了。"他常常说要早些回厂去，要赶英国。

晚上他常常在梦中叫起来："铁水！铁水！包子放下一点，行车靠过来！"他好像就在转炉旁边指挥工作一样。他醒过来，有一次他的爱人在旁边问他讲什么话，说是"你好像在车间里一样。"他回答："我一直都是在车间里。"

甚至在他忍受穿心的痛苦的时候，他的头脑也是很清醒的。他伏在病床上，连动也不能动一下，浑身痛得发颤，他还不忘记关心人，帮助人。他任何时候都在做思想工作。正像一位护士所说："他总是从政治上看问题，无论什么事，只要他知道，他就要提意见，有时虽然尖锐，却很正确。"他在厂里工作时是这样，在医院生病时也是这样。有一次他告诉一位医生："做工作应当有三分热诚，七分措施，二十分干劲。我们在生产上就是这样。"他批评主任医师"不够大胆"；批评副主任医师"太主观"；他对副主任医师提的意见最多，也最尖锐。副主任医师在治疗病人的时候，也清清楚楚地感觉到自己同时也在受改造。

还有一次他已经搬到转床上了。年轻医生和护士给他翻身，不小心让他连床垫一起滑了下去。他后来对年轻医生说："我做个梦，梦见床翻倒了。不过压在下面的不是我，是你们。"

一个年轻护士读报给他听，她读的是轻松的新闻。他就说："读报应当先读社论，然后读国内大事和国际新闻。"他知道她是团员。他对团员有团员的要求；对党员有党员的要求；对群众有群众的要求。

老丘就是这样的一个人。他躺在广慈医院的隔离病房内，不像一个病人，倒像一位认真负责的政治教员。他一直抓紧思想的工作，他不断地用他的活生生的例子，用他的尖锐的批评和具体的意见帮助、教育、团结了所有跟他直接间接接触过的人。他们都爱他，尊敬他，对他发生了那么深的息息相关的感情。

七、他顽强地活着

挽救生命的战斗仍然在进行。到今天老丘已经活到四十四天了。他顽强地活着，忍受一切痛苦地活着。他已经成了一面旗帜，一面鲜红的旗帜。许多人把他看作鼓舞的源泉，学习的榜样。许多人把他当作说明工人阶级高贵品质，说明共产主义伟大风格的活生生的例子。

挽救生命的战斗一定会得到胜利。老丘活到现在就是一个医学上的奇迹。他已经渡过了一个一个的难关，以后也许还会遇到一些难关。但是他一定会活下去。迷信破除了，陈规打破了，在上海的广慈医院里产生了双重的奇迹：严重烧伤的人会活下去；医生在治疗病人的肉体，病人在治疗医生的心灵。医生的病不见得比烧伤的病人轻，知识分子的病是在心上，而且病了相当长的时间。任何一个知识分子只要设身处地跟老丘比一下，他一定会看出自己的毛病来。看出了毛病，就愿意服用医生的药。

挽救生命的战斗在推动整个广慈医院前进，推动整个上海医务界前进，推动全上海的医务、护理工作者前进。这个战斗能够取得这样大的胜利，产生这样大的影响，这不是任何一个医生的力量。在这么艰巨的战斗中，一个人能够做些什么呢？我想起了二医党委书记的话："只有在党的领导下，万众一心，为了一个目的，才会产生伟大的力量。"

所以剧作家虽然把老丘当作剧本的主角，他着重写的仍然是群众，社会主义社会里的群众。

一九五八年七月九日

原载《人民文学》1958 年第 8 期

手

巴　金　茹志鹃　张煦棠　燕　平　魏金枝

一九六三年八月七日晚上，在一个灯火辉煌的大客厅里，聚集着上海市第六人民医院的一批医务人员。他们在断手再植上立了功劳，是中国历史上第一次使断手复活的先进工作者。他们是该院总支书记兼院长朱瑞镛，外科副主任钱允庆，外科支部副书记兼外科主治医师王智金，骨科主治医师陈中伟，外科医师鲍约瑟和奚学荃，护士长宗英和副护士长华景燕，等等。他们都穿得衣冠楚楚，脸上也都喜气洋洋。但是他们心里却又有点急躁，时而瞟一眼敞开的客厅的大门，时而谛听一下大门以外的动静。原来他们期待着一次幸福的会见，会见我们的总理和副总理，以及上海最高的党政领导人。他们，现在已经走近来了，马上就要从敞开的大门口走进来，来到这群期待者的身边。

一阵脚声响，最先出现在他们眼前的是周恩来总理，和副总理陈毅同志，后面是陪同总理副总理一起而来的上海市市长柯庆施，和副市长曹荻秋、刘述周等同志。总理微笑着走近他们。总理的记性真是最好的，当介绍人一介绍到陈中伟，总理立刻握住陈中伟的手说："你就是抢救断手的主治医生！"介绍到钱允庆，总理又马上握住钱允庆的手说："你是接血管的能手！"介绍到王智金，总理又马上握住王智金的手说："你是提出切短骨头再接断手这个重要建议的副支书！"总理和每一个会见的人握手，也说出了他们每个人在断手再植这场共同斗争中所起的主要作用。这使他们立刻感觉到，总理的工作是千头万绪的，但是对于他们各人的工作，却了解得这么清楚，又记得这么滚瓜烂熟。于是他们的惊奇的眼光，感激的心情，就一齐集中到总理的身上。

总理在他的亲切的谈话中，赞扬了他们那种敢想敢做的精神，和实事求是的工作作风，并且勉励他们永远走又红又专的道路，永远应用领导、专家和群众三结合的工作方法。这种诚挚、恳切的教导，深深地印刻在这些医务人员的心里，直到总理离开他们，他们还是津津有味地谈论着他们的体会。

接着，八月十三日下午，中央卫生部又向这个医院在断手再植上的有功人员授了奖：①授予该院集体奖金一万元，作为该院进行医疗预防、科学研究等工作购置仪器设备之用。②授予该院外科全体同志集体奖状一面。③授予该院骨科护理小组全体同志集体奖状一面。④授予该院骨科主治医师陈中伟、外科副主任钱允庆个人奖状各一面。⑤医师陈中伟、钱允庆各记大功一次，医师王智金、鲍约瑟、奚学荃，护士长宗英，副护士长华景燕各记功一次。以上各人，并分别授予精装《毛泽东选集》和金笔等各种实物奖品。在这个授奖大会上，除中央卫生部副部长张凯主持给奖并且讲话以外，上海市的党政领导同志柯庆施、陈丕显、曹荻秋、石西民、宋日昌，以及来自全国各省、自治区、市和上海卫生部门的代表、专家二千多人出席了大会。柯庆施市长讲了话，他代表中共华东局和中共上海市委向这些受奖人员祝贺，并且勉励他们以红带专，实现红专的统一，为社会主义事业做出更大的贡献。最后，断手复活者上海机床钢模厂工人王存柏也在会上发言，他高举双手，大声地宣布："今天，我又可以用我的双手为社会主义劳动了！”他竭力保证今后要在工作中更好地为建设社会主义服务，来报答党和医务人员对他的爱护和关怀。这时，全场鼓起掌声，久久地不肯停息下来。

那么，断手再植成功，到底又是个怎么样的经历呢？且听一一道来：

那是今年一月二日上午八时十分光景，上海机床钢模厂冲床车间里，突然有人喊叫：“手！”“手！”“手！”第一声是冲床工人王存柏叫的。原来他在操作时一不小心，把自己的右手在冲床上轧断了，而且断手就此落在落料盘里。王存柏的辅助工殷桂香和周红宝呢，当时却并没有亲眼看见，等到她们抬头看时，王存柏已用左手捏住右手，而右手又缩在袖子管里，于是她们便以为一定是手指什么碰破了，因此也跟着叫喊：“手！”“手！”那时在贴边工作的生产小组长倪国祥听见叫声，立刻赶了过来，把王存柏受伤流血的手，向上一抬，高过王存柏自己的肩头。这是因为他是厂里的红十字会委员，在一九五八年“大跃进”时期学过一点卫生常识，这点常识，现在却派了用场。然而他也仍然没有知道王存柏的右手，已经从手腕以下全部落在落料盘里。为着急救，他立刻扶着王存柏出门，叫来三轮车，预备送到医院去。

倪国祥他们一出车间，老工人王茂林看见冲床边的血迹，马上就动手揩拭。却不料把落料盘抽出来一看，这里面却有一只手套。再一拎，重得很，原来里面有一只手。于是整个车间的人又叫喊起来：“手！”“手！”“手！”有的为王存柏惋惜，有的为王存柏担心，有的为王存柏难过，有一个女工王玉宝甚至因此而放声大哭起来。老工人王茂林这时却发出了奇想：假如能够接上去多好呢！于是他就拎着这只断手，急急忙忙地追了出来，把断手搁在三轮车的踏板上，郑重地说：“带去！也许会有一些用场！”

三轮车工人知道这是有关工人的手的急事，不待倪国祥他们的嘱咐，立刻驾车飞速地直向医院驰去。车箭似的急驰着，已经从胶州路转到了北京西路，再过五六分钟，就可以到达医院了。但当车子行驶到北京西路和常德路交叉的地方，岗警正打开红灯。看来这红灯就要挡住三轮车的前进了，坐车的和踏车的一齐急了起来，连忙向岗警打招呼，连王存柏自己也把他那只受伤的手举得更高更高。岗警为着这手，也立刻关住红灯，开启了绿灯。于是他们就在十五分钟时间内，跨进了上海市第六人民医院的大门。

“急诊室”三个斗大的红字，已在医院的庭心花园深处露出。“好了，可到了！”在车上虽然只过了十几分钟，但是，三颗激烈跳动的心，却已经熬了多么长多么长、长得无法形容的几百秒钟。现在总算熬到了。

“急诊！急诊！”三轮车工人同志已经急不可耐，老远就喊了起来。

这一声高呼，直闯入急诊室里边的观察室。今天急诊室的值班护士少了一个，留下观察的病人又多，副护士长华景燕带着一个护校的实习生，迈着轻捷的步子，从这个床边忙到那个床边，打针的吃药的，一切都进行得紧凑和谐。现在一听见这声喊，她立即放下手里的针筒，走出观察室，透过急诊室的玻璃大门，只看见一辆三轮车正朝这边直飞过来，车上一个青年工人和另一个中年工人一起捧托着一条高举的膀子。

“工伤！”富有护士经验的华景燕一看就明白了。她急步上前推开门，扶进了病人：“伤在哪里？”

伤员和陪同来的中年工人并肩坐在长凳上，仍然紧紧捏住那只高举的膀子，呆呆地望着华景燕，似乎没有听明白她说什么。

“让我看看，伤在哪里，我好叫医生！”华景燕再一次催促着说。

“喏！”油汗满脸的三轮车工人不知什么时候已站在护士长的身后，碰了碰她的手肘，就郑重地递上一只沾着机油的工作手套。华景燕接过来想随手扔在桌上，但是一接到手里，她呆住了！手套！确实是一只普通的工作手套，手套上有点脏，还有稍微血迹，可是，里面却套着一只完整的手，一只冰冷的断手，皮肤发青发白，就是那种普通的死了的手。不不不，这不是普通的，这是一只工人的右手，是一只正在劳动时切下来的手！……华景燕转身抓起了电话机。一般，有急诊，只要拿起电话机告诉总机，总机便一个分机一个分机去找值班医生。这一次，她要直接找到骨科住院的进修医生奚学荃同志，她要叫他尽快地赶到急诊室来，她不是不信任总机，她只是要直接告诉医生，有一个急诊，是一个工人，一个工人的右手完全切下来了，要赶快处理，要赶快治疗，要赶快……总之，是要快！快！快！

电话接通了，奚医生也顺利找到了，可是，当着病人的面，怎么跟他说呢！……华景燕看看病人微微发白的脸，便强按住自己那颗跳得厉害的心，对着话筒简单地说道："奚医生，有急诊，请你马上下来，现在就下来。"

"哦！"电话咯的一声挂断了，它忠实地执行了自己的任务，它不但把她的话传到，同时也将她的语气、心情传达到了。华景燕放下电话机，刚给病人打了止痛针，奚医生已从六层楼上下来奔到了急诊室。

几句急促的问话，一串敏捷的包扎动作，在短短的几分钟内就完成了。真是一切都做到了快，快速地止痛，快速地止血，留下的就只是快速地进手术室，把残端的皮缝合，除此以外，再快速地做什么呢？……

现在，病人已坐上了双轮推椅，年轻的脸上露着期待的神情，望着推椅的青年医生，问："医生，能不能把手再接上去？"病人是不管有无先例，有无可能，他只是根据自己强烈的愿望，并对今天的医生的无限信任，提出自己的要求。

奚医生了解这种心情，还是在做孩子的时代，失手打破了碗，心里明明知道碗已破了，但是一双小手仍是忙忙将两爿破片紧紧地并在一起，乱撞乱跳着的小心儿，多么希望破片就这样能并牢粘住，那种愿望是多么强烈，多么真诚，又是多么天真啊！

不，这不是碗，这是一只手，一只工人的手，半个多小时以前，这只手还充满了生命力，在劳动，它是有生命的。也许，能把它接上去！……做医生的，有时也会有单纯的愿望的。不过，愿望总是愿望，科学技术上能不能做到，奚医生也不能回答，他在进修，正在进修如何把病人各种愿望付之实现。奚医生拿起那只还戴着工作手套的断手，随着病人的推椅出了急诊室，推向电梯，便向六楼骨科办公室奔去。

华景燕目送着病人，才第一次想起病人还只有二十六岁。不觉脱口说道："还这么年轻！"

"能接得上吗？"陪同来的中年工人、生产组长倪国祥看着护士长。他觉得凡是医院里工作的人，都可以回答他这个问题。华景燕很想对他说些宽慰的话，但是断手复活的事，从来没有见过，也从来没有听说过，这叫自己怎么说呢！但是这位工人的眼光又使她不忍摇头，她只得躲开工人的目光，含糊地说："恐怕……难。"

二楼——三楼——四楼——电梯按着它自己的升降程序工作着。在奚学荃的感觉上，今天的电梯似乎变得特别慢了，它小心翼翼地、简直是在朝上面爬。奚学荃拿着那只死了的手，恨不得一步就跨到骨科主治医生陈中伟同志面前。

奚学荃在这里进修已有十个多月了，在这十个多月里，他向年轻而办事果断的陈中伟医生学到了许多技术，特别是陈医生那种对工作一丝不苟的严肃态度，更使他深刻难忘。他清楚地记得，有时只为了一个石膏绷带的位置，或是手背弯屈的度数，而要经手的有关医生把病人从家里找来，不管你是打电话、写信，甚至亲自上门去请，总之是非要把病人找到，重新进行妥善处理，才使这位严格的主治医生放心；有时，他又为了医生没有给病人做过标记摄片就抬上了手术台，而当场取消手术，已经洗了手的医生只得红红脸，惭愧地脱下手术衣。奚医生了解自己的这位进修老师，虽然他们两人的年龄相差不多，但在奚学荃的心灵里，陈中伟是他名副其实的老师。

电梯还在爬，四楼——五楼——奚医生捧着的那只断手，虽然隔着手套，仍觉得它冰凉彻骨，生命离开它，已越走越远了。

六楼。长长的走廊，跨过一个个病房。奚医生一步冲进了当中的一间办公室，跑到一个身材高大、穿着整洁白罩衣的年轻医生面前："陈医生，你看！"他递上了那只压得他喘不过气来的断手。

"手！"正做着交接班的骨科医生们，仿佛是在一声口令下，一齐停止了说话，停止了动作，停止了原来的思考。铺满阳光的办公室里，骤然间变得寂静无声。

"这是只工人的手，他要求接上去。"奚医生喘呼呼地说，声音中充满着希望的语调。

陈中伟忽地离开了椅子，奔上一步，接过断手，打量了一下，椭圆形的脸上，闪着询问的眼光打量着奚学荃：

"断了多少时间？"

"半个多小时。"

"病人在哪里？"

"已经上来了。"

……

"接上去，接上去！"陈中伟医生反复地嚼着这几个字，反复地看着这只断手。不必说，这沾满机油的工作手套，整齐的切断面，一看就知道这是一只不久前正在劳动着的工人的右手。从一九五八年"大跃进"医院里开始单独设立了矫形外科以来，陈中伟已跟多少工人的手建立了血肉相关的感情。从受伤得病，到治疗恢复，一直到重新充满力量，在这整个过程中，他和工人一起经历了忧愁、焦虑和欢乐。在下工厂的时候，他接触到更多粗壮强健的手，他看到工人们正是通过这双手，把自己建设社会主义的热情和力量倾注出来，日日夜夜，风风雨雨，只要是革命需要，他们就干！这些勤劳勇敢的手，一再感动过年轻的医生。现在，一只工人的右手，孤零零地放在自己手里，应该是把它和污脏的纱布、棉花团一起放在篓子里掷掉呢，还是让它重新成为一只有用的手。陈中伟仔细地查看着断手的横断面，额上的青筋明显地跳动着。横断面很整齐，皮肤虽然变成灰白，但是很完整，组织也还新鲜……现在，捏在自己手里的是一端，那边，在工人的残肢上，也有这么一个切面。一个飞快的思想马上在他脑海里形成了：接！为什么不能把这两个横断面吻接起来！……可是，完全性截断再植手术，在国际上成功的例子是少见的，在国内，还在动物实验阶段，自己就能做得好吗？……

敢于斗争，敢于胜利！从来没有做过的事，总有一个开始；从来没有听说的，那就听一听；从来没有见过的，那就看一看；国际上成功的例子很少，那就让他多起来吧！

“好！奚医生，你先去洗手，我马上就来，我们来接接试试看！”

走廊上，受伤的青年工人王存柏正推向手术室，他以十分清醒的目光，迎住了正对面走来的陈中伟医生。他的目光里流露出一种明显的恳求、期望，以及信赖的神色。这种神色，对陈中伟医生来说并不少见。九年多的外科工作，他看到过无数次这种复杂难言的神色，可是这一次，陈医生却觉得分量格外沉重。

“王存柏，我们决定给你接上去试试看。”

“试试看！医生说试试看，那就是有百分之八九十的希望了。”王存柏放心了，就说，“我一定好好配合，你们叫我怎么样，我就怎么样。”说着，他打破了一切病人的惯例，自己走进了开刀间，自己爬上了手术台。

第一次，到底是国际上少见，国内从未有过的第一次啊！一向沉着的陈中伟一走进手术室的护士办公室，就拿起了电话机。在这首创的手术面前，他突然感到自己力量的微薄，他需要党的支持，需要其他医生的援助。

话筒里很快传来了外科党支部副书记王智金医生爽朗的声音，对方的回答十分果断干脆：“抢救！没二话，党一定支持你。”

陈中伟充满了信心，放下电话机，但是刚放下，他又拿了起来。

虽然手腕外科自己是内行，但是在吻接血管方面，擅长于心血管外科的外科副主任钱允庆医生要比自己更有经验。于是电话的线路又通到了钱医生处。钱医生正害着感冒，在电话里一听要动这样的手术，没来得及询问详细情况，就回答说：“行，马上就到。”

陈中伟放下电话机，这才感到轻松了一些，仿佛本来一个人挑的担子，此刻有众人来一起帮他担起来了。随后，他对护理部副主任说道：“今天开刀房要准备好全套手外科器械。”

“好！”副主任立即走去，向护士长宗英详细地交代了任务。陈中伟站着，考虑还需要作好什么准备，对，要通知摄影室拍照，留个记录作为资料。

现在好像是一切都就绪了。接下来的应该是去洗手，然后穿上消毒服装，站到手术台边。可是他马上又想起了一件事：他走到一个装了一只断手的玻璃瓶前。这也是一个工人的断手，五年以前，陈医生在歉疚的心情下，把它作为一个标本装在这里，时间长了，平常很少去注意它，现在，他将它从瓶里捞出来，一再地、仔细地看了几眼。这是温习，也是鞭策，是两者混合在一起的心情。

正准备查病房的钱允庆医生，在电话里答应陈中伟马上就去，待放下电话，便站在原地呆住了。手表上的秒针，却不管主人动不动，只管自己大摇大摆地嚓嚓走着。对于吻接血管，他是个能手，无论是腿上或膀上，经他手的不知接过多少根血管，而且总使血液在吻接处畅流无阻。可是手腕上这么细的血管……钱医生站在那里有两秒钟，也许是五秒钟，一直等副支书王智金匆匆跑来才从沉思中脱出来。

“老钱，陈医生那里有个手术，要请你一起去帮忙。”

“我知道了，马上去！”钱允庆回答。而同时，脑子里却还在想着那些细细的血管，是缝呢？还是套呢？……

“老王，”钱医生抬起眼看着副支书，眼光是冷静的，坦率的，“这样小的血管我还没有接过。你先上去看看，我还想到图书馆去翻一下资料就来。”钱允庆想起几个月前，曾经看到过一个外国的文献说，有人将肠内的血管移植到颈部，那也是一根细血管。此外，还有国内的动物实验的经验。总之，他需要立即到图书馆，再去翻一下，哪怕是看两分钟也好。

“现在还去跑图书馆，真笃定！”当钱医生的白外衣刚刚飘出门口，一个急性子的人在背后说了这么一句，但是钱允庆自有他的打算，他来不及解释，径自向外奔去。

手术室里的空气从来就是十分紧张的，何况这六间开刀房里都在进行开刀手术。但是人来人往，显得最紧张的却是第六开刀间。王智金推开那两扇弹簧门，就看见摄影师的镁光灯正对着一条没了手的膀子，和离开膀子不远的一只断手。突然，闪光灯一亮，王智金医生清楚地看见了这只苍白的、瘦而瘪的手。摄影师钮廷根把这一只死手，以及那条没有手的残肢，留在机子的底片上，就完成了自己的任务，悄悄地退出了开刀间。

洗手间里，陈中伟正仔细地刷着自己的一双手，同时利用这最后几分钟，再次在脑际温习了一下手术进行的程序。

护士长宗英带着两个护士，迅速地推进了氧气瓶，吊盐水瓶的架子，准备了冲洗伤口的肝素，和经过严密消毒的全部器械，成包成包地在病人身边打开。王智金一看情况，便掉头跑出了手术室，去通知钱允庆：还可以有一刻钟的时间，再周密考虑一下吻接血管的问题。

同手术室相比，这儿是另一个天地了。一切都是静悄悄的。没有急促的脚步声，没有紧张和不安的气氛，没有人的说话声，撩起的窗帘，在阳光中柔和地静垂着。一排排整齐的书橱，装着满满的书籍，缄默地守在一边。这里，一切都是静悄悄，静悄悄的。但是钱允庆却一点也没感受到这种宁静的气氛。他一边翻阅着文献，一边正紧张地思索着那些棘手的小血管。是缝，还是套？文献上说得很含糊，动物实验的经验，也不能解决问题，动物腿上的血管比人手腕上的血管要粗得多啊！……

“缝！……不行，血管太小，容易堵塞。那么套，但是像火柴棒似的小血管又怎么套？用什么来套？……”时间在一秒一秒地过去，事先自己规定给自己看书的十分钟已到了。钱医生一把拉下口罩，似乎正是这个口罩在阻碍自己的思考。

“老钱，怎么样？”王智金一阵风似的进了图书馆，同时带来了手术室的一股酒精味。

“上面怎么样了？”钱医生指的是手术室。

“别忙，还有几分钟时间。”

“好，你来看……”两位医生，两个同志，立时凑到了一起，轻轻地讨论起来。在这里，什么门户之见、地位之别，什么你和我，什么个人威信，一概没有它们的位置。唯一的，是抢救，是工人的一只手，是共同具有的一颗红心。

经过简单而又充分的讨论，问题决定了：在这样细的血管上，缝接是没有希望的，还是套着，但是用什么套？这样小的钛管，院里没有。

“也许别的地方有，你只管去洗手，我来联系看看。”副支书王智金说。

“好！”时间没有了，也只有这样，钱医生考虑了一下决定了。两个医生像来的时候一样，匆匆地离开了那个安静的地方。

“外线！”“外线！”电话总机的机台上，铃声不断，那一只只小小的指示灯像眼睛似的不住闪亮。凭借着两条细细的电线，王智金已向两个兄弟医院，向医疗公司，向军医大学，打出了要求支援的电话，“钛管，钛管，2 毫米的，2.5 毫米的钛管！”

“没有！”

“没有！”

“没有！”

几个不同的地点，回答了同一个声音。都说没有这样细的钛管。凡事在没有办法的时候，王智金总是想到党，现在电话挂到院长办公室，办公室的同志听了也只有着急，答应打电话到别处去问问。

虽然是刚过了元旦的节气，但是王智金那圆圆的脸上，已微微沁出了汗珠。原来想定的几条较有把握的路，现在似乎已一条一条地走尽了。怎么办？时间不等人。断手在六小时以内不接好，即使接了上去也无法复活了。

怎么办？钱允庆医生在门帘后面换开刀内衣，王智金打电话的结果，听得清清楚楚。怎么办？把刚穿上的开刀衣脱下来？停止手术？笑话！没有钛管就用别的代替，面前哪怕是一座刀山，也要闯一闯。

最最急人的，恐怕就是有力使不上了！护士长宗英站在一边已经急了半天了，这时她倒急出一个办法来："钱医生，能不能用做穿刺的针代替？"

"不行，这不是不锈钢的。"钱允庆换好了内衣，一掀门帘走了出来。真正是急中生智，他突然想起了给孩子注射静脉用的塑料管，对！塑料管，虽然滑一点，可是粗细倒正好。没有其他的办法了，他对宗英说道："各种大小的塑料管都消毒，立刻准备好。"

"哦！"宗英一听有了办法，高兴得转身就跑。

"能行吗？"王智金拭着汗问。

"行，就是没有槽口，怕滑一点。"钱医生加快动作，匆匆走向洗手间。

"老钱，你看是不是请陈医生把骨头截短一些，这样血管会松弛一点。"套管有了办法，王智金便考虑起有关手术的事来。

"对，对，对！"钱医生连连点头。

躺在手术台上的年轻工人，做了局部麻醉，刚打过的止痛针开始发生作用，他迷迷糊糊地只感到周围有许多穿白衣服的人在移动，在无声地忙碌，偶然听见一两声轻微的、器械相碰的金属声。他现在安心极了，从出事故以后，他最担心的是两件事：一是痛，二是大出血。可是现在既没有痛，血也止住了，而且断下来的手，又有医生负责接上去，自己也就没啥要挂心要烦神的了。也许是止痛针的作用，他倦得很，眼皮张不开，他想睡觉了。至于什么医药费，什么前途，等等，他连个边边也没想到。当然，怎么好责怪他呢，他是在党的阳光下成长长大的，他还没有来得及接受旧社会的压迫和剥削，祖国就在红旗下解放了。从此，他就在党的关怀下走进了生活，他怎么能想到这一些呢！可是，在手术台边，却有许多人正为王存柏忙碌着，要把他的手骨先接上去。

"对！"陈中伟听了王智金的建议，头也不抬，便立即卸下已经上好的夹骨钢板的螺丝，重又拿起了咬骨钳子。

骨头接好了，深处的肌腱也缝好了，当钱医生坐到手术台边，陈医生立即作为他的第一助手，熟练地帮忙他找出了第一根血管——桡动脉。吻接血管本身已是一件精细至极的工作，更何况又是这么细的血管，再加上，加上是那个令人担心的塑料管。

王智金知道，手术上是不用那么多人手的，现在自己在这里不会有什么事了，可是，他走不开，共产党员的责任心需要他留在这儿。

让医生们专心一致地动手术吧！现在让我们看看手术室外的事情！长长的走廊里，靠壁放了一条条长椅。此时长椅上坐着一位中年工人，从他送王存柏进医院起，已有几个小时了。坐在这张长椅上，他亲眼看着主治医生陈中伟走进这个门里去，也已经有三个钟头了，但是有关王存柏的手，还一无消息。能接得上吗？……这可不是什么圆钢，断了烧烧电焊就能接得上的。不过，医生终究是医生，他觉得写着"手术室"三个字的弹簧门里，充满了一种神秘感，医生在这里面，不知在变什么戏法。他偷偷从门缝里朝里张望，只看见又是一条空空的长走廊，什么也没有，只偶尔有一两个护士，口罩戴到眼睛边上，匆匆地从一个门里出来，又匆匆地隐没在另一个门里。什么也看不见。这位生产小组长倪国祥只好又坐到椅子上，惴惴地等待着。

"老倪！"从会场上得到消息，立即赶来医院的厂长陈生泉，一见倪国祥也顾不得问别的，开口就问："人呢？"

"在里面……"倪国祥指指手术室，还没来得及说第二句话，厂长推开门就一头闯了进去。

事情是难怪，从区的领导到市的领导，对工伤问题，一向抓得极严，一有稍大的事故，立即就要上报。现在厂里出了这样大的工伤事故，作为厂长，怎么会不着急呢！可是不管他怎么焦，怎么急，当他走到手术室的走廊里，正在那一间间开刀间外面徘徊、伸头探脑的时候，就被一位身材苗条的护士从身后抓住了，并且毫不客气地立即送他出了手术室。

厂长无可奈何，只得急急巴巴地问道："我们厂里的一个工人，叫王存柏，他的手怎么样了？"

"在做手术。"护士说完，抱歉地退进手术室，两扇弹簧门就自动关上了。

说跟不说一样，手术到底做得怎么样了呢？手是不是接上了？唉！她竟连一个字也不舍得多说啊！

护士是多么愿意跟那位厂长多说几句，安慰安慰他，可是叫她说什么呢！事实就是这样，手术在进行，医生们用顽强的毅力在进行，用着实的基本功，用软硬具备的手劲在进行，在跟那条火柴梗粗细的桡动脉进行搏斗。

钱医生预料中的"滑"果然出现了，那细细的血管像一条狡猾的泥鳅，嬉戏在医生们的手指缝里。血管翻上去，滑下来，再翻上去，再滑下来……钱医生坐到手术台边，已经一个钟头过去了，手术几乎是一开始就停止了，就停止在第一根血管上，停止在翻上去又滑下来……

手术台边，医生，助手，护士，不下十来个人，但是，没有一个人，没有一个眼色，没有半句话，是失去了信心的。大家只有一个信念，一种努力，就是如何将血管翻上去，翻成功，一次不成功两次，两次不成功就有了可贵的教训，接受了教训再来第三次，第三次积累经验再来第四次，第五次……血管终于翻上去了，而且迅速整齐地扎好了，陈医生把手臂上端的血管钳一松，立即一个令人兴奋鼓舞的现象出现了：那手，那只冰凉的、瘦瘪而灰白色的手，突然之间，出现了淡淡的红色。血的颜色，人的颜色，那是生命的颜色啊！这对医生，对所有医务工作者来说，还有什么能比这一刻更幸福、更高兴的呢！所有围在手术台边的人，有男有女，有直接参加手术的，也有未曾直接接触过病人的，他们年龄不同，职务不同，性格更不同，可是他们同声笑了，连正在紧张地动手接第二根血管的陈中伟和钱允庆也在心田里漾起一股暖暖的感觉。

手术仍在进行，开刀间里虽然仍是静悄悄的，可是在那一个个大口罩上面的眼睛里，在那互相对视的目光中，表达了多少难于说清的语言啊！无声的喜悦，有时会比热烈的欢呼更激烈，更难于抑制。

那位身材苗条的护士，这时在一边不由得想起了那位给自己请了出去的厂长。他要是知道现在这个情况，那该有多高兴。其实走去告诉他一声，并不费事，可是她忍住了。护士需要的不是冲动，而要保持冷静。第一根血管到底只是第一根，离整个手术的成功，还有一大段路程；也许，还是一大段不那么平坦的路呢！

有了第一根血管吻接成功的经验和鼓舞，第二根血管的顺利完成，便是意料中的事了。不过，当动手接第三根的时候，出乎意料，手术突然之间陷于停顿。事情很简单，第三根要接的是尺动脉，比刚才的桡动脉还要细五分之一，需要内口径2毫米的管子，但是没有这样细的塑料管子。看来，路又把人引到老地方来了，明明是已经克服过来的困难，突然又摆出了新的姿态，横在前进的路上。

钱医生明知道手术室护士长不是一个粗心的人，但还是抱了万一的希望问道："宗英，细的塑料管是不是都在这里了？"

"所有的尺寸都备在这里了。"宗英的回答是肯定的，有把握的，这不完全是自信，而是事先都做过精细反复检查的。

"没有了！""没有了！"那么手术就到此为止？活了一半的手再让它死掉，再让它掉下来！陈中伟一想到这个，心都收紧了。不，多少人，多少双手，都曾为了营救这只断手竭尽了自己的努力、闯过了多少关口，现在，已在成功的半途上，能把那许多同志的努力，都打上问号吗？不行，陈中伟将自己双手架空举着，不让它碰到任何东西，眼睛不看脸已急得通红的宗英，坚决地说道："你还去找，我们在这里等。"

如果说手术间也是个战场的话，那么，现在是指挥员下的一道命令。命令，那就是说非完成不可。宗英了解陈医生，不仅了解他平时的脾气，他对工作一贯的严肃态度，她更了解的是，他此时此地的心情，彼此都有同感的事情，本来就不需要多余的言辞。宗英一个急转身，出了开刀间，上哪里去找呢！还是那几只收拾得整整齐齐的抽斗，和一间整整齐齐的小仓库。宗英带了两个护士，把长长的塑料管，当作一枚针似的，弯了腰，仔仔细细在抽斗、仓库的各个角落里找。宗英真是希望自己刚才是粗心，疏忽，漏下了一种更细的塑料管。希望到底只是希望，更细的塑料管并不因此而出现。

宗英直起腰来，皙白清秀的脸上，已紧张得冒出了一层细汗。再没有地方可找了，要么："再到医院的大仓库里去找找看！"宗英说这话，自己也没有信心。大仓库里一切有关外科的用具、材料，小仓库里全部具备，不过，万事都可能有个万一，还是去找一找。可惜，她们在大仓库里也没有找到这个"万一"。护士办公室里，三个白衣人站成一个鼎角，默默地相对无言。

时间在一分一秒地过去，谁也没有特别去注意它，可是谁都强烈地感到它正在一点一滴地流失，再过一小时，是断手离开人体整整六个小时了，按照一般常规，断肢离开人体六个小时以后，就无法挽救了。现在虽然已接通了两根主要血管，可是到底不够供应一只手所需要的血液。时间在目前意味着什么，两位开刀医生当然清楚得很，所有在场的人也清楚得很，但是，手术已经无可奈何地中断了。陈中伟和钱允庆，隔着那只接上了一半的断手，面对面地坐着，两个人看病人，看断手，看等待吻接的尺动脉，像是订过约似的，两个人就是不看钟，不说话，并且竭力不看对方的脸。寂静占领了整个开刀间，没有声音，也没有动作，仿佛谁动一动，就会破坏了什么，空气沉重得凝固起来了，只有时间在大胆地走动。

时间哪！人们要怎样才能留住你呢？……

宗英和两个护士久久地站着，久久地无话可说。怎么办呢！挑着这样沉重的担子，拖延着时间总不是一回事，没有的东西，变总是变不出来的，还是爽爽气气去回绝算了。宗英下了决心，但是当她走到开刀房门口，她不由自主地停住了脚。门里肃静无声，是大家怀了希望在等待，等待她进去报告消息。现在，只要她一跨进这扇门说个“没有”，问题就要立即决定了，活了一半的手，就得重新死去……不不，她没有这个权利。这一只断手，从出事到现在，在短短的五个小时里，从断掉到半活，经过了多少人的努力，人们一环扣着一环，一环套着一环，没有一个人在自己的一环上松过劲，于是形成了一股牢不可破的力量，紧紧地挽住了青年工人的幸福和劳动，紧紧挽住了他那只断手，不许它成为纸篓里的废物，一定要把生命重新灌注到那只有着老茧的手掌中去。但是这一切，现在只要宗英一推开门，就要宣布前功尽弃了……宗英，宗英，你有这个权利吗？宗英呆住在开刀间的门前，真是进退两难。

忽然，像闪电一样，脑子里闪过了一道亮光，她想到了一个克服困难的主意，立刻两道秀长的眉毛舒展开来，她一下撞开面前两扇弹簧门，冲进了开刀房，把自己想到的主意，告诉了两位医生。多好的主意啊！多聪敏的宗英啊！就是她这个主意使中断了十多分钟的手术，在又一次新的胜利中，更充满了信心，继续进行。

当陈中伟医生走出开刀房的时候，天已傍黑了。他不吃不喝，精神高度集中地在手术台边已度过了七个半小时。现在，他突然感到累了，饿了，但是他想起伤员的家属还等在手术室外面，便换了衣服，跟在王存柏的推床后面走了出来。

“老伯伯，”他对病人的父亲说道，“王存柏同志的手，我们已经试着给他接上去了，手术经过是好的。”

王存柏父亲只是一味点头，他看见儿子睡在推床上推过，两只手好端端地放在身边，不过右手上了半边石膏。这位医生说的什么“接上去”“试试看”等等的话，他怎么用心听也听不懂，只好连连“哦”了几声，作为回答。

病人、病人的家属、工厂里的工人，以及厂的领导，他们仿佛约好了似的，都不注意医生嘴里那个“试试看”的词句，断手已经接上去了，那就是接上去了，断手接好了那当然是件喜事，是件值得大大高兴的事。至于接上去的手还会坏掉，还会掉下来，他们好像连想也不肯去想。他们哪里知道，这种过早的欢喜，对医生的无限信赖，使得年轻的陈中伟医生担起了多么复杂、沉重的担子。

走出手术室，陈中伟勉强离开医院，回家去吃点东西。出了医院的大门，他方才想起今天是妻子休息，早上出来的时候，是约好等他回去吃中饭的。陈中伟一看表，已快到晚上八点了。“好，赶回家吃晚饭吧！”好在家离开医院不远，他放开了大步，可是走了没有几步，立即又把吃饭的事忘得干干净净。手是接上去了，不过离开成功还隔着一大堆的未知数：血管会不会堵塞？堵塞了采取什么措施？现在就用“抗血凝”好不好？用多少剂量？是否会影响伤口的愈合？手应该抬高还是放平？温度是高一点好还是低一点好？血液回流来不及引起肿胀又怎么办？……路灯把一条条的梧桐树影子，缓缓地投在他的脚下，他越走越慢，简直想立即站住，以便集中思想把这一大堆的问题好好考虑一下，可是稍一抬头，见沿街住家的窗户里，映出洋溢着暖意的灯光，于是陈中伟又一次加快了步子。当他刚走进弄堂，忽然一个戴着红领巾的男孩子，从他面前匆匆走过。陈医生不由得又停住脚，对着男孩的背影欣赏起来：

“看，他走得多神气，多漂亮。”去年，陈中伟给这个跛脚的男孩做了矫正手术，从此以后，他每次遇见这个孩子，总有一种说不出的幸福和快慰。现在他还是没有忘记这个习惯。微笑还在脸上，心事却又兜了上来。肿胀是预料中的，也有几种办法对付，怕就怕……怕什么呢？完全性的再植手术，会有一些什么样的突然变故呢？不知道。……

陈中伟医生走进家，看见妻子和小女儿已在桌子上吃饭，于是才真正记起约好吃饭的事来，同时也发现自己已饿得一点力气也没有了。

妻子也是一个医生，是五官科的。陈中伟便一边吃饭，一边谈着今天不平常的七个半小时的手术。作为同行，作为夫妻，妻子还有什么摸不透他的？匆匆吃了饭，她便帮助他翻书，翻杂志，翻文献材料，最后，她看见丈夫那种坐立不安的样子，便说道："你去吧，还是去看看放心。"

"那我走啦！"陈中伟早已想提出这个要求了。

走出家门，这一路上，可不像刚才来时那样慢吞吞了，他迈开了大步，可是越走身上越冷。夜里是该冷一些了，不过，不过……他一低头，才发现自己忘了穿大衣。大衣忘在家里了，不不，他想起来了，大衣是确确实实忘在医院里了。

病房里静悄悄的，病人安详地睡熟了。只有那个自愿来担任特别护理的和王存柏同厂工作的女工林佩芳，按照医生的嘱咐，小心翼翼地托住了王存柏的那只右手。她那副聚精会神的样子，倒好像是现在只要她把王存柏的右手保护好就太平无事了。这情景不由得使踏进病房的陈中伟一阵激动。她是个业余的红十字卫生员，当她一听说需要一个人托住病人的手，以防病人在无意识中不小心扭伤，她就自告奋勇担任下来了。工人们的这种阶级友情，怎能不使医生由衷地钦佩呢。

陈中伟走到伤员的床前，轻轻地扶住了那只手，用手指揿了一下皮肤，"滴答，滴答"两秒钟，皮肤泛红了。血液循环正常！他又摸了摸，右手是温暖的。没有什么险恶的现象，他这才稍稍放心了。

可是，这只手到底能不能活下去呢？应该采取一些什么措施才能防止可能发生的变化呢？潜伏着哪些使情况恶化的可能呢？有多少个未知数摆在陈中伟的面前啊！

骨科医师办公室里灯火通明，陈中伟在沉思，奚学荃和总住院医生鲍约瑟也在沉思。

夜，非常安静，最后一辆电车也已经进厂了。这座有近五百张病床的现代化大医院，此刻，也只有寥寥几个窗口透出了亮光。

四周的静寂更显出骨科医师办公室的紧张气氛。奚学荃不时地递给陈中伟一支烟，这个平常不吸烟的人，现在，却一支接一支地吸着，吸着。烟雾中，他们在轻轻地议论：

“万一血管堵塞了怎么办？”

“我马上通知护士预备好静脉切开的手术器械。”

又是片刻的静寂，医生们陷入了沉思。

“防止血管堵塞要不要用一点抗凝血剂？”

“对，用一点试试看！”

“用多少呢？”

“做试验。请化验室隔半小时送一次样品。”

能设想的似乎都设想到了，该采取的措施似乎都用了。陈中伟又最后检查了一遍医嘱。然后，又一次走进了病房。

病人依然没有醒，那位女工还是一动不动地托住了那只右手。陈中伟看了看，摸了摸右手，一切都很正常。临走，他又郑重地关照奚学荃医生：“发现什么情况，立刻打电话给我！”

他顺着楼梯，从六楼一步一步地走下楼，走出了医院的大门。

冬夜，马路上没有一个行人，霜花无声无息地飘到他的脸上，凉飕飕的，有说不出的舒适之感。这时，他忽然想到一位电影演员，也是他的一个病人对他说过的话，她说：“每当深夜，我拍完最后一个镜头，徒步回家的时候，心里常常充满着无限的幸福。”此刻，他经历了整整十多个小时的紧张劳动，完成了自己医生生涯中如此重大的手术之后，只身在万籁俱寂的深夜，漫步回家，他的内心又愉快，又担心，他仿佛第一次尝到了劳动创造的幸福之果。这真是一个难忘的夜晚啊！

回到家，一开电灯，他的爱人就醒了。

“手怎么样了？”

“现在还没有什么。”

是的，现在还没有什么，下半夜呢？明天呢？陈中伟躺在床上，电灯已经关了，眼睛却睁着。他一遍一遍地反复回忆着，推敲着这一天来采取的每一个步骤。不知想了多久，他迷迷糊糊地睡着了。在睡梦中，他还想着那只手；手忽然掉下来了……

他突然惊醒过来，天还没有大亮。他急急忙忙地穿好衣服就走了。在路上，他记起来了，临走的时候曾经关照过奚医生有什么情况打电话来，电话没有来过，该不会发生意外吧？也许，也许手已经掉下来了呢？他越走越快，走近医院大门，几乎是在小跑了。他一脚踏进病房，看看手的情况很正常，他的心才平静下来了。

不久，党总支书记兼院长朱瑞镛来到了病房。朱瑞镛同志看望了病人之后，十分关切地鼓励陈中伟医生说：“要想尽办法把这只手保住啊！这是政治任务，不能有丝毫的大意。”一句话，把陈中伟刚刚平静的心又吊了起来。

果然，新的情况发生了。

中午，那只右手开始出现肿胀的现象，同时病人的体温也增高了。肿胀，这是陈中伟和其他同志都预料到的，因为被切断的右手虽然接通了四根主要血管，重建了血液循环系统，但是无数根极其微小的血管和淋巴管是无法接通的，血液回流不畅，就发生肿胀了。他们立刻采取了措施，但是，那只手却无情地继续肿胀。入夜，肿胀仍然有增无减。

医生们满怀焦虑进入了第二个不眠之夜。他们翻文献，找救兵。注射药物减压，无效。松了绑带试试看，又无效。麻醉师也主动送上了主意，建议用低温，也无效。医生们围着病人，陈中伟捧起了那只右手顺着血液回流的方向做按摩，也无效。

无效，无效！从黄昏到黎明，各种方法都用上了，手，依然在危急中！

第三天早晨，陈中伟眼睛布着红丝，拖着疲乏的身子，带着一线希望参加了全院的晨会。他向党总支书记兼院长和副院长提出了会诊的要求。院内各科的负责医生立刻来到了骨科病房，医生们热心地提供了各种治疗意见，但是，大家能想到的措施，陈中伟他们几个骨科医生也都想到了而且都试过了。

紧接着院内会诊之后，下午又邀请了上海市著名的四位骨科专家举行了会诊。

专家们亲眼看到已经顺利地接上去的右手都赞不绝口。是啊，这是国内第一次手术，而完成这次手术的又是两位年青的医生，老专家们怎么能不为党培养出来的青年医生获得的巨大成就而高兴呢！他们祝贺陈中伟，他们祝贺钱允庆。

陈中伟和钱允庆呢，他们一心想到的是肿胀怎么办？他们把全部希望寄托在专家们的身上，因此，迫不及待地提出了一连串的问题。一句话，请求专家们对目前遇到的难题提供宝贵的意见。顿时，会议的空气严肃起来了。专家们就肿胀的原因作了详尽的分析，话题一涉及消除肿胀减轻压力的办法，有人提出是否可以用切开减压的问题，这时，会议室里出现了难堪的肃静。切开，这太冒险了！因为切开就提供了细菌感染的可能。外科医生最忌伤口感染，何况这只重新获得生命的手，对细菌的抵抗力极弱，万一引起伤口感染，后果不堪设想啊！

"慎重，要慎重！这太危险了。"一位专家打破了会议室的沉默空气。

"是啊！还是再观察一下肿胀的情况。"

"对，非到万不得已，总以不切开为好。"

专家们出于对病人的高度负责精神，抱着严肃的科学态度，深思熟虑地坦率地发表意见。对他们的每一句话，陈中伟都深深意识到其中的分量；他从每一位专家的言辞中清楚地了解，他们是多么热切、多么诚心地巴望这次世界上还少见的手术能够不出意外。“这不是为了他们（陈中伟、钱允庆医生）个人的声誉，也不是为上海市第六人民医院的荣誉，而是为着亲爱的党，为着社会主义的祖国的荣誉，为着人类的医学事业！”

他感到担子太重了，太重了。他望望坐在旁边的钱允庆医生，老钱也同样心情沉重。

这时，曾经做过多年外科医生的党总支书记朱瑞镛向军医大学的一位专家提出了一个问题：“你们在动物实验中，肢体再植成功的几例是切开的呢，还是不切开的？”

“我们一共对十一条狗做了肢体再植试验，结果六条失败，五条成功，再植成功的五条狗都是采用切开减压的。”这位专家还补充了一句：“假如肿胀到一定程度，静脉阻塞，再切开也没有用了。”

会诊结束，送走了专家。路上，总支书记对陈中伟和钱允庆说：“专家们的意见都很重要。但是，军医大学的实践经验是最宝贵的。”两个医生相对而视，发出了会心的微笑。

回到病房，医生们一面叫护士做好手术的准备工作，一面细心地对工人的右手做再一次的观察。这时，右手的手指已经肿得无法用线来做测量了，陈中伟用笔在手背上轻轻地点了两个黑点，量好了距离——四公分。他多么希望这两个小小的黑点的距离会缩短啊！怀着这样的心情，他坐在医院食堂的饭桌前，拿起了筷子，医生的心突然一阵紧缩：工人的右手还能拿筷子吗？眼前的肿胀一关能平安过去吗？医生心不在焉地吃了点东西，也不知道嘴里是什么滋味，又匆匆赶到病房。

四点二公分！医生的希望落空了，肿胀在继续进行。手，已经肿得像馒头一样了，手背上的皮肤绷得紧紧的，好像一碰就会破裂似的。

现在只有切开一条路可走了。我们的医生又面临了一次严峻的考验。切开，有什么样的后果，难以预料，这确是一条危险的路。不切开呢？也同样不堪设想啊！真是两难。

“军医大学的实践经验是宝贵的。”党总支书记的话又一次在陈中伟的耳边响起。是的，自己既然在接到那只断手的一刹那下了接上去的决心，现在怎么能在这危急关头退缩呢？他的眼前又闪过了工人对医生那种期待和信任的目光；他的脑子里又掠过了在这不平常的日子里党的支持和集体的智慧。他立刻浑身充满了力量。

路，既然有，那就一定要走，即使冒最大的风险，他要闯！

“老钱，怎么样？”钱允庆也坐在骨科医生办公室的沙发上沉思默想。

“切开！”这是钱允庆的回答。两个医生怀着一颗同样的心，一定要保住工人这只右手。

切开，专家们的宝贵经验也是万万不能忽视的，要严格防止细菌感染。他们立刻对手术的准备情况做了一次严密的检查。病人已经搬进了一个单人病房，病房已经用紫外线做了消毒。

晚上十时光景，陈中伟和钱允庆走进了病房。此刻，他俩都十分镇静，陈中伟拿起了手术刀，钱允庆仔细地找到了切开的部位。锋利的小刀割开表皮，碰到了细小的静脉血管，血，像一支细小的喷泉，滋的一下，喷出一尺多高！静脉血管能够承受的压力已到了最高限度。同时，像黄豆般大小的淋巴液水珠也通过切开的刀口冒了出来。他们一连在病人的手背上切开四刀。肿胀当夜就显著消退了。

第二天一早，曾经参加前一天会诊的老专家打来了电话，关切地询问肿胀的情况，当他知道已采取了切开减压的时候，又再三提醒：“要绝对防止感染！”

病房护士们和专门负责换药的鲍约瑟医生挑起了防止感染的重担。每天清晨，护士们像临阵的战士，以高度的警惕，对待面前的敌人。她们对付的是肉眼看不见的“敌人”，这就需要她们百倍的细心。护士办公室的黑板上写着：注意，给王存柏病房灭菌消毒！每天，鲍约瑟医生来换药前的半小时，她们用紫外线在病房里消毒，杀尽空气中危害人的一切细菌。

日日夜夜，护士们始终不懈地和细菌展开斗争。她们默默无闻，勤勤恳恳，以自己的辛勤劳动，换得了化验室每天送来的报告：无菌！无菌！

两个星期以后，切开的伤口愈合了。有一次，一个护士，突然发现了王存柏的右手长出了几根细细的汗毛，她惊喜地到处传告："手，他的右手获得了新的生命！"

时间在前进。现在是四月二十二日，距离王存柏动最初手术的日子已有三个多月了。也就是说，王存柏的手已经接上了有三个多月了。那么，这只手的功能究竟恢复到怎样的程度了呢？

这天上午，理疗科的综合治疗室内照例安静得没有一点声音，只有新从兄弟医院调来不久的理疗护士王霞芳伏在办公桌上抄写本年度的理疗规划。

"小王，"一声轻轻的，然而十分严正的声音在门口响起。王霞芳抬起头来，只见理疗科副主任黄桦医生在叫她。她从座位上立起，刚想举步，黄医生已走近她身边。

"小王，"她又认真地招呼了一声，这才说，"有个很重要的任务要交给你！"

王霞芳睁着眼，静静地等待着黄医生的吩咐。她那异常敏感的目光，已从对方庄重的神态中，预测到了这次任务的不同寻常。

果然，黄医生开口了。她先是简单扼要地把王存柏的受伤情况，开刀经过，以及三个多月治疗过程中的问题说了一遍，然后，加重语气，说："这是一项国内首创的医疗手术，担任主角的骨科同志们，已经尽了最大的力量，险关都已经过去了，现在，为了使这只手的功能尽早恢复，我们理疗科的同志就要尽最大的努力当好这个配角。"她停了停，流露着一股信任的目光，对王霞芳说："小王，这个任务决定交给你了。"

王霞芳连连点了点头。艰巨的任务，领导的信赖，一时使她十分激动，隔了半晌，她才表示，说："我一定以高度的政治责任心来完成这个任务！"

黄医生一走，小王仍旧伏到桌上去抄写理疗规划。可她的心思已不像先前那样集中了。在抄写的笔头上，时时出现王存柏的那只手，虽然，她还没有见过王存柏本人，没有见过那只断了后又被接上的手，连对这项尚未在院内宣布的重大手术，她也只是第一次听到，可是王存柏的手，仍然以各种形状，出现在她的脑海里，滚落到她的笔头上。她从王存柏的那只手，又联想到了自己的手。这是一双灵巧的手，她要怎么弯曲就怎么弯曲，要哪只手指动弹就哪只手指动弹；通过她的手，曾经给多少病人按摩过，揉捏过，她那灵活多样的指法，曾经使松弛的肌肉，慢慢结实起来，麻木的皮肤，重又恢复知觉。现在，她的这双手，能不能为王存柏断了再接上的手，起一点什么作用呢？

下午两点，王存柏如约来到了理疗科。在检查病例时，王霞芳的健康的手，同王存柏的断了再接的手握在一起了。同是两只手，却有着多么显著的区别：一只是温暖的、粉红色的手，一只是冰冷的、呈紫褐色的手；一只是骨骼分明、感觉灵敏的手，一只是臃肿、麻木、手指僵硬的手。王霞芳要王存柏背过脸去，然后，揉捏着他的中指，问：

"动了几只手指？"

"三只！"王存柏想了半天才回答。

王霞芳下意识地摇了摇头，把中指向下蜷曲了几下，问：

"向上，还是向下？"

"大概向上！"王存柏仍旧是想了半天才答了个"大概"。

"手背上有什么感觉？"王霞芳随手把病历记录簿在他手背上划了划。

"没有。"王存柏说。

王霞芳微微皱了皱眉，心情有点沉重。如果说，开初王霞芳还只是抽象地意识到这个任务的艰巨性，那么现在，她是亲眼看到了，而且比原先设想的更繁重，更艰巨。她埋下头来，在王存柏的病历记录簿上，记下了这样的情况：

病员姓名：王存柏。

诊断：右手腕关节完全截断。

检查情况：手指关节僵硬，稍能被动，但不能伸直；手指感觉迟钝，上下左右，辨不出活动位置；胳膊肌肉瘦小萎缩，呈松弛现象；血流缓慢，颜色发紫，微肿。

这初步检查的结果，告诉了年轻的护士王霞芳：虽然王存柏的断手已经被接上了，伤口也愈合良好，可是仍然不是一只有用的手，仍然不是一只能劳动、能为社会主义建设创造财富的手。她从这只手的现状中，更加体会到黄医生交代任务时的这种严肃的心情。

像许多年轻、热情、工作积极负责的青年同志一样，王霞芳自从接受了这个新任务的第一刻起，无论是走路、吃饭或工作，只要一动自己的手，只要一看到人家灵活的手，就像条件反射似的，马上会想起王存柏的那只手，同时也马上意识到自己重大的责任。王霞芳尽管已经工作了一天，可她为了更全面地了解病历，在当天夜里一吃好晚饭，马上一阵风似的奔到六楼病房，在银色的日光灯下，一页一页地翻开了王存柏的病历卡。三个多月的病历记录，记下了多少枯燥的治疗措施和药物数字，可是这些枯燥的记录，却这么有力地吸引了这位热情工作的护士。她从这些字体时大时小，墨色浓淡不一的一行行记录中，不仅看到了病情的发展和变化，而且更重要的是她看到了人们众多的活动。在这些密密麻麻的字迹上，倾注了多少医生、护士的担心和忧虑、希望和期待啊！医生和病人之间、护士和病人之间，并没有特殊的关系，只是因为这是只工人的手，劳动的手，就甘冒巨大的危险，废寝忘食，毅然开创了历史上空前的手术。她从这些活动中，获得了深刻的教育和鼓舞的力量！

已经是夜间一点钟了。王霞芳从夜班护士的换班中，才发觉时间已经到了下半夜了。为了第二天的工作，她只得放下了尚未看完的一部分病历卡，走下楼来。

护士宿舍就在院内的一幢大楼里。穿过直通院外的那条大道，在临近院门口转个弯就是王霞芳住的宿舍。她轻轻地开了门，又轻轻地扭亮了电灯。同房间的四位伙伴早已呼呼地入睡了。王霞芳摊开被子，脱下了紫红色的棉袄，仰躺在单人的钢丝床上。虽然是一点多钟了，可她没有半点睡意。她的眼前出现了无数只手：医生开刀的手，护士搭病人脉搏的手，母亲缝补衣服的手，弟弟妹妹写字的手，电车售票员撕票的手，钢铁工人捏钢钎的手，农民握锄头的手。手，手，手，最后她看到了王存柏的那只手。面对着雪白的屋顶、墙壁，她在激动地沉思：作为一个共青团员，她该怎样来完成这个艰巨的任务呢？她从枕头底下找出了日记本，翻了个身，把枕头当桌子，记下了她的决心和誓言！

从第二天开始，王霞芳就一天两次给王存柏做理疗。在五百度光热的太阳灯下，她以灵巧而熟练的指法，给病手轻轻地揉捏，按摩，擦摩，上下左右地被动活动……看起来，这似乎是一项轻便的工作，但每当理疗到一半时，王霞芳常常工作得满头是汗。她把她全身精力，都集中到按摩的右手上去了。为了测量理疗的效果，她专门用一个小本子，记下了治疗经过和病手的点滴进展。

在一般人的想象中，断手一经接上，骨骼长好，血管接通，血液畅流，一切就都恢复正常了。其实远不是这么简单，一只万能的手，除了肌肉、骨骼、皮肤、血管等组织外，还有许多肌腱（筋）、神经等极为复杂的器官，这些曾被完全截断过的器官要恢复原有的一切功能，需要一个相当的时间，这是个异常艰巨的任务。这种艰巨性，我们从王霞芳的那本小本子的记录上，也可以看出。

从四月二十三日开始，王霞芳每天照例是给伤员照太阳灯，按摩，照紫外线……日子一天天过去，二十四日，二十五日，二十六日……病情一直无显著进展。一直到二十九日，我们才看到这样一条记录：手指弯曲力量增大，但伸指仍无明显变化。

是的，这是一个相当缓慢的进展。对我们健康的人来说，这是多么的微不足道，但是对一只断肢再接的手，却是个了不起的变化，它说明顽强的生命力在医生和护士的治疗护理下，在发展，在成长。无疑的，这个微小的变化给医生和护士带来多大的鼓励。

时间在前进，春天过去，炎热的夏天来临了。王霞芳的小本子上写满了密密麻麻的小字。伤员的每一个变化，每一个进展，她都及时向黄桦医生报告。黄桦医生是位工作负责、细心的人。虽然，她把王存柏的手交给了有一定理疗经验的王霞芳，但她并未减轻自己的责任和关怀，每次，她总是细心地听取王霞芳的理疗汇报，反复地琢磨、考虑，怎样确立下一步的治疗内容。每隔一定时期，她就亲自为病人检查、测定。在这些日子里，王霞芳对素不相识的陈中伟医生，也建立了业务上的联系。无论在上下班的路上，在热闹的饭厅里，在长长的走廊上，两个人只要一见面，就要谈王存柏的手。谈手的变化，谈进一步的治疗。有时是陈中伟医生的主动叮嘱："小王，按摩手法可以加重一些了。"有时是王霞芳护士的积极建议："陈医生，我想编一套全身锻炼性体操教王存柏，你看可以吗？"

随着王霞芳记录字数的增加，王存柏的手越来越频繁地出现令人振奋的新情况：

五月三日：据病人自述能初步辨别冷热，手指弯曲度进一步增大；

五月四日：病人情绪很好，胳膊肌肉长得结实，进步很快；

五月二十四日：巨大的进展！在按摩时发现病人患肢上一块皮肤有出汗现象；

……

病情的好转同医务人员内心的喜悦，紧紧交织在一起。在五月三十日那一天下午，王霞芳照例做好了一切准备工作，等待王存柏进来。正两点，王存柏面呈笑容，双手藏在背后走进理疗科。王霞芳不知他玩的什么，说：“把手伸出来！”王存柏猛一下把手伸到前面，王霞芳顿时给愣住了。她接住王存柏的手，惊叫说：“怎么，你洗过啦！”

是的，这是王存柏动手术以来第一次洗手，他把几个月积存的污皮都刮掉了。现在，又是这两只手握在一起了，如果说，还有什么区别的话，那么，除了屈、伸动作的功能上仍有显著不同外，在冷热感觉上完全一致了；至于从外表上看，王存柏的那只手比之王霞芳的就显得更嫩、更白了。王霞芳看着这只每天给予理疗、按摩的手，简直不相信这是一只曾经完全脱离过前臂的手。这当然是一次巨大的喜悦，可是更加巨大的喜悦是在六月十一日的晚上，那天王霞芳在值夜班，刚近七点，王存柏兴冲冲地奔到理疗科，大声叫嚷，说：“小王，告诉你个好消息！我会写字了！”王霞芳一听，跳起来说：“真的？那好嘛！”她急忙从抽屉里找出一张纸来，摊在桌上，这时陈中伟医生也偶然来到这里，听到这个消息，马上拔出身上的钢笔，说：“写写看！”

王存柏看了看陈中伟，又看了看王霞芳，心情十分激动，他想了想，终于提起笔来，在白纸上写着：

毛主席万岁！

中国共产党万岁！

眼望着这几个大字，医生、护士和病人，一齐陷入了兴奋的海洋，大家久久说不出一句话来。虽然，他们三人所处的地位各有不同，但这几个字却那么完美地表达了他们在这个时期中共同的激动心情。

现在，当我们执笔写这份报告的时候，恢复这只手的功能的“战斗”，仍然在继续。“战斗”的形式是多种多样的，除了理疗外，还有各种日常生活的锻炼：使调羹吃饭，拿茶杯饮水，绞毛巾洗澡，系裤带，最近，他在练习打乒乓球上有了显著的进步。当王霞芳第一次在乒乓房里同王存柏较量时，王存柏常常一不小心，就让乒乓板在无力的手指中飞走，不得不败给这位女将，可是隔了半个月后，王存怕已可以轻取王霞芳这位不算太弱的乒乓对手了。

至于热情关怀这个“战斗”，积极支持这个“战斗”的人，那就更多了。这里，除了我们在上面已经提到的陈中伟、黄桦、王霞芳等同志外，还得提一下骨科病房的护士同志们，这些穿着白制服的无名英雄，当王存柏的手遇到严重的肿胀关时，为了配合医生的切开减压治疗，她们曾经穿了隔离衣，戴着隔离帽和口罩，为严格的无菌操作，献出了无穷的智慧和力量，现在，她们在配合加速恢复手的功能的“战斗”中，仍然坚守在前哨的阵地上。日日夜夜，她们轮班守候在病房里，关心着王存柏的一举一动。有时在夜里，一发现王存柏被创口剧烈的阵痛闹得睡不着觉，她们就不安地紧张起来，而当听到王存柏熟睡的鼾声时，她们比获得了什么珍贵的东西还高兴。她们是阵前的侦察兵，时刻注意着病人的胃口、情绪、脉搏、血压、呼吸、体温……不放过每一个微小的变化。一发现情况，就严密注意，报告医生。而同时，她们又想出了各种聪明的办法，帮助王存柏的手进行锻炼。有人教会了他结复杂花纹的毛线，有人动员他每天抄写黑板报稿子。医院的党政领导同志，也以巨大的关怀关心着王存柏的手，他们听医生汇报，亲自下病房来了解情况，专门添置活动手功能的特制器械。而特别令人感动和鼓舞的，是我们上海市和中央有关部门的首长：卫生部的副部长钱信忠、崔义田，中共上海市委书记处候补书记石西民，以及中共上海市委教育卫生部等负责同志，也都从繁忙的工作中，抽出时间来医院探望慰问。亲切的关怀，热情的鼓励，殷切的期望，无限的照顾，深深地激动着这位年轻的工人。他实在没有更好的语言来表达自己的心情，除了不断地在本子上写下感谢党、感谢毛主席的心里话外，就主动配合医生治疗，好让自己早一天投入祖国社会主义建设的洪流中去。每天清早，做完体操，他就举起铅制的举重器，一下、二下、三下、四下地练。现在他的举重器，已由三公斤增加到了五公斤；举重的次数，也由一二十次增加到四十二次。有一次，当他正举起一件六公斤的举重器时，摄影师钮廷根马上把这个动人的镜头拍了下来。几个月前，也是这位摄影师，曾经在紧张的手术台边，拍摄过断肢的第一张照片，谁会想到在几个月以后，这第一张照片右边的那只完全被截断的手，竟会这么有力地又举起这样重的物件！

现在，作为生活需要来说，王存柏的右手可以说是复活了，当然，要参加火热的社会主义建设，还得需要一个恢复的时期。但是可以想见，不要多久，我们将在工厂里重新看到王存柏的身影，将会重新看到这只劳动的手给国家创造财富。

现在，出席过中央卫生部授奖大会的人，都已亲眼看见过，王存柏的那只再植的手，已经复活过来，不久又将投入为社会主义建设的劳动了，这自然是件天大的喜事。由于断手复活而发生的影响，也扩大到广大社会的各个方面。还在中央卫生部授予上海市第六人民医院的医务人员奖励之前，也就是八月五日，上海市卫生局和中华医学会上海分会，便请陈中伟、钱允庆两位医师作了学术报告，报告他们在断手再植上的经验和体会。第二天，上海市卫生局发出通知，通知所属单位，普遍地学习第六人民医院断手再植的先进事例和先进思想。在北京，则是八月十二日，所有主要的外科骨科专家如孟继懋、王桂生、陈景云等都参加了座谈，讨论上海市第六人民医院的先进经验。而参加八月十三日中央卫生部授奖大会的，全国除开西藏以外，就是远在极北的黑龙江、西北的新疆、南方的广东、西方的四川，都派来了他们的代表。他们除开参加授奖典礼，就是想要亲自来上海取经，把这次断手再植的先进思想和先进经验带回去。因此都先后参观和访问了上海市第六人民医院。最近，中央卫生部又把这个伟大的创举、光辉的范例，通知全国各省、自治区、市的医务单位，要它们从思想上技术上好好地学习，因为这不但有科学的意义，而且还有重大的政治意义。

也是在上海《解放日报》于八月六日发表断手再植成功的那一

天，浙江省宁波的一个医院里，来了一个断手却没有完全断离的病人，医生们已经决定，依照普通的传统惯例，要给病人进行截肢手术；但是第二天打开上一天的上海《解放日报》一看，他们就不能不把截肢手术临时停顿下来。他们觉得：昨天那样的决定是毫无可以非议的，然而要是今天仍然这样做，那就成为犯罪的行为，是对不起劳动人民的手，也对不起社会主义的建设事业了。于是他们一面把病人送来上海市第六人民医院，一面就在这个病人的治疗过程中，学习别人的先进经验。从此可以断定，过去那种随便给病人截肢的做法，行将成为不合法的行为，或者不文明的行为，因而促使全国医务人员在技术上在思想上大大地提高一步。

也就在这次断手再植成功的消息发表以后，不知多少老工人，痛苦地回忆起他们在旧社会里的所见所闻，或者亲自遭到的苦难。就是和王存柏在同一个工厂，又是同一个车间工作的老工人王茂林，他就曾经亲眼看见过他的一位师兄，斩断手臂以后，资本家不但不给他医治，还停了他的生意，把他一脚踢出了厂门。但是岁月流逝，他已经把这些往事淡忘了，如今由于王存柏的断手复活，使他把今昔的事例串联起来，因而更加觉得旧社会的苦涩和新社会的甜蜜。也是上海的一家叫作永福源的铰链厂里，八位当年的童工，知道了王存柏的事情以后，也联名写信给《解放日报》编辑部，诉说他们当年都轧断过手指，而当时老板娘给他们医治的方法，却是叫他们跪在她的佛堂里，用一把又锈又脏的剪刀，把还连着筋肉没有完全断离的手指剪下来，然后用一把香灰来止血。因此他们这八个人，如今都是缺少手指的过来人，都怀着对旧社会的切齿仇恨。另一个青年工人，还为他缺了一条腿的父亲向报馆诉苦。说是那条腿本来可以用一千元伪币医好的，但是截腿却只要三百元就够，于是当时的资本家就用三百元给他截了腿，因而使得他父亲永远成为一个残疾人。在这样的一番对比之后，自然是增加了对旧社会之恨和新社会的爱，工人们的生产情绪自然高涨起来，用他们各人自己的手，为社会主义创造更多的财富。因此，王存柏那个工厂里的一位青年工人王光异下了个结论说：“断手自然是接在王存柏的身上，但同时也接在我们每个工人的身上，因为我们也用手劳动得更加起劲了。”这话是千真万确地出自工人心肺里的话。

在上海市第六人民医院里，上自院长，下至勤杂人员，他们却尝到了另一种甜头，那就是互相协作的甜头。他们确确实实地感觉到，在王存柏断手再植的工作中，每一个细小的环节，都是十分重要的。假使没有生产小组长倪国祥把王存柏的手高高地扶着不让它流血，假使没有老工人王茂林把断手搁在三轮车上带来，假使三轮车工人踏车踏得不快，假使岗警把绿灯慢慢地开启，假使急诊室照常规找寻医生，假使医生没有断手再植的思想、感情和决心，假使党支部没有坚决地支持，假使没有高超的接血管的技术，假使护士长没有想出塑料管改造的办法，假使没有切肤消肿的坚决措施，假使没有严密的病室消毒，假使没有不断的病后理疗，都可以影响到治疗的时间、治疗的条件，甚至有关治疗的决策。这正如一副整洁无瑕的玉环、一条细微的裂痕，就可以使得整副玉环解体。反转来说，这一副完好的玉环，也就是每一个物质细胞所积累而成的整体，缺少其中任何一个细胞，便会影响到它的整体。由于这样一个实际经验，使得上海市第六人民医院的所有医务人员，亲身体会到他们只是一个整体——主要的医治人员，缺少不了他们的助手，而助手有时也可以起到至关重要的决定性作用。就为这个缘故，在这次断手再植工作中起重要作用的骨科主治医师陈中伟，除开感谢党对他的培养、支持，和同人的协作以外，几次三番提起护送王存柏到医院来的工人倪国祥和三轮车工人，以及送来断手的老工人王茂林，和为王存柏急速打开绿灯的交通岗警，因为他们对于医务人员的成功，都起了巨大作用。

归根来说，这就是我们的社会制度优越性的集中表现，而我国人民对社会主义建设的崇高的思想感情也都可以从这一事件中清楚地照见出来。然而王存柏的这只手的影响，定然还要扩及中国人民的千千万万双手，不但使断手可以复活，而且还要使无力的手变得有力，有力的手变得更加有力，甚而从人们的心中，产生出无数的具有擎天撼地的威力的手，把我们的社会主义事业，推着挽着，大踏步向前迈进。

原载《上海文学》1963 年第 9 期

一个女炼钢工人

胡万春

炼钢，对我来说，是并不陌生的。当我在宝葫芦般大转炉旁边操作时，当钢水的高温灼得我的脸孔隐隐作痛时，我深深地感到，炼钢工人是不容易当的。但是，在我们上钢三厂的第一转炉车间里，却出了个非常年轻的女炼钢工人。一个男同志当炼钢工人，一点也没有什么可以奇怪的；可是一个女同志，而且是一个只有十九岁的、拖着两条小辫子的姑娘，那就有令人惊奇的可能了。我就是怀着惊奇的心情，在十一月七日下了班以后，特地去拜访了这位女炼钢工人。

走进转炉车间，转炉正轰轰地吼叫着，从那大大的炉口里，喷射出灿烂的火花。三号炉正在出钢，把车间染得红红的，一股热空气，直向人们的脸上扑来。正在这个时候，值班调度员对我说："喂！'四百斤'来了！"接着，我看见一个个子矮矮的，却异常壮实的青年炼钢工人向我走来。当他走近时，我才发觉这位"四百斤"是个姑娘，不是他，是她呀！她大方地握住了我的手，说："你找我吗？我就是王玉含！"

从她身上，我没有找到那两根小辫子，她把惹人注意的小辫子藏到帽子里去了。她戴的帽子和我戴的完全一样，帽子的舌头上有两个孔，孔里有蓝色的看火玻璃。但她在帽檐上，又挂了一副蓝色的看火眼镜，可想而知，她还是炼钢一助手呢。

当我和王玉含一起走出车间时，就随便地谈了起来。她是一个倔强的姑娘，爱和男同志要强。她在初中毕业时，还只有十五岁。当时，她还没有选定自己的职业，一会儿想当飞行员，一会儿想当航海家。可她的母亲又要她去当医生和护士。她就像往篮子里拣苹果，拣来拣去，不知拣哪一个好。当时，学校里的团组织号召：“青年人应该热爱劳动，不怕苦，不怕累，服从祖国的需要。”此时王玉含已是个共青团员了。在投考中等技术学校时，女同学大都去投考师范、医科……就是没有去投考冶金的。在冶金这一科中，更没有人敢选炼钢这一门。可王玉含却偏偏去投考炼钢这一门，当时有三个女同学和她一起考上了。于是，男同学们就说开了：“说说容易，到了那个时候，受不了，悔之晚矣！唯一的办法就是哭鼻子，活该！”王玉含说：“走着瞧吧！”为了服从祖国需要，也为了她那要强，她选定了炼钢这一门。

就这样，王玉含考上了重庆钢校。在学习中，为了将来能承担体力劳动，她特别注意体育。当时，学校的操场上搞了个假的炼钢炉门，是用木头搭出来的。大家拿着煤锹，铲着沉重的石头，往假的炉门里投料，好多人投不进去，王玉含也不行。于是，她每天天不亮就起身，挥动煤锹，往炉门里加料。日子一久，她能一口气铲四五十锹石头轻松地投进木头的炉门里，得到了班主任的称赞，说：“王玉含将来一定能当一个很好的炼钢能手！”

一九五七年，王玉含毕业后，就被分配到上钢三厂来了。因为人们很少听说过女同志当炼钢工人的，所以把她分配在办公室里工作。但王玉含几次三番地要求到炉前去炼钢。她说：“我一定要当一个炼钢工人！”但有人劝她：“算了吧！你上炉子三天就会摇头叹气的，这不是女同志干的活。”看来，她的发展前途只是当一个技术员。但王玉含暗暗抱定决心，一定要上炉前。她不间断地加紧锻炼体格，当了厂的篮球队队长。业余时间，她就搞团的体育工作。在多次的比赛中，她得了奖。篮球、田径、手榴弹、木马，样样行，她获得了三级运动员的光荣称号。

她的坚毅的精神、刻苦锻炼的态度，使有些同志感动了。有一次，冯厂长问她："小王，你想不想当炼钢工人？"王玉含高兴地说："想！想好久了！"厂长笑了，说："不怕苦吗？"她说："共青团员是不怕苦的。"厂长用手指着她，认真地说："可不许你打退堂鼓呵！"她说："厂长，我保证！"没多久，党总支书记也勉励她，终于让她到炉前去工作了。当时，王玉含高兴得不知怎么是好，一夜没睡着。

王玉含到炉前工作时，好多人都是抱着怀疑的态度看她的，人们的心里总脱不开："女同志真的能行吗？"所以，王玉含到了炉前，炼钢工人们都好心地、爱护地照顾她，不让她干重活。王玉含呢，心里也急着要动手干，可是一看到炉口喷出来的火花落下来，就吓得往旁边躲。有些人就说了："看吧，不说别的，女同志的胆子就比男同志小，到底是不行哪！"王玉含很难受，连饭也吃不下。她想："难道真的'回汤'吗？不行，一百个不行，要坚持。"于是她就抢着干工作，有时甚至是带着要求的眼色，向人讨工作做，好像说："你就让我试一试吧！？"

有一次，王玉含就扛石灰了。炼一炉钢，要扛四五箩石灰，造双渣，得十箩石灰。每一箩有一百公斤重。当王玉含把扛棒往自己肩上放时，旁边的炼钢工人都为她捏一把汗，好像说："一百公斤，市斤有二百斤重呢！一个女同志，怎么行？"可王玉含居然扛了起来，而且很轻快地打到了平板车上。一口气扛了五箩。炉长看到这情况，对旁人说："别轻看她，她可真有两下子呢！"可到了夜里，王玉含的肩膀又痛又肿，她向自己说："坚持到底，到底……要炼钢，先要炼人。我不能变渣子，一定得把自己炼成钢……"在最困难时，她还看了奥斯特洛夫斯基的《钢铁是怎样炼成的》。她坚持下来了。从这开始，人们对她的看法有些改变了。有一个工人说："我还以为她是林黛玉呢！想不到却是个'二百斤'！"于是大家开玩笑叫她"二百斤"。这天扛合金时，有一个青年小伙子说："小王，这可不行了吧？"原来一箩合金有二百公斤重。她想："不扛吗？那可让人看死了，一定会说：'到底和男同志比不来！'不，一定得试一下！"她用力一挺，居然扛起了四百市斤重的合金，一直扛到堆放的地方。这一下，大家都说开了："她真不含糊哪，能扛四百斤呢！"从这以后，王玉含得了个外号，叫作"四百斤"。

后来，大家都不把她当作外人，什么活都让她干了。她能用煤锹投料，而且挥动起来很轻松。她也能和大家一样，爬到炉坑下面去清渣。没有多久，她就不再怕火花，也不再怕高温了。她担任了炉前的繁重的操作。

有一次，炉长让她做二助手的工作，要她在出钢前取钢样。呼呼喷着火焰的炉子倾斜了下来，沸腾的钢水烤得人的衣服也冒烟了。王玉含拿着沉重的样瓢，伸进了炉口。高温烤着她的脸，像针刺般的痛。她忍着，坚决地把样子取了出来。可是当她把样瓢里的样子倒在模子里时，不是钢水，却是渣子。这也引来了大家一阵哄笑，说："你还不行哪！"

可是炉长却安慰她说："不要怕，下次再来。如果你能把钢样取出来，就跨前一步了。"

于是，王玉含不断地抢着取钢样，终于把钢水取了出来。炉长高兴地说："好极了！"

可王玉含呢，耳朵已被高温烫焦了，每天脱着皮。面孔呢，已经紫红色了。有一次，她拿着镜子照照自己的脸，发现自己变了，皮肤粗糙了，红了，而且耳朵烫得更难看。人们习惯地说："炼钢工人的鼻子是红的！"她想到自己也快变成"红鼻子"了，不觉难受起来。

年轻轻的、只有十九岁的姑娘，当然是爱好漂亮的，也难怪她要难过。她的思想斗争很激烈，干下去呢，还是不干？她好多天问着自己。那天，党总支书记看见她，说："小王，你变得像真的炼钢工人了，愈加漂亮了。要坚持哪，可不能三心二意！"车间里的工人们和她也更接近了，都把她当作自己人。而且，她从来也没有听到有人说她难看的，都说她比以前健康和好看了。这时，她才发觉自己的审美观点有问题，重新用镜子照照，她再也不觉得自己难看了。她克服了个人主义的想法。觉得自己在为钢而战，千千万万的人都在忘我地劳动，自己反而想难看好看，多么见不得人呀！思想通了，人也轻松了。实际上，耳朵和脸孔烫起疱，这只是一般的现象。因为皮肤不习惯高温，才起疱的。日子一久，再也不起疱了。而且，哪里有炼钢工人每天把脸烫起疱的呢？

王玉含暗自好笑起来，想想自己当初怕变成"红鼻子"是多么可笑。现在，她的鼻子和普通人完全一样，只是皮肤红了些，算得了啥呢？

后来，王玉含就担任了一助手。

一助手事实上是副炉长的职务，她掌握着炉子和钢的命运，负责摇炉，得会看火焰，掌握造渣、熔渣的情况。

原来的摇炉赵玉明，是一个二十三岁的青年炼钢工人。在学习过程中，他总是细心地教她，当她在摇炉时，赵玉明就把住她的手，一面告诉她摇炉的角度，一面告诉她炉内的情况。日久以后，她就知道看火焰，从各种不同的火焰的颜色中，她能判断炉内的熔炼情况了。终于她在赵玉明的帮助下，炼出了第一炉独立操作的钢水，而且是一炉甲类钢。当钢水像瀑布似的涌出炉口，奔向盛钢桶时，她的眼睛里闪动着微动的泪花。她悄悄地对赵玉明说："现在，我们女孩子也可以炼钢啦！感谢党的培养，要不是党和同志们帮助，哪有今天？"

原载《解放日报》1958年11月15日

向秀丽

房树民　黄际昌

一

一九三七年的秋天。

抗日战争爆发了。中国共产党领导下的工农红军，为了挽救中华民族的危亡，分别改编为八路军、新四军，挺进到抗日的最前线，英勇杀敌。但是，国民党碰上日本帝国主义疯狂进攻，却惊慌失措，节节向内地败退。不久，贴着膏药旗的日本飞机，便轰炸了珠江沿岸。

广州是一片凄惨的景象。飞机轰轰地在天上飞过，炸弹把建筑物掀到空中，卷起漫天漫地的烟尘。警笛的惊心动魄的怪叫声，已经断续地叫了一夜了。在越秀山附近偏僻小巷的一间又暗又湿的贫民房里，向秀丽的母亲，一夜也没有合眼。六个小孩子都瘦得皮包骨头，挤在一起，黑黑的夜晚，不断从天上传来飞机恶毒的吼声，掺和着街上逃难人们的惨叫声，吓得孩子们都早已不敢动了。母亲小心地从门口走进来，孩子们“妈呀妈呀”叫着搂住她，再也不放手。向秀丽这时才五岁，她抱住妈妈的脖子说：

“妈，妈，害怕……”

妈妈低声说：“妈妈给你们看门，它不敢来的。不怕，不怕。”

“死人日本鬼！”向秀丽扑在妈妈的怀里，最近几天，她已经懂得这样骂了。

这就是向秀丽的家。阶级的压迫和民族的压迫，一起向穷人的身上无情地盖下来。父亲向裕德为了维持一家人沉重的生活负担，早已到乐昌县一家商店里给人家做工去了。母亲为了减轻负担，虽然曾经忍泪打过两胎，也仍然还有一个孩子饿死。现在，摆在面前这饥饿和恐怖交加的日子，叫她怎么过呢？

傍晚，连最后剩下的几家街坊也逃难走了。母亲想了想，把孩子们领在一起，说：

“锅里早没米了，飞机又炸，这儿不能再过下去。咱们逃往乡下去谋一条生路吧。”

她领着孩子们到肇庆县。举目无亲，她只好领着孩子们住到城外一座破烂的祠堂里。晚间，山风一过，这里冷森森的。

苦日子煎熬着穷人。向秀丽的父亲忍饥茹苦攒下的一点钱，从乐昌给她们母女寄来，但那能顶什么用呢？孩子们饿得实在不成，到田里去捡稻穗，长工看孩子们实在可怜，背着地主的面给她们多丢下几个。向秀丽看着街上一个大嫂香喷喷地吃着饭，她怔住了。当她的姐姐拉她的时候，她才回家来。她对母亲说：

“妈，咱们什么时候才能吃上大碗饭啊？”

“什么大碗饭？”母亲不明白地问。

这时候，姐姐才笑着把她看人家吃饭看呆了的样子一五一十地对妈讲了。妈心疼地看了向秀丽一眼，又深深叹口气，然后，教训着孩子们：

“听话！往后不能看人家吃饭。自己好好干活，往后会有大碗饭吃的。”

向秀丽羞得脸红了。母亲的这句话，一直深深地记在向秀丽的心里，直到她长大。

冬天来了。白天，孩子们在母亲的周围，又冻又饿，但她们挤在一起，也还感到温暖。晚间，住在这阴冷的祠堂里，就有些害怕，肚子也开始饿得抽筋，孩子们呜咽了。

这时候，村子里一个贫农，叫容盛的，发觉到这里住着一户穷人，便把自己家仅有的一罐米分一点给他们吃。并让他们搬到自己那半间牛棚里去住。

“这苦日子真难熬啊，拉扯这么多的孩子真作难。”容盛可怜着他们说：“搬到村子里好歹要暖一些的。你们只要不嫌棚子破漏，不嫌气味就搬来吧。”

向秀丽的母亲感激地说：

“穷人知道穷人心，只要搬出这阴曹地府的祠堂，我们还嫌什么呢？”

自此，牛棚就是向秀丽的家。

日本帝国主义的铁蹄践踏在中国的领土上。中国共产党采取民族统一战线的主张，积极发动全国人民打击日本帝国主义。国民党反动派却一面搞摩擦，阴谋发动内战，一面害怕日本帝国主义。在民族存亡的关头，他们早已不知跑到哪里躲藏去了。这时候，敌占区人民陷在水深火热之中。日本帝国主义所到之处，人民除了遭受轰炸、蹂躏和残酷的压迫之外，还要受封建地主的残酷剥削。遇到坏年景，劳动人民更是穷苦潦倒，直不起腰来。这对于招呼着几个孩子的向秀丽的母亲，更是严重的打击。

向秀丽在这样苦难的年月中，长到九岁了。

向秀丽的父亲从乐昌寄来的几个钱，还是在信封里装着的时候，就被当地的恶霸地主摸出来，不顾别人死活，掖到自己的腰里去。然后把信撕得粉碎，散布谣言说：乐昌县被炸，向秀丽的爸爸可能碰上了炸弹……

恶霸散布完谣言就走了。向秀丽的母亲几乎被这突然得到的痛苦

“消息”折磨倒！有钱有势的坏蛋还要造这样的罪孽啊！就这样，两边不见日头，——向秀丽的父亲因为得不到家里的回信，不知道妻子儿女的下落，以后就断了联系。经过很长时间，才又得到信息。

从此，他们生活就更加艰难了。

每天吃着稀粥谷糠。地里的芋头根子也不好捡了。这日子实在再也熬不下去。容盛给了几次米，后来，连他自己也实在饿得没办法。他同情地叹息着，给向秀丽的母亲想了一条路子：

“你的孩子多，寄养出一个去吧。给了好人家，也许不会受罪的。”

向秀丽的母亲吓得哆嗦起来，她说：

“我不能把孩子给人哪！”

可是眼前又有什么办法呢？她这样想那样想，实在没有路子可走，她就决定听容盛的话。她看着面前一个比一个矮的孩子，眼圈红了。她更多的时候是把眼睛停放在向秀丽的身上。

从早上她就没吃饭了。傍晚，向秀丽和姐姐捡芋头根回来，她们很高兴，都希望让妈妈喜欢喜欢，让妈妈多吃几口。不是吗，妈妈这几天来总在发愁。她们悄悄走回家来。啊，母亲为什么眼睛肿了呢？她哭了吗？向秀丽睁大了眼睛，正在发怔的时候，母亲叫道：

“阿丽，到妈的面前来。”

向秀丽过去了。

母亲把她抱在胳膊弯里搂着，还没说出一句话，用手捂住自己的眼睛又沉痛地哭了。

“妈妈，好妈妈，”向秀丽和姐姐安慰着妈妈说，“这是干什么呀，妈妈，不难过。”

孩子们越是安慰她，母亲的心越是疼痛。她下了几次决心，这才强制自己露出笑容，道：

“阿丽，你是妈妈的好孩子，听妈的话吧？”

向秀丽看见今天妈妈的面上不像平常，她的心里早有点慌了，她说：

“妈妈，我听你的话。”

母亲把她搂得更紧说：

“阿丽，好孩子，听妈的话，你就要同妈分开了。你兄弟姐妹多，爸爸又没钱养活咱们一家。好几天也没的下锅了，妈妈不忍看着你们……”

向秀丽还没等妈妈说完，就扯着妈妈的衣角，慌地叫：

“妈妈，妈妈！我怕……你说的是什么呀！要把我给人吗？”

“不！”妈妈流泪说，“你是妈妈的心肝，怎么能把你丢给人呢？妈妈是把你送到别人家去做养女，听妈的话到别人家去，也许还会有顿饱饭吃的。”

向秀丽哇的一声哭倒在妈妈的怀里；一家人都围在一处，哭作一团。

做母亲的，为着孩子能活命，把亲骨肉送到地主家去，希望她至少能够得到一顿饱餐。但是贪得无厌的地主，并不这样对待这条幼小的生灵。地主像是对待所有的丫鬟那样，进门先给向秀丽更名改姓，叫容彩兰。接着，向秀丽的苦役开始了。许多的活计都和她九岁的年龄极不相称：要她担水，两边的水桶都贴到地面；要她煮饭，却够不到比她人还高的锅台，要用脚蹬着凳子才成；老地主的孙子要她来背着，一会哭啦，一会闹啦，都要向她问罪；要她放牛，要她下田……麻脸的地主的儿媳妇，外号叫痘皮婆的，更恶狠，一不高兴，就打过来，骂过去。

“死人痘皮婆！”向秀丽在心里诅咒她。

母女心连心，母亲想有更多的机会去探望女儿。但是，地主翻了脸，一年只让她母女见面两次。母亲从街坊那里，听说女儿在地主家里受着折磨，心里像油煎一样地难受。好容易盼到春天，她去探望女儿了。

“阿丽，”当母亲看过向秀丽，向秀丽又送母亲回去的路上，母亲问道，“他们欺侮你吗？”

“妈，不要担心！”

“我听说痘皮婆净打你！”

“死人痘皮婆！”向秀丽一边说，一边用指头在自己脸上戳呀戳的。她想把话题岔到别的上去。

向秀丽十一岁的那年，有一天，她光着脚板担着两桶水往地主家门走。石门槛高，她正要向门里迈脚，沉重的担子突然往前一耸，她绊倒在地上，只感到右脚一阵剧痛。她捂住自己被石门槛碰得流血的右脚大脚趾。地主却不管她的脚，直骂她不小心，洒了一地的水。

夜里，向秀丽疼得睡不着，她用手捂住脚，倚着墙，轻轻地哭了。

“有什么好哭的！”地主把向秀丽吼了一顿。第二天清早，又赶着她下水田。

向秀丽的脚浸了污水，右脚的大脚趾发炎了，肿得像小拳头。不久，化脓、溃烂，里面生了一丝一丝的小虫。这个十一岁的小女孩，咬住牙硬挺着，苦水咽在肚里，她的心里多么想念亲人，多么想念自己的妈妈呀！可是她又怕，怕地主在这个时候把她赶回家，妈妈看见她这个样子会着急的。

脚烂得有味了。地主婆娘从牛棚里拉出一块木板来，哼了一声：“去！远点去睡吧！”

向秀丽的右脚趾越烂越不像样子，她的身上也肿了，连水、饭都不想进口。地主眼看从她身上榨不出什么油水，一粒米也没给，就把她赶出大门。向秀丽伤势已经很重。走进自己的家门，母亲几乎认不出她的女儿了。向秀丽两腿站不住，扑在母亲的怀里哭了，全家又哭作一团。

母亲千方百计把女儿送到一家病房，医生说，唯一的办法只有动手术。母亲思量一下，只得忍痛答应医生，给阿丽锯去一截烂坏了的脚趾。

向秀丽的脚趾锯掉后，因为穷困，缴不起住院费，被母亲接到家里来养了。

向秀丽全身变得又瘦又黄，身上的浮肿还没消退，脚趾更是刺心的疼痛。母亲给人家编了一天的席，腰都累得直不起来，傍晚，还给向秀丽洗脚敷药。看着那半截脚趾，一边洗一边哭：

“天下穷人受的什么罪啊！阿丽，一辈子也要记在心里！”

“妈妈！我忘不了！”向秀丽说。她为了安慰母亲，强装不痛的样子，微微欠起身子，说：“妈妈，您看我，都会起来了。您歇一会吧，我快好了。”

整天吃的是南瓜稀粥，有什么办法呢？到哪里去借呢？邻居街坊看那孩子病得太苦，有时给她送来一碗干饭。她吃了几口，就背着母亲的面，把碗里的干饭拨在妹妹的碗里，让给妹妹们吃了。

在那样的苦日子里，孩子们都很早就懂事了。他们希望母亲少劳累一点，由他们帮助母亲肩负一些家庭的重担。两个姐姐很辛苦，每天很早就起来替人家把米担过江，再翻过山岭，挣得几个微薄的钱，交给母亲。向秀丽的脚刚刚好，她就向母亲要求：

“让我和姐姐一起去吧。”

“不成，阿丽，你还要养一养身子。”母亲阻止她。

但是向秀丽继续恳求母亲：

“让我去吧，妈妈，我少担一些。”

第二天，天还很昏黑，向秀丽就爬起来了。她早就预备好了一根扁担，跟姐姐在一起，挑着担子，经过一片坎坷不平的菜地，上路了。

向秀丽身子小，又瘦弱，路上不断跌跤，回到家里的时候，满身都是泥水。母亲看着心疼：

“滚成泥猴样了，唉，是怎么跌的呀！”赶忙找件破衫给她换上。

向秀丽闭着嘴一句也不说。

姐姐们笑着告诉妈妈：“她净往前抢路，比我们跑得还快，路上滑溜溜的，有时翻下山坡，还不滚成泥猴？”

“明天我可不放你去了！”母亲说。

“唔，我去，我去！”向秀丽赶忙央求母亲：“妈，我行，我能跟上姐姐，让我去吧。”

母女们，在这样的苦日子里，一天一天地煎熬着。……

一个姓陆的表姨妈，把向秀丽领到和平药厂去做工了。

和平药厂的资本家，以极少的工资在这十三岁的小孩子身上榨取油水。向秀丽每天干活十个小时以上，被指定做最苦的差事。整天，两只手都要泡在药水里洗刷药瓶和器具，她的手皮开裂了。母亲很心疼女儿，不断问长问短。向秀丽总是把手藏起来，从不向母亲吐一个“苦”字，她只说：“妈，不要担心。”

不久，资本家嫌向秀丽年纪小，油水不多，把她解雇，推出了工厂大门。向秀丽空着两手，走回家来……

这就是向秀丽的苦难的童年。

在那天昏地暗的社会里，向秀丽，和她同时代的人民一起，受了民族的和阶级的双重压迫。但也就在这凄风冷雨中，一颗阶级仇恨的种子，开始在这个孩子的心里萌发。

二

向秀丽长到十五岁，又到和平药厂去做工了。

这时，国民党反动派受过英勇的人民解放军几次的歼灭性打击后已经乱阵了。但是，疯狗快死，它越疯狂。整个广州被这些野兽搞得乌烟瘴气，民不聊生。劳动人民日夜眼巴巴地盼望着救星……

一九四九年春，人民解放军百万雄师飞渡长江，挥戈南下，国民党反动派的军队望风披靡。大军先后解放了南京、上海。十月十四日，广州解放了。

向秀丽的父亲、哥哥和姐姐们都有了工作，被饥饿和失业威胁的日子结束了。母亲最高兴，每天早晨，当她把孩子们送出家门，看着他们向工厂里去，她心里是多么欣慰！谁也没有比饱受过苦难煎熬的母亲感受得多啊！不久，她参加街道工作了。她随时都劝导着子女们：

“不要忘本，听毛主席的话。”向秀丽也常常乐滋滋地对别人说：“要不是共产党来了，我家里哪里能过今天这样的好日子！”

一九五〇年六月，万恶的美帝国主义发动了朝鲜战争。刚开始过了好日子的向秀丽全家都很气愤。向秀丽很早就爬起床，告诉母亲：“妈妈，我今天要去参加大游行！”

“去吧！”母亲完全赞成。

向秀丽拿着“反对美帝侵略”的标语旗帜，跟随着示威游行的队伍，热情地呼着口号，直到天黑。

那时候，向秀丽还在和平药厂做包装女工。这个药厂的资本家十分顽固狡猾。这是个只有十几个工人的小厂，厂子里的工作人员，除了向秀丽和另外一个工人外，其余都是资本家的亲戚，和资本家都有“五同”关系。资本家一心想要把工人圈在他的大门里，阻挠他们接受党的教育和新鲜事物。人们管这个药厂叫作“高家祠堂”。

不久，周围的其他几个厂都成立工会了。资本家迫于形势，便想出狡猾办法混淆工人群众的视听。一面诬蔑“工会只收会费，不办事”，一面假惺惺地把他的小老婆也拖出去“申请”入会。这就使得向秀丽和其他工人们对当时工会的性质，有了模糊的看法。

但是，中共党区委派出的工作队来到厂里，要在和平药厂把工人发动起来。他们首先找到向秀丽，及时地给她讲清了工会的性质、任务，并且启发她的阶级觉悟，讲述新旧两个社会的对比。向秀丽想起解放前苦难的日子，她暗暗地哭了。她想：共产党解放了我们，我应该积极工作。工会是我们自己的组织，应该参加。于是，她就向工作队的谭文炳同志提出：“谭同志，我要求入会！”

整个的工厂里，这是号角第一声！

向秀丽入会以后，工作同志不断地找她谈话。她原来还是一个在生人面前不爱多话的姑娘，现在她的心里像有一股热流激荡着。她待不住，在工作队的指引下，积极奔走发动群众。这就引起了资本家的惊慌：一向比较沉静的向秀丽，为什么现在这样积极？他又恼又恨。他找到向秀丽，满脸的不高兴，说：

“向秀丽，你入会是你的事，不要带坏别人！”

向秀丽盯住资本家的脸，说：“我入会我的事。可是，我们是工人阶级，我们就是要团结一心的！”

资本家这一恐吓行动失败了。工厂里参加工会的人慢慢越来越多，资本家在这时候更慌了，就想用软的办法来动摇向秀丽。他把向秀丽找去，做出很“关心”的样子，说：

“你这样年轻，太辛苦，会累出肺病的。”

“不怕，什么苦我都吃过。”

资本家慢慢地把他的中心意思露出来：“阿丽，你家里人口多，比较困难，我想给你一些补助，打算给你增加一些工资。你看怎样？”

向秀丽看着风势不对头，就站起来，说：“增加工资，我欢迎；我们工人很辛苦，你增加工资，那是应该的！不过不应该只增加我一份，要全厂工人都增加，如果这样，就增吧！”

当时她还没有完全猜透资本家葫芦里卖的什么药，她马上去找工会主席，经过工会主席帮助分析，她才弄清楚迎面冲来的是一颗“糖衣炮弹”！年轻的向秀丽从此又增多了一份阶级斗争经验。

资本家的丑恶被揭露，嚣张的气焰被打击下去。向秀丽受到工人们的爱戴，被选上了厂里的工会组织委员，不久，又被中区组联选为女工委员。

向秀丽刚刚担任社会工作，经验办法还少，但是她有一颗火热的心。

凡是她认为自己干得了的事，她都默默地去做。有的时候，工会委员会散了会，有人叫她：

“走吧，阿丽。”

她总是笑着打发别人："你先走一步，我待一会就走。"

人家都走完了，她不声不响地在那儿搬搬凳子，擦擦桌子，拾掇得整整齐齐，干干净净。有时为了处理工会的事情，要到深夜才能回家。回到家里，怕打搅母亲，自己悄悄地盛一碗凉饭，用淡茶泡一泡就吃了。

那时，向秀丽在工厂里做包装工，是领计时工资的，由于她经常要请假到外面去搞工作，减少了收入。每月由四十多元减到二十多元。有人劝她打个报告申请补助。向秀丽摇摇头说：

"不！一家人解放前连粥也吃不上，今天能有饱饭吃，不愁冻饿，即使工资再减低些，也比从前强多少倍。"

向秀丽在下工以后，常喜欢找工人家属们去谈心。那时她是组联的委员，要联系的单位有十几个厂，她腿勤，渐渐地和工人家属都搞熟了。谁家的女人叫什么名字，有几个小孩，谁家的女人坐了月子，有什么困难，她都知道。有些小孩一见到她，就叫她"大姐"，嚷着要她抱一抱。

向秀丽见工会主席谭文炳的文化水平也不高，可是很能干，她很羡慕地问谭文炳：

"谭同志，你为什么懂得那么多道理呢？"

谭文炳告诉她：

"我本人并没有什么了不起的地方，就是按照党的指示办事。处处多听党的话，多同群众商量，自己还要多想、多写、多记，多发言、多学习。这样，慢慢就会锻炼出来。"

她睁着一双大眼睛，静静地听着。她逐渐明白：一个人只要肯干，可以为祖国做一些好事情。但，一个人的力量毕竟是有限的，走不远，飞不高，犹如一条条小渠，如果不汇入江河，永远也不会汹涌澎湃，一泻千里。做工作，要紧紧依靠党，依靠群众。

"五反"以后不久，厂里出了一件事情。有一个兼药师的大股东，对党的政策不满，就借故提出无理要求，要工厂添购一批价值几千万元（旧币）的分析天平，全部嵌玻璃板的柚木试验桌等器材，扬言没有这些东西就不能继续生产，并且自行停止配料。当时，几乎使全部生产停顿，工人们愤怒极了。

向秀丽当天就把情况汇报给上级工会。工会领导帮助她分析了情况，给她布置了任务，并且一再强要充分发动工人群众和资本家进行合理的斗争。

向秀丽首先找了几个工会积极分子，面对面地和药师说理。药师却摆出一副瞧不起的样子，不肯老实地认错。于是召开了一次职工大会。

这次大会也允许资本家的女儿和药师的女儿去听。开会了，一些工人发言以后，向秀丽站起来，因为抑制不住激动，脸都涨红了。她说：

"没有那些高贵的器材，厂里就不能进行生产吗？"

向秀丽说完，大家马上就说：

"问得对！"

有人补充道："别的厂没有那些高贵器材，也没关门，一样生产。"

"这药师就是心里不怀好意，想使国家遭受损失。"

"想让咱们失业！"

这时，向秀丽接着说：

"很明显，药师是想仗技术欺我们，我们工人有觉悟，他绝对欺骗不过去！既然没有新器材也一样生产，为什么药师要停止配料？这样下去，影响了生产，影响了我们职工的生活，责任应该由谁负？"

大家一致说：

"药师！"

"药师！大股东！"

这次大会，显示了群众的高度团结，向秀丽全身充满了力量。会后，她向领导上汇报了情况，又去找那药师。这时候药师已从他女儿那里听到职工大会的风声，他自知无理，狡赖不过，所以，当向秀丽第二次找他交涉的时候，他只得说：

“我不对。”

第二天，药师就恢复了工作。

向秀丽就这样，在党的指导下，在工人群众的支持下，积极热情地做着工作。这个本来懂得革命道理不多的女孩子，逐渐在成长着。

一九五三年十一月，党为了培养向秀丽，给了她一个很好的学习机会，把她调到中区工会干部训练班去学习。

向秀丽心里多么感激党啊！她到家里，把这个好消息告诉了母亲。

母亲也乐开了，说：“勤奋地学吧。早先该你读书的时候，家里饿得慌，没钱把你送到学校去。”母亲指着正在上学的妹妹说：“越小的，越赶上了好年月，饿不着，冻不着，有书念，有处玩，整天无忧无虑的，真够福气。”

向秀丽喜得把妹妹搂过来，轻轻摇着说：

“我小时候看人家背书包，羡慕得要死，如今你姐姐也背书包啦。”

向秀丽喜得一夜也没有睡好。第二天早晨天没有亮就爬起来，赶到工会干部训练班报到去了。

编了小组以后，这个小组只有她一个是女同志，年纪又最小。她看看组里那些同志，都是有经验的干部，谈起工作来都有一套。她的心里真羡慕，心想什么时候能够赶上人家呢？入学的第一天，小组里漫谈入学感想时，别人都说完了，她还没发言。有人提：

“该那位姑娘发言了。”

“我叫向秀丽。”向秀丽被“形势”逼得没法，慌地站起来道：“我的心里怪慌……也没有经验。”脸红了。

小组长鼓励说：

“不要紧，讲不好慢慢练嘛。随便谈谈吧。”

向秀丽这才说："这次脱产学习是我生平第一次，真怕学不好，我真怕辜负党，枉食人民米。……完了。"

大家都被向秀丽的诚恳态度所感动。有人问：

"你有什么具体困难吗？"

"有。"向秀丽在自己的同志面前坦白地说："我的文化低，单靠脑记是不行的，可又跟不上记笔记。"

小组里的同志都表示"我们都会帮助你"。

向秀丽在这里晚睡早起。上课时，记不下笔记就用心听，下课后，求别人帮助整好笔记，就连夜钻，把不明白的问题、不认识的字提出来，请同志们帮助。她下了决心：小的时候没机会学习，现在不多下些功夫还等什么时候！

果然，学习班结束的时候，向秀丽受到了学习班的通信表扬。她在小组会上谈结业感想时说：

"今后我一定要更加听党的话，更积极工作，多同群众商量，不害怕批评，如果有畏难自卑情绪出现，就应该回想一下党的组织如何教导自己，自己在这里又说过什么话。"

不久，团区委为了培养她，也批准了她参加青工业余训练班的团课学习。

有次在青工训练班听完了卓娅的故事，回来的路上，静悄悄的，向秀丽和古绮霞一同走着。向秀丽默默地没说话。古绮霞问道：

"阿丽，你在想什么？"

"唔？"向秀丽仿佛没有听到古绮霞在问她。

"想什么问题？"

向秀丽缓缓地问："古仔，真有卓娅这个人吗？"

"怎么没有？她母亲现在还在苏联。"

"卓娅为什么会那么勇敢呢？卓娅被德国鬼子夜里推着在雪地上走，为什么赤着脚一点也不怕冻？"

"你看看《卓娅和舒拉的故事》那本书就会知道，卓娅是个多么坚强的人！”古绮霞说，“卓娅也不是不怕冷，是德国鬼子逼着她，她才这样对付，她眼看祖国被敌人蹂躏得那个样，恨得要命，在敌人面前就什么也不怕了。”

向秀丽被这个女英雄的事迹吸引住了。当天，她就从古绮霞那里借来了《卓娅和舒拉的故事》，连夜地读。

“卓娅，嘿，真了不起，小小年纪就干得这么好！”

接着，她又如饥似渴地读了《把一切献给党》《钢铁是怎样炼成的》等英雄故事。

在这些日子里，向秀丽主动地向熟悉的工友们出话题，她津津有味地向他们讲述一些英雄故事里最难忘的某些情节，她声音朗朗地传播这样一句话：

“自私自利者，好像乌龟在阴沟里爬来爬去，爬不上来……”

向秀丽在党的启示下，愈来愈注意向群众特别向先进人物学习。她常常被许多英雄事迹激动得不能安静。她深深感慨：“我比起他们来真是连百分之一也不如！”同时，她又下了决心，要坚定不移地跟党走，要坚持不懈地向英雄们学习。她在自己的笔记本上写了一段心爱的豪语：不管什么狂风暴雨、山高水险，都要跟着红旗前进，冲破困难！

青年团像一块磁石，紧紧地吸引住向秀丽的心。

在组织的帮助和培养下，向秀丽的思想和工作都有突出的进步。一九五四年十一月二十八日，向秀丽终于光荣地被批准入了团。

向秀丽自从加入青年团以后，她的精神更加焕发了。组织对她的要求也更高。向秀丽的心里很明白：在火热的斗争中，她再不会单枪匹马地冲锋陷阵，而是作为青年团这个光荣的集体的一分子而战斗。她也很明白，自己的进步也是和群众的帮助分不开的。今后，自己用党的思想去影响青年群众，应该是光荣的责任。

向秀丽继续担任基层工会的女工委员。她经常要联系十一个厂子。虽然人们很少发现她在大庭广众中间做报告，但她常常和三五个工人一起，细声细气地交谈，细声细气地讨论职工中当前一些迫切问题。工人们很喜欢向她谈情况。

有些工人称赞她那种文静、沉着的性格，管她叫“滋悠丽！”

她从来也不放过那些“细小”的实际上抓起来又是很有道理的工作。有一次，她听说寿康药厂有一个新进厂的女工，叫谢近，是个刚死了丈夫的寡妇。谢近平时工作积极，思想进步，热心参加社会活动。她很希望参加工会，但是厂里有个别的人小看她：

“你刚来，参加什么？”

谢近的积极性受到了打击，情绪开始低落。向秀丽知道了这个情况后，就马上去找寿康药厂工会的组织委员何大苏，对他说：

“要赶快想办法把谢近的劲头重新鼓起来。”

“好！”何大苏是个直性子。谈完了他马上找到谢近家里去。向谢近劝解一番。折转来又对轻视谢近的工人提了一通意见。他刚刚走开去，又有些落后群众偷偷地指指他的脊背，散播风言风语：

“大苏这小伙子还没有结婚吧？”

“谢近又想找丈夫啦！”

这样，谢近更不敢抬头看人，躲在家里暗暗哭泣。何大苏再也不好意思到谢近家里去。向秀丽心里也着急。下工了，也不休息，就跑到寿康药厂去亲自找到一些爱说闲话的工友。“滋悠丽来啦！”“秀丽同志什么风吹你来？”她和他们亲切地谈到生活和工作，然后把话题引过来说：

“咱们工人，过去都是受压迫的人。现在在党领导下应该互相关心才对。咱们内部不团结，伤和气，谁乐呢？还不是资本家吗？谁吃亏呢？还不是咱们工人自己吗？”爱说风凉话的人从此也不好意思再说了。向秀丽转回头来又找何大苏，何大苏一肚子不高兴：“阿丽，你还要我去受冤枉气？”向秀丽轻声劝他：“老何，怕困难了？要搞工作，哪个人前人后不听点意见。真金不怕火炼，好歹总会弄个明白。何况对那些多嘴多舌的人我已做了些工作了。”大苏气顺了，秀丽接着说："你如果能够把谢近的劲头发动起来，我们工作就增加了新的力量。"

何大苏又来到谢近的家。他诚恳地说清来意，并且劝她主动帮助有困难的工友缝缝补补，相互多熟悉。果然不久，大家都了解了谢近，谢近也加入了工会，工作和社会活动都是活跃分子。大家团结得很好。

工人们都喜欢向秀丽。厂里资本家却一直把她看成"眼中钉"。总要暗地里对她搞一些鬼蜮伎俩。

厂里有个叫卢志年的，曾经参加过国民党，解放后一直对新社会抱着不满情绪。后来因为政治问题被政府依法扣押，经过教育释放出来。他回到厂里，找资本家说，扣押两个月，要补发两个月的工资。资本家正乐得这么一个好机会，趁势往工会那里一推说道：

"老兄何妨先去找向秀丽谈谈，如果他们工会同意，我当然可以发啰。"

他心里很清楚：工会是不会答应卢志年无理要求的，这样，卢志年势必和工会吵起来，他好看热闹。

卢志年真的找向秀丽来了。见面就摆出一副"讨债"的铁青脸说："补工资！"

"你要补工资？"向秀丽冷冷地看他一眼。

"对啦！"卢志年恬不知耻地说。

"你说说是为什么被扣的？"向秀丽又紧接着问一句。

卢志年找不出理由回答，就要无赖："我要，为什么不给？"

向秀丽严肃地质问他："你被政府逮捕了两个月里，为工厂干活没有？"

卢志年又被问得结结巴巴答不上来，就又要起了流氓，他擂着台子。

向秀丽目光炯炯地逼视着他，坚定地回答他：

"你不要再来这一套！你是怎样的一个人，我们清清楚楚，你当然不应该领这份钱！”

卢志年哪里想到，会在这个斯文模样的女孩子面前碰了个硬钉子！他只好斜着肩膀，拖着鞋走了。资本家原来等着瞧热闹的，结果，反而挨了一闷棍。

三

一九五五年七月，毛主席作了《关于农业合作化问题》报告以后，全国广大农村掀起了一个波澜壮阔的农业合作化运动，接着，全国范围内，私营工商业的社会主义改造工作也跨进一个崭新的阶段。广州市也沸腾起来了，大街小巷到处锣鼓喧天，布扎的狮子在爆竹硝烟中欢舞，报喜队把合营申请书送到区委会、市委会去……

向秀丽被调到何济公制药厂来当包装工了。这里，公私合营后，党领导开展一个学先进的运动。包装车间也开展了学习先进工作方法的热潮。开始，有的姊妹学习热情还不高，向秀丽就去劝她们：

“阿姊，你怎么不热心学习新包装法呢？”

一个女工说：“我的手脚笨。”

另一个也说出心里话来：“我怕刚学新技术，不熟练会减产，减少收入。”

有的人被向秀丽说服了，也有的人还抱着观望的态度。向秀丽下决心自己带头学习！

但是，向秀丽尽管下着十二分的努力去学习，她的生产指标也在下降。每天，别的工人都像平常一样，安然无恙地下工，走回家去；向秀丽却是坐在工作台前忙得满头大汗。

车间里，个别的工友讥笑向秀丽了。有的俏皮的姑娘，偷偷地瞟了向秀丽一眼，就小声地对邻旁说道：“幸亏我没……”

向秀丽没有就此罢休。她的心里没有别的，只有一个“党”字。她坚信党的号召一定是正确的，她多么希望合营后的工厂生产突飞猛进啊！于是，她夜以继日地苦学。经过不长的一段时间，向秀丽的包装量终于超过了原来的生产水平，而且产量在明显地上升。工友们把注意力都集中到她的身上；爱说俏皮话的，现在心里也不得不赞许。

向秀丽把先进经验都传授给工友。她经常在晚上收工后，还留下来主动地帮助别的工友学习先进的工作方法。

好些人说，女工委员净做些婆婆妈妈的麻烦事。她不同意这种看法，可是心里也有个疙瘩：天下最难开好的会恐怕要算家属会了，你把喉咙喊哑，你千叮万嘱，结果还是来得稀稀拉拉，会开得松松散散的。她为这苦恼，工会其他委员也有点伤脑筋。

她深入家属中摸底，把这个疙瘩向群众"摊牌"了，她终于兴致勃勃地跑回来。说：

"工会主席！最好把开家属会议的时间挪一挪？"

"为什么？"工会主席问。

"据我了解，大部分家属都是下午一点至三点有些工夫。这段时间开会比较合适。抽别的时候，各忙各的家务，除了一些负担不重的姐妹能来，大部分人都没空。"

工会主席答应了，向秀丽忽然又提出个新问题："有个要求：批点经费买玩具。"

"什么？"工会主席吃一惊："阿丽，你越来越变成小孩啦。"

"不！"她忍不住笑出声来，"以前家属会开得松散，有个原因：娃娃到会净哭净闹，扰得大人心神不安。我想做些玩具，哄哄小孩。"

工会主席这才弄明白了。

从此，再开家属会，来人踊跃了。家长们在一边开会，娃娃们被两个"保姆"领在一边玩玩具，拉屎拉尿都不用家长操心了。家属会议质量提高了，工会工作更好地得到家属们的支持。

也有人称赞她："阿丽工作做得真精细，做出花来了。"她只微微一笑。

在这些日子里，她常常向工友提起那心爱的故事。她追述着：

“……当卓娅入团的时候，区委书记把窗帘拉开了，问卓娅看见什么没有。然后他指着天上的星星，提醒卓娅：‘你记住：生活里一切大的和好的东西，全是由小的、不显眼的东西累积起来的。她这样要求自己也这样鼓励别人。’”

向秀丽和崔俊锡结了婚。他们生了一个又白又胖的儿子。家庭乐趣更浓了。向秀丽最喜欢把孩子抱在怀里，亲一亲他那亮晶晶的大眼睛，捏捏那对大脚趾，孩子啊，再也不会像你妈妈那样受罪了……

孩子长到一岁了。有时候他在地上追逐一只花皮球，爬一阵，又望大人嚷一阵：“妈妈，妈妈！”向秀丽对着丈夫痴痴地笑。丈夫是个火车副司机，经常在外边跑车，能有这么一个假日，两人一起看着孩子滚着爬着，她是多么惬意啊！

有了孩子以后，家务事多了。向秀丽生怕婆婆受累，她回到家里，总是招呼孩子：“来妈这边，让奶奶歇一歇！”洗衣服做饭，她都揽着做，从来也不粗声粗气地说话，一家人相处得十分和睦。崔俊锡有时从外地带点好菜回家，她总是让给婆婆和孩子吃，自己带点干咸菜上工厂吃饭。知心工友一再劝她；“该吃还是吃一点。”她说；“家里老的老，小的小，我少吃一点，他们就可以多吃几口。”

她很爱她的丈夫。她经常鼓励他做一个“毛泽东时代的英雄司机”，不要计较个人得失。有一次，崔俊锡向她流露了点苦闷情绪：“唉，整天东奔西跑的，俩人不能常待在一块儿！”

“阿崔，我也想过这件事。你又不能把你老婆拉上机车一块开火车呀！”她把丈夫逗乐了，接着，她就严肃地说：“我那份包装工作，总得要人做。你那火车总是要人开，你不去别人也不去，谁去呢？”

崔俊锡默默地同意了妻子的意见。此后，他就欢欢喜喜地走回家来，欢欢喜喜地驾着列车奔向远方了。

一九五八年，党和毛主席领导全国人民，掀起了“大跃进”高潮。何济公制药厂也卷入“大跃进”的浪涛中，厂里的党组织向全体职工提出苦战一年改变企业面貌的号召，职工们干劲冲天，厂里接连试制成功几十种新产品，其中有一种叫作“甲基硫氧嘧啶”的新产品，要立即投入生产。党为了培养新生力量，把向秀丽从包装车间调到了“甲基”小组去。本来在配制“甲基硫氧嘧啶”的过程中，需要用金属钠，这是一种烈性的爆炸物，稍一失慎，就容易发生危险。有些人怕沾边。向秀丽清楚，党把她派去做这件崭新的复杂的工作，是党对她的信任，也是对她的策励和培养。她不顾有些人“好心”的劝阻，兴致勃勃地踏上了新的岗位。

复杂的化学反应式，一下使她的头脑发晕了。向秀丽只读过工人业余夜校，只有高小文化水平，怎么能啃下来这些生疏的东西呢？

党的组织一发现她产生苦闷情绪，马上派了人找她谈话，鼓励她，并且确定一位姓黄的老师傅来具体帮助她。

她反复思考着党的教导，努力说服自己：

“国家正做着前人没有做过的事业，怎么会没有困难呢？”

“阿丽，不懂就学！”

“一定要把困难打倒！”

向秀丽下定了决心，她是一定会学会的！

黄师傅平常有点子急躁情绪。向秀丽担心，一遍一遍地老问他，好不好呢？但是强烈的责任心促使她大胆地提出请求：

“黄师傅，这点我没搞清，等一等，让我想想。”

“你记不住吗？”黄师傅问她。

“现在我记不住，慢慢我就一定能记住！”向秀丽下着决心说。

师傅听了她的话，很受感动。在记笔记的过程中，许多符号，向秀丽都是初次和它们接触。黄师傅一遍一遍耐心地给她讲着，她也还是跟记不上。向秀丽真苦恼，实在难得不行，她便坦白地对师傅说：

“黄师傅，我做笔记有困难。”

黄师傅说：“有困难我再慢慢地给你讲。可是你一定要记笔记，多用脑筋，才记得牢靠。”

“好。”向秀丽牢牢地记住师傅的话。

在大跃进年头里，她白天生产，晚上从厂里回家以后，还是打起精神，抓紧时间来读笔记。

儿子又搅她了："妈，妈……"

向秀丽笑着，走过去亲了亲儿子。然后温和地请求婆婆：

"妈，我还要学习。请您先哄着他睡吧。"

婆婆和小孩子都先睡了。

夜多静啊，微风轻轻地从窗口吹进来，向秀丽的全部心神都贯注在笔记本里，一遍一遍仔细地读着，把不懂的地方都记下来，准备第二天再去请教师傅。夜深了。她怕婆婆发现她没睡，就用背挡住了灯光。有时婆婆还是半夜醒过来，关心地问她：

"阿丽，你真是不要命了吗？你怎么还不睡？"

向秀丽从来不说谎话的，现在为了使婆婆安心，她只好笑笑说：

"妈，我已经睡醒一觉了。"

婆婆很心疼地劝她：

"你的身体慢慢要熬瘦的，阿丽，你还不如回到包装车间去做工，倒轻松。"

向秀丽听见婆婆这样说，她便耐心地劝：

"妈妈，党信任我才派我去的，我们还说这样的话，多不好。革命工作是不能挑肥拣瘦的。党叫我做什么，我就做什么。"

她吃力地向一个技术高坡爬去。经过一个月的苦攻，终于基本掌握了"甲基"全部操作规程。接着，向秀丽又毫不保留地帮助新来的青年工人罗秀明，把这项新技术学会了。

向秀丽并不以此为满足。她还要学更多的东西。她看见黄师傅用硫化钙液试制硫脲时，她就去向黄师傅请教。

"阿丽，你简直像小孩子贪吃一样。你学这么多东西能消化吗？"黄师傅笑着问她。

向秀丽请求着说：

"请您多帮助我吧。只要别人能做到的事，我相信经过学习自己也能做到。”

十月里，有一天，车间领导上交给他们小组一个突击任务。要求他们两天内生产十二公斤的“甲基”。向秀丽带头保证：“任务交给我们好了！我们一定完成。”

当然，这个任务是够繁重的。向秀丽她们却是不声不响，默默地苦干。

当天深夜三点，她们完成了任务！黎明，向秀丽又回到车间来了，照常进行第二天的生产。

一九五八年十月三十一日，这是向秀丽生命中的一个光辉的日子。工厂党支部大会一致通过向秀丽为中国共产党预备党员。从这一天起，向秀丽就更加自觉地以共产党员的模范行动，来影响群众，和群众一道前进。

冬天来了。药厂里组织了“三八”战斗队去支援修芳村铁路，他们“甲基”小组去了四个人，向秀丽是带头参加的一个。她兴奋得很，夜里都没睡好，天还未亮她就爬起床了，悄悄地把四个人的早饭做好。大家都起来的时候，饭锅里早已冒出热腾腾的香气了。她们不约而同地问：

“阿丽，你怎么又自己悄悄地干了？”

向秀丽马上搭了话：“别说这个了，哎呀，快吃吧。我们力气比不上男同志，要吃饱早出工才能赶得上人咧！夺他一杆红旗回来，怎样？”

“夺红旗！”她们的劲头真的上来了。在芳村铁路工地上，这些姑娘劳动得很出色。向秀丽一面提着大土筐子跑，一面做宣传鼓动工作。收工的时候，她们果真夺得红旗。向秀丽受到了表扬。

“甲基”小组由于团结奋战，一连几季得到红旗。向秀丽第二季度受到大会表扬，第三季度被评为先进生产者，十月份立了一次小功。

向秀丽在党的红旗指引下，在跃进大道上，和大家一起飞跑……

四

从何济公制药厂“甲基”组工作室窗口望出去，广州已是万家灯火。今天是周末，离一九五九年元旦只有十八天了，大街上人来人往，车辆如织，熙熙攘攘的，比平常热闹得多了。

房间里的工作和往常一样有条有理地进行着。靠墙边，一排火炉子烧得正旺，金黄色的药液在瓶里沸腾着。向秀丽静静地坐下来切金属钠。

这时候，罗秀明从地下抱起一大玻璃瓶无水酒精。她脸红气喘，向秀丽看到，连忙放下自己的工作，迎上去说：

“秀明，来，我帮助你。”

罗秀明喘了一口气，微笑地对向秀丽说：

“以往我们用的酒精瓶都是平底的。这回买回来的酒精，瓶子改成这个圆底的了，滑溜溜，不好拿。”

向秀丽说：

“装多少酒精？”

罗秀明说：“五十七斤。”

“怪不得这么沉了。”向秀丽说。

瓶子太沉，她们抱不住，只好把酒精瓶放在一张木凳上，往量筒里倾注。她们头一次用这圆底瓶，感到不大顺手。她们小心地操作着，已经安全地量过两筒了，酒精瓶的倾斜度渐渐大起来。

忽然瓶子一溜，啪的一声，酒精瓶落到地下打破了。

酒精马上流开来！

挥发着的酒精气味顿时弥漫了车间！

“哎呀！”没有经验的娘们，急地叫起来时，一时不知怎样办！

酒精迅速地在地下流呀流，很快就和火炉的热气接触，噗的一声，火苗腾起来！

向秀丽急忙从肩上扯下毛巾，蹲在地下去扑火。罗秀明和蔡秋梅也赶上来，把手巾浸到酒精里。

向秀丽一看毛巾不顶事，马上转过身，要取灭火器。蔡秋梅赶忙叫她：

“阿丽，阿丽！你腿上着火啦！”

向秀丽一看身上着了火，她猛地停住脚；再看，灭火器的旁边，就是几桶烈性爆炸的金属钠！

火——金属钠——大爆炸！整个工厂和附近人民生命安全！这一串问题，电一样飞闪过她的脑际。一瞬间，她毅然转过身来冲向火焰里，用手狠狠地堵住酒精的去路！

蔡秋梅看见火在向秀丽的身上越烧越大，她跑过来：

“阿丽，你身上着了大火啦！”

向秀丽被烟呛了好几口，她喊道：

“我不要紧，你快去喊人来救火！”

“火会烧坏你！”

蔡秋梅急得冲上去，就两手不停地给向秀丽的身上扑火。

向秀丽一边堵酒精！一面狠狠地看了蔡秋梅一眼，大声喊：

“快叫人！不要管我！快快！”

火焰像旋风一样地旋卷，酒精流到哪里，大火烧到哪里！火舌舐着墙上的红旗锦旗，舐着天花板，噼噼啪啪地响！

罗秀明的围裙也着了火，她匆匆忙忙跑去撕扯一张大帆布，想压住猛烈的火焰。

火，紧紧地向向秀丽逼过来，从脚部掠向腹部，掠向胸部，向秀丽却一股子劲往前堵。她眼看着酒精还在向金属钠那边流去，光靠手掌已经堵不住，她就咬紧牙关，牢牢地把身躯贴在地面上，像一堵墙似的截住酒精的去路。

“不能！决不能让你流过去！”她紧紧咬住嘴。

这时，酒精把她全身的衣服都浸透了，恶毒的火舌在她身上发出嗞嗞的怪叫，衣服被烧去大半截了，手烧焦了……

火，火！这恶毒的火啊！在无情地侵蚀着向秀丽……

当厂里党支书领着职工抢上楼的时候，金属钠的桶里开始冒黑烟了，只要再过一分钟，金属纳就可能发生爆炸。职工们不顾危险，连忙抱起金属钠，冲下楼去，把它扔在空地方。

最先抢进楼来的党支书和车间主任，很快就把向秀丽身上的火扑灭了。向秀丽从昏迷中睁开眼睛，痛苦地痉挛着，可是一见着同志们，她就急迫地嚷着：

“别管我！你们快去抢救金属钠！”

一阵彻骨的疼痛！向秀丽又昏迷过去了……

一辆救护车，飞快地穿过几条街道，在广州市第三人民医院的门口停下来。

医护人员踏着急促的步子，从车上把向秀丽抬进病房。向秀丽，她依然昏昏迷迷，不省人事，几个烧得发黑的手指头蜷缩起来，胸部艰难地一起一伏……

这是个多么不幸的消息啊！当消息传到中共广州市委会，市委书记薛焰同志很快就赶到医院。随着，他通知全市各大医院的负责人和中西医内外科的名医、教授、专家，齐集到第三人民医院，立刻研究对向秀丽的抢救措施。由广州市卫生局党委书记姚细坤同志亲自领导抢救工作。在会诊上，市委书记薛焰同志指示：

“一定要想尽一切办法来抢救向秀丽同志。需要什么，就给什么！”

医院里的空气真是紧张极了。人们屏住了呼吸，悄悄地、急迫地奔走相问：

“向秀丽烧伤的面积多大啊？……”

“占全身总面积的百分之八十……”

旁边，一位白衣护士走过来，沉重地说：

“烧到肌肉和骨头的三度伤占百分之四十。这比丘财康还严重……”

在向秀丽的病房门前，人们焦急地聚拢来，越聚越多……

病人的脉搏跳动微弱，已经无法用手测试。这正是严重的“休克关”！抢救，在医院里彻夜不停地紧张地进行着，一天，两天，都过去了。终于，在第三天，向秀丽安全地度过了“休克关”。

啊，向秀丽苏醒过来了！她吃力地睁开眼睛，微微喘着气，看了看这个陌生的环境，第一句话就说：

“党支书！”

何济公制药厂党支部书记芦华同志，整夜地守着她，他轻轻地说：

“阿丽！我在这里。你觉得怎样？”

“金属钠爆炸没有？”向秀丽急切地问。

“没有。”

“罗秀明烧坏没有？”

“她不太严重。阿丽，放心休养吧！”

这个时候，向秀丽才轻轻地舒了一口气，脸上微微浮起了笑容。

党为了更好地抢救向秀丽，把她转到广州市第一人民医院来。

在向秀丽疼痛得最厉害的时候，党给了她精神上最大的鼓励。市委、区委许多负责同志都在百忙中抽出时间来看过她。药厂的党支书守候在她的身旁。

“啊！……”她喘着，脸上冒着汗珠。

“阿丽，”党支书急忙轻声安慰她说，“你要忍耐一下……”

“啊！”向秀丽疼痛得有点焦躁起来。

“阿丽，”党支书噙着泪，靠近向秀丽，亲切地说，“我来给你讲个丘财康的故事吧。”

“唔。”向秀丽静静地看着党支书的眼睛。

她静静地听着。当讲到丘财康如何向烧伤的痛苦做斗争的时候，向秀丽便坚定地说：

“唔，我一定学习他！”

她有时疼得眉梢发颤，可是紧咬牙关，不哼一声。

在这些日子里，人们川流不息地涌向医院门口，关心着向秀丽的病情。好几百个志愿输血的人，在院里排成队伍：有青年，有老年，也有少先队员。星群药厂的一些上晚班的青年工人，干了一个通宵，下了班，就奔跑到医院门口，等着给向秀丽输血。有的等不及了，就走到输血室去，苦苦央求医生："我体质最好，先抽我的血吧！"和向秀丽同一药厂的车间主任，也在抢救火灾中烧伤了手。他却赶到医院，要求医生一定要抽他的血：

"我请求你，医生同志，不要犹豫了。抽我的！"

他紧紧地跟着医生转来转去。当医务人员抽了他二百毫升的血，他才走开。

向秀丽知道同志们的血液在自己身上流的时候，她激动极了，很不安地问："医生，他们抽了血给我，会不会影响他们健康？"

"不会的。他们都很热爱你。"

向秀丽不顾身上的痛苦，轻轻欠着身子，恳请外科部党支部书记说：

"请您帮我把这些好同志的地址记下来吧，等我好了，我要去谢他们。"

有一天，向秀丽的爱人崔俊锡来看她，向秀丽全身正疼得厉害。崔俊锡忧虑地问：

"丽，觉得怎样？"

"不要紧。"向秀丽说，"你是请假来看我吗？"

"唔。"

向秀丽温存地望着他说；

"我再苦战一个月就可以出院工作了。你不要常想我。要不，开火车的时候思想不集中，容易出事故。"

在市委"要什么，给什么"的指示下，集中了一切力量来抢救向秀丽。孙乐宜副市长亲自派人为她购来空气调节器。国际仪器厂等三家工厂的工人们，用五个小时的时间，特地为她赶制了“电桥”，市里派人从上海等地采购来许多贵重的药材。还从哈尔滨采购来珍贵的人参，医院里的电话机上应接不暇地响起铃声，许多不知名不知姓的人问：“向秀丽同志怎么样？”“她需要什么？”一阵又一阵的剧烈疼痛袭击着向秀丽的身体，但根据她身体虚弱的情况，是不能过多地施用麻醉剂的。她疼得身上发抖了，她便苦苦地向医生要求：给她一些酒喝，使自己麻醉过去。“医生，要喝一杯！至少也让我喝半杯！”

外科部党支部书记走来。

“秀丽同志，我们一定设法使你减少痛苦。”他告诉她：“现在，党支部经过研究，认为喝酒对你没有好处，决定不给你喝了。”

“好，我听党的话的！”向秀丽说。她从此再也不提喝酒的事了。

医院里的医务人员昼夜在她的身边辛勤地照料。他们的心情都随着向秀丽的病情好坏而起伏。向秀丽也为他们的辛劳而不安，每当午夜被一阵剧疼折磨醒的时候，看见医生还守护在她的床边，她就恳求：

“医生，我没关系，你们去睡吧！”

医生安慰她说：“秀丽同志，你好好休息吧，我们看护你。”

“唉，你们为我这样的辛苦，”向秀丽便再三恳求，“去睡吧，去吧！”

姐姐们来看她，她却又请求姐姐抽空去看看别的受伤的工友。她怕母亲为她难过，她就叮嘱姐姐转告母亲，请母亲不必来看她，就说她好了。

向秀丽总是在想办法使关心她的人们不要为她增加“精神负担”，她也尽量使自己的注意力，转到更广阔的天地去。她每天都要求护士给她读报，读那些慰问信。

一月五日。

一个护士怀着兴奋的心情，轻轻地走进病房。

护士一进门，向秀丽的眼睛就盯住了她手上拿的报纸。向秀丽问：

“念吧！今天有什么消息？”

“好消息！”护士凑到病床旁边。

“啊，快念！”

“……苏联宇宙火箭正向月宫方向飞行！”

“向月宫？”向秀丽忘记了病苦，脸上露出激动的笑容，她把报上那幅月宫嫦娥仙子迎接苏联宇宙火箭的图画看了又看，一边说：

“真是了不起！真是了不起！”

然后侧过头去，朝着窗外那蔚蓝色的天空，看了好久好久。

她在病床上，和全世界爱好和平的人民，分享着快乐！

一九五九年的元旦来了。医院里举行晚会。音乐声穿过榕树，传进 302 号病室。余医生、邝医生和一个护士同志都留在房里照顾向秀丽。向秀丽被全身的痛苦折磨着，不安地问：

“你们为什么不参加晚会？”

“我们和你在一起。”医护人员说。

“你们会跳舞吗？”向秀丽努力摆脱着自己的痛苦，问。

“你呢？”

“我原来不会，现在也跳得不好。病好了我再跟你们跳。”向秀丽向他们摆着手说：“来，把病床推到墙边去，你们就在这里跳起来吧。”

“我们三个人凑不上两对。”医护人员不知怎样安慰向秀丽才好，就这样搭讪着说。

“剩下的一个人就抱个凳子跳吧。”向秀丽微笑着提议说，惹得大家呵呵笑起来。

她清醒的时候，病室里总是充满愉快气氛。只有当她蒙眬睡去时，她才不知不觉地发出呻吟。她永远是为人家想得多，为自己想得少。就是在这样重重的痛苦包围中，向秀丽也没有忘记一个共产党员的责任。她的心在跟随着工人阶级前进，她也无时不在热心地团结周围的人前进。

一个深夜，向秀丽的温度上升到三十九摄氏度，她疼得打着哆嗦。值班的女医生是邝医生，向秀丽目不转睛地望着这个熟悉的面孔，过了好一会，她激动地说：

“邝医生，我真喜欢你哟！”

邝医生为了安慰她，俏皮地问：

“如果我是一个男子呢？”

在电灯光下，向秀丽的脸颊微微泛起红晕：“你是男子，我就不说啰！你几岁？”

“我二十六。”邝医生问她：“你呢？”

“我二十五。我们做姐妹多好。”向秀丽忘记了痛苦，很想伸过手去。

“好啊。”邝医生很高兴地答应说。

“我好了以后，你到我家去玩。”向秀丽说，“我们往后都要好好为党工作。你文化比我高，我要向你学习。”

“我才应该向你学习呢，”邝医生说，“我还是个团员。”

向秀丽咬住牙，忍受了一阵痛苦，沉思了一会，望着邝医生说：

“邝医生，你努力创造条件，要争取加入我们党的组织。”

一个病人，不，一个共产党员的热烈期待和鼓励，使青年医生激动得想哭，她回答：

“秀丽同志，我一定记住你的话。一定！一定！”

当向秀丽的革命乐观主义精神，强烈地感染着周围同志的时候，绿脓杆菌正在恶毒地噬啮着她的肌体。一月十日以后，向秀丽的病情越来越重了。党动员全市的主要医学专家都来尽力抢救，医护人员，包括外科部党支部书记，已经日日夜夜不下“火线”了。向秀丽看见这些辛勤的同志，她很过意不去。一月十四日的深夜，她的呼吸十分急促，张口讲话都很困难，她还恳切地要求值班医生：

“余医生，很晚了，不要陪我，你回去睡吧。”

余医生在她苦苦的恳求下，出去了，过一会，他又悄悄地推门进来。向秀丽微微睁开眼睛，说：

“怎么又来啦？”

“秀丽同志，你好好休息吧，我在这里陪你。”

“好医生，去吧，我不要紧，你在旁边，我睡也不安心。”

向秀丽的病情在急转直下。

医院整夜都在紧张地抢救。

第二天清晨，一抹清辉淡淡地照进病房。她恋恋不舍地凝视着那丛葱绿的榕树。她的声音微弱了，但还充满着期待地问医生：

“我还有几天，才能出院工作？”

医生止不住眼泪流下来，安慰她：“再过几天……”

向秀丽在生命临危的时候，她喘息已经非常艰难了，她微微点首，把自己的丈夫叫到床前来。她的丈夫噙住眼泪问道：

“阿丽，我在这里。有什么对我讲么？”

向秀丽把一生最宝贵的东西告诉他；

“有事多请示党……听党的话，是没错的。……”

她的心脏停止了跳动。

这时是一九五九年一月十五日，十二时四十三分。

党的好女儿向秀丽，永远地，永远地离开了我们。

党尽了最大的努力来抢救向秀丽，她的生命顽强地延续了三十三天，终于因为伤势太重，光荣牺牲了！

党认为向秀丽是党的好女儿。中共广州市中区党委已正式追认她为中共正式党员。

党的好女儿向秀丽的光辉事迹，在全国人民中传扬着！全国青少年都在纪念和歌唱这个不朽的人！

原载《人民文学》1959 年第 5 期

青春的光辉

郁　波

每当夜深人静，我独自坐在小桌旁思考着写一些什么的时候，你那满脸是灼伤的面影，你那闪着炯炯光采的眼睛，以及你那对生活充满热情的谈吐，立刻涌现在我的脑际。这时，我的心情便一阵阵的激动起来，我真想把你的光辉英勇的事迹告诉每一个人，我真想把你的为党为人民舍生忘死的高贵的共产主义品质写出来。

你是一个幸运的姑娘。当你刚刚懂事的时候，解放的红旗已插遍了全国。你没有经受到旧社会的惨痛生活，你是在毛泽东时代成长起来的幸运儿。你的父亲原是一个革命军人，后来又转业到铁路上工作，把你们全家从北京带到了太原。很小的时候，你就常常抱住爸爸的腿，缠着爸爸给你讲故事。爸爸是最喜爱你的，总是拍拍你的小脑袋说："好，好，咱们坐下来。"于是，你赶快端了一张小板凳，坐到爸爸跟前，仰着头，静静地听爸爸讲故事。

爸爸知道的故事真多啊！但他不讲孙猴子，也不讲狼外婆；他讲的是革命英雄的故事：什么狼牙山五壮士啦，董存瑞啦，刘胡兰啦……你好像听神话故事一样听得入了神，你天真地问爸爸："他们为什么那样了不起？我长大了能像他们一样吗？”爸爸摸着你的小脸说：“能，听毛主席和共产党的话，长大了当个英雄！”

从小，你就对革命英雄充满了崇敬。

你慢慢长大了，你进了铁路子弟小学，又升入太原七中。这时候，你已经能自己阅读那些描写英雄模范的小说了。你是多么喜欢看这些书啊！“为什么他们能那样英勇呢？为什么刘胡兰的头搁在铡刀下都不怕呢？”你常常这样问着自己。慢慢地，你明白了：因为他们是共产党员、共青团员，是党教育培养下成长起来的革命青年！

这时候，你开始有了伟大的理想——参加青年人自己的组织。从此，你严格地要求着自己，你不但学习成绩好，而且听党的话，只要是党、团组织的号召，你都热烈地响应，而且走在头里。

十七岁那年，你的理想终于实现了，你光荣地成为一个共青团员。

去年秋天，你从初中毕业了。你，一个二十岁的姑娘，马上要踏上工作岗位啦，要参加社会主义建设啦！这时候，你心里是多么激动而又高兴啊！

爸爸妈妈也挺高兴，妈妈笑呵呵地对你说：“到你爸爸铁路上去工作吧，那工作将来有出息。”爸爸却不同意：“别听你妈那一套，什么有出息没出息，你是一个共青团员，你应该服从组织分配，到祖国最需要的地方去。”

是的，爸爸说得对，在学校时，党团组织不是经常教导自己吗？毕业后应该到祖国最需要的地方去。于是，不管妈妈怎么说，你毫不动摇地等待着组织上的统一分配。

不久，你就被分配到山西化学厂当学徒工了。

工作还不多几天呢，领导上又分配你到山西青年跃进展览馆去担任说明员。你有点想不通，难道说明员也是祖国最需要的地方？但你终于想通了。是的，说明员也是祖国最需要的地方，因为你刚来厂不久，还未担负重要工作，如果让老师傅去当说明员就会影响生产。而且你会说一口流利的北京话，当说明员是最合适了。于是，你又愉快地到展览馆工作去了。

展览馆里，多么热闹啊！每天，有成千百的青年、干部、少先队员……川流不息地赶来参观。这里，展出了全省青年积极分子的模范事迹！

在展览馆里，你站在这成千百的人群中，一遍一遍、不厌其烦地向大家讲解着："同志们，这是战斗在五台山高峰顶上的青年气象侦察兵，这是旅店服务员杨富春……他们的工作都是极平凡的，但是，他们却做出了不平凡的事迹！……"每天，你把这些英雄模范的动人事迹用自己的声音传播给参观者，你的生动的讲解，曾经感动了多少参观者啊！

在展览馆里虽然只是短短的三个月时间，但是，对你来说，却是受了一次最深刻的共产主义教育。在那里，你看到了多少青年在党的总路线的光辉照耀下，为了伟大的社会主义建设事业，为了美好的共产主义理想，进行着忘我的劳动，为党为人民创造了巨大的成绩！你是多么敬仰他们啊！你暗暗地问着自己："范秀芬，你也是一个青年啊！你为党为人民做了些什么呢？"于是，你又悄悄地下着决心：一定要以实际行动向他们学习。

展览馆的工作结束了。由于你工作积极负责，被评为模范说明员。你心情愉快地嘴里哼着歌子，踏着轻松的步子回化学厂去。

领导上分配你到试验室做蒸酒精的工作。你也愉快地接受了。

试验室大都是青年学生，有些人对这个工作是不安心的，他们背地里发牢骚说："蒸酒精这工作，不识字的人也会做，一个中学生，却做这没出息的事！"这些话，也曾经扰乱过你的思想，使你一度暗自苦恼。你并不是因为自己是中学生而觉得做这事没前途。你是想做重一点紧张一点的活啊！你是愿意给国家多创造一点财富啊！但是，这种思想刚刚露头的时候，你马上觉察到不对了。你想起展览馆里那些平凡的英雄们来了。于是，你感到惭愧。你责备自己道："范秀芬啊范秀芬！你不是说要学习他们在平凡的工作中创造不平凡的奇迹吗？怎么倒嫌弃自己的工作不重要了？”

从此，你再不对自己的工作动摇了。你每天认真地工作着，虚心地向老师傅学习技术。很快，你就掌握了操作技术。这时，领导上又把更重要的工作任务交给了你——确定你当带班班长。这多使你既高兴而又担心啊！你高兴的是自己还只是一个刚刚掌握一点技术的徒工，而党却这样信任自己；你担心的是自己能力差，不能胜任而出了乱子。可是，这是党交给你的任务啊！不管有多大困难，也一定要勇敢地担负起来，决不辜负党对自己的培养。

在你担任带班班长不久，你们的蒸酒精任务便改为蒸纯苯了。

“苯！你们知道这是个啥玩意儿吗？”一天，工程师严肃地对你们说：“苯这东西发挥性特别强，着火点又特别低，热度稍强一点就会发生爆炸燃烧，它的危险性比酒精还大，你们在工作中要特别注意啊！”

工程师的话牢牢记在你的心中，你工作时更加仔细了。你常常告诫着自己：“可不该大意啊，出了事故会给国家造成巨大损失！”但是，万一出了乱子又该怎样办呢？这个问题一直在你的脑中思考着。……

有一天，你收到从邮局寄来的一个小纸包。一看那熟悉的笔迹，你的心便跳起来了，因为你知道，这是你的未婚爱人胡胜权寄来的。你连忙打开了纸包，只见里面装着一本薄薄的小书，上面写着：“光明磊落的向秀丽”，书页上还印着一个年轻姑娘的照片。向秀丽！这是谁呢？他为什么给你寄来这本书。你一时有点不解，你捧着书，坐下来，慢慢地读起来。你越读越激动，你被书中描述的向秀丽的英勇事迹感动得热泪盈眶。向秀丽，这个党的好女儿，为了抢救国家财产，为了保护群众生命安全，竟以自己的双手、身体堵着酒精，在烈火中英勇牺牲了。

多么使人感动啊！

于是，你明白了你的爱人为什么给你寄来这本书了。他是要你向向秀丽学习啊！因为你的工作是和向秀丽的工作一模一样；于是，你也知道如何对待工作中万一发生事故后，自己该怎样办了。你心里感到无限的幸福，你为你有这样一个关心自己进步的爱人而高兴，你低低地唤着他的名字："胜权，你放心吧，我是个共青团员，同样受着党的教育，我一定会学习向秀丽的那种舍己为人的高贵品质的。"

你把这本书当作至宝，你把它带到班里，读给班里的同志们听。这时，团里也组织大家学习向秀丽的共产主义高贵品质了。你们学习、讨论，并且认真地做了对照检查。向秀丽的精神大大激励了你和你们班里的年轻人。你们团结得更紧了，干劲更大了，你们互相挑战、竞赛，提出了保证质量、保证安全的口号，试验室的工作一时搞得热火朝天。

春天里，太原是多风的。三月二十六日的晚上，漫天风沙又刮了起来。试验室的小屋里，只有你和苏建国、张美珍三个年轻姑娘在当班。

你们默默地在蒸着苯。每天，每天，你们总是做着同样的工作，你们总是那么小心地把蒸馏瓶放到电炉上，然后，一个人看守着电炉，其他两人便坐下来抽这个空隙磨橡皮塞，以便留给下一班使用。

那天是张美珍看守电炉，你和苏建国磨橡皮塞。你们默默地紧张地进行着工作。

已是深夜三点钟了。这时，人们都已入了甜蜜的梦乡了吧！就在这时候，试验室里发出了惊人的巨响，划破了寂静的夜空。

一个电炉上的蒸馏瓶突然爆炸了。嘭的一声，可怕的苯从瓶子里流出来，流到电炉上，轰的一下像一条恶龙直冲屋顶。霎时，黑色的、呛人的烟弥漫了整个屋子。

这突然的可怕的事故，惊住了你们。张美珍吓得跑到室外，苏建国也呆呆地站在你的身后发愣。这时候，火焰越来越疯狂了，它张牙舞爪地向着附近正在电炉上蒸馏的两个苯瓶伸展过去，离火焰不远处还放着三十多斤蒸好的纯苯。火焰要不扑灭，这些易燃物将会连续爆炸，一场大火将蔓延开去，试验室的苯库、六六六生产大楼、整个化学厂将被烧毁，多少人的生命……啊，一系列的、无法估量的重大损失，在这一刹那间，从你的脑际闪过。而工程师平日嘱咐你们的话又像警钟一般在你耳畔响起来："发生事故时，要立刻拉下电闸！否则，全厂的电线要被破坏，那后果就不可设想了。"

啊，可怕的后果，不可设想的后果……"要立刻拉下电闸！"但是电闸在房间最靠里的北墙上，满房子是黑洞洞的浓焰大火在前面挡着去路，怎么办？怎么办？

你焦急地想不出一个办法来。忽然，在熊熊烈火中，你看到一个高大的人影在向你招手，好像说："范秀芬，国家的财产将被烧毁了，你是当逃兵还是当勇士？"啊，这是英勇的向秀丽在指引着你啊！在这严峻考验的时刻，你毫不犹豫地挺起胸膛向烈火扑去了。

你像一只猛虎似的穿过烈火。烈火无情地烧着你的手、脸，长长的火舌凶恶地卷着你的身体，但你忘了疼痛，忘了生死，你只是想着："电闸、电闸，赶快拉下电闸！"你不顾一切地往里冲，双手乱摸着寻找电闸。

烈火啊，你烧吧，你能烧坏一个人的衣服、肉体！但你怎能烧毁一个共青团员为祖国为人民立功的雄心啊！

你终于在黑焰中摸到了电闸，把它拉下了。霎时，气势汹汹的火焰也似乎顿时减弱了威风。

"啊呀，火，火，你身上着了火啦！"苏建国正拿着灭火机，倒来倒去地想打开使用。猛一下，你像一团火球似的从黑焰中滚了出来，吓得她连声惊呼起来。

"不要怕，快救火！"你忘了自己身上的衣服在燃烧，你忘了生死，一手抢过灭火机，敏捷地打开开关，向着烈火喷射。你要与凶恶的火神搏斗到底！

凶恶的火无情地吞噬着你，烧毁了你的衣服，而又开始侵蚀着你的肉体。你好像有几千万根尖针在你身上刺着，真像万箭穿心啊！你感到呼吸紧迫，喉头像塞了一团棉花那样透不过一口气来。但你咬紧牙关，忍受着一切痛苦，手里紧紧握着灭火机，如同一堵铜墙铁壁阻挡着烈火的进攻……

你顽强地坚持着、坚持着，一直到工友们闻讯赶来，才把你拉下去。

你受了重伤。你的脸，你的手、脚，都被烈火烧焦了，你处在生命垂危中……

你的英勇的事迹已传遍了全厂，人们为你的勇敢，为你的舍生忘死的共产主义品质深深感动了。人们的心都向着医院，祝福你早日平安脱险。党委书记、厂长、团委书记每天去看望你，工友们也自动地拿着礼品去慰问你，你的爱人，在最繁忙的时候，也要从晋西机器厂骑着自行车赶来看你。

在党的无微不至的关怀下，在大夫们的努力抢救下，你年轻的生命，终于战胜了死神，顽强地活下来了。

“大夫，我什么时候可以出院啊？”当你的伤刚刚有点好转的时候，你便焦急地问着医生。你怎么能不焦急呢？在建设社会主义的伟大时代，多少人在紧张地工作劳动着，而你却躺在病床上，连吃饭行动都要人照护。

大夫对你说：“你思想愉快些，伤就好得快了。”

“真的吗？那我一定很愉快！”你高兴地说。于是，你就大声地唱起歌来。你的活泼天真把大夫和护士们都逗笑了，而你的这种乐观精神更使他们深深感动了。

在良好的护理下，你的伤终于养好了。刚出院，你就到电话室去打电话，让厂里赶快来接你回去。

你带着满身满脸的伤痕走出了医院，迎着光辉灿烂的阳光，满怀喜悦地走着，你似乎觉得自己更强壮了，你似乎觉得新的工作又在等待着你，这时，你的心早又飞到工厂，飞向新的生活……

下弦月不知什么时候移到我的窗下，那皎洁的月光如同湖水一般平静，但我的感情啊，却如潮水一般奔腾！我为你的英勇事迹而激动，我又为我们祖国有你这样的好女儿而骄傲！在你的身上，我看到了一个青年人的美丽纯洁的灵魂。你的原来美丽的脸上虽然留下了无数的伤痕，但在我们的眼里，你永远是光辉而美丽的！

1960年2月

原载《火花》1960年第2期

高山深峡出画图

碧　野

江河战歌

千重秦岭，万迭巴山，化不尽的雪水，变幻无穷的云雨，倾泻不断的泉瀑，汇成奔腾的三千里汉江。巨流万转，如迅电劈山，如雷鸣震谷，汹涌澎湃冲出水雾蒙蒙的峡谷。

就在这水雾蒙蒙的高山峡谷间，在过去，白天虎啸，黑夜狼嚎；炊烟稀疏，山田瘠薄；流急滩险，纤夫在巉岩乱石间拧断筋骨；有人在隔绝人世的密林中烧起孤烟，在悬崖上架起木屋，在高峡间开垦石田。多少世代了呵，人们生活得像森林一样暗。阳光吝啬，在峰巅一露面就过去了；猛兽眼睛的绿光，就算是夜里的灯……

大地一声春雷，震醒了峻岭河川。人们从老林中走出来，从悬崖上缒下来，从岩穴里钻出来，为了摆脱世世代代的贫穷和苦难，他们开始向大自然展开了斗争。

于是红旗在这江流的峡谷地段升起来。红旗，高悬在江心浪花飞溅的小孤山，飘扬在波涛激荡的青山港，展现在江水漫漫的鱼浪滩。

人们拴上安全带，吊空开凿炮眼，用烈性炸药搬走了穷山，使天地豁然开朗，展望蓝空，白云徘徊、日月争辉；人们赤膊筑围堰，战激流，挖基坑，筑大坝，治恶水，使江流宽阔，远望江面，水光滟滟，细浪拍岸。

现在，沿着高山峡谷的大江两岸，是充满了汽笛声、喇叭声、链斗声、起重机声的嘈杂的水利工地；但是全工地在杂乱中却包含着它严谨的规律，在嘈闹中却传来激越昂扬的节奏。

大坝横锁江流，但浇筑的高程还没能完全制服洪峰，而汛期到了。洪水震天动地奔泻而来，乌云低垂，群山震撼。人们不会忘记当年壮年人抱着连根拔起的大树随波浮沉、孩子坐在稻草堆上逐浪漂流的惨痛；也不会忘记在逃荒中打三棒鼓、敲碟子卖唱和深冬分吃一根冻萝卜成亲的苦情。于是在洪峰威胁基坑、狂涛冲击围堰的紧急中，人们连夜点起火把，在颤动的围堰上，五步一哨，十步一岗，监视水情。狂风暴雨夹着咆哮的洪流腾空冲来，崖崩岸塌，山摇地动。这时，指挥部已经设立在动荡的挖泥船上。书记和指挥长身先士卒，与洪峰搏斗。哪里有险情，哪里就有他们的足迹；哪里有告警的红灯，哪里就有他们的影子。铁索大桥被洪流冲垮了，采砂船被恶浪卷走了，这种惊险、复杂、紧张、困倦不眠的连续战斗，并没有压倒他们的斗志。相反的，他们是顶天立地的铁汉，熬红的眼睛射出熊熊的火光；拧一把被浪打湿的衣服，屹立在船头。在翻沙鼓浪以至决了口的土石围堰上，他们率领着千军万马冲向喷射的激流，堵住它；在发生险情的混凝土围堰上，他们身临狂涛骇浪，用镇定的指挥和群策群力，巩固它。

书记和指挥长，他们经历过民主革命和社会主义革命两个叱咤风云的时代。他们由年轻的脸孔变得眼角布满鱼尾纹，他们由满头的黑发变得斑白和微秃。这不仅是生活的风霜染成的，而更主要的，这是他们经历过战斗风暴的记号。

而现在，在向大自然斗争的社会主义建设中，乃是一场更为激烈的战斗风暴。

他们从勇敢地踩过自己同志的血迹，到坚定地接受向大自然战斗的任务，这条道路走过来是多么艰苦而又曲折呵。他们从胶东海滨、从冀中平原、从大别山区，会合到这水利工地上来。从他们身上，我们可以看到浪推浪的生活长河中跳跃的浪花。

从他们身上，我们可以看见纯朴的气质和对革命忠心耿耿的真实含义。他们军衣的袖口已经磨烂，肘子上已经补上了大补丁，领子上已经积满汗垢，但一种执拗的感情却使他们舍不得丢掉它，因为它上面不但落满了以往战争岁月的征尘，而且也涂满了今天和平建设年代的灰浆。这军衣联系着他们的昨天和今天。他们尝遍北方的风沙、南方的水土，经历过重重战火的锻炼和身负今天领导工作的劳累，虽然身上留下了伤疤，但是他们对事业的坚韧性却超过常人。而且，即使他们去向党中央、去向省委汇报工作，千里跋涉归来，也不会丢弃脚上的破布鞋，风尘仆仆，就找刀觅锤把它修补好，又穿上它去跑现场。因为他们不会忘记过去穿上一双爬山鞋，怎样征战南北；而今天的这双破布鞋，却要帮助他们走向更远大的理想。

在战争年月，他们曾经在隐蔽的原始森林中烧起小小的篝火；而今天，在这水利建设工地上，一堆堆炽燃的篝火，却红亮亮地升起在午夜的山间、江畔。过去燃烧篝火，是为了给苦难的人们寻找生活的出路；而今天燃烧篝火，是为了给祖国发电发光，夺粮夺钢。他们今天领导水利建设，就是要使战友们曾经洒过鲜血的土地，一寸一寸地得到滋润；就是要使当年部队艰险渡过的急流，变成水上坦途；就是要使黑夜行军的荒山僻野，变得光照人寰；就是要使祖祖辈辈折断腰的劳碌，变成电气耕作……

大自然不尽合乎人的理想，它有畸形，它有破碎，它给我们的生活带来不利，甚至给人类带来灾害。他们勇于战胜大自然，敢于修补地球。他们在穷山恶水之间筑起矗天的大坝，使大坝成为地球有机的一部分，像新生的骨肉，它联结着大地的深层，联结着我们人类社会壮丽的明天。

在寻常施工的日子里，该操心的事情有多少呵。白天，他们的脑子像太阳，明彻丛山环水，他们的思想，像辐射的阳光，照亮整个工地；夜里，他们不眠的眼睛像灯光，看大坝，看江流。他们要考虑全面，预见未来，而即使是一个机器的齿轮、一个机械的螺丝，他们都要从它们细小的个体联系到整个工程的成败关键。白天，他们带着战争岁月留下的伤残，爬大坝、下基坑，严格地要求工程质量；深夜，他们把电话机放在枕头边，不放过每一个情况的发生。而在严寒的冬夜，他们一连几次披衣走出工棚，在朔风呼呼中用手电筒查看挂在枯树枝上的温度表，担心寒潮冻结混凝土，影响大坝浇筑。

这艰巨的建设道路，正如艰苦的战争道路一样，是一步步胜利地走过来的，回想初来时，既缺乏地质资料，又缺乏水文资料。他们带着年轻的技术人员，背着水壶，带着图纸，在荒山河沿踏勘。高山万重，河源千里，连一条鹿走的小路也没有。他们只好攀着纤夫手脚爬滑、纤绳磨光的巉岩乱石前进，去探索河源；只好附着葛藤野树，拨开雨雪云雾，去登临高峰。

他们从放下锄头到拿起枪，又从放下枪到拿起蓝图。对战争，对建设，他们从不会到会，从不熟悉到熟悉，这过程是多么曲折，这当中花费了多少心血和汗珠呵！

回想工地刚开工时，从偏僻山区来的民工，白天顶太阳，黑夜披星星，质朴得只知道日夜开路、挖石头，连什么叫作上工下工都不懂。他们只看见有人和蔼地替他们换肩抬石，却不知道他们是书记和指挥长。可是现在，这民工队伍已经被训练成为一支水利尖兵，他们不仅掌握了插入水底的抽水机，而且掌握了伸向高空的起重机。

他们带领这支水利建设大军，正如当年带领部队一样，使今天的每一个工人像当年的每一个战士同样勇猛善战。他们眼看着拦江大坝的飞快上升，眼看着年轻的一代迅速地成长。他们只感到这是他们神圣的职责，是他们毕生的愿望。

到目前，他们对水利建设并不陌生。他们的两脚已经涉过祖国的无数长河，他们的双手已经摇撼过祖国的无数大山。从他们浸在盘子里的五彩斑斓的水石看来，有荆江的白鸽卵石，有三门峡的朱砂卵石，有梅山的彩纹卵石；而从他们栽在山腰工棚前的五彩缤纷的花草看来，有山东月季，有湖北玫瑰，有广东蔷薇。这些采集于祖国各地的石子和花种，他们视如珍宝，背负着它们越过千重山，涉过万条水。这不仅是他们创造幸福生活和战胜大自然的纪念，而且是标志着他们豪迈的事业感和坚定不移的信心。

他们胸怀开阔，萦回在他们心中的，不是一己的得失，而是幅地万里的光彩河山；萦回在他们心中的，不是一己的毁誉，而是祖国繁荣富强的前途。堆满他们办公桌上的是蓝图、报表、计划，展示在他们面前的是河网、灯山、粮海、电源。

在他们的心目中，祖国的辽阔大地正在等待着他们去铺上宝光闪闪的珠翠，祖国的锦绣山河正在等待着他们去描绘无限富丽的色彩，祖国的万里长空正在等待着他们去架上幸福的彩虹。他们要改变北方的干旱、南方的水涝、东方的淤塞、西方的险峻。他们要使东方疏通流畅，要使西方航运平安，要给南方的城市输送无穷的电力，要给北方的田野灌输充沛的水量。

这种征服天地的胸怀壮志和雄图伟略，具体表现在他们对工程的准确、快速的要求和对工作的透彻、严厉的作风上。他们与天争云争雨，与地争山争水，养成一种粗犷的性格。从外形上，他们像用大斧劈成的青钢石雕似的，只有这种体魄才能经得起战火的灼身和风雷雨电的袭击；从内心上，他们火热得像出炉的铁，像入槽的钢，只有这种能熔化一切的烈焰腾腾的心灵，才能发出社会主义的高热，才能放出共产主义的强光。

江城春色

此刻，万里春光，无限明丽。你看，远山柔和，江水扬波，古柏返青，菜畦吐翠。祖国的春光映照着雄伟的大坝，给我们的事业增加了多少气魄，给我们的心头添加了多少欢喜。

这里，不再有虎啸，也不再有狼嚎，现在我们书记和指挥长的枪已经高高地挂在墙上，只当作劈山翻江的英雄记忆；这里，不再是炊烟稀疏，也不再是山田瘠薄，现在，漫山遍谷盛开的油菜花和迎风鼓浪的麦苗，像黄金铺地，像碧海连天；这里，不再有纤夫在巉岩乱石间拧断筋骨，现在，远航的轮船乘风破浪，汽笛声此呼彼应；这里，不再有密林中的孤烟、悬崖上的木屋、高峡间的石田，现在，红砖红瓦的建筑群，在入夜的灯海里，像万匹红绫，在朝日的东升中，像万道霞光。

现在，我们这里，几十层楼高、十多里长的混凝土大坝，横截江流，英雄们从野草荒烟中开辟了这座亘古未有的新兴城市。

我们这座新兴城市坐落在丛山间，像白玉嵌镶在祖国万里锦绣的山河中。它显得庄严、肃穆……

看我们这里屋前屋后的玫瑰含苞了，山上山下的石榴长花骨朵了，大江两岸的野丁香盛开了。鲜花使人联想起我们的孩子，这些纯洁的人的花朵，正在温暖的春天阳光下成长。名花有大丽，有金英，有含笑，而我们这里的孩子，却有一个富于新时代色彩的名字：佛子、梅山、磨子、三门。他们出生在佛子岭，出生在梅山，出生在磨子潭，出生在三门峡。这是跟着开山造海的父母到来的一批。另一批的名字是解放、红星、十月、红旗，他们出生在山区、平原，跟着父母来到了工地。

白天，炮声震荡，硝烟如云，弥漫群山；入夜，灯山光海，江流曳光，山如珠屏。这光明的境地，这大地的摇篮，又诞生了腰圆膀粗的婴儿，他们的名字是赶山，是治水。

我们这座新兴城市，打破了因袭的地理观念，汇集了不同的乡土民情，融为新的一体。人们难得说我是上海，你是广州，他是大连；也难得说我是山区，你是平原，他是湖海，而是同声说：我们是“江城人”。每逢星期六晚间，山山敲响不同的锣鼓点，京剧、楚剧、曲剧、花鼓戏、梆子戏，赛似春节和元宵，弦歌欢腾；每逢星期假日，西北的长皮靴、岭南的香云纱、华北的羊肚巾、东海的紧花衫，同在市街上出现，笑语喧哗。

人们在这里建立了新的家乡。

我们“江城人”，以江河为家，以治水为业。荒山野岭、险川河源，处处都是我们新的家乡。我们从这个荒山野岭到那个荒山野岭，从这个险川河源到那个险川河源，也许架搭的工棚竹子还青，也许种下的玫瑰还没有开花，也许栽下的葡萄还没有爬上架，我们就又接受了新的任务，背起行囊，到另一个艰苦的地区去建立我们理想的家园了。

我们“江城人”，种花是为了让后来的人观赏，栽果是为了给后来的人尝鲜。

我们“江城人”，永远在追逐着生活的浪峰前进，永远是幸福生活的创造者。我们筑起一座座拦江大坝，给壮丽的共产主义事业打下雄伟的基础。我们给人类创造幸福而感到最大的幸福，我们给理想的事业带来无极的光辉而感到自豪。我们崇高的信念来自亲爱的党，我们的豪情壮志来自全国人民殷切的期望。

我们“江城人”的性格是勇敢、坚强而乐观。我们赛过山鹰，千仞的绝壁，我们能凌空翱翔而上；我们胜似鱼鹰，万丈的深渊，我们能分水沉潜而下。高空、水底、蓝天、白云、大地、山河，我们活跃的空间无限高深和宽广。在高山之巅，我们可以攀日月、摘星斗、呼风唤雨；在激流深渊，我们可以捣龙宫、擒蛟螭、腰斩江流。冬天，大坝上风雪严寒，围堰里冰碴割肉；夏天，基坑不透风闷热，深槽的峭壁烁火，爆破后乱石烫脚。但是我们出碴如剥龙鳞，剽悍勇敢；筑大坝像筑天宫，欢声雷动。

你看，巍峨的拦江大坝，在春潮中逐浪升高。排列在坝身上的红色门式起重机，在朝阳中像一支支烛天的火炬，闪着红光。它们起吊、旋转，机声像隆隆的春雷，滚过长空、滚过群山、滚过江面。如果你站在起重机上，天为你低垂，山为你弯腰，白云缕缕，在你身边缭绕，江流如线，在你的眼底微闪粼波。

你看，江流浩荡，一艘艘柴油和电动采砂船布满江中，像舰艇，又像小岛。它们在烟波中分开银白的浪花，为大坝挖掘浇筑的骨料。采砂船的链斗一个接连着一个，像赤膊的勇士翻着筋斗不断地跳入深流，捧来无数的黄沙和卵石，填满沙驳。电动机声、柴油机声和链斗的翻卷声，哗哗地彼此呼应。这钢铁的喧闹充满水空，压低了大江浩荡的流水声。

你看，在江岸，在平川，在峡谷，运载大块石的一列列火车像游龙。钢轨如蜘蛛网，闪着银光。无数的钢轮在飞驰中迸出朵朵蓝火花。火车，一列列来自山间采石场，像群龙戏珠似的奔到拦江大坝上。汽笛像龙吟，一声声掠过江面，划破长空。

你看，中午十二点，这是大爆破的时刻，人流撤退，气氛肃穆。顷刻间，坝头、坝尾、山间、崖顶，万炮轰鸣，烟焰冲天，山摇地动，浪滚波腾，巨崖在烟焰中崩塌，大石在气浪中横飞。乌烟赤焰，化为红霞，变为云彩，硝烟久久随风四溢，蓝天失色，太阳无光。这时，滚岩飞石刚刚落地，硝烟刚刚漫到山巅，人们欢腾潮涌，又奔进了现场。

大爆破后，还有连续不断的小爆破。隔岸山脚，炮烟朵朵，在太阳的照耀下，白灿灿的，远望像一树树梨花。风吹滩头黄沙，和炮烟混合，又变成一朵朵红云。就在那一树树梨花和一朵朵红云的衬托下，渡船像穿梭似的织满碧蓝的江面，点点白帆从远空傍着青山驶来，使你像面对画幅，但这画幅不是静止的，而是生气勃勃的生活图景。

我们勤奋的祖先，有夜织中宵，有鸡鸣起舞，而我们今天的“江城人”，却每天不间歇地轮番工作二十四小时。当你在夜静中沉沉入睡的时候，我们这里是篝火正红；当你一觉醒来的时候，我们这里的拦江大坝又以千立方混凝土计算的升入朝霞了。我们祖国水利建设的人们，披星星，拨夜雾，接晨曦，踏朝露。我们捧来朝日，送走夕阳，然后夹岸的灯山光海又迎接来祖国新的一天的黎明。我们这里是辉煌的日光城，又是美丽的不夜城。

我们“江城人”，小不下十八，大不过三十，全是青春的骄子。我们把宝贵的青春献给了祖国的大地山河。没有水，就没有生命，我们一个个都是“水德真君”。我们一手牵江，一手造海。我们要使社社六畜兴旺，要使处处百果鲜甜，要使遍地五谷丰登。

我们江城的小伙子雷银鼎和宋银榜，他们生来猿臂熊腰，力能掀山。我们江城的英雄吴孟成和郭信千，他们同时用刚强的双手截断暴啸的江流，同时用有力的肩膀挑去基坑的千层顽石。我们江城的年轻姑娘高惠鸽，她从手拿犁耙变成了巨型门式起重机手，起重机在她的操纵下驯服地回转，她工作在高空，天风吹拂着她的头发，白云嬉戏在她的脚边。还有我们江城的年轻姑娘何国荣，她拿镰刀的手已经掌握了电焊机，电焊机的蓝弧光照耀深宵，她爬入夜空，闪耀的蓝弧光赛过灿亮的晓明星。

江城这许许多多数不清的优秀儿女，是由我们勤劳的母亲哺育长大的，是由我们伟大的党教养成人的。他们的魄力来自母亲的乳汁，他们的雄心来自党的信念。在对大自然的艰苦斗争中，他们善于克服人们难于克服的困难。他们使地球改变面貌，使山河变色！他们把光辉的事业创造得日益壮丽，他们给祖国带来了人间新的幸福的春天。

此刻，我们这连云的拦江大坝日夜在飞速上升。每一吨混凝土，每一块石头，都凝结着“江城人”的汗珠和智慧。同志，你到过我们这日光城和不夜城吗？你看，大坝以上，是千里的人造大海，烟波浩渺，云天倒影，高峰变成海岛，山峦变成港湾。大坝以下，是工厂烟囱如林，行船密如江鸥，两岸良田万顷，稻谷飘香，鲜花斗艳，果林芬芳……

江城的春天充满了蓬勃的生机，同时，江城的春天也使我们充满了摇山搅海的活力！

原载《长江文艺》1961 年第 10 期

“一厘钱”精神

李　峰　余辉音

一厘钱，最勤俭的家庭也早已不放在眼里。可是却有手经百万元的厂长、会计、供销人员，和长年给国家创造财富的工人，为少花一厘钱，给国家多积攒一厘钱，算盘打了又打，潜力挖了又挖。

这儿写的，都是工业生产中的这类一鳞半爪。但是，它闪烁着社会主义建设真理的火花。

一厘钱

用过高级“北京墨水”的人，也许以为，制造这种第一流墨水的费用，会比包装费用大得多。其实相反，包装墨水的费用比制造墨水的费用大三倍。因此，要当好墨水厂这个家，给国家多积累资金，大头是降低包装材料的成本。可是墨水不能不用瓶装，商标不能不贴，纸盒不能不用。而且还要分量准，包得牢，外观美。更难的是，这些包装材料，墨水厂不产，全靠外厂加工。一个小小的墨水瓶盖，去年是由北京、太原和淮阴等地的十一个工厂加工的，今年还要六个厂加工。墨水瓶盖里面的纸垫，也要由上海生产。如果北京墨水厂说自己无法降低包装成本，那也很难怪它。可是这家工厂的包装成本，去年减少了，今年又减少了。

他们是用珍惜“一厘钱”的精神减少的。

那是在去年春天，厂长李健刚提请党支部委员会讨论他打算在全厂提出的一个口号：每件包装材料降低一厘钱。

为什么提降低一厘钱呢？我们将在最后回答。

厂长的提议被支委会通过了，接着在全厂职工大会上正式提出。于是，全厂行动起来了。

管瓶盖的供应人员，把十一个制造瓶盖厂的代表请来，把十一个厂造的瓶盖摆出来，把天津造、上海造、美国造、德国造的墨水瓶盖也摆出来，同各厂代表一起，比质量，称重量，算成本，评美观。他们把十一个厂瓶盖的十七项费用指标排成队，逐项比较，精密计算，彼此取长补短。这些似乎是分外的工作，促使一些厂把瓶盖的成本降低了，全厂购买每个瓶盖就少花了四厘多钱。就在这小小的瓶盖上，去年节约了十万元！

管纸盒的孙树德，在自己的办公桌上，摊开一大张纸，拿一个印好未糊的墨水盒，左比右量。他眼前出现了希望：几年来只裁十五个盒的那种纸，有可能再多出一个。他抱着这种希望，到东家印纸盒的工厂，找工人商量；到西家印纸盒的工厂，向厂长游说。他的希望在四个月前终于变成了现实。原来每张纸裁十五个盒，要废掉一小块。经过他和工人们研究改了裁纸方法，每个盒盖插进盒里的那个“舌头”，比原先短一韭菜叶，一张纸就多出了一个盒。这样，每个盒的纸张费用就减少了一厘钱，全厂一个月节省了八令纸。不！还有，裁盒方法一改，印盒效率也提高了，每个盒的印刷费用又因此从刀缝里减少了一厘五毫钱。一年要用近两千万盒呢！

厂长也早在人们不注意的地方设了关卡。他告诉回收废瓶子的老人，发现废瓶中有好瓶，要立刻向他报告。一天，那老人果然在车间交回去的废瓶中发现有两个好瓶子，忙去报告了厂长。厂长立刻叫上班组长，叫上科室人员，来到现场。他拿起那两个瓶子说：“丢一个瓶子国家损失六分钱，没人拣，为什么自己掉个一分钱的小钢镚就赶紧拣起来呢？”这种爱护国家财产的教育真能打动人心，从此瓶子的损失率大大下降了。

工人和参加辅助工作的工人家属也行动起来了！常用北京墨水的人，你也许没有留意，在瓶盖同盖里涂有蜡和蓝漆的纸垫之间，还有个小小的黄纸片。每个纸片才值一厘一毫钱。过去垫这个纸垫的工人家属和管理纸垫的人员，领发无数，丢多少不知，计成本照例按百分之十的损失算账。现在，她们手缝里掉下一片，也要捡起来，遇到废片，也交回工厂。

“一厘钱”精神，使北京墨水厂改变了原来的亏本状况，为国家积累了大批资金。“一厘钱”的精神，也在有关工厂发生了连锁反应。如果这种精神在全国每个企业都发生连锁反应，该能为国家积累多少资金啊！

一分钟

时间是财富中最贵重的财富。劝人们珍惜岁月的人，曾用古今中外伟人名家爱惜时间的范例和训导，写成过各种各样的“时间篇”。

我们在北京市制药二厂，看到了普通工人用社会主义的劳动热情写成的“时间篇”。这也可以说是利用工时的“一厘钱”精神。

这是一个原有二十七个人的包装组。如果说这些工人和最普通的工人也有点不同，那就是“啰唆事”多。全组有二十五个是女工。她们之中有二十一人是一个至七个孩子的母亲。全组女工大部分是一九五八年前后参加工作的家庭妇女。她们的平均年龄是三十六岁，她们诙谐地自称是“老太婆”组。曾有一个时期，她们组的缺勤情况在全车间占优势。这算是这个“时间篇”的背景材料吧！

从去年四月开展创财富竞赛起，情况不同了。职工们算了个账，如果每人浪费一分钟，这一分钟不仅没有给国家创造财富，还给国家浪费三分钱（包括设备水电等各种消耗和工资开支）。这么一来，像一厘钱那样不被人放在眼里的一分钟，在工人们心里，同个人对国家对社会主义建设的态度发生了联系。

全组为充分利用每一分钟而动员起来了。

那位组长共产党员赵玉珍，同工人们商量，建立了工时利用账。她们用这个观测全组工时潜力的“显微镜”一看，全组每天占用非生产时间的名目有十几种。赵玉珍根据这种观测，改进了生产的组织工作。工人生产的潜力常和思想、生活相连。星期天，她又常出现在家务事多的姊妹们家里，谈谈私下里话，帮助安排安排生活，巩固小组的“后方”。

那位做事不吭声的李庆珍，家离工厂远，坐汽车也得走四十分钟。可是无论刮风下雨还是奇冷天，她总是第一个到车间，把全组用的糨糊调拌好，把包装纸、说明书摆在每个人的工作台上，把地下扫干净，为的是每个人每天多利用几分钟。

那位七个孩子的妈妈江玉华，家庭收入少，家务事情多，可是她安排得巧，她每天也总是坐在工作岗位上听着上班的铃声响。

那位钉箱男工刘凤祥，任务是往装满药品的木箱上封口钉钉子。他钉完钉子，就给全组当义务服务员。这个要喝冷汽水，他去拿，那个要喝茶，他到茶炉上去冲，为的是让每个人多利用停工取水的三两分钟。印好字的药瓶供不上包装了，包装工人也不再等，主动给印字的人做辅助工。印字工人上厕所了，包装工人也赶紧接过机器，不让机器停。

一分钟长短对谁都一样，可是每人每分钟如何使用不相同，生产的产品数量和质量也不同，关键在劳动的态度和技能。从去年四月起，赵玉珍小组每月出勤率最低保持在百分之九十五，全组多数工人的技术也有了提高。今天，她们的每一分钟比过去的每一分钟就“长”多了。同样的设备同样多的任务，原来二十七个人干，现在十八个人干，多数人月月还拿超额奖。

如果说社会主义的大厦归根结底要靠提高劳动生产率盖起来，那么像赵玉珍小组，领导者用一分钟这个时间概念去组织生产，劳动者用一分钟这个概念计算自己的劳动，这该是提高劳动生产率的起点。

一根火柴

北京火柴厂第一季度有一个奋斗目标：每盒火柴里减少一根废火柴。这件事又是“一厘钱”精神在提高产品质量领域里的再现。

一根废火柴（工厂叫废支）的标准有八条：无头、小头、破头、双头、半支、牙签，等等。在北京火柴厂，一根火柴从它的母胎大树干里脱生出来，要经过三个车间、四十多道工序，走将近一里长的路程。机械化程度不高，木材又不理想，它每移动一步，每经过一道工序，都有出废支的可能。去年上半年，每盒火柴的废支曾达到百分之十左右。

于是，减少废支的严重斗争展开了。车间里，挂起了“为减少废支而奋斗”的大字标语，贴上了防止出废支的操作规程，时刻鼓舞和督促着工人。机器旁，增加了扫把，工人们不时地清扫脚下，以减少踩断的火柴梗。主要工序，设了关卡，警觉的质量检查员每小时都要抽查。下班了，工人们减少废支的心事还放不下，他们聚拢在一起，评比本班减少废支的成绩，检查生产中发生的问题。不利于减少废支的操作技术在改，不利于减少废支的设备也在革新。

减少废支的斗争并不只限于技术领域。排梗工段长陈凤林说，他们干的活，是把火柴梗排立在一块块的加板上，排一块板，拿一块板的钱。在以往，有的加板上火柴梗倒一片也没人管，为的是多拿计件工资。现在，加板上那三千支火柴梗倒几根，工人们就宁肯不拿这份工资，也要把整块板当“废品”剔出来，防止在下一工段沾不上药头，出废支。一百多个装盒的女工也是“拿计件”。她们装一盒（一百支）火柴用五秒钟，剔出一根废支的时间同装一盒火柴的时间相比，当然就显得不太短。可是，每天上班时，她们手边那放废支的纸盒里，总是有五六百支。可以看出，党的思想工作在这场减少废支的斗争中发生了巨大的作用。

这场斗争从去年七月持续到今年一月，每盒火柴的废支由十根左右减到了五根。这同轻工业部规定的两根半这个指标还相差一大段。厂里的干部也承认，他们还有不少工作要抓紧干。

斗争在继续着。二月中旬我们来厂访问的前两天，生产报表中统计每盒废支的那一格里写的数字，已接近四根。

斗争不能不继续。接待我们的副厂长说：“每盒火柴多一根废支，全厂一年等于把几百万盒废木棍卖给了人民，这就有个为人民服务的态度问题。拿国家的木材国家的钱，造出那么多废木棍，这又是个对国家资财的态度问题。”

何止是一根火柴？每个人生产的产品，每个人做的工作，何尝没有这个问题！

一个真理

平凡的事物常常包含着真理。正如北京墨水厂厂长李健刚所说：“一厘钱，是个精神，因为工厂家业大，产品多，所以更要从小处打算盘。”是的，这是一种非常讲实际的精神，是能够动员所有群众行动的精神。这种精神，也可以说是我们的工厂、人民公社、商店和机关的理财之道，也是做好一切社会主义建设事业之理。不是吗？

要实现党的多快好省地建设社会主义的总路线，就要有这种“一厘钱”精神，从节省一厘钱做起，从提高每一分钟的劳动效率做起，从提高每一件产品、每一项工作的质量做起。

“一厘钱”精神显示了一个颠扑不破的真理：伟大的事业要从最小的事情做起。

亲爱的读者，当你抱着雄心壮志要建设好我们伟大的社会主义祖国的时候，你就从自己经管的一厘钱、一个产品和自己的每一分钟做起吧！

原载《人民日报》1963年3月24日

红桃是怎么开的?

——记党的忠实女儿赵梦桃

魏钢焰

楔　子

一九六三年四月二十七日的下午，汽车，人流，向咸阳市专署礼堂门口涌来。

由陕西省人委召集的表彰赵梦桃及赵梦桃小组先进事迹大会就要开始了。

天空的电波，地面的电线，讲台上，人丛里，回响着这个二十八岁细纱女工的名字——赵梦桃。

她，不在主席台上，不在观众席里，她，在哪里呢?

在军大医院三楼最边的那个窗户下，她，正躺在病床上。

花瓶里插着红彤彤的花束，不知是哪位护士特意为这个节日找来的。房间里，只听见收音机里嗡嗡的交流声：再有几分钟，大会的实况广播就要开始了。她半仰着，神情严肃专注，像是要从电波的声响里，听出那熟悉的脚步、笑音、语声来。

钟声响了三下，收音机里传出来庄严的军乐，她凝望着瓶中的红花，只觉一股暖流冲上胸口，在耳边，又响起那辚辚的车轮声……

轮　声

十四年前早春的一天，天已破晓，春寒逼人。

在洛阳通向潼关的大道上，有辆满载的铁轮大车，一摇一甩，吱——吱——叫唤着挪进。高高的货包顶上，有一个小小的白色人形在摇晃。

她，就是那十四岁的赵梦桃。她身穿重孝，蜷缩着身子。她耳边，震响着父亲临终前那嗄哑无力的喊声："梦桃！梦桃！"爹呀！为什么给你那苦到根上的女子，要起这么甜的个名字呢？

可是，这能怪那个洛阳城的小摊贩赵书林么？

赵书林一辈子勤勤恳恳，安分守己，到头来，只落得房无一间，地无一垅。梦桃出生后全家人围在这个头生女儿的身边起名字，他都不称心。赵书林，望着小女儿红彤彤的脸蛋儿，多像朵桃花呀！叫个什么桃呢？……翌晨，他说他梦见：街心里摆着一盆绿臻臻的夹竹桃，小骨朵红彤彤的。他一把抱了起来，粉红花瓣噗噗隆隆开了个满堂红！

这就是"梦桃"名字的来由。这个梦是实是虚，自很难说，但谁能说，赵书林对小女儿的祝福心愿，是不真切感人的呢？

……

车轮呻唤，赵梦桃全身冻得缩成一堆。娘问她："冷么，桃？""不冷，娘！"怎么不冷呢？我们的小梦桃血泪里生，冰雪中长呵。伏在父亲肩上的小桃看到过洛阳的大火，惊跑的人群，南山的日本骑兵……这，就是旧中国给小桃的见面礼！

大哥和小妹因贫病惊吓先后死去，小哥哥被送到蔡家坡学手艺去了，父亲也得了肺痨病躺在床上，全家搬到雷家祠堂里，人家为了摆赌把大门堵起，他们就在后门的一个小洞口爬出爬进，怎么活呢？

赵梦桃有个二姑，嫁给一个恶霸地主。老爹打发梦桃去告借药钱，小桃怯生生地去了。好排场！方砖铺地，深堂大院，二姑扭了出来，两只手挓挲着，摆呀摆地走，梦桃低头一瞅，嗬，金戒指，金手镯，戴了一手；小桃想，这下爹的药钱该有着落了。没想，这位少奶奶哼了一下："要借钱么？行呵，啥时候还呢？"小桃急了，回嘴道："诓不了你！俺哥在蔡家坡学手艺，一赚下钱，不吃不喝都还了你！"二姑用鼻子笑了一声，两眼斜瞅着她，小桃觉得身上一冷。女人开口道："依我看，你们不该叫你哥当那个穷工人去！拿上三斤苞谷面喝糊糊去吧！好歹咱们是亲骨肉嘛！"

回到家后，爹气得上气不接下气，连着把"亲骨肉"念了几十声！娘提上小布袋给那女人送了回去。夜静了，三个人守在那没灯的黑屋子里，等死么？才十岁的小桃一把捏住爹的手说："爹，桃养活你！"平素很少掉泪的赵书林，一把搂住梦桃，哇的一声大哭起来。

从此，这个又瘦又小的女孩儿，就和母亲挑起了养家的重担！

赵梦桃的整个幼年，就是在一个笸箩里坐完了的。

天刚麻麻亮，小桃翻身起来，扯过被子往圆笸箩里一放，就抱着一大团毛线拿上竹针坐了进去：织呵织呵！娘送饭来，热的端来，凉的端走，哪一顿饭不催几十回！娘怕她累，藏起了竹针，她哭一顿，吵一顿，直到娘把竹针递到手上才算。织呵织呵！顶到上灯了，娘才能把她拖出来！赵书林躺在炕上，眼看着这株梦中的夹竹桃，脸上没了血色，瘦得成了棍儿，心痛啊！倔小桃不听他劝，只仰头说句："爹，我壮着呢，他们逼不死咱！"就又低头为老板织毛活去了。一次，她发高烧，还挺着干！这个从没对女儿叫骂过的慈父，眼里迸出了泪水，嘶声吼着：“你给我出来！想死在那筐箩里么？”

别骂她性子倔吧！她能眼睁睁看你咯血咯死么？她曾看见娘手里拿条绳子仰望着横梁，听到过深夜里老娘的呜咽声，让她怎么能不豁出身子硬起心来干活呢？

织呵织呵，小小的竹针，既补不住这个千疮百孔的家，也挡不住掐着父亲脖颈的病魔，老人终于倒下了！

突然，小哥哥从蔡家坡来了封信，叫她们去，这样，娘俩就搭了这辆拉货的铁轮车……

天，已近黄昏，铁轮在深厚的浮土中滚得很吃力，梦桃娘望着那茫茫的路程，不由得哭了起来，小桃用瘦小而有力的手紧攥着娘的手。

吱——吱——车轴哀叫着，向前转动。

红围腰

一九五一年十一月二十六日，蔡家坡陕棉二厂为正在修建的国棉一厂招考培训工。

瞧瞧吧！这条大路上拥满了半大女子，挤得车不好转轮，马不敢抬蹄。

人流中，就有咱们的赵梦桃和她的民校同学小桂云。

小桂云凑到她耳边说：“你又瘦又小，怕不够分量！你看我……”梦桃一看，她衣襟下鼓鼓囊囊地装了一口袋碎石破瓦，梦桃扑哧笑了：

“只要我走进工厂，五条老牛也拽不出我来。”

可惜，没人能把这群刚离开妈妈的毛女子们进厂时的憨样儿拍摄下来。

开饭了，饭堂里红火得像开了戏……等大家都盛好了，坐定了，才看见一个瘦女子从墙拐角站起来，慢条斯理地去盛饭，咦，这个瘦娃可怪！

编组了，好铺她让别人睡，苦活她抢着去。话不多说一句，手可总不闲着。怪呵，她怎么那么老气懂事？

三天头上，选组长，女子们一哇声指着她喊："就选那个瘦娃！"老师傅共产党员老蔺说："她叫赵梦桃！"梦桃大睁眼问："咦，你怎么知道我的名字？"老蔺笑笑说："我也长了一双眼睛嘛！"事儿就这么怪，愈是不想叫人看见的老实人，人们倒愈注意她！

谁能忘记第一次上班工作的情景呢？细纱车间里，大玻璃窗投射的阳光下，万锭飞转，银线如流，梦桃看见女工们轻盈地飘滑在弄堂里，小手这么一拨，那么一捻，把人羡慕死啦！最叫人眼热的还是老师傅身上带的那个红围腰，周围镶了一条鲜红的宽边，中间绣着"郝建秀工作者"几个字。听说这女子创造了个什么工作法。啥时候才能和人家一样呢？

万事起头难哟！由教练工领着的小姐妹们，一个个头发都剪得像假小子，忍着笑，憋着气，像一排受检阅的小兵，个挨个地站在机台前，每人只看八个锭子。不一会儿，都满头冒气了，紧张呵！

在车间，老师傅手把手教干活；睡个觉，老师还要守到女子们打开呼噜才离开。一会儿学歌咧，一会儿老师傅领上玩猫捉老鼠咧。翻身了！当主人了！

在笸箩里度过自己童年的梦桃，今天，才像从冰雪下探出头来的桃枝，见了空气阳光。

天一亮，梦桃一仄身就坐了起来，一边揉着惺忪的睡眼，一边就放开嗓子唱开《南泥湾》。痛快嘛！人们一天说娘亲爹亲，家好舍好，天下还有这么好的家么？梦桃如今的心事，只有一个：啥时候才能学成郝建秀那样，带上红围腰？啥时候才能成个真正的工人，报答党的恩情？

星期日，梦桃坐到炕上摇着娘的胳膊，说个没完没了，老人听得喜泪直流。半晌，老娘说："桃，我不明白，为啥你那姑姑，亲骨亲血，对咱那么狠？厂里的伙伴们，姓不是一个姓，坟不是一个坟，可待咱这么好？”

诉苦大会开了，愤怒的热泪，枪弹似的语言……赵梦桃这才看见，天下有这么多的苦姐妹呵！这些坐在筐子里挑来的，光着脚丫走来的，叫人家用二斗苞谷换来的，才是自己的亲骨血呵！她懂得了，她的对头冤家不只是那个六亲不认的少奶奶，而是那些吃瘦了工人、农民的吸血鬼！她现在才开始懂得了“主人翁”三个字的分量！

“好好干！下苦干！老实干！”这就是赵梦桃的口头禅。论灵巧，她赶不上人，话，说不到一堆儿，手，也不麻利。但她一进车间，就像上足了发条的钟表，不管人前人后，活儿松紧，就是那么按照郝建秀工作法掐分扣秒，一个点儿地干！

笨么？狠命学！纯得像水晶似的梦桃，看见哪个姐妹有点长处，都那么喜欢，在车间给人家递手巾，端水，拜师学艺，毫不忌妒。

一九五二年五月，国棉一厂开工了。不久，在学习郝建秀工作法的毕业典礼上，赵梦桃看到桌上那一叠就要为优秀学生颁发的红围腰，又爱又怕，这时，她想到的净是自己的缺点。没想，第一名叫的就是她。梦桃还以为叫错了人。系上了红围腰，小桂云说：“好威武！好光荣！”梦桃说：“带上郝建秀围腰，就要按郝建秀工作法办事！”

“好好干！下苦干！老实干！”别人一个巡回三到五分钟，她用二分五十秒；别人在车头车尾说话，她上厕所都是小跑；有人说：“看一台车也是那么些工资，何必？”她说：“咱不是为工资干活！”首先响应党委号召，独自看了一台车。有些技术尖子说：多看台非多出白花不可。她这个出名的老实疙瘩，毫不显眼的瘦女子，白花却出得惊人的少！渐渐地有些人和她疏远了，用斜眼看她了，耳背身后，有些嘀咕声了……

一场风雨就要来了！可梦桃却从没觉察到，只是个闷头干，干，没想，一头就撞在界石上！

红围腰，是那么好带的么？

“赵梦桃不见了！”轮班长老赵，闯到了老蔺面前，气喘吁吁地说。

“什么？”老蔺简直不相信自己的耳朵。

“开完批评会，有人见她收拾东西，一转眼，就……就不见人了。你快找去吧，有人说她许是……回家了！”

“不会！我知道她！”老蔺斩钉截铁地说，他一把按住老赵的肩头。“坐下，慢慢说，到底是怎么回事？”

老赵扶着个脑袋说：“咳！都怨我！没调查研究，就开了这个倒霉的会！”

事情是这样的。

当赵梦桃闷头苦干的时候，有几个人在嘀咕她：

“梦桃今天的白花又出得最少，别看这人不吭不哈，还真行！”

“保险，人家有点窍门！”小胡说。

“什么窍门？”小韩眼皮一闪，嘴一撇。“哼！没看她接头那个笨样子！不是说气话，我用脚指头也比她接得快些！”

“难道说，梦桃的白花是老鹰叼去了？”有人不服了。

“老鹰倒没见，可难保老鼠不偷着藏呀！”不知谁撂了一句。

闲话就像地里的蝗虫，愈传愈多。生产组长陈师傅听了底下的反映，心想：“好哇！我叫拣大口袋装纱管，压分量，多报点产量，也是为全组着想嘛！你说我不老实。现在，你可做出了这种事！”随即去找轮班长老赵，老赵一听就急了，学习模范还干这种事？开会批评！

天窗发白，红灯大亮，是下班的时候了。赵梦桃唱着《南泥湾》

进了宿舍，一进工房门觉得气势不对，架子床上下都坐满了人。不一会，老赵也来了，把门一关，拿了个凳子背朝门坐下，脸色阴沉地说：

“今天开会不为别的，单为帮助赵梦桃同志……”

会上，许多同志向梦桃投来同情的目光，有些人想：“像这老实疙瘩，你教给她捣鬼，她也学不来！”片刻，有人发言了，人数不多，可那些话就像冰雹，打在梦桃的脸上、心上！

“凭你的技术，为啥白花出得少？”

“要有鬼，就说，别隐瞒！”

“带上红围腰，咋能做这种事！”

梦桃坐在那里，开始是惊异不安，后来是委屈痛苦，最后，脸色大变，手脚冰凉。想想看，一个十七岁的女孩儿，进厂才几个月的新工，从小就那么要强的倔性子，却遇到这么一场斗争！

最后她站起来忍着泪说：“我只说好好干，下苦干，报答领导和大家，没料想……还说啥呢？我能哄一天，哄不了一年！往后看吧！”

会议不了了之，大伙吃饭去了。她把门一关，这才放声哭了起来。我偷懒了么？骄傲了么？做鬼了么？这是为什么，为什么呵！我们的梦桃，遇到生活道路上的岔口了！

她突然翻起身来，收拾着衣物：“我要走！走！哪儿不能为人民服务？”可是，手却不听使唤，发软、打战。一下，她碰到了那领红围腰，手像被烫了一下，缩了回来，站在那里怔着。她把红围腰紧搂在胸前，念叨着：“郝建秀！你说说，我该怎么办？”

手提着红围腰，她昏昏沉沉地出了工房门，从小道，走到鱼池旁边坐了下来。望着那刚栽下的小树，才铺好的马路……面前就是操场，红围腰就是在这里发的呀！……厂房里的机器声，是那么匀称甜心……

她真想一下冲到车间去，和那些贴心挨肉的姐妹，并肩站到机子前去！可是，怎么躲过那几双刺人的眼睛？怎么受得了这份委屈？

找了好半天，没想在这儿碰到了她！老蔺轻轻走了过来。梦桃想躲开，脚抬不动，想叫他，又张不开嘴。只见嘴皮动了一下，泪花就在眼里转开了。

老蔺心里也有些发酸，这是他眼盯着成长的人，他知道这事的原委，他很想安慰一下这个孩子。可是，他懂得她：她虽性倔，对自己却一向要求严格。支部书记刚才叮咛得好：她要的不是乖哄而是严格诚恳的帮助，要开路劈山让她跨前一步！……老蔺手抱着膝盖，坐在旁边好半晌，才细声慢气地说：

“看，眼都哭肿了，哭肿了眼还能看清路？咱们工人阶级的泪可不能随便掉！”

果然，这话生了效，梦桃用手背把泪一抹，梗起了脖子问：“既都是工人阶级，为啥要给我脸上抹黑？”

“你以为工人阶级是从天上飞来的？不经过千锤百炼和各种斗争，就能成为工人阶级么？拿你说吧，一向没二心，闷头干，可是，一碰个风吹雨打，就想退却！这像个工人阶级好战士么？”

“退却？我到外厂也是为人民服务！”她颇有些不服。

“别的厂要再不顺心呢？”

赵梦桃低下了头。

“同志，革命不是串亲戚。哪个地方没有斗争？不要锻炼？你以为他们是对你个人过不去？不，他们是不相信工人阶级的力量，不相信自己！不相信新的劳动态度。”说着，老蔺把她膝上的红围腰扯过来，抚平摸展，又说：“就说郝建秀吧，她也是硬着脊梁斗争过来的。当初……”

赵梦桃渐渐抬起头来，越听越入迷，甚至忘了自己是为啥跑到这儿，忘了收拾包袱那件事。

“……真的假不了！一个革命者嘛！没有个硬脊梁还行？哪一块好钢，不挨几百锤敲打？”

赵梦桃把乱发往后一掠，擦干了泪，忽地站了起来。

“要上班去？别忙走，把这个带上！”老蔺站起把红围腰递给她。

赵梦桃脸红了，把手藏在背后。

“带上！常看着点这领围腰，你就走得更欢些更稳些！”

这下可见了她

一九五二年深秋，赵梦桃从青岛疗养回来，车快到咸阳了，她早早儿就守在车门口，恨不得一下跳到车间去！投到阔别了两个月的姐妹们怀抱里去。

回厂的路上，已经调任为细纱车间支部书记的老蔺，深情地含笑望着她，看这娃，脸晒黑了，胖了，两步当一步那么有劲地走着，她像是有些地方变了。

赵梦桃揪住他的胳膊，有点神秘地说：“蔺老师，这下我可见了她！”

“谁？”

“郝建秀嘛！一去青岛，我就一心想见她，一到下午，我就站在楼房晒台上看，哪个烟囱下是郝建秀的工厂呢？盼呀盼呀，不想，正午睡哩，听她来了，我的天哪！慌得我连鞋也穿不进去。一看，郝建秀是那么憨厚的女子，和我早先想的可不一样！”

“你想她该是啥模样？”老蔺忍着笑问。

“我思谋嘛，既能闯过那么多关口，一定是个高大个儿，胸脯挺着，挺威严。没想：是那么朴素，本色。穿一身洗得发白的蓝列宁装，一见人就笑，笑得哟，两个眼都不见了。虽说只见了一面，就觉得是能掏出心来对她的。”

“你和她说话了没有？”

“挤不上去哟！话虽没说上，可这一辈子也忘不了她！当天夜里我就想：看人家，那么随和又那么坚强，自己呢，碰了个坎子就嘴噘脸吊的。”

“是呀，要说上次那件事，你也有责任！为啥有人误会你？你光顾自己埋头猛干，可忘了把你的劳动态度和工作方法给组里传授一下！”

“我教人家？我不是技术尖子呀！怎好意思去教人家？”

“病就害在这儿！这叫自卑感。你是工会组长，是先进生产者，对不？你的责任就是团结全组带动全组，自己教不了，还有小韩和其他技术好的，为啥不请人家，求人家？”

“求小韩？”提起这个“尖子”，梦桃迟疑了。

“对，求她们去！这不是为个人求米求面，有什么不好意思？这，对你也是个考验哩！”

上班了，梦桃赞羡地看着正在操作的小韩。这巧人儿，在弄堂里穿行像只小燕，接头好比掐花。蔺老师说得好，要是全小组都能这样儿飞起来，该多好！

下班时候，梦桃兴致勃勃地赶到小韩面前，叫了一声。没应。没听见？又叫了几声，人家才回头冷冷地说：“有话说嘛！我听得见！”话头比北风还硬。梦桃强笑着说：“小韩，你是咱们组里的技术尖子，大家希望你担任技术组长，带带徒弟！”小韩停住脚掉过头，眼一闪，嘴一撇：“我？你找错人了吧！凭我这个笨样子，还敢教人？”说完一扭身就走了。

赵梦桃像钉在地上，半晌动不得。心想：天哪，我笨，我技术差，你就该这么藐视我么？

但，经过一次风雨考验的梦桃，究竟不同从前了，她走在路上，想起了那结实健壮的郝建秀。难道，这点坎子还难闯么？只要为了工作好，有什么不能忍不能咽？小韩一向利索肯干，只是要要小性子，难道，就看着自己姐妹任性下去？她咬咬牙又去了。

三国上有个三请诸葛，赵梦桃请小韩，谁数清有多少次？个别谈不行，就在生产小组会上请。当着二十几个姐妹，小韩稳坐钓鱼船，一言不发。

有人劝梦桃："算了吧，何必呢？"

算了？不！梦桃想：我一定要把这盏灯拨亮，一定要打开小韩的心，叫她满肚子蝴蝶，飞满车间！

小韩前边走，她后头跟，你不理我我理你，你不说话我说话。小韩一甩手洗衣裳去，梦桃去打水；小韩一扭脸收拾床铺去了，梦桃就拿起笤帚。磨来磨去，小韩心活了，她不能不想："人都有一口气，梦桃这样大仁大义，是为了谁？"有一天，她终于对赵梦桃笑了，说话了，点头了！革命的诚心和坚强性胜利了！

梦桃跨过了又一道坎子，她觉得：眼界亮了许多，一个问题浮上心头：为什么蔺老师总比自己看得远呢？自己啥时候也能那样胸怀广阔呢？

一九五三年八月，梦桃和小黄参加全国纺织劳模大会，在会上，她又见了刚上大学的郝建秀和许多当了劳动模范的共产党员。她觉得这些同志身上，都有着非常扎实坚强的革命意志和广阔的胸怀，引起她无限的向往和深思。

夜晚，灯早灭了，赵梦桃还在翻身，一个女伴悄声问道："梦桃，还没睡么？也难怪哟！要是我能到天津开一回会，回来高兴得非晕了不可！"

"傻女子！你要真的称了心，就不这么想了。"

"那你为啥睡不着？"

"我觉得，开一次会，肩上就沉甸甸的加一层分量。你不知道，咱们工人里有多少真金子呵！这回我见了几个党员劳动模范，人家那才是锤不垮的真英雄呵！啥时候，我才能像他们一样呢？"

不久，她入了积极分子训练班，听讲党史、党的建设。梦桃手扶着脸，凝望着教员的面孔，被那一场场烽火硝烟里的搏斗，一次次英雄的前仆后继吸引着，激动着！赵梦桃才知道："为什么共产党员一定要是真金子！怎样才能成为真金子！"

真金子

一九五三年夏季的一天，十几个人聚会在夜校的一间教室里，这里，听不到往常的嬉笑吵嚷，如此安静严肃！这是讨论赵梦桃和小黄、小李入党的支部大会。

讨论小黄的时候，在肯定了她的一些优点后，会议气氛转化得严肃了。梦桃看到这些平日那么和气宽厚的同志，如今却脸对脸心对心的，对小黄说出她在自己父母兄弟身边也听不到的深透批评！有的说她当劳模后有脱离群众的苗头，有的说她别把党和群众的功劳荣誉记在自己账上……梦桃一边听一边想：这些坦率严格的话，除了党的会议，哪里能听到？对！谁要站到这个队伍里，就要去迎接最严格的考验。去战斗一生，改造一生，要不，怎么做真金子呢？

轮到讨论到自己的时候，她倒反而心定了。蔺书记和党员同志们，望着这个眼睛清得像泉水似的女子。她是那么纯洁、质朴、克己、勤恳，经过一次次考验，迈过一道道坎子。她也有缺点，她毫无锋芒，却有自卑感，这由于她还不充分了解一个共产主义的突击队员的责任，还缺乏豪迈的气魄与宽阔的胸怀。

赵梦桃睁大眼睛，把这些战友的话吸进心里。她不遮掩自己身上的缺点，也不隐瞒渴望得到党内严格锤炼的心情，去承受最困难任务的勇气。

支部大会通过了。

她走出会场之后，第一个涌上来的念头就是："今后我能做一个怎样的人民勤务员？怎样才能配得上党员这个称号呢？"

党的血液，在梦桃身上流动。她的眼更明，心更亮了。

梦桃对人说："一个党员不能像我过去那样，只懂个好好干，下苦干；还要懂得为谁好好干，为什么好好干，怎样好好干才行！”

梦桃听说：一个刚调来的帮车工张秋芬，到哪部车，哪部车不欢迎，和谁住在一起，谁就嫌她邋遢。梦桃望着这个看来也挺灵醒的姑娘，摸着她那自幼磨粗了的大手，心里不觉一动，就把自己的褥子给她换上，帮她拾掇梳洗。要秋芬为自己帮车。梦桃仔细观察着她：车间里，锭转如飞，别人都忙得像走马灯，她却常呆呆地盯住个啥，傻看半天不动弹。这神情，看来好熟啊！这不是当年祠堂里，母亲常有的神态么？下班后，梦桃就陪着她，关心她，用阶级的爱，融化着梗在她心头的那块冰！这个见人不搭腔的姑娘，倒在她肩上哭了。原来她是个童养媳出身，心灵上受过摧残。一次，梦桃领着组员到医院去看她的病，她抓着梦桃的手不放，硬要跟着回去，她流着泪说：“我实在离不开你们呀！”路上，有人说：“没想到秋芬是这么个好姐妹！”梦桃说：“她本来就是咱的亲骨血！旧社会冷眼看她，挤轧她，到了自己家里，咱们党员就该捧出心来暖她！伸出手来扶她！”

在党的事业与利益面前，赵梦桃义无反顾挺身而出。一九五五年的一天，梦桃从外地回来就遇上了一个小组会，大家正为孟金弟完不成生产计划，影响了先进小组荣誉而焦躁。孟金弟鼓起个眼睛，越听越烦：“你们光会说，也不了解了解情况，是我不努力么？”一炮就把个会崩垮了！

梦桃想，金弟一向工作不错呀！就亲自到金弟车旁观察；原来，这车子是不顺手，连对班两个技术很好的同志，也是完不成计划，一见面就唉声叹气，弄得孟金弟一上车就心慌，白花越出越多。

怎么办？赵梦桃急得心里像火烧，正走着，忽听有人说：“梦桃的技术并不是尖子，计划为啥完成得那么好？”另一个说：“她的车子好使呀！”梦桃听了并不反感，反觉立刻心亮了：“对！我去换车！”同行的女伴说：“那车子太难照看！换个技术尖子去吧！”梦桃说：“这里真正有困难了，是正需要咱党员的时候，技术差，就推给别人么？”

换车后的头一天，弄得个手忙脚乱，白花虽比金弟少一些，但也相当惊人。周围的同志都心慌了，有的说：“你不同呵，梦桃！你要完不成计划，各方面都要受影响咧！”有的说：“你是工会组长，这样如何说服别人？快换回来吧！”梦桃笑了笑，平静地说：“我要退下来是个什么影响？又怎么说服别人？一个共产党员，要的是党的事业，不是个人名声！”

在这样的战士面前，故障，能不胆怯？车子，怎不驯服？

太　阳

轮声，铿铿锵锵，载着梦桃，车头欢叫着昂奋地奔跑！

九月十五日下午，在北京，中国共产党第八次全国代表大会就要开幕了。

赵梦桃眼望着一张张和蔼的面孔，他们年龄不同，服装不同，身份不同，但那投来的亲切目光，同志爱的流露，却都是如此深切的。梦桃知道，在座的每一位，都是一部活的斗争史，坐在这些最优秀的革命战士中间，自己真像投入大海的一滴水：飞腾，回旋于这海水之中，既那样微小，又如此巨大！

快开会了，会场静悄悄的，梦桃探起身子，向主席团的中间望着。多少个不见天日的旧中国黑夜，望不尽阳光普照的新中国春天，眼下，她就要亲眼看到这轮光辉的太阳了！

全场灯光大放，毛主席站起来致开幕词，他的声音，那么雄浑，乐观，就像在千岭万壑、长天大海之间回响！

梦桃仔细看着毛主席的手势、笑容，琢磨着开幕词里的每一个字，她被那安详、沉着而热情洋溢的语词感染着。忽然，她觉得：毛主席就像一座高山！不论什么风雨，他都能承担。不论什么云雾，他都能看透。你在他面前，就觉得整个世界都在脚下，几十亿劳动人民都在身边！

会议进行着，一座壮丽的社会主义大厦，在这里设计奠基、搭架。梦桃豁然开朗：她看见自己车间里的机车，流泻出一条条绣织万里江山的彩线；她看见厂房，支撑着共产主义大厦的一角；她看见一个个姐妹的手里传送着奠基的砖石，呵，有什么跨不过的坎子？有什么迈不过的山岭？

会上，梦桃被代表们以毛泽东思想进行批评与自我批评的认真态度，深深感动着。他们肩上担着多么重的担子呵，遇到过多少难关，可是，他们都是那么乐观而严格地要求自己。会后，梦桃向人说："现在，我才体会到要做人民勤务员这句话的意思，这话深得很，深得很！谁要能真懂了这句话，就懂得什么是共产党员了。"

选举时，会场里只听得纸张翻动和沙沙的笔响；赵梦桃伏在桌上，挚情地瞅着候选名单上毛主席的名字，想起了：那辆哀叫的铁轮大车，倒下的老爹，洛阳血火中惊跑的人群，诉苦会上一声声的血泪控诉……想起了：拖拉机上的青年农民，炼钢炉前的伙伴，千万个正走向建设岗位的小梦桃……她举起了笔，在毛泽东的名字上，浓浓地画了一个圈。她要为那些不能来的亲人也投上一票！她要在这名字上留下对党的深情和誓言。

轮声，那么沉稳。梦桃倚在窗口，急切地向西望着，脑中展现着灿烂的未来。自己那个平凡的岗位，有多少工作要做呵！她感到自己那小小的肩头上，也肩负着革命大厦的重量！

不让一个伙伴掉队

熟识的人们都觉得，自八大回来，梦桃身上有了变化。她笑得更开朗，胸怀更宽了，更虚心更诚恳了，她关心人更深沉，更普遍了！这，是怎么回事？

我们且听听她自己怎么说吧！

一天下午，梦桃约好几个组长在鱼池边亭子上聊天。她倚在栏杆上等人，瞅着当年在这儿坐着流泪的地方，就不禁又脸红又想笑。也别羞也别笑，人，就是要这样一步步往前走咧！看，那来来往往穿白围裙的姐妹们，这里有多少想带红围腰的毛女子？有多少还没挖出来的金豆子？怎么才能使她们很快成为英雄的突击手呢？

几个组长一来，谈到组里的情况，就像开了戏。这个组一向先进，可这也是个小社会呀！这个同志老实肯干，可就是生产上不去！那个心灵手巧，可就是老皱着个眉；这个人一向挑尖，最近却突然走了下坡路……

怎么办？有的说：多调些尖子来。有的说：那还叫什么先进小组？要帮她们学技术！有的说：思想问题不解决，技术也学不进。各说一理，争执不下。梦桃说了："依我看，咱们组的同志都不错。哪个同志心里没盏灯？没把火？在咱们队伍里，哪个是甘心落后的？要不，为啥一听完不成计划就哭鼻流泪？生产上不去，各人有各人心上的一把锁。"

"对！可谁有那么多钥匙去开它？"

"有，"梦桃肯定地回答，"我们有一颗同志的诚心！这就能开万家锁！"

接着，梦桃就和大家一块挨个摸头的排队摸底，分工帮助，大家的心像是亮了许多！最后梦桃说："能帮助别人前进，是人生的最大幸福！我们要把每一个同志心里的火都扇旺！不让一个伙伴掉队，不让周围有一个小组掉队！"

"不让一个伙伴掉队！"这话何等的豪迈，有气魄！何等的乐观，充满信心！这话，警惕了先进，振奋了后进，在党委的倡议下，震响了整个国棉一厂。

不让一个伙伴掉队，就要对同志以心换心。

赵梦桃，对自己很严，对同志却耐心启发，善于等待。对自己的生产学习以最高标准去衡量，从不强调困难；对同志却缜密分析，体贴入微。自己有病，从不声张；对同志却知冷知热，心细如发。

十年多来，赵梦桃就是这样，把自己的精力、时间、心血全放在同志的身上！她察言观色，无微不至，同志们说：什么也逃不过梦桃那双眼！

这眼睛，看见新从外厂调来的赵喜芳，无精打采地拖着一双鞋上班。“怪！平常我鞋上掉一个扣子，还老觉得巡回起来不攒劲，车间是战场嘛！她是怎么啦？”梦桃不忙着批评，先去从各方面了解，礼拜日搞家庭访问。原来是婆媳间闹纠纷！对症下药，喜芳心上的锁开了，生产还用催么？

这眼睛，看见了一天歌声不断的小鬼梁福云，突然不吭声了，一开起会就坐在墙角想心事。会后梦桃就扳着肩膀问，原来是小鬼生了头胎，不会处理家务，不懂得人世上还有个婆媳关系！自己觉得对婆婆没二心，可是那股孩子劲儿却得罪了人。梦桃像个母亲，一点点教她。不久，又听见她放开嗓子，大老远就唱得吱吱哇哇的，进门一把抱着梦桃说：“灵！老人对我好了。”人唱了，机子还能不唱么？

有些人纳闷：为什么不管是先进的、后进的，性子绵的性子暴的，喜欢她的还是对她有偏见的，梦桃都能换过她的心来！好像她有一股魔力，谁见了她，也无法不受她的吸引，不把藏在心底的心事告诉她。有的说：“梦桃不管对谁都是一个态度，能知道人的冷热甘苦，一说就能扎到病上。”有的说：“她从没一点‘帮助人’的架子，不是高高在上地指责，夸耀自己，而是一见面就诚心诚意地肯定你的优点，老老实实说自己的短处，叫你听得心跳脸红，自己就把啥也倒出来了。”有的说：“一见她那么诚恳耐心、心地磊落的样子，心里就是有座冰山，也叫化了！”

这是何等的胸怀！

梦桃的作风，渗透了她的小组，每到假期，她们就进行家庭访问、野游。互相体贴、关心，成了全组的风气。

“不让一个伙伴落后！”不仅要能像春风化雨那样，而且要能在狂风暴雨中挺身而出。困难，挑起！方便，让人！以英雄的战斗姿态去召引别人，这，又是梦桃共产主义精神一个主要方面！

只是数得上来的，梦桃就先后和别人换过十一次车！

红　旗

荣誉呵，革命的荣誉！你是那么坚贞，光彩！就像那长征草地上的篝火，游击队手中的红灯，它提醒战士，照亮路程，燃烧理想，鼓舞斗志！你又是呵，那么严肃冷峻，毫不徇情！谁要是偷窃你的羽毛，当作帽子上的装饰，谁要是对着你的红灯，只照自己过去的脚印，它就会被你那电火般的目光，直射得冷汗淋淋，无地自容！

梦桃呵，为什么你能十年如一日，通过了一个个荣誉的考验？为什么你能手持着党交给你的红旗，一步一个脚印，不歇气、不换肩地向前走去？

让我们听一段动人的谈话吧！

夜深了，在人行道上，还有两个女工并肩走着，一个是梦桃，另一个也是位先进生产者。

“……这话我只对你一个人说，梦桃，我实在想改个名字！”

“为啥？”梦桃睁大眼问道。

“免得叫人指责！当了劳模倒像是理亏了，领导上严，群众就更苛，为大家熬心血没人见，一点走不到，指头就能把脊梁戳烂！”

“熬心血是咱的本分，要求严是对咱的信任，要不，给咱这么高的荣誉为啥？”

“这杆红旗我是扛不了啦！”

“你说什么？”梦桃想不到她会说出这样的话来！

“红旗是光荣，可我扛不动呵！”

“同志呵，这杆旗既举就要举到底，这套车既拉就要拉到头！当不当先进生产者，不是你我个人的事，这是为了党的事业发展！这是党的威信，工人阶级的威信问题！”梦桃不禁激动起来。“一次，我坐火车回咸阳，有几个乘客从窗口向外望着，一个说：‘听说这里有个赵梦桃，还是八大代表，真给咱们工人阶级争气！’另一个说：‘就担心她能不能走到底！扛起红旗容易，走到底可不易！’这句话，在我心里翻腾了好几年，咱能叫这些同志失望么？”

“难呵，梦桃！当初只想光荣光荣，抢着要红旗，今天扛上了，才知道不简单！”

“要说难，也难，当突击队员是不简单！要说容易，也容易，只要咱把一切都交给党和群众，没私心，没歪念，咱就一定能把这杆老红旗，稳稳地扛到共产主义去！”

可谁想到，一九六二年元月份，赵梦桃和她的小组，在月评时，没评上红旗！

这是怎么回事？

一九六一年秋季，细纱车间接受了改纺高支纱的任务，车上需要的一个新零件暂时买不到，一九六二年元月，原棉质量还来个下降，断头大增，为了加强捻度，车上加了个中心牙轮，不料，细纱捻头更小，断头直超过规定指标一倍！

眼看就要评比了，谁愿意失去红旗呢？测定员来为她们组测定，测完说：“你们也不错嘛！”拔腿正要走，梦桃喊住她说：“要测就要测透测全，光测中纱不标准，中纱断头最少！”梦桃待她把大、中、小纱都测完后，去问：“多少？”测定员苦笑说：“老样子，又超过指标一倍！”梦桃点点头说：“是多少，就报多少嘛！”

元月份评比过后，小组里喊着：“拼了个力尽汗干，红旗还是没评上！”

“说良心话，咱可是下了死力啦！还是完不成计划。别组是啥法子完成的？”

梦桃说："红旗没评上，谁也不好过，可咱们要的是真红旗，不是假荣誉。咱们要长志气，想办法，坏棉出好纱，然后实事求是地反映情况才对！"

二月初，梦桃抽空把本组齐测定了一遍。又找对班的同志了解。情况证明：在当时条件下，指标规定是过高的。

怎么办呢？反映真实情况吧，也许有人说自己为小组争荣誉；不反映呢，老实人拚死拚活完不成计划，车子改进不了，整个生产都要受影响！想到这里，她就毅然决然去找领导了。

没料想，一位车间领导听完意见后，却反问了一句："同志，是车子的毛病，还是工人思想有毛病？"

一向忠实于党、冲锋在前的梦桃，什么时候听到过领导的这种指责？"难道我真是做了群众的尾巴？落后了？……不！我做过调查研究！为什么不体谅一下工人的心？还有什么比完不成国家计划使工人更痛苦的呢？在八大会议上，党指示：'坚持真理，修正错误'，我不能稀泥抹光墙！"

怕什么误会，猜疑？怕什么指责，钉子？赵梦桃公字当头，一片赤诚，胸有成竹，光明磊落！她又去找厂部，找工程师，找党委，问题终于都得到了合理解决。

看来，还是梦桃的话对！"没私心，没歪念，就一定能把这杆老红旗，稳稳地扛到共产主义去！"

不能哄党，要向党说老实话！说知心话！绝不能为了个人得失，损害党的事业！这，就是赵梦桃的风格！

一九六一年。"怪！为什么最近细纱质量不好？断头多，白花多，空锭多？"才疗养回来的梦桃纳闷。一查看，原来工人们怕扣个人得分就不肯抹锭脚回丝，结果，出了一堆毛病。第二天梦桃上班就一反"常规"，勤抹回丝，结果，别人是四十多根断头，她却不到十根，清洁工作一百分。可是当收回丝时，她却抓出了一大把，测定员说："以后要注意！"同志们说："人家不抹，光咱抹，太吃亏！评不上红旗怎么办？”梦桃说：“回丝指标不恰当，咱去反映。可要为个人得分，弄得细纱质量坏，国家受损失，得来了红旗也烫手！”

赵梦桃这个红旗手，就这样，十年如一日经过了种种考验走过来的！

共产主义精神的光辉

一九六三年元月份，《陕西日报》发表了一个重要消息。消息说：赵梦桃刻苦钻研，吸取能手们的优点，摸出了一套巡回清洁检查操作法。去年十一月底，省纺织工业局总结后，现已在全省推广。

这个当年一心想带红围腰的小女子，今天，也为整个细纱工人做出了这样的贡献！

不料，一向体弱多病、动过手术的梦桃，这时病又发作了，好不容易，领导和同志们才把她强送进医院。

就要动肺部手术了，医生来问她的意见，梦桃抬起头来说：“我整个身子都是党的，需要怎么治疗，就怎么治疗！我什么都不怕，只怕不能为党工作！”

动手术时，她迷迷糊糊地觉得：好像自己一个人走在田埂上，太阳是那么烈，棉田里一片青色，再走时，满眼是怒放的棉桃，沿着田埂走呵，看呵……不知怎的，腿那么软，便靠在一株大树上，在阴凉里歇着，歇着……

不知过了多久，她睁开眼，看见满屋子穿白衣的人，才想起已动了手术。医生看见她眼里急切探询的目光，便轻按着她的肩说道：“放心！你还能到车间去！”梦桃衷心地笑了！

渐渐的，护士和病友们，从别人嘴里，知道了她是先进生产者，八大代表，就纷纷来向她询问、学习。她却只是一笑，热情地向别人介绍着郝建秀、张秋香，那么深情地谈自己的小组和姐妹们的劳动。

大家听得入了迷，可是一出病房门，才想起她对自己的事迹一句也没提，“这人的嘴好紧呀！”

可是，哪有不出响的战鼓，不发光的火种？

当刚能由护士扶持下床时，她就爬上窗台，挽起袖子去擦窗户。她就牺牲掉午睡帮助护士裁剪“油纱布”，她就去当“临时护士”，为病人做“输液”的准备工作，一站就是四十多分钟！

护士和病友们心疼她，劝她别放下扫帚就拿拖把地干。她却笑说：“我能动，就要干！”

我能动，就要干！像赵梦桃这样的战士，活着就是为了革命，活着就是为了别人！她把自己所有的热都暖了别人，所有的光都照了别人！

梦桃在刚动过手术后，伤口疼痛，但没有一个护士能看到她的眼泪和痛苦的脸孔。她总是笑呵呵地看着你！可她们哪里知道，在别人扭脸出门后，她就又咬起了被角！

在清晨，梦桃从一位护士的脸上，发现了劳碌一夜的倦容，她异常不安。以后就挣扎着下床，洗脸、倒水，还帮着重病人洗脚、擦澡，护士赶来劝阻说：“你按电铃嘛！”梦桃歉然地说：“我躺着，倒把你们累成那样！”

当组织上了解到这个情况，就派了厂的团委副书记李爱玲来招呼她。她原先不知道爱玲来做什么，高兴地问到操作法的情况，姐妹们换单衣了没有，要告诉她们预防感冒……可是，一听说她是来招呼自己的，就沉下了脸。当晚，人们诧异，梦桃的病房里怎么听不见笑声。突然，她仄起身来，请人为她打电话，直到组织上答应把李爱玲调回去，她才向李爱玲调皮地笑说：“别生我的气！全国都在学雷锋哩，我躺着就够啦，你又来了，这项工作怎么在团里开展！对不？”

不对，你并没躺着！这间小小的病房，就能阻止你共产主义精神的光辉么？

能说你只躺在床上么！你在医院里，仍然是按车间的钟表，沸腾生活的钟表，共产主义的钟表，分分秒秒地走着，走着……

当你早晨醒后，那门外护士的急促脚步，就给你带来战斗的感情，你望着窗外那匆匆上班的白衣战士，想着在林荫道上笑着走向车间的姐妹们。你从台子上拿起了纱管，一声不响地练着掐头动作！一分钟六十二个？不行呵，最高纪录是九十个呢！可是，她忘记自己却正在发烧哩！

吃过早饭，记者就要来了，一定记着，今天我要再一次地向记者讲：千万不能把我写成天生的先进；什么周围的同志都是我帮助的；巡回清洁检查操作法是我一个人的创造……没有党的心血抚育，小组的姐妹顶梁立柱，数不清同志的教育关怀，我还不是个不懂事的苦女子嘛！

是谁来了？记者同志么？请你先说说省上的纺织业先进生产者会议吧！下雨对棉花的影响怎样？南越游击队的战况如何？为什么一定写我呢？你要我谈我们小组，我们厂，两天两夜也说不完。我不过是尽了一个普通党员的义务！你说呢……

要是为了写党，写咱们工人阶级，那么就写吧！写党和毛主席对我的教育，写我对党对群众的感激，写我对共产主义的深情！告诉所有的同志，扛起红旗，坚定地走下去，走下去！

还是让我从根儿说起吧！

十四年前，春天，早上，我坐着辆铁轮大车从洛阳来，大车的铁轮，吱儿吱儿，一摇一摆地走着……

尾　声

咸阳的大会还在继续开着。

主席台上，正放播着赵梦桃给大会的录音：

“党给我们的荣誉，是党交给我们的任务，现在我们肩上的担子更重了。我相信，全组同志一定会团结得像一个人一样，每时每刻都听党的话。我要和全组全厂同志一起，像雷锋同志那样，用共产主义的革命精神为党工作，永远不骄傲，不自满，再接再厉，做坚强的突击队的旗手，把这面红旗不歇气，不换肩，稳稳地扛到共产主义去！”

这声音，如此诚挚深情，那样热烈铿锵！难道，这是个卧床数月的病人声音么？这声音勾起了会场中多少人的深情回忆！这里有手把手教过赵梦桃的老师傅，有在她入党志愿书上签过字的书记，有和她一个车间里并肩作战十年左右的阶级弟兄，有曾伏在她肩上诉过心事的小姐妹，有被她感动过来的“冤家”……他们，仿佛突然才懂得了这个朝夕共处的战友的真价。会场上，静得只听见心跳的声音。

但是，你没看见么？就在这个时刻，千万株红桃正在默默地伸枝抽条，吐蕊展瓣！

后记：我进行采访的时候，梦桃同志已接近病危，但从她微弱而清朗的笑声里，清澈纯真的眼神中，质朴而崇高的语言内，仍感到那瘦小的胸膛下，有个巨大汹涌的海！六月二十三日下午，得悉她去世的噩耗。然而，海洋会死吗？就只是透过这篇粗糙的小文，您不是也能听到些她生命浪涛的澎湃声么？

原载《人民文学》1963年第8期

忆铁人

魏钢焰

一

一九七三年的春节前夕，我正在大庆一二〇五钻井队的列车式板房里。这是我在大庆断续度过的第三个冬天了。

夜，已深了。在这里畅谈终日的铁人的老战友们也都走了，我却毫无倦意。北风，吹拍着铁皮屋顶，雪花，像被屋内灯光吸引似的，向小小的窗户扑来。我面前的笔记本上，记述着他们向“文化大革命”的激情歌颂，参加新区会战的急切愿望，对铁人的深切怀念。当他们述说到敌人的残酷迫害和铁人的不屈形象时，这些在井喷烈火中连眉都不皱一下的钻工，滴滴热泪滚落在工服前胸上！

一个早就潜伏在心头的问题，又跳了出来：铁人罪在哪里？大庆错在何处？为什么直到此刻，祖国大地上，大庆红旗下，还有着黑影憧憧，阴风飕飕？他们究竟是谁？他们要把中国引向哪里？我胸中，似团团风雪卷飞，我一把推开房门，向雪原走去。

多熟悉呵，这个漫天皆白的无际雪原！六十年代，大庆面迎寒流，横跨雪原，就在这儿，把毛主席亲自授予的会战红旗，牢牢地树起来！怎么想得到呵，就在大庆高举无产阶级“文化大革命”大旗，向修正主义冲锋陷阵的时刻，党内资产阶级司令部竟用最阴毒的手法，对大庆射出支支毒箭，对铁人匕首指喉！也就在这风雪弥漫的草原上，铁人和几十万职工，在这场殊死战斗中表现出何等气概。污蔑？报以冷笑！威胁？脊梁不弯！干扰？钻机不停！以生命和鲜血捍卫着大庆红旗！

铁人呵，不就在这样一个严冬的深夜么，在一次敌人煽动的围攻之后，你从空荡的台上醒过来，挪到门外，伸手从檐下掰了根吊垂的冰条，靠墙坐下吮吸着，瞭望着，这是什么地方？忽然，一个系着围裙的素不相识的老师傅，从暗中走到他面前，递过一碗热腾腾的面条，铁人端过来用筷子一挑，两个嫩白的荷包蛋露了出来，只觉心中一震……老师傅蹲下来急切地说：“你快走吧，铁人！他们对你要下毒手呵！”随着围来的几个同志也插上了话：“到北京去，找总理去！”“没路费不要紧，我们给你凑下了。”铁人抬起头来，深情环望这些陌生的阶级弟兄的面孔，摇摇头沉静地说：“我不走！”随即昂起头，射出剑刃似的目光，铿锵地说：“我不能走！”

凛冽的寒风伸出利爪，撕扯着我的大衣，飞旋的雪花，模糊了视线，我转回身信步走着……铁人，你为什么要说：“我不走”呢？你是怎么想的呢？就在有人要把会战的主要领导同志打成黑干将，对大庆和铁人狠下毒手的时候，敬爱的周总理挺胸而出，在一九六七年元月八日召见了铁人和石油职工代表。铁人，当你坐在向北京驰去的车厢的时候，见到总理慈祥的面容，握住那双温暖的手掌的时候，你脑海里涌现着什么？当你在接见大厅里，看到总理的浓眉下，怒射出电似的目光，愤慨抨击那些妄图砍倒大庆红旗的阴谋家的时候，你心中翻腾着什么？

积雪，在脚下吱吱作响，我穿过茫茫雪幔缓行。铁人呵，我再也听不到你那肝胆相照的谈话了。我那时为什么要匆匆离开你呢？在和你一起生活的日子里，我又是多么漫不经心、浑浑噩噩呵！

从板房的窗口射出的灯光，把垂在檐下的冰条照得通体晶莹，我折了一根，回到房中，把它靠在桌上的铝盔旁，凝望，沉思，眼前又重新展现着，我与铁人相处的那些日子……

二

一九六四年的春夏之际，大庆拥来了大批记者和采访的同志。在新盖的招待所里，出出进进，熙熙攘攘。人们，一个个步子轻捷，眼睛发亮，都像年轻了一截似的。人们笑说：“又到‘抗大’啦！”我们的老师——标兵们一个个忙得团团转，至于众目所注的铁人，更是很难找到了。在我正收拾行李准备下去的时候，一位服务员跑来告诉我：“铁人正做报告咧，你不是想见见他么？”我急忙赶去，挤进那水泄不通的小会议室里。

噢，这就是那一声大吼地球三抖的铁人么？你看他，面对满屋子的仰慕目光，那么自如，毫不作态，就像蹲在井架旁闲唠家常。他，戴一顶折断了帽檐的鸭舌帽，敞着衣领，棉工衣的袖口膝盖都已磨破。随处可见汗水、油渍、铁锈的痕迹。后来我才知道，除了出国和参加典礼，他从来就是这么一套可以随时踏泥踩油、赴汤蹈火的战士服。而最吸引人的，是在这个中年人的额头眼角，过早出现的密密的深深皱纹！这皱纹、这衣着、这神态，使人觉得，这是块突兀于峰顶的坚硬岩石。酷日狂风，为它刻下了条条深纹；雨雪霜露，给它留下了片片苍苔。它，扎根于大地，连接着群山，屹立于历史风雷之中。像这样的人，有什么力量可以摧毁？！

听来，报告已到了尾声，他前倾着敦实的身躯，诚恳地说：“没有共产党和毛主席，我早叫扔到玉门东岗上喂狼了。像我这样的工人，全国哪里没有？要没有革命的炉火，我们还不是毛矿一块？要没有毛泽东思想点卤，还不是浆水一锅？就说立井架吧，我过去也是个烧火剥葱各管一工的，钻窟窿归我，搬井架归你派车来。在玉门有一次为了抢时间搬家，调度派车少了，我就找上门去大闹天宫……”听众被他那坦率调皮的语调感染，都笑了。“就是呵，我干了不少低标准的事。那时光想党救了我，我就要狠上猛干多打井！但到底工人阶级扛的什么担子，不那么知底。一九五九年国庆观礼，叫汽车上的煤气包，一下把我压醒了！好嘛，帝修反的手都卡到咱喉咙上来了！忽地一下肩膀上就放上了国家的压力，革命的压力！不知哪儿冒出那么大的劲，不要说井架了，就是座铁塔也能把它立起来！没吊车么？抬！一个抬字就是这样喊出来的！”

会散了，我送铁人出去。他听说我要下去，很高兴，说：“水有源树有根，多到基层跑跑，光听我们几个说不行。大庆，无非是不怕鬼不信邪，敢承认矛盾，解决矛盾，工委今年的口号就是按两分法前进嘛！谁要说他天生正确，不是骗子就是油蒙了心。依我说，下去了，不要光听高标准的，还要听听怎么从低标准来的，现在还有什么低标准……你什么时候到钻井去？好好儿帮帮我们，我老家那个苦戈壁你去过，解放前，过大年连个对联都没人写，拿碗朝红纸扣几个黑圈就贴出去了！如今翻开毛主席著作，恨不得一口能咽到肚里！可是，念篇文章比打口井还难，笑什么？真的，写一会儿，要七个地方疼！”我俩都放怀大笑了。这，就是我们第一次会面。

不久，他到让胡路来开会，顺便来看我，我喜出望外地站起来迎他。他走近桌边像举钻头似的，双手端起那叠厚厚的材料瞅摸着，又掂了掂，笑问道：“怎么样，‘开钻’了吧？”我皱眉苦笑着：“和你一样，恨不得一口吞下去，可就是上得太迟了，又兴奋又着急，叫人睡不着！”他憨厚地笑了：“噢，觉着压力了，那井架嘛，就快立起来了！……你要写大庆，有人开绿灯，也肯定有人要扒道钉……那也没什么，鬼挡路，打鬼！妖缠身，破妖！让压力成为动力，把油喷出来，要光发愁，就被压力压成泥饼了，成了死油田了。老粗说话，你说对不……”就这么站着说了几句，他便匆匆告别，我忽然问：“你去哪里？是急事么？”他手握车门，扭身高兴地说：“怎么，要和我一块转转？好，上车！”

一上路，就见一条条醒目的标语扑面而来：“以两分法前进！”“展开岗位责任制大检查！”“好字当头，自觉从严！”铁人点了支烟，扭脸问我：“你会唱秦腔么？喜欢么？那里头有些故事，叫人动脑子。一个人嘛，不能光唱过五关，更得常记着走麦城。那位姓关的脑子呀，光有个五虎上将，光记得过五关，尾巴翘到天上去了，末了，怎么样？垮啦！”说着小车一拐，离开公路，在草原上那七股八叉的辙痕里穿行着。他一会儿停车在草丛里查看什么，一会儿像孩子似的喊着：“好嘛，这里还埋伏着几根钢管，该成立个回收队哩！趁我们这些老钻工还在。一九六〇年会战，分散，车少，上得急，来不及扫光战场……”他像沙漠上的老牧人，在辽阔草原上，向着只有他知道的目标奔驰着。

“到了！”我下车一看，是一座白色井房，四面一望，原来是一九六三年铁人领着一二〇五队打出的一口直井。我边向井场走去边说：“我来过一次。”铁人却挥手说：“不是这儿，咱看那边去！”我随他走到离井场约二十米的地方，这个废井场有什么可看的呢？铁人走上废井口，用脚跺了跺说：“这儿就是一二〇五队填掉的一口报废井！”“为什么？”“打斜了，四度七。前边那口直井就是填了这口井以后，总结了教训接着打成的。”

铁人盘腿坐在草地上，用手拍着脑门说：“这里头，就是指挥部，不住个红指挥，就要钻进去个坏指挥，指挥部一垮，你有漂洋过海的本事，也要淹死！一九六三年，形势好转了，有点松懈。井队领导光惦着夺小红旗，忽视了大红旗；只抓进尺、钻头，不抓人头；结果，心散了，井，也斜了。这事，根子还在我这儿，天不怕，地不怕，忽视政治挂帅最可怕！填井的时候，井队的人是噙着眼泪去背洋灰的，有人难过地说：‘队史上还没这么一笔！’我说：‘不记这一笔，队史就是假的，就写不下去！怕的是你不刻在心上！’发冷发热，天阴刮风都来这儿看看，学两论么，这就是个活教材！”

接着，铁人领我又看了几个“失蹄”“栽跤”的现场。忽地，我觉着身边坐着这位朴实钻工的棉工衣下，蕴藏着个深远博大的世界！在他额上的皱纹里，孕育着多少艰苦战历和宝贵思想呵！他见我靠在车座上沉默着，便笑问道：“累了么？以后再看吧……看这些东西是不轻快，可咱们这些人，能成天抱着奖旗咧嘴笑么？有位老兄，我们去北京开会时，和毛主席幸福地握了手，他要了那张照片四处炫耀，神擂海吹。我说：‘同志啊，毛主席是和大庆握手哩！不能用几十万职工的汗水，洗自己的脸呀！’这话是不好听，我还是希望他听进去。面前的路还长得很哩！咱们才走了几步路嘛，就以为上了西天取上经了？……世界上，偏有那么些人，总想踩着革命的脊背往云头上爬！共产党员嘛，还能靠卖膏药过日子？这样下去，非垮不可！”当时，我并不确知他说的是谁。事隔十几年之后，这个曾见风使舵、青云直上的人，在“四人帮”“放虎归山”的反革命部署下，上蹿下跳、利令智昏，否定大庆，扮演了不光彩的角色。铁人的预见，可真是字字金石、声声雷鸣啊！

三

不久，轰轰烈烈的社教运动开展起来了。经过激烈斗争，钻井二大队把领导班子里尖锐复杂的阶级斗争盖子揭开了。把两个利用职权大搞坏事的人亮出来了。

那天晚上，我去找他，在门口听见他像在大声辩论，推门一看，却是他独自在灯下苦读党中央的社教文件——前十条，正自问自答出口赞叹呢！一见我就一把拽过去，指着一段道：“听，听！……‘就不可避免地要出现全国性的反革命复辟’，老兄，要出现反革命复辟呵！甭看我和他们斗了这么多年，要不是毛主席点醒，我还弄不透这是个什么仗火！”说着他从桌上拿起帽子，在腿上甩掸了两下，对我说，“走！到井队看看。一天不去，心就慌！”

高竿上的“小太阳”灯光，把整个井场照得亮如白昼，井队正在为高速优质地打出直井而战斗。铁人和队干部打开刚从井下提出的测斜仪，取出表格紧张地看着，虎背熊腰的队长高兴地叫起来："有门儿！还不到一度！"铁人望着他满眼的红丝、脸上的油污，疼爱地笑道："辛苦没枉费吧，猛虎队会捏着钻杆绣花了！……甭光咧着大嘴笑，鬼地层还没闯过去咧！"说着便脱下棉袄干活去了。一会儿滚钻杆，一会儿拉猫头，那么洒脱欢快，好像鱼见了水，虎上了山。要不是大队部来电话催，谁知他要干到什么时候！

直到走出井场，他还恋恋不舍地回头望着说："你注意这个队长了没有？这是个铁胆英雄。那年，拖井架挂断了采油树，油冒了几十米高，人上不去。他和三个工人拿个闸门，一下就冲进去了。到我跑去，他已经安好了闸门，自己可淋得成了个油柱子。我们的工人多好呀！"

吉普车在洒满月光的公路上飞驰着。他像是看见了什么，就减速停车，下去向谁招呼着。下车一看，原来是一位瘦高挑儿钻工，抱着个发烧的孩子要到医院去。铁人吩咐司机去送他。我俩便步行回大队部去。

草原上的秋风，吹得人头脑清爽，我俩踏着从树行里洒下的斑斑月光，边走边谈。铁人笑道："甭看他都当了爹，在我心里，他还是个娃，一九六〇年打生产试验区的时候，我连病带累昏了过去。忽听耳边有人哭，睁眼一看，是他和几个老战友，正蹲在我身旁落泪。他们说：'你不能再这么拼了，看你的脸都失形了，再这么拼，你就要……'我说：'不就是个死么？一个死字就顶破天了！说句骨头里的话吧，我是豁出来了，只要上午拿下油田，下午倒在钻台上也是痛快的！'……那会儿想，这就是个大考验了吧，可谁知道，世界上还有比那更艰苦的仗火，还揪心的考验咧！"

铁人的话，回荡在寂静的公路上，像火似的烧着我的心。我回想职工们的愤怒揭批。当时，由于有人大搞分裂腐蚀、暗算阴谋，铁人又坚持原则，不在私下议论。一些同志不明真相，有的想和稀泥；有人认为铁人太硬过直；有人甚至受敌人煽动。今天他们才痛心地懂得，铁人在那种环境下斗争，要多大的毅力，要多么坚强的党性！我感叹地对铁人说：“老铁，在那火候下，你能一直挺下来，可不易呀！”铁人不作声，半晌，却突然问我：“你看，我是个轻易掉泪的人么？……眼泪，当不了子弹，顶不了油烧，流那有啥用？可有时也不由人呵！一回，他们围攻我最厉害的时候，我气不过，到工委去了。推门一看，首长正站在开发大图前头出神哩，我心里嗡的一下！心里说：‘王进喜呵，领导的肩膀上扛着多重的担子啊，他们都是两鬓苍苍的人了，你不说给分担点压力，还去打搅他们么？’我把门轻轻关上走了。在荒草甸子上我走着想着：是苏修，我扑上去拼，是大火，我冲进去救，可这算怎么回事？我该怎么办？不知怎么，眼泪就冒出来了……嗳，去他的，流这咸水子做啥？我用袖子一把擦干，斗！好呵，毛主席发战令了！斗来斗去，越斗越灵醒了，越气旺了！同志，这个仗还很有个打头咧！”

这天晚上，我辗转反侧，回忆着我所熟识的英雄模范们，在他们那征途中，几乎都有过这种与暗藏敌人的殊死肉搏；与习惯势力和强大阻力战斗的经历。过去，我只把它当作个人经历。这时，才意识到，这是社会主义革命的主要战斗，像铁人这样的中流砥柱般的英雄，其觉悟与力量，不正表现在身受逆浪冲击而巍然屹立么？

当斗争进入后期的时候，我接到了一项新任务后，去向铁人辞行。他的关节炎又犯了，却硬要送我。我望着他不灵便的腿脚，不禁心头一热，劝他注意身体。他爽朗地笑笑，说：“倒不了，还能再拽它几十年犁哩！有人给我说：你别拐着拼命了，黄牛力尽刀尖死。我说：刀尖有呢，是给赫鲁晓夫这一伙预备下的。我嘛，忙着哩，顾不上去死！”他把我说得也解开眉结，放声大笑了。

四

一九六五年秋，我一腾出身子，便搬到铁人房中去住。这时，他已担任了钻井指挥部副指挥，但仍像他在井队那样，他在家，屋子里川流不息；他出去，身边是团团人群。他们，有的是来谈心的老战友，“告状”的家属；有的是要他伸手相助的各方职工，要他排解矛盾的干部。我笑说：“你走到哪儿，哪儿就是接待站。”他苦笑着说：“有什么办法？咱们是共产党嘛！这些不上串的事，没头官司，总得有个人管嘛！别人听来，不过是百分之零点几的事，他本人就是个跨不过去的大事。同志呵，家属大嫂没油烧，几十里外的钻工就觉着冷了。咱不能把马列主义、党的政策光放在书架上、文件夹子里嘛！对不？”

一天，他带我去家属基地。路上，望到个高大背影，他刹车下去喊了一声，那人扭过头来，发出惊喜的憨笑。铁人把他拽在树下，二人吸着烟唠家常。原来，他俩是在旧玉门一块喝过沙子稀饭的苦弟兄咧，铁人关心地询问他的生活和困难。他不是嘿嘿一笑，就是简短地回答一两个字，只是在送铁人上车时，才深情地说了句：“你拿的印重了，摊场也大了，不懂的多问问人，多拜几个师傅！”车子开动后，铁人叹口气说：“这才是那老黄牛呢，吃的青草，出的死力。你想从他嘴里听个‘苦’字，提点个人困难？难！就靠这些人撑咱的江山呢！对这样的好同志，我们要不主动关心他们，光让奸人、骗子捞油水，还算什么社会主义？……你说对了，年纪大了，也没个文化……把他们集中起来，搞技术革新？好！就集中到管子站去，三结合，搞钻机改革，还学点文化！他们不只是对钻机熟悉，还知道工人疾苦。就说那个‘猫头’吧，不知害过多少钻工，可就是改不了，有些同志就是不知工人的心咧！”

来大庆学习的人们，不是从会议和电话里认识这里的党委和领导同志的。而是在队伍的作风里，活在家属和职工心中的形象中，深知和热爱他们的。就说这个钻井家属基地吧，从幢幢干打垒到节节捡来焊起的水管线，从孤儿身上的棉衣到白手起家的小学校，哪一处不洒下钻井党委和铁人的心血！

我俩来到托儿所，刚踏进外门，就听见一个小娃的号啕哭声，铁人急步推开保育室的门进去，只见一个小娃正坐在地上哭鼻抹泪。铁人提高声音问："阿姨呢？"一个敦实淳朴的中年职工家属，抱着个孩子匆匆走来。铁人激动地批评她：历数钻工们在一线如何苦战，为啥你却任由他们的孩子哭？……她宽厚地望着铁人笑着、听着，不作声，不辩解，倒像是铁人在表扬她似的。……赶我们回去时候，一位干部随车到前边办点事，当他到了地点下车时说："老铁同志，那阿姨是个好同志，她抱的是别人的孩子，坐在地下哭的那个娃，倒是她的亲骨肉咧！"铁人睁大了眼："噢？……咳！"车子正起步前驶，他喊道："掉头，回去！"小车急扭过头，冲向托儿所。一下车，铁人就闯进门，四下找看，发现那小娃已洗净了泪脸，正坐在小凳上抱着球玩，他一把举起来看着，看着，紧紧地搂在胸前。

晚上，我正在写日记，铁人开完会回来，抖落身上的雪花，坐在那里默默地卷烟抽。忽然，他问道："写什么？日记？你该把今天的事写一下。""写什么？那位阿姨么？我了解得太少了。""并不在多，喷油就好！写我，我有多少好写的？看今天那位大嫂，把自己的亲骨肉放在地上哭，手里头可抱的是阶级弟兄的娃！这不说，叫我乱轰了一通，把功当过地批，她不还嘴，不生气，就那么笑呵呵地听着。老兄呵，你我能办得到么？天天说英雄，这才是那英雄咧！"说着他站起来，向我历数着一位位无名英雄，一个个良师诤友。从老首长到普通钻工；从玉门的师傅到大庆的老乡；凡是对他严格要求，深刻教育的人，他都记着，怀念着。原来，他心上刻印着这么一卷辉煌的无产阶级名册！最后，他长出口气说："我一想起这些同志，想起这些活着和死了的无名英雄，我就问自己'你能达到这些同志的要求么？你能代表他们的心愿么？你不能少做点低水平的事么？'"

熄灯时，夜已深了，好一阵子我还听见他在床上辗转反侧。铁人啊，你在想什么呢？工人们说：砸碎了铁人的骨头，也找不出"我"字的渣渣来！哪个想革命的人，不为你的无私无畏感动？不在你一向严于律己的精神前深省？你自己就是千万个无名英雄的代表呵！……要不，你是太累了，关节炎又在折磨你了吧？！……呵，是了，是那位阿姨，那些你热爱的无名英雄，又站在你眼前了，和你在无声地亲切交谈了。

风，擦屋拍窗地飞过。草原上，又该是雪舞长空、风撼井架了。我仿佛看见：茫茫雪原上，横贯着一支前进的大军，铁人和他的战友们正挽手携臂，同生共死，面迎暴风雪走着，走着。

再过几天，我就要暂时离开大庆了。铁人约我去看一个人。“谁？”“今年我还托你给他家捎过粮票和钱的。”呵，是那位在一九六三年牺牲的钻工张启刚同志。我自然很愿意去，可为什么铁人要在我临行时去扫墓呢？车，行驶在洁白的雪原上，今儿天大放晴，白雪红日。阳光下，公路边树行的雪枝冰挂，发出异光；茫茫雪原上，像撒下根根银针，闪烁夺目。

铁人今天也兴致勃勃，话头不断：“你那首写玉门的诗，我看了。为什么要把采油树写成圣诞树？咱中国工人没那么叫的，也没那么想的。‘那个卖火柴的女娃’是怎么回事？”我结结巴巴地介绍了这个外国童话。他笑了：“故事编得还有点意思。可就是没劲儿，娃娃到死都是稀里糊涂的。看咱们的白毛女！”尽管我深知铁人是不分生熟场合，耿直刚正，死认真理，但这一军将得也够我想半天的。这个来自工人阶级的严正批评，像烙印似的，虽有些疼，却印得很深。铁人看看我，接着说：“工人们伸手等着你们写的好书咧，这文章，要叫人看得坐不住，站起来！不能把人看得腿软了，躺下了。就说写风雪吧，也不能叫人怕。杨靖宇同志不就是在大雪封山的时候战死的？死了脊梁还直着。日本人把肠胃剖开一看，净是棉絮草根，同志，净是棉絮草根啊！咱们，是杨靖宇同志的后代呀！”

到了坟前，铁人走过去，默默地望着盖满白雪的坟丘。那目光，就像射穿了土层，望见了战友的亲切面容似的。这时，我想起了那位鬓有白丝的烈士的母亲，坐在炕上向我倾诉的情景。铁人好像看见了我的心思，问道："老人的身体怎么样？只要健壮，咱就放心了。"说毕，他向坟边一所小学大步走去，告诉迎出来的老师，要在坟上栽树，带学生们来祭奠。他说："要告诉咱的后代们，大庆不是地下蹦出来的，红旗不是从天上飘下来的。要忘了这些烈士，忘了毛主席和党，还得去当杨白劳！谁反红旗，反党，反大庆，就和他拼，要不就对不起烈士洒在这儿的鲜血！"

当晚，我打开日记本，思索着今天的一切。忽然觉得：我对身边的铁人，理解得何等肤浅！在他肩上，不只是国家缺油的压力；在他心中，也不只是阶级的友爱和同情，他那朴素的工服里，胸怀着一颗包藏整个无产阶级和革命人民的红心！他身上的细胞、神经，强烈地反映着他们的甘苦、心愿、感觉、悲喜！所以，他才有如此锐敏的政治目光，坚韧不屈的脊骨，彻底清醒的头脑，扎实坚定的脚印。

铁人今晚破例早早回到屋中，似乎要对我说些什么，我合上本子，抬头望着他。他在地上走来走去，一会儿停步问我："你还记得二大队那场仗火么？"我笑答道："那还能忘了？他们的锣叫踢了，戏也算唱到头了。"他严峻地摇摇头，说："就那么简单？最近他们又探头伸爪了，许是又闻到什么屎味了吧！'二十三条'怎么讲的？他们不是光棍两条嘛！"我警惕起来，仰头听着。铁人走到我身边，轻而有力地说："同志，根蔓还深着咧，这场斗争，才开始哩！……没什么，有上千万党员，亿万群众要革命呢！要拉大庆走回头路？除非从我胸口上踩过去！要叫我让路？妄想！"他坐下来，双手紧抱着茶缸，盯着我，一字字地说："你看着吧，这场斗争总还得二十年，三十年！"他这段轻轻说出的话，却像炸雷似的震撼着我。我虽没有理解他的话，但意识到这话里隐伏着深刻的含意。

在"文化大革命"中，在我下放农村的时候，我常想起这番话和那严峻的神情，多么警辟的预感，深远的目光！我是如何渴望飞到他的身边呵！然而，他再也不能听我的倾诉了，再也不能回答我的问题了。

五

一九七六年十月六日这个伟大的时刻，是中国革命史上的一座新的高峰。我们站在这朝霞染红的峰顶，看见了从南湖的小船到不尽的未来，有一条如何漫长、曲折而壮丽的征途呵！

铁人呵，在那黑云翻滚的时候，你为什么要冒险步行几十里又去“第一口井”呢？当你又摸着卸车台、水井的时候，难道，仅仅在回顾战斗岁月么？

每个革命战士，都有他在征途上的制高点、飞跃地。这个小小的井场，就是铁人和大庆斗争史上的一个制高点。毛主席率领大庆人踏万里霜雪，在这里高举起大庆红旗的时候，人们为之欢呼雷动、献身奋战。然而，不是直到今天，铁人和大庆职工在那阴森的地下室里，面对与他们厮杀过十多年的坏人和打手们，看见他们披红袍持利刃向大庆扑来的时候，才真正感到这面红旗的价值和光辉么？才深懂敌人为什么总是不放过这个普通钻工么？这座“第一口井”，不只是喷油出口，它是卡在敌人咽喉的一根钢刺！大庆红旗，不仅是会战胜利的信号；它是呵，对修正主义路线和资产阶级司令部的讨伐檄文！

铁人呵，为什么在你担任了中共中央委员以后，一回大庆就亲自去成立回收队呢？不错，你心疼失散的钢管、器材，但，你更心疼的是被林彪一伙否定破坏的“两论”起家传统，是敌人妄图腐蚀的大庆队伍。你是挺胸去进行一场特殊战斗，是在捍卫那被妖雾侵袭的革命阵地呵！

在一九七三年刚过了春节的时候，我乘车到回收队去，天阴得很重，不时撒下细碎的散霰，越向前去，公路上就越冷落；车窗外，只有间或闪过的灰色井房，我眼前，似又重见铁人领着回收队职工，肩扛废木料，挑起旧砖瓦，面迎黑风妖雾，一步一个脚印地向荒草甸子走去！

下车后，举目四眺，好呵，排排工房、库房，修复的井架、车辆，回收的堆堆钢管器材，铁人在这块荒草甸子上，带领职工靠着铁肩大手，又打出了一个新世界！到屋里，我听着同志们朴素而动人的介绍，他们的语言、思想，都流露出铁人的气质风格。我望着头上那弯曲的旧椽、木板钉成的长凳，恍惚觉得，铁人就在身边，那紧闭的风门就会一下推开，铁人又披着满身霜雪，向我伸出大手朗朗大笑地走来……

这里，处处都能觉察到铁人那急促而坚定的脚音。我站在正在修复的井架旁，它的每个螺丝，每寸钢管，都是他和工人、当地社员，从各处点点滴滴收集来的。这一个像多节竹竿似的扶梯栏杆，仅仅八米长就焊了二十三节的废钢管，也可以叫作百衲井架吧！我望着这井架，就又想起第一次见到的铁人，那么朴实、刚强、敦实。他，就像这座井架，渗透着群众的血汗，生根于大地，俯望着山河，迎雷电，逆狂风，挺钢骨，屹立于天地间！

这儿，是一九七〇年冬末为支援新区装配活动房架的地方。天寒地冻，野外作业，调谁呢？铁人回去领着他亲手带出来的有名的一二〇五钻井队，踏着冰雪来了，把会战的篝火又点起来了。周围有人说：老队长怎么叫标杆队弄这个？有的说：要弄也该给点好料，是〇五队出的活儿呀！铁人正在抬钢架，听见这议论就放下钢架说："什么是废料？只有废人哪有废料！要用好料干露脸活儿，还用着我们来？！"他走近向他围来的钻工们说："同志们，〇五队的标杆队是怎么打出来的？没有后勤同志的点点汗水，兄弟单位的颗颗红心，党和人民的奶水心血，能从地里蹦出个标杆队？要光喜欢戴红花、上台子，学了那说空话、卖假药，就非毁了不可！叫你们来，不是为了焊几座房架，是要咱再点起会战的篝火，烧烧娇气，逼逼邪气，再炼炼无产阶级的正气！"如今，在我脚下，只留下篝火的灰烬，而那不灭的火光，却照透了林彪一伙密室内暗搞宗派的黑心，酒宴前收买党羽的丑态，腐蚀队伍的妖风。

天空，开始飘落着雪花。暮色，也降临了。我在屋中靠床歇息，手摸着粗糙干燥的墙壁……在刚垒起房的第一天，铁人就硬要搬进湿房子里，直到关节炎犯了，半身发麻，也不搬走。是呵，他什么时候管过自己呢？就连我住在他对面的时候，也只有在我醒来，才能听到他几声呻吟呀！可是，就在他临终前，癌疼折磨难忍的当儿，他还记着家属基地有了臭虫，他叫人买了几十公斤敌敌畏，并详细叮咛用时要安全，撒过以后给他汇报。可是，他再也见不到这份汇报了！他郑重嘱托要把大庆所有的烈士和工伤同志，登记造册，按期慰问查访解决困难，并要把名册送去过目。可是，他再也见不到这份日夜牵心的阶级弟兄花名册了！

雪，越来越大，天，阴得奇黑。我打开灯，坐在桌边，用手抚摩着这张铁人用过的桌子。在这里，你接待过多少远道来访的战友！一九七〇年春，在你听到老采油工向你反映无政府主义和浮夸作风，引起生产损失的时候，脸都气白了，说："要顶住！大庆，是毛主席的大庆，七亿人的大庆！就是舍出这一腔血去，也不能丢掉'两论'起家、三老四严的命根子！也不能看着不管！"不也是在这样一个风雪之夜，就在这张桌上，你向周总理义无反顾地上书直言！什么井喷灾火，什么敌人围攻，你举铁笔向那庞然大物战斗的气概，"英勇"二字岂能表述！你那封挟雷带电的报告，到今天还轰鸣大地，灿照长天呵！

从一个含着感激热泪走上钻台，为报答党的恩情而舍身苦战的钻工，到肩负国家压力，以生命和鲜血进行会战的闯将，到胸怀工人阶级革命人民，在毛泽东思想伟大红旗下，冲杀在两个阶级两条道路决战的最前列。这，就是王进喜同志的征途和灵魂所在。

六

当我搁下笔，望着窗外那漫飞于秦川陇原的鹅毛大雪，推敲、沉思：铁人会怎么评价这篇稿子呢？……蒙眬觉得，铁人已站在身边，他还是披着老羊皮大衣，眯缝起笑眼望着我，用手指敲敲稿纸说："老兄呵，不能过来是铁人，过去是王进喜。党呢？大庆呢？那么多的工人、老黄牛、小老虎呢？"我辩解着："没有一句是孤孤地写你呀！写你就是写马列主义、毛泽东思想的威力，写党的力量基础和英明领导，写全国和大庆的广大战士嘛！"他撇撇嘴，摇摇头，幽默地说："你说得倒有模是样的。不错，你是唱了党、群众，写了大庆，我举双手赞成。可你看这儿：什么'光辉'啦，'高峰'啦，'最前列'啦……老兄呵，别忘了，我到了儿还是钻工嘛！我才刚刚拉上套绳，还要再拽几十年犁，再斗它百十回合！我坐在'高峰'上干什么？歇凉么？他们哪天不盼我躺下，不咒我死掉！死？我忙着哩，还顾不上！"他爽朗地笑了起来。我心中一阵痛楚，薄雾模糊了我的视线……

窗外，雪正下得紧，它在风中升腾、回旋，飞翔于长天高山，扑降于千溪万河。我似乎又看见：在那茫茫雪原上，横贯着一支行进大军，铁人和他的战友们，正挽手携臂，同生共死，向着共产主义的未来，面迎暴风雪走着，走着。

一九七七年三月

原载《人民文学》1977年第6期

大庆精神　大庆人

袁　木　范荣康

延安革命精神发扬光大

列车在祖国广阔的土地上奔驰着。它掠过一片片田野，越过一条条河流，穿过一座座城市，把我们带到了向往已久的大庆。

大庆，不久前人们对她还很陌生。如今，人们在各种会议上，在促膝谈心时，怀着无比兴奋的心情谈论着她，传颂着她。有机会去过大庆的人，绘声绘色地描述着这个几年前还是一个未开垦的处女地，现在已经建设起一个现代化的石油企业；描述着大庆人那一股天不怕、地不怕的革命精神和英雄气概。没有经受过革命战争洗礼和艰苦岁月考验的年轻人说，到了大庆，更懂得了什么叫作革命。身经百战的将军们，赞誉大庆人“是一支穿着蓝制服的解放军”。在延安度过多年革命生涯的老同志，怀着无限欣喜的心情说：到了大庆，好像又回到了延安，看到了延安革命精神的发扬光大。

我们来到大庆时，这里还是严冬季节。迎面闯进我们眼底的，是高耸入云的钻塔，一座座巨大的储油罐，一列列飞驰而去的运油列车，一排排架空电线，和星罗棋布的油井。这一切，构成了一幅现代化石油企业的壮丽图景。同它相对衬的，是一幢幢、一排排矮小的土房子。它们有的是油田领导机关和各级管理部门的办公室，有的是职工宿舍。夜晚，远处近处的采油井上，升起万点灯火，宛如天上的繁星；低矮的职工宿舍里，简朴的俱乐部里，不时传出阵阵欢乐的革命歌曲声，在沉寂的夜空中回荡。到过延安的同志们，看着眼前的一切，想到大庆人在艰苦的条件下为社会主义建设立下的大功，怎么能不联想起当年闪亮在延水河边的窑洞灯火哩！

但是，对于大庆人说来，最艰苦的，还是创业伊始的年代。

那时候，建设者们在一片茫茫的大地上，哪里去找到一座藏身的房子啊！人们有的支起帐篷，有的架起活动板房，有的在不知道什么时候被丢弃的牛棚马厩里办公、住宿。有的人什么都找不到，他们劳动了一天，夜晚干脆往野外大地上一躺，几十个人扯起一张篷布盖在身上。

霪雨连绵的季节到了。帐篷里，活动板房里，牛棚马厩里，到处是外面大下，里面小下，外面雨住了，里面还在滴滴答答。一夜之间，有的人床位挪动好几次，也找不到一处不漏雨的地方。有的人索性挤到一堆，合顶一块雨布，坐着睡一宿。第二天一早，积水把人们的鞋子都漂走了。

几场萧飒的秋风过后，带来了遮天盖地的鹅毛大雪。人们赶在冬天的前面，自己动手盖房子。领导干部和普通工人，教授和学徒工，工程技术干部和炊事员，都一齐动起手来，挖土的挖土，打夯的打夯。没有工具的，排起队来用脚踩。在一个多月的时间里，垒起了几十万平方米土房子，度过了第一个严冬。

就在那样艰苦的岁月里，沉睡了千万年的大地上，到处可以听到向地层进军的机器轰鸣声，到处可以听到建设者们昂扬的歌声：“石油工人硬骨头，哪里困难哪里走！”夜晚，在宿营地的篝火旁，人们热烈响应油田党委发出的第一号通知，三个一群，五个一伙，孜孜不倦地学习着毛泽东同志的《实践论》和《矛盾论》。他们朗读着，议论着，要用毛泽东思想来组织油田的全部建设工作。没有电灯，没有温暖舒适的住房，甚至连桌椅板凳都没有，但是，人们那股学习的专注精神，却没有受到一丝一毫影响。

为了全国人民的远大理想

时间只过去了短短四年，如今，这里的面貌已发生根本变化。我们访问了许多最早来到的建设者，每当他们谈起当年艰苦创业的情景，语音里总是带着几分自豪，还带着对以往艰苦生活的无限怀念。他们说，大庆油田的建设工作，是在困难的时候，困难的地方，困难的条件下开始的，如果不是坚信党的奋发图强、自力更生的号召，如果不是在党的总路线和“大跃进”精神的鼓舞下，如果没有一股顶得住任何艰难困苦的革命闯劲，今天的一切都将是空中楼阁。许多人还说，他们过去没有赶上吃草根、啃树皮的二万五千里长征，也没有经受过抗日战争和解放战争的战火考验，今天，到大庆参加油田建设，也为实现六亿五千万人民的远大理想吃一点苦，这是他们的光荣，是他们的幸福！

深深懂得发扬艰苦奋斗、自力更生这个革命传统的伟大意义，心甘情愿地吃大苦，耐大劳，临危不惧，必要时甚至不惜牺牲个人的一切，而能把这些看作是光荣，是幸福！这，不正是大庆人最鲜明的性格特征吗？

有着二十多年工龄的老石油工人王进喜，大庆油田上有名的“铁人”，就是大庆人这种性格的代表人物。

当年，这里有多少生活上的困难在等待着人们啊！但是，四十来岁的王进喜在一九六〇年三月奉调前往大庆油田时，他一不买穿的用的，二不买吃的喝的，把被褥衣物都交给火车托运，只把一套《毛泽东选集》带在身边。到了大庆，他一不问住哪里，二不问吃什么样的饭，头一句就问在哪里打井？接着，他马上就去查看工地，侦察路线。

钻机运到了，起重设备还没有运到。怎么办？他同工人们一起，人拉肩扛，把六十多吨重的全套钻井设备，一件件从火车上卸下来。他们的手上、肩上，磨起了血泡，没有人叫过一声苦。开钻了，一台钻机每天最少要用四五十吨水，当时的自来水管线还没有安装好。等吗？不。王进喜又带领全体职工，到一里多路以外的小湖里取水，保证钻进，这样艰苦地打下了第一口井。

无语的大地，复杂的地层，对于石油钻井工人来说，有时就好像难于驯服的怪物。王进喜领导的井队在打第二口井的时候，出现了一次井喷事故的迹象。如果发生井喷，就有可能把几十米高的井架通通吞进地层。当时，王进喜的一条腿受了伤，他还拄着双拐，在工地上指挥生产。在那紧急关头，他一面命令工人增加泥浆浓度和比重，采取各种措施压制井喷，一面毫不迟疑地抛掉双拐，扑通一声跳进泥浆池，拼命地用手和脚搅动，调匀泥浆。两个多小时的紧张搏斗过去了，井喷事故避免了，王进喜和另外两个跳进泥浆池的工人，皮肤上都被碱性很大的泥浆浇起了大泡。

那时候，王进喜住在工地附近一户老乡家里。房东老大娘提着一筐鸡蛋，到工地慰问钻井工人。她一眼看到王进喜，三脚两步跑上去，激动地说：“进喜啊进喜，你可真是个铁人！”

像王“铁人”这样的英雄人物，在大庆油田岂止一人！马德仁和段兴枝，也是两个出名的钻井队长。他们为了保证钻机正常运转，在最冷的天气里，下到泥浆池调制泥浆，全身衣服被泥水湿透，冻成了冰的铠甲。

薛国邦，油田上第一个采油队长。在祖国各地迫切需要石油的时候，他战胜了人们想象不到的许多困难，使大庆的首次原油列车顺利外运。

朱洪昌，一个工程队队长。为了保证供水工程赶上需要，他用双手捂着管道裂缝，堵住漏水，忍着灼伤的疼痛，让焊工在自己的手指边焊接。

奚华亭，维修队队长。在一次油罐着火的时候，他不顾粉身碎骨的危险，跳上罐顶，脱下棉衣，压灭猛烈的火焰，避免了一场严重事故。

毛孝忠和萧全法，两个通讯工人，在狂风怒吼的夜晚，用自己的身体连接断了的电线，接通了紧急电话。

管子工许协祥等二十个勇士，在又闷又热的炎夏，钻进直径只比他们肩膀稍宽一点的一根根钢管，把总长四千八百米的输水管线，清扫得干干净净。

……

大庆人都贯注了革命精神，他们的确是特殊材料制成的。历年来，在大庆油田，每年都评选出这样的英雄人物一万多名。

请想想看！在这样一支英雄队伍面前，还有什么样的困难不能征服！

岩心和赤胆忠心

但是，大庆人钢铁般的革命意志，不仅表现在他们能够顶得住任何艰难困苦，更可贵的是，他们能够长期埋头苦干，把冲天的革命干劲同严格的科学态度结合起来。这正是他们在同大自然作战的斗争中，战无不胜、攻无不克的法宝。

在油田勘探和建设中，大庆人为了判明地下情况，每打一口井都要取全取准二十项资料和七十二个数据，保证一个不少，一个不错。

一天，三二四九钻井队的方永华班，正在从井下取岩心。一桶六米长的岩心，因为操作时稍不小心，有一小截掉到井底去了。

从地层中取出岩心来分析化验，是认识油田的一个重要方法。班长方永华，当时瞅着一小截岩心掉下井底，抱着岩心桶，一屁股坐在井场上，十分伤心。他说："岩心缺一寸，上级判断地层情况，就少了一份科学根据，多了一份困难。掉到井里的岩心取不上来，咱们就欠下了国家一笔债。"

工人们决心从极深的井底，把失落的岩心捞上来。队长劝他们回去休息，他们不回去。指导员把馒头、饺子送到井场，劝他们吃，他们说："任务不完成，吃饭睡觉都不香。"他们连续干了二十多个小时，终于把一桶完整的岩心取了出来。

这从深深的井桶中取上来的，哪里是什么岩心，简直是工人们对国家建设事业高度负责的赤胆忠心啊！

几年来，就是用这样的精神，勘探工人、钻井工人和电测工人们，不分昼夜，准确齐全地从地下取出了各种资料的几十万个数据，取出了几十里长的岩心，测出了几万里长的各种地层曲线。地质研究人员和工程技术人员，根据大量的第一性资料，进行了几十万次、几百万次、几千万次的分析、化验和计算。

想一想吧，是几十万次、几百万次、几千万次啊！那时候，大庆既没有像电子计算机这一类先进的计算设备，又要求数据绝对准确，如果没有高度的革命自觉，没有坚韧不拔的革命毅力，没有尊重实际的科学精神，这一切都可能做到吗？

正是因为有了这种自觉、这种毅力、这种实事求是精神，这种以毛泽东思想武装起来的新作风，在几万名大庆建设者的队伍中，形成了一种非常值得珍贵的既是继承了我党的优良传统，又是在社会主义建设时期的全新的风气：他们事事严格认真，细致深入，一丝不苟。大庆人不论做什么工作，他们的出发点都是："我们要为油田建设负责一辈子！"

大庆的钻井工人们有一个永远不能忘记的“纪念日”——“难忘的四一九”。那是指一九六一年的四月十九日。这一天以前，大庆人封掉了一口新打的油井。这口井，如果同老矿区的井比起来，已经不错了，照样可以出油，只是因为井斜度超过了他们提出的标准，原油采收率和油井寿命可能受到影响，建设者们含着泪，横着心，把它填死了。“四一九”这天，大庆人召开万人大会总结经验教训，展开了以提高打井质量为中心的群众运动。

“四一九”以后，这里的油井都打得笔直。最直的井，井斜只有零点六度，井底位移只有零点四米。打个比方说，这就等于一个人顺着一条直路走，走了一公里，偏差没有差过半米。

一二八四钻井队有一次打的一口油井，发生了质量不合格的事故。这个队的队长王润才和工友们，把油井套管从深深的地层中拔出来，逐节检查，研究发生事故的原因。他们终于发现，有一处套管的接箍因为下套管前检查不严变了形。后来，队长王润才就背上沉重的套管接箍，走遍广阔的油田，到每一个钻井队去现身说法，给全体钻井工人介绍发生质量事故的教训。

对油田建设负责一辈子的大庆人，用科学精神武装起来的大庆人，就是这样对待自己工作中的缺点的。从那时以后，油田上打井因为套管接箍不好而造成质量事故的情况，再也没有发生过。

“好作风必须从小处培养起”

不仅对待关系到整个石油企业命运的大事情如此严格，即使对待一些看来微不足道的事情，也同样一丝不苟。大庆人说：“好作风必须从最小处培养起。”

今年春天，油田上召开了一次现场会。会场中央，端端正正放着十根十米长的钢筋混凝土大梁。这些大梁表面光滑平整，根根长短粗细一致，即使最能挑剔的人，也找不出它们有什么毛病。但是，油田建设指挥部的负责人却代表全体干部在会上检讨说，由于他们工作不深入，检查不严，这些大梁的少数地方，比规定的质量标准宽了五毫米。

五毫米，宽不过一个韭菜叶，值得为它兴师动众地开一次几百人的现场会吗？不，值得！大庆人性格的可贵之处正在这里。会上，工程师们检查了他们没有严格执行验收标准，关口把得不好；具体负责施工的干部和工人，检查了他们作风不严不细，操作技术不过硬。人们纷纷检查以后，干部、工程技术人员和工人们，抄起铁铲，拿起磨石，把大梁上宽出五毫米的地方，一一铲掉，磨光。人们说："咱们要彻底铲掉磨掉的，不只是五毫米混凝土，而是马马虎虎、凑凑合合的坏作风！"

这种一丝不苟的作风，在工程技术人员中也形成了风气。几年来，他们不分昼夜，风里雨里，奔波万里，为的是找到一个合理的科学参数；他们伴着摇曳烛光，送走了多少个不眠之夜，为的是算准一个技术数据。

青年技术员谭学陵和另外四个年轻人，花了整整十个月时间，累计跑了一万二千多里路，从一千六百多个测定点上测得五万多个数据，找到了大庆油田最正确的传热系数，为整个油田输油管道的建设提供了科学根据。

技术员蔡升和助理技术员张孔法，在风雪交加的冬季，身揣窝窝头，怀抱温度计，五次乘坐没有餐车、没有卧铺、没有暖气的油罐列车，行程万余里，在挂满冰柱的守车上实地探测原油外运时的温度变化。

技术员刘坤权，一个普通高中毕业的学生，一连几个严冬，冒着风雪从几百个不同的地方挖开冻土，进行分析化验，终于研究出这里土层的冻涨系数，为经济合理地进行房屋基础建筑提供了可靠数据。

亲爱的读者，你们看到这些事例会想些什么？当我们听到这一切时，都被大庆人这种可贵的性格深深地感动了。

永不生锈的万能螺丝钉

在大庆，我们访问过不少有名的英雄人物，也访问过许多在平凡的岗位上忠心耿耿的“无名英雄”。从他们身上，我们发现，大庆人不论做什么工作，心里都深深地铭刻着两个大字：“革命”。

电测中队现任副指导员张洪池，就是大批“无名英雄”中的标兵。

四年前，张洪池是人民解放军这个伟大集体中的“普通一兵”。来到大庆以后，他当过电测学徒工，当过炊事员，样样工作都做得很出色。在长期的平凡劳动中，他显示了一个自觉的革命战士的优秀品质。他在自己的日记上曾经写道：

“共产党员要像明亮的宝珠一样，无论在什么地方，都要发光发亮。”

“我要像个万能的螺丝钉一样，拧在枪杆子上也行，拧在农具上也行，拧在汽车上，机器上，锅台上……凡是拧在对党有利的地方都行，都要起一个螺丝钉的作用，而且要永远保持丝扣洁净，不生锈。”

做一粒到处发亮的宝珠！当好一颗永不生锈的万能螺丝钉！——这就是大庆人对待生活的态度。

一天夜晚，在一间低矮的土房子里，我们见到了油田的一个修鞋工人。他的名字叫黄友书，三十来岁年纪，也是个复员军人。他到大庆以后，当过瓦工、勤杂工、保管工，磨过豆腐，喂过猪。后来，领导上又派他去给职工们修鞋。

修鞋！在轰轰烈烈的社会主义建设战线上，去当一个“修鞋匠”？对这种平凡而又琐碎的劳动，你是怎样看待的？

黄友书二话没说，愉快地接受了任务。他说：“战士没鞋穿打不了仗，工人没鞋穿也搞不好生产，谁离得了鞋啊？给工人们修鞋，这也是革命工作！”

他跑遍附近好几个城镇去找修鞋工具。他每天挑着修鞋担子下现场。他经常收集废旧碎皮，捡回去洗净揉好，用它来给职工们掌鞋。

黄友书看到职工们穿着他修好的鞋踏遍油田，心里乐开了花。就是这个并非油田主要工种的修鞋工人，每年都被职工们选为全矿区的标兵，被誉为忠心耿耿为人民服务的“老黄牛”。

在大庆，这样的事例是不胜枚举的。从大城市的大工厂调来不久的老工人何作年，自豪地说：“在咱们大庆，人人都懂得他们做的工作是革命。扫地的把地扫好了，是革命；烧茶炉的把开水烧好了，又省煤，也是革命。一个人懂得了这个道理，做啥也浑身是劲。大家都懂了这个道理，就能排山倒海，天塌下来也顶得住！”

一切工作都是革命，所有的同志都是阶级兄弟。人们精神世界的升华，渗透到人与人之间的关系中去，谱成了多少扣人心弦的乐曲！在大庆这个革命的大家庭中，人们时刻铭记着毛主席在《为人民服务》这篇文章中的教导：“我们都是来自五湖四海，为了一个共同的革命目标，走到一起来了。”“一切革命队伍的人都要互相关心，互相爱护，互相帮助。”

关心别人胜过自己

在大庆，干部们对工人的关心，关心到了一天的二十四小时。每天深夜，干部都要到工人的集体宿舍中去“查铺盖被”，看一看工人兄弟休息得可好，睡得是否香甜。

一场暴风雪过后，气温骤然下降了十多度。年轻的单身工人张海青，被子又薄又脏，还没有来得及拆洗，没有添絮新棉。支部书记李安政“查铺盖被”时，发现了这个情况，他趁工人们上班，悄悄把张海青的被子抱回家，让自己的爱人拆洗得干干净净，又把自家的一床被拆开，扯出一半棉花，絮到张海青的被子里。张海青发现他的被子变得又洁净又厚实，到处查问是谁干的，李安政在一旁一声没吭。新从一个大城市调到大庆的老工人王文杰，把这一切看在眼里，暗暗掉下了眼泪。

一二〇二钻井队的十几户家属，听说技术员李自新的妻子死了，遗下两个孩子，争着把孩子抱到自己家里看养。她们说："孩子没妈了，我们就是她俩的妈。"前任队长王天其的爱人李友英，天天把奶喂给李自新一岁的女儿小英，却让自己正在吃奶的孩子小香吃稀饭。有人为这件事写了一份材料给钻井指挥部党委书记李云，李云把这份材料转给李自新，同时含着泪给李自新写了一封意味深长的信："等两个孩子长大了，告诉她们：在新社会里，在革命大家庭里，人们是怎样关怀她们，养育她们长大成人的。叫她们永远记住，任何时候都要听党的话，跟着党走。"

在地质研究所、设计院、矿场机械研究所这些知识分子干部集中的"秀才"单位，人与人之间的关系也发生了根本变化。有一次，地质研究所女地质技术员陈淑荪，看到同一个单位的地质技术员张寿宝的被面破了，就把一床准备结婚时用的新缎子被面，从箱底翻出来，偷偷缝在张寿宝的被子上。张寿宝发现了，怎么也不肯要。陈淑荪对他说："你说说，我们是不是阶级兄弟？是不是革命同志？是，你就把被面留下。不是，你就还我。"这几句话，说得张寿宝感动极了。他含着两眶激动的眼泪，再也说不出不要被面的话了。

为了实现六亿五千万人民的远大理想，心甘情愿地吃大苦，耐大劳；为了对国家建设事业负责一辈子，事事实事求是，严格认真，一丝不苟；为了革命的需要，全心全意地充当一颗永不生锈的万能螺丝钉；在革命的大家庭中，人人关心别人胜过关心自己……这些，就是大庆人经过千锤百炼铸造出来的可贵性格。在我们伟大祖国的社会主义建设事业中，是多么需要这样的性格啊！

也许有人要问：大庆油田的辉煌成就和建设者们身上的巨大变化，这一切是怎样得来的？大庆人的回答很简单："这一切都是毛泽东思想的胜利！"

一个晴朗的早晨，我们去访问油田的一个工程队，想进一步了解毛泽东思想在大庆是怎样的深入人心。同路的一位年轻的工人说："那里今天开会，不好找人。"我们问他开什么会，他说："冷一冷！"冷一冷，这是什么意思？年轻工人解释说："我们大庆经常开这样的会，找一找自己的缺点，找一找工作中还存在的问题。找准了，就能迈开更大的步伐前进。"

在大庆人已经为祖国建设立下奇功的时候，在全国都学习大庆的时候，他们还要冷一冷，继续用毛主席提出的"两分法"，从自己的不足处找出不断前进的动力。这不正是我们想了解的问题的答案，也是大庆人更可贵的性格吗？

原载《人民日报》1964 年 4 月 20 日

郝建秀回来了！

张毓麟　谈秀珍

青岛，秀丽的城市！石墙红顶的楼房，葱茏的绿树，衬着蔚蓝的碧海，给祖国的锦绣山河增添了色彩。青岛能够在人们心中占据一席地位，仅仅由于她有优美的景色、宜人的气候吗？不！当火车载着我们在祖国大地奔驰的时候，也许引路的正是青岛四方机车厂制造的机车；当我们点着一支香烟的时候，也许这正是青岛的产品；当我们看到姑娘们身上穿的花衣服时，也许这正是青岛的棉纺织厂生产出来的花布！青岛有很多这样或那样的产业工人，工人里涌现出很多的英雄、模范。现在来说一位大家都熟悉的人物，这就是创造“郝建秀工作法”的全国纺织工业劳动模范郝建秀。她原是青岛国棉六厂的细纱女工，现在已经是国棉六厂的技术员了。

一九六二年八月，一个秋高气爽晴朗的日子里。青岛国棉六厂的工人们，沉浸在欢乐的气氛中，她们互相传告着：

“郝建秀回来了！”

“咱们工人的大学生毕业了！”

要不是有人正在巡回、检修、学习、开会，也许全厂姐妹们会一齐涌来，向郝建秀表示热烈的欢迎和衷心的祝贺！

看！几个年轻的纺织姑娘，雪白的围裙还没顾得脱，就飞向厂长办公室。她们踮着脚，探着身，挤在人群后面向屋里找寻。屋里的人也是满满的。啊！看见了，那就是她——全国人民代表大会代表，纺织工业劳动模范，共产党员郝建秀。她，穿着蓝布列宁服，脑后垂着两条乌亮的辫子，微黑的面庞露着热情的笑容，显得那么质朴、那么憨厚。她和姐妹们畅快地谈笑着。虽然，从她外表，看不到什么显眼、出众的地方，可是，姐妹们对她的归来，却是那样的欢腾喜悦！她把姐妹们的心完全吸引过来了！

大家从郝建秀的身上，看到自己阶级的成长、壮大。

是啊！工人们在党的培育下，不但思想觉悟普遍提高；而且，通过业余学习、工作锻炼，具备初中以上文化水平的，早已不算罕见。如今，更有了自己的大学毕业生，有了自己的专业知识分子。要不是在社会主义的新中国，要没有共产党和毛主席，这是连做梦也梦不见的事啊！

一个老工人问郝建秀："你是一九五三年去上学的吧？"

郝建秀点点头。

"一九五三,一九五四……"老工人扳着指头算起来。"嚯！整整九年哪！党培养咱工人可真下本钱啊！"

老工人的话立即引起强烈回响，大家异口同声地重复："是啊！党对培养咱们工人真下本钱啊！"

九年，在人类历史进程里，是短暂的一瞬。可是，在我们社会主义的新中国，却发生了翻天覆地的变化。单就青岛国棉六厂来说，从旧社会遗留下来的简陋、陈旧的"棉纱坊"，如今发展成了现代化的纺织厂：旧厂房扩大了，新车间增加了，机械设备革新了……郝建秀看到厂内的这一切，想起老工人的话，怎不百感交集，引起她对往事的回忆……

一

十几年前，郝建秀的名字，便和细纱工作法联结在一起，飞遍了青岛市、山东省，乃至全中国……那时，她才只有十六岁。

当时，郝建秀时常默默地想：解放了！党把我从饥饿贫困里解救出来，培养我学会纺纱，学习文化，党又给了我这么大的荣誉！难道是我应得的吗？要不是党发现我的白花少，及时派专人帮助我总结经验，我连“科学”是什么都说不清，哪里还来的细纱工作法？这是党的工作法啊！

党给了郝建秀革命的荣誉，更给了她革命的思想，渐渐的，她懂得了：我是工人阶级的一员，是国家的主人，我不仅要积极生产，而且要为建设祖国贡献更多的力量。

可是，没有文化就像一条无形的绳子拴住了手脚，使得她跳不高，跑不快。那时每次介绍郝建秀工作法的时候，看着别人帮她整理的材料，磕磕绊绊地念不成句，只好要求别人代讲，自己实地表演；学习检修机器的时候，拿着卡尺觉得比铁锤还重，硬是说四分之二比二分之一大；签个名字也七扭八歪地凑不到一处。

这样怎么能担当建设祖国的重任呢？郝建秀心里急啊！为了革命的需要，她是多么渴望掌握科学与文化啊！

一九五三年十月的一天，厂党委负责同志对郝建秀说：“小郝，党决定送你到工农速成中学去学习，你愿意去吗？”突然的喜讯使郝建秀激动得回答不出话来，泪水蒙住了她的眼睛！

党啊！亲爱的母亲，只有您最懂得咱工人的心啊！

郝建秀，出生在一个搬运工人家庭的穷孩子。万恶的旧社会，使得她每日连肚子都不能填饱，只能领着小弟弟到煤渣堆里去讨生活，哪里还有念书识字的权利呢？如今，她，一个普通的工人，就要和许许多多工人、农民、战士走进专为劳动人民设立的学校，怎能不兴奋、激动呢！

可是，当时郝建秀只有相当小学一年级的水平，却要在四年的时间里，学完普通中学六年的课程，任务相当艰巨啊！不过，强烈的革命责任感和求知欲望，使她有足够的信心和勇气迎向困难。

学习开始了！郝建秀拿出突击生产的劲头，苦干、硬攻。她把睡眠压缩到最低的限度，吃着饭，还在默念着几何定理或代数公式。结果，一个月，两个月……几个月过去了，她越来越感觉疲劳，还得了头疼病。功课呢，却不见起色。有时，老师讲一个算术的定理，她紧蹙眉头，对照课本，反复思索，想呵想呵，脑子里乱哄哄地搅成了一团。

数学弄不懂，作文做不通，旧课还没补上，新课又压上来。压得郝建秀呵把头埋在课本里，抬不起来！

夜静更深，郝建秀坐在床上，凭借月光看着成绩表上二分、三分的记录，就像刀子扎在心上。坚强的姑娘，禁不住暗暗地滴下了眼泪，成绩表上洒下了斑斑的泪痕。

"党啊！我对不起您对我的培养啊！我白白地浪费了国家的资财。还是让我回到车间去吧！那里，我还能使出全身的力气，给国家创造些财富呀！"

亲爱的读者，你们不要担心，郝建秀不会退却的。这只是刹那间闪现的念头。这时，郝建秀想起学校党组织对她讲的话："党为什么叫你到北京来学习，党要求你的不只是多接几个纱头，少出点白花，而是要你为建设社会主义和共产主义贡献更多的力量，担当更大的责任。"恰恰这时候，工人伙伴们也从四面八方寄来了信，热情鼓励她"拿出工人阶级的志气来，打开文化大门，掌握科学技术知识，为工人阶级争光"。

"是啊！工人，当家做主的工人！"郝建秀想，"必须要有文化呵，我们是新中国第一批走进学校的劳动者，无数双眼睛都在看着我们学习。学习，是党的期望，阶级的委托。学习就是革命。既然，克服困难是党的事业的需要，哪怕困难比天高，也要把它顶住。"

她想啊，想啊！想到了党的期望和关怀，工人阶级的委托和支持，陡然增添了无限新的力量。鸡啼了，天亮了，郝建秀的决心更坚定了，学下去，为了党的革命事业！学下去，为了工人阶级的委托！要用战斗的姿态，进攻科学堡垒。

哪里有党，哪里就有阳光！学校党组织了解到郝建秀学习上的困难后，一方面启发她树雄心，立大志；另一方面指定两位功课好的同学专门帮助她。老师也经常在课余时间对她单独辅导。

首先，郝建秀具有克服一切困难的大无畏精神，同时，由于她不断刻苦钻研，渐渐摸到学习的门路。她明白了，学习和生产，内容虽不同，道理却一样，光凭硬拼是不行的，要有计划，要摸规律，要打主动仗。她把学习上的困难，看作战场上的敌人，按照毛主席的指示，在战略上藐视敌人，在战术上重视它。并且灵活地学习同学们的先进经验，有时，在课余，为了弄清一道数学题，她往往思索到深夜。她知道，只有在理解的基础上才能学到真正的知识。如果实在思索不通，万不得已的情况下再去和同学研究，请老师辅导。有一次她在做几何题的时候，遇到了困难，坐在她身旁的同学看她那焦急的样子，不由得把自己做好的答案悄悄推到了她的面前。郝建秀摇摇头没有看，只是请她帮助讲清基本概念，她自己终于找到了正确的答案。

勤奋的结果，必然是胜利。学期终了，郝建秀被评为“身体好、学习好、工作好”的三好学生。

在“大跃进”的一九五八年，郝建秀从中学毕业了！党又送她进了培养纺织工业专门技术人才的高等学校——华东纺织工学院。

在这里，她遇到更繁难的学习任务。什么《纺织概论》《画法几何》《外国语》等课程都是过去从来没有接触过的东西。可是，在新的困难面前，郝建秀却有了更大的决心。她充满了信心。因为现在她已经不是一个普遍的工人，而成为光荣的共产党员了。她觉得自己肩上的担子更重了，责任更大了，而当前最重要的，首先是努力完成现阶段的学习任务！

郝建秀把全部的精力，放在钻研功课上。这天，她坐在宿舍，面对着一个墨水瓶凝思：自己没有学过立体几何，没有立体概念和空间想象的能力，怎样掌握“画法几何”和“绘图”呢？没有这种知识，就不能在平面上表示出机械，也不能看图纸联想实物。想着、想着，眼前的墨水瓶仿佛变了，它变大了，变粗了，变成了一部空心钻台。突然砰的一声门响，才把她从幻想里惊醒。“对！我可以通过观察墨水瓶的正面、侧面、顶面帮助理解空心钻台的投影和造型。”从此，她就在日常生活里找各样的物体，去观察，去联想。吃饭用的碗，桌上摆的塑像，马路上跑的汽车都成了她观察的对象。为了革命的需要，她排除一切个人的杂念，专心致志地学习着。

可是，仅只能够做出题目，能够考试合格就满意了吗？不，郝建秀在学习上是永不满足的。在她看来，真正的知识是要看能不能在祖国建设中解决具体的问题，发挥实际的作用。因此，她不单要求对课程的理解，而且琢磨科学家在判断和探索物质秘密的思维方法。因此，每当她精通一个原理和解出一道难题的时候，感到无比的幸福。因为，她懂得在克服困难的斗争里，每前进一步，就是增加了一分建设社会主义的本领。

一九六二年秋天，郝建秀和一批工农出身的同学们，完成了大学学习任务，结束了九年的学校生活。九年，对于她是多么漫长而崎岖的一段路啊！在这九年里，几乎是每前进一步，都会遇到大小不同程度的困难。但是，郝建秀没有被吓住，而是以革命的精神、顽强的毅力，征服了横在她面前的一个又一个困难，终于以“良好”的成绩，向人们宣告：劳动人民能够掌握高深的科学和文化。

如今，就要离开学校了。她心情十分激动，心想：我是为无产阶级的革命事业来学习的，我是接受了阶级的委托来学习的！学习还只是手段，不是目的。下一步要怎样做，才能不辜负党和阶级伙伴对自己的期望呢？

二

朝阳，从东方升起！

郝建秀迎着晨曦走进了国棉六厂的大门。满载布匹的汽车驶向厂外，卷起一股尘沙。她掠掠罩进洁白的工作帽里的发辫，加快步子走向厂房。

不大工夫，她进入纺二细纱车间。一股纺纱厂里特有的温暖湿润的空气，迎面扑来，轰隆轰隆细纱机匀称的响声震动着耳鼓，多么悦耳、多么亲切的声音啊！阔别九年，六厂发生了多么大的变化！展现在面前的是社会主义纺织工业的崭新面貌。工人姐妹的成长更令人欢欣鼓舞，单只郝建秀小组，不少伙伴提拔为工会主席、车间主任、技术员……姐妹们通过生产、工作的锻炼和业务的学习，政治、文化、技术都有很大提高，新工人也接上了班，全组称得上是政治带头，生产过硬。

厂里的一切，使郝建秀心在激动，血在沸腾。她恨不得马上投入生产劳动，和大家一起贡献自己的力量。她急不可耐地在回厂的第二天，就换上工作服，戴上工作帽，一头扎进了车间。

“小郝子！”随着亲昵的呼喊，几位郝建秀小组的姐妹一齐迎来。郝建秀紧紧握住两个姐妹的手，笑着说：“姐妹们，我又来家了！”小组长王秀英故意把嘴一噘，假装生气说：“该打！为啥不好生休息，这么早又跑来了？”“怎么？叫我待在家里还不闷煞？”“闷？跳猴皮筋去！”“哈！要是那能帮我熟悉情况、赶快工作，我就去。”“唉！你的工作是技术员，挡车工这套，你还用得上吗？”虽说，这是逗趣的话，可也不见得就没有人这样想呢！多少年来，她们不知看见过多少只会动嘴不会动手的技术员、只会翻书不会看车的技术员呀！郝建秀轻轻地推了秀英一把，笑着说：“哎呀！你这家伙。技术员，技术员又怎么样？不会劳动，不懂生产，技术往哪使？那还算啥技术员？”好呵！到底是咱们工人技术员说的话！听了她的话，姐妹们露出了会心的微笑。

这时，党小组长牟秀美指着一〇一号细纱机说："看看你的老朋友吧！这还是你使的那台车呢！"是呀，就在这台机器的周围，印满了郝建秀辛勤的足迹，她曾经看着它吐出的白花心焦如火，可她也是在这台机器上，在党的帮助下创造出了科学的"郝建秀工作法"，为国家和人民创造了大量的财富。郝建秀无限深情地注视着这台被自己摸熟了的机器，机器还是那一台机器，但是它也变了样。由于保全师傅们的努力，车速提高了，断头减少了。即使断了头，白花被吸棉管吸去，也不会扬起飞花打断旁边的棉纱了。

一个姐妹巡回过来，很快地接上了断头，郝建秀看了兴奋地说："不愧是操作能手，技术过得硬。这种接头法和过去也不一样了。"牟秀美说："嗯，那可不！咱现在纺高支纱，接头质量要求得可严啦！非用挑贴的接法，才能又快又好！"说着，她伸手掐断一根纱，接给郝建秀看。郝建秀一面认真地看，一面手里模仿她的动作。"让我试一试！"嘴到手到，她左手迅速地拔起一个断头的穗子，右手轻巧地抽出纱头，挂上钢铃，掏过叶子板，手指轻轻一挑，"噗"接上了断头。开始还显着有点生疏，练习了几次，就能熟练地操作了。姐妹们一致称赞道："行！小郝子还没忘了老本行！"

劳动，使郝建秀和姐妹们的感情更亲近了，更炽烈了！老战友仿佛又回到了九年前的情景，新伙伴也没有显出初会的拘谨感觉，争着向她介绍机器的转速、生产的新要求……姐妹们还告诉她，随着生产的进展，郝建秀工作法也有了新的发展。在车间，郝建秀又感染了新的激荡和欢乐。

夜静了，紧张劳动一天的人们都已入睡，积蓄精力准备迎接明天新的战斗。可是我们的郝建秀呢？

此刻，她面对着资料思考起日间所见所闻，又在日记本上记下了自己的感受。然后，躺在床上，可说什么也无法平静下来：工厂在变，车间在变，人也在变，越变越美好，越变越前进。自己虽然在学校学了些纺织专业的理论知识，也在实习工厂里接触过些实际。但是，当今天又回到生产实际里时，就越是感觉所学的知识显得多么不足啊！漫说整个纺纱的过程，就是自己劳动过的细纱车间，又有多少新的东西需要努力去熟悉啊！工人在技术人员配合下，用半自动化落纱机，代替了繁重的手工操作；姐妹们的看车能力从一台半扩大到了三台半以上，巡回路线早已重新设计；细纱操作法又发展出“宝塔分段”“清洁互助”等新的方法，自己的责任，就是要和姐妹们一起，让这些新的变化，不断发生更新的变化，在前进的基础上，不断继续前进。但是，自己现在的能力能胜任吗？要把纺织的全部过程都熟悉了再去工作吗？这需要多长时间呢？

在新的困难面前，郝建秀反复地思考着。这时，她想起毛主席指示我们的：

读书是学习，使用也是学习，而且是更重要的学习。……常常不是先学好了再干，而是干起来再学习，干就是学习。

毛主席啊！我一定按照您的指示，在工作中去学习，做“实践”的小学生。

三

郝建秀的工作正式分配了，是在工程师室做技术员。职务明确以后，她所关心的不是自己的办公桌放在什么地方，也不是研究室的设备条件怎么样。她只想到：赶快投身到车间和工人们一起劳动，多学些生产本领，巩固理论知识，发挥实际作用。

多少双眼睛在注视着她呀！厂里，厂外，熟悉的，不熟悉的。大家都想知道：郝建秀在大学毕业以后，怎样对待工作、学习、生活……

郝建秀明白，大家关心的不只是一个郝建秀，而是想知道：什么是工人阶级的知识分子？工人阶级的知识分子到底走什么样的路？

郝建秀用自己的行动回答了这些问题。她依然和从前一样地热爱劳动，关心生产，谦虚谨慎，艰苦朴素。而且用自己所学的知识，为解决生产中的实际问题、促进生产发挥了作用。

工作分配后，按照国家规定，郝建秀先是进行半年生产实习。她开始是在棉检组，后来到了梳棉车间。她到车间后，哪里像个大学毕业的实习技术员，分明是个勤恳好学的新徒工呵！

亲眼看到郝建秀成长起来的梳棉老工人隗华芳，看着站在他面前穿着蓝布工裤的郝建秀，乐得闭不拢嘴。想想看，一个解放前受苦人家的黄毛丫头，今天在党的培养下，长大成人，而且成了咱工人阶级的技术员，为咱们的工厂谋划大计，怎么叫人不高兴！老隗恨不得把自己浑身的本事都端给郝建秀。看着郝建秀检修时钻到车下弄得浑身油渍、满头汗水的泼实劲，又是心疼又是爱。安装机件的时候，隗师傅手把手地教，连个螺丝钉也不放过，仔细地告诉她每一个螺丝钉的部位和作用，并且还要叫她用螺丝刀亲手去紧一紧。有个小伙子说："师傅！人家小郝是来实习的，呆不几天，又不干保全工，还用这么仔细？"老隗却笑了笑，说："嗳，就是来一天，咱也得认真帮助她，这是给国家培养技术干部。再说，别看螺丝钉不大，作用可不小，哪一个不找到窝眼也不行啊！"这话被别人听去，也许就轻轻地放过了，可它却钻进了郝建秀的心：

"老师傅的话里有深意呀！他不单教给我技术，也在教我怎样对待革命事业。老师傅，您放心吧！我要学习雷锋同志，像他那样，永远做革命的螺丝钉，为革命贡献我全部的力量！"

新棉进厂了，为了稳定棉纱质量，厂里派郝建秀和其他两位技术员左富英、李宝义一块配合车间进行试纺，提出新棉工艺处理方案。这项任务，繁重而复杂，要照顾前纺、后纺每个车间、每道工序，必须跟着三班工人，亲自动手干。郝建秀接受这项任务，心里多高兴啊！自己学过的东西，这回用上了，而且，这是多好的锻炼机会啊！

三个人争着要打夜班，郝建秀说："不要争了，我打夜班吧！我干过车工，夜班的生活容易适应。"可这叫什么夜班呀？早晨，该她下班了，她不走，再三交代情况，唯恐漏下一星半点。小左催她："快去休息吧！我自己会看试纺记录的！"郝建秀却说："我怕记得不详细啊！"其实，谁也没有她记得详细了。晚上，老早她又来了，撵也撵不走。就是叫她回去，她也不会安心休息，还要学习理论，研究资料。

在车间，郝建秀跟工人一块干活，一块研究问题，认真听取每个工人的意见，做了无数次质量测验。他们终于提出了合理的工艺处理方案，胜利地完成了党交给的任务。

半年很快地过去了。这半年，郝建秀在生产上，拣重避轻，不怕脏累，以一个普通劳动者的姿态，走遍了各个车间。就在实习期间，她在老工人、老技术员的帮助下，结合在学校学过的知识，对清花机应如何排列、梳棉机破网如何解决、棉纱疵点怎样才能减少等很多问题提出了改进的意见。有的被采纳应用了，有的在进行研究。虽然，这里面并没有什么惊天动地的发明创造，每项改进分布到各车间也许并不足以引起人们的注意，可是，却解决了不少生产中的实际问题。群众的眼睛是雪亮的，大家异口同声地说：

"到底是咱工人的大学生，真关心生产哪！"

"小郝没有变。郝建秀还是俺们的郝建秀！"

四

郝建秀回厂以后，由于担任了技术员，已经不是"郝建秀小组"的成员了。但她对于小组的工作，却时时刻刻挂念着，关心着。就在她回厂不几个月，小组里每个姐妹的家她都走访过；每个姐妹的情况，她都了如指掌。她是为什么呢？是希望小组永远做革命的火车头，对革命做出贡献。她常对姐妹们说："党和人民给了咱小组这么大的荣誉，让咱出席全国群英会，对咱期望很大呀！咱们要学习上海裔式娟小组，让红旗永远不倒！"

红旗，是革命的标志！红旗，是时代的风帆！要让红旗永远不倒，就要敢于破浪行舟，鼓风前进。

可是有一天，郝建秀来到细纱车间，回到小组劳动，牟秀美一见她就捂住脸说："小郝，我没脸见你呀！我们上月没有评上先进，把红旗丢了！"郝建秀轻轻地拉下她的手，说："秀美，保红旗是坚持革命，可不是抢先进、争荣誉啊！抬起头，鼓起劲，搬开挡住咱前进的绊脚石。"

当时的情况是细纱断头多，白花超计划。姐妹们都挺焦心，一个个眉头紧锁。郝建秀走到姜翠凤车旁，帮她接着纱头，关心地问："姜大姐，有困难吗？""唉，就是断头太多，赶不过来，我算让它制服了！"郝建秀知道她有个慢吞吞的性子，任务一紧就有点不耐烦，她热情地说："姜大姐，断头多就逼着咱赶紧着点。可不能服输呵！服输就等于解除了思想上的武装，你说对吗？"姜翠凤没有说什么，可是，她的动作加快了，神态也平和了。郝建秀又走到仇兰英身旁，她见兰英急得连饭也顾不上吃，便温和地说："仇大姐，光着急不吃饭，也急不出办法来呀，快去吃饭吧！"仇兰英见郝建秀这么关心自己，心里一暖，情绪便高涨起来。那边，魏桂枝因为断头多，纱不好落，心里正积了一股说不出的"气儿"，郝建秀走过去劝她说："魏大姐，咱现在是闹革命，遇上点困难兴闹情绪吗？纱不好落是事实，可是咱想想从前给资本家干活，生活有多难呀！"真的，提起从前，想想现在，这点困难又算什么呢？魏桂枝把"气儿"变成了"劲儿"……郝建秀暗暗想到："姐妹是好姐妹呀，就看用什么思想领她们走哩。"她和牟秀美商量："我看咱小组学习毛主席著作还不够经常，咱们要坚持学好，才能搞好生产呀！"牟秀美听了，点头说："是啊！你说的对。咱们跟大家商量一下。"她俩当即和大家一商议，谁都同意这个意见。于是，在小组里掀起了学习毛主席著作的热潮。郝建秀自动担任了学习辅导员，给大家读，给大家讲，又从报纸上找来参考文章读给大家听。针对当时断头多，生活难做的问题，反复学了《为人民服务》《愚公移山》《集中优势兵力，各个歼灭敌人》

等几篇文章。姐妹们眼明了，心亮了！看清了前进的挡路石。她们集中力量，拿出“愚公移山”的劲头，带着阶级感情，大练基本功。没多久，接头快了，白花少了，生产跃上去了。姐妹们舒展了眉头。团小组长杨美珍高兴地对郝建秀说：“多亏你呀！解开了咱组姐妹心里的疙瘩。”郝建秀摇头说：“不，是毛主席帮咱解开的。毛主席著作是指导咱前进的法宝，咱要坚持学下去。”后来，在郝建秀的帮助下，杨美珍担任了小组的学习辅导员。她们一直坚持着学习毛主席著作。

几个月后，转眼到了冬天。在一个严冬的夜晚，天上飘着雪花，地上一片银白世界。郝建秀冒雪跑到牟秀美家，同小组几个姐妹谈心。正谈着，魏桂枝来了，郝建秀立即上前替魏桂枝拍去身上的雪花，让她到炕上坐。魏桂枝激动地说：“小郝子，自从你回来，咱小组姐妹的思想觉悟提高了不少，大家更团结了，工作也更好做了。真是搞好了小组不吃饭也不饿，搞不好，吃块肉也不香啊！”郝建秀点头说：“对，团结是重要啊！毛主席告诉咱们：‘我们都是来自五湖四海，为了一个共同的革命目标，走到一起来了。’既然咱们都是为了革命，团结也就好搞了，而且，只要有了为革命的观念，就什么困难也不怕了。”

为革命！为革命而学，为革命而克服种种困难，努力做出贡献！郝建秀不但自己有一颗为革命的红心，而且她真正就像一团火，到处点燃着革命的红灯。

五

一九六三年八月，郝建秀满心欢喜地接受了一项新任务：帮助清花车间整顿工作法。

清花车间的劳动强度较大，一个棉卷四五十斤，搬过来举过去没点力气哪行？再说，这里的具体操作，郝建秀一点也不熟悉，可她坚信：只要依靠群众，没有办不到的事。在实习的时候，她已经深深地体会到：只要紧紧依靠群众，集体的智慧和力量能克服一切困难。

郝建秀来了，她在哪儿？她在清花机旁参加劳动。有人想：可真怪，郝建秀是技术员了，为啥一回来就一头扎进了车间？可郝建秀呢，心里在想，要帮助车间整顿工作法，不和工人一起劳动，怎么行！只有亲身操作，实地观察，才能摸清真正的情况，找出切实的办法。

是啊！清花车间多么需要一个统一而科学的操作法啊！工人们有的这样干，有的那样干，有的快，有的慢。使用的工具没有固定的放置点，为找一件工具，常常是临阵磨枪，浪费不少时间。因而清洁工作也没法定时做；地上积的花毛，严重的时候能随着人的脚步飞扬起来；有时花毛在机器上积得厚了，就用抹布乱掸一通，结果落在棉卷上必然就影响了产品质量！怎么样能减轻忙乱，又有一个正常的工作秩序呢？一股强烈的责任感催促着郝建秀，决心整顿清花车间的工作法。

工人们也为党的这样关心具体操作，深受感动。他们主动地向郝建秀反映情况，积极协助进行工作。

第一天刚一上班，郝建秀就给末道操作最熟练的工人李子瑞师傅当开了劳动助手。就在劳动中，她把李师傅的操作特点默记在心里，又去和别的师傅做了比较；这些天，她在业余时间，翻阅了多少参考资料，付出了多少心血啊！

几天以后，在座谈会上，郝建秀对工人们谈了整顿末道操作法的初步意见。她怕老工人听不懂普通话，特地用家乡的语言慢慢地说，细细地讲。老工人边听边点头，越听越高兴。矮个子顾师傅说："怪道你那么仔细地问我为啥那样摺卷呢，这也进了工作法啊？"原来，老顾的个子矮，可他摺卷却又快、又准、又稳。因此他的这个优点，被郝建秀总结进了工作法。对于工作法，工人们当场都表示满意，可郝建秀做事从来都是认真严肃，一丝不苟。她对老师傅们说："工作法是让咱大伙干起活来更顺手，让咱干得更好，更省力，不是给咱添麻烦。老师傅们多想想看，哪怕有一点不合适，就提出来，咱好再改。”她这样一说，大家七言八语地又议论开了。这个说：“扫车最好分三段！”那个说：“两段就行了！”也有人说：“我看最好分四段。”又有人提出巡回的路线还显着乱，走起来绕远儿。郝建秀一一记下了工人们的意见。

第二天，只见她和李子瑞师傅用粉笔在地板上画了不同的巡回路线，反复地巡回试验，寻找最合理的路线。

终于经过反复地讨论、试验和修改，“清花车间车工工作法”总结了出来。工人们真是欢欣鼓舞，高兴极了。

在清花车间里，第一次推广工作法的时候，车间主任和负责推广工作法的老工人都到了，可是，大伙儿还没看到郝建秀。根据平日的经验，不论车间有啥活动，她哪一次不比别人来得早啊！今天她到哪里去了呢？

大伙在殷切地盼望着。这些日子来，郝建秀和工人一起劳动，共同操作，尤其是她那吃苦耐劳、虚心好学的精神，给了大家很深的印象。工人们喜欢郝建秀，把她当作自己的知心人，希望她跟他们在一起。何况今天是推广工作法的重要时刻，谁不希望郝建秀能参加呢。

轮班长来了，他告诉大家，郝建秀到市里开会去了，说不定啥时回来。有人提议说：“现在到小郝家里去看看吧。”轮班长解释说：“就是她赶回来了，明天还要去开会，让她好好休息一下吧，咱们先开始——”轮班长的话没有说完，郝建秀却急匆匆地跑来了。她一进门就爽朗地说：“师傅们，我来晚了！”“不，正合适！”老师傅关心地问道：“开了一天会，从街里跑回来，累了吧？”“不累，大家干活比我累得多呀！”其实，她是带着感冒，从清晨乘交通车到市里开了一天会，晚上刚散会就跑回工厂的。

推广工作法的会议开始。大伙议论了一阵后，郝建秀走过去问一位老师傅：“您看，这个工作法能行吗？”老师傅说：“行，怎么不行哪？过去干活是胡打蛮干，这回工作合了套，有了准章程啦！”她又问另一位老工人：“您看，这工作法难吗？”“不难，听着顺耳，看着顺眼，干着顺手。有啥难的?”工人喜爱这个工作法，正是因为它集中了大伙的经验和优点，灌注着集体的劳动和智慧，同时也是郝建秀走群众路线的结果。

当场，李子瑞师傅还高兴地告诉大家说:“郝建秀同志怕俺老工人们记不住工作法的内容，把末道车工的操作要领，编成了顺口溜，写在墙上啦!”

这时，大伙抬头一看，嗬，墙上贴了那么多顺口溜的标语。一位戴花镜的老师傅忍不住念出声来:“搬卷要轻不要慌，放卷要稳不要撞，排列整齐头向里，花卷原状不变样。”

大家齐声叫好，车间里顿时欢腾起来。这些运用工人的语言、工人喜爱的形式编写出的顺口溜，使得老师傅们心里乐开了花。有一位老师傅感动得眼里噙着泪花，一把抓住郝建秀的手，激动地说:“好，好!你想得真周到。你可是摸透了咱工人的心啊。”

说实在的，郝建秀没有料想到，几句看来极为平常的顺口溜，却受到了老工人们如此热烈的欢迎和喜爱!

这是什么原因呢?她在刚来车间时就想过:旧社会剥削了劳动人民的物质财富，也剥夺了劳动人民的精神财富。老师傅们，有几个上过学能识文断字的呢?党培养自己上了中学、大学，学到些知识，如今回到工厂，应当怎样用学到的知识来为党工作，为革命出力，为工人服务呢?如果自己主观地去设计一套工作法，工人照样看不懂、弄不通、记不住，那有什么用处?所以一定要走群众路线，搞出一套简单、明白、通俗的工作法。能在生产里发挥实效，起到促进生产的作用。

多么好的想法啊!郝建秀牢牢地记住了党的教导，时刻把群众放在自己的心里，把自己置身在群众中。而且始终保持着劳动人民的本色。她常常这样想:“虽说党培养自己大学毕了业，但在广阔的知识领域里，自己又显得多么不足啊!为了担当革命的重担，要不断地刻苦学习，充实扩展自己的科学文化知识。但是，却又绝不能认为有了科学文化知识，就可以脱离体力劳动了，那样，就不能永远保持劳动人民的思想感情和阶级本色。”

的确，在工程师室，大家都深为郝建秀的行动而深受感动，有时谈起来，就说：“郝建秀同志经常参加劳动，和工人打成一片的工作作风是特别值得我们技术干部学习的。”这话一点也不夸张。可郝建秀呢，听了总是说：“我做得还很不够，离开党的期望还差得很远呵！在广阔的‘实践’大学里，我还是个小学生，要向工人和同志们多学习呢！”

党的优秀的女儿郝建秀！她，就是这样把党的教导牢牢记在心头，作为自己行动的指针，前进的方向，为革命青年树立了良好的榜样！

郝建秀，在党和毛主席的阳光雨露地哺育下，成长壮大起来！

有人说：“瞧，人家妈妈生的好孩子！”可是郝建秀说：“不，这一切是共产党和毛主席给我的！”是的，是党和毛主席拯救了郝建秀，拯救了旧中国千千万万个受苦受难的穷苦孩子！党把郝建秀从一个拾煤核的穷苦孩子培养成为纺织专业技术人才；从一个普通的工人成长为无产阶级的革命战士。这是多么大的变化！在我们社会主义的新中国，又何止一个郝建秀啊！我们还有千千万万说不完、数不清的郝建秀！

愿千万个郝建秀成长起来！

一九六五年五月完稿

原载《人民文学》1965 年第 7 期

中国工人阶级的先锋战士

——铁人王进喜

穆　青　高　洁[①]

我国工人阶级的先锋战士，大庆油田的英雄代表，铁人王进喜同志逝世已经一年多了。

一年多来，我们的祖国展现出更加光辉灿烂的前景。经过伟大的无产阶级“文化大革命”，我国的无产阶级专政更加巩固，社会主义建设事业出现了新的跃进局面。在工业战线上，到处呈现出一片沸腾的景象。铁人生前为之努力奋斗的我国石油工业，取得了辉煌的成就。

当人们听到我国石油工业无论是产品品种和数量都已经做到全部自给的时候，听到在我国辽阔的大地上接连发现令人鼓舞的新油田的时候，谁能不衷心怀念在那艰难的年代，开创大庆油田的闯将，那曾经为发展我国石油工业建立功勋的铁人呢？

---

① 1972年1月27—28日在《人民日报》连载时署名为“大庆革委会报道组　新华社记者”，收入《十个共产党员》《穆青通讯》时均注明为穆青和高洁合写。

人们怀念铁人，不仅由于他对发展我国石油工业做出了卓越贡献，重要的是，他用自己毕生的革命实践，为我们树立了一个用伟大的毛泽东思想武装起来的我国工人阶级先锋战士的光辉形象。王进喜一生热爱伟大领袖毛主席，刻苦学习毛主席著作。在三大革命斗争中，他一不怕苦、二不怕死，英勇捍卫和执行毛主席的革命路线。伟大的毛泽东思想，把他从一个旧社会的放牛娃，培养成为胸怀祖国、放眼世界的无产阶级先锋战士。他的一生，是革命的一生，战斗的一生。他为我们留下的“铁人精神”，永远激励着我国人民勇往直前。

一不怕苦、二不怕死的铁人

一九六〇年春，正当我国遭受严重自然灾害的时候，帝国主义、现代修正主义、各国反动派乘机联合反华，美帝国主义加紧对我国实行经济封锁，苏修叛徒集团背信弃义，撕毁合同，撤走专家，还妄图在石油上卡我们的脖子。在那“高天滚滚寒流急”的日子，一声春雷，传来了我国发现大庆油田的喜讯。遵照伟大领袖毛主席和党中央的英明决策，我国石油战线集中优势兵力，在大庆展开一场规模空前的石油大会战。就在这个时候，铁人王进喜，从玉门率领一二〇五钻井队，千里迢迢赶来大庆。

从玉门开往大庆的列车，穿过一座座新兴的工业城市，在伟大祖国的原野上奔驰。王进喜禁不住心潮起伏。一九五九年在北京出席全国群英会期间见到的一切，重新浮现在他的脑海里。那是他第一次到北京，看到大街上的公共汽车，车顶上背着个大气包，他曾奇怪地问别人：“背那家伙干啥？”人们告诉他：“因为没有汽油，烧的煤气。”听了这话，他没有再问下去。心想：“我们这么大的国家没有汽油怎么行呢？我是一个石油工人，眼看让国家作这么大的难，还有脸问？”他越想心里越沉重，到人民大会堂开会，心情也一直不能平静。休息时间，他一个人悄悄地躲在一边，闷着头抽烟……

每当想起这些，他感到那煤气包像千斤重担压在自己的身上，压在中国石油工人的身上。他曾多次向战友们说："一个人没有血液，心脏就停止跳动。工业没有石油，天上飞的，地上跑的，海上行的，都要瘫痪。没有石油，国家有压力，我们要自觉地替国家承担这个压力，这是我们工人阶级的责任。"

王进喜和他的战友们，就是带着这种要为国家承担压力的高度责任感，来到了大庆。当他看到天南海北前来参加会战的几万名战友，看到铁路沿线摆了几十里长的堆积如山的设备器材，看到就要开发的一望无边的大油田的时候，浑身充满了力量。他满怀激情地站在大荒原上，随手扒开积雪，从地上抓起一把土来，嘿！这是什么样的土啊？黑乎乎的！这时，他仿佛已经看到了覆盖在这黑土下大片大片的油层。他撩开身上的老羊皮袄，大声地对战友说："看，这儿就是大油田，这回咱们可掉进大油海里了！同志们，摆开战场，甩开钻机干吧！这一下怕要把石油落后帽子扔到太平洋里去了！"

当时，那股高兴劲，使这个性格刚强的老工人，再也抑制不住自己激动的心情。在旧社会，他六岁拿起讨饭棍，拉着被地主逼瞎了双眼的父亲四处讨饭的时候，他没有流过眼泪；他八九岁给地主放牛羊，成年披着件破羊皮，光着下身，赤着脚在大山里跑，动不动挨地主棍棒的时候，也没有流过眼泪；刚十五岁，他被拉进玉门油矿当苦力工，满身被封建把头、矿警和美国"技师"，用鞭子、青铜棍抽打得一道道血印子的时候，他压抑住满腔怒火，从来没有流过眼泪。而今，在毛主席的号召下，眼看全国石油战线千军万马会师大庆，一场开创中国石油工业广阔前景的大会战，就要在这里打响了，多年的愿望就要实现了，这个从来没有流过眼泪的老工人，高兴得热泪直流。他恨不得一拳头砸开地层，让乌黑发亮的原油哗哗地喷射出来……

三月的大庆，朔风呼号，滴水成冰。会战上得很猛。一下子几万人从全国四面八方会集到大荒原上，立即面临着许多难以想象的困难：没有公路，车辆不足，吃和住都成了大问题。

为了战胜困难，夺取胜利，油田党委号召参加会战的职工学习毛主席的《实践论》和《矛盾论》，用毛泽东思想指挥战斗。在油田党委的领导下，广大石油战士每天晚上，在篝火旁，在牛棚、马厩里，认真地学习，热烈地讨论。王进喜带领一二〇五队，一连好几个晚上，围着篝火一边学习，一边讨论什么是当前的主要矛盾？怎样对待困难？大家越学心里越热火。工人们异口同声地说：拿下大油田，哪能没有困难？但是，这困难，那矛盾，国家缺油才是最大的困难，最主要的矛盾。这个矛盾不解决，帝国主义、现代修正主义就会利用这个缺口来卡我们，封锁我们。我们决不能在困难面前低头，有天大的困难，也要高速度、高水平地拿下大油田。

群众那股天不怕、地不怕的劲头，给了王进喜极大的鼓舞。他向战友们说："我们工人阶级，就是要有这样的雄心。现在我们流点汗，吃点苦，为的是快快把我们国家建设得更强大，只要国家有了油，再苦再累也高兴。"

王进喜和英雄的大庆工人们，就是这样在困难的时候、困难的地方、困难的条件下，开始了史无前例的夺油大战。

那时候，钻机还没有运到，他们天天派人到车站去等。王进喜更是坐不住，睡不稳，到处调查访问，了解地层的情况。不几天，钻机到了，但是吊车、拖拉机不够用，六十多吨重的钻机躺在车上卸不下来。大家都很着急，王进喜说："没有吊车，咱们有人在。毛主席不是说人是最可宝贵的吗？只要有人在，咱们就能想办法把钻机卸下来。"

全队的小伙子们被队长那浑身的劲头和激动的神色所鼓舞，"上呀！"一声呐喊，便行动起来。大家一鼓作气，从清晨干到太阳偏西，硬是用绳子拉、撬杠撬、木块垫，把钻机从火车上卸了下来，运到井场，又花了三天三夜时间，把四十米高的井架矗立在大荒原上。

眼看就要打井了，可是，水管线没有安好，开钻没有水怎么行？大伙说："咱们用盆盆端！"有人不同意，说："你们见过哪个国家端水打井的？”王进喜理直气壮地说：“就是我们的国家！”

他带领工人们同井场附近的贫下中农一起，终于奇迹般地用人力端来几十吨水，提前开了钻。

一九六〇年四月十四日，当一轮红日从东方升起，巍然的井架披上金色霞光的时候，井场上一片繁忙，王进喜大步跨上钻台，握住冰冷的刹把，纵情地大喊一声：“开钻了！”这声音威武雄壮，气吞山河！正像王进喜在一首诗中所写的那样：“石油工人一声吼，地球也要抖三抖！”此情此景，使他感到自己不只是在向地球开钻，而是手执武器在向帝修反、向整个旧世界宣战！

经过五个紧张的日日夜夜，这大庆会战的第一口井终于喷出了乌黑发亮的原油。王进喜和工人们围在井场的周围，眼看着那高高喷起的油柱兴奋得忘掉了一切，一个劲地高呼：“毛主席万岁！”“毛主席万万岁！”

这千年封闭的大油田啊，终于乖乖地打开了大门。

这是用世界上从来没有见过的方法打出来的油井。这口井，打出了东方无产阶级的志气，显示了毛泽东思想的巨大威力；它向全世界宣告，用毛泽东思想武装起来的中国工人阶级，什么人间奇迹都可以创造出来！

但战斗的进程并不是一帆风顺的。就在第一口井打好以后，一件意外的事发生了。

五月一日，天刚蒙蒙亮，王进喜在井场上指挥工人放井架“搬家”，忽然一根几百斤重的钻杆滚下来砸伤了他的腿。王进喜痛得昏了过去。等他醒过来一看，井架还没有放下，几个工人在围着抢救他。王进喜急了，对大家说：“我又不是泥捏的，哪能碰一下就散了？”说完，猛地站起来，举起双手，继续指挥放井架，鲜血从他的裤腿和鞋袜里浸了出来。……

领导和工人们坚持把他送进医院。可是在这热火朝天的会战中，他怎能安心住下来呢？一天深夜，王进喜深一脚、浅一脚地从医院回到钻井队，只见他手里拄着拐棍，腿上的绷带沾满了泥。大家赶快帮助他收拾床铺，让他休息。可是，还没有等安排好，王进喜已经拄着拐棍上井去了。

打第二口井的时候，王进喜的腿伤还没有好，成天拄着双拐在井场上来回指挥。一天，轰隆一声，钻机上几十斤重的方瓦忽然飞了出来：井喷的迹象出现了。

井喷，就是埋藏在地层深处的水、原油和天然气，突然夹带着泥沙，在地层的高压下迸发出来，如不赶快压住，不仅井毁人亡，连那高大的井架也要被吞没到地层里去。在这十分危急的时刻，王进喜忘记自己的腿痛，立刻奔上前去。压井喷需要用重晶石粉调泥浆，井场上没有，他当机立断决定用水泥代替。一袋袋水泥倒进泥浆池，没有搅拌机，水泥都沉在池底。这时，王进喜奋不顾身，把双拐一甩，说了声“跳！”就纵身跳进了泥浆池，用自己的身体来搅拌泥浆。几个年轻小伙子也跟着跳了进去。他们整整奋战了三个小时，险恶的井喷终于被压下去了，油井和钻机保住了，王进喜的手上身上却被碱性很强的泥浆烧起了大泡。同志们把他扶出来时，腿疼得使他扑倒在钻杆上，豆大的汗珠不停地从脸上滚下来。

王进喜哪里是在打井？他简直是在用自己的鲜血和生命换来一口口的油井！在那战斗最紧张的日子里，他成日成夜地奋战在井场上，饿了，啃几口冻窝窝头；困了，倒在排好的钻杆上，盖件老羊皮袄，头枕钻头休息一会儿；天下雨了，头顶雨衣不离开井场。他把艰苦当光荣，把艰苦当幸福，为着一个宏伟的目标，把自己的一切置之度外。他曾经写过这样一首诗来抒发自己的革命豪情：“北风当电扇，大雪是炒面，天南海北来会战，誓夺头号大油田。干！干！干！”

有一回，他帮助一个井队制服井喷，在井场上两天两夜没有合眼，回到大队时，浑身上下都沾满泥浆，两只鞋用绳子绑着，已经分不清鞋和脚了。吃饭的时候，吃着吃着，碗掉在地上，人却靠在墙边睡着了。工人们见他一天天消瘦，眼眶越来越深陷下去，都关切地要他注意休息，他却说："宁可少活二十年，拼命也要拿下大油田！"

井场附近的老乡们，日日夜夜把这一切都看在眼里，他们深深地被王进喜这种革命加拼命的精神感动了，他们向工人们夸赞说："你们的王队长可真是个铁人啊！"

从此，"铁人"这个光荣的名字很快便传开了。"向铁人学习！""发扬铁人精神！"响遍了整个大庆油田。

在开发大庆油田的日子里，王进喜把自己的全部精力和心血都倾注在打井上。为了早日拿下大油田，摘掉我国石油工业落后的帽子，他不仅使自己所在的井队上得猛，打得快，而且主动帮助别的井队打得快，打得好。别的井队缺少零部件，只要他们有，就马上派人送去；打井遇到困难，他总是亲自带人去支援。他说："我们一个井队打得再快，也拿不下个大油田，我们要让所有的队都打上去，超过我们，那才叫人高兴哩！"

为了早日拿下大油田，他争分夺秒地奋战在井场上，不允许任何环节有片刻的耽误，丝毫的差错。有一回，他的井队打完井，射孔层位老确定不下来，不能"搬家"，他就径直地跑到地质指挥所去质问。人家劝他不要急，说顶多耽误一会儿打井。他听了这话，当场反驳说："为什么要耽误一会儿打井？时间是党的，是国家的，谁也没有权利白白浪费！"

他这种严格的精神，不仅对别人，更用来要求自己。一次，他的井队工作出了差错，领导在大会上批评他们。那天，王进喜去晚了一会儿，刚走到会场门口，有个工人对他说："慢点进去，领导上正批评我们哩！"王进喜爽朗地说："看你这个同志说的，披红戴花的时候，让我抢着往头里去，受批评了，就叫我躲起来当狗熊，我才不当这个狗熊呢！"说完，他就一直走到前面坐下来。事后，他对那个工人说："领导批评我们，是对我们关心，是为了把革命工作搞好，我们有错误就改，这才叫对革命负责啊！"

为了早日拿下大油田，他对待工作始终是精益求精，一丝不苟。

他经常对人说："干工作光有一股子干劲，猛打猛冲是不行的，张飞还粗中有细嘛！打井一定要注意质量。要对油田负责一辈子，就要对质量负责一辈子。"他每打完一口井，都要发动大家认真总结经验。一次，他们队打的一口井，质量稍差些，王进喜干脆让大家推倒重来，并且在以后年年都带领工人去看，要大家记住这个教训。就是检查合格的井，他每隔一段时间也要回去看看，征求采油工人的意见。后来，油田上推广了他们这个"回访"经验，成为一项固定的制度。

一九六三年，油田指挥部号召打直井，要求井斜由原来的五度缩小到三度。这在当时是很高的质量标准。领导同志问王进喜："你准备怎样干？"王进喜说："依靠党，依靠群众，按毛主席的教导去实践。"

回到队上，他和老工人、技术人员一起来学习《实践论》。他说："我们要打直井，首先脑瓜子里要有个直井，就是要有高度的政治责任心，照毛主席的《实践论》去办。"他同战友们一边调查研究地层情况，一边改革钻头钻具，边干边总结经验，经过实践、认识、再实践、再认识，终于用四十年代的老钻机打出了当时全油田第一口斜度只有二度多的直井，以后又降低到只有半度多，为全油田创造了打直井的宝贵经验。

王铁人和英雄的大庆工人们，就是这样，在极端困难的条件下，靠战无不胜的毛泽东思想，夺得了石油会战的光辉胜利。在一九六〇年六月一日，大庆运出了第一批原油；在一年零三个月里，基本上摸清了油田面积和储量；会战第三年，便高速度、高水平地拿下了大油田，为发展祖国石油事业立下了丰功伟绩。

一九六三年的一天，一个鼓舞人心的消息传来：我国石油基本自给了，用"洋油"的时代一去不复返了！铁人听到这个消息，高兴极了，他扬眉吐气，到处同人谈论这件大喜事，同大家分享胜利的喜悦。

"封锁吧，封锁十年八年，中国的一切问题都解决了。"我国石油工人用他们的实际行动证实了毛主席的这一英明论断，给了帝修反一记响亮的耳光！

一九六四年，毛主席向全国发出“工业学大庆”的伟大号召。这一年，王进喜代表大庆工人光荣地出席了第三次全国人民代表大会，见到了日夜思念的伟大领袖毛主席。当时，他是多么高兴啊，他感到浑身充满了力量，怎么也控制不住自己的滚滚热泪，一遍又一遍地高呼：“毛主席万岁！”“毛主席万万岁！”

站在伟大领袖毛主席面前，作为一个普通石油工人的王进喜，怎么能不心情激动呢？是毛主席使他从奴隶变成了国家的主人；是毛主席教会他懂得了革命的道理；是毛主席把多打井、多出油，建设伟大社会主义祖国的任务放在了他的肩上。这使他感到光荣，也感到责任的重大。他觉得应当做的事情还很多，过去做的比起毛主席的期望还差得很远很远。

他经常向别人说：“我是个普通工人，没啥本事，就是为国家打了几口井。一切成绩和荣誉，都是党和人民的，我自己的小本本上只能记差距。”

捍卫毛主席革命路线的英雄

王进喜经常对人说：“打井要跟天斗、跟地斗，也要跟阶级敌人斗，跟错误思想斗。大庆油田不斗争根本出不来，共产主义不斗争也不可能到来。要干一辈子革命，读一辈子毛主席的书，斗争一辈子。”在大庆石油会战艰苦奋斗的几年间，王进喜在和大自然斗争中是一不怕苦、二不怕死的铁人，在和阶级敌人、错误路线、错误思想的斗争中，同样是英勇顽强、不屈不挠的英雄！

一九六〇年秋，会战刚刚打响，叛徒、内奸、工贼接连窜到大庆，污蔑石油会战是“大混战”，胡说什么“会战乱糟糟的，不像搞工业的样子”。他们从政治上压，经济上卡，使尽手腕，千方百计破坏会战，妄图迫使会战“下马”。王进喜听了这些话，气愤地说：“大会战乱得很吗？依我看，大会战好得很，非常好！是毛主席、党中央关怀我们，让全国石油工业部门都派队伍来会战，让全国人民都来支援。不搞会战，不吭不哈的，怎么能拿下大油田？又怎么和帝修反做斗争？”他和英雄的大庆工人坚决顶住了“下马”黑风，继续沿着毛主席指引的道路，坚持把会战打上去。

会战在胜利前进，斗争也越来越激烈。

一九六一年，刘少奇一伙配合帝修反掀起的反华恶浪，趁严重自然灾害造成的暂时困难，在社会上刮起一股“三自一包”“四大自由”的复辟资本主义的妖风。这股妖风也吹到了大庆。某些思想觉悟不高的人，害怕艰苦，在困难面前产生了动摇，说什么“做工不如务农”。为了抵制这股妖风，全油田开展了冬季整训活动，对职工进行阶级教育。王进喜这时是钻井二大队的大队长，他每天身背干粮袋，亲自到各个井队去做工作，并且在职工大会上，大讲毛主席发出的“人民公社好”的伟大号召。他说：“伟大领袖毛主席历来教导我们，‘只有社会主义能够救中国’，我们决不能上阶级敌人的当。”他要求共产党员、共青团员带头顶住这股妖风，坚持石油会战。他说：“谁个革命，谁个不革命，在这关键时刻，要经得起考验。”

有人告诉他：“听说‘三自一包’是上头讲的。”

王进喜斩钉截铁地说：“不管它是上头讲的，还是下边刮的，不符合毛泽东思想，我们就要坚决顶住！”

王进喜就是这样，处处维护毛主席的革命路线，坚持原则斗争。他不仅同反革命修正主义路线斗，也坚决同错误思想斗。当时有人很为他担心，劝他说：“你不要见事就管，见事就说，刚强是非多呀！到处得罪人，怎么得了？”王进喜听到这话觉得不对头，反问那个同志说：“你这是从那里冒出来的谬论？为什么‘刚强就是非多’？按党的指示，应该说的我们就要说，应该干的我们就要干！为了党，为了革命，我们要斗争一辈子，斗到底，有什么可怕的？”

为了顶住妖风，坚持会战，大庆油田党委号召大家发扬南泥湾精神，自己动手盖房种地，加速油田建设。王进喜立即把职工家属组织起来，领着大家打土坯，拣木料，盖“干打垒”房子。又组织大家开荒种地，没有拖拉机，就用人拉犁。经过两年奋战，到一九六二年，他领导的钻井二大队盖起了七千多平方米的“干打垒”宿舍；这一年，收获粮食五万多斤，蔬菜十几万斤，当严冬到来的时候，全大队的工人和家属都住进了温暖的新房。

在那些困难的日子里，为了安排好群众的生活，铁人真是操尽了心。他常对人说：“干革命不能忘了两条，一条是不能忘了学习毛主席著作，一条是不能忘了阶级兄弟。”毛主席的《关心群众生活，注意工作方法》这篇光辉著作，他学了几十遍。铁人随身有个小本子，上面记了许许多多关于群众油盐柴米的事。他看到住地离市镇比较远，工人和家属上街买粮、寄信、看病不方便，孩子们没有地方上学，就和有关单位商量，先后在村子里办起了粮店、商店、邮局、卫生所和一所帐篷小学。大庆油田最早的一批社会主义新型矿区——工农村，便这样诞生了。

从此，广大工人更加坚定了坚持会战的决心；少数暂时受蒙蔽的人，也普遍提高了认识，擦亮了眼睛，阶级敌人破坏会战的阴谋破灭了。

无产阶级“文化大革命”的风暴，以排山倒海之势席卷大庆油田。铁人王进喜在这场空前激烈的两个阶级、两条路线斗争中，经受了更加严峻的考验。

“文化大革命”开始以后，在毛主席《炮打司令部（我的一张大字报）》的号召下，王进喜冲破资产阶级反动路线的干扰，和广大工人群众一起，狠批反革命修正主义路线。他对大家说：“这帮子反革命，戴着红帽子，藏着黑心肝，妄想复辟变天，来专我们无产阶级的政。让他们搞下去，就要千百万人头落地，就会再出现白毛女、黄世仁。工人阶级要在‘文化大革命中’打头阵，粉碎他们的阴谋，夺取‘文化大革命’的胜利！”

一九六七年初，一小撮阶级敌人阴谋从极“左”的方面破坏大庆油田的“文化大革命”。他们散布谣言，刮起一股妄图否定大庆道路、砍倒大庆红旗的妖风。一天夜晚，灯火通明的会议室里挤满了人，一场激烈的大辩论正在进行。许多当年参加大庆石油会战的老工人，用亲身的经历愤怒地驳斥阶级敌人的无耻诽谤。一个别有用心的家伙当场跳了出来，疯狂地叫嚣说：“大庆红旗是假的，铁人也是假的。”

王进喜听了，怒火满腔。他把披在身上的老羊皮袄往后一甩，站起来大声说道：“我是铁人还是泥人，关系不大。大庆这面红旗是谁也动摇不了的。大庆，是毛主席的大庆，是全中国七亿人民的大庆。大庆红旗，是大庆工人阶级按照毛主席指引的道路闯出来的。大庆的一切胜利，都是毛主席革命路线的胜利。谁敢诬蔑大庆红旗，我们就一拳头把他砸到地底下去！”

铁人的话，说到了大庆工人的心里，全场立即爆发起一阵热烈的掌声。

辩论会成了捍卫大庆红旗的誓师会。革命群众扬眉吐气，那股妄图砍倒大庆红旗的反动气焰当场被打了下去。

然而，敌人不甘心失败。他们使出了另外一手，对王进喜进行卑鄙的人身攻击。他们编造了许多谎言陷害王进喜，企图从政治上搞垮铁人，砍倒大庆红旗。

斗争一场接着一场，许多问题引起了王进喜的深思。

一天傍晚，他独自一人来到会战时打的第一口油井的井场上。灿烂的夕阳照射着采油树。这油井，是他和工人们响应毛主席的号召，自力更生、艰苦奋斗开发大庆油田的见证；那泥浆池、卸车台，那当年住过的地窝子，亲手挖出来的土水井，都能说明他和一二〇五队的战友们是怎样按照毛主席的教导，胜利地走过了创业时期那段艰苦的里程。如今，眼望着大庆油田的宏伟景象，他想，阶级敌人反对大庆红旗，是因为大庆的道路是按照毛主席的无产阶级革命路线发展我国工业的道路。大庆的工人做对了，所以敌人害怕。想到这里，他更加坚定了斗争的信心和勇气。铁人怀着激动的心情，坐在采油树旁打开毛主席著作，默默地念道："这个军队具有一往无前的精神，它要压倒一切敌人，而决不被敌人所屈服。不论在任何艰难困苦的场合，只要还有一个人，这个人就要继续战斗下去。"

果然，敌人见造谣和中伤没有压垮铁人，他们又施出了最后的卑鄙手法，妄图用强制手段迫使铁人就范。一天，几个坏家伙暗中策划和操纵一些人把王进喜关进一间密室，手持皮鞭和铁棍，拿出一张事先写好的诬蔑大庆红旗的纸条，强迫王进喜签字。王进喜愤怒极了，冲着那些家伙斩钉截铁地说："我识字不多，可是你们写的这几个字我还认得，你们就是把刀架在我脖子上，也别想让我画上一笔！"

敌人的阴谋，在这个铁打钢铸的英雄面前再一次可耻地失败了。

就在这场捍卫大庆红旗，捍卫毛主席革命路线的关键时刻，以毛主席为首的无产阶级司令部给大庆油田派来了亲人解放军。此时此刻，铁人王进喜的心情是多么激动啊！他想起解放初期，是毛主席派来亲人解放军把他从三座大山压迫下拯救出来；想起在石油会战最艰苦的岁月，大批解放军来到大庆，宣传毛泽东思想，帮助大庆铺设了著名的"八一"水管线，给工人们送来了清甜的泉水；现在，毛主席又派来亲人解放军，和大庆工人并肩战斗，把无产阶级"文化大革命"进行到底。想到这些，他用那粗壮有力的手，热情洋溢地写了欢迎解放军的大字报，亲自贴在解放军驻地门口。

在整个无产阶级"文化大革命"中，王进喜紧跟毛主席的伟大战略部署，始终和广大革命群众在一起，坚持把"文化大革命"推向前进。毛主席指示说："在工人阶级内部，没有根本的利害冲突。"他就到处宣传，要两派群众联合起来抓革命、促生产。哪个单位两派群众联合起来了，他就前去祝贺；哪个单位还没有联合，他就去做过细的思想工作，促使他们联合起来。有人说："响应毛主席的号召，不利于革命大联合的话不说，不利于革命大联合的事不做。"王进喜说："这样好，还要加上两句：有利于大联合的事多做，有利于大联合的话多说。"

为了保卫大庆油田，夺取革命和生产的全面胜利，在"文化大革命"期间最紧张的日日夜夜，王进喜几乎每天都随身带着毛主席著作，身背干粮袋，步行几十里路，到各个井队去宣传毛泽东思想，认真落实毛主席关于"抓革命，促生产"的指示。有个井队的一些人受无政府主义思潮的影响，提出要"停产闹革命"，王进喜特意从一百多里外赶去，同工人们一起学习毛主席的伟大指示，一起批判无政府主义，揭露阶级敌人的罪恶阴谋。他恳切地对大家说："'抓革命，促生产'，是毛主席给我们工人阶级下的命令，我们的生产一分钟也不能停。国家搞社会主义建设需要油，支援世界革命需要油，我们一定要听毛主席的话，把革命和生产的重担挑起来。"

有一段时间，王进喜身体不好，多年得下的胃病和关节炎又发作了，经常浑身疼痛。有时半夜痛醒了，他一声不吭，坐在床边打开毛主席著作学习一阵再睡下。第二天清晨，又照旧背着背包出发了。工人们感动地说："老铁真是把全部心血都花在油田上了。"

大庆油田，正是由于有了铁人和广大工人群众的坚持，在无产阶级"文化大革命"胜利进行的几年间，原油产量大幅度上升，油田建设规模比原来扩大了一倍以上。

经过无产阶级"文化大革命"的锻炼，王进喜执行和捍卫毛主席无产阶级革命路线的决心更加坚定。一九六八年五月大庆革委会成立的时候，广大工人一致推选他担任大庆革委会的副主任，一九六九年四月又光荣地出席了党的九大，再一次幸福地见到了伟大领袖毛主席。在这次党的全国代表大会上，他当选为中共中央委员。

胸怀远大目标的革命先锋

王进喜从一个普通的石油工人成长为党的中央委员，完全是伟大的毛泽东思想哺育的结果。他出生在甘肃玉门赤金村一个贫农家庭，从小讨饭受苦。解放前，他在玉门油矿当了十来年徒工，没有上过钻台，没有摸过钻机的刹把，连一套铺盖都没有捞到。解放后，经过民主改革、反封建把头、诉苦等运动，他觉醒起来，打碎旧社会加在他身上的一切锁链，做了国家的主人。在党的培养下，他当了司钻和钻井队长，思想进步很快。不久，便成为光荣的中国共产党党员。起初，王进喜对党有单纯报恩的思想。经过学习毛主席著作，他逐渐认识到，共产党员心里要有共产主义的远大目标。干革命，单纯报恩是远远不够的。从此，他更加自觉地把打井同伟大的社会主义革命联系起来，把井场当成革命斗争的战场，一个心眼就是要为国家多打井，打好井。

一九五九年，全国群英会奖给他一套《毛泽东选集》，他学习毛主席著作更加勤奋、认真。文化程度低，好多字不认识，不会写，这成了王进喜学习毛主席著作最大的一个难关。但是，他顽强地坚持一边学文化，一边学习毛主席著作。开始学习《矛盾论》的时候，他不会写“矛盾”两个字，就在本子上画了一个贫农、一个地主，用来表示矛盾的意思。一次，他用了几个晚上的时间写了一封信，请人帮助修改，改了他又抄，一连抄写了二十遍。别人说：“我替你写吧。”王进喜说：“我不是为了写信，我是想学文化，好读毛主席的书。”他经常用一个老工人的话，来表达自己的心情：“我学会一个字就像搬掉一座山，我要翻山越岭去见毛主席！”在大庆石油会战的几年间，他就是用这样惊人的毅力，边学文化边读书，刻苦地通读了全部《毛泽东选集》。

伟大的毛泽东思想给了王进喜无穷的智慧和力量，给了他压倒一切敌人、战胜一切困难的革命英雄气概。他把自己的一生，全部贡献给发展社会主义祖国的石油工业。五十年代，他率领钻井队，大战祁连山，七年间钻井进尺七万多米，等于旧中国从一九〇七年到一九四九年四十二年间全国钻井进尺的总和；六十年代，他奋不顾身投入大庆石油会战，为甩掉我国石油工业落后帽子建立了功勋；在伟大的无产阶级“文化大革命”中，他和大庆工人一起，坚定地捍卫了毛主席的无产阶级革命路线，捍卫了大庆红旗。党的九大以后，他看到全国社会主义革命和建设事业迅猛发展，世界革命形势风起云涌，他满怀雄心壮志，设想着进一步发展我国石油工业的蓝图。他说：“现在，革命需要油，战备需要油，人民需要油，我们国家要有十个八个大庆油田才行。我这一辈子，就是要为国家办好一件事：快快发展我国的石油工业。”

铁人胸怀着发展我国石油工业的远大目标，做起工作来，却又是一丝不苟，扎扎实实地一步一个脚印。党的九大以后，王进喜在大庆革委会支持下，亲自组织了一个废旧材料回收队，他和工人们一起，风里、雨里、泥里、水里，连一颗螺丝钉、一小块废钢铁都捡起来，为国家回收散失的废旧钢材。

这件事，受到广大工人和干部的赞扬。但有些人不明白王进喜为什么要去关心这样一件“琐细”的事情，个别人还说什么“搞回收没出息，不光彩”。王进喜把回收队带到十年前会战的第一口井边，对大家说：“艰苦奋斗的传统永远不能丢。把散失的材料捡回来，重新用来建设社会主义，意义大得很！”

人们理解了铁人的心情，铁人组织大家回收废钢铁，是为了进一步贯彻执行毛主席关于“艰苦奋斗”“勤俭建国”的伟大方针，迅速发展我国石油工业。在他的带动下，大庆油田许多单位都成立了回收小队或修旧利废小组。他们把回收来的许多钢材修好配好，重新安装成井架，有的废旧设备修复了再用。王进喜高兴地说：“这些井架、设备，不光大油田用得上，有的还可以交给地方，让大家都打井，都搞油。这样，我们国家石油工业的发展就会更快了。”

当我国发现新油田的喜讯传来，另一场石油会战就要开始的时候，王进喜兴奋得几夜没有合眼，恨不得立即带领队伍去摆开新的战场。在大庆革委会讨论支援新油田建设的会议上，他激动地说：“快快拿下新油田，这是落实毛主席‘备战、备荒、为人民’伟大战略方针的大事，我们要选精兵强将，把最优秀的队伍开上去。我主张：给人，要给思想觉悟高的；给物，要给优质的；给设备，要给成套的。保证调出的队伍，开上去就能打硬仗，打胜仗。”

大家一致赞同铁人的意见，很快便组织了一支优秀的队伍，配备成套设备送到新油田。可是，紧接着上级机关又在北京召开第二批支援新油田会战的会议。这一次，大庆油田担负的支援任务比第一次更繁重。有的同志扳起指头一算，大庆油田的人员设备大量减少，油田建设还要迅速扩大，担心将来完不成任务。铁人毫不犹豫地鼓励大家说：“担子越重越光荣，困难越大越有闯头，有毛主席、党中央的英明领导，有解放军的支持，就是千斤重担也敢挑。我们要把建设大庆、开发新油田的任务都承担起来。”

英雄的大庆工人说得到，做得到，他们坚决地完成了党交给的光荣任务。一九七〇年，大庆油田虽然人员设备都减少了，新建的生产能力却大大超过了前一年，原油产量提高百分之三十以上，革命、生产都打了大胜仗。

一九七〇年春，王进喜受大庆革委会的委派，率领代表团到新油田学习慰问。新油田丰富的资源和沸腾的景象，使王进喜非常激动。他抱病带领大家深入各个井队、车间、工地，开座谈会，找老工人谈心，征求对支援工作的意见，日日夜夜都在紧张和兴奋之中。一天，他到一个钻井队，遇到了过去的老战友，他把大衣一摆，大步走上钻台，接过刹把就干起来。王进喜兴奋地对老战友说：“我们要想办法争取大钻机一个月在地球上钻它五个窟窿。我们会有那么一天，打着打着，钻头咕咚一声掉下去，掉到地下大油库里。……”铁人的话说得老战友和工人们心里开了花，井场上一片欢笑。

慰问结束后，王进喜带领慰问团的同志立即赶回大庆。有个同志抱怨说：“老铁太不理解我们的心情了，路过北京，也没叫看一看。”王进喜拍着他的肩膀说：“小伙子，你不理解我的心情，快快拿下新油田是落实毛主席的指示，咱们可是一分钟也不应该耽误呀！”王进喜回到大庆以后，很快又派出“不卷刃的尖刀”一二〇二钻井队和大批物资，再一次支援了新油田建设。

多少年来，许多外国资产阶级“专家”一直在散布“中国贫油”的谬论。王进喜从来听不得这些谎言。他说：“我就不相信石油只埋在外国的地底下。”为了石油，王进喜日日夜夜思虑着，奔波着，战斗着。他身边经常带着一个小本子，每次上级机关开会，他都到技术部门细心地搜集世界各国石油发展情况的资料，详细地摘录：总产量多少，按人口平均数多少，以及打井、采油的新纪录、新技术等。他仔细研究这些情况，一心想着怎样更快地把我国石油工业发展上去。他对人说：“井没有压力喷不出油来，人要没有压力就干不出好的工作来。”他曾反复地设想过应当组织多少个勘探队，多少个钻井队，要在多长的时间内把我国一切可能含油的地方统统普查一遍。

铁人王进喜，把远大的目标和求实精神结合起来。他整天想着党的需要、革命的需要，展望着我国石油工业发展的美好前景，设想着一个宏伟的目标。他豪迈地说：“总有一天，要使我国石油流成河！”

为革命鞠躬尽瘁，奋战终生

一九七〇年四月，王进喜在新油田学习慰问结束，立即又赶到玉门参加石油工业现场会。长时间的过度劳累，使他的健康状况越来越差了。玉门会议没有开完，领导上见他身体很不好，决定派一个医生送他到北京治疗。铁人坐上火车，却一心想着早些赶回大庆去传达会议精神。车过兰州时，医生担心他受不住旅途劳累，再三劝他留在兰州住一个时期，王进喜怎么也不同意。他忍着病痛坚持说："没啥，病也是纸老虎，顶它一下就过去了，还是赶回大庆要紧。"

十多年来，严重的胃病和关节炎一直折磨着铁人，但他从不把自己的病痛放在心上。领导上多次要他住医院治疗，他总是那句话："没啥，老病了，工作这么忙，哪顾得上这些？"有一年，他勉强到一个地方住院疗养，可是，没有多久就待不住了。他觉得耳朵里听不见钻机响，眼前看不见井场沸腾的景象，生活中就像缺少了什么。最后还是提前出院回到了油田。

这一次，他病得很重，经过医生仔细检查，确诊是胃癌，而且已经到了晚期。同志们万分焦急，决定留他在北京住医院。在中央领导同志的亲切关怀下，有关部门集中了北京和一些地方的优秀医生为他治疗。动手术前，领导上把真实的病情告诉了他，铁人镇静地说："请领导和同志们放心，这没啥了不起，我是共产党员，坚决听毛主席的话，一不怕苦，二不怕死。"他又鼓励医务人员说："你们放心大胆治疗，治好了，我继续干革命，治不好，你们也可取得一些经验。"

手术以后，他的病情仍然没有好转，常常痛得吃不下饭，睡不好觉，但他一直用最大的革命毅力坚持学习，一天也不放松。他的枕边经常放着毛主席著作、各种文件和《人民日报》，往往一学就是三四个小时。在病情恶化以后，他还请别人把毛主席的重要指示写成拇指大的字，继续顽强地学习。他说："只要我还有一口气，就要学习毛主席著作。"

王进喜住院整整七个月。他身在医院，心里却时刻关怀着祖国社会主义革命和建设的发展，关怀着大庆油田。一天，他听说我国又发现一处新油田，兴奋极了，他对人说："我们这个国家就是块宝地，不是什么'贫油'，是'富油'啊！一定要抓紧勘探，我病好了拼命再干他几十年。"

中央有关部门和大庆的领导同志去医院看望他，铁人又反复提到新油田的事，并且建议大庆回收队成立一个修理车间，把收回来的废旧钢材、井架和钻机都修复起来，大力支持地方搞石油工业。他说："我们国家石油工业还不发达，我们要想办法多成立地质队、钻井队，把全国可能产油的地方都普查一遍，浅油层交给地方，深处油层由国家开采，这样上下一起办，大家都发挥积极性，我国石油工业的发展就更快了……"

医院里的医务人员和大庆来探望他的干部、工人们都说：铁人成天思念的、谈论的不是自己的病，而是国家的石油，大庆的生产，新油田的建设。直到他生命的最后一刻，他的心也没有离开我国的石油工业！

每次大庆的领导和同志们去看望他，他都要详细地询问：工人们学习怎样？打了多少新井？有什么新创造？还有什么困难问题？

在住院期间，他不仅经常考虑工作上的问题，连职工生活方面的许多细小的事情，也都想得很周到。雨季到了，他问职工家属住的房子漏不漏；冬天下雪了，他问油田边远地区家属住地的供水管线冻了没有；听说有的职工调往新油田工作，他又问他们的家属有没有人照顾；连因公牺牲八九年的工人张启刚远在陕西家乡的老母亲，他都一直挂在心上，问老人家生活上有没有困难。他还深情地对回收队的同志说："你们回去要养一二百头猪，盖个温室，多种些新鲜蔬菜，逢年过节给每个钻井队送一些去。他们常年在野外打井，最辛苦，流动性大，没有条件搞这些。"

同志们见他说话很吃力，劝他安心养病，先别想这些事。他说："我是共产党员，怎么能不想？……"说着说着，眼睛湿润了。

铁人时刻怀念着大庆油田的一草一木和大庆的阶级兄弟。在昏迷状态中，他经常断断续续地自言自语，讲的都是有关大庆油田的事，好像他已经回到了大庆，在井旁工作着，或和战友们亲切地交谈……一九七〇年十一月初，他的病情急遽地恶化了，已经不能起床，还恳切地对守候在他身旁的医护人员说："让我回大庆看看吧，我想看看同志们，看看大庆油田。”

铁人想念同志们，同志们也想念铁人。他住院期间，每天收到大庆和全国各地的来信，这些信充满了战友的阶级情谊，也带来了许多振奋人心的喜讯。铁人恨不得立即把病治好，和同志们一起去实现发展祖国石油工业的宏伟计划。

可是，正当全国石油工业战线高歌猛进、捷报频传的时候，正当大庆的工人们热切地等待着铁人回去的时候，王进喜的病一天天地更加沉重了。

周恩来总理和中央其他领导同志听到铁人病危的消息，曾先后来到医院看望他。

燃化部和大庆油田的领导同志、铁人的老战友们，日夜守候在他的身旁。

剧烈的病痛猛烈地折磨着他。铁人用他那顽强的意志，和病魔展开了最后的搏斗。当他从昏迷中再一次苏醒过来时，这位工人阶级的钢铁战士，用他那模糊的眼神看着身边的领导同志和战友们，最后地握住他们的手，用断断续续的微弱的声音留下了自己的遗言：

“同志们！……要好好学习毛主席著作……”

“要搞好团结……团结起来，争取更大的胜利……”

“不要忘记了阶级斗争……”

“大庆是毛主席树的红旗，一定要把大庆的工作搞好……”

铁人临终前的遗言，给了人们以巨大的激励和鞭策。在场的同志眼里闪着泪花，心情万分悲痛。

这时候，铁人又用颤抖的手从枕头下边摸出一个小纸包和一个小本子，交给守候在他身边的领导同志：“这笔钱……请组织上花到最需要的地方……我不困难……”当人们打开纸包一看，里面是党组织为他母亲、爱人、孩子长期生病，补助给他的钱。小本子上记着哪年哪月补助多少。这些钱一分也没有动。

看到这情景，同志们的眼泪再也忍不住了。

一九七〇年十一月十五日夜，为我国石油工业奋战了一生的铁人，我国工人阶级的优秀儿子，毛主席的好工人、好党员、好干部王进喜同志与世长辞了。

铁人逝世的消息传到大庆，成千上万的大庆工人、干部、解放军指战员、职工家属和孩子们，无不万分悲痛。他们谁也不能相信，这个曾经为开发大庆、建设大庆、保卫大庆而英勇战斗的铁人，会永远离开了他那无限热爱的大庆。一连好多天，每天都有络绎不绝的人们来到追悼铁人大会的会场，一次又一次含着眼泪向铁人的遗像告别。人们怀念铁人，铁人永远活在大庆工人的心里。一个忆铁人、学铁人的群众运动，迅速地席卷了大庆油田。

伟大领袖毛主席教导说："要有几百个最好的群众领袖。这些干部和领袖懂得马克思列宁主义，有政治远见，有工作能力，富于牺牲精神，能独立解决问题，在困难中不动摇，忠心耿耿地为民族、为阶级、为党而工作。党依靠着这些人而联系党员和群众，依靠着这些人对于群众的坚强领导而达到打倒敌人之目的。这些人不要自私自利，不要个人英雄主义和风头主义，不要懒惰和消极性，不要自高自大的宗派主义，他们是大公无私的民族的阶级的英雄，这就是共产党员、党的干部、党的领袖应该有的性格和作风。"

铁人王进喜就是这样一个在毛泽东思想哺育下成长起来的先锋战士。

当前，全国"工业学大庆"的群众运动正在蓬勃发展，千千万万的工人和干部，无不怀着崇敬和自豪的心情，立志"做铁人式的好工人、好干部"，他们把铁人的英雄的一生，当作自己学习的榜样。

让我们满怀豪情地重温铁人的事迹，缅怀英雄的风貌，使"铁人精神"在千百万人民的心目中，更加发扬光大吧！

大庆革委会报道组　新华社记者

原载《人民日报》1972年1月27—28日

离不开你

茹志鹃

一

她是谁呀？有三十多岁了，长得可真称得上美丽。高高的身量，典型的鸭蛋脸，挺直而线条优美的鼻子，沉稳的大眼睛，但又有细长的眼梢，更透出一股灵秀之气。

她抱着一个用网兜兜着的有盖瓷缸，一个盐水瓶里，灌满了原汁鸡汤，站在萨尔图医院门口，站在凛冽的冷风里。这可是一九七六年元月的风呀！冷得刺骨。

“让我进去吧！”她对医院的门卫说。

“不行，有外宾要来。”

但是从早晨站到了日中，外宾还没来。她焦急了，求门卫说：“让我送上去吧！我回去还要赶三十里路呢！”

“不行。”

“我家里还有孩子呢！”

“不行。”这可是门卫的权力。有一种人就善于把不大的权，发挥出最大的威力来，这也是一技。

她抱着拆去骨头的鸡肉、鸡汤，自己却不想吃，也不想喝。她望着三楼的病房，那里有她的丈夫，一个刚刚失去双臂的丈夫——一个永远长不大的孩子，需要她去喂，去洗，去穿，去……去帮他活下去。她不知跟门卫怎么说好。她不会说话，她只有哭了。这是从丈夫受伤以来，她第一次当着人流了泪。

大颗的泪珠儿啊，慢点流吧！不要落到地上，也别用衣袖去拭，应该从彩虹里抽出那七色的线，把它穿起，挂到天上，让西方的一切爱神在它下面黯然飞翔，让东方的一切观音瞪眼仰望。

下午，外国的朋友们来了，他们看到了雪白的病房，整洁的手术室，但是多么可惜，朋友们却没有见到这么美的一个妇女，这么美的一颗心灵，她就站在医院的大门口。

她是谁呀，这位妇女？……因为她在萨尔图，人们只知道她是大庆人。

二

过了一天，这个大庆的妇女又跋涉了三十多里，出现在医院里。这次她带来的不是鱼肉鸡汤，她把八岁和两岁的两个儿子带来了，带到丈夫的身边，让孩子的小嘴亲亲爸爸的脸，让孩子的小手抓抓爸爸的头发。她给丈夫送来了生活的情趣，喂下生命的力量。这是残废病人极需要的治疗，这又是任何名医开不出的药方。妻子想到了，带来了。丈夫侧过脸，微笑地看着妻子，热泪却盈了眶："我成了个没枝没叶的树桩，一个秃人了。"

妻子说："秃不秃的，你不活着吗？为了救你这个秃人，国家花了多少钱！"

"以后呢！怎么过？"

"靠我们不行，咱有社会主义！"

"咱就吃社会主义？"

“哪能啊！我有工作。你没手，脑瓜还不好使吗？”这些话，是她一宿一宿地哭，千遍万遍地寻思，才得到的结论，现在她在丈夫面前又背了一遍。

丈夫微微眯起了眼睛，泪水被一种奇特的光烧干了。他自语地说：“就像萤火虫那点点光，可不可以发呢？……”

妻子脸上绽出了笑容。

三

这位大庆妇女，不知她姓甚名谁，但却是那样熟悉，好像曾经相识。啊！我想起来了……

抗日战争的时候，不正是你，为子弟兵推磨压碾。在磨道上，你迈动缠过的小脚，你白发飘飘，你年行数千里，你碾的细面，喂过万千抗日大军。这是你！这当然不是你。那时候，暴风雪还在这草原上肆虐横行，大庆的石油也还在地层深处埋伏，你这个女儿，也还没诞生呢！可是，多么神似。

解放战争的时候，不也正是你，牵着马，马上骑着披红挂绿的未婚夫，没过门的媳妇送郎去参军。你强压住乱蹦的心，驱不散脸上的红云，你仰头对马上的人儿说：“你去打败那老蒋，保住咱的胜利果实，家里的事有我来……”没过门的姑娘，把根大辫子挽成一个不听话的髻，把他的妈改口叫成“俺娘”。这是你！这当然不是你。大庆的女儿，那时候你才四岁呢，可是又多么像你。

孟良崮战斗的时候，又好像是你，喂饱了孩子，拜托给乡邻，你抬起了担架。敌人空袭的时候，你扑到伤员的身上，用你健壮的身体，火似的心，给解放军做成活的掩体。算起来，大庆的女儿，你那时正寄养在锦州大爷的家里，没有了母亲，你在孤寂中望着解放。很明白，那不是你，可是这又多么像你。

你，这个陌生而又熟悉的大庆女儿，你到底叫什么名字？

萨尔图——一个有月亮的地方（蒙语萨尔图意思是一个有月亮的

地方）的人们说："她的丈夫叫耿玉亭。"

耿玉亭说："她就是我的爱人，大庆化工总厂的仓库管理员，一个普通工人。长得不怎么样，又不会说话，名字也不怎么样，叫个刘桂芬。"

"人家看见我这模样都掉眼泪，你怎么不哭呢？"丈夫问桂芬。

桂芬笑了一笑，立即垂下了眼睛。……草原上的风，吹过去又回过来，旋起了刚刚沉落下去的一切。

那只是二十多天前的事，但刘桂芬却像过了几个三百六十日。

四

这是什么日子啊！一九七六年元月九日，哀乐回荡在中国大地上，萨尔图草原上的风，低低地哭泣着，围绕着钻井架、油井转着，游着，又磕碰在化工总厂的冷却塔上。化肥厂正在试运投产，但整个厂没有人声，工人们站在各自的岗位上，在默哀中实现周总理生前批准建立这个工厂的遗愿。刘桂芬管理的工具仓库里是空荡荡的，没有人来借用工具，只有丈夫耿玉亭刚才红了眼圈，来借去一只万用表。

突然，变电所那里发生了什么事，火花，爆声，焦味。工人们奔过去了，领导同志奔过去了，救护车急驰而过，刘桂芬呆呆地站在仓库门口，在人群中搜索着丈夫的身影。他是电气技术员，他怎么不来？他在哪里？……

"他在那里！"桂芬心里有一个声音在喊，"是他，是他，那里是他的岗位呀！"刘桂芬头昏了，目眩了，她要冲到那里，去看个明白，要飞到那里，弄个清楚。但是刘桂芬把手深深地插进工作服的口袋，转身走进了仓库，这是自己的岗位。

有人来借工具了，但是来的人，低着头来，低着头去，躲开她的眼光，也不敢朝她看上一眼。刘桂芬的心在往下沉，沉，可是她脚步稳稳地，在货架当中走着，取着他们要的各种工具，像平常一样，只是脸色发白。直到下班，没有一个人告诉她出事的是谁，她也没有向任何人打听。她交完了班，换下了工作服，就径直向总厂所在地的龙凤医院走去。果然，他，由于伤情严重已经转到萨尔图医院去了。

从萨尔图医院回来的那个晚上啊，这个有月亮的地方没有了月亮，没有了星星。桂芬却依然端上了晚饭，告诉年老耳聋的父亲，说是玉亭出差去了。她安排八岁的乐为睡下，独独抱着两岁的孩子，倾泻了眼泪和不幸，她告诉孩子，爸爸已失去了双臂。妈妈以后怎么办呢！孩子啊，你在睡梦中还会用小手揉揉眼睛，抹掉母亲滴在自己脸上的泪水，但是爸爸不能了；孩子啊，你饿了会用小手拿着馍馍啃，你渴了会捧着杯子喝，你会用手绢擦鼻涕，你会拿着冰棍儿吮，跌倒了也会用手撑着爬起来，可是爸爸不能了，都不能了。一年两年，十年二十年，永远不能了，孩子啊！妈妈怎么办呢？……

冬天的夜是长的，桂芬流着泪想到将来的难处，她流着泪也想到过去那些蜜糖似的日子。当她在抚顺石油学校上二年级的时候，他在河北承德石油学校毕了业。他们都爱石油，于是就在石油的故乡见了面，在这有月亮的地方约定了要在一起生活一辈子。一九六八年的初春，他们花了四十元钱建立了一个共同的家，一个简单然而可以过一辈子的家。结婚那天一早，他俩到哈尔滨去了，晚上回来，没想到家里已坐满了客人，同志们还给新房的门上贴了对联，窗上贴了剪出的红双喜。红双喜啊！你可以做证，两个年轻人处得多么好，在一起过一辈子都过不够啊！双喜的红色褪了，这屋里的喜气却越来越浓。有了孩子，做爸爸的总是晚上起来，给孩子喂牛奶，给妻子煮鸡蛋，他要妻子一个月不下炕，他要把她幼时吃的苦，受的亏都补上。现在这双手没了，一辈子都不会有了。孩子啊，妈妈怎么办？……

后半夜，那贴过红双喜的窗子外面，乌黑乌黑的，没有月亮，也没有星星，桂芬的眼哭肿了，心哭乏了，没有力气更没有勇气，她想到了一条最后的路，一去不复返的路。老辈子的妇女中，有好些人都走上了这一条路。她轻轻地把两岁的孩子放在八岁的哥哥身边，轻轻地给他们盖好被子，站了起来，她茫然地在屋里转了两圈，然后拉开了灯。电，这奇妙的东西，把屋里的一切都照得清清楚楚，也把不在屋里的一切，照得明明白白。桂芬流着泪，想起了今天的社会，社会主义制度下的种种，也是过去旧社会里梦想不到的种种。油田领导亲临医院，要医院不惜一切代价，挽救玉亭的生命，挽救他的两只脚。医院里有护士，领导上还另请了护理员，一个不行又请一个。领导的慰问、鼓励；同志们的看望、帮助，那一双双热情的手，关怀的手，多少手啊！桂芬朝炕上看看，两个孩子你挨着我，我挨着你，正睡得香哪，桂芬一下扑到孩子身边，孩子啊！咱有社会主义，啥困难都易克服，你们放心地睡吧！

桂芬长在新社会，可是她从来没有这样鲜明地、具体地看到社会主义。现在，一个人失去了双臂，全家人都实实在在看到了，感到了，社会主义，这是一双多么巨大的臂膀，具有无限力量的臂膀，有这样一双臂膀在庇护他们，庇护着这个家，孩子啊，妈妈不害怕。

从软弱中斗争过来的坚强，是有韧性的，因为它已仔细端详过现在和将来的艰难。勇士也并不是都有一副威武的外貌，更不是生下来就有一往无前的勇气。桂芬擦了擦红肿的眼睛，理了理凌乱的头发，收拾起桌上狼藉的碗筷和玉亭前几天正看着的书籍。一本折了角的书，自然地翻开来，一句用红色笔画着杠杠的字句跳了出来：苏维埃加全国电气化 = 共产主义。这正是玉亭常说的一句话，也正是这句话，鼓舞着他以全部的精力，钻研了电气这门技术。桂芬慢慢地坐到炕沿上，“他活着！”这些天来，她第一次恍悟到他活着，他学的这些技术也活着，他的理想也活着，他那个倔强的性格也活着，这才是一个人最主要的东西。唉！桂芬，桂芬，你脑子里光装着两条胳膊，可是忘记了最重要的东西。

夜尽了，窗外已露出朦胧的曙光，桂芬着忙起来，她要烧早饭，要安排孩子上学，她自己也要上班去了。以前习以为常的上班，今天在桂芬心里，却有一种崭新的意义。上班，好好工作，这就是具体地建设社会主义。以后，逢星期天再去看他吧！

天亮了，大庆的路上行人还稀少，就有一辆自行车飞向化工总厂，车上是一位端庄的妇女，她脸上没有忧愁痛苦，有的是充分休养后才有的蓬勃精力，使不完的干劲。

五

北方的春天，不过略露了露脸，夏天也没站多久，便和大雁匆匆去了南方。刘桂芬从秋到冬，表面上依然一个样，上班，下班，星期天就千方百计买些好吃的，去医院看望丈夫。但是当她和丈夫默然相对的时候，一块愁云罩着两个人，两个人的忧虑相通，心潮起伏相连。一股砍大庆红旗的风，在辽阔的草原上，正刮得天昏地暗，原油产量越高，便越是唯生产力论的典型。物资越来越少，调子越来越高。社会主义的基础在摇动，他们的生命线在摇动。大家担忧，残疾人更揪心啊！

妻子安慰丈夫说："我养活你。"

丈夫说："这不是一家一户的事。"

桂芬知道丈夫说得对。整个大庆工人都被这股风吹黑了脸，吹瘦了人，吹紧了心。大家都在顶风拉纤，产量仍然逐步上升。

一个晴天霹雳，毛主席逝世了。整个大庆在恸哭。刘桂芬、耿玉亭在恸哭。哭国家的命运，哭自己的命运。党和国家面临万丈深崖。刘桂芬的心翻了个，老辈子妇女走过的那条路，难道又要摆在自己的面前？……

十月，华主席为首的党中央一举粉碎了兴妖作怪的"四人帮"，从悬崖上勒住了马，在危急关头挽救了党！云散雾消，桂芬掏心地大喊："感谢华主席，给了我们第二次解放！"耿玉亭不能和妻子一起振臂，但和妻子同声地高呼。

经过忧患的欢乐分外甜，受过罪以后的解放更为舒畅。耿玉亭躺不住了，他要求出院，他要飞出去，飞回自己的热电车间，萤火虫迫切地要去发出自己那一点点的光。

十一月，领导批准他出院了，同时给他换了房子，同时批准刘桂芬同志长期在家照顾他。

两个人坐在家里，对国家毫无贡献，却像条虫似的吃社会主义？这样地活着，丈夫不愿意，桂芬不愿意。下了的决心，要是没有行动，那不成了骗人骗己的玩意儿，大庆人从不干这码事。

于是，两岁的孩子送到亲戚家里寄养，退掉了国家给的护理员。

于是，每天每月，早上桂芬要穿两个人的衣裳，刷两个人的牙，洗两个人的脸，上两次厕所，烧两份饭。一个碗里装的两样饭，给丈夫喂一口米饭，自己吃一口粗粮。晴天，她的自行车上载着两个人的重量。刮风下雪不能骑车了，她一半心思跟着丈夫先上了路，一半心思在料理家务。家里收拾好，她再追上去，给丈夫扎紧松了的帽带，给他擦去被冷风刺出来的眼泪、鼻涕。中午的时候，她更像在打仗，赶回家烧饭，跟孩子老人吃了饭，再拎着饭盒，赶到车间把丈夫喂饱。她白天没有一分钟的空闲，夜里没睡过整宿的觉。丈夫难过了，她却觉得安慰，到底，萤火虫飞回了车间，她自己也没影响工作。

但是，她看到萤火虫在车间里徘徊，她看见丈夫为了不叫人代他开门，自己用嘴叼开，零下二三十度的气温，嘴唇一碰上铁，拿不下来了。桂芬问：“你为什么不叫一声？”

丈夫说：“我上班做了什么工作？还要去打断人家的工作来给我开门？”

桂芬明白了，萤火虫活着就要发光。丈夫活着就要实现他的理想。光给他吃饱穿暖是不够的了。

于是，当玉亭做了学习毛主席著作的车间辅导员，她就帮着翻参考资料；领导叫玉亭画图表，她就想办法，用一块橡皮垫起来，不使纸在桌上滑动；玉亭移动计算尺有困难，她就设法在尺子的两头，装上两个有机玻璃的小轱辘，让他用嘴叼着移动；玉亭要查资料，她天不亮就起来给他翻书。丈夫完成了领导交给的一项又一项任务，革新了高压开关柜，建立了技术资料，给青年工人上了技术课，工业六十条考试第一个交卷，得了满分，而且谁都说他用嘴叼笔写的字，比从前用手写的还漂亮。

玉亭从来没有经历过这种胜利的喜悦，他对妻子说：

"唉！这一切都离不了你呀！要是没有你……"丈夫的话还没说完，桂芬一刷子，把他的嘴巴周围涂上了一层肥皂沫，"说的啥呀！"真是，谈恋爱那阵也没说过这样的话。这位大庆的女儿，跟中国历代革命妇女一样，内心正洋溢着一种从未经历过的幸福，只有斗争得来的幸福，才有这滋味。

一九七八，十，十九

原载《人民日报》1978年11月5日

图书在版编目（CIP）数据

中国百年工业文学大系：报告文学卷Ⅰ / 田丰主编. -- 北京：中国工人出版社，2025. 5.
ISBN 978-7-5008-8559-7

Ⅰ. I211
中国国家版本馆CIP数据核字第2025DT8319号

中国百年工业文学大系：报告文学卷Ⅰ

出 版 人 董　宽
责任编辑 李　骁
责任校对 张　彦
责任印制 黄　丽
出版发行 中国工人出版社
地　　址 北京市东城区鼓楼外大街45号　邮编：100120
网　　址 http：//www.wp-china.com
电　　话 （010）62005043（总编室）　62005039（印制管理中心）
（010）62379038（社科文艺分社）
发行热线 （010）82029051　62383056
经　　销 各地书店
印　　刷 北京印刷集团有限责任公司
开　　本 880毫米×1230毫米　1/32
印　　张 26.875
字　　数 534千字
版　　次 2025年6月第1版　2025年6月第1次印刷
定　　价 128.00元
